LES GENS DE MOGADOR

W0272285

ŒUVRES D'ELISABETH BARBIER
CHEZ POCKET :

LES GENS DE MOGADOR

JULIA
LUDIVINE
DOMINIQUE

ÉLISABETH BARBIER

LES GENS DE MOGADOR

*

JULIA

JULLIARD

Le Code de la propriété intellectuelle n'autorisant, aux termes de l'article L. 122-5, 2° et 3° a), d'une part, que les « copies ou reproductions strictement réservées à l'usage privé du copiste et non destinées à une utilisation collective » et, d'autre part, que les analyses et les courtes citations dans un but d'exemple et d'illustration, « toute représentation ou reproduction intégrale ou partielle faite sans le consentement de l'auteur ou de ses ayants droit ou ayants cause est illicite » (art. L 122-4).
Cette représentation ou reproduction, par quel que procédé que ce soit, constituerait donc une contrefaçon sanctionnée par les articles L. 335-2 et suivants du Code de la propriété intellectuelle.

© Julliard, 1952
ISBN 2-266-14361-1

BRANCHE VERNET

Armand **Vernet**
1778 - 1854
Élodie Richard-Lacroix
1797 - 1879

Rodolphe
1825 - 1875
Julia Angellier
1834 - 1914

Cyprien
1856 - 1861

Amélia
1856 - 1876

Henri
1859 - 1887

Frédéric
1864 - 1913
Ludivine Peyrissac
1874 - 1918

Adrienne
1866
Charles Guillermin
1857 - 1932

Hubert
1871 - 1932
Madeleine Brun
1891

Isabelle
1891

Anne
1893
Gaspard de Barcarin
1888

Christine
1895 - 1917
Alban Marquet-Rageac
1889

François
1898 - 1917

Dominique
1898

Frédéri
1913

Jean
1919

Édith
1923

BRANCHE ANGELLIER

Alfred **Angellier**
1798 - 1858
Constance de Sauzade
1817 - 1879

Julia
1834 - 1914
Rodolphe Vernet
1825 - 1875

Voir branche Vernet

Constant
1835 - 1924
Dorothée Eysserie
1849 - 1875

Edmond
1866 - 1900

Émilie
1868
Julien de Clarens
1861 - 1900

Marguerite
1894
Jean Hirigaray
1893

Yvonne
1920

Robert
1923

ÉLISABETH BARBIER

Élisabeth Barbier est née à Nîmes le 25 avril 1911. Après des études de lettres à Paris où elle s'intéresse au théâtre et devient l'amie des Pitoëff, elle épouse un médecin et s'installe à Avignon. Devenue veuve en 1943, elle trouve son salut dans l'écriture. Elle rédige alors *Les gens de Mogador*, vaste fresque provençale qui lui permet d'exprimer au travers de ses personnages tous ses sentiments refoulés lors de la disparition de son mari. Aux côtés de Jean Vilar, elle participe à la création du Festival d'Avignon, tour à tour souffleuse, costumière, répétitrice des comédiens, puis couvre la manifestation comme journaliste pendant près de quinze ans. Également membre du jury du prix Femina, elle continue d'écrire en parallèle. *Mon père, ce héros* et *Dominique* sont ses derniers ouvrages publiés.
Élisabeth Barbier s'est éteinte le 19 février 1996.

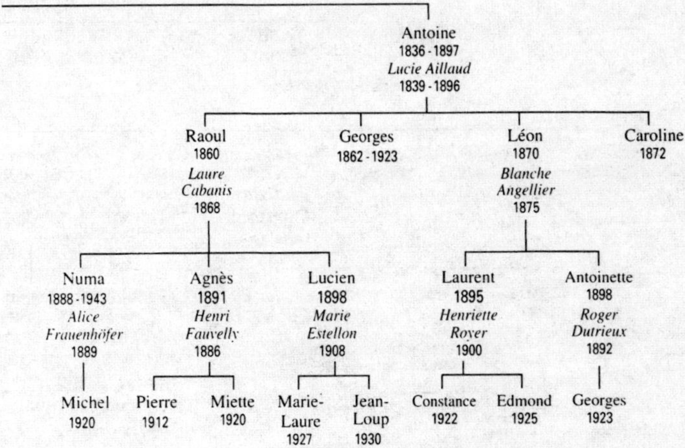
Antoine
1836 - 1897
Lucie Aillaud
1839 - 1896
Raoul
1860
Laure Cabanis
1868
Georges
1862 - 1923
Léon
1870
Blanche Angellier
1875
Caroline
1872
Numa
1888 - 1943
Alice Frauenhöfer
1889
Agnès
1891
Henri Fauvelly
1886
Lucien
1898
Marie Estellon
1908
Laurent
1895
Henriette Royer
1900
Antoinette
1898
Roger Dutrieux
1892
Michel
1920
Pierre
1912
Miette
1920
Marie-Laure
1927
Jean-Loup
1930
Constance
1922
Edmond
1925
Georges
1923

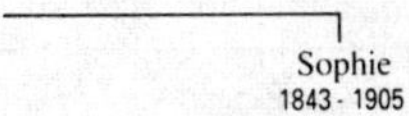
Sophie
1843 - 1905

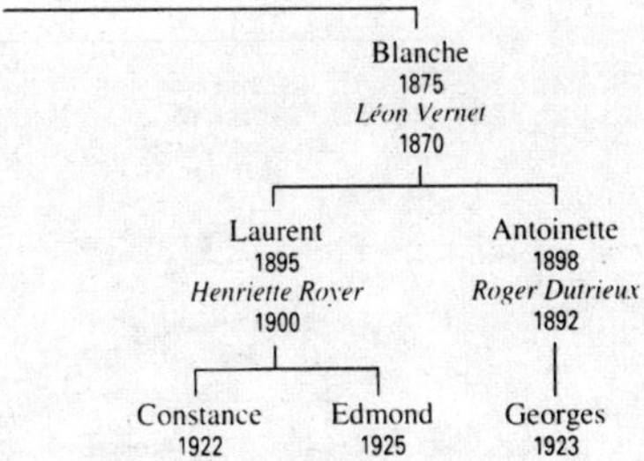
Blanche
1875
Léon Vernet
1870
Laurent
1895
Henriette Royer
1900
Antoinette
1898
Roger Dutrieux
1892
Constance
1922
Edmond
1925
Georges
1923

« ... N'est-ce pas ici le verger merveilleux dont parlent les lais de harpe : une muraille d'air l'enclôt de toutes parts ; des arbres fleuris, un sol embaumé ; le héros y vit sans vieillir entre les bras de son amie et nulle force ennemie ne peut briser la muraille d'air ?

Déjà, sur les tours de Tintagel, retentissent les trompes des guetteurs qui annoncent l'aube.

Non, dit Tristan, la muraille d'air est déjà brisée, et ce n'est pas ici le verger merveilleux. Mais, un jour, Amie, nous irons ensemble au pays fortuné dont nul ne retourne. Là s'élève un château de marbre blanc ; à chacune de ses mille fenêtres, brille un cierge allumé ; à chacune, un jongleur joue et chante une mélodie sans fin ; le soleil n'y brille pas ; et pourtant, nul ne regrette sa lumière : c'est l'heureux pays des vivants. »

Tristan et Iseut (Chant VI).

Pour maman

PREMIERE PARTIE

1

L'aire sans ombre brasillait sous le soleil de juin. Le crépi blanc du mur des écuries réverbérait la lumière. Partout, dans la campagne, bêtes et gens faisaient encore la sieste. A travers l'énorme silence appesanti sous le ciel, Julia Angellier avait l'impression de les entendre dormir.

Elle avait relevé et roulé autour de son bras la jupe de son amazone vert foncé, pour s'asseoir sur la borne charretière du seuil, à l'abri d'un tas de paille qui projetait un maigre carré d'ombre, et taquinait du bout de son stick un chaton noir et blanc cramponné à sa botte.

Elle cria vers l'intérieur :

— Dépêche-toi ! Mais dépêche-toi donc ! Vierge Mère ! On tuerait un âne à coups d'épingle avant que tu n'...

— J'étais sûre de te trouver ici, dit doucement une voix, derrière elle.

La jeune fille sursauta et se retourna :

— Vraiment ?

Elle dévisagea sa mère, retroussa ironiquement les narines, et se remit à jouer avec la bestiole :

— Très bien. Ce soir, Sophie recevra un soufflet.

Constance Angellier dit, un peu trop vite :

— Ta sœur n'est pour rien...

— En êtes-vous sûre, Maman ?

— Voyons, qu'attends-tu pour rentrer te changer ? poursuivit Constance, choisissant d'ignorer tout ensemble l'impertinence et la question. Fais-moi le plaisir d'aller passer ta toilette blanche. Si ton père, au retour d'Avignon, te voit dans cette tenue...

— Soyez tranquille, il ne me verra pas. Alcide est en train de me seller *Haydée*.

— Tu ne vas pas monter cet après-midi ?

Julia releva la tête et la rejeta en arrière pour planter son regard dans celui de sa mère :

— Pourquoi non ?

Ce fut Constance qui parut confuse :

— Tu sais bien qu'il doit ramener ces Messieurs Foucaud-Saint André.

— Pour cela, oui, je le sais ! dit la jeune fille.

Son visage s'était subitement durci. Elle lança le chat au milieu de la paille et se dressa :

— Dieu garde que je l'oublie ! Père nous l'a suffisamment répété. C'est même pour cela que je pressais Alcide.

Elle s'avança sous le porche et jeta un coup d'œil vers les stalles :

— Eh ! toi, là-bas ! As-tu fini de lantiverner ?

Constance Angellier chiffonnait sans y prendre garde son tablier de soie noire à la ceinture duquel pendaient les ciseaux d'or au bout de leur chaîne.

— Julia ! Comment peux-tu parler et te conduire de la sorte ?

Alcide parut, menant la jument baie qui sabotait sur les dalles usées. Sa maîtresse s'approcha d'elle, lui flatta l'encolure : — Belle ! Ma belle ! là !... — reçut la bride des mains du garçon d'écurie :

— C'est bon. Je t'appellerai tout à l'heure.

Et reprit, à l'adresse de sa mère :

— Mais oui, Maman, j'ai tort ! Je sais : les convenances exigeaient que je fasse mes délices de ces Messieurs, dont mon père est si fort entiché. Mais il leur manque une qualité primordiale, pour moi : celle de me plaire. Faites-en votre deuil, Mère, je ne serai jamais Madame Amédée ou Madame Joseph Foucaud-Saint André. Si Père s'est mis cette idée en tête, je le regrette ; mais ne comptez pas que je céderai.

Dressée de toute sa petite taille, elle en paraissait presque grande.

Constance soupira.

— Seulement pour ce soir, pria-t-elle, avec une sorte de gêne. Je t'en conjure, mon enfant, ne le mets pas en fureur. Tu sais combien il m'est pénible de...

Vivement, sans lâcher *Haydée*, Julia revint vers sa mère. Se haussant sur ses pointes, elle lui mit un bras autour du cou, un baiser sur la joue.

La jument considérait de son bel œil calme ce tableau de famille.

— Doucette, ne vous faites point de mauvais sang. Vous ne vous figurez pas, tout de même, qu'il va entrer en éruption devant sa précieuse paire d'invités ? Tout ira bien, vous verrez. Je serai revenue pour six heures. Et je vous promets d'être tellement aimable, à ce dîner, que Papa trônera au sein de la béatitude. Maintenant, il faut que je me sauve.

— Il faut ? Et pourquoi, je te prie ? Réponds, Julia ! Où vas-tu ?

A demi détournée sous le regard inquiet qui la scrutait, Julia vérifiait ostensiblement sa coiffure.

— Me promener. Prendre des forces pour affronter la corvée. Alcide ! Alcide ! appela-t-elle, pour couper court.

L'arrangement du tulle noué autour de son haut-de-forme semblait requérir toute son attention.

Elle ajouta :

— Olympe m'attend au Grand Frigolet. Pardonnez-moi.

Du fond de l'écurie, le courtaud accourait.

— Vite ! Le pied.

Il avança un genou, réunit ses paumes.

— Julia ! Ecoute bien : si je savais que tu doives rencontrer là-bas ce...

— Maman chérie, ne prononcez pas de nom ! rit Julia, déjà en selle. Cela vous serait si désagréable de ne pas vous tromper !... Allons, *Haydée !*

Elle fit claquer sa langue et rendit les rênes.

Constance la regarda prendre le raccourci au galop, entre le potager et la vigne neuve. Puis, soupirant de nouveau, elle contourna l'écurie pour rentrer dans le sous-bois qui prolongeait le jardin autour de la maison de maîtres.

Bien assise au centre d'une terrasse surélevée au dallage de grès, la Sarrazine était une demeure campagnarde sans prétentions à l'élégance, vaste, faite de bon matériau. Ses murs épais, ses volets de bois plein, défiaient la chaleur et le froid. « On ne bâtit plus ainsi, dans ce siècle de républicains », répétait volontiers Alfred Angellier, en contemplant les pierres qui abritaient sa race depuis maintes générations. (« Républicain », pour lui, équivalait à « canaille ». Il employait indifféremment les deux termes et n'eût pas souffert la contradiction.) Cernée de près par les marronniers et les tilleuls, la maison offerte au soleil tirait son charme d'une glycine qui s'étalait le long de la façade, grimpant vers les fenêtres de l'étage, et d'une tonnelle buissonnante de roses accrochée à son flanc.

Sous cette tonnelle, Constance Angellier s'arrêta.

Les rosiers polyanthas blancs et rouges passaient déjà leur floraison. Depuis trois semaines, tout ce côté n'était qu'un bouquet. Pour la Fête-Dieu, huit jours auparavant, on avait coupé par brassées et porté à l'église de Maillane des branches qui ployaient sous les fleurs ; sans que cela se vît, contre le mur, tant il y en avait. Mais, à présent, c'était la fin. Les corolles jaunies se recroquevillaient, prenaient une odeur désolée, un peu âcre, un peu terreuse, « comme celle que l'on respire au cimetière », pensa Constance.

Elle entreprit d'élaguer les tiges fanées, puis y renonça. « Il faudrait un sécateur. Et du temps. » Du temps, surtout. Un peu de temps bien à soi, sans hôtes à recevoir, ni mari à satisfaire, ni domaine à gérer, ni enfants à surveiller, ni aucune de ces tâches qui, parfois, semblaient tout d'un coup si vaines.

Mais quoi : trois semaines d'éclat, de beauté, de parfum ; et ensuite ? ces innombrables petits cadavres bruns. Faire pousser des roses était décevant aussi. Oui, presque aussi décevant que d'élever des filles.

Elle longea la tonnelle pour rentrer par la cuisine, afin de donner ses dernières instructions au sujet du dîner.

Sophie s'y trouvait.

— Ne reste donc pas toujours à rôder dans les jupes de Pollonie. Va jouer dehors. Attends, viens ici, d'abord.

Elle se pencha sur l'enfant, refit le nœud de ruban qui retenait les boucles châtaines serrées en queue de cheval sur le sommet de la tête, inspecta les mains et le tablier, remonta les bas de coton blanc, tira sur les jambes du pantalon brodé qui couvraient les genoux, dépassant de la robe, fit gonfler par-dessous les jupons courts, avec une tape machinale sur la rondeur ferme des fesses.

Sophie leva sa figure tout aussi ronde, où les traits hésitaient encore à se former :

— Et Julia, dites, Maman ? Elle y était ?

— Va jouer.

— Mais...

— Allons, va.

« *Elle y était Maman ? Elle y était ?* » Oui, elle y était, oui ! Et peut-être... — « Il faudra pourtant m'en ouvrir à son père. Si jamais... L'avertir... » — ... peut-être Constance eût-elle préféré ne pas l'y avoir trouvée.

« Le devoir... », s'exhorta-t-elle. Ce devoir qu'il faut bien suivre.

Mais, pour l'avoir suivi sa propre vie durant, Constance Angellier savait trop bien aussi qu'il n'a jamais un visage de fête. Songeant à sa fille aînée qui, à son tour, devrait apprendre à le connaître, elle sentait une boule amère se former dans sa gorge.

Dès l'enfance, on avait inculqué la docilité, la patience, l'abnégation, les bonnes manières, à Constance de Sauzade, assez solidement pour que tout cela résistât à l'épreuve de l'existence. Elle se tenait là, maintenant, au milieu de sa course, grande, bien faite, encore jolie et ignorant même qu'elle l'avait tellement été, avec ses traits fins et ses admirables cheveux bruns, strictement tirés, à présent, sous un léger bonnet de dentelles. Mariée si jeune à Alfred Angellier par sa famille qu'à peine avait-elle eu le temps de sourire à son miroir, avant de n'y voir plus qu'une mère de famille au doux visage mélancolique, vite éteinte comme celles qui n'ont rien fait de leur beauté.

Et, depuis dix-huit ans que Julia était née, Constance s'efforçait d'inculquer, elle aussi, les mêmes recettes de vie à sa fille aînée.

Mais Julia repoussait cette science. Julia voulait être heureuse. Julia faisait seulement ce qui lui plaisait.

Julia passait son temps à cheval ou aux écuries, se sauvait pour aller assister à la naissance des poulains, tutoyait les hommes de peine et les valets. Julia emplissait la maison de ses rires, de ses caprices, de ses éclats de voix, de ses colères.

« *Regardez-la piaffer : un vrai poney Shetland !* » disait son père, avec une incompréhensible indulgence pour cette fille dont il avait d'abord si mal pris la naissance à la place de l'héritier qu'il attendait : « *Alors, un gros garçon, n'est-ce pas, Constance ?* » Alfred Angellier avait une telle habitude de commander.

Il était venu cette chose minuscule. « *Ma pauvre amie, sacrebleu ! Comment diantre avez-vous pris vos mesures ?* » Après dix-huit ans, elle l'entendait encore. Epuisée, anéantie, après le dur travail des premières couches, il lui avait fallu revenir à la vie, tout de suite, sans répit, à cause de cette voix furieuse ; et s'expliquer, et s'excuser : une fille. Une toute petite fille, si chétive, ce premier-né.

Et si difficile. Après tous ces soins qu'elle avait réclamés. « *Constance, corrigez donc votre fille !... Je vous donne en mille ce que votre fille a encore inventé... Vraiment, ma pauvre femme, vous avez une façon de l'élever ! Aucune autorité sur elle !* » Mais les mères, au couvent, n'en avaient eu guère davantage. Et il arrivait que M. Angellier en convînt avec son épouse : « *Que voulez-vous ? Elle a du caractère. Après tout, ma chère, elle me ressemble.* »

Depuis un an ou deux, pourtant, elle se calmait, devenait plus raisonnable. « Peut-être l'influence d'Olympe. Mon frère a de la chance... » Sa fille, à lui, n'était pas un cabri échappé.

Et maintenant, ce projet de mariage : « Qui sait, mon Dieu ! comment cela va tourner ? » Et si, chez ses cousins, Julia revoyait cet homme ? « Au Grand Frigolet, ils reçoivent tout le monde. Et, tout à l'heure, elle a presque avoué... » Mais non, ce ne pouvait être qu'une taquinerie. « Elle sait trop bien que son père ne tolérerait pas... »

« *Si ce monsieur revient pour l'étalon, dites-lui que je ne tiens plus à le vendre. Je préfère manquer une affaire plutôt que supporter chez moi la boue des souliers de ce personnage. Et toi, Julia, que je ne te reprenne jamais à tenir conversation avec le premier venu sans mon autorisation préalable. Si vous meniez votre fille un peu plus ferme, Constance, elle ne se serait pas conduite avec un tel manque de vergogne. Mais qu'elle prenne garde ! Je la materai, si elle m'y oblige !* »

Constance fit craquer ses mains jointes. « Mieux vaut que je voie mon frère avant d'en parler. » Ne rien faire sans être certaine. « Même si Monsieur Angellier doit ensuite m'en faire le reproche. »

Bien des fois, elle avait eu des fardeaux à assumer avec sa timide vaillance solitaire. Mais peu lui avaient autant pesé. « Si, du moins, Constant... » A son fils, elle eût pu demander de l'aide, ou, au moins, se confier. Heureusement, les vacances approchaient. « Si sérieux, si réfléchi, pour ses seize ans et demi. » Dommage que ce ne fût pas lui l'aîné. Elle calcula qu'elle pourrait peut-être le voir au collège. « Si Monsieur Angellier veut m'emmener, la prochaine fois qu'il se rendra en Avignon... »

Elle émergea de sa rêverie :

— Madame, disait Pollonie, le lait a tourné. M'en faudrait d'autre pour ma sauce, et j'ai personne sous la main pour envoyer à la ferme.

La grosse figure haute en couleur entre les brides du bonnet rond en percale apprêtée demeurait placide. Ses problèmes, Pollonie les remettait entre les mains de

« la maîtresse ». Elle avait dit ce qu'elle avait à dire. A présent, elle attendait.

« Mais moi, songea Constance, sur qui puis-je me reposer ? »

Puis, elle eut honte : ce n'était pas une pensée digne d'une chrétienne. « Notre-Seigneur a pris sur lui le poids de toutes nos peines », se gourmanda-t-elle, en commençant à chercher la solution que réclamait Pollonie.

— Voyons : Reynette doit avoir bientôt fini son ouvrage, en haut ? De toute façon, il faut qu'elle y aille. C'est le plus pressé. Je vais...

En elle, au plus profond, il y avait cette voix, en même temps, qui s'obstinait à murmurer — impossible de la faire taire : « Mais Notre-Seigneur, lui-même, par moments, il doit être bien fatigué. »

2

Le galop de la jument soulevait sur la route une traînée de poussière qui montait en nuage gris jusqu'au feuillage des platanes épais comme une voûte.

— Vite, ma beauté ! Plus vite !

Vignes, maïs, mûriers, amandiers, tournesols, garances, les champs défilaient entre des haies de cyprès. A peine Julia avait-elle ralenti le train pour traverser Maillane. En moins d'une demi-heure elle atteignit les pins du Grand Frigolet.

A l'entrée de l'allée, elle remit *Haydée* au pas.

Une jeune fille sortit de la maison à son approche.

— Ma chère, nous nous demandions si tu viendrais.

Julia se pencha sur l'encolure de sa bête pour chuchoter :

— Il est là ?

Du menton, elle désignait la porte vitrée entr'ouverte.

Sa cousine éclata de rire.

— Inutile de dire une messe basse. S'il y était, tu l'aurais déjà vu se précipiter.

— Alors ?

— Non, mais quelle impatience !

Les prunelles de Julia fulgurèrent :

— Olympe !

Le son irrité de la voix de sa maîtresse fit faire un écart à *Haydée*.

— Hé là ! se plaignit Olympe, redevenue sérieuse. Attention, Julia ! Ma robe !

Une jolie robe. Julia l'apprécia d'un coup d'œil : volants, ruchés, médaillons de dentelles et nœuds de ruban Louis XV...

— Cela t'apprendra, dit-elle, sautant à terre. Tu me ferais damner.

Elle remit la bride au valet accouru :

— Fais-la boire au seau. Mais pas trop : elle a chaud.

Elle prit le bras d'Olympe :

— Dis vite. Où est-il ?

Le contraste était frappant entre la grande jeune fille aux anglaises blondes, aimablement dodue au sein de sa mousseline blanche, et la très petite Julia — « cette nabote », disaient derrière elle les gens qui ne l'aimaient pas —, brune de cheveux, et si mince dans son amazone sombre qu'elle en paraissait étriquée.

— Honoré l'a emmené voir les cultures. Depuis la fin du repas, nous ne parvenions plus à le tenir. Je ne sais ce qu'il a. Mais je ne serais pas étonnée s'il se déclarait aujourd'hui.

— Tu crois ? murmura Julia, les yeux brillants.

Olympe regarda de côté sa cousine.

— Et après ? Tu seras bien avancée. Enfin, c'est ton affaire. Mais quelle peur j'ai eue que mes parents ne s'aperçoivent de quelque chose. Par bonheur, ils sont partis pour Barbentane sitôt après le café. Ah ! ce n'est pas un soupirant de tout repos que tu as là ! Méfie-toi : je le crois capable d'enfourcher son coursier pour venir te chercher à la Sarrazine si jamais tu manques au rendez-vous. Pauvre chère ! Te représentes-tu le beau drame que cela ferait avec l'oncle Angellier ? J'en frissonne.

— Assez beau, en effet. — Julia considéra rêveusement la perspective. — Pourtant, un jour ou l'autre, il faudra bien...

— Attends, que je mette ma capeline, dit Olympe, comme elles atteignaient l'orée des terres où finissait l'ombre.

Elle s'arrêta pour nouer les rubans de velours.

Julia la regardait faire.

— Tu as toujours des canezous travaillés avec une finesse !

— Paris, ma toute belle, sourit Olympe. Maman m'a rapporté celui-ci de chez Petit-Deplanque. A propos, sais-tu que je dois l'accompagner, cet hiver, pour choisir avec elle les belles pièces de mon trousseau ?

— Non ? dit Julia, distraitement. Tu as de la chance. Et le mariage, toujours pour le printemps ?

— Non. En juin, probablement.

— C'est long. Il t'en faut, de la patience.

— Que veux-tu ? Gaston est obligé de prolonger son voyage. Il a écrit à Papa, la semaine dernière : la succession n'est pas encore réglée. Tu comprends, aux îles, rien ne se passe comme ici. Il y a une histoire de partage d'esclaves, avec l'autre héritier, de récolte de cannes. Gaston n'entend rien à tout cela, et l'on en profite. Pour la plantation, on offre de la lui racheter, paraît-il, mais à un prix ridicule. Tu comprends qu'il ne veut pas...

— Ecoute, interrompit Julia, ne peux-tu marcher un peu plus vite ?

— Mais je suis en nage. Tu ne m'as pas même laissé le loisir de prendre mon éventail et mon ombrelle. Ah ! Dieu soit loué ! les voici qui viennent à notre rencontre.

Des deux hommes qui s'avançaient, le plus séduisant, avec son fin visage régulier, ses cheveux blonds mi-longs, bouclés avec soin, son collier de barbe romantique, sa silhouette bien prise dans une redingote marron à revers de velours, était indéniablement Honoré de Sauzade. Mais ce n'était pas lui que regardait Julia.

Plus âgé de cinq ou six ans, Rodolphe Vernet donnait de prime abord une impression de force. Ses épaules, son torse puissants pouvaient paraître presque trop larges, malgré sa haute stature. Chacun de ses mouvements faisait rouler des muscles sous le drap de la redingote gris fer qui l'habillait avec une culotte moutarde et des bottes noires. Ses cheveux bruns taillés de près étaient durement plantés sur une tête que l'on devinait aussi dure. Leur coupe, jointe à celle des favoris qu'il portait courts à l'extrême, en « pattes de lapin », sans barbe ni moustache, eût pu le faire prendre pour un militaire. Le grand front sourcilleux, le menton carré, le grand nez largement ouvert, la grande bouche charnue, les grandes dents très blanches rangées à la diable, décelaient l'homme né pour s'approprier l'existence, et en jouir copieusement. Il y avait en lui, remarquait Julia, en cet instant, quelque chose... — elle hésita, cherchant à se le formuler — ... quelque chose d'animal.

« Mais qu'est-ce donc qui fait que je l'aime tant ? »

A chaque entrevue, elle se posait encore la question, ignorant qu'il n'existe aucune réponse à ce genre d'énigmes.

— Tu sais, il ne m'eût pas déplu, lui glissa Olympe, avec un petit rire mi-taquin mi-sincère. Dommage qu'une alliance avec sa famille soit impossible !

— Impossible ! marmotta Julia, tandis qu'ils se rapprochaient. Sotte ! En quoi, impossible ? Sa mère est une Richard-Lacroix, après tout !

— Et le colonel Vernet un parvenu, sorti de rien.

— Allons donc ! Des gens de par ici, que l'on a toujours connus !

— Justement : des gens qui ne possédaient rien, jusqu'à la Révolution. Tout le monde le sait. Papa, qui n'a jamais été un Ultra comme l'oncle Alfred, admet qu'on les fréquente. Mais jamais il n'irait prendre pour gendre le fils d'un homme qui a gagné son argent et son grade au service de l'Usurpateur.

— Balivernes ! dit Julia entre ses dents.

— Possible. Mais...

— Tais-toi. Il va t'entendre.

En effet, ils arrivaient à portée de voix.

— Julia ! Quel hasard... ? s'exclama Honoré, malicieusement.

Il se pencha pour embrasser sa cousine :

— C'est une surprise !

— N'est-ce pas ? renchérit Julia, d'un ton suave, tout en le pinçant, à la dérobée.

— Toujours charmante, mon ange, constata le jeune homme.

Elle ne s'attarda pas à relever la raillerie. Son sourire cherchait celui de Rodolphe Vernet, aussi franchement que le permettaient les règles de la décence.

Mais il s'inclina d'un air contraint :

— Mademoiselle.

« Vierge Mère ! Qu'a-t-il ? » se demanda-t-elle, en accomplissant sa révérence.

Les quatre jeunes gens reprirent ensemble leur promenade. Le mutisme relatif de leurs hôtes obligeait Honoré et sa sœur à des frais de conversation qui rencontraient peu d'échos.

En passant à proximité de la maison du baïle[1], Olympe saisit l'occasion :

— Continuez sans moi, je vous en prie. Il faut que j'entre un moment prendre des nouvelles. Leur dernier-né ne va pas très bien. Vous m'appellerez au retour.

Demeuré seul, quoi qu'il en eût, avec sa cousine et le visiteur, Honoré continuait à les chaperonner, pestant intérieurement contre le grotesque de sa position.

Ils firent encore quelques pas, dans un silence où s'accroissait la gêne.

Brusquement, Rodolphe Vernet trancha dans le vif :

— Sauzade, mon vieux, verriez-vous un inconvénient à me laisser entretenir mademoiselle Angellier quelques instants, en tête à tête ?

Ebahi, mais considérablement soulagé, Honoré éclata de rire :

— Ma foi, mon cher ami, pas le moindre ! A moins que ma cousine...

— Honoré ! coupa Julia, laconique.

Il ne se fit pas prier davantage.

— Maintenant, dit Rodolphe Vernet, lorsqu'ils l'eurent vu tourner dans le sentier et disparaître derrière les cannes déjà hautes d'une haie de roseaux à balais, y a-t-il un endroit où nous puissions être tranquilles ?

— Par ici. En continuant, nous rejoignons le lé qui suit la roubine[2].

1. *Baïle* : Chef des hommes d'une exploitation agricole.
2. *Roubine* : Canal d'irrigation, ou grand fossé d'écoulement.

Le cœur de Julia battait à grands coups. Dissimulée dans les plis de la jupe, sa main se crispait sur le stick.

Elle ajouta :

— Souvenez-vous : nous y sommes venus bien des fois, en bavardant avec Olympe.

— Bien des fois, en effet ! reconnut-il, crachant les mots comme s'ils eussent contenu l'amertume d'une dose de ciguë.

Perplexe, Julia lui lança un coup d'œil de biais, et attendit. Mais il n'ajouta rien.

Tous deux se remirent en marche, sans un mot.

Ils atteignirent le bord de l'eau, et le coin de fraîcheur où l'on pouvait s'asseoir, sous le saule à l'ombre duquel une grosse pierre à bâtir rectangulaire, sans doute mise là pour les pêcheurs, bon nombre d'années auparavant, servait habituellement de banc aux jeunes filles.

Mais Rodolphe Vernet ne parut pas s'en soucier.

Julia s'efforçait vainement d'aligner son pas sur celui de son compagnon. Elle en perdait le souffle, et sentait croître la tension de ses nerfs, tandis que la sueur perlant sur son dos traversait peu à peu chemise, corset, cache-corset, guimpe, et corsage.

« Jusqu'à quand ?...... bien savoir s'il ferait trotter ainsi une autre fille !... Lacées à étouffer comme elles le sont toutes !... Si c'était Olympe... »

Il finit par s'en apercevoir, et s'arrêta :

— Je vais trop vite ?

— Non pas. Ce sont vos jambes qui sont trop longues.

Elle eut mal, à le voir demeurer fermé, la bouche dure, refusant de sourire. Et le défia, exprès :

— Nous avons l'air de l'Ogre et du petit Poucet.

La pire de ses « croix », cette petite taille. Julia n'avait pas trop de tout son orgueil pour la porter. « Si petite ! A-ton idée ? » Mais elle n'eût permis à personne de le lui dire en face. A peine laissait-elle aux gens licence de le penser.

« Quatre pieds, sept pouces [1] ! » Et par-dessus le marché, autre disgrâce : ces yeux d'une teinte impossible, la plus malséante qui fût. Des yeux gris, pour tout dire. « Comme des huîtres, » la narguait Honoré, dans leur enfance. Si Rodolphe Vernet devait passer outre, il faudrait qu'il sût bien ce qu'il faisait.

En proie à sa bizarre humeur, il la dévisageait, muet.

Julia lui toucha la manche du bout de son stick, puis, désigna les deux ombres allongées sur le sol, à leurs pieds :

— Voyez la disproportion. N'est-ce pas ridicule ?

D'un mouvement inattendu, presque brutal, il lui saisit les poignets, et dit avec rudesse :

— C'est possible. Ça ne m'empêche pas de vous aimer.

Elle aspira l'air qui siffla imperceptiblement entre ses lèvres. « Vierge Mère ! »

Puis, se ressaisit, juste assez pour adopter un ton de badinage, prise au dépourvu devant cette manière abrupte de se déclarer.

— Vraiment, Monsieur ? Je me demande ce qu'il faut en croire.

Elle réussit un léger rire, tandis qu'un frémissement la parcourait.

— Allons donc ! Cessez de faire votre coquette. Voilà bien un an et plus que vous le savez.

Il dévorait du regard ce visage aigu, dessiné sans trace de mollesse, où les joues manquaient d'arrondi, et le menton de douceur. Etait-ce cette dureté même qui le fascinait ? Ou bien les longs yeux écartés, si

1. Environ 1,48 m.

curieusement pâles sous l'arc remontant des sourcils noirs qui accentuait leur ligne oblique, le nez petit, parfait, aux narines palpitantes, les lèvres fines et rouges, et l'énorme chignon couleur aile de corbeau, plus noir encore de s'opposer à la blancheur lumineuse du teint. Pas vraiment belle, du moins comme l'entendait la mode. Si petite, si maigre, avec cela. Non, pas belle, à coup sûr. « Mais dix fois, cent fois pire ! »

A l'abri de ses paupières baissées, Julia savourait ce regard dont elle ressentait l'ardeur ; et chacune des paroles qu'il avait prononcées ; et cette étreinte qui enfermait ses poignets, les meurtrissant à travers le cuir des gants.

— Oui, je vous aime ! Oui, je vous aime ! Oui ! répétait Rodolphe Vernet, pris d'une sorte de rage qui semblait se nourrir d'elle-même et s'exaspérer. Ce n'est certes pas ainsi que j'avais espéré vous le dire ! Mais à présent, peu importe ! Puisque je me suis laissé piper comme le dernier des imbéciles...

Elle releva la tête avec stupeur, et le regarda :

— Quoi ?...

Ces mâchoires raidies, ces yeux aussi brûlants que des charbons...

— ... Qu'est-ce que vous... ?

— Combien de fois suis-je venu ? Des douzaines ! Ou guère moins !

« Non, pas *des* douzaines. » Le compte exact, Julia le connaissait, elle.

— ... Et pour qui donc croyiez-vous que c'était ? Répondez ! Pour mademoiselle Olympe, peut-être ?

— Non, avoua Julia, cramponnée à la vérité, au milieu de cette tornade, comme l'homme de barre à son gouvernail.

A deux pas, l'eau courante froissait les herbes de la rive avec un bouillonnement égal. Et ce bruit familier qui s'enflait à son oreille, absurdement, par intervalles, et se mêlait aux battements du sang contre ses tempes, lui semblait n'avoir plus aucune réalité. Non plus que cette voix aux intonations basses et cassantes, traversée de vibrations de colère.

— Convenez aussi que cela vous amusait ! Mais soyez tranquille : je vous donne aujourd'hui une dernière occasion de rire. Ensuite, j'en aurai fini avec vous.

Julia se demandait vaguement si elle rêvait. « Lui, qui ?... » Ce n'était pas possible.

— Mais enfin, parvint-elle à dire, je voudrais savoir ce que vous...

Il l'interrompit encore :

— Et moi, je voudrais savoir ce que vous avez dans la tête, si vous vous figurez qu'on peut mentir à un homme par toute son attitude pendant des mois, le mener comme un dadais, et s'en tirer hypocritement avec...

— Assez, Monsieur ! éclata Julia, se dégageant avec une telle violence qu'il s'arrêta court, interloqué pour un instant.

La cravache qu'elle n'avait pas lâchée faucha l'air et s'abattit sur une touffe de glais dont les fleurs d'or resplendissaient au revers de la roubine.

— Une fille sans honneur pourrait certainement se permettre ce que vous dites, envers un galant homme, sans pour cela en être insultée. Mais je ne vois ici ni l'un ni l'autre. Et je n'entends pas continuer à me laisser traiter de cette manière. Adieu !

Elle tenta de l'écarter. Mais il lui barrait le passage, aussi solidement établi en travers du chemin qu'un bloc de rocher.

— Et moi, je vous dis... — Il immobilisa prestement

la main armée de la cravache qui, cette fois, se levait sur lui — ... que vous demeurerez !

De tout près, affrontant les éclairs froids, coupants comme des lames, que lançaient les yeux de Julia, il continua, penché sur elle, mâchant les syllabes, dans sa fureur :

— Galant homme ou non, peu m'importe comment vous me jugerez, quand je vous aurai dit, moi, comment je vous juge.

— Etes-vous donc devenu fou ? articula Julia qui, par dignité, renonçait à se débattre.

Peine perdue : elle eût tout aussi bien pu parler à un sourd.

— Hier, j'étais dans Arles. Au *Café du Wauxhall*, à la table des officiers, devant vingt personnes, un jeune lion a donné pour certaine la nouvelle qu'à bref délai, probablement même dès cette semaine, les fiançailles seront rendues officielles entre l'un des frères Foucaud-Saint André et la fille aînée d'Alfred Angellier, de la Sarrazine.

— Oh ! exhala Julia, sans voix.

Machinalement, elle se mit à frotter sa main endolorie que Rodolphe Vernet venait de libérer d'un geste sec où s'exprimait son mépris.

— Et vous avez pu accepter de me rencontrer ! Et me donner à croire que vous... Mais sacr... ! — Il escamota le juron à grand-peine. — ... Répondez ! Répondez au moins quelque chose ! Depuis hier, je bous dans une chaudière !

Nul besoin de le dire, cela se voyait, pensa Julia, se demandant comment elle eût pu placer un mot.

Peu à peu, elle se retrouvait. La stupeur avait agi sur sa colère à la façon d'un calmant. A présent, elle comprenait, elle excusait, elle fondait de douceur, devant ce déchaînement de jalousie chez l'homme qu'elle aimait.

Une gaieté tendre irradia soudain de son cœur, envahit son visage, dansa dans ses prunelles.

Elle avait envie de rire et de pleurer à la fois.

— Qu'avez-vous ? interrogea Rodolphe, déconcerté.

— Aussi !... C'est que vous êtes tellement nigaud !

Elle effleura d'un geste irraisonné le revers de sa redingote, dans un besoin obscurément maternel de le toucher.

Il demeurait planté là, immense, empêtré dans sa honte, maintenant qu'il commençait à entrevoir l'erreur commise et la gratuité de ses griefs. Assez satisfait, en même temps, des conséquences qui se dessinaient. Et, finalement, enclin à conclure que cette erreur avait à merveille simplifié les choses.

— Vierge Mère ! murmura Julia, vous êtes aussi emporté que mon père.

Contrit, il questionna pourtant :

— Ainsi, ce n'était pas vrai ?

— Comment avez-vous pu le croire ?

De nouveau, il lui avait pris la main. Doucement, cette fois. Avec une lenteur dévotieuse, il repoussa le gantelet, dénudant le poignet près de la manchette de toile, et baisa longuement ce coin de peau, jusqu'à le sentir frissonner sous sa bouche insistante.

En se redressant, il vit à la jeune fille une figure si tendue qu'elle paraissait souffrir.

— Me pardonnez-vous ?

Julia le regarda un instant. Puis détourna les yeux :

— Vous ne le méritez guère.

L'inflexion démentait les paroles.

— Même si je vous en prie à genoux ? insista Rodolphe, avec ardeur.

Elle le guettait à l'abri de ses cils :

— Le feriez-vous vraiment ?

— Tout de suite, si vous l'exigez !

Mais le rire apparu silencieusement au creux des joues de Rodolphe, le luisant de ses prunelles marron foncé, l'éclat humide des dents entre les lèvres entr'ouvertes, démentaient cette soumission. Et, déjà, Julia savait qu'elle avait cessé d'être la plus forte, et que...

— Julia ! murmura-t-il.

Tout le monde dit : « Julia. » Maman, Père, Sophie, Constant. Depuis des années : « *Julia... Julia... Julia...* » Elle se lève Julia, elle s'endort Julia, elle vit Julia. « Je suis Julia Angellier. »

Mais quelqu'un venait de le dire, et c'était un nom tout neuf, un beau nom, au son pur et grave, dans sa bouche. Quelqu'un qui, à présent, la tenait dans ses bras. Ce nom prononcé à voix basse, elle l'entendait pour la première fois.

Les yeux clos, elle sentait son souffle à lui, chaud, rapide, lui parcourir le front, les joues, les tempes, comme une caresse d'une affolante douceur.

« Oh, mon Dieu ! » Les bras se resserraient, la ployant insensiblement. Son haut-de-forme tomba en arrière. Ni l'un ni l'autre n'y prirent garde.

— Dites-moi que vous m'aimez aussi. Dites-le-moi. Rien qu'une fois, ma mie. Et dites que vous m'épouserez !

Le visage renversé, les yeux toujours fermés, elle hochait la tête, inconsciemment offerte.

Rodolphe prit la réponse sur ses lèvres. Délicatement d'abord, se faisant violence, en homme respectueux de sa fiancée. Puis, comme les bras de Julia venaient se nouer autour de son cou, il perdit subitement la tête, « au diable ! » et, cessant de rien ménager, fit sienne cette bouche qui, si souvent, l'avait tenté jusqu'au vertige.

— Oh !... gémit Julia, lorsqu'il se redressa pour reprendre haleine.

Il la contempla avec inquiétude : la figure en feu, elle semblait presque égarée.

— Ma mie, vous m'en voulez ?

Incapable de parler, Julia secoua la tête, et, tandis que Rodolphe refermait son étreinte, s'abandonna contre lui, la joue pressée contre les boutons de nacre d'un gilet dont la soie crissait sous son oreille.

C'était donc cela, un baiser. Cette chose indéfinissable, profonde, aiguë, presque douloureuse, qui, en un instant, mêlait une vie étrangère à la vôtre ; et ensemble vous dépossédait de vous-même, vous partageait comme l'eût fait un couteau, et vous faisait mystérieusement renaître, préfigurant déjà ce sacrement du mariage qui, Julia le savait, ferait une seule chair d'elle et de son époux.

C'était cela. Non ces risibles tentatives enfantines. Ce jeu défendu auquel elle avait joué volontiers, et longtemps : l'année de ses seize ans, encore ; jusqu'à ce que Rodolphe Vernet vînt à la Sarrazine sur son camargue blanc.

Lorsqu'elle l'avait vu arriver sur l'aire, devant l'écurie où elle se trouvait... Sûrement, il n'avait pas son égal comme cavalier. « *Vous aimez les chevaux, dirait-on, Mademoiselle ?* » Une conversation si banale. Vous-même ne le savez pas encore, et tout est arrivé. Jamais plus vous ne laisserez le petit ami d'enfance ou le jeune cousin vous embrasser derrière une haie, ou vous serrer trop fort la main en dansant la redowa.

Mais certes, ce n'était pas trop, deux ans d'attente, de rencontres furtives, si rares, où l'on ne peut que sourire et converser de fariboles en présence des autres, emportant seulement, chaque fois, quelques regards, une ou deux phrases ambiguës dont on cherche ensuite interminablement à forcer le sens, seule dans sa chambre ; et tout ce qu'il faudrait encore subir, non, ce n'était pas trop pour payer la révélation de ce baiser.

Soudain, elle s'avisa que l'existence continuait, toute pareille, bien qu'elle l'eût un moment oubliée. Et s'effara :

— Mon Dieu ! Mais il faut que je rentre.

— Vous avez bien le temps, dit Rodolphe, tirant sa montre de son gousset. Il est à peine cinq heures.

— Cinq heures sonnées ? — « Vierge Mère ! » — Vite ! Vite ! A six heures, nous nous mettons à table. Avant, il me faut m'apprêter, passer une toilette présentable, me recoiffer... Mon chapeau ?

Rodolphe le ramassa dans l'herbe, le frotta du revers de sa manche, et le lui tendit.

Elle le prit sans le mettre.

— Venez vite.

C'était elle, maintenant, qui le précédait.

— Vous recevez du monde ? s'enquit Rodolphe.

Julia hésita une seconde. Puis, se retournant, lui lança, bien en face :

— Oui. Ces messieurs Foucaud-Saint André.

— Ah ! Ah ! les candidats officiels de monsieur votre père ? remarqua-t-il avec un froncement de sourcils, tandis que sa bouche esquissait un demi-sourire. Avais-je donc si grand tort de m'inquiéter ?

Sans ralentir le pas, Julia se retourna de nouveau pour le gratifier d'une œillade moqueuse et tendre :

— Que oui !

Et fit belliqueusement une autre démonstration de cravache, au détriment des luzernes qu'ils longeaient.

— Je ne suis pas de cette espèce que l'on mène à l'autel au bout d'un licol, tout juste comme on mènerait vendre une jument à la foire de Beaucaire.

Rodolphe éclata d'un rire énorme.

Dans les prés, les tâcherons qui finissaient la journée relevaient la tête pour les voir passer.

— Chut ! Taisez-vous ! Que va-t-on croire ?

— Dites-moi, sera-ce votre réponse aux Foucaud-Saint André ?

Il ne se tenait plus d'aise.

Julia se mordit les lèvres. Malgré soi, elle riait aussi, de le voir rire.

— Pour le fond. Mais je m'appliquerai à y mettre un peu plus de formes. Père dit souvent que j'ai des manières de charretier. Il faudrait que je me corrige.

— Jamais de la vie ! Je les trouve parfaites, moi, vos manières. Au diable ces donzelles qui n'ont pas l'ombre d'une idée à elles, et passent leur temps à se fourrer leur flacon de sels sous le nez ! Les Vernet n'épousent pas des poupées de cire. Quand vous connaîtrez ma mère...

Il avait offert son bras à la jeune fille, tout en parlant. Derrière eux, le soleil descendait. Les rainettes prenaient la note avant de commencer leur symphonie du crépuscule. Un soupçon de brise courait sur la pointe des herbes, les agitant à peine. Au loin, une charrette lourdement chargée de bottelées de foin avançait avec lenteur dans la direction des bâtiments dont on distinguait la masse entre les pins. L'odeur de la fenaison emplissait l'air.

Il faisait bon marcher dans ce chemin qui s'en allait sans hâte vers un soir infiniment tranquille.

Julia songeait que, tout le reste de sa vie durant, elle se rappellerait cette journée dans ses moindres détails.

Et le repas imminent, la nécessité de se presser, les visiteurs et leurs intentions probables, la menace même des foudres que son refus déclencherait, s'estompaient dans son esprit, jusqu'à en perdre toute importance.

Elle s'appuya davantage sur le bras de Rodolphe, et leva la tête pour le regarder.

Sur ces traits plutôt rudes, ce qu'elle lut, aussi clairement que si c'eût été inscrit en belle écriture anglaise, était identique à la joie qui l'habitait, si profonde, si grave, qu'elle devenait déjà une certitude qui n'a plus besoin de se manifester.

Rodolphe inclina le menton vers elle, et dit, comme en réponse à ses pensées :

— Un jour, ce sera d'une promenade dans nos terres que nous reviendrons ainsi. Et nous rentrerons ensemble à la maison pour le dîner.

C'était presque trop doux à imaginer. Julia eut un bref soupir. « Un repas intime. Entre le feu et la lampe. Deux couverts en vis-à-vis. Une petite pièce. Bien calfeutrée. Et la veillée au coin du feu, ensuite. » Ainsi, quels que fussent le temps et l'heure où elle y rêvait, enfermait-elle d'instinct l'image de son bonheur futur tout au fond des ténèbres de l'hiver, cette saison pour gens mariés.

— Il me faut voir au plus tôt votre père. Voulez-vous lui annoncer ma visite pour demain ?

— Mon père ? Demain ?

Son sursaut étonna Rodolphe.

— Parbleu ! A quoi bon faire traîner les choses, maintenant ? Je parlerai au mien, ce soir. Mais vous savez qu'il est impotent depuis quelques mois : ma mère devra faire sans lui la démarche officielle. Aussi, je crois préférable d'avoir moi-même, auparavant, une entrevue avec monsieur Angellier.

— Vous voulez ?... Mais c'est impossible ! Si vous saviez !

« Vierge Mère ! » Il semblait vraiment n'avoir aucune idée de la situation.

— Je ne vois pas... commença Rodolphe.

— Mais jamais mon père ne voudra...

Elle s'interrompit.

— ... Ne voudra quoi ? demanda-t-il, le sourcil haut.

Comment le lui dire ? « Ah ! si peu de temps pour être heureuse en paix ! » Déjà se présentaient les obstacles.

— ... M'accorder votre main ? C'est cela ? Oui ? Mais pourquoi ?

Julia persistait à se taire.

Il s'impatienta :

— Mais enfin, parlez ! Qu'y a-t-il qui puisse empêcher monsieur Angellier de donner sa fille à un homme jeune, en bonne santé, de réputation intacte, de famille honorable, et pourvu de biens en suffisance ? Qu'ont de plus à offrir, ce mulet cagneux de Foucaud-Saint André et son avocaillon de frère ! Tonnerre de nom ! Si votre père ne se connaît pas mieux en chevaux qu'en hommes, vous vous réveillerez un beau matin ruinés, à la Sarrazine ! Ce n'est pas que cela me gênerait : je vous prends aussi volontiers nue et crue, s'il le...

Il vit le rouge monter d'un seul coup, comme une flambée, jusqu'aux cheveux, sur le visage de la jeune fille.

— Bon sang ! Je ne sais plus ce que je dis ! Pardonnez-moi, ma mie. Je ne voulais pas... Quel butor je fais !

Il paraissait soudain si désarmé. Julia le laissa lui prendre la main, en arracher le gant, la pétrir, la promener sur ses joues, la refermer en creux sur sa bouche, la goûter des lèvres, de la langue, des dents, y approfondir une caresse si possessive qu'elle eut l'impression de la ressentir au plus caché de son corps.

Péniblement, elle s'arracha à cette sorte de transe.

— Non... Non, je vous en prie.

Il lui sourit d'un sourire triomphant :

— Mon petit cœur !

Et, lui restituant son gant retourné comme une peau de lapin, conclut d'un autre ton, pratique :

— Venez vite. Je vous ai retardée.

Voilà donc comment ce serait. A chaque instant, il jetterait feu et flammes, pour s'en repentir l'instant d'après. Et alors, il... Julia s'aperçut qu'il avait repris le sujet.

— Voyons, ce n'est certainement pas cette petite discussion d'il y a deux ans, à propos du régime ?

Elle joignit les mains : « *Cette petite discussion !* »

— Mais mon père est Blanc, tout ce qu'il y a de plus Blanc, comprenez-vous ! Ce jour-là, sans y prendre garde, vous l'avez mis dans une fureur épouvantable. Seule, la courtoisie due à un hôte l'a empêché de vous faire jeter dehors par les valets d'écurie !

— Ah bah ! Non, à ce point ?

— Je pensais que vous l'aviez compris, puisque vous n'êtes pas revenu, par la suite.

Rodolphe tombait des nues.

— Ma foi, non ! J'ai trouvé votre père intraitable, en affaires tout autant qu'en politique. Il n'est pas le seul éleveur de la région, vous savez. Il n'avait vraiment rien qui pût m'attirer chez lui, hormis sa fille. Et quand j'ai vu la possibilité de vous rencontrer ici, en terrain neutre, j'ai trouvé cela fameusement commode : moitié moins de chemin à faire, et bien plus de liberté, que nous n'en aurions eue, à la Sarrazine.

Exposé sans fard, en toute innocence, le point de vue fit faire la moue à Julia.

— Eh bien !... Si j'étais un tant soit peu romanesque !

— Bah ! Bah ! La vie n'est pas une histoire de cape et d'épée. N'empêche qu'elle est magnifique. Vous verrez cela. N'attendez pas que je vous récite des fadaises, mais comptez sur moi pour vous aimer. Vous ne serez pas déçue.

Ils avaient atteint l'allée. Une servante traversa devant eux, à une cinquantaine de mètres, pour se diriger vers la maison, une corbeille de linge appuyée sur la hanche. C'en était fini d'être seuls.

— Pour en revenir à votre père, reprit Rodolphe, il faut pourtant que je lui parle. Ne m'annoncez pas, si cela vous est trop difficile, voilà tout.

Julia redressa les épaules.

— Je puis aussi bien le faire, si vous venez. Me prenez-vous pour une poltronne ?

— Non, ma mie. — Le coup d'œil dont il l'enveloppa eut la chaleur d'une caresse. — Alors, demain ?

— Demain.

Ils se sourirent.

— En attendant, dépêchons-nous ! ajouta Julia.

— Votre cousine, là-bas ! dit-il. Continuez vers elle. Je vais chercher les chevaux pendant que vous prenez congé, pour gagner du temps.

La jeune fille les regardait venir, du seuil de la maison.

Julia la rejoignit.

— Où étiez-vous passés ? questionna Olympe. — Elle la dévisagea : — Il t'a parlé, j'en suis sûre !

Julia fit signe que oui.

— Alors ?

— Je l'adore. Si tu savais, mon ange ! Il vient demain à la maison. Vite, une glace, pour mettre mon chapeau. Là !... Quelle heure est-il ? Oh, Seigneur Jésus ! Je te raconterai, mais laisse-moi partir. Il me reste à peine une demi-heure. Moi qui avais promis à Maman d'être exacte ! Et ce n'est pas le moment de mécontenter mon père, tu penses ! Oh !... Regarde-le ! s'exclama-t-elle, tournée vers Rodolphe qui revenait sur son cheval lancé au galop, ramenant *Haydée* par la bride. Regarde-le donc ! Où trouverais-je jamais un autre homme qui le vaille ?

Olympe passa affectueusement son bras autour de la frêle épaule de sa cousine.

— Bien sûr, je ne dis pas. Mais, mon pauvre chat, c'est à l'oncle Alfred qu'il va falloir poser la question.

3

Julia s'éveilla avec une sensation de malaise.

Comme chaque matin, cependant, les mésanges s'égosillaient dans le marronnier. L'odeur qui monte, au lever du soleil, de la terre encore mouillée de rosée, envahissait la chambre, avec celle des tilleuls en fleur, et celle, amère, des lauriers-tin et des lauriers-roses qui croissaient au pied de la terrasse, de ce côté-là de la maison. La brise apportait des bruits de basse-cour, des aboiements, des hennissements, et, par intervalles, le long cri rouillé des essieux d'un charreton en marche, au loin, dans la campagne.

En bas, des pas claquèrent sur les dalles, descendirent l'escalier :

« Voilà Père qui s'en va. »

Elle sauta à terre, suivie du serpent noir de sa natte dont la queue lui battait les chevilles, et se précipita vers la fenêtre.

La silhouette corpulente d'Alfred Angellier s'éloignait sous les arbres.

Il ne rentrerait qu'à huit heures, pour le petit déjeuner « à la fourchette » servi dans la salle à manger.

Julia revint au bord du lit, et tâtonna dessous, du bout du pied, à la recherche de ses mules.

Deux heures de répit avant l'explication imminente. « Toujours cela de gagné. »

Son regard erra vaguement à travers la pièce. La table de toilette, le pot à eau, la glace, les bouquets et les nœuds pompadour décolorés de la tapisserie, la chauffeuse au dossier en forme de lyre, le vieux voltaire qui perdait son crin, la chrétienne aux lions de la pendule, la petite sainte-vierge en bois polychrome, le bougeoir dont la chandelle avait coulé, ne lui paraissaient plus tout à fait les mêmes. Depuis des années, elle avait oublié qu'ils existaient. Ce matin-là, elle les voyait comme l'eût fait une étrangère.

Sur la cotonnade perse usée de la méridienne, la batiste raide d'empois de ses trois jupons de dessous étageait une montagne de volants. Le jupon de dessus enrichi de broderie anglaise, et la sous-jupe de taffetas glacé qu'elle portait avec sa robe en gaze de Chambéry, pendaient accrochés au portemanteau, tels qu'elle les y avait suspendus, à l'issue de la soirée, avant de monter dans son lit.

Julia les considéra sans complaisance. Puis, enfila une camisole sur sa chemise de nuit, et retourna vers la fenêtre.

A l'orient, une brume voilait le ciel d'un gris teinté de rose annonçant la chaleur. Au-dessus de la cime des arbres, on eût cru voir de la fumée.

— Qu'il fait beau ! soupira Julia.

Dépêcher sa toilette, avaler un bol de café au lait, et courir tirer *Haydée* de sa stalle.

Mais ce n'était pas un matin comme les autres.

« — *Papa, si vous le permettez, demain matin, j'aimerais vous parler. — Très bien, très bien, petite.* » A coup sûr, Père était satisfait.

Elle l'avait remarqué, la veille, en lui offrant son front pour le baiser habituel. Epanoui, bienveillant :

« — *Moi aussi, précisément, j'aurai des choses à te dire.* »

« Vierge Mère ! » Aucun doute, ils avaient fait leur demande, ces deux imbéciles. « Et maintenant, il va falloir... Voyons, lequel est-ce ? Amédée ? Ou l'autre, le mannequin de modes ? Non, certainement Amédée. Père doit préférer l'aîné, à cause des terres. Il se frottait les mains en revenant de les accompagner jusqu'à la voiture. Madame Amédée Foucaud-Saint André. « Ce qu'avait dit Rodolphe, comment déjà ? Ah oui ! *Mulet cagneux.* » Elle rit toute seule. « ... jamais prêté attention à ses jambes auparavant. » En sortant de table, elle les avait regardées : « Tout à fait cela. » La culotte courte, le frac, et les bas de soie noire ne les avantageaient guère.

Elle revoyait Rodolphe Vernet, sa carrure, sa haute taille, son assurance d'homme fort, son rire franc, sa façon de faire résonner le sol sous son talon en marchant, comme s'il l'eût conquis à mesure.

Le souvenir de leur baiser la traversa, si précis qu'elle ressentit de nouveau la vibration brûlante qui avait pris naissance à l'intérieur de son corps, dans l'étreinte de Rodolphe, et dut s'appuyer contre le montant de la croisée.

La porte s'entrebâilla :

— Que fais-tu, ma chérie ? Il est si rare de ne pas te voir en bas, à cette heure-ci. Tu n'es pas souffrante ?

— Souffrante ? Que non pas ! dit Julia, le front contre la poitrine de sa mère. — Elle joua un instant avec les rubans du bonnet de Constance, avant d'ajouter d'un ton de légèreté voulue : — C'est bien plus grave. Je suis amoureuse.

— Julia !

Constance desserra les mains que la jeune fille venait de nouer autour de son cou, et, les conservant emprisonnées dans les siennes, plongea ses yeux, anxieusement, dans les yeux qui vacillèrent un peu mais ne se dérobèrent pas.

— Julia, ce n'est pas vrai ?

— Et pourquoi non, ma doucette ? Ce n'est pas une catastrophe. Allons, ne faites pas une figure pareille. Vous ne me ferez jamais croire que cela ne vous est point arrivé.

Elle rit doucement de voir rougir sa mère.

« Amoureuse... » Constance avait honte à se souvenir qu'elle l'avait été. « Oui. Assez pour savoir ce que l'on endure. » Deux ans après son mariage, elle eût pu s'enfuir avec un homme. « ... *Ce soir, à la nuit noire, la voiture vous attendra au croisement de la route de Maillane. Venez ! Je quitterai l'armée. Nous irons nous cacher hors de France. Ne me repoussez pas, ne repoussez pas le bonheur ! A quoi bon feindre ? Je sais que vous m'aimez. Ces regards que vous me dérobez, ces silences, tout vous trahit et me le crie. Et moi, mon âme, je vous aime tant ! Sans vous, la vie...* » La lettre, elle l'avait déchirée. Mais, dix-sept ans après, les termes en étaient encore gravés dans sa mémoire où les traits du galant s'effaçaient. De tout cela, un été fini, n'était resté qu'une petite édition reliée en maroquin des *Poèmes d'Ossian* dont elle n'avait pu se défaire, bien qu'elle eût, à confesse, plusieurs fois promis de la brûler. Des années plus tard, à la naissance de sa seconde fille, elle avait hasardé timidement : « Je voudrais l'appeler Malvina. » On l'avait appelée Sophie, comme son arrière-grand-mère Angellier.

— Maman chérie ! Eh bien ?... A quoi donc pensez-vous ? Ne voulez-vous pas savoir qui est-ce ? Il viendra cet après-midi me demander à mon père. Devinez qui, allons ! Vous vous en doutez bien puisque, hier...

— Non ! Tu ne...

Julia sentit se crisper sur ses doigts les doigts de sa mère.

— ... Tu ne veux pas dire... ? bégayait celle-ci.

— Bien sûr que si : Monsieur Vernet.

— Mon Dieu ! souffla Constance, atterrée. Ce n'est pas possible !

Les joues de Julia s'enflammèrent. Elle se redressa brusquement :

— « Pas possible ? » Et pourquoi donc ? A-t-on la moindre chose à lui reprocher ? Quelqu'un qui monte comme lui, vous n'en...

— Ma pauvre petite ! Ne ramène donc pas toujours tout aux chevaux. Il n'y a pas que cela qui compte ! coupa Constance, avec lassitude. Oublies-tu ce qui s'est passé lors de sa venue, et la défense que t'avait signifiée ton père ? Et la colère dans laquelle il était ?... Mais même si monsieur Vernet possédait toutes les qualités, même, vois-tu bien, s'ils ne s'étaient heurtés comme ils l'ont fait, ton père n'en demeurerait pas moins intransigeant.

— Je sais bien, Maman, s'impatienta Julia. Je le sais que ce ne sera pas facile. Mais, que voulez-vous ? Je l'aime. Comprenez donc : je l'aime, je l'aime !

« Que va-t-il dire, Seigneur Dieu ? » se demandait Constance. « Lui qui est déjà de si mauvaise humeur, ces temps derniers. Si seulement les vers à soie n'avaient pas la gattine ! »

Et Julia continuait :

— ... D'ailleurs, il m'a bien promis : pas un mot sur la politique. Toutes les conditions de Père, il les accepte d'avance. Je l'ai chapitré, vous pensez. Sans arrêt, tout le temps qu'il m'a accompagnée, hier. Du Grand Frigolet jusqu'à l'approche de Maillane.

Et Constance : « Si quelqu'un les a vus ensemble !... »

— ... Oh ! chérie, que je vous raconte ! L'oncle Flavien ne sait rien, mais Olympe est avec nous ; elle m'a juré le secret. Nous nous voyons rarement, je vous l'assure. Mais... Et c'est hier qu'il s'est déclaré. Nous avons échangé nos paroles. Et... et aussi un baiser. Vous voyez, je vous dis tout. N'allez pas me trahir, après ! Il est... Oh ! si vous saviez ! Et il vient tout à l'heure. Je dois l'annoncer à Père. Oh, chérie, chérie ! Donnez-moi du courage. Il faut que j'en aie. Il faut ! J'aurais peur aussi, si c'était trop facile. Mais, écoutez-moi, je vous le dis comme je le pense : rien ni personne ne me fera renoncer à lui. Vous m'entendez ? Si l'on nous séparait, n'importe comment, je finirais par le rejoindre. Il faudrait que mon père me tue pour m'empêcher de l'épouser.

Constance s'était assise pour écouter sa fille. Ce flot de paroles emportait tout. Remontrances, protestations, objections, lui montaient aux lèvres sans qu'il lui fût possible de les formuler. Et, peu à peu, malgré elle, cette véhémence la gagnait, lui apportant quelque chose qui, obscurément, ressemblait à une revanche.

Effrayée du tour que prenaient ses pensées, elle s'efforça de réagir.

— Ma pauvre enfant, quelle folie ! Une fille se mariant contre le gré de son père. Dans notre famille, cela ne s'est jamais vu.

— Eh bien, que voulez-vous ? cela se verra si l'on m'y oblige, dit Julia, haussant les épaules.

Le ton de sa voix, sans l'ombre d'une bravade, n'impliquait que la résignation en face de l'inévitable.

Sa mère en fut impressionnée. Sans répondre, elle se leva, fit quelques pas dans la chambre avec agitation, rejeta machinalement sur le lit le drap qui traînait à terre, revint vers la fenêtre, et s'assit sur la chauffeuse.

Julia la suivait des yeux, sans bouger.

— Doucette ! appela-t-elle. Pourquoi vous tourmenter à l'avance ? Après tout, rien n'est perdu. Peut-être Père le prendra-t-il mieux que vous ne craignez. Il doit bien avoir envie de me voir heureuse.

« *Heureuse.* » Heureuse !... Que croyait-elle donc ? « Comme si le mariage... » Constance leva sur sa fille un regard dont la tendresse s'alourdissait de pitié. « Mais à quoi bon le dire ? »

Elle rêva un instant encore devant l'ardeur de ce jeune visage. « Et pourtant, si cela se pouvait... ? »

Julia qui l'observait vit naître sur sa joue un sourire un peu tremblant.

— Mais oui, ma chérie, espérons. Et je vais essayer de t'aider, décida Constance, étonnée de sa propre audace. Oui, de toutes mes forces. Je te le promets.

Quelques heures plus tard, Julia, mordant son mouchoir, tournait et retournait sans répit dans sa chambre, entre la porte et la fenêtre. Vainement : la porte était fermée à clé de l'extérieur, et la fenêtre donnait sur des arbres du parc, à l'opposé de la façade.

— Oh ! sang du Christ ! grondait-elle, tout bas, empruntant dans sa rage le juron des journaliers espagnols venus se louer pour la fenaison.

Se sentir prisonnière à l'heure où son sort allait se débattre, en bas, la mettait hors d'elle-même.

Elle s'arrêta devant la commode, et fixa son regard brûlant sur la statuette debout sur son socle et flanquée de deux chandeliers garnis de cierges roses et d'un vase de fleurs.

— Sainte Vierge, faites que... Oh ! Sainte Vierge ! Sainte Vierge ! Ecoutez-moi !

Une réflexion amère lui traversa l'esprit : n'allait-elle pas finir par être excédée, la Sainte Vierge, de la prière sempiternelle dont cette Julia Angellier lui rebattait les oreilles depuis le matin ? Julia l'examina comme si elle se fût attendue à découvrir sur les traits coloriés un signe quelconque, d'impatience ou d'encouragement. Puis, reprit ses adjurations.

— Oh ! Sainte Mère ! si seulement je pouvais entendre... !

Une demi-douzaine de fois, déjà, la porte d'entrée avait crié sans que la jeune fille eût réussi à discerner qui était là. Des pas, de temps à autre des murmures, des voix confuses. Rien d'autre ne parvenait jusqu'à l'étage.

Un trottinement dans le couloir attira soudain son attention. Elle se jeta contre la porte avec une impétuosité telle que le mouvement de ses jupes accrocha une chaise au passage et la renversa.

— Sophie, c'est toi ?

De l'autre côté, les pas s'arrêtèrent.

— Sophie, réponds donc ! insista-t-elle dans un souffle.

— Qu'est-ce que tu veux ?

— Sortir d'ici. Ne vois-tu pas que je suis enfermée ? Regarde si la clé n'est pas dans la serrure. Alors ?

— Oui.

— Quoi, oui ? Pour l'amour de Dieu... !

— Elle y est.

— Eh bien, tourne-la ! Qu'attends-tu ?

— Oh non ! dit peureusement la voix de Sophie, un ton plus haut.

— Chut ! Pas si fort. Mon Finou, ouvre-moi, je t'en prie. Rien que pour un instant.

Pas de réponse.

Julia pétrissait la poignée de cuivre, froide sous ses paumes en sueur.

— Finou ! Tu m'entends ? Tu es toujours là ? Ecoute. Dis-moi, au moins : où sont-ils tous ? Que se passe-t-il, en bas ? Y a-t-il quelqu'un avec Père ?

— Un monsieur. Je l'ai vu quand il est arrivé. Il a laissé son cheval dans l'allée, sous la terrasse.

Julia appuya la main sur son cœur. Il battait avec tant de force qu'il eût pu l'empêcher d'entendre.

— Depuis quand est-il là ?

— Un petit moment avant mon goûter.

— Après ? Quoi encore ? Ils sont au salon ?

— Oui.

— Et Maman ? Elle est avec eux ?

— Je ne sais pas.

« Oh !... Oh !... » Julia en eût grincé des dents.

— Pour Dieu, fais-moi sortir ! Que je puisse écouter, tu comprends ? Que je sache ce qu'ils disent.

— Ils se disputent, on dirait.

« Oh, Christ ! Christ sauveur ! Christ tout-puissant ! »

— Tu es sûre ? Il y a longtemps ?

— Juste maintenant. Quand je suis montée, ils parlaient comme tout le monde. Maintenant, ils crient. Tu n'entends pas ? Tiens, écoute.

— Non, non.

Rien. Du palier, c'eût été possible. Mais là... De désespoir, elle heurta le chambranle d'un coup d'épaule.

La douleur physique du choc lui procura une légère sensation d'apaisement.

— Qui est-ce qui crie ? Père ?

— Tous les deux.

Elle se colla au vantail de tout son corps.

— Je t'en supplie, dis-moi ce qu'...

Au rez-de-chaussée, l'on dut ouvrir la porte du salon. Soudain, la voix de Rodolphe Vernet, parfaitement distincte, tonna dans le vestibule :

— ... Une tare d'être le fils d'un homme qui s'est battu pour l'Empereur ! Mais tous vos Jean-F... de rois...

— Il suffit, Monsieur ! Sortez !

— ... que diable ont-ils à voir avec l'avenir de votre fille ?

— Vous souffrirez que j'en demeure juge !

— Quant à cela...

La grande porte battit et retomba avec une violence impressionnante sur le silence subit.

Julia guetta encore durant quelques secondes, puis, à bout de nerfs, courut vers son lit, l'escalada sans même user du tabouret, s'y jeta, s'y enfonça, la figure dans l'oreiller, foulant aux pieds la brocatelle qui recouvrait l'édredon pansu ; et se mit à sangloter avec l'abandon de quelqu'un qui n'a plus rien d'autre à faire.

Elle y était encore occupée lorsque sa mère, entrée sans bruit, lui posa la main sur l'épaule.

Julia tressaillit et releva la tête.

— Maman ! Oh Maman !

Ses traits rougis et boursouflés, ses cheveux en désordre, ses yeux injectés, ses paupières enflées, ses cils collés, la rendaient méconnaissable.

Constance l'examina tristement, en hochant le menton.

— Tu as entendu ?

— Seulement quelques mots, à la fin, lorsqu'il est parti.

Elle se redressa sur un coude et fouilla sous l'oreiller pour trouver son mouchoir. Puis, ramena sur ses jambes les jupes qui s'étaient relevées en tas, découvrant les volants de son pantalon plus haut que le mollet. Et, finalement, s'assit sur le lit.

— Vous y étiez, n'est-ce pas ? Racontez-moi.

Ses mots étaient encore mouillés, pâteux ; et sa voix rauque de larmes. Cependant, elle commençait à se ressaisir.

Debout contre la traverse, Constance lui caressa la main.

— Ma pauvre chérie, j'ai cru un instant qu'ils en viendraient à se colleter. Tout cela a mis ton père dans une telle fureur qu'il a eu besoin de s'en aller marcher un peu au grand air pour se remettre. C'est ce qui m'a permis de monter te voir.

Julia dit, les dents serrées :

— De toutes façons, il ne me tiendra pas ici, sous clé, toute la vie.

— Non, bien sûr. Demain, les choses seront un peu atténuées. Mais ce soir...

— Oui, ce soir, les verrous. Et probablement le pain et l'eau pour mon souper. Et pourquoi pas aussi le fouet, comme à Sophie ? Mais s'il se figure me réduire...

— Julia ! protesta Constance. Je ne puis t'écouter parler ainsi de ton père.

Elle fit mine de s'écarter.

La jeune fille l'empoigna à pleines mains par le pan de sa robe :

— Restez, Maman. Je veux savoir ce qui s'est passé.

Constance n'eut pas le cœur de résister.

— Eh bien, commença-t-elle, en soupirant, tu as vu dans quelle colère tu as mis ton père, ce matin, à lui tenir tête. Il n'a plus dit un mot de la journée. Aussi, tu penses si j'étais anxieuse, quand monsieur Vernet est arrivé. Tout d'abord, cela s'est passé mieux que je ne l'aurais craint. « Sans doute êtes-vous informé du but de ma visite ? » a dit monsieur Vernet. Et ton père : « En effet, ma fille m'a mis au courant. » Il était glacial, mais très calme. Sans l'interrompre, il l'a laissé exposer sa situation, sa parenté, ses espérances. Et sa réponse, catégorique, tu t'en doutes, n'en est pas moins demeurée courtoise. Cependant, monsieur Vernet a insisté, insisté encore. Et, par malheur, il a cru pouvoir invoquer tes propres sentiments. Ton père commençait visiblement à perdre patience. Il a répondu d'un ton sec qu'une fille soucieuse de ses devoirs ne se mêle pas d'aimer quiconque avant d'en avoir reçu licence de son père. J'ai vu monsieur Vernet se raidir et remuer ses mâchoires. « C'est pourtant la fille qui se marie », a-t-il répliqué comme s'il voulait le défier. « Que l'on marie, Monsieur. Distinguons ! » a rectifié Monsieur Angellier.

— Que l'on marie ! Que l'on marie ! Mais, Vierge Mère !... explosa Julia.

Elle vit la réprobation sur la figure de Constance, et se reprit :

— Pardon, Maman. Continuez.

— Monsieur Vernet a pris un air de dérision propre à pousser à bout quelqu'un de plus patient que ton père. Pour dire que ce distinguo était bon sous Hugues Capet, et qu'il n'y avait plus dans le monde, à notre époque, que les bestiaux et les nègres que l'on ac... — Elle s'arrêta net, rougit. — Enfin, fais-moi grâce du reste. Je ne l'ai d'ailleurs pas retenu en entier. Mais tu te représentes ton père. Le son même de sa voix m'a fait frémir quand il a dit : « Evidemment, dans le monde actuel où l'on voit régner la canaille, tous les principes peuvent être bafoués. Quoi qu'il en soit, ce qui était bon sous nos Rois l'est encore et le demeurera, pour moi. Dans ma famille, on vit sur les traditions reçues en héritage. Mais sans doute ignorez-vous ce que c'est. »

— « Sans doute ignor... » répéta Julia. Atterrée, elle

acheva la phrase à voix basse. Oh Dieu ! Maman, comment l'a-t-il pris ?

Constance tordait fébrilement les maillons de son sautoir au souvenir de la scène.

— Il s'est levé, et j'ai cru... A la façon dont il a marché sur ton père ! Mon Dieu !... Monsieur Angellier l'a sûrement cru aussi : il s'est levé également. Mais non. Arrivé devant lui, monsieur Vernet l'a toisé et lui a dit, face à face, avec un... un... — Le mot « mépris » qui s'offrait avec insistance était inacceptable, impossible à prononcer. L'avoir en tête était déjà une trahison, se reprocha Constance. Elle biaisa : — une insolence ! : « Vous vous trompez, Monsieur. Mais nous n'avons pas les mêmes. Chez moi, c'est mon père qui les fait... Que les vôtres soient si vieilles, cela explique qu'elles... » Constance hésita, rougit de nouveau, puis, prenant son élan, les yeux baissés sous le regard de sa fille, acheva très vite : « ... qu'elles puent si fort le renfermé. » Monsieur Angellier a eu un sursaut ; il a frappé du poing sur la table, se dépêcha-t-elle d'enchaîner. Et s'est mis à crier je ne sais au juste quoi. Ils parlaient tous les deux à la fois ; le ton montait, montait, et...

Elle s'arrêta court, stupéfaite :

— Julia ! Qu'as-tu ? Mais...

— Oh ! redites-le, Maman ! Redites-le, je vous en prie. C'est trop beau ! Mon père a dû s'étrangler !

Constance demeura muette, au spectacle de sa fille en proie au fou rire, qui semblait près de s'étrangler, elle aussi.

— Ne m'en veuillez pas, maman, hoquetait-elle. C'est... c'est plus fort que moi. Mais avouez : quelle trouvaille ! Comment pourrais-je ne pas l'aimer ? Non ! C'est trop drôle ! Quand j'y pense ! « Le renfermé » !...

Elle recommençait à rire.

« Ce sont les nerfs », se dit Constance. « Après une telle journée... »

Julia finit par se calmer. Elle sauta à bas du lit et alla tremper dans son pot à eau le coin d'une serviette.

— Quand je pense, dit-elle, rêveusement, tout en se bassinant la figure et les yeux, que je lui avais tant recommandé de ne rien dire qui pût heurter mon père ! Je devrais être fâchée contre lui. Mais je m'en sens bien incapable. Même si j'envisage les conséquences.

Elle s'arrêta, la serviette à la main, et réfléchit une seconde :

— Comment le pourrais-je, d'ailleurs ? Ce qu'il a dit, je le pense. Et après tout, il n'a fait que se défendre quand on l'insultait. C'est mon père qui...

— Ton père, coupa vivement Constance, a fait preuve d'une longanimité surprenante dans cet entretien, pour qui le connaît.

Julia reposa d'un geste brusque la brosse à cheveux qu'elle venait de prendre, et fit volte-face :

— Moi qui croyais que vous étiez de notre côté !

— Du *tien*, précisa Constance, appuyant sur le mot. Je suis du tien. Autant, du moins, que je puis l'être sans manquer à ce que je dois à monsieur Angellier.

La jeune fille se mordit les lèvres : c'était juste, bien que dur à admettre. Sans répondre, elle revint à la glace et entreprit de se recoiffer.

Par derrière, Constance s'approcha, hésitante, ne sachant comment exprimer ce qu'elle voulait dire. Elle s'assit sur la chaise basse, jeta sur Julia un coup d'œil timide ; et prit courage, à ne voir d'elle que ce dos tourné sur lequel les cheveux défaits étendaient, presque jusqu'aux pieds, un voile épais et sombre.

« Tu aurais dû passer un peignoir par-dessus ta

robe », faillit-elle observer. Mais il ne s'agissait pas de cela !

— Ce que je ne parviens pas à comprendre... — Elle buta sur la suite. Il fallait reprendre, d'une autre manière : — Je me demande ce que monsieur Vernet...

— Pas comme cela non plus. — Je t'avoue que je me le figurais tout autre. Cette promptitude à s'emporter, cette violence de ton et de langage, ce manque d'égards envers un homme plus âgé... Et mon Dieu ! Comment te dire ? Même physiquement... — Elle s'embarrassait du silence même de sa fille.

Obstinée à se taire, Julia continuait à piquer son chignon d'épingles, d'une main que l'irritation rendait maladroite.

— Comment ne vois-tu pas que monsieur Foucaud-Saint André, somme toute, est beaucoup mieux de sa personne ? Il a plus de finesse et de régularité dans les traits, plus d'élégance ; il est bien plus racé. Enfin, c'est un homme du monde. Tu aurais là un mari plein d'égards. Et cultivé ! Et raffiné ! Vraiment, je ne m'explique pas ta préférence.

Julia se retourna tout d'une pièce. Ses yeux étincelaient.

— Maman, cria-t-elle, les narines frémissantes de colère. C'est donc en service commandé, pour me chanter ses louanges, que vous êtes montée ?

— Julia ! Non, ne crois pas cela !

— Alors je vous répéterai ce que je vous ai dit hier et que j'ai redit ce matin à mon père. — La voix de Julia, plus basse, martelait à présent les syllabes. — Jamais, entendez-moi bien, jamais au grand jamais, je ne me résoudrai à l'épouser. Vous devriez avoir honte de jouer ce rôle auprès de moi. Si vous m'aimiez vous n'auriez pas accepté ! Vous...

— Mais je n'ai pas !... Ce n'est pas vrai ! se débattait en vain Constance.

— ... N'est-ce pas assez que j'aie à me défendre seule contre la tyrannie de mon père ?

— Tais-toi ! cria Constance, indignée. Tu n'as pas le droit ! Comment oses-tu ? Tu lui dois...

— ... Le respect, je sais ! Et l'amour ! Et l'obéissance ! Oui, oui, oui, Maman ! Oui ! « *en échange de la vie qu'il m'a donnée* ». Je connais l'antienne. Mais s'il dispose de moi comme d'un objet, pour sa satisfaction personnelle...

— Julia ! coupa encore Constance. C'est pour ton bien !

— Mon bien ? — Julia ricana. — Dites : le sien ! Qui se soucie de dot, de douaire, d'alliances, de considérations politiques, et autres sornettes, sinon mon père ? Mon mariage n'est qu'une carte dont il a besoin pour son jeu. A moi de me débrouiller, ensuite, avec l'époux qu'il m'aura imposé pour le restant de mes jours. Cette tête pommadée, elle vous plaît à vous, ma mère ? Grand bien vous fasse ! Mais c'est moi qui l'aurais devant les yeux, de l'aurore à la nuit ; et bien pis : sur mon oreiller, de la nuit jusqu'à...

— Veux-tu te taire ! — Constance se dressa : — Assez ! tu deviens folle ! Tu ne sais plus ce que tu dis !

— Que si, Maman ! Et fort bien. Allons donc ! suis-je aveugle, par hasard ? Ou « demeurée » ? J'ai vu mener les juments à l'étalon, n'est-ce pas ? Et naître assez de poulains, d'agneaux, de chiens, de chats, pour soupçonner comment cela se passe chez les hommes. Quand deux personnes se mettent au lit ensemble pour avoir un enfant, la manière de s'y prendre doit bien être à peu près la même ! Eh bien ! je vous le dis et vous le répète encore : je ne ferai jamais rien de ce genre avec monsieur Foucaud-Saint André. Pouah ! Rien que d'y penser, le cœur m'en lève.

Constance était retombée sur sa chaise, écrasée, pourpre de honte :

— Oh mon Dieu ! Oh mon Dieu ! balbutiait-elle.

Julia considéra sa mère, et un remords lui vint. D'un élan elle fut à ses genoux, la câlinant, l'embrassant :

— Maman ! Maman chérie ! regardez-moi. Ne soyez pas fâchée. Je sais bien qu'on ne parle pas de ces choses. Et pourtant, elles existent. Elles comptent.

« Oh mon Dieu ! » Il y avait un souvenir qui revenait s'imposer à Constance. « Cette première nuit... Ah ! » Mais on ne devait pas le dire. Pas une femme convenable n'eût osé aborder le sujet. Il fallait Julia et son terrible manque de... oui : de modestie, pour le faire. Et avec cette crudité !

Tant d'efforts, de soins, d'enseignements, inutiles. Constance en ressentit la fatigue accumulée sur ses épaules. C'est de cela que l'on vieillit : le poids des tâches mal remplies, des intentions qui ont échoué, des velléités non abouties, pèse comme du plomb, et creuse plus profond que les plus lourdes fautes. « Cette enfant... » Pas méchante, pourtant. Si tendre, même. Et franche, nette, sûre. Et tellement vivante ! Mais autoritaire, tenace, ingouvernable. Sans plus de retenue que si elle eût été un garçon. Et dire que l'on ne pouvait pas même lui en tenir rigueur !

— Savez-vous, Maman, continuait Julia, lovée en rond comme une chatte, se pressant contre sa mère, au cœur d'une houle de jupes et de jupons, les femmes mettent généralement toute leur volonté à ne pas faire ce qu'elles ont envie de faire. Leur courage, leur énergie, elles les usent à résister au désir d'être heureuses, pour subir ce qu'on leur impose. Pourquoi ? C'est absurde. Moi, je mettrai tout ce que j'ai de volonté, d'énergie, de courage, à faire précisément ce que j'ai envie de faire. Oh ! je ne me dépenserai pas en caprices. Non, pour cela, n'ayez crainte. Je ne suis pas une fille folle. Mais, du jour où j'ai vu Rodolphe Vernet pour la première fois, j'ai su que ma vie, ce serait lui. Et je ne perdrai pas ma vie, ma vie unique, songez-y, Maman, qui me vient de Dieu, avant mes père et mère ; et s'Il me l'a donnée, c'est bien pour en faire quelque chose de beau, d'accompli. Non pour la gaspiller, comme vous voudriez me le voir faire.

Constance n'avait plus de réactions.

— Mais, que peux-tu encore tenter, à présent ?

— Je n'en sais rien. Je n'y ai pas réfléchi. Cela dépendra de ce que fera mon père.

— Tu penses bien que vos rencontres au Grand Frigolet sont finies.

Le cœur de Julia se serra. « C'est vrai. » Elle n'y avait pas songé. Où et quand, dorénavant, reverrait-elle Rodolphe ? A quel moyen recourir pour communiquer avec lui ?

Les doigts de sa mère effleuraient d'un va-et-vient régulier les bandeaux à la vierge de nouveau irréprochablement lisses.

Si tout avait pu aussi aisément rentrer dans l'ordre. Un instant, Julia envia la sagesse des filles qui acceptaient sans révolte de suivre la voie préparée par leur famille. Quelle paix, de pouvoir se laisser aller, de démissionner de soi-même !

« Bah ! », conclut-elle, « autant être nonne, en ce cas ». Dans son esprit surgit l'image d'une balance aux deux plateaux chargés : « Entre Notre-Seigneur et Amédée Foucaud-Saint André... »

Constance s'étonna de voir naître un pli d'ironie au coin de sa bouche.

« ... qui donc serait assez bête... ? Mais Rodolphe,

ah ! Rodolphe ! » Rien que d'y penser lui rendait son courage.

Elles demeurèrent un long moment l'une contre l'autre, silencieuses d'un silence qui les unissait.

Ce fut Constance, la première, qui entendit les pas dans l'escalier.

— Ton père !

Trop tard pour quitter la pièce.

D'instinct, elles se séparèrent. Julia recula vers le fond tandis que sa mère courait vers la porte.

Comme elle l'atteignait, M. Angellier tourna la poignée.

Du seuil, il s'en prit d'abord à sa femme qui, arrêtée à deux pas de lui, le considérait avec crainte.

— Constance !

Le prénom claqua sec comme une réprimande.

Elle baissa la tête. Un tic agitait l'une de ses narines.

— Mon ami ?

En face d'elle, le menton dressé, pris comme dans un carcan derrière les pointes de son col à l'ancienne mode, une main dans son gousset, l'autre jouant impatiemment avec sa grosse giletière en or, son mari ne lui arrivait guère plus haut qu'à l'épaule.

— Je croyais vous avoir interdit d'entrer ici.

— Pardonnez-moi, je...

— Nous verrons cela tout à l'heure. Pour l'instant, c'est à votre fille que j'en ai.

Julia sentit monter en elle une bouffée de révolte furieuse contre ce petit homme rond aux yeux gris glacés, qui humiliait sa mère. Elle se raidit, et rejeta la tête en arrière comme un pur sang qui « encense ».

— Père...

— C'est à moi de parler.

Le regard de M. Angellier se vissa sur le sien :

— Je ne sais ce qui me retient de te... Baissez les

yeux, morbleu, Mademoiselle ! Baissez les yeux ou je vous les fais baisser avec un soufflet !

Julia obéit. Ses ongles s'enfonçaient dans ses paumes.

— D'abord, entendez bien une chose : qu'il ne soit plus question, sous aucun prétexte, de ce... du goujat dont votre désobéissance m'a infligé la visite. Une visite odieuse, s'il en fut jamais ! Que son nom ne soit plus prononcé chez moi !

Il prit un temps, sans cesser de surveiller le maintien de sa fille qui demeurait immobile, les yeux fixés à terre.

— Ceci dit, je vous rappelle la demande que j'ai reçue hier soir. Monsieur Foucaud-Saint André fera un gendre à ma convenance. Je vous donne jusqu'à demain pour me dire que vous l'épouserez.

« Me taire. Me taire ! Je sais qu'il vaut mieux. Je le sais ! », s'exhortait Julia en son for intérieur. Au même instant, en dépit d'elle-même, elle fit un pas en avant et vint s'appuyer au guéridon.

Elle paraissait parfaitement maîtresse de soi. Mais, dans sa poitrine qui lui semblait être rétrécie, son cœur battait à coups démesurés. Et, sous les jupons entassés dont la large circonférence contribuait à donner de la majesté à son corps frêle, ses genoux tremblaient, plus encore de colère que de peur.

Constance joignit les mains sans y prendre garde. Mentalement, elle priait déjà depuis un moment.

— Il n'est besoin d'aucun délai, mon père. Ma réponse, je puis vous la donner à l'instant même. Depuis hier, elle n'a pas changé.

— Comment ?

Hors de lui, M. Angellier marcha sur elle. Sa figure ordinairement colorée était devenue d'un blanc cireux, comme si la fureur l'eût d'un seul coup vidée de son sang.

— Tu oses... ?

Il se pencha par-dessus le guéridon auquel sa fille se cramponnait pour ne pas reculer, et la gifla à toute volée.

Constance étouffa un cri et s'élança vers lui.

Julia vacilla ; puis releva intrépidement la tête. Sur sa joue, la marque du coup, d'abord livide, commençait à s'enflammer.

— Mon ami, par grâce ! Calmez-vous ! implorait Constance, agrippée au bras de son mari.

Surpris par sa propre brutalité, Alfred Angellier rompit d'un pas.

— Songe à me faire une autre réponse ! Sinon, je t'avertis : je t'en ferai repentir.

— Vous me traîneriez...

— Tais-toi ! lança Constance. Tais-toi, Julia, je t'en supplie !

Julia ne pouvait plus se taire. Une sorte de joie orgueilleuse, exaltée, s'était emparée d'elle. Tout comme la chrétienne obstinée à confesser sa foi au milieu des fauves sur le dessus de la pendule dont un rayon du soleil couchant faisait luire le bronze, il lui fallait parler.

— ... par les cheveux jusqu'à l'autel que vous n'en obtiendrez point d'autre, acheva-t-elle, s'attendant au pire. Maman chérie, pardonnez-moi, mais...

Constance pleurait.

— Ma petite fille ! Ma petite fille !

— Eh ! laissez donc, Constance !

Au paroxysme de sa rage, l'effort de M. Angellier pour se maîtriser se traduisait dans sa voix par une discordance faisant grincer les mots :

— Laissez donc ! Elle aura ce qu'elle a cherché. Dès demain, ayez sa malle prête.

Il se tourna vers Julia :

— D'ici trois jours, tu seras au couvent, entends-tu ?

— Oui, Père, articula Julia, sans bouger.

Il dut résister encore à son envie de la frapper, devant cette immobilité de pierre. La dignité l'emporta enfin :

— Venez, Constance.

Près de la porte, il s'effaça pour laisser passer sa femme. Puis, comme s'il eût deviné les pensées que remuait Julia, avant de sortir, il se retourna de nouveau vers elle :

— Jusqu'à ton départ, tu ne quitteras pas cette pièce.

4

Les longs couloirs blancs où le jour semblait tomber du ciel directement par les fenêtres hautes, le réfectoire avec son estrade, au centre, réservée à la lectrice de semaine, les classes bourdonnantes, le jardin, la cloche des récréations et celle de la chapelle : rien n'avait changé.

Une petite Julia de quinze ans avait un jour franchi les limites de cette paix. Et aussitôt, piégée dans le monde, il lui avait fallu apprendre à s'y débattre.

Mais ici, entre ces murs, rien n'arrivait jamais. Chaque jour, à la même heure, après son départ comme avant, les même offices avaient continué de se dérouler ; les mêmes voix sans corps des « *Madeleines* » cloîtrées s'élevaient derrière le rideau noir de la grille vers laquelle les pensionnaires n'avaient pas la permission de se retourner. Il y avait d'autres élèves, d'autres Julia exactement pareilles, dans le strict uniforme, à celle qu'elle avait été.

Cependant, la Julia revenue retrouvait en vain toutes les traces, tous les rites de son ancienne vie et ne parvenait plus à s'y intégrer. Elle était passée de l'autre côté. C'était fini, pour elle.

Julia méditait sur cet isolement, ce matin-là, assise au bout d'une tablée de pies affamées, tournant et retournant son couvert d'écolière que Constance avait tiré d'un placard et glissé dans sa malle. Sur le manche, on lisait le numéro gravé : 24. Naturellement, cela ne correspondait plus à rien. Le vrai numéro 24 était une longue perche de fille au nez camard. « C'était *mon* numéro. C'était *ma* place... » Qui s'en souciait ? Julia promenait ses souvenirs aussi vainement qu'un fantôme la transparence de ses chaînes. Par moments, elle ne savait plus très bien si c'étaient eux seuls qui avaient existé, ou elle.

Rodolphe était si loin, derrière une telle absence, lourde comme une montagne de pierres, qu'elle n'arrivait plus que de manière fugitive à songer à lui comme à quelqu'un de réel. Quelqu'un qui l'avait tenue ferme contre sa poitrine, mêlant à la sienne sa propre chaleur. Quelqu'un dont la bouche, avidement, avait ouvert en elle une blessure secrète au goût de salive et de fruit. Quelqu'un qui avait prononcé toutes ces paroles que l'on croirait presque avoir inventées lorsqu'on se les remémore ensuite.

Tout cela avait-il plus d'authenticité que le rêve grisâtre qu'elle était en train de faire dans cette chambre nue comme une cellule où Mère Sainte-Clotilde l'avait installée, au fond du dortoir de la division des petites ?

— Vous en avez deux qui sont si jeunettes. Si vous voulez vous occuper d'elles, Julia ?

Mais *Haydée* — « Et toi, qui s'occupe de toi ? Qui te monte ? Qui te fait galoper, ma belle ? » — Et les courses matinales, le grand vent dans le désert bleu profond du ciel d'été ? Et l'accueil mystérieusement, tendrement royal que reçoit des arbres la créature humaine qui les aime ? Et la resse[1] des cigales, les grands fenouils et les menthes que l'on écrase entre ses paumes ? Et l'amitié des chiens, des chats, des petites gens, de tout ce qui vit dans la fraternité de la campagne et par elle ? Et la coquetterie, la joie, la folie, l'espoir, l'attente, les confidences, dont Olympe savait si bien prendre sa part ? Et ce chemin, le long de la roubine, où naguère — y a-t-il vraiment si peu de temps ? — l'on pouvait marcher à deux, côte à côte, deviser d'avenir, plaisanter, rire, avec au cœur la prodigieuse certitude que tout est à jamais fixé ?

Restaient les fleurs pour la chapelle, la nappe d'autel à broder — « Que fait-il ? Où est-il ? » — ces deux toutes petites avec lesquelles, d'ailleurs, le couvent entier jouait déjà à la poupée — « Sait-il seulement ?... Peut-être par Olympe ? » — L'harmonium, le chant, les répétitions de solfège à donner à quelques-unes des « moyennes ».

Et personne, personne à qui confier un peu de tout ce qui, à la longue, vous étouffe.

On remettait à Julia ses lettres décachetées ; même celles de sa mère.

Le seul écho qu'elle eût reçu du Grand Frigolet était une épître où tante Nancy exprimait tout au long à sa nièce son sentiment sur l'indignité d'une telle conduite, et ses vœux pour que six mois ou un an de retraite à la Visitation eussent un effet salutaire.

---

1. *Resse* : Scie. Le mot qui fait onomatopée se dit couramment pour le cri des cigales.

Il y avait bien dix jours que cela durait.

Un dimanche soir, une élève de la première division aborda Julia dans le brouhaha de la sortie du réfectoire.

— Rejoignez-moi à la lingerie. Tout à l'heure, au parloir, ma sœur m'a donné un mot pour vous de la part de votre cousine Sauzade.

« Olympe, cher cœur ! »

Un billet plié et replié qui tenait dans le creux moite de la main.

« De lui ! Ah ! Vierge Mère ! »

Le style de Rodolphe lui ressemblait.

Ma mie,

Je mériterais une raclée. Mais aussi, votre père m'a poussé à bout ! M'en voulez-vous, pour tout ce qui s'est passé ? Je vous aime et veux vous le prouver. Dites-moi ce que je puis faire. Je suis prêt à n'importe quoi.

RODOLPHE.

Julia savoura cette lettre d'amour d'une concision lapidaire, avec un sourire qui, peu à peu, se brouillait. Pour elle, le plus brûlant délire poétique n'eût pas traduit la passion avec plus d'éloquence.

Au verso, près du cachet, quelques mots de la fine écriture d'Olympe contrastaient avec les grands jambages en désordre dont Rodolphe avait sabré le papier.

Il est fou furieux. Honoré a eu toutes les peines à l'empêcher de courir faire un éclat à la Sarrazine. Fais passer ta réponse à Delphine Roux. Je l'ai mise au courant. Tu peux te fier à elle.

A elle, à sa sœur. Et à Olympe, la chère Olympe. En définitive, on rencontrait toujours des gens à qui se fier, découvrit Julia, réconfortée.

Delphine Roux emporta, le dimanche suivant, une

lettre dix fois refaite, où le cri passionné jailli d'un premier jet s'était nuancé de plus de retenue au cours de rédactions successives, pour se résoudre en un long chuchotement de tendresse doublé d'un appel au calme et à la patience.

Cependant, dans Avignon, l'histoire faisait le tour des salons, derrière les éventails des dames et défrayait le plus clair des conversations.

— Vous connaissez l'intransigeance d'Alfred !

— ... Mais où allons-nous, si les enfants commencent à s'insurger contre la volonté paternelle ?

— Pourtant, ma bonne amie, si ces pauvres jeunes gens...

— ... Aux Visitandines, c'est exact. Je puis vous l'assurer : j'ai questionné ma fille. Il faudra que je lui fasse dire si...

Les hommes, eux-mêmes, s'en mêlèrent et prirent parti dans l'un ou l'autre sens, selon la couleur de leurs opinions politiques.

— Une nazarde pour cette racaille bonapartiste. Ils se croient tout permis, ma parole ! se congratulaient entre haut et bas les tenants de la monarchie légitime.

Tandis que l'autre parti ricanait bruyamment :

— Ce cul-blanc d'Angellier ! C'est pain bénit ce qui lui arrive.

Il ne fallait rien de moins que l'entrée d'un personnage officiellement nanti des dernières nouvelles touchant la venue du Prince-Président pour qu'enfin l'on parlât d'autre chose.

En peu de temps, par les questions, les commentaires, les récits recueillis au parloir, tout le couvent fut mis au fait. Julia devint une manière d'héroïne que les « petites » de la dernière division se bousculaient pour approcher, quitte à la regarder ensuite bouche bée, plantées devant elle ; tandis que les aînées offraient leur sympathie, leur dévouement, leur entremise, en échange de bribes de confidences octroyées de temps à autre et religieusement reçues, dont la rareté même augmentait le prix.

Un parfum d'amour se levait comme une vague, tourbillonnait dans l'atmosphère de la Visitation, sous le nez innocent des saintes femmes hors de leurs gardes.

Par ces nuits trop chaudes de juillet, qui tenaient les pensionnaires éveillées dans leurs lits exigus, la présence d'un homme envahissait le dortoir, avec la langueur, la fièvre, les imaginations, les désirs imprécis de caresses, qu'elle suscitait.

D'une couchette à l'autre, on chuchotait :

— Moi, à la place de Julia, je...

— Et s'il l'enlevait ?

— Niaise ! Comment veux-tu ?

Celles qui entretenaient en secret un amour sans espoir pour quelque cousin, ou quelque bel officier aperçu en promenade, se sentaient solidaires des affres de Julia. Celles qui attendaient encore d'aimer ou d'être aimées confondaient leur attente avec la sienne. Aux plus dépourvues, son histoire donnait la possibilité de vivre en cachette pour leur propre compte un rêve qui empruntait son visage à une réalité si proche.

Ce Rodolphe Vernet que la plupart n'avaient jamais vu — dites, Julia, comment est-il ? — que les autres avaient pu rencontrer sans que leur intérêt en eût été particulièrement éveillé, occupait à présent les pensées d'un bataillon de jeunes filles.

— Julia, figurez-vous : ma mère l'a croisé, l'autre jour, dans Avignon. Il remontait la rue Petite-Calade. Elle l'a trouvé amaigri.

— Amaigri, vraiment ?

Julia pâlissait, inquiète et ravie.

Elle adjurait Olympe de veiller sur lui. Elle réclamait des nouvelles. Elle exigeait la vérité.

Delphine transmettait la réponse :

La vérité pure était qu'il se portait comme un charme, et, rongeant son frein, commençait à s'établir solidement sur ses positions d'attente.

— Vous savez, Julia, il fréquente chez mes cousins Peyrissac, l'informait une autre. Peut-être ma cousine le verra-t-elle demain soir. Avez-vous quelque chose à lui faire dire ?

— Qu'il patiente. Et qu'il m'écrive.

La semaine suivante, elle avait une lettre. La teneur n'en variait guère : « *Je suis à vous. Je pense à vous. Je vous aime. J'ai une envie féroce de vous tenir dans mes bras. Si vous saviez le désir que j'ai de vous donner un baiser. Quand ?... A quand ?* », répétait Rodolphe, dont l'imagination ne se perdait pas en hyperboles.

Qu'importait ? Chacun des mots écrits se chargeait de son sens le plus plein. Julia les recevait, frémissante, comme s'ils eussent été murmurés sur sa propre bouche par une bouche exigeante et chaude.

Brusquement, les vacances arrivèrent, vidant les classes, la cour, les dortoirs.

Portée trois semaines durant par l'exaltation collective, Julia se retrouva seule avant de l'avoir prévu.

Ne demeuraient au couvent, à part elle, que deux élèves étrangères et une jeune fille orpheline de mère dont le père venait de se remarier.

Finie la correspondance avec Olympe. La lettre de Rodolphe n'aurait pas de suite. Et la sœur de Delphine

Roux, dont c'était la dernière année, ne se trouverait plus là, en octobre, pour servir de messagère.

Désormais, les jours se traînèrent.

Réunies, la plupart du temps, sous les arbres du jardin où les Mères les laissaient s'occuper à leur guise, les quatre abandonnées qui n'avaient rien à mettre en commun, sinon leur ennui de recluses, demeuraient enfermées chacune dans sa propre solitude.

A force de ne voir qu'elles, du matin au soir, Julia en venait à prendre les autres en aversion.

Heureusement, Constance finit par arracher à son mari toujours irrité l'autorisation de voir sa fille :

— Soit ! Je cède. Mais vous irez sans moi. Constant peut me remplacer. Et je garde la voiture.

La tyrannie de M. Angellier cherchait à se rattraper sur les détails, comme pour décourager Constance ou la punir.

Elle vint au parloir, accompagnée de Constant à qui la Sarrazine, cette année-là, semblait triste, sans la présence impétueuse de Julia.

Ce grand garçon pensif et doux tenait de sa mère. Alfred Angellier se plaignait parfois :

— Dire que voilà mon héritier ! Ma pauvre amie, sur trois enfants, vous ne m'en avez pas même réussi un à ma ressemblance.

Le reproche était injuste, songeait Constance, bien qu'elle n'osât point protester.

Julia, outre les yeux de son père, tenait de lui ses dispositions batailleuses.

Quant à Sophie, à la regarder d'un peu près, M. Angellier eût aisément pu discerner en elle une fille de son propre sang. Beaucoup moins Sauzade qu'Angellier, drue sur ses petites jambes courtes, la charpente bien rembourrée, les joues rouges, elle poussait près de ses aînés comme une plante potagère voisinant avec deux pieds de basilic.

Chez Julia, pas un fil d'épaisseur : tout était vif, aigu, délié — acéré, même, disaient ses victimes. Sophie était comme un portrait d'elle moins net, plus appuyé, dont chaque ligne, devenue courbe, se fût chargée de lourdeur. Du côté Angellier, encore, lui venaient certains traits que Constance était bien obligée de reconnaître.

Du parrain, de la marraine,
Toujours on tire quelque graine.

Malgré elle, le dicton provençal s'imposait à son esprit lorsqu'elle devait constater dans la conduite de sa cadette plus d'égoïsme et de vanité, moins de franchise, de tendresse, de vivacité que n'en avaient montré les deux autres.

Il fallait bien en convenir : ce caractère si opposé qui se dessinait chez l'enfant lui venait, de toute évidence, de sa tante et marraine Augusta Angellier. Aussi bien : « De sa grand-mère », eût pu dire Constance, eût-elle osé prendre la liberté de juger feu Mme Angellier mère.

Constant, lui, était tout différent. Aux qualités qui faisaient, en dépit de tout, le charme personnel de Julia, il ajoutait la pondération, l'affabilité, l'indulgence, l'égalité d'humeur, l'esprit de conciliation et le respect de ce qui est respectable, « toutes choses », pensait Constance, « qui manquent si fort à sa sœur ».

Long de jambes, de bras et de figure, plutôt étriqué de poitrine, il appartenait sans conteste à la race des maigres. Sa taille et le sérieux de sa physionomie aux traits agréables, lui donnaient, à dix-sept ans, l'apparence d'un homme fait. Plus jeune que Julia, de quinze mois, il eût pu aisément passer pour son aîné. Tous deux s'étaient toujours entendus à merveille.

Il poursuivait, chez les Pères Jésuites d'Avignon, des études sans éclat, mais suffisamment honorables pour ne pas mécontenter M. Angellier et ne cessait, l'année durant, d'attendre le retour de ces deux mois d'été qui contenaient tout l'agrément de l'existence.

Constant ne souhaitait guère, en effet, que retrouver l'atmosphère familiale de la vieille maison, ses calmes paysages de prairies bien irriguées où paissaient les chevaux, comme sur une gravure anglaise, et ses vignes, dont chaque rangée, avec ses entrelacs de grappes et de feuilles, prolongeait à perte de vue un motif souvent reproduit sur les vases antiques ; et l'amitié fraternelle, les mêmes livres lus et relus, la musique à quatre mains, au piano-forte, les plaisanteries qui leur appartenaient en propre, les chevauchées jusqu'aux confins de l'Alpille, à travers les friches odorantes où les sabots des chevaux écrasaient l'aspic[1] et la férigoule[2].

L'année précédente, déjà, Constant avait senti quelque chose de changé sans savoir quoi.

Comme toujours, Julia et lui se divertissaient ensemble et montaient quotidiennement, ou à peu près. Ce n'était pas la présence plus fréquente d'Olympe qui pouvait être une gêne : Olympe ! une autre sœur, plutôt qu'une cousine. Ce n'était pas non plus que Julia fût moins tendre : elle ne l'avait jamais été ; du moins en paroles. Ses manières demeuraient les mêmes : même façon de s'appuyer silencieusement, parfois, au bras de son frère, de grimacer selon le vieux code en vigueur entre eux depuis l'enfance ; mêmes coups d'œil fréquents où passait tant de muette complicité.

---

1. *Aspic* : Variété de lavande.
2. *Férigoule* (ou frigoule) : Nom provençal du thym. Le nom de Frigoulet en est dérivé.

Constant avait beau s'interroger, tous deux restaient ce qu'ils avaient toujours été depuis l'époque où Julia sacrifiait sans regret ses jeux de petite fille pour les moustaches tracées au bouchon brûlé, les épées de roseau taillé qui s'emberlificotaient dans ses jupes courtes, le dénichage des oiseaux et les pirateries montées avec les gamins de la ferme : un bon équipage, bien attelé.

Et pourtant... Quelque chose de très subtil qu'il décelait à peine s'était interposé : certains silences de Julia, peut-être ? ou certaines conversations entre elle et Olympe qui, bizarrement, semblaient prendre un sens caché ? Pas même cela. Mais, finalement, cette impression indéfinissable de n'être plus jamais seul, vraiment seul, avec sa sœur.

A présent, tout s'éclaircissait. Mais Constant n'en éprouvait aucun soulagement, loin de là.

Le petit camarade de jeux sans sexe défini à la recherche duquel il rôdait encore à travers le décor immuable qui les avait tous deux regardés vivre — grandir aussi, sans qu'ils y eussent pris garde — celui-là, il savait que, désormais, Julia fût-elle revenue au domaine, jamais plus il ne le retrouverait.

— Et c'est ce Rodolphe Vernet ? Mais je l'ai vu ! Oui, moi aussi, l'été dernier, au Grand Frigolet, une fois ou deux. Qui eût pu croire ?... Julia et lui parlaient de choses et d'autres. De chevaux, surtout, je m'en souviens. Vous savez, Mère chérie, c'est un excellent cavalier. Mais tout de même ! De là à imaginer... Mais que peut-elle bien lui trouver de si extraordinaire ? Amédée Foucaud-Saint André est beaucoup mieux.

Lorsqu'il exposa ce point de vue à sa sœur, Julia lui rit au nez.

— Tu n'y connais rien. Une femme apprécie différemment. Pas une ne s'y tromperait.

— Erreur ! Demande donc aux petites Gazagnon ce qu'elles en pensent. Je les ai vues tourner autour...

— Eh ! Vierge Mère ! Qu'elles le prennent, alors ! Qu'elles le prennent et qu'elles le gardent, surtout ! Crois-tu par hasard que j'irais le leur disputer ?

Constant haussa les épaules :

— Je sais bien que tu es la plus entêtée des mules.

— Moi ? Vierge Mère !

« Mule. Mulet. *Mulet cagneux...* »

— Quoi ? Mais quoi donc ? Qu'as-tu à rire comme cela ? s'étonna Constant.

Il se tourna vers leur mère et la prit à témoin :

— Regardez donc cette sotte, Maman ! A-t-on idée ?

Constance, elle, la lèvre mordue, secouait la tête doucement et demeurait silencieuse.

— Laisse, va ! dit Julia, retrouvant à la fin un peu de son sérieux. Laisse donc. Parlons d'autre chose. C'est si bon d'être là, réunis, comme à la Sarrazine. Racontez-moi plutôt ce qui se passe, là-bas.

Tout y était comme à l'accoutumée. La moisson finie. Les vendanges près de commencer.

— Et les magnans [1] ? Ont-ils toujours la maladie ?

Ils l'avaient plus que jamais. Et l'on annonçait une baisse sur les cocons. Mauvais marché. Mauvais aussi pour la garance. A la Saint-Michel, Vigouroux et Loriol auraient du mal à payer leur fermage.

— Par contre, la récolte de fourrage a été belle. C'est l'essentiel. Mais ton père est toujours si monté que...

A chaque instant, l'on butait ainsi sur le sujet que l'on eût voulu éviter. Entretenue par les soucis de l'exploitation et la lecture de la *Feuille du Dimanche* où

1. *Magnans* : Vers à soie.

les nouvelles de la politique étaient aussi déplorables que le cours des soies et des racines de paluds, l'humeur persistante de M. Angellier n'en avait pas moins une autre origine qu'il eût mieux valu ne pas rappeler.

Quelques minutes encore, songeait Constance, et il faudrait s'en aller. Retrouver les rues d'Avignon, éclatantes sous le soleil d'août, pleines de familles en toilette, sortant des vêpres. Traverser la place de l'Horloge, plus bruyante, plus encombrée qu'une foire ; y coudoyer les militaires, les bourgeois en uniforme de la garde nationale, les lorettes de la ville, avec leurs châles voyants, et les beaux du jour qui parlaient haut et lorgnaient les femmes. Passer devant les tables du *Café des Officiers* envahies par une foule joyeuse qui consommait sous les platanes, s'interpellait, riait, hélait le marchand d'oublies avec sa roulette, et vous dévisageait par passe-temps. Se frayer un chemin parmi tout ce monde s'acheminant en troupeau vers la place du Palais où le concert du 54e de ligne allait commencer. Couper au plus court vers la poste aux chevaux, par la rue Galante [1]. Et reprendre la diligence d'Arles, laissant ici, entre ces murs nus, une fille décidée à perdre follement en rébellion inutile les plus beaux jours de sa belle jeunesse, ces jours qui ne reviendront pas...

— On étouffe, ici, en haut. Si vous saviez, doucette. Je ne dors pas la moitié de mes nuits. Comme les chaleurs se prolongent, cette année ! D'habitude, au 15 août, c'est fini.

... plutôt que rentrer dans l'obéissance due à son père.

« Si tu voulais... » Mais à quoi bon le dire ?

1. *Rue Galante* : Textuellement, rue Charmante. (Galant, en provençal, n'a pas le sens plus restreint du français.)

— Promettez-moi de revenir dimanche prochain. Et puis, oh ! si vous pouviez aussi... J'aimerais tant voir Olympe. Vous comprenez, je...

Elle s'arrêta et jeta un regard furtif vers son frère.

Le jeune homme ressentit une pointe au cœur. « Ce Vernet ! »

— Je puis sortir, si c'est moi qui te gêne, proposa-t-il, amèrement.

— Quelle bêtise !

Mais il nota qu'elle hésitait à continuer.

— Quoi que je puisse penser, tu n'as pas à craindre que je te trahisse, idiote.

Constance souffrait pour lui.

— Non, non, je le sais bien, dit Julia. Alors, Maman, vous m'amènerez Olympe ?

— J'essaierai, murmura Constance. — Sous le regard de son fils, elle battit des paupières. — Du moins, si...

« Si Monsieur Angellier le permet. Si Nancy accepte de me la confier. Si... » Julia ne voyait jamais les difficultés. Et ne se doutait même pas, à présent, qu'elle était devenue la brebis galeuse. Constance, elle, savait que ce ne serait pas facile.

Elle ne devait y parvenir que plus d'un mois après. Encore Flavien de Sauzade tint-il à escorter sa fille et sa sœur, dans « cet Avignon peu sûr », livré au déchaînement de liesse qui continuait après les deux jours de fête où le bas peuple avait accueilli « Monsieur Louis Bonaparte » débarquant sur le Rhône aux cris de : *Vive l'empereur !* et : *Vive Son Altesse Impériale !*

Le bruit de ces acclamations avait retenti aux alentours, dans les campagnes, mettant à vif les nerfs des bien-pensants :

— Bah ! quelques portefaix, quelques boumians [1]. Sans doute aussi tous les coupe-jarrets de la ville !

— Pensez donc, ils avaient tiré de l'hospice deux ou trois centaines de vieux soldats, pour faire nombre.

Mais la *Feuille du Dimanche* et la *Gazette de France*, elles-mêmes, portées cependant à minimiser l'enthousiasme, décrivaient les arcs de triomphe des Allées de l'Oulle, la foule massée sur les quais, les remparts, le pont, le terre-plein du Rocher des Doms qui domine le fleuve, et jusque sur les murailles du Palais ; la statue colossale du prince, les fontaines, les parterres de gazon, les guirlandes de fleurs et de feuillages, sur la place de l'Horloge où s'écrasaient dix mille personnes ; les salves, les fanfares, les cloches, le canon, les drapeaux, les tapisseries aux fenêtres. Et la réception organisée par le préfet au Collège du Roure. Et la présence de Monseigneur Debelay, mitré, crosse en main, à la tête du cortège, le *Domine Salvum* chanté aux Carmes. Et le bal à l'Hôtel de Ville, dont la façade avait été illuminée au gaz. Le trône préparé dans la salle des fêtes, sous un dais sommé de l'aigle impérial. Et le feu d'artifice monstre, la revue du lendemain, l'obélisque de trente mètres dressé, route de Lyon...

Chaque détail perçait d'une flèche empoisonnée le cœur des Blancs retranchés au fond de leurs demeures.

Toutes les délégations portaient sur leur bannière : « La commune de Château-Renard veut l'Empire. » « La commune de Sainte-Cécile demande l'Empire. » « La commune de... »

— L'Empire ! Ils « veulent » l'Empire, tous ces régicides ! vociféra Alfred Angellier, froissant furieusement la feuille. Les renégats, les traîtres, les faillis chiens ! Et vous verrez qu'ils l'auront ! Misérables, cri-

1. *Boumians :* Bohémiens.

minels imbéciles ! La France va droit à sa perte. *Quos vult Jupiter perdere... !* Que je meure ! Que je meure avant de voir ce singe habillé mettre la couronne royale dans sa poche ! Jusqu'à nos prêtres qui trahissent la juste cause ! Et l'on voudrait encore que je laisse un séide de cet aventurier de grand chemin me voler ma fille ! Jamais, m'entendez-vous ? Jamais ! Je préférerais...

— Mon ami.

— ... Dût-on me mettre le couteau sur la gorge !...

— Que veux-tu, ma pauvre sœur ? Ton mari ne mesure pas toutes ses paroles, mais il a raison, déclara Flavien de Sauzade, en manière de conclusion au récit que Constance achevait de lui faire, dans la berline qui les emmenait vers Avignon, avec Olympe. Moi-même, j'ai rompu les relations avec ces Vernet. On ne peut pactiser avec les gens de cette sorte. Agir autrement au moment où ils triomphent ne serait plus de la tolérance, mais bel et bien une trahison. Je souhaite que Julia ait assez de bon sens et de fierté pour le comprendre.

— Assez de fierté, moi ! Sang du Christ ! Est-ce que j'en manque ? Moi qui pourrais leur en revendre ! explosa Julia, lorsqu'elle eut regagné sa chambre après la fin du parloir.

Elle envoya un coup de pied dans le tabouret du lit.

— De la fierté ! De la fierté ! — Positivement, la colère l'étranglait. — Je leur montrerai, moi, où je mets la mienne. Dieu merci, elle ne me fera pas prendre parti dans une histoire aussi bête. Est-ce que cela me concerne ? Je vous demande un peu ! Mais s'ils se figurent qu'il leur suffit de m'enfermer...

Elle était d'autant plus hors d'elle-même que la visite s'était écoulée contrairement à son attente, sans qu'elle eût pu trouver l'occasion d'échanger un seul mot en particulier avec sa cousine.

« *Oui, oncle Flavien. Non, oncle Flavien. Tante Nancy va bien ? Je vous remercie d'être venu avec Olympe.* » Tant de patience dépensée en pure perte. Elle s'en était mordu l'intérieur des joues jusqu'au sang.

« Rodolphe, oh Rodolphe ! »

Elle s'abattit en larmes sur la paille dure du prie-Dieu.

— Sainte Vierge, secourez-moi ! Vous voyez bien que je n'en puis plus. Oh Sainte Vierge !...

Autoritaire jusque dans sa requête, elle s'accrochait ; elle la tirait par le pan de son manteau bleu.

— Julia, je puis entrer ?

« Non, non ! Peste de ces portes que l'on ne peut pas même verrouiller pour être tranquille ! »

— Non, je vous en prie...

Elle se dressa d'un bond et fit face à la jeune fille qui entrait.

— ... Ne puis-je donc avoir un instant à moi ?

Dans la même seconde, un espoir absurde l'envahit : « Et si par hasard cette fille ?... Qui sait ? » Peut-être était-ce la réponse à sa prière.

— Pardonnez-moi. Vous aviez quelque chose à me dire ?

— Oui. C'est que...

Gênée d'apercevoir sur la figure défaite de Julia des traces hâtivement essuyées, son interlocutrice hésitait.

— Je... Oui, je regrette bien de vous avoir dérangée. Je voulais simplement vous demander si vous n'aviez pas pris la bobine de fil d'or dans le carton aux soies ?

« Une réponse ! » Julia avait espéré une réponse !

— La bobine ?... répéta-t-elle, machinalement, l'esprit ailleurs.

Vous vous consumez, vous êtes en enfer et, pendant ce temps, il y a des gens qui s'inquiètent de bobines.

Mais le ciel, de quoi s'inquiète-t-il ?

Ni réponse ni aide d'aucune sorte. Peut-être fallait-il la mieux mériter ? Peut-être, de ce genre-là, n'y en a-t-il pour personne ? Peut-être qu'il faut tout gagner, durement, petitement, minute après minute, le long d'une existence qui nous est prêtée ; peut-être ne serait-elle jamais autre chose, cette existence, qu'un difficile acheminement vers la paix. Mais le bonheur ? Le bonheur, était-ce concevable qu'on pût ne pas le rencontrer en cours de route ? Julia songeait que, le jour où Rodolphe l'emmènerait dans une maison inconnue pour y vivre ensemble, ce jour-là, une histoire finirait. De celle qui commencerait ensuite, elle n'avait aucune idée précise. Le bonheur, à vrai dire, sait-on à quoi il pourra ressembler ?

— Oui, bourdonnait une voix comme un frelon à ses oreilles, je l'ai cherchée cet après-midi...

« Cherché quoi donc ? Ah oui. »

— ... Je voulais vous la demander. Mais vous étiez avec votre famille. Je voudrais tant finir le motif, pour juger de l'effet, vous comprenez...

Soudain Julia se sentit honteuse comme devant une pauvresse.

Cet amour qu'elle avait reçu en charge, chétive, faillible qu'elle était ; ce don infini qui lui avait été consenti pour qu'il lui fût une source de force intarissable à laquelle toute sa vie pourrait s'abreuver. Après tout, sa réponse, elle l'avait. Du moins, ce soir-là, lui parut-elle suffisante.

5

« Ma mie, tous nos ennuis sont finis : l'Empire est rétabli. Voilà qui va faire baisser le ton à votre père, et bien arranger nos affaires. »

— Le voilà qui s'exprime en vers, à présent ! ironisa Julia, prise d'agacement à la lecture de cette proclamation.

Quant à leurs affaires, comme disait Rodolphe, elle inclinait plutôt à penser que jamais elles n'avaient été en si mauvaise posture. Il fallait bien mal connaître Alfred Angellier pour aller se figurer le contraire.

Elle haussa les épaules, avec un soupir. Le sens diplomatique n'était pas la qualité prépondérante parmi toutes celles dont son amoureux était abondamment pourvu. Les faits s'étaient déjà chargés d'en donner une preuve.

La naïveté simpliste avec laquelle Rodolphe croyait découvrir des solutions aux problèmes insolubles surprenait, chez cet homme bâti en athlète, comme l'eût fait une faiblesse physique. Habituellement, Julia s'en attendrissait, heureuse de se sentir plus sage, mieux armée, à sa manière féminine. Cela touchait en elle un côté maternel.

Mais, cette fois, Rodolphe passait les bornes.

— Vierge Mère, ces hommes ! Avec tout cela, nous n'en sortirons jamais, récrimina-t-elle.

A prévoir les répercussions probables des événements sur M. Angellier, son exaspération ne faisait que croître.

— Mais qu'est-ce que cela peut bien leur faire ? Empire, république, royaume : des mots rien que des mots !

L'aiguille en l'air, absorbée, elle les regardait tourner à l'intérieur de sa tête. Vides, ronds, sans poids, comme des coquilles de noix sèches. « Eux, ils en font des idées ! Ah ! Dieu ! quel besoin de chicane ! »

Comme si l'essentiel n'eût pas été la terre, la belle terre toujours la même, avec sa parure d'herbes, de ciel, d'arbres et d'eaux. La terre amie sur laquelle on peut vivre quoi qu'il advienne. Comment les autres ne le sentaient-ils pas ? Leur eût-il fallu en être privés comme l'était Julia pour découvrir cette vérité aveuglante que seul compte ce que l'on reçoit d'elle ; que les régimes passent aussi vite que les hommes, au regard du Temps ; et qu'elle demeure la seule certitude palpable d'éternité que nous ayons, la seule mesure que nous puissions en prendre ?

Si fort qu'elle aimât Rodolphe, sur ces questions-là, Julia le trouvait à battre. « Aussi buté que Père. » Un instant, sa pensée les englobait tous deux dans une même rancune.

« Et que lui importent les conséquences ? »

Il était libre, Rodolphe, aussi libre que si elle et lui ne se fussent jamais rencontrés : « Il monte à cheval. Il se promène. Il fait ce qui lui plaît. »

La peine était pour Julia seule, punie, enfermée. « *Y a-t-une fille dans la tour...* » Et cela ne servait à rien de se chantonner, par défi, cette vieille romance de nourrice. Pour le réconfort que l'on y trouvait ! Que faisait-il, l'autre, le chevalier, pendant les « *cinq ou six années* » que sa belle passait à se morfondre ? Exactement comme Rodolphe, sans doute, que l'on pouvait voir au café — « Que je vous raconte, Julia : mon frère l'a rencontré l'autre soir, à Tarascon. Ils ont pris un mazagran ensemble » — au cercle, au théâtre, partout.

« On ferait seulement danser un singe sur la place ! » A coup sûr, il n'eût pu se tenir d'y assister. « Je ne demande pas qu'il se cloître, non ! Mais, de là... »

Depuis la rentrée, les pensionnaires avaient repris autour de Julia leur travail d'abeilles. Chacune apportait le butin glané. L'émulation ne cessait pas. Au contraire. Et, à présent, il lui arrivait de penser, sans oser le dire, qu'elle n'en eût pas tant souhaité.

Cependant, une messagère ayant succédé à une autre, elle recevait régulièrement de tendres billets. Plus tendres d'intention que de style. Mais, ces maigres lignes, il n'était que de savoir les déchiffrer. Telles quelles, Julia s'en délectait. Jamais lasse de les relire, elle retrouvait sous la brièveté d'une phrase l'inflexion adoucie de la voix, la chaleur, la brusquerie, la tendresse, l'arrogance, le sourire, tout ce qui composait le Rodolphe de son amour.

Elle réclama un portrait et l'obtint. Ce daguerréotype colorié lui restituait le modèle si proche que ses yeux s'embuèrent lorsque Herminie Béraud le lui remit, huit jours à peine après qu'elle l'eut demandé.

Le billet joint disait : « *Etes-vous satisfaite, ma mie ? Je le voudrais bien. Sous prétexte de me faire poser, cet animal d'artiste m'a soumis à une de ces épreuves ! N'eût été pour vous, je l'envoyais se faire pendre.* »

Impatient et vif comme il l'était, on pouvait sans peine imaginer la séance. Julia sourit en examinant le portrait sous tous les angles. Au verso, il portait une signature : *Monsieur Auguste Laurent, en son atelier de la rue Sainte-Magdelène, à Avignon.*

— Sais-tu où c'est ? demanda-t-elle à Herminie.

— Derrière le théâtre. Toute la ville y va. Mes cousins Peyrissac se sont fait « tirer » tous les deux. Je crois d'ailleurs que ce sont eux qui lui ont indiqué l'adresse. En tout cas, c'est ma cousine Félicité qui me l'a remis pour toi, de sa part.

Julia n'écoutait plus : « Derrière le théâtre. » Le

théâtre et tout ce qui s'y rapportait étaient en train de devenir pour elle une hantise. Quelque chose comme l'épée de Damoclès.

— A propos de théâtre, dis-moi : sais-tu s'il y était encore, l'autre dimanche ?

— Rien entendu dire, dit évasivement Herminie, trop bien renseignée pour risquer un impair.

Mais Julia ne se tenait pas si aisément pour battue.

Conservant un air détaché, elle avança un autre pion :

— On jouait la *Norma*, n'est-ce pas ? Il paraît que Mademoiselle Dunois y est sublime.

— Sais pas.

— J'aimerais savoir comment est cette fille.

— Je me demande ce que cela peut te faire, grogna Herminie, d'un ton à la décourager.

Julia demeura un instant incertaine.

Mais l'inquiétude qui la rongeait depuis quelque temps était si aiguë qu'elle ne put se résoudre à changer de sujet. Il lui fallait s'éclaircir du doute, fût-ce au prix d'un aveu qui lui coûtait.

— Voilà, écoute...

Les paroles qu'elle avait sur les lèvres, comme il était amer — amer et humiliant — d'avoir à les dire. Même à Herminie dont ni raillerie méchante ni bavardage n'étaient à craindre. C'était... ah ! c'était !... Elle serra les mâchoires et lança d'un trait :

— Louise Besse prétend qu'on les a vus souper ensemble au *Jeu de Paume*, ces deux derniers dimanches, après la représentation.

— Eh bien alors, va la trouver, ta Louise Besse, si tu as une telle envie d'entendre cancaner ! Elle en sait toujours plus que tout le monde.

Que cachait au juste l'impatience d'Herminie ? se demanda Julia toute la soirée. Cette façon de rompre carrément l'entretien. Ce dos tourné...

Seule, dans sa chambre qui ressemblait à une cellule, elle demeura une partie de la nuit à s'interroger, repassant toutes les informations recueillies, pesant les faits.

Une fille d'opéra, point encombrée de sa vertu et sans doute jeune, belle. Portée par les succès. Bref, une de ces conquêtes dont s'enorgueillissent les hommes. « Il n'y a qu'à voir Honoré : le prix qu'il attachait à sa dugazon, l'an dernier. » Son air faussement discret. Les allusions qu'il n'avait pu s'empêcher de faire. « A moins de mettre une pancarte à son chapeau... » Elles en avaient assez plaisanté en cachette, Olympe et elle.

Un souper. Au champagne, naturellement.

Et ce qui pouvait s'ensuivre, dans ces cas-là, avec un Rodolphe Vernet, si prompt à profiter de son avantage.

Avec beaucoup plus de candeur qu'elle ne s'en fût reconnu, Julia n'imaginait pas grand-chose au-delà d'un échange de baisers semblables à celui qu'il lui avait donné. Mais cela suffisait à lui faire bouillir le sang.

Six mois écoulés depuis ce jour d'été où Rodolphe s'était penché sur elle. Et tout ce qui paraissait alors à portée n'était plus, au loin, que poussière retombée sur la poussière d'une route grise. L'année précédente, tout le long de ces beaux mois que jalonnaient leurs rencontres, Julia n'avait eu qu'une pensée : « Le jour où il me demandera d'être sa femme... » Ce jour était venu et le monde ne s'était pas fendu en deux ; et rien d'autre n'avait commencé que le tourment, la réclusion, le chagrin. Elle était descendue au fond du puits, comme celui qui croyait y trouver la lune pour en avoir aperçu le reflet en se penchant, là-haut, sur la margelle.

Attendre ? Oui, l'on peut toujours. Si l'on ne perd pas espoir. Et elle était en train de le perdre.

« Non, non ! C'est seulement cette nuit qui n'en finit pas et la solitude et... et cette Dunois. Mais... »

Elle tira de sous son oreiller le daguerréotype et s'élança hors du lit, vers la table où tremblotait le lumignon de la veilleuse. L'huile était presque épuisée. Un long moment, penchée sur cette lueur qui menaçait de s'éteindre, elle scruta les traits de Rodolphe.

« Rodolphe... » L'image semblait la regarder bien en face, avec cette expression ombrageuse qui lui était familière, comme pour lui interdire la défiance.

Insensiblement, le froid qui régnait dans la pièce pénétrait Julia sans qu'elle songeât à passer un vêtement sur sa chemise de finette. Ses pieds se glaçaient sur le parquet.

Toute droite, immobile, elle s'obstinait à murmurer à ce portrait, qu'elle serrait entre ses doigts gourds, des mots si doux et si brûlants qu'elle n'eût pu les prononcer à voix haute.

Noël passa, sans qu'Alfred Angellier se fût laissé fléchir par les instances de sa femme.

— Non, ma chère amie. Non, j'ai dit non. Elle m'a obligé à sévir, c'est tant pis pour elle. Je ne la ferai pas sortir. Elle apprendra ce qu'il en coûte.

Le lendemain de la fête, Julia, le cœur gros, vit partir les pensionnaires qui rentraient chez elles jusqu'après le Jour de l'An. Rester ainsi, loin de chez soi, quand le plus pauvre laboureur loué à l'an quitte le mas pour retourner poser la bûche au feu, en famille...

Ces huit jours où elle se trouva de nouveau presque seule au milieu des moniales qui vaquaient à leurs cérémonies religieuses, devaient cependant demeurer, bien plus tard, dans sa mémoire, le moment le plus marquant de cette période de sa vie.

Le temps était exceptionnellement chaud pour la saison. Mais la nuit tombait de bonne heure. A peine ouverte, chaque journée se repliait dans la somnolence vers un bref crépuscule. Le brouillard qui monte du Rhône en nappes jaunâtres s'épaississait derrière les vitres. Julia le respirait par bouffées froides, légèrement âcres, en traversant le jardin, serrée dans sa pèlerine de laine sombre, pour se rendre à l'office du soir.

Souvent, elle gagnait la chapelle un peu avant l'heure, pour s'y trouver seule, quelques instants, dans la pénombre où baignait la nef. Le reste de jour multicolore qui teintait la voûte à travers les vitraux achevait peu à peu de s'éteindre. Un grand manteau de nuit et de silence étendait sa protection sur Julia.

Elle priait : « Mon Dieu, accordez-moi d'être assez sage pour me souvenir qu'il ne faut rien vous demander. Vous savez tellement mieux que moi ce qui doit se faire et pourquoi. » Et, assurément, en les faisant se rencontrer, Rodolphe et elle, *Il* avait eu son idée bien arrêtée, supputait au fond d'elle-même ce calculateur sournois qui, en nous, additionne sans cesse, aussi bien nos générosités et jusqu'à notre abandon le plus sincère, dans le compte ouvert entre l'homme et Celui qui l'a créé.

Autour de Julia, les Mères entraient, prenaient leurs places, une à une, sans bruit.

Et, tout à coup, dans le chœur, de l'autre côté de la grille, étouffées derrière le rideau noir, les voix de leurs sœurs cloîtrées entonnaient ensemble sur une note haute les premiers répons de *Nones*, que Julia eût pu chanter avec elles, tant elle les connaissait.

En sortant, dans l'obscurité tout à fait descendue, elle se sentait curieusement apaisée.

— Pas trop seule, Julia ? s'enquérait, apitoyée, Mère Sainte-Clotilde, la voyant remonter dans sa chambre, sitôt les Grâces dites.

— Non, ma Mère.

C'était vrai. Plus de potins. Plus de commentaires sur Rodolphe. Et jamais, depuis leur séparation, elle ne l'avait senti aussi proche.

— Si vraiment le temps t'a si peu duré, ce n'est peut-être pas la peine que je te remette ce qu'il m'...

— Donne ! Vite !

— Tiens, tiens, on dirait tout de même que cela t'intéresse encore, constata Herminie.

Elle se tourna contre le mur du couloir pour relever ses jupes et fouiller dans la poche attachée à sa ceinture :

— Personne en vue ? s'informa-t-elle, troussée jusqu'au ventre, retenant les volants sous son menton.

— Non, non ! A toi, maintenant, guette, veux-tu ? dit Julia, s'emparant de la lettre. Que je puisse y jeter un coup d'œil.

Son cœur battait, tandis qu'elle brisait le cachet. Quinze jours sans nouvelles. « Qui sait ce qu'il... »

Rodolphe avait été plus prolixe qu'à l'ordinaire. Plus éloquent aussi. Certaines phrases étonnèrent délicieusement Julia. On eût dit qu'il voulait compenser pour elle l'interruption que venait de subir leur correspondance. « Ou peut-être même s'en est-il senti privé ? »

Tandis qu'elle se livrait à de si douces hypothèses, Herminie l'observait avec un sourire.

Levant les yeux, Julia rencontra ce sourire qui lui parut empreint d'une ironie sans équivoque.

— Pourquoi ris-tu ?

— Je ne ris pas. Je goûte le bonheur de m'instruire, dit Herminie, paisible. Elle se hâta d'ajouter :

— Attends donc que je t'explique, avant de prendre cet air offusqué. Dimanche, chez mes cousins, j'ai vu ton cher et tendre. Assez séduisant, entre parenthèses, au moins pour mon goût. Et j'ai quelque mérite à le reconnaître, mon ange, car il ne m'a guère parlé que de toi.

— De moi ! Il t'a...

— Mais oui, je te raconterai. Mais d'abord, laisse-moi finir. Que te disais-je ? Ah ! j'y suis. Eh bien : vous formez une paire très instructive. Je veux dire : lorsqu'on ne s'est pas encore fait une idée personnelle de l'amour.

— Vraiment ? dit Julia, de nouveau sur la défensive.

Cette fille, moins jolie que racée, lui ressemblait par bien des traits : brune, elle aussi, et plus grande, mais pas plus grasse, volontaire, indépendante, d'esprit vif et facilement mordant, sans hypocrisie. Très vite, malgré les défenses strictes, elles avaient décidé de se tutoyer en cachette.

— ... Et tu conclus ?...

— Que l'état où je vous vois tous deux n'a rien qui me tente. Me perdre de vue, me retrouver, me reperdre sans cesse comme tu le fais ne me dit rien qui vaille, à moi, qui me sens moi et rien que moi, jusqu'à la pointe de mes souliers.

Choquée, Julia la dévisageait.

— Mais que veux-tu faire, en ce monde, sinon aimer et...

A son nez, Herminie se tordit de rire.

— Ma chère, comme tu t'exprimes ! C'est beau comme la poésie de Monsieur de Musset.

L'œil brillant, Julia hérissait ses plumes.

— Non, veux-tu que je te dise ? reprit Herminie, plus posément, l'amour, moi, je ne sais pas du tout si je l'aimerai. Mais ce qu'il y a de sûr et certain, acheva-t-elle d'un ton décidé, c'est que j'aimerai les hommes, là !

Tandis que Julia, abasourdie, sans voix, écoutait résonner dans sa tête l'écho des paroles qu'elle venait d'entendre, Herminie perçut un bruit à l'étage inférieur.

Elle se pencha furtivement entre deux barreaux de la rampe :

Une cornette montait vers le dernier palier.

— Attention ! Sœur Déodate.

Julia revint à elle pour faire disparaître avec précipitation le billet de Rodolphe dans son corsage, sous l'œil malicieux de sa complice.

— Quand je pense à ce pauvre Monsieur Angellier !...

Les narines de Julia se retroussèrent — « Vous riez comme les chats », avait une fois remarqué Rodolphe.

— Chchhh ! fit-elle des lèvres.

Elles entendaient la vieille sœur lingère souffler bruyamment, d'une marche à l'autre.

— A ce soir, chuchota Herminie. La cloche va sonner dans une minute. Rejoins-moi au quart d'heure du goûter.

Elle prit l'escalier sans se presser, faisant sonner ses pas sur les tomettes. Un manteau de cour long d'au moins quatre aunes traînait, virtuellement, derrière elle. Julia l'entendit interpeller au passage la sœur Déodate.

— Ma sœur, je vous ai attendue jusqu'à maintenant, mais il est trop tard, je reviendrai.

Julia admira la sûreté de soi et le style avec lesquels ce mensonge était débité.

— Et vous ? C'est pour quoi ?

— Un mouchoir, ma sœur.

Elle regarda sans la voir la vieille femme poussive qui cherchait sa clé, puis ferraillait longuement autour du trou de la serrure. L'orgueilleuse confession d'Herminie occupait sa pensée, rejetant momentanément au second plan tout le reste et jusqu'à la lettre de Rodolphe dont elle sentait cependant le petit grattement à même sa peau, au rythme de la respiration.

Une fille, revendiquer sans honte, de propos délibéré, la possibilité d'une vie de libertinage. Etonnante Herminie, qui parlait et semblait vouloir se conduire comme un...

— Et alors ? Ça n'est pas ce que vous vouliez ?

Julia considéra d'un œil vague le mouchoir que la sœur lui tendait.

— Si, si. Merci, ma sœur.

Elle descendit, toujours absorbée.

En bas, au pied de l'escalier, un groupe d'élèves jacassait. Des mots partaient comme des fusées, dans le brouhaha, plus distincts à mesure qu'elle se rapprochait : « ... Impératrice... samedi prochain... Notre-Dame... Teba... noblesse espagnole... une beauté... »

— Et Miss Howard, alors ? Il la renvoie ?

— Naturellement voyons ! Lorsqu'un homme se marie...

Au bruit de pas, elles se turent. Puis, chuchotèrent. Puis, quelqu'un dit :

— Mais non. C'est Julia Angellier.

Et les caquets reprirent de plus belle.

« C'est à se demander si tous les futurs arrivent jusqu'à la soirée de contrat, charriant une Miss Howarth dans leur bagage », maugréa en son for intérieur Julia, toute crispée d'agacement. Ces péronnelles en parlaient avec une désinvolture ! « Je voudrais les voir à la place de la fiancée. »

La conversation avec Herminie. Ensuite, ces ragots...

Elle traîna tout le restant de l'après-midi un malaise

à fleur de peau, une gêne. Comme un caillou dans sa chaussure qui l'eût fait boiter.

« Mais qu'ai-je donc ? »

Après tout, il ne s'agissait que d'Herminie, et de l'empereur des Français. En quoi pouvait l'atteindre le dévergondage des autres ? Tout allait bien. « Et Rodolphe, Dieu merci... » Elle appuya une main sur sa poitrine pour mieux éprouver le contact du billet caché. Le soir venu, elle le relirait à loisir dans sa chambre. « Il m'aime. Il a parlé de moi avec Herminie. Tout à l'heure, elle va me raconter... »

Rien, il n'y avait rien, vraiment qui expliquât ce goût de tristesse persistante, comme une gorgée d'eau amère que son gosier se refusait à avaler.

Ainsi, parfois, un frisson précurseur agite les feuilles tandis que les nuées noires s'amassent quelque part, encore hors de vue.

Le cataclysme fondit sur sa tête à la récréation du goûter.

Elle se hâtait vers l'allée Saint-Joseph pour retrouver Herminie.

Une élève de la même division l'arrêta :

— Julia, je vous cherchais. Il faut que je vous parle. Figurez-vous que j'ai...

— Pardonnez-moi, Louise. Herminie m'attend. Une autre fois, si vous voulez.

— Comme il vous plaît. Pourtant, j'avais des choses à vous dire et...

— Des choses ? Qui me concernent ?

Julia eût trépigné sur place devant cette importune qui lui barrait le passage. « Quelle arapède[1], Seigneur ! »

---

1. *Arapède* : Patelle. (Le mot évoque un coquillage qui s'incruste dans le rocher.)

— Oui, dit l'autre. Elle prit un temps. Vous et quelqu'un.

Un déclic : l'inquiétude s'accélérait.

— Quelqu'un ? Qui cela, « quelqu'un » ?

A présent, Louise Besse semblait embarrassée.

— Est-ce Monsieur Vernet ? questionna carrément Julia, au bout de sa courte patience.

La réponse fut un hochement de tête.

Julia sentit le sang refluer à son cœur.

L'air guindé et confit à la fois de son interlocutrice évoquait à présent la visite de condoléances.

— Parlez donc, dit-elle, la voix blanche de sécheresse.

En elle, orgueil et courage s'épaulaient déjà pour soutenir le choc imminent.

— C'est que...

Le préambule qu'avait préparé Louise, léché et pourléché depuis plusieurs jours comme un bonbon logé dans un coin de sa joue, ne trouvait plus à se caser.

Elle tenta de se ressaisir :

— Voyez-vous, j'ai beaucoup hésité avant de me résoudre...

— Je vous en prie ! Dites vite. Je préfère être fixée.

— Vous avez raison. Au fond, n'est-ce pas, mieux vaut ne pas rester dans l'ignorance. Et puis, ce n'est peut-être pas aussi grave... A vous de juger. Mais je crois préférable...

— Quoi ? Mais quoi donc ?

Attendant de pied ferme une suite qu'elle devinait sans vouloir encore y croire, Julia cherchait en vain une goutte de salive dans sa gorge devenue subitement râpeuse.

— ... Vous rappelez-vous ? Nous en avions déjà

parlé. Et, par malheur, il se confirme que Mademoiselle Dunois...

« Voilà ! » Sur le coup, Julia se sentit soulagée.

— ... est sa maîtresse. On donne leur liaison comme officielle. Pour ne rien vous cacher, tout Avignon en parle. Il était dans une avant-scène, l'autre jour, pour la *Favorite*. Voilà qu'au grand air, vous savez, celui du cinquième acte ? — Elle fredonna : *Ah ! viens, dans une autre patrie...* —, elle s'est avancée jusqu'à deux pas de lui. Et elle le regardait... Je tiens les détails de la femme de chambre de ma mère. Oui : d'un air, paraît-il !...

— Peuh ! parvint à articuler Julia, qu'est-ce que cela prouve ? Ces demoiselles d'opéra sont si effrontées, il leur faut à tout prix provoquer les hommages.

Tout autour, l'on jouait au volant, aux grâces, à la main chaude. Mais, dans les cris, les conversations, les rires qui s'entrecroisaient, elle était parfaitement seule pour se débattre. Du coin des petites, monta l'air d'une ronde. Une sensation de froid saisit Julia. Elle se serra plus étroitement dans sa mante.

Parfaitement inconsciente, l'autre continuait :

— Oh ! non. Pas la Dunois. C'est l'enfant gâtée du parterre. On l'applaudit à toutes ses entrées. Elle n'a sûrement eu qu'à choisir parmi tous ceux qui la recherchent. Mon frère dit que, dans la *Norma*, elle vaut la Florentina ou la Sontag. J'aimerais bien l'entendre. Pas vous ? Et puis, d'ailleurs, après le spectacle, ils étaient de nouveau à souper ensemble chez Bugaud. Et, ma pauvre amie, ils ne se quittent plus. On les a aperçus dans une voiture fermée, sur les bords du Rhône. Et la femme qui apporte le lait chez nous l'a rencontré, lui, plusieurs fois, tôt dans la matinée, comme il sortait de chez elle ; et avec une figure qui avait besoin du barbier. Vous pensez bien qu'...

Un siècle que j'attends ! claironna la voix d'Herminie, derrière elles. Et pendant ce temps-là !...

D'un geste vif, elle saisit le bras de Julia à travers la pèlerine, la fit virevolter, jeta un coup d'œil sur sa physionomie, un autre sur celle de Louise qui s'était retournée vers elle :

— Je ne vous dérange pas ? Que disiez-vous, Louise ? Continuez, je vous en prie.

Sa voix contenait une espèce de provocation qui mit l'interlocutrice mal à l'aise.

— Mais non, je... C'est que je ne... Je mettais Julia au courant d'une chose qui la...

— Je vois.

Elle l'écrasa sous un furieux regard de mépris. Et ajouta entre ses dents : « Imbécile ! »

Cabrée à la seule pensée que l'on pût la plaindre, Julia se redressa :

— Elle a bien fait. Fallait-il que je sois la risée des gens à mon insu ? Je vous remercie, Louise.

Sans se perdre en discussions, Herminie l'entraîna rudement, abandonnant Louise clouée sur place.

Julia se laissa remorquer sans rien dire. Cette sotte voix dont l'aigu lui vrillait encore les oreilles, elle n'avait pas fini de l'entendre. La nuit à venir, et bien d'autres, chaque détail, chaque mot, continueraient à s'enfoncer en elle comme des épingles piquées dans une pelote. Bien qu'elle n'eût pour rien au monde consenti à se l'avouer, ce qu'avait fait Herminie était exactement ce qu'elle avait souhaité, un instant auparavant, que quelqu'un fît pour elle.

Au bout de l'allée, cependant, elle questionna sans aménité :

— Pourquoi t'es-tu mise au milieu ?

Herminie haussa les épaules :

— Il me semble que cela s'imposait. Non ?

— Tu le savais ? reprit Julia, sans répondre.

— Quoi ?

— Ce qu'elle vient de me dire.

— Et puis après ?

Lâchant le bras de Julia, Herminie se réfugia dans l'embrasure de l'une des portes-fenêtres du préau que l'on n'ouvrait que l'été, et dit avec humeur :

— Tu m'as fait geler, à t'attendre.

— Et tout le monde, ici, j'imagine ? continua Julia, cramponnée opiniâtrement à la même pensée.

— Ça... ! Tu connais Louise Besse. Elle, ou le tambour de ville...

— Ah oui ?

Julia serrait les poings.

— Et, à midi, cela ne t'a pas empêchée de me raconter !...

— Pourquoi pas ? Qu'est-ce que cela change ? Rien du tout, si tu veux bien y réfléchir.

Elles se regardèrent en adversaires.

— Rien du tout ? éclata Julia. Rien du tout ! Non ? Mais crois-tu par hasard, que je sois assez stupide pour continuer à croupir ici, après cela ?

Ses narines gonflées frémissaient de rage.

— Plus fort, donc ! persifla Herminie. Si j'étais toi, je prendrais une trompette.

Les mâchoires de Julia se crispèrent, mais elle baissa le ton pour continuer :

— ... Que je vais endurer d'être bafouée, trahie, ridiculisée, pendant ce temps ? Par l'homme pour qui j'ai supporté que l'on m'enferme ! que l'on me batte ! Car j'ai été battue, entends-tu bien ? oui, souffletée par mon père. A cause de lui. Et il ose s'afficher avec une... une... — Elle ne trouvait pas de terme. — Et il ose m'écrire qu'il m'aime ! Et tu oses me porter ses lettres. Et me demander ce que cela change ! Et bien, tu vas le voir. Et lui aussi le verra, je t'en réponds ! Tiens, regarde ce que j'en fais, de ses lettres, regarde !...

Elle défit violemment son corsage, tira le billet de dessous sa guimpe, se mit à le déchirer avec fièvre.

— ... Tu pourras le lui dire à la première occasion !

En jeta les morceaux, les piétina dans la terre humide, à coups de talon.

— ... J'épouse le Foucaud-Saint André. Et dix comme lui, si on l'exige. Et tout de suite. Vite ! c'est tout ce que je désire. Que je sois mariée avant la fin de la saison, que je puisse me montrer au théâtre. Et envoyer des fleurs à sa gaupe !

A quelques pas, les jeunes filles qui jouaient aux grâces s'étaient interrompues, intriguées, et prêtaient l'oreille.

Herminie les dévisagea avec fixité jusqu'à ce qu'elles eussent repris leur partie.

— Oh ! très bien, dit-elle, achevant méticuleusement d'enfouir du bout du pied les débris compromettants. Tu es libre. S'il ne s'agit que d'amour-propre !... Je ne sais pas ce qu'en pensera ton Rodolphe, mais c'est monsieur Angellier qui va être content.

Julia lui lança un regard chargé de détresse et de haine. Ses doigts tremblants luttaient avec les boutonnières de la casaque.

— Oh ! je... commença-t-elle.

Une boule de larmes lui monta à la gorge. Les mots s'étranglèrent. Elle s'enfuit brusquement.

6

La nuit, c'était insupportable. Isolée dans son tourment par la zone de silence que le repos du couvent étendait autour d'elle, Julia, les paupières cuisantes de sommeil, tournait et retournait dans son lit sans pouvoir dormir.

« Qu'il ait pu me faire cela ! A moi ! » On sait que les hommes n'ont pas de la vertu de reste. « Je ne suis pas assez innocente... ! » Elle pensait bien que Rodolphe n'avait pas vécu dans la continence jusqu'à leur rencontre. Même, elle se sentait capable d'admettre qu'il eût conservé une intrigue jusqu'au jour où leur promesse mutuelle les avait liés. « Mais à présent, avec tout ce qui s'est passé !... » Tout cela, qui eût dû créer entre eux un nœud plus étroit, un engagement plus solennel encore que des fiançailles ordinaires. « Tandis que je suis ici, enfermée, punie, incapable de me défendre. Me donner une pareille rivale. Sans compter le scandale. Si mon père le sait, il doit rire. Le voilà vengé. Quelle figure vais-je faire ? Oh ! Christ ! Christ ! »

Julia mordait ses draps, en proie à une rage dont la violence la faisait haleter.

« Et pendant ce temps, peut-être en ce moment même, il est au lit avec elle, il l'embrasse, il la serre. Ou bien est-ce qu'il dort ? Tranquillement. Entre ses bras ! »

Elle se levait, rejetant les couvertures, marchait à travers la chambre, ouvrait la fenêtre pour que l'air froid vînt glacer la sueur qui perlait sur son corps.

Prendre mal, tomber malade, après tout, eût été une solution. Mourir ne lui apparaissait nullement sous l'aspect d'une renonciation à la vie, mais bien plutôt comme un épisode du combat, un moyen féroce pour écraser Rodolphe sous le remords. « Lui faire pleurer des larmes de sang », ruminait-elle.

Mais la nuit d'hiver demeurait d'une douceur exceptionnelle. A peine était-on à la mi-janvier, et le bois noir des amandiers sur lesquels brillait une lune tranquille commençait à se vêtir de blanc. Le monde était parfaitement immobile, installé dans son indifférence, sous la splendeur d'un ciel habité de myriades de clartés pures. Julia se sentait en dehors de leur mystérieux dialogue, inexplicablement en faute vis-à-vis de l'ordre universel. Diminuée devant elle-même, elle découvrait l'étrange honte qui s'attache au malheur ; et qu'il existe aussi une culpabilité des victimes.

Devant la paix de ce paysage nocturne dont elle ne savait plus tirer de la joie, elle était prise du même frisson que dut éprouver la plus ancienne aïeule devant les portes désormais interdites du jardin étincelant.

Refermant alors, elle allait chercher l'écritoire dans sa poche de jupon, avec les feuilles de cahier dont l'avait approvisionnée Herminie ; rapprochait une chaise de la veilleuse dont la lueur jaune peuplait la pièce d'ombres instables étirées jusqu'au plafond ; et se mettait à écrire.

La plume mal taillée écorchait le papier, à courir après les cris de fureur jalouse et d'orgueil blessé qui se bousculaient dans le cœur de Julia. Deux, trois, dix lignes... Encore une lettre qu'elle n'enverrait pas. Ce qu'une amoureuse de dix-neuf ans, nantie d'un caractère à ne pas tolérer l'injure peut crier dans son cœur à l'homme qui l'a déçue et humiliée était incompatible avec le fonds de réserve que la fille de Constance Angellier avait appris à garder.

Elle relisait la page à peine commencée, la froissait, la roulait en boule, la pétrissait de ses doigts fébriles, la déchirait de ses ongles, en songeant à Rodolphe.

Finalement, il lui restait à faire le ménage de son chagrin : remettre de l'ordre, renfermer encre, plume, papier, effacer toutes traces de cette veille, soigneusement, afin que Mère Sainte-Clotilde, au matin, en inspectant la chambre, ne s'aperçût de rien.

— Ma cousine Peyrissac vient me voir au parloir, cet après-midi. N'as-tu rien à me donner ?

Pour la première fois depuis l'explication entre elles, Herminie était parvenue à manœuvrer de manière à lui couper la retraite.

— Non.

Julia fit deux pas de côté et tourna le dos à Herminie qui la retint vivement par son tablier.

— Eh là ! Pas si vite ! Dis-moi, au moins : que devra-t-elle lui dire, à ton Rodolphe, s'il s'informe de la réponse à sa lettre ?

— D'aller au diable ! siffla Julia. Ou plutôt, tiens : chez la Dunois. Il sera en bonne compagnie pour l'attendre, sa réponse. Même si elle tarde, le temps ne lui durera pas.

Elle se dégagea d'un coup de coude brusque, et prit sa course.

Mi-excédée, mi-indulgente, Herminie la regarda heurter au tournant du couloir une pensionnaire qui arrivait en sens inverse, marmonner une excuse rogue, et disparaître.

« Quelle patience, il me faut avoir ! Non, mais quelle patience ! » songeait-elle.

Une autre semaine s'écoula, moins morne, plus tendue. « A présent, il me sait au courant. » Cette seule pensée ouvrait des perspectives toniques. Consciente d'avoir empoisonné les plaisirs que pourrait encore prendre Rodolphe, Julia trouvait sa propre souffrance moins âcre. Déjà, quoi qu'elle en eût, se reprenant à penser à lui avec tendresse, elle écartait tacitement l'hypothèse d'une véritable rupture. Sans toutefois pousser la logique jusqu'à envisager le pardon.

Néanmoins, elle déchira sous l'œil d'Herminie, par souci de sa dignité, la lettre plus lourde que de coutume que celle-ci lui remit, huit jours plus tard.

— Mais lis, au moins, s'exaspéra la pratique Herminie. Il sera toujours temps de la détruire après !

C'était manquer de psychologie.

Avec un acharnement que décuplaient les regrets, Julia réduisit les morceaux en miettes.

— Tu seras bien avancée quand tu l'auras poussé à bout, s'il commet une sottise.

— Une sottise ! ricana Julia. Ah mon Dieu ! Et laquelle ?

— Est-ce que je sais, moi ? Une sottise ! Un homme n'est jamais à court pour trouver à en faire, tu le sais bien. Et tu ne l'auras pas volé, je te le jure. Faire tant d'embarras pour si peu de chose ! Car, enfin, s'il avait revêtu un froc, et mis de la cendre et un sac sur sa tête, veux-tu me dire ce que cela aurait changé ? En serais-tu moins enfermée ? Alors ? Quel mal fait-il de se distraire ?

« Se distraire ! » Julia bondit.

— Oui bien ? Toi, à ma place, tu lui passerais ce genre de distractions ?

— Pourquoi pas ? On ne peut vraiment appeler cela : être cornette. Puisque...

— Assez ! Assez ! Je me demande pourquoi je reste à t'écouter. Tu n'as pas plus de morale qu'une bête.

Herminie se mit à rire.

— Qui te parle de morale ? Il est question de ton petit orgueil. Mais tu as raison : je n'ai pas de morale. Et celui qui m'aimera pourra en remercier mon Créateur ; car, moi, je le ferai passer par d'agréables sentiers dépourvus de pierre. Tandis que vous, les gens vertueux, la morale que vous avez inventée vous sert à persécuter les autres.

— Ainsi, c'est moi qui le persécute ? écuma Julia. Moi qui... Tiens, j'aime mieux me taire. C'est à croire, ajouta-t-elle tout de même, amèrement, que tu t'es liguée avec lui pour me rendre folle.

Herminie préféra ne pas insister.

Le dimanche suivant, changeant de tactique, elle mit tous ses soins à demeurer au sein d'un groupe, et laissa Julia se dépenser en conjectures sur les nouvelles que les visites de l'après-midi avaient pu apporter.

Au cours des journées qui s'écoulèrent ensuite, leurs rapports devinrent une sournoise épreuve de force, chacune s'ingéniant à rencontrer l'autre comme par hasard, et employant ces apartés conquis au prix de tant de calculs et de ruses, en bavardages parfaitement dépourvus d'une ombre d'intérêt.

« Elle finira bien par me questionner », s'était dit Herminie. « Elle doit en rôtir d'envie. Ne serait-ce que la curiosité. Et puis, enfin, elle l'aime. »

Maintes fois, en effet, Julia faillit céder à une tentation qui devenait, de jour en jour, un supplice du même genre que la soif.

Mais lorsqu'un nouveau parloir fut imminent, en face d'une Julia au teint jaune, aux yeux battus, enfoncés dans un cerne marron, mais discourant avec animation des beautés touchantes de *la Case de l'Oncle Tom*, Herminie dut reconnaître qu'elle avait sous-estimé la résistance de l'antagoniste.

— Quelle testarde tu es, apprécia-t-elle, vaincue, non sans admiration. Ainsi, toujours rien à faire dire ?

Incapable de répondre, à bout de souffle comme un nageur qui reprend pied à la seconde où il se sentait sur le point de couler, Julia secoua la tête.

— Sais-tu ce qu'il a dit à ma cousine Félicité ?

Qu'il viendrait lui-même chercher ta réponse s'il n'y avait pas d'autre moyen de l'obtenir de toi.

Julia eut peine à s'empêcher de sourire.

— Je voudrais bien voir cela.

Au milieu de cette récréation traversée de cris de fillettes, elle imaginait Rodolphe entrant tout à coup, s'avançant vers elle. « *Ma mie !* »

Subitement, une pensée la blessa, comme un coup de couteau : A la Dunois, est-ce qu'il disait aussi : « Ma mie » ?

« Ah Christ ! »

Fallait-il que tout fût gâché ainsi dès l'origine ?

Herminie, à qui elle ne prêtait plus attention, chantonnait d'un air moqueur :

— Ah ! tu voudrais, ma fille ? Ah ! tu voudrais !

Rodolphe semblait avoir pris, à son tour, le parti du silence. L'eût-elle voulu, à présent, Julia n'eût pu trouver l'occasion d'exercer sa mansuétude à l'égard de quelqu'un qui ne la quémandait plus.

Redevenue impénétrable, Herminie, elle aussi, se désintéressait de l'affaire. Aux ouvertures de Julia, elle opposait une indolente indifférence :

— Non. Je ne sais pas. Félicité n'est pas venue me voir. Peut-être dimanche. Demande donc à Louise Besse. Elle doit bien savoir si sa laitière le rencontre toujours rue des Trois-Colombes, à la petite aube. De toute façon, maintenant, il aurait tort de s'en priver, n'est-ce pas ?

Et, impitoyable, s'enquérait avec détachement :

— Au fait, et toi ? La réconciliation avec ton père ?... Quand rentres-tu chez toi ?

Julia endurait positivement une agonie.

Constance, venue la voir quelques jours auparavant,

lui avait trouvé si mauvaise mine qu'elle avait prié la Mère Econome de la faire examiner par le médecin du couvent.

— Pas grand-chose : les nerfs. Peut-être un peu d'arythmie. Vapeurs de jeune fille. On pense trop, on s'ennuie... Ce qu'il lui faut, à cette mignonne, c'est un bon mari. Et des enfants pour lui donner de l'occupation.

Il caressait complaisamment sa vilaine barbiche d'une couleur sale, sous l'œil maussade de Julia.

« Vieux benêt ! *Un bon mari. Comme si...* »

— Nous allons prescrire une petite potion sédative. Vous la prendrez avant de vous mettre au lit, n'est-ce pas, mon enfant ?

Depuis, en forçant un peu la dose, elle dormait ses nuits entières. Et reprenait meilleure figure.

— Il me semble qu'une lettre à ton père... ? avait suggéré Constance. Si tu voulais seulement lui dire que tu regrettes. Et le prier de...

— Moi, le prier ? Pourquoi faire ?

— Ma pauvre chérie ! Mais cela ne peut durer ainsi. Tu ne vas pas perdre le reste de ton existence entre ces murs. C'est une situation intenable.

« Intenable, oui », pensait Julia. Plus intenable encore que ne le soupçonnait sa mère.

— Sais-tu seulement si monsieur Vernet n'a pas renoncé à toi ? On dit...

— Que dit-on, Maman ?

— Oh ! rien de précis. Qu'il sort beaucoup. Qu'il s'amuse...

— Et puis après ?

« Je n'ai pas eu le courage. J'aurais dû... » se reprochait Constance, de retour à la Sarrazine. Tout le temps du trajet. Et toute la soirée. Et les jours suivants.

Elle remplissait sa tâche, menait les servantes, tenait

les comptes, surveillait la dépense, s'occupait de Sophie dont c'était la dernière année à la maison, présidait à ses leçons, à son éducation, répondait à M. Angellier...

— Eh bien, votre fille ? L'avez-vous trouvée plus disposée à rentrer dans le devoir ? Mal portante ! Bah ! Bah ! Comédie que tout cela.

Et depuis que cette rébellion avait commencé, tout allait mal comme à plaisir. Un cheval couronné. Des ennuis avec le nouveau collecteur d'impôts ; une amende. Et à qui adresser des doléances ? Maire, préfet, conseillers municipaux ? Tous nouvellement nommés, eux aussi, tous à la dévotion du régime. « L'Empire ! C'est ainsi : nous sommes sous l'Empire. » Ces journaux, à chaque page desquels il fallait lire : « L'Empereur Napoléon. » Alfred Angellier ne s'y résignerait jamais.

— Avec cela, encore, une fille qui vous brave ! Et l'on voudrait me voir céder ?

« ... le courage de lui dire tout ce que je sais. Pour son bien... » ressassait Constance.

Une pauvre petite créature hérissée d'agressivité pour se défendre. Où était-il, son bien ? Dans le ventre de la mère, renaissait sourdement la douleur qu'elle avait sentie pour mettre au monde cette chose vivante qui jamais plus, jusqu'à son dernier souffle, ne serait à l'abri.

Elle revoyait Julia, dans ce petit parloir glacial où l'on était reçu, en dehors des jours de visite. Trois chaises paillées, une table recouverte d'un tapis à franges. Au mur, un crucifix avec un rameau d'olivier gris et sec, baigné dans la lumière crue des débuts d'après-midi.

Assise, les mains réunies au creux de sa jupe, entre

ses genoux. Toute droite, avec un regard morne que sa mère ne reconnaissait pas :

— Que fait Sophie, Maman ? Et *Haydée ?* Et la chatte noire ?

Constance n'était pas sûre que Julia eût écouté les réponses.

Février était bien avancé.

— Mauvais hiver pour la terre, geignait le vieil aide-jardinier du couvent, en taillant les buis des allées.

— Vous dites toujours cela, père Eustache. Depuis que je vous connais.

— Mais c'est que c'est vrai. Une année sans neige et sans froidure, mauvaise affaire : c'est la terre qui a pas son repos. Vous verrez que, des fruits, y en aura guère, cet été.

Ce mois d'août d'un autre été qui, tout entier, sentait encore la prune mûre dans la mémoire de Julia, à cause du verger du Grand Frigolet où Rodolphe, un après-midi, avait ramassé dans l'herbe les reines-claudes fibrillées de brun, tachées de violet qu'Olympe et elle mangeaient à mesure.

De détresse, elle se mordit la lèvre. Et se leva, secouant ses jupes que la poussière du banc avait blanchies.

— Déjà, vous rentrez, Damisello [1] ?

— Oui.

— Demain matin, vous viendrez chercher des fleurs ?

— Oui. — Parler lui coûtait un effort. — A demain, père Eustache.

Une fois par semaine, le samedi, elle s'en allait, un

1. *Damisello* : Demoiselle.

panier au bras, jusqu'au potager où le chef-jardinier avait mis un carré de fleurs à couper pour la chapelle.

Situé tout au fond du parc, près de la basse-cour et de la porcherie, l'endroit n'avait rien de particulièrement plaisant. Une haie touffue de cyprès dissimulait la rusticité des bâtiments de ferme, et les cultures qui s'étendaient autour.

Pourtant, Julia y venait volontiers. Les raies bien alignées de poireaux ou de choux, l'odeur des bêtes, lui rappelaient la campagne et la Sarrazine.

Elle en faisait le tour, allait rendre visite aux poules et aux lapins, s'attardant à flâner au soleil avant d'emporter les quelques fleurs de la saison, perce-neige, primevères, narcisses, pensées, avec les premières tulipes de pleine terre venues, cette année, avant leur temps, que le père Eustache avait préparées à son intention. Les arranger dans les vases d'autel occupait ensuite la fin de la matinée.

Rien ne pressait. A cette heure-là, Julia était à peu près sûre de ne rencontrer personne. Ni cornette ni pensionnaire qui eussent à faire de ce côté. Rosa elle-même, la jardinière, était avec son mari, au grand marché du samedi qui se tenait hors des remparts, à l'autre bout de la ville.

Cette odeur de terre mouillée et de paille fraîche était pour Julia le parfum même de la liberté.

Elle se dirigea vers la banquette de pierre adossée à la ferme, où le père Eustache, livré à sa seule volonté durant trois petites heures d'une longue semaine, fumait généralement sa pipe, assis au cagnard[1].

Le vieux n'était pas là. Elle posa son panier et s'en fut vers la cabane aux lapins bâtie contre le mur de clô-

1. *Cagnard* : Endroit abrité et bien exposé au plein soleil, où l'on peut se tenir, même en plein hiver.

ture dont la masse rébarbative disparaissait en partie derrière une rangée de fusains.

Dans la pureté de l'air montait le chant d'un coq en train de s'égosiller, égratignant à peine le silence des champs.

Julia soupira.

C'était un matin où il eût fait si bon respirer à fond la brise chargée des promesses du printemps, sans ce poids sur le cœur qu'elle traînait depuis des semaines. Un de ces matins de grâce où l'on pourrait presque inventer le bonheur.

Quelque chose remua derrière les fusains.

— Que faites-vous là, père Eustache ?

Les feuilles s'agitèrent violemment, les branches s'écartèrent, et quelqu'un en surgit, nu-tête, ébouriffé, que Julia regarda sans y croire.

Muette, béante, le souffle coupé.

— C'est... ? Oh !... parvint-elle à articuler, les lèvres tremblantes.

Sans perdre son temps en paroles, il se jeta sur elle, la saisit, l'enferma dans ses bras, la souleva contre sa poitrine, et commença de l'embrasser.

Sous les baisers qui tombaient comme grêle, Julia, d'abord suffoquée de joie, en vint à reprendre ses esprits suffisamment pour se débattre.

— Lâchez-moi ! Mais comment avez-vous... Non ! Non !... Je vous défends ! Je ne veux plus...

Rodolphe la serra davantage. Et, parcourant de ses lèvres une joue brûlante qu'elle essayait de lui dérober, triompha, tout joyeux :

— Vous refuserez encore de me répondre ? Méchante créature ! Harpie ! Calamité que le ciel m'envoie ! Punition de mes péchés ! Une rebuffade de plus, et je vous emporte, telle que vous voilà, dussiez-vous ameuter un régiment de nonnes !

— Vous êtes fou, protesta Julia, faiblement.

— Oui, je suis fou, pardieu oui ! — Il lui mordillait les cheveux, l'oreille, le menton, le bout du nez, en riant, sans la moindre vergogne. — Fou à lier, parfaitement ! Avouez, aussi, que vous y avez pris peine, mon ange. Ah ! pour cela, vous avez bien fait tout ce qu'il fallait !

— Laissez-moi, se défendit encore Julia. Reposez-moi à terre. Tout de suite ! Entendez-vous ? Je vous dis de me laisser. J'ai de graves reproches à vous faire et je ne...

— Au diable les reproches ! Je ne veux pas les entendre. Gardez-les pour quand nous serons mariés, avec toute une vie devant nous pour nous faire des scènes si cela vous chante. Mais aujourd'hui... non !

Il l'avait ramenée jusqu'à la banquette. Sans cesser de la maintenir contre lui, il s'assit, et, la remettant sur le sol, la cala contre son genou, entre ses jambes, sans le moindre souci des convenances.

Julia tenta violemment de se libérer. Hors d'elle pour tout de bon, cette fois, elle y employait le maximum de ses forces.

Peine perdue. Rodolphe se contenta de resserrer ses cuisses, écrasant dans leur étau jupes et jupons.

— Laissez-moi me mettre debout ! cria-t-elle, cramoisie de honte et de colère. Vous me traitez d'une façon indigne ! — Dans une impulsion qu'elle ne put maîtriser, elle ajouta, d'un trait : — Comme si j'étais une de vos filles d'opéra !

Imperturbable, il répliqua, sans relâcher son étreinte :

— Quelle idée ! Vous n'y entendez rien, ma mie. Si vous croyez qu'avec elles cela se passerait ainsi... !

Et, soudain véhément, sans lui laisser le loisir de répondre, contre-attaqua :

— Mais, vingt dieux ! à la fin, suis-je là pour parler de lorettes ou d'actrices ? Six mois ! Six mois entiers sans vous voir ! Faudra-t-il encore gâcher ces quelques instants en querelles ? Quand nous avons tant à nous dire et à décider ! Allons, finissez de faire des manières.

— Vous verrez que les torts seront de mon côté ! s'exclama Julia.

L'exaspération la suffoquait. Des larmes de rage lui venaient aux yeux, en présence de ce renversement des rôles.

Elle gronda :

— Vous avez bien raison de me tenir si ferme. Sans quoi... Quelle honte ! Si vous saviez la joie que j'éprouverais à vous souffleter !

En dépit de la résistance qu'elle lui opposait, Rodolphe couvrit de baisers les deux mains qu'il tenait réunies dans la sienne, et les pressa contre sa joue.

— S'il ne faut que cela pour vous satisfaire, ma mie, je puis l'endurer. Et même, je vous tendrai l'autre joue. Je ne dis pas que je n'ai pas eu des torts. A la vérité, je me suis conduit comme un âne. Si j'avais prévu que vous viendriez à le savoir et à en prendre ombrage, vous pensez bien que je me serais arrangé autrement.

« Non... ? » Etaient-ce là ses excuses ? Julia en croyait à peine ses oreilles. Du repentir ? des regrets ? Une dénégation, tout au moins ? Baste ! « L'idée ne lui viendrait pas même de sauver la face », rumina-t-elle, prise entre l'indignation et une envie de rire croissante. Impudence ou naïveté, une franchise aussi monumentale la désarmait en dépit d'elle-même.

— Je voudrais vous faire comprendre, poursuivait Rodolphe, combien ces choses-là comptent peu pour un homme. Vous pourriez aussi bien me reprocher le vin que je bois, ou le perdreau que je mange. Cela procède du même genre de...

Il s'interrompit net, gêné, et fit une grimace :

— Bref, vous saisissez.

Lentement, de son autre main, il lui caressait le bras en remontant jusqu'à l'épaule. La chaleur de ce contact semblait perceptible à Julia, à travers la laine de sa robe.

Elle ne songeait guère à s'apercevoir qu'il ne la retenait plus de force. Sa joue contre la soie du gilet à fleurs, — « Vierge Mère ! comme il s'était fait beau pour cette expédition à travers les fusains ! » — elle écoutait à la fois ses paroles et le rythme sourd auquel battait son cœur.

— Je ne suis pas un anachorète. Vous me feriez jurer de ne pas recommencer... eh bien, quand le diable y serait ! je ne sais pas si je pourrais vous tenir le serment. Que voulez-vous ? un homme ne peut se refaire. Mais je vous aime, vous le savez bien. Il faut que vous en soyez sûre, une fois pour toutes. Le reste... Vous êtes une jeune fille : vous ne pouvez pas en juger. Quand vous serez à moi tout entière, vous n'aurez plus rien de semblable à me reprocher, je vous le garantis.

Rodolphe se tut et attendit, confiant, l'effet de sa plaidoirie.

Le front baissé, Julia demeurait silencieuse, travaillée de sentiments contradictoires. Le souffle de Rodolphe soulevait les cheveux fous échappés aux bandeaux, sur ses tempes.

— Ma mie... ?

Elle frissonna un peu, tant il y avait de tendresse suppliante dans l'intonation.

Rodolphe se penchait. Julia releva la tête. Leurs regards se rencontrèrent.

— Oui.

Il se pencha davantage, et prit ses lèvres, puis sa bouche, enfin, comme elle l'avait tant rêvé durant tous ces mois écoulés.

— Que je vous regarde, à présent ! dit Julia, lorsqu'ils se furent détachés l'un de l'autre.

Elle se dressa sur ses pieds, et, dénouant d'un geste ferme l'étreinte qui l'encerclait encore, mit pudiquement un peu de large entre eux.

Ses grandes jambes bottées, ses mains fortes, ses yeux brillants, sa bouche luisante. Il était là, tellement semblable à lui-même, assis sur cette banquette verdie, avec de la poussière et des brindilles dans ses cheveux, à la fois naturel et saugrenu, comme le sont les miracles. Inconsciemment, elle étendit la main pour le toucher.

— Je ne puis me convaincre tout à fait que c'est vous qui êtes là, réellement vous. Si je vous voyais disparaître en fumée à l'instant même, je n'en serais pas autrement surprise. Mais comment avez-vous bien pu faire ?

— Pour entrer ? dit Rodolphe qui la dévorait des yeux.

Il épanouit un sourire satisfait et la ramena vers lui d'un bras passé autour de sa taille :

— Ah ! voilà !

Debout, le visage au niveau du sien, Julia le contemplait d'un œil plein d'émerveillement. Elle se pencha un peu pour s'appuyer à lui, épaule contre épaule.

— Je pourrais vous raconter que ç'a été un travail d'Hercule, une véritable épopée. Par exemple, que j'ai dû suivre sous terre le chemin des taupes, gratter avec mes ongles pendant des jours et des jours, pour agrandir leurs galeries...

Il s'arrêta, la regarda d'un air taquin, avança la lèvre inférieure, manifestement ravi de l'effet qu'il préparait.

— En réalité, ma mie, à ne rien vous cacher, je suis entré par la porte.

— Par la... ? exhala Julia, bouche bée.

— Mais oui.

— Mais quelle porte ?

Il rit.

Et se levant, lui offrit son bras :

— Tenez, venez voir.

Julia le prit comme dans un songe. L'ébahissement lui ôtait toute réaction.

— Par la porte ! répéta-t-elle.

Jouissant de sa stupeur, Rodolphe conclut :

— Le tout était qu'elle fût ouverte.

— Et c'est Rosa qui ?...

Rosa, la femme du fermier, était de cette espèce de dragons sur lesquels la lance de l'Archange se fût ébréchée. Mais Julia n'en était plus à mesurer les bornes de l'invraisemblance.

— Rosa ? L'affriolante créature qui est sortie tout à l'heure dans une carriole ? Non, non, vous n'y êtes pas. J'ai guetté son départ au grand portail, comme on me l'avait recommandé. Ensuite, je n'ai plus eu qu'à longer le mur jusqu'ici où m'attendait le brave Eustache.

— Eustache ? répéta encore Julia, transformée en écho.

Il écarta devant elle les branches du massif et rit joyeusement :

— Voilà. Qu'en dites-vous ? On ne doit pas s'en servir toutes les semaines.

Un portillon de fer jadis peint en vert, et tout rouillé, encastré dans la muraille couverte de lierre, se distinguait à peine parmi les feuillages, perdu dans l'enchevêtrement des fusains qui avaient poussé.

Rodolphe fit jouer la grosse clé :

— Il a même huilé la serrure.

Julia demeurait confondue.

— Mais la clé ? Comment l'a-t-il eue ?

— Cela, ma mie !... — La malice creusa les coins de la bouche de Rodolphe. — Cela vous gênerait-il beaucoup s'il l'avait volée ?

— J'ai l'impression que je vais me réveiller. C'est incroyable. Se peut-il que ce soit si facile ?

Rodolphe avança la lèvre inférieure.

— Facile ? si l'on veut !... Les transactions, elles, ne l'ont pas été, ah ! fichtre pas ! Voilà deux semaines que je viens presque chaque jour. Vous représentez-vous ? Le mal que j'ai eu à circonvenir le bonhomme !... Et remarquez qu'il ne court pas grand risque : s'il perdait sa place, il en trouverait une autre à Mogador. Mais j'avais beau le lui seriner... N'importe, conclut-il, nous devons une fière chandelle à votre amie, comment l'appelez-vous, déjà ? Là... vous savez bien ? La charmante brune ?

— Herminie ?

— Oui, en effet ! Eh bien ! c'est elle qui a inventé ce plan magnifique, et mis tous les détails au point. Je n'ai fait que suivre à la lettre les instructions qu'elle m'a fait tenir par sa cousine Peyrissac.

« Herminie ! »

— Et dire qu'elle ne m'en a pas soufflé mot !

— Bigre non ! La surprise était une condition essentielle. A la guerre, c'est l'élément numéro un de la stratégie. Allez, mademoiselle Herminie connaît son affaire. Une fine mouche, que vous avez là comme amie !

— Herminie... répétait Julia, toujours sous le coup de la stupeur.

Herminie qui l'avait laissée se morfondre. Herminie qui... Et comment avait-elle eu cette idée ? Comment connaissait-elle l'existence de cette...

— Ma mie, le temps presse, dit Rodolphe, consultant sa montre. Dans quelques minutes, le vieux va venir refermer. Que décidez-vous ?

— Comment, ce que je décide ?

Il la prit dans ses bras.

— Jusqu'à quand comptez-vous demeurer sous les verrous ? Cela vous plaît, cette existence ? Du moment que monsieur Angellier reste irréductible, devrons-nous attendre qu'il trépasse ? Je crains qu'il n'en ait encore au bas mot pour dix ou vingt ans de vie s'il...

— Rodolphe ! reprocha Julia.

Puis elle rougit, cilla légèrement, et froissa dans ses mains le tissu de sa jupe : c'était la première fois qu'elle lui donnait ainsi son prénom face à face.

— Comme vous le dites bien, ma mie ! Grondez-moi encore de cette manière.

Pour toute réponse, Rodolphe recueillit un tendre regard. Il prit un autre baiser qu'il prolongea, avant de poursuivre.

— Donc, comme je vous le disais, que reste-t-il à faire, sinon vous enlever ?

— M'... ?

De nouveau, Julia perdait l'usage de la parole.

— Mais oui. C'est bien simple. Aujourd'hui, je comptais seulement vous exposer mon projet, et tout arrêter avec vous pour la semaine prochaine. Mais au fond, à quoi bon attendre ? Ecoutez, vous avez confiance, n'est-ce pas ?

« Confiance ! » Bien sûr, elle avait confiance. Mais...

— Alors, voilà, reprit Rodolphe, de ce ton positif qu'elle lui connaissait. J'ai mon cheval attaché là dehors, à cinquante pas. Personne pour nous voir : de ce côté, c'est la pleine campagne. Si vous le voulez, je vous emmène sur-le-champ. Je vous conduis chez les

Peyrissac. Un saut jusqu'à la poste aux chevaux. Demain, nous sommes à Valence, après-demain, à Lyon. Là, nous ferons ce que vous voudrez. Un message à votre père qui sera bien forcé de s'incliner. Les bans, la cérémonie : d'ici un mois et demi au plus, nous rentrons à Mogador, mari et femme.

— Mais... — « Oh Vierge Mère ! » Elle avait peine à suivre, au train où il la menait. — Mais c'est impossible ! Y pensez-vous ?

— Si j'y pense ! dit-il, avec allégresse, en se courbant sur elle.

Julia se défendit :

— Mais vos parents, les miens... ! Ma réputation... Vous ne voudriez pas d'une femme déshonorée ! Mais devant moi-même, je mourrais de honte, il me semble !

— Ma mie, allons ! N'avez-vous pas envie que nous soyons ensemble ? — Il la berçait doucement contre lui. — Je croyais que vous vouliez m'avoir pour vous seule ? Et moi, je vous veux, moi aussi ! Songez-y ! Où est votre courage ? Ma parole, on vous a changée, chez ces nonnains ! Que vous importe d'affronter, avec moi pour vous défendre, une coterie d'imbéciles qui n'auront plus qu'à se taire dès que vous m'aurez épousé ? Pour mon père, je suis tranquille ! Pour ma mère aussi, d'ailleurs. Elle n'a pas un caractère des plus commodes, mais c'est une femme sans mesquinerie. Celle de monsieur Angellier l'a outrée. Elle trouvera la riposte de bonne guerre. Songez-y bien : nous deux, ce soir, dans une voiture qui nous emporte. Cette nuit, vous dormirez appuyée sur mon cœur. Voulez-vous, dites ? Voulez-vous ? Répondez ! Il faut vous décider. Vite !

Chacune de ses objurgations était ponctuée d'un baiser.

Haletante, le visage en feu, Julia voyait tourner le ciel, les arbres, le mur.

— Je ne puis... Non, Rodolphe... oh Rodolphe ! gémissait-elle, sous les caresses. Non, je... Pas ainsi, pas tout de suite !

— Tout de suite, si, tout de suite ! Mon cher trésor, laissez-moi vous emmener !

Subitement, il se baissa, passa un bras sous les genoux de la jeune fille, un autre sous ses épaules, l'enleva contre lui, ouvrit le portillon d'un coup de pied...

— Non !

Le cri de Julia l'arrêta.

Elle semblait égarée.

— Je vous en prie !

— Vous refusez !

Le désarroi qui se peignit sur les traits de Rodolphe fut tel que Julia, incapable d'en supporter la vue, lui jeta ses bras autour du cou, sans réfléchir :

— Non, non ! Donnez-moi seulement un peu de temps. Je ne puis, si vite...

Il l'interrompit :

— Alors, quand ? Samedi prochain ! Je reviens vous chercher ?

Julia hésitait à répondre.

Il se remit à l'embrasser avec frénésie.

La tête perdue, elle émergea de cet abîme que la langue de Rodolphe creusait au plus profond d'elle-même. Des soleils verts et rouges se succédaient en tourbillon devant ses yeux.

— Dites oui. Je veux votre promesse, ou... Tonnerre ! vous voyez bien. Je ne sais plus ce que je fais.

— Oui, murmura-t-elle.

— Oui ? C'est oui ? Bien vrai ?

— Oui, mon amour, je vous le promets.

— Ma mie !

Il l'éleva victorieusement à bout de bras au-dessus de sa tête, puis il la reposa sur le sol avec autant de précaution que si elle eût été soudain changée en quelque porcelaine particulièrement fragile.

D'un mouvement machinal, Julia porta la main à sa coiffure, lissant sous ses paumes, sans y penser, les bandeaux que l'ardeur de Rodolphe avait mis à mal.

Lui la regardait faire.

— Au fond, convint-il, vous avez raison. C'était par trop précipité. Je prendrai mes dispositions à Mogador, cette semaine. Nous aurons une voiture pour gagner directement le premier relais. Ce sera plus sage. Maintenant, disons-nous adieu.

L'aide-jardinier se montrait, en effet, au bout du sentier de la ferme.

— C'est l'heure, Madamisello [1], cria-t-il. La Grevoule va retourner.

— Samedi, ici, à la même heure ? dit rapidement Rodolphe.

Trop émue pour répondre, Julia inclina la tête.

Il l'enveloppa d'un regard rempli d'amour :

— Vous verrez : jamais vous ne le regretterez.

7

Ce que Julia devait regretter par la suite, et amèrement, ce fut de n'avoir pas cédé, ce jour-là, aux insistances de Rodolphe.

Le lundi à midi, le bruit courut parmi les pensionnaires que le père Eustache, rentré tard dans la matinée, avait été ramassé abominablement ivre au milieu de la

1. *Madamisello* : mademoiselle.

Carreterie[1] et qu'il venait de recevoir son congé de la Mère Supérieure. La division des moyennes, traversant le jardin pour se rendre à la gymnastique, l'avait rencontré, la démarche encore chancelante, trimbalant sur une brouette ses hardes mal empaquetées.

Par un effet imprévu de la justice immanente, les largesses corruptrices de Rodolphe s'étaient retournées contre le corrupteur.

« *Je ne sais comment j'ai pu me retenir de l'étrangler, quand je l'ai vu venir à Mogador réclamer la place promise. La bête brute ! Encore ai-je dû la lui donner, sa place, afin qu'il n'allât point courir partout en ébruitant l'histoire. Ah, ma mie, je ne vous ferai pas de reproches, mais si vous aviez voulu m'écouter...* »

Des reproches, Julia s'en faisait bien assez.

— Quand j'y pense ! Oh non ! quand j'y pense ! répétait-elle à Herminie.

Dès qu'elle cessait de se surveiller, ses yeux fixes et fiévreux, ses dents serrées, ses poings crispés, sa raideur, lui donnaient l'air d'une folle.

— Dire que c'est moi seule... Qu'avais-je besoin de délai ?

A la voir ainsi piétiner sur place dans leur coin habituel, à chaque récréation, avec des cris de colère désespérés qu'elle renfonçait à grand-peine dans sa gorge, Herminie en venait à s'inquiéter.

— Calme-toi. A quoi sert de t'en rendre malade ? Tu finiras par attirer l'attention.

C'était miracle, commentait-elle, que l'expulsion de ce vieil imbécile ne leur eût point attiré d'ennuis.

— ... Ma faute ! continuait Julia, incapable de l'entendre. Que faire, à présent ? Herminie, dis-moi.

---

1. *La Carreterie* : quartier populeux d'Avignon. Anciennement, rue des charretiers.

Il ne restait pas grand-chose. Espérer, patienter de nouveau, revenir au rythme normal de l'attente, mettre bout à bout les jours. Julia apprenait simplement comme il faut toujours l'apprendre, dans les larmes, que le même portillon ne s'entr'ouvre qu'une seule fois.

Et malgré tout, le temps passait. L'air prenait la douceur de juin, et son odeur qui est celle des roses trop ouvertes. De nouveau, les longs soirs succédaient aux journées étouffantes d'une chaleur venue tout d'un coup. Les élèves songeaient aux vacances.

L'histoire de Julia n'intéressait plus personne. Avec la même animation, toutes se communiquaient à présent d'autres événements d'importance : le *rail-wail* que l'on construisait entre Avignon et Valence — « Figurez-vous, à Bédarrides, je vais le voir de ma fenêtre : la ligne doit passer chez nous, au Thabor, au milieu des terres ! » —, la représentation au bénéfice du baryton Osmont-Raynal — « On dit qu'il est si bien, ma chère âme ! » —, la descente d'un bateau à vapeur sur le Rhône, les séances de magnétisme auxquelles leurs parents avaient assisté, et les mariages que l'on annonçait de toutes parts depuis la fin du mois de Marie.

— Julia, la date est-elle fixée pour votre cousine Olympe ? Il paraît que Gaston Baze est de retour des îles.

— Je sais. Elle me l'a écrit la semaine dernière. Ce sera pour le début de septembre.

« *Cher cœur, je veux que tu sois auprès de moi, à mes noces. Dussé-je me jeter aux pieds de l'oncle...* »

Julia n'y croyait guère : « Il la laissera plutôt se racler les genoux jusqu'à l'os. »

Les billets de Rodolphe n'allumaient qu'un bref éclair de joie dans la grisaille de ces jours dont Julia oubliait de voir la triomphante couleur bleue et dorée, bien que, dans le parc du couvent, tous les parterres ressemblassent à des reposoirs de la Fête-Dieu.

Herminie qu'impatientait et apitoyait à la fois ce découragement, imagina, faute de mieux, d'appeler sa cousine Peyrissac à la rescousse.

— Elle vient au parloir, dimanche prochain. Veux-tu faire sa connaissance ?

Quelqu'un chez qui fréquentait Rodolphe. Julia accepta.

En face de cette jeune femme guère plus âgée qu'elle-même mais dont la beauté remarquable se rehaussait d'une toilette particulièrement raffinée, elle se sentit, au premier coup d'œil, prise d'une véritable panique. Comment rivaliser avec une pareille lionne ? Il était impossible que Rodolphe, à les comparer...

Serrant contre elle sa triste jupe de barège bleu foncé qui lui donnait à ses propres yeux l'aspect d'une orpheline, écœurée par la certitude de son infériorité elle se trouva désemparée, absolument sans défense pour la première fois de sa vie.

— Je suis heureuse de vous rencontrer enfin, dit la visiteuse, lorsqu'elles eurent pris place sur les chaises rangées côte à côte sur le pourtour de l'immense salle, le plus loin possible de la vieille Mère Saint-Pierre qui surveillait.

Le sourire de la jeune femme était plein de grâce.

— Depuis un an, continua-t-elle, nous avons tant et tant parlé de vous, avec vous devinez qui. Faut-il vous dire tout le mal qu'il pense ?

Le parloir et son brouhaha de parents et d'élèves s'abolirent autour de Julia, en même temps que sa gêne et ses craintes.

Ce que faisait Rodolphe, ce qu'il pensait, ce qu'il disait ; comment il employait ses dimanches à Avignon ; et mille détails sur sa vie, sur son entourage, sur lui-même, elle pouvait tout apprendre de Félicité Peyrissac.

— ... Et Antoine... Vous ne connaissez pas Antoine, son jeune frère ? Au fait, bien sûr que non. Suis-je sotte ! Eh bien, Antoine est au Lycée Impérial. Il va souvent le faire sortir ; et, parfois, nous l'amène. C'est charmant de les voir s'entendre si parfaitement. Mais que vous disais-je donc ? Ah ! j'y suis. Oui, Antoine est le préféré de leur mère. Elle en fait ce qu'elle veut, comprenez-vous ? Ce n'est pas comme avec son fils aîné. Je ne sais ce que vous penserez de madame Vernet. Assurément, c'est une personne fort autoritaire. Comme belle-mère, mon Dieu... ? Mais moi, la Providence m'a gâtée : la mienne est exquise. Aussi m'est-il difficile de juger.

— Et son père ?

— Armand Vernet, lui, c'est le vieux soldat. Je l'ai vu une ou deux fois avant l'attaque qui l'a laissé paralysé. Nous ne fréquentons pas beaucoup chez eux. Mon mari... Enfin, nous ne sommes pas du même bord. Et même si l'on est décidé à passer là-dessus pour des motifs d'estime personnelle, cela crée parfois des situations délicates. Vous, pauvrette, le savez mieux que personne, n'est-il pas vrai ? Quoi qu'il en soit, opinions politiques mises à part, le colonel Vernet n'a rien de déplaisant. Il a même dû être un fort bel homme. Malgré cela, on dit qu'il n'a pu épouser une fille Richard-Lacroix que parce que la famille éprouvait alors de gros revers de fortune. C'est la branche d'Arles, vous savez ; ou, plus exactement, celle de Camargue. Ils avaient de sérieuses difficultés avec le mas. L'argent du colonel Vernet est venu à point nommé pour réparer la toiture et remettre le cheptel sur pied. Mais, bien entendu, les temps difficiles passés, beaux-parents et gendre n'ont pu s'accorder. Ces Richard-Lacroix sont si imbus de leurs prétentions. Nés Trinquelague ou Gramont-Caderousse, ils ne seraient pas pires. Le colonel, lui, devait être assez raide. Malgré tout, il a patienté bien quelques années, puisqu'il n'a acquis Mogador qu'en... voyons ? Je ne me rappelle plus au juste. Ah ! folle que je suis : « Mogador ! » Naturellement, c'est en quarante-quatre. L'année où Joinville est allé canonner les Africains. Vous voyez, il n'y a guère que neuf ans.

Julia écoutait avec passion, relançant la jeune femme d'une autre question sans lui laisser reprendre haleine.

— Mogador ? Ce n'est pas mal. Mais enfin... Un mas sans grand caractère. Monsieur Vernet parle d'y remettre les maçons cette année. Ma chère, c'est sans doute en votre honneur. Lorsqu'ils l'ont acheté, tout était à refaire, paraît-il. Les terres sont belles, et déjà, je crois, d'un excellent rapport... Longtemps que je les connais ? Non, pas très. Depuis mon mariage. Rodolphe Vernet et mon époux étaient condisciples. Du moins, pendant un certain temps. Car, une fois qu'il a eu quitté Tourvieille, le colonel a préféré envoyer ses fils au Lycée d'Avignon, malgré l'opposition violente des grands-parents Richard-Lacroix. Bref, tous deux se sont retrouvés, je ne sais trop dans quelle circonstance. Monsieur Vernet est venu à la Gloriette... C'est un mas que nous avons, entre Boulbon et Barbentane. Il faudra que vous y veniez. Nous y sommes tout l'été.

Julia oubliait l'heure, le lieu, et sa condition de prisonnière, et buvait chaque parole.

— Qui, dites-vous ? s'informa Alfred Angellier, lorsque Constance lui lut la lettre de sa fille. Peyrissac ? Oui, en effet. Je connais.

Cessant de pétuner, il posa la pipe au coin de la cheminée, et se carra dans sa bergère, les mains croisées sur l'estomac.

— Une famille comme il faut. Qui pense du bon côté. Il me souvient à présent d'avoir vu monsieur Peyrissac le père pleurer de joie au *Te Deum*, le jour du sacre de Sa Majesté le Roi Charles. Plût à Dieu que votre fille n'eût jamais fréquenté des gens d'une autre sorte !

— Mon ami... ne croyez-vous pas que, si elle pouvait sortir, se distraire un peu, se changer les idées ?... »

M. Angellier, olympien, frotta ses paumes l'une contre l'autre, les doigts noués.

Ne le voyant pas sourciller, sa femme continua :

— Depuis plus de treize mois que dure la punition, n'est-elle point suffisante ? Je voudrais que vous puissiez voir cette pauvre mine de papier mâché. Allez-vous encore la laisser s'étioler pendant ces vacances ?

Elle se tenait debout, en face de lui, appuyée sur le bord de sa travailleuse, comme un avocat à la barre.

— A-t-elle manifesté le moindre repentir ? grogna-t-il.

Constance s'enhardit jusqu'à dire :

— Vous savez bien qu'elle tient de vous. Je suis sûre qu'elle regrette. Mais elle est bien trop fière...

— Nous verrons. Nous en reparlerons, trancha M. Angellier. Il ajouta : — Passez-moi mon journal, je vous prie. — Signifiant ainsi que la discussion était close.

Une promesse. Mais si vague. La première réponse, pourtant, qui ne fût pas un refus décourageant, depuis treize mois que Constance rassemblait presque quotidiennement ses forces pour reprendre le même assaut.

Une lettre vint l'appuyer : de Flavien de Sauzade à son « bon frère ».

Puis, ce fut une visite d'Olympe et de sa mère.

Tant de prières s'unissant facilitaient au maître de la Sarrazine un changement d'attitude vers lequel il inclinait de lui-même, à la longue.

Lors de la présentation officielle du fiancé, les Sauzade réunis insistèrent de nouveau, en formulant l'invitation aux noces, pour que Julia tînt sa place dans le cortège.

Imploré, cajolé, flatté, raisonné, Alfred Angellier céda enfin.

Le lendemain, Constance accourait délivrer sa fille.

Introduite dans le petit parloir de semaine, Julia la trouva en train de régler la note avec la Mère Econome.

— Mon enfant, allez vous préparer et faire vos adieux. Madame votre mère vous remmène.

— Maman chérie ! C'est vrai ? Non ? C'est bien vrai ?

Assise à côté de Constance dans la berline familiale, et lui tenant la main, Julia n'y croyait pas encore tout à fait.

— Dire que nous voilà ensemble, et que nous rentrons à la maison, et que c'est fini, et que je suis libre ! Libre ! Libre !

Dans sa joie, elle serrait les doigts de sa mère à lui faire mal.

— Oui, mon petit cœur, dit tendrement Constance. Mais veux-tu m'écouter, maintenant ? Il faut que je te parle.

Sous l'œil interrogateur de Julia, elle commença, affermissant sa voix :

— Voici : j'ai promis de façon formelle à Monsieur Angellier que tu te conduirais désormais en fille respectueuse et obéissante. Et que...

— Maman ! s'exclama Julia, alarmée. Qu'entendez-vous par là ? Si vous prétendez me faire renoncer à...

— Que tu renonces ou non, je ne veux pas le savoir. Là n'est pas la question. Comprends-moi bien, Julia : j'ai mis plus d'un an à obtenir ton rappel. La Sainte Vierge et ton père savent tous deux ce qu'il a pu m'en coûter de prières. Sans compter le chagrin. Si tu m'aimes, songes-y avant de repartir en guerre. Et si cela ne suffit pas à te retenir, songe aussi que, tant que tu ne seras pas majeure, ton père conserve tout pouvoir pour te faire enfermer de nouveau.

— Oh, pour cela... ! — Julia eut son sourire de chatte. — Soyez sans crainte, doucette. Je vous garantis que, cette fois, je saurai mieux m'y prendre. Adieu, le couvent. C'est bel et bien fini !

Un pli se creusa sur le front de Constance.

— Je te répète que je ne veux aucune confidence. Mais j'insiste, comprends-moi bien : n'oublie pas que je me suis portée garante pour toi. J'exige de toi, en échange, la promesse loyale, sur ton honneur de fille, que tu ne profiteras pas de la liberté qui t'est rendue pour commettre telle ou telle action dont je pourrais avoir à rougir. Est-ce clair ?

— Oui, dit Julia, de mauvaise grâce.

Elle se rejeta vers la portière où défilait le paysage.

Sa mère lui lança un regard perspicace et soupira imperceptiblement.

Durant quelques secondes, dans leur silence, monta le bruit des sabots dont le trot cadencé frappait sur un rythme sourd la molle poussière grise de la route.

— Si vous deviez m'empêcher de le voir, autant valait me laisser au couvent, dit soudain Julia, sans se retourner.

Sa brusquerie serra le cœur de Constance. « Avoir des enfants, les aimer, souffrir avec eux de leurs peines... » La tendresse qu'elle eût eue à donner semblait n'avoir jamais intéressé personne.

Elle dit d'une voix tout unie :

— T'ai-je rien dit de ce genre ? Je souhaite seulement que tu ne donnes plus sujet de s'emporter à ton père. Grâce à Dieu, Monsieur Foucaud-Saint André a eu suffisamment d'à-propos pour porter ailleurs ses hommages. Le bruit...

Julia fit volte-face.

— Est-ce vrai ?

— Le bruit en avait couru ces temps derniers, mais je n'ai rien voulu te dire avant d'en être certaine. Maintenant, c'est officiel. Il épouse l'aînée des Gazagnon, d'Arles. Les fiançailles sont annoncées pour la Saint-Louis.

— Zulma Gazagnon ? Quel bonheur, doucette ! Le sot animal ! Ne pouvait-il aller se faire engazagnonner tout de suite ? Que d'ennuis nous aurions évités ! Ah, Vierge Mère ! N'importe, je danserais volontiers à leurs noces s'ils avaient l'idée de m'inviter.

Décidée à venir à bout de ce qu'elle avait à dire, Constance attendit la fin de cette explosion pour enchaîner :

— Voilà donc une histoire dont on ne parlera plus. Qu'il en soit de même pour celle de Monsieur Vernet.

Julia fit un mouvement mais, cette fois, sa mère ne la laissa pas parler.

— C'est entendu, n'est-ce pas ? Tes sentiments t'appartiennent et je ne t'en demande aucun compte. Par ailleurs, je n'aurai garde de te surveiller. Ce que j'attends de toi, c'est que tu te respectes. M'as-tu comprise ? Pas de folie, pas de coup de tête, rien qui puisse faire repentir monsieur Angellier d'avoir cédé à ma prière. Je me fierai à ta parole si tu me la donnes.

— Vous l'avez, dit maussadement Julia.

— Sans restrictions d'aucune sorte ?

— D'aucune.

Elle précisa, les mâchoires serrées :

— Jusqu'au jour de mes vingt et un ans.

Constance refusa d'entendre.

La berline quittait la grande route pour s'engager dans le chemin menant à la propriété.

A l'entrée, là-bas, on distinguait sous les arbres, à contre-jour, une silhouette enfantine qui sautillait en agitant les bras.

— Tiens, regarde, voilà Sophie. Et tu vas retrouver ton frère, la semaine prochaine. Et Olympe.

« Oui, oui... » Mais le retour était déjà gâté.

Le cocher tira sur les rênes : — Oho ! Oho ! — pour arrêter les chevaux.

— Julia ! Julia ! Te voilà, Julia !

Les cris de l'enfant dominaient ceux du vieil Esprit.

Il descendit de son siège pour ouvrir la portière.

— Ma chérie, sois gentille avec ton père, recommanda une dernière fois Constance. Et ne parle plus de rien.

— Entendu, Mère.

8

Les grillons tapis dans l'herbe lançaient leurs stridulations à travers la nuit chaude. Le Grand Frigolet était indiciblement calme autour des deux cousines à demi étendues sur le sofa, devant la fenêtre de la chambre d'Olympe qu'elles partageaient pour l'avant-dernière fois.

De la présence de tant de dormeurs, rien n'était perceptible. Un moment auparavant, un ronflement montait d'une pièce voisine. Maintenant, il s'était tu.

Après tout ce bruit qu'il y avait eu dans la journée, les arrivées successives, l'installation des premiers invités, le dîner, un tel calme avait quelque chose de fantastique.

Et fantastique aussi, pour Olympe, était le récit que Julia achevait à voix basse, la tête renversée reposant sur son bras, incroyablement menue sans son harnois habituel de jupons, toute raide que fût la chemise de toile qui la vêtait jusqu'aux pieds avec décence.

— Non ? Pas possible, mon ange ! Tu l'aurais fait, vrai ? Oh, Julia !... Mais tu es folle !

La réponse lui parvint au bout d'un court silence.

— Folle ? D'avoir tergiversé, oui, certes. A présent, nous serions ensemble.

Julia tourna la tête vers Olympe. Ses prunelles brillaient dans le clair-obscur de la chambre :

— Tu ne le ferais pas, toi, pour rejoindre Gaston Baze, si cela devenait le seul moyen ?

— Moi ?... m'enfuir avec un homme... balbutia Olympe.

Une secousse impatientée se répercuta sur les ressorts du sofa :

— Un homme ! Un homme ! Que viens-tu me chanter là ? Cela ne veut rien dire : « Un homme. » Je n'ai pas dit « un homme », j'ai dit : « Gaston. »

— Quand même... non, je crois que non. Non, vrai, je te l'assure. Rien que la pensée du scandale...

— Alors, coupa Julia, paisiblement arrogante, je me demande bien pourquoi tu te maries.

Olympe demeura interdite.

Au fait, s'était-elle jamais posé la question ? Tout le monde se marie. Les familles et les fortunes assorties, un galant homme, bien de sa personne, aimable, qui vous donnera de beaux enfants.

— Te figures-tu l'aimer ?

Un peu étouffée parmi l'ombre, la voix de Julia n'en

résonna pas moins de façon déplaisante aux oreilles d'Olympe.

« La sotte question ! »

— Sans doute !

— Tu aimes qu'il t'embrasse d'une certaine manière. Enfin... — l'œil de Julia brillait d'un éclat moqueur — ... je le suppose !

Rien ne vint : ni démenti, ni approbation.

— Allons, avoue, insista-t-elle. Lui est-il arrivé de te donner le frisson avec ses baisers ? De te faire sortir de toi-même, au point que tu ne saches plus...

— Oui, là ! confessa Olympe. Et même plusieurs fois, encore, précisa-t-elle avec une pointe de défi.

Cette Julia était impossible.

— Si tante Nancy le savait !...

— Est-ce toi qui iras le lui dire ? grogna Olympe prête à se fâcher, cette fois.

— Moi ? Grand Dieu !... — Cher cœur ! mais tu m'en vois ravie. — Julia éprouvait toutes les peines à garder un ton sérieux. — Je n'en espérais pas autant pour toi d'un tel homme du monde. Mais, dans tout cela, que devient ton souci des convenances ?

— Voyons ! Personne ne nous a vus.

— Et si tu devais sauter le mur pour le rejoindre, évidemment tout le monde le saurait. C'est pourquoi tu ne te permettrais pas de le faire.

Exposés de cette manière crue, vos sentiments légitimes n'étaient plus reconnaissables. « Non, cette Julia ! »

— Eh bien, ma fille...

La suite demeura en suspens.

— Quoi : « Ma fille ? » questionna au bout d'un instant Olympe, sur ses gardes. Qu'allais-tu dire ?

— Oh ! rien.

Pensive, Julia se remémorait une conversation qui,

naguère, l'avait tant choquée. Sans doute Olympe et bien d'autres filles de leur monde, moins clairvoyantes qu'Herminie, ou moins franches vis-à-vis d'elles-mêmes, se contenteraient-elles des bonheurs que le sort et la volonté de leurs familles mettraient à leur portée.

Elle considéra sa cousine qui s'éventait d'un mouvement régulier, mesuré, comme elle l'eût fait en bas, dans le salon de tante Nancy. « L'avant-veille de ses noces ! »

— Moi, je veux être à Rodolphe comme je le veux à moi, tout entière...

« Quel rapport ? » se demanda Olympe, gênée moins encore par les paroles que par l'intonation basse qu'avait pris cette voix où passait un courant de violence presque sauvage.

— ... Et non seulement ses caresses, quoique... — Julia ferma les yeux une seconde, tremblante, le corps subitement en feu à cette seule évocation. — Mais ses pensées, ses soucis, ses colères, son rire, ses peines ; et aussi bien celles qu'il me causera. Moi, j'ai besoin à chaque instant de savoir qu'il existe. Je crois que je cesserais de respirer s'il disparaissait de cette terre.

Elle se leva et alla s'accouder au rebord de la fenêtre.

— Tu crois que nous sommes là, toutes les deux seules, en ce moment même ? Tu te trompes : je suis avec lui. Quand je parle, à toi ou aux autres, c'est à lui que je m'adresse en réalité. Tu ne peux savoir : il ne me quitte jamais, il est partout présent, dans tout ce que j'aime. Tiens, regarde : ce ciel, ces pins, ces étoiles, c'est comme si je les tenais de lui. Et moi, moi-même, c'est comme si je me tenais de lui, comme si j'étais une part de lui. — Elle rit d'un petit rire honteux qui tentait d'être désinvolte : — Tout juste l'une de ses côtes, au fait, n'est-il pas vrai ?

Olympe hocha la tête doucement, sans répondre.

« Pauvre Julia ! » Où toutes ces folies la mèneraient-elles ?

Assise sur l'appui de la fenêtre, Julia chantonnait tout bas, en jouant avec sa tresse.

— Que vas-tu faire maintenant, alors ? Partir avec lui ?

— Eh ! je ne puis ! s'exclama Julia, retombant dans les réalités avec rage. Comment crois-tu que je sois sortie, sinon grâce à Maman ? — Elle haussa les épaules. — J'ai bien été obligée de lui engager ma parole que je me tiendrais tranquille.

Olympe respira, mais ne dit mot. En même temps, elle se sentait un peu déçue.

— Non, reprit Julia, après une pause consacrée à ruminer ses regrets, je vais aviser au moyen de nous rencontrer. Cela n'est pas impossible. J'ai plusieurs idées en tête. Après tout, le plus long est passé ; il ne reste guère que dix-huit mois jusqu'à ma majorité. A ce moment-là, je pourrai l'épouser à la face de toute la terre. Par exemple, ajouta-t-elle avec moins d'assurance, je ne sais pas comment je vais pouvoir lui faire accepter le délai.

— Bah ! dit Olympe, d'un ton réconfortant, dix-huit mois, c'est peu de chose. Pense donc : Gaston et moi avons été séparés pendant les deux ans et demi qu'a duré son voyage. Il semblait que ce mariage n'arriverait jamais, et tu vois : après-demain, je serai madame Gaston Baze.

— Et tu quitteras le Grand Frigolet.

— Oui, dit vaguement Olympe qui rêvait pour son propre compte. — Elle émergea de ses pensées : — Oui, c'est vrai.

— Nous ne nous verrons plus guère quand tu seras là-bas, de l'autre côté du Rhône.

— Tais-toi, sotte ! gémit Olympe. Tu vas me donner envie de pleurer.

De nouveau, elle se turent.

Olympe songeait à tout ce qui l'attendait : la soirée de contrat, la cérémonie, le repas, le bal, la robe et le voile de mariée qu'elle ne porterait que quelques heures. Et l'instant où il faudrait tout abandonner : ses parents, Honoré, Julia, et la chambre de ses jeunes années, au seuil d'une nuit mystérieuse.

Retournée à sa préoccupation unique, Julia, elle, réfléchissait, calculait, dressait des plans et entamait à l'avance le dialogue avec Rodolphe.

Cependant, des semaines devaient passer avant qu'elle pût le revoir.

Ces premiers temps de son retour à la Sarrazine s'avéraient difficiles.

Bien qu'il eût accueilli avec la volonté évidente de se montrer magnanime, les excuses assez ambiguës présentées par Julia : « Père, je regrette de tout mon cœur de vous avoir offensé », Alfred Angellier demeurait bardé de méfiance.

En outre, chaque rencontre avec l'aîné des Foucaud-Saint André, à la bourse aux vins ou au marché des soies, attisait en lui le regret d'avoir vu échouer ses projets et la rancœur qu'il en conservait à l'égard de sa fille.

Constance était là pour subir le premier contrecoup.

A chaque retour d'Avignon du maître de la Sarrazine, que la demande eût baissé sur les cocons, que le cours des racines de paluds fût demeuré inférieur aux prévisions, qu'un cheval se fût mal vendu, qu'il eût fait chaud outre mesure, qu'une affaire qui semblait conclue eût échoué à la dernière minute, elle entendait invariablement :

— Cela ne serait rien si, par ailleurs, j'avais quelques satisfactions. Si j'avais pu, au moins, établir votre fille. Un si beau parti ! Quand j'y songe ! En avoir fait fi ! Et pour qui ? Pour un jacobin, un sabreur qui, à présent, se soucie bien d'elle. Si cela pouvait lui servir de leçon ! Pécore ! Mais notez bien ce que je vous dis : de longtemps, il ne s'en présentera point d'autres. Allez, ma pauvre femme, vous verrez que nous aurons du mal à la caser. Petite et maigriote comme elle l'est ! Avec cela, caquet bon bec et plus insolente qu'un page ! S'imagine-t-elle que les épouseurs vont venir en farandole ? Vous verrez, vous verrez ! Heureux si nous ne l'avons pas encore sur les bras lorsqu'il sera temps de pourvoir Sophie.

Constance baissait la tête sans rien dire. M. Angellier n'avait pas l'oubli facile. Vingt ans après leur mariage, il ne se passait guère de semaines qu'elle ne s'entendît rappeler sans merci une contestation surgie entre gendre et beau-père, au moment du paiement de la dot.

— Où est-elle, en ce moment ? Savez-vous ce qu'elle fait ? Donnez-lui donc quelque bonne pièce de raccommodage pour lui ôter l'envie de rêvasser.... Comment ? En promenade ? Avec son frère, oui, oui, j'entends bien. Prendre l'air, je ne dis pas. Mais je préfère l'avoir dans la maison, à portée. Je lui dirai ma volonté à ce sujet. Dès qu'elle sera rentrée, faites-la-moi venir.

Lorsque M. Angellier commençait à morigéner sa fille, Constance, au supplice, guettait sur le visage fermé de Julia les symptômes de la rébellion qu'elle appréhendait.

Mais, fidèle à ses résolutions, quoi qu'il pût lui en

coûter, Julia ne manifestait d'aucune manière la furieuse impatience qui l'agitait intérieurement.

Elle attendait que la rentrée du collège la débarrassât de ce qu'elle en venait à définir comme : « L'espionnage de Constant. » Consciemment ou non, le jeune homme était devenu un obstacle. Sa sœur, qu'il ne quittait pas de la journée, s'exaspérait de cette surveillance, sans trouver prétexte à s'en affranchir.

A chaque heure du jour, à présent, il lui semblait être traquée.

Le mariage d'Olympe lui procura une accalmie.

Durant une semaine, dans ce Grand Frigolet où renaissaient pour elle, à chaque pas, les souvenirs de ses anciennes entrevues avec Rodolphe, elle fut presque heureuse, malgré la comparaison qui venait constamment s'imposer entre son sort et celui de sa cousine.

Mais lorsque, après le départ de la mariée et celui des invités, tante Nancy, aidée de Constance, eut commencé de ranger vaisselle et argenterie, Julia se sentit soudain insupportablement seule dans ce domaine déserté par la compagne de jeux de jadis.

Il lui semblait entendre son enfance révolue crier avec les cris misérables de ces chats que l'on noie, une pierre au cou.

Et personne qui eût l'air de s'en aviser. Tante Nancy, elle, ne sortait jamais du chapitre « domestiques » que pour aborder le chapitre « mondanités et toilettes ». Mais Honoré, qui perdait sa sœur et ne paraissait y trouver aucune différence, occupé de sottes intrigues avec une héritière avignonnaise dépourvue d'intérêt ? Mais Maman, habituellement si compréhensive ? Elle s'était contentée de demander : « T'es-tu bien amusée, mon trésor ? » tout comme elle l'eût demandé à Sophie pour qui l'événement se réduisait à une superbe occasion de mettre une robe neuve et de se bourrer de gâteaux.

Ne savait-elle donc plus, Constance, combien dix-neuf ans passés sont lourds à porter s'ils ne servent à quelque chose ? Dix-neuf ans qui ne faisaient que marquer ce temps inutile, pareil à un couloir entre deux portes closes, ce temps d'attente où Julia ne se sentait pas vivre, mais regardait les jours s'écouler, si lentement, et si vite, jours perdus que tout le bonheur du monde, vînt-il ensuite, ne rachèterait jamais.

Sophie se haussait sur la pointe des pieds pour contempler sa propre image dans la glace, avec les grimaces naïves des enfants et des très jeunes animaux.

Mais Sophie pouvait encore courir, jouer, croire aux contes de fées qui finissaient par des mariages à grand spectacle comme celui dont l'oncle Flavien venait de faire les frais pour sa fille Olympe.

— Moi, quand je me marierai...

Julia attirait contre elle la petite fille :

— Tu seras belle, mon Finou.

« *Moi, quand je me marierai...* » Sans doute faudrait-il quitter la maison comme une servante congédiée, ou pis encore. « *Les actes respectueux* » : deux mots flamboyants qui semblaient n'être composés que de majuscules. Dans les salons où fréquentaient les gens de leur milieu, on les prononçait parfois, avec l'horreur sacrée qui accompagne l'évocation d'un épouvantail fabuleux, comme chez les anciens Crétois, lorsqu'il était question du Minotaure.

Julia ne connaissait personne qui fût allé jusqu'à les employer. « *Le fils Ferrières a menacé ses parents des actes respectueux* », avait dit quelqu'un, bien des années auparavant, devant la fillette qu'elle était alors. Et toute la compagnie s'était mise à parler à la fois, d'un air d'alarme et d'excitation, en baissant la voix.

Aujourd'hui encore, cela ne représentait pour elle rien d'autre qu'un geste à faire, coupable, monstrueux, proche d'un parricide. Devrait-elle l'accomplir jusqu'au bout ? Ou bien la menace seule suffirait-elle à triompher de l'obstination d'Alfred Angellier ?

Julia connaissait trop son père pour ne pas se faire une réponse qui lui donnait la vague nausée du vertige.

Et tout cela devenait un fardeau insupportable, loin de celui qui en eût partagé la charge. Ce Rodolphe qui ne bougeait, ne donnait nul signe de vie.

Avait-il seulement reçu la lettre que le vieux cocher avait accepté de poster à Avignon ?

— Es-tu sûr de l'avoir envoyée, Esprit ?

— Sûr et certain. Je suis été la porter à la poste dès que le maître m'a eu laissé.

Que faisait-il, alors ? « Oh Christ ! que penser ? »

Ce Rodolphe pour qui, déjà, ses seize, ses dix-sept, ses dix-huit ans, ses dix-neuf ans étaient hors d'atteinte, glissés au gouffre où chaque seconde aussitôt née se précipite pour devenir aussitôt du passé.

Derrière Sophie — « Tu te fais grandelette, tu sais, ma chatoune ! » — Julia se penchait vers les miroirs où l'enfant écrasait sa figure. Anxieuse, elle s'examinait, craignant de s'y trouver changée. « A vingt ans, Mère était mariée, avait deux enfants. *Quel âge avez-vous, Marianne ?... encore cinq ou six ans pour être aimée, huit ou dix pour aimer vous-même et le reste pour prier Dieu.* »

« Quelle idée, aussi, eût dit Herminie, de subtiliser la *Revue des Deux Mondes* pour lire monsieur de Musset en cachette ! »

Mais Herminie était à Paris, à peine de retour d'un extraordinaire voyage en Ecosse, avec sa mère dont la famille paternelle était originaire des environs d'Aberdeen.

Tu ne peux imaginer pays plus sauvage. Des landes et des landes à perte de vue, où la bruyère commençait à fleurir quand nous sommes reparties. Contrée et gens semblent appartenir à une autre époque. J'y étais mal à l'aise, malgré l'empressement de ma parenté et la cour assidue que me fit, jusqu'au départ, le jeune et bel héritier d'un beau vieux titre. Me vois-tu en milady, ensevelie sous toutes ces bruyères ? Ma chère, j'ai préféré rentrer ! Paris vaut mieux qu'une messe, fût-elle de mariage, Ah ! Paris ! si tu savais...

La lettre fit sourciller M. Angellier :

— Morbleu ! cette jeune personne m'a tout l'air d'une folle.

Il hésita avant de la remettre à sa fille qui attendait, impatiente, d'en prendre connaissance à son tour.

Folle, Herminie ? Julia ne l'avait jamais trouvée aussi sage. « Qu'elle revienne, Vierge Mère ! Qu'elle revienne vite ! » Son optimisme et sa philosophie désinvolte eussent rendu plus tolérable cette situation qui ne l'était guère, à se prolonger ainsi.

As-tu revu mes cousins Peyrissac ? Félicité t'adore, disait encore la lettre.

Sans doute ce conseil détourné était-il à suivre. Julia s'interrogea. Il était délicat d'appeler à la rescousse, si bien disposée qu'elle pût être, une personne rencontrée une seule fois.

Elle finit par s'y résoudre.

Le lendemain, tandis qu'on lui sellait *Haydée*, elle retourna rôder dans la remise, à la recherche du cocher.

Il astiquait la voiture pour mener M. Angellier à Avignon.

— Esprit, veux-tu me porter encore un billet ? commença-t-elle, tout de go, en lui chatouillant la joue avec un brin de paille pour l'amadouer.

— C'est que... — Il s'arrêta de frotter et grogna en tortillant son chiffon : — ... C'est des commissions, ça !... On sait pas où ça mène. Si le maître vient à le savoir...

— Esprit !... implora Julia. Mon vieil Esprit, dis, tu ne vas pas me refuser cela, à moi ?

Le vieux mâchonnait sa chique.

— Eh ! non, pardi ! maugréa-t-il, enfin. C'est égal !...

Elle lui glissa la lettre dans la poche.

— Tiens. Et prends bien garde qu'il ne te voie pas. Et ne va pas l'oublier, surtout. Ni la perdre.

Du seuil, comme il grommelait encore, elle lui envoya un baiser.

Et, tout le reste de la journée, elle se sentit plus légère.

Quatre jours s'étaient à peine écoulés que le portail de la Sarrazine s'ouvrait grand pour laisser entrer un élégant équipage.

Une course à travers champs avait entraîné Julia jusqu'à Maillane où elle avait fait une longue station à l'église et chez le vieux curé qui l'aimait.

De retour, elle passa par les communs pour aller se changer.

L'été de la saint-Michel touchait à sa fin. Bien qu'on fût à la mi-octobre, les jours gardaient une tiède luminosité. Seules les vignes dépouillées de leurs grappes commençaient à prendre les tons jaunes et rouges qui annoncent la splendeur triste de l'automne.

La jeune fille s'était attardée. Lorsqu'elle pénétra dans la cuisine, Pollonie venait de préparer sur un plateau garni de dentelles la collation de vin doux, de biscuits et de fruits, que l'on offrait aux visiteurs de marque.

— Il y a quelqu'un ?

— Une dame, dit succinctement Pollonie, les mains derrière le dos, le menton touchant la poitrine, affairée à confectionner un nœud volumineux avec les pans amidonnés de son tablier de batiste.

— Mais encore ? — Julia s'approcha : — Attends. Tu n'y arriveras jamais. Donne. Dis-moi, je la connais ? Qui est-ce ? Ah ! pour l'amour du ciel !... — Elle frappa du pied. — ... cesse de remuer, une seconde ! Alors ? Mais réponds donc ! qui est-ce ?

— Je le sais pas, moi, qui ça est. Comment tu veux que je sache ? Je l'ai pas vue.

Julia prit silencieusement le ciel à témoin, tout en arrondissant les coques du nœud. Il était vain d'attendre de Pollonie un éclaircissement quelconque.

La servante cala le plateau contre la majestueuse avancée de son corsage :

— C'est Raynette qui l'ai fait entrer. A ce qui paraît qu'elle est beaucoup belle.

« Vierge mère ! je suis sûre que... »

Julia se rua vers sa chambre.

Dans l'escalier, elle distingua, parmi le bruit de conversation étouffé qui lui parvenait à travers la porte du salon, le rire en cascade et les notes hautes de la voix de Félicité Peyrissac.

Il n'était guère dans les habitudes de Julia de consacrer un temps exagéré à sa toilette. Mais elle mit, cet après-midi-là, une promptitude exceptionnelle à quitter son amazone poussiéreuse, troquer ses bottes contre des brodequins à six boutons, de fine peau blanche à bouts vernis, se recoiffer, se laver le visage et les mains avec une eau généreusement additionnée d'une forte dose de vinaigre de Bully, enfiler trois jupons supplémentaires dont un de taffetas, son plus beau canezou, avec les sous-manches assorties et sa robe de gros de Tours côtelé gris et vert, à basquine.

Enfin, elle mit des boucles d'oreilles, attacha sur son chignon un bonnet en blondes de soie avec des épingles à pendants de corail, parfuma son mouchoir et prit son éventail.

« Là ! Que pour cette fois, au moins, je ne sois pas à faire honte à Rodolphe de m'avoir choisie ! »

Lorsqu'elle ouvrit la porte du salon, Constance et Alfred Angellier, se retournant ensemble, considérèrent d'un même air approbateur les frais qu'avait faits leur fille.

— Julia, ma chère, quel plaisir de vous revoir ! Mais comme vous voilà belle !

Tout en se penchant pour embrasser la visiteuse, Julia se dit avec envie que, quoi qu'elle fît, jamais elle ne pourrait prétendre à l'égaler. Le mot « ravissante » semblait avoir été inventé tout exprès pour cette créature.

Un dernier rayon du soleil traversant les rideaux fardait d'un rose délicatement doré les traits parfaits, à l'expression tout à la fois suave et décidée, que les ruchés doublant la capote entouraient comme un portrait son cadre.

« Et sa robe ! » A la détailler, l'on s'apercevait que sa distinction extrême provenait d'une si étonnante simplicité qu'elle eût fait paraître lourde, surchargée, campagnarde, vulgaire, la mise de n'importe quelle autre femme, pensa Julia, soudain honteuse de la sienne.

M. Angellier qui, à l'ordinaire, appréciait pourtant une certaine opulence, un aspect cossu de bon ton, dans la parure d'une bourgeoise de qualité, semblait bel et bien sous le charme.

Au beau milieu de ses remarques, Julia l'entendit tout d'un coup déclarer :

— C'est donc accordé, Madame. Votre bonté prise trop haut les faibles mérites de ma fille. Mais je m'en voudrais de n'accéder point à un désir que vous me faites la grâce d'exprimer.

L'œil de Julia s'arrondit. Un tel langage...

— Monsieur, repartit Félicité, c'est moi qui vous rends grâce. Me la confiez-vous dès ce soir, ou préférez-vous que j'envoie la prendre, au jour qui vous conviendra ?

— A votre gré, Madame. Je suis votre serviteur.

Pour un peu, Julia se fût pincée.

Alfred Angellier demeurait généralement cantonné dans une galanterie formelle, plus polie qu'aimable, à l'égard des femmes.

Félicité la tira de son ébahissement :

— En ce cas, Julia, avec la permission de monsieur votre père, allez vite préparer votre bagage.

Constance fut debout en même temps que sa fille :

— Si vous m'en donnez congé, je vais aller l'aider.

En haut, tandis que Reynette traînait dans le couloir la malle en osier, elle décida :

— Je vais te donner le nécessaire pour ce soir. Demain matin, de bonne heure, Esprit t'apportera le reste.

— Oh ! Maman ! Maman ! exulta Julia, se penchant à son cou.

Constance lui rendit ses baisers avec une tendresse mélancolique :

— Tu es bien heureuse de nous quitter.

— Doucette ! Ce n'est pas cela. Mais...

— Oui, oui, l'interrompit précipitamment Constance.

Après une hésitation, elle ajouta, comme honteuse :

— Chérie, tu penses toujours à ta promesse ?

— Soyez tranquille, dit Julia qui dansait une figure de quadrille entre le guéridon et la commode aux tiroirs ouverts.

Félicité se leva en la voyant redescendre.

— Nous vous la ramènerons, mon mari et moi, voyons ?... Disons, voulez-vous, l'autre dimanche, après les vêpres ?

— Comment, mais comment avez-vous donc fait ? s'exclama Julia, encore stupéfaite de ce qui lui arrivait, lorsque la voiture, tournant sur le grand chemin, eut laissé derrière elle la Sarrazine. Il existe donc un secret pour réduire les hommes comme mon père ?

En riant, Félicité remonta les glaces du coupé.

La nuit était très noire, bien que le ciel regorgeât d'étoiles. Toutes deux se trouvaient à l'aise, leurs jupes largement étalées sur leurs pieds, côte à côte, dans l'intimité confortable de cette légère maison roulante qui les emportait.

— Oui-da ! Un secret bien simple. Mais tout est dans la pratique, ma chère. Voyez-vous, il suffit de s'en tenir à deux règles qui se complètent : ne leur laissez jamais croire que vous pourriez les craindre, et donnez-leur l'illusion que vous les admirez. Voilà, c'est tout.

Julia sourit :

— Je comprends, oui.

C'était simple, en effet. Et efficace. Démonstration venait de lui en être offerte. Elle lança un coup d'œil admiratif vers la capote qui se profilait en ombre chinoise sur la vitre. Félicité Peyrissac semblait connaître à fond la manière de s'y prendre vis-à-vis de l'existence. Julia ressentit de nouveau cette supériorité avec une acuité douloureuse à son amour-propre. Jusqu'alors, à se comparer aux autres jeunes filles ou jeunes femmes, elle n'avait jamais eu qu'une opinion assez flatteuse de Julia Angellier.

« Et puis, baste ! décida-t-elle. Puisque j'ai tant à apprendre, j'apprendrai. Bien heureuse encore d'avoir trouvé mon modèle. »

Le silence régnait dans la voiture.

Abandonnant ces vains retours sur elle-même, Julia, l'œil fixé sur la lanterne qui éclairait faiblement la route, méditait à présent autour d'un autre problème. Toute sa bonne éducation luttait contre le désir de poser une question qui n'avait pas quitté l'arrière-plan de ses pensées depuis qu'elle s'était trouvée en face de Félicité dans le salon de la Sarrazine.

Comme par divination, dans l'obscurité, la voix de sa compagne s'éleva, légèrement moqueuse :

— Eh bien donc ? Vous ne me demandez pas des nouvelles de...

Julia ne la laissa pas achever :

— Vous en avez ?

— Naturellement, j'en ai. Pensez-vous que je me serais mise en route pour la Sarrazine, subito presto, sans cela ? dit Félicité, taquine. Pourquoi n'avouez-vous pas honnêtement que vous brûlez de les entendre ? Ou peut-être me trompé-je ?...

— Je vous en prie ! implora Julia qui, à présent, ne parvenait plus à retenir son impatience.

La jeune femme redevint sérieuse.

— Donc, vous n'avez rien su de tout ce qui est arrivé ?

— Non, rien. Quoi donc ? Dites vite !

— Ma chère, ils viennent de passer par une bien mauvaise période. Cela a commencé avec Antoine, le cadet, qui s'est cassé la tête, ou peu s'en faut, en tombant des agrès, au lycée. Monsieur Vernet est allé là-bas, l'a trouvé en mauvaise posture et l'a ramené à Mogador dès que le médecin en a donné la permission. Madame Vernet, elle, ne pouvait quitter le chevet de son mari. Et voilà que, précisément, soit l'émotion, soit tout autre cause, le colonel a eu une seconde attaque.

— Mon Dieu ! murmurait Julia. Mon Dieu !

Le cœur serré, elle songeait à Rodolphe, souffrant après lui ce qu'il avait dû souffrir.

— Cela a été terrible. Ils ont bien cru le perdre. Durant une huitaine, son état a paru désespéré. Monsieur Vernet ne quittait quasiment pas la chambre. Vous le savez, il aime fort son père.

Non, Julia ne savait rien. N'importe quel étranger semblait être plus renseigné qu'elle-même sur tout ce qui touchait à la vie quotidienne de Rodolphe, constatait-elle, douloureusement. Rien sur son entourage rien sur ses sentiments à l'égard de ses proches. Rien, rien, elle ne savait rien de lui. Sinon qu'elle l'aimait.

— Par bonheur, depuis quelques jours, cela va mieux, continuait Félicité Peyrissac.

« *Cela va mieux* », enregistra le cerveau de Julia. On eût dit que l'espoir revenait aussi pour elle. C'était bon de l'entendre affirmer par cette voix presque incorporelle, dans le noir de la voiture.

Elle respira plus à fond.

— J'y suis allée avant-hier avec mon mari. Le colonel était levé. Nous l'avons trouvé dans son fauteuil. Aussi gaillard qu'avant, si l'on peut dire. Entre nous, je crains qu'il n'en ait pas pour très longtemps. Cet homme se meurt de son immobilité, c'est visible. Mais monsieur Vernet, le voyant se tirer du pire, est dans une joie telle qu'on aurait mauvaise conscience à la lui gâcher. Il m'a parlé de vous. Il projetait de s'avancer jusqu'aux alentours de chez vous, de vous faire parvenir un billet, au besoin en soudoyant un fermier, que sais-je ? De quoi frémir, n'est-ce pas ? Les hommes vont toujours d'emblée chercher les solutions les moins discrètes. Surtout celui-là qui est un diable-à-quatre ! J'ai eu quelque peine à le dissuader, en lui représentant que, si cela s'ébruitait, monsieur Angellier ferait un nouvel esclandre dont vous seriez encore la première à pâtir. Pour en finir, j'ai dû lui promettre mon aide. Là-dessus, je rentre chez moi, et l'on me remet votre lettre. Convenez que cela ne pouvait mieux tomber ! J'enverrai quelqu'un demain avec un mot lui annonçant qu'on l'attend à la Gloriette.

Il y eut un instant de silence.

— Je voudrais vous remercier, balbutia enfin Julia. Trouver des mots, et... Suis-je bête ! Je...

— Allons, ma chère, allons ! Ce n'est rien, dit Félicité.

A tâtons, elle lui prit la main et la garda entre ses doigts.

— A votre place, je serais comme vous. Si l'on ne m'avait pas donné Arsène, Dieu sait ce que j'eusse été capable de faire.

L'émotion de Julia se traduisait par un frémissement que percevait Félicité.

— Par bonheur, conclut-elle, en riant, pour permettre à sa compagne de se reprendre, nous étions arrière-petits-cousins, ou quelque chose d'approchant comme parenté ; bref, issus de gens façonnés dans le même moule. Nos familles ne sont pas venues nous faire le coup des Capulet et des Montaigu.

Julia ne disait mot.

La voiture avait ralenti pour prendre un tournant. Elle montait à présent, au pas, une côte qui devait être raide, bien que l'obscurité trouée par les lanternes permît malaisément d'en juger.

— Nous arrivons, annonça Félicité. J'espère que

vous allez aimer ma chère Gloriette. Elle n'a rien d'extraordinaire, mais je m'y plais mille fois davantage qu'à Avignon, dans notre maison de la Banasterie[1].

— Il est vrai que le quartier n'est pas gai, acquiesça Julia, honteuse de s'être laissée aller.

— Bah ! dit la jeune femme, avec philosophie, avez-vous déjà vu les personnes véritablement « comme il faut » — elle appuya sur les mots — habiter des endroits « gais » ? Fi donc, ma chère !

Julia se mit à rire :

— Il me semble entendre Herminie.

— Est-ce vrai ? Nous nous ressemblons par certains côtés, je crois. Mais vous avez dû remarquer que je suis bien plus bavarde qu'elle. Là, nous y sommes. Distinguez-vous la maison ?

— Un peu, dit Julia, regardant à travers la vitre. Il fait si noir. Ah ! voilà du monde.

Une silhouette masculine venait en effet d'apparaître sur un rectangle de clarté brusquement ouvert dans la masse de la façade aux volets clos qui demeurait dans l'ombre.

Il vint rapidement jusqu'au coupé et, prévenant le cocher, ouvrit la portière :

— Vous rentrez bien tard, Féli ! La nounou a couché Octave sans vous attendre, dit-il, empoignant Julia par la taille comme elle s'apprêtait à descendre.

— Mais, Monsieur... commença Julia.

Derrière elle éclata le rire de Félicité.

— C'est Julia, mon cher ! Julia Angellier, que je ramène de la Sarrazine.

Dans sa confusion, Arsène Peyrissac reposa lentement la jeune fille sur le marchepied :

---

1. La Banasterie est le Faubourg Saint-Germain avignonnais (du provençal *banasto* : corbeilles).

— Mademoiselle, je suis honteux. J'implore votre indulgence. Voulez-vous me faire la grâce... ?

S'appuyant sur le poing qu'il lui offrait, cette fois, dans toutes les règles, Julia sauta à terre.

Son hôte recommença à s'excuser :

— Je suis vraiment au désespoir de vous...

— Allons, vite, l'interrompit Félicité. L'air est frais, ici, au sortir de cette voiture. Vous aurez tout loisir de parler quand nous serons au chaud. Je suis sûre, d'ailleurs, que l'on vous pardonne la méprise. Julia, ma chère, poursuivit-elle, se tournant vers son invitée, mon époux est l'homme le plus cérémonieux de la terre. Si vous lui rendez la pareille, demain, nous serons encore là. Entrons d'abord.

Elle l'entraîna en riant, et ajouta :

— Venez-vous, Arsène ?

— Tout de suite. Je vous rejoins. Si vous le permettez, je donne seulement mes ordres pour demain matin. Il faut que j'aille à Avignon. Je serai obligé d'y passer la journée. Ne m'en veuillez pas, Mademoiselle. Si j'avais pu prévoir...

Les deux femmes atteignaient le vestibule qu'il s'excusait toujours.

— Montons tout de suite. Je vais vous installer avant le dîner, et puis nous irons voir mon fils. Tenez, débarrassez-vous de votre châle, Léonie va le prendre.

Julia l'ôta et le remit à la femme de chambre.

Quelques instants plus tard, elle regardait autour d'elle la charmante pièce lambrissée de clair, tendue de damas jaune, et meublée de bon merisier, où elle allait vivre durant quelques jours.

— Avez-vous vu le mari que j'ai ? plaisanta Félicité qui allait et venait, inspectant le lit, ouvrant l'armoire, en tirant des serviettes et des draps. Bien prompt à prendre pour sienne la première femme qu'il trouve, n'est-t-il pas vrai ? Avec cela, continua-t-elle, mainteneur enragé de l'esprit « vieille France ». Au vrai, quand je dis : « enragé », c'est purement une figure de style. Je ne l'ai jamais vu sortir de son caractère, sinon à propos des Orléans ou des Bonaparte.

Elle alla s'asseoir sur le canapé auprès de Julia :

— Je me demande même ce qui peut motiver l'exception qu'il fait pour monsieur Vernet. Tout ce que je sais, c'est que votre prétendu lui a rendu une fois un très grand service. Il faut que ce soit dans quelque méchante affaire de jeu ou de filles : quelque chose de bien inavouable, pour qu'il ait pu m'en faire le secret. Le monstre !

— Elle regarda Julia en souriant :

— C'est égal, tel qu'il est, je n'en voudrais un autre pour rien au monde. Comprenez-vous cela ?

— Oui.

Dans ce « oui » prononcé d'une voix basse frémissait une telle ardeur que Félicité se rapprocha et serra doucement le bras de sa compagne.

— Oui, certes, répéta Julia.

Son expression tendue lui donnait un air affamé.

— Patience ! sourit la jeune femme.

Le lendemain, au début de l'après-midi, Julia et son hôtesse venaient de passer dans le salon, après avoir déjeuné seules, lorsque le valet de chambre qui avait servi le café revint annoncer :

— Monsieur Rodolphe Vernet.

— Eh bien ! constata triomphalement Félicité, il n'a guère tardé, qu'en dites-vous ? Mon Dieu ! mais vous voilà toute pâle ! Vite, vite, passez à côté, le temps de vous remettre. Par ici, tenez. Nous allons lui faire une surprise.

Docile, Julia se laissa mener à l'abri d'une tenture qui séparait le salon d'une véranda contiguë.

Félicité n'eut que le temps de se rasseoir. Elle n'avait pas achevé de disposer ses jupes autour d'elle que Rodolphe Vernet entrait.

Il vint à elle en trois enjambées, se courba sur la main qu'elle lui tendait et, sitôt redressé, fonça tout de go au cœur de son sujet.

— Vous l'avez vue ?

Félicité lui indiqua un siège :

— Asseyez-vous, au moins. — Elle le nargua d'une légère moue taquine : — C'est ce qui s'appelle aller droit au but.

— Je suis un rustre, ma belle amie, convint Rodolphe. Vous le savez depuis longtemps. A quoi bon essayer de vous donner le change avec des politesses dont vous n'avez cure ? Rien de détestable comme ces conversations qu'il faut tenir dans le vide. Vous avez trop d'esprit pour...

Voyant se creuser une série de fossettes autour de la bouche de son interlocutrice, il s'arrêta net, suivit la direction de son regard, et s'aperçut alors qu'il était en train de maltraiter la délicate soierie des accoudoirs de son fauteuil.

— Vous voyez tout, ma chère. Vous mettriez mal à l'aise un président à mortier ! Mais, pardieu ! soyez bonne, je vous en prie. Vous me tenez à votre merci. Ne me laissez pas languir. Huit mois loin de ce qu'on aime, et après avoir cru la partie gagnée, cela vous met un homme à rude épreuve. Racontez vite. L'avez-vous vue ? Avez-vous pu lui parler ?

La jeune femme hocha le menton d'un air de mystère.

— ... Comment va-t-elle ? Que fait-elle ? Quand la verrai-je ? Vous a-t-elle donné...

Il demeura en suspens, bouche bée. Puis, se leva d'un bond.

Sur le seuil de la véranda, Julia venait d'apparaître, incapable d'y tenir plus longtemps.

— Vous ! Vous !

Les yeux humides, elle souriait :

— Cette fois, c'est moi qui vous aurai surpris.

Ses deux mains disparurent dans celles de Rodolphe.

— Surpris ! Ah, ma mie, vous pouvez le dire ! Je suis... Je suis... Ah ! je suis fou de joie ! Je crois que jamais...

Il l'attirait à lui.

— Chut ! se défendit pudiquement Julia, reculant un peu pour échapper à son étreinte. Voyons... !

— C'est vrai, murmura-t-il, reprenant soudain conscience qu'ils n'étaient pas seuls.

Il se retourna vers leur hôtesse :

— C'est cette fée qui vous a tirée des griffes de votre père !

Plantant là Julia, il courut mettre genou en terre devant Félicité, et, s'emparant de ses mains croisées sur son giron, les couvrit de baisers.

— Allons donc, allons ! Sur ma foi, mon ami, de quoi aurions-nous l'air si mon époux entrait ? Julia, allez-vous encore longtemps le laisser faire ?

Julia s'approcha, fit le tour de la causeuse et se pencha par-dessus le dossier. Ses lèvres effleurèrent le front de la jeune femme.

— Si je l'en empêchais, je serais bien ingrate.

— Fort bien, dit enfin Félicité, lorsqu'elle eut pu se dégager. A présent, souffrez que je vous laisse un moment seuls ensemble. J'ai une lettre ou deux à écrire.

En montant l'escalier, elle riait elle-même de la banalité de son prétexte. « Je joue mon rôle sans génie. » Mais qui donc s'en fût soucié ? Le regard qu'elle avait surpris entre eux au moment où elle gagnait la porte du salon l'avait déjà supprimée.

Elle entra chez elle, s'assit à sa coiffeuse, s'examina dans la glace, passa le peigne dans ses bandeaux qu'elle portait plus bouffants, selon la mode qui commençait à se répandre à Paris, polit ses ongles, toute songeuse, imaginant le tendre entretien qui se déroulait en bas, « Les pauvres ! Après huit mois ! » se leva, tourna dans la chambre, changea machinalement quelques objets de place, la tête tout occupée de l'idylle, fredonna l'air de *Galatée*, se mit à sa tapisserie, fit quelques rangs, l'abandonna pour rêver encore, jeta un coup d'œil sur la pendule, et, traversant son cabinet de toilette, pénétra dans la chambre voisine.

Auprès d'un lit voilé de mousseline brodée, à la crosse garnie d'un chou de soie bleue, une nourrice tout aussi parée et enrubannée veillait sur le sommeil d'un enfant de deux ans.

— Il dort encore ? Faites-le beau, Nounou, dès qu'il sera réveillé. Tout à l'heure, il aura sûrement des visites.

Elle s'absorba quelques minutes dans la contemplation du bébé, puis, en désespoir de cause, retourna dans sa chambre et reprit sa tapisserie.

Au bout d'un moment, elle se demanda s'il ne serait pas temps de redescendre. Ce long tête-à-tête... « Si Arsène le savait ! » Nul doute qu'il ne désapprouvât une telle infraction aux usages. Une chance qu'il eût dû justement s'absenter.

Mais bah !... « Arsène lui-même... Une si longue séparation. Ils doivent être si heureux ! »

Qu'eût-il dit, cependant, s'il avait pu les voir, au même instant, assis côte à côte sur la causeuse étroite, si proches l'un de l'autre que le volant de la robe de Julia balayait les bottes de Rodolphe ?

— Non ! non ! se défendait fermement la jeune fille. Je ne le puis. Ce serait manquer à ma promesse.

— Votre promesse ? Quelle promesse ? Celle que vous m'avez faite en février ? Vous vous en souvenez encore, j'espère ? protesta Rodolphe, irrité de voir une résistance imprévue s'opposer aux projets dont il venait de développer les riantes perspectives.

Julia fit appel à toute sa patience. « Même s'il doit se mettre à tempêter, ou s'il se fâche, ou s'il devient injuste... » Elle l'en absolvait d'avance. « A moi de le raisonner. »

Elle leva les yeux sur lui, essayant de faire passer dans ce regard toute la tendresse qu'elle sentait déborder de son cœur.

— Si vous pouviez savoir quel chagrin j'ai ressenti d'être empêchée de vous la tenir. Tout ce que vous ont dit mes lettres n'était pas la moitié de ce que j'endurais. J'ai cru en tomber malade. Je ne me pardonnais pas d'avoir fait tout manquer par mes hésitations stupides. En vérité, je ne suis pas prête à me le pardonner de sitôt.

Rodolphe passa un bras autour de sa taille et la ramena contre lui. Sa joue inclinée frôlait les cheveux de Julia.

— J'aime à vous l'entendre dire, ma mie, dit-il, d'un ton allègre, en humant le parfum qui montait du corsage de la jeune fille. Mais, maintenant, vous êtes libre. Et vous allez me suivre, n'est-ce pas ?

Il attendit.

Tête basse, Julia répondit doucement :

— Non.

Rodolphe sursauta.

Se rejetant en arrière, il la saisit par les épaules, et l'éloigna de lui à bout de bras pour la regarder en face :

— Non ?

Julia n'osait soutenir ce regard, de peur de perdre courage.

Devant son mutisme, il insista :

— Non ? Vous avez bien dit : « non » ?

Un instant, refusant de croire à ce qu'il avait entendu, il demeura sans voix. Puis, au prix d'un effort, articula :

— Et pour quelle raison, je vous prie ?

— Parce que, dit enfin Julia, contemplant obstinément le dessin compliqué du galon qui ornait sa basquine, maintenant, je ne suis plus libre.

— Plus libre ? Ah ça ! mais...

— Ecoutez-moi, je vous en conjure !

— Tonnerre de sort ! éclata Rodolphe. Il me semble que je vous écoute ! Et pour vous entendre dire quoi ? Non, non, non, et encore non, depuis une heure. Si c'est une plaisanterie...

Alarmée, Julia lui ferma la bouche de ses doigts :

— Taisez-vous, pour l'amour du ciel ! On va croire que nous nous disputons.

— Et que diable faisons-nous d'autre ? — Rodolphe croisa ses bras d'un air sardonique. — Vous choisissez bien votre temps pour vous soucier des convenances. Si nous en étions encore là, je serais présentement assis à la distance réglementaire, à l'autre bout de ce salon, en train de vous bêler des fadaises à périr d'ennui, entremêlées de considérations sur le temps qu'il fait, pour vous faire ma cour. Si c'est cela que vous vouliez, il fallait le dire tout de suite, et me repousser d'une bonne gifle en appelant à l'aide, la première fois que je vous ai embrassée !

Réfugiée sous la console, la chatte blanche de Félicité qui ressemblait à sa maîtresse le surveillait de l'œil avec horreur.

— Eh ! pouvais-je savoir aussi que, l'ayant fait, vous iriez le crier à tue-tête ? lui jeta Julia, oubliant ses résolutions pacifiques.

— Moi ? je le crie ? Moi, je le crie ?

— Non, certes ! Vous ne le criez pas. Vous le hurlez. D'ici à ce que les domestiques viennent voir qui l'on égorge... ! Serez-vous satisfait quand tout le pays daubera sur mon compte ? A votre place, j'irais aussi en informer mon père. Je m'étonne que vous n'y avez pas encore songé ? Et après tout, je n'aurais que ce que je mérite ! Quand une fille est assez sotte pour transiger sur son honneur et sa réserve au profit d'un homme... ! Mais que n'êtes-vous resté à vos demoiselles d'opéra, puisque vous ne savez pas faire la différence !

Rodolphe la regardait fixement, sans parvenir à proférer un son, tant la colère le dominait.

Si près de lui, et lui arrivant à l'épaule, sa tête moins grosse que son chignon dressée avec l'arrogance du défi, elle semblait sur le point de souffler du feu.

Brusquement, il se leva, alla au hasard jusqu'à la porte-fenêtre, et colla son front contre la vitre. Ses doigts commencèrent une tambourinade fiévreuse.

Julia ne quittait pas du regard son dos agité de soubresauts.

Le spectacle de cette rage muette avait de quoi l'impressionner. Et cette charge dont le battement s'accélérait.

Elle vit soudain Rodolphe faire volte-face et revenir droit sur elle avec l'élan d'un boulet d'artillerie.

— Sortons !

Saisie par l'épaule, mise debout, entraînée, elle était dehors avant d'avoir su si elle le voulait.

Ils contournèrent un bosquet de lauriers, descendirent trois marches rustiques, et prirent la première allée venue sans échanger une parole.

L'étroitesse de l'allée les obligeait à marcher l'un contre l'autre. Les jupes de Julia traînaient sur la bordure d'iris où l'automne avait déjà mis la déroute, dans un froissement d'étoffes et de feuilles.

La poigne de Rodolphe lui meurtrissait l'épaule.

Le soleil se retirait de ce jardin qu'elle avait vu, le matin même, tout baigné d'une luminosité dorée, en s'y promenant avec Félicité. L'air avait à présent ce goût légèrement âcre qui laisse présager la pluie.

Rodolphe marmonna entre ses dents :

— ... me demande...vez fait boire...ttacher à vous...tte façon !

Touchée, elle demeura silencieuse, regrettant de n'avoir pas su maîtriser son impatience.

Cet homme, tellement homme, et tellement enfant. Si grand, si fort, si solide, à côté de sa propre faiblesse. Qu'elle avait le pouvoir de mettre ainsi hors de lui-même.

Comment lui en eût-elle voulu ?

Faudrait-il que leur existence tout entière se passât en querelles ?

« Si je ne prends pas sur moi pour demeurer la plus raisonnable... »

— Quoi donc ? dit Rodolphe, s'arrêtant.

Elle ouvrit de grands yeux :

— Mais rien.

— Ah ?... Je croyais.

Ils firent encore quelques pas.

— Vous me faites mal au bras, dit Julia.

— Je vous demande pardon.

L'intonation était rogue.

Rodolphe la laissa aller. Il s'assit, un peu plus loin, sur un banc verdâtre de mousse.

Julia qui l'observait en fit la remarque avec attendrissement : « Pas la moindre précaution pour ses habits. »

Elle s'approcha par-derrière, et vint s'appuyer contre l'arceau de rosiers qui encadrait le banc.

Les mains pendantes au bout de ses avant-bras qui reposaient sur ses cuisses écartées, les yeux perdus dans la contemplation d'un petit bassin carré, à ses pieds, où sommeillait une eau couleur de rainettes, Rodolphe remuait des pensées pessimistes.

— Le jour où je vous ai rencontrée, j'aurais mieux fait d'aller me pendre, énonça-t-il, d'un ton découragé.

« Comme s'il était le plus mal loti ! » Luttant contre l'indignation qui la reprenait, Julia ne pouvait s'empêcher de repasser l'addition : la scène du jour de la demande, le soufflet reçu, l'emprisonnement de plus d'une année. « Quatorze mois ! Quatorze ! Pendant qu'il... » Et maintenant encore : les pointes, les reproches, les allusions, les humiliations, dont M. Angellier ne se faisait point faute de la cribler.

Retenant un soupir, elle vint encore plus près, tout contre le banc, dans le dos de Rodolphe ; lui imposa la fraîcheur de ses paumes sur les tempes ; et se contenta de murmurer :

— Moi, je ne trouve pas si détestable de vous aimer.

Il demeura un instant sans réaction, comme s'il n'avait pas entendu. Puis, sans se retourner, d'un mouvement brusque, lui prit les poignets, les croisa, les referma autour de son cou, l'attirant ainsi étroitement à lui.

— Julia !

L'entendre prononcer ce nom, avec cette voix. C'était comme à l'église, lorsqu'on chante : *Le Ciel a visité la terre*, sembla-t-il confusément à Julia.

— Mon amour ! chuchota-t-elle à l'oreille de Rodolphe.

— Julia, c'est vrai ?

En guise de réponse, elle resserra davantage ses bras Muets, apaisés, ils demeurèrent immobiles, joue contre joue. Julia sentait sur sa peau l'étrange contact à la fois rude et doux de l'une des « pattes de lapin » qui dessinaient le contour du visage de Rodolphe jusqu'à la naissance du maxillaire.

Autour d'eux, le silence de la campagne était amical. Secret, fourmillant de mille et mille présences, il accueillait, dans ce royaume de plantes et de bêtes, la confidence d'un instant de bonheur humain.

— Je suis bien, auprès de vous, ma mie, dit enfin Rodolphe.

Après une seconde, il ajouta :

— C'est pour cela que je veux vous garder tout le temps.

Julia eut un bref soupir à peine perceptible. Quelque chose de parfait prenait fin qu'elle regrettait déjà, malgré la douceur des paroles.

Rodolphe continuait :

— Je sais, vous auriez lieu de me prendre pour une brute qui ne songe guère qu'à obtenir de vous ce que... Vous me comprenez. Et je ne dis pas que vous tenir entre mes bras ne me fasse pas bouillir le sang. Pardieu ! Je ne serais pas un homme si, devant une jolie fille, je ne... — Prudemment, il laissa encore une fois sa phrase en suspens. — Mais il n'y a pas que cela. J'ai besoin de vous. Je vous veux pour tout vous dire, tout partager avec vous. Nous nous voyons si peu. Comment voulez-vous que j'y tienne ? Ce n'est pas possible.

Il avait enjambé le banc pour se retrouver en face

d'elle, et, debout, précipitait ses adjurations, dans son désir de la convaincre, tout en la pressant contre lui.

— Ne me faites pas souffrir, ma mie. A présent, rien ne vous empêche plus de tenir votre promesse. J'admets volontiers que vous vous sentiez obligée de terminer votre séjour ici, sans mêler les Peyrissac à votre fuite. Mais prenons rendez-vous pour une date. Voulez-vous après la Toussaint ? Pour la saint-Charles ?

— Je ne peux pas, gémit Julia, oppressée par son étreinte, et moralement à la torture.

Elle insinua ses coudes entre eux pour se donner un peu d'air et, rejetant la tête en arrière, le supplia du regard :

— J'ai engagé ma parole de ne pas le faire. C'est à ce prix que j'ai pu sortir du couvent.

— On vous l'a extorquée ! Est-ce que cela compte ? Jamais de la vie, voyons !

— Extorquée ou non, dit Julia qui redevenait elle-même dans la discussion, je l'ai donnée, n'est-ce pas ? Cela suffit pour que je la tienne.

— Et celle que vous m'avez donnée, à moi ? Celle-là, dites ? Apparemment, elle n'en vaut pas la peine ? scanda-t-il, penché sur elle, la secouant comme si elle eût été un sac.

En signe d'impuissance, Julia laissa retomber ses bras le long de sa jupe.

— Comment voulez-vous que je fasse ? Oh ! Rodolphe ! je vous supplie de comprendre...

Il la relâcha si soudainement qu'elle faillit tomber. Et se mit à arpenter l'allée, ouvrant et refermant ses poings comme s'ils eussent eu quelque chose à broyer. Puis, fit demi-tour, et considéra, dressée devant lui, à quelques pas, en travers du chemin, petite et toute grise dans le reste de jour sans couleur qui précède le crépuscule, et irréductible, cette forteresse.

— Non ! C'est tout de même incroyable, gronda-t-il, incapable de se retenir davantage. Nous sommes là, réunis, enfin, après tout ce qui est venu se mettre à la traverse ; nous pourrions l'être pour de bon, désormais ; il ne tient qu'à vous. A vous seule ! Et vous prétendez m'aimer !...

— Rodolphe ! — Elle tendit les mains vers lui. — Tout ce que j'ai enduré pour vous, n'est-ce donc pas encore une preuve, à vos yeux ?

— Je n'en sais rien. Je ne sais plus ! jeta Rodolphe avec une colère douloureuse. Que voulez-vous que j'y comprenne ? J'en deviens fou ! D'un mot, vous pourriez me rendre heureux, et vous refusez. Jusqu'à quand va durer cette comédie ?

— Au mois de janvier cinquante-cinq, avança Julia, péniblement, j'atteindrai ma majorité. — Le rouge au front, elle le pria : — Patientez.

— Quand je vous le dis que vous me rendrez fou !

Hors de lui, Rodolphe croisa les bras sur sa poitrine :

— « *Patientez* » ! Patientez ! Sacré tonnerre de nom de sort ! Sans doute qu'à vous, cela vous est facile ! Le temps ne vous dure guère, à ce qu'il paraît ! « *Patientez* » ! Voilà tantôt quatre ans que je patiente ! Et vous me proposez tranquillement une autre année de patience ? Quinze mois, même, si je sais compter !

Atterrée, Julia le regardait.

Il paraissait véritablement fou de colère, en effet. Jamais M. Angellier lui-même n'avait offert aux siens un tel spectacle : ces yeux étincelants dont le brun prenait un reflet rouge comme ceux du chien de berger que l'on avait abattu deux ans auparavant, à la Sarrazine, de crainte qu'il n'eût la rage ; ce déchaînement pareil à celui d'une force aveugle, capable de tout dévaster. A le voir s'approcher d'elle, Julia eut l'impression d'une montagne en marche. L'angoisse la cloua sur place.

— Mais qu'avez-vous donc dans les veines ? Et vous vous figurez que vous allez continuer à me tenir à l'attache avec deux ou trois baisers, comme un carlin auquel on jette des miettes de gâteau, par-ci par-là, pour qu'il se tienne tranquille ? Eh bien, non ! Cela non ! Jamais ! « *Patientez* » ! Cela suffit. J'en ai assez et plus qu'assez. Fini, entendez-vous ? Vous me reverrez le jour où vous serez prête à me suivre. Le voulez-vous, oui ou non ?

Julia se contenta de refuser de la tête. Les larmes qu'elle retenait l'étouffaient.

— Bon Dieu ! exhala Rodolphe.

Elle crut qu'il allait la frapper. Mais il recula d'un pas, prit une longue inspiration, et lui jeta d'un trait, avec une voix qui n'avait plus son timbre ordinaire :

— En ce cas, adieu. Si vous changez d'avis, rappelez-moi. Mais ne tardez pas trop, je vous le conseille.

En quelques enjambées, il atteignit le bout de l'allée, escalada d'un coup les trois marches, et disparut.

Julia demeura un long moment anéantie à la place même où il l'avait quittée.

« C'est impossible ! » Elle avait dans sa poitrine un couteau qui l'empêchait de respirer. « Il va revenir. S'excuser. Il ne peut pas... »

Elle le connaissait. Elle savait bien qu'il regretterait tout de suite.

Le soir inclinait déjà vers la nuit. L'atmosphère était tiède, lourde d'humidité.

— Julia ! Où êtes-vous ? Julia !

Elle sursauta.

Non, ce n'était pas lui.

La silhouette de Félicité se tenait en haut des marches. Elle portait le petit Octave.

Julia la laissa descendre et s'avancer.

— Mon Dieu ! Qu'est-il arrivé ?

Inquiète de l'immobilité de la jeune fille, elle posa l'enfant, et la rejoignit vivement :

— Je vous cherche. N'avez-vous pas entendu, à l'instant ? Je vous appelais.

— Il est parti, murmura Julia, au lieu de répondre.

— Parti ? Comment cela, parti ? Parti pour tout de bon ? Sans prendre congé ? Vous êtes-vous donc chamaillés ?

Félicité restait stupéfaite.

— Oh ! les hommes ! dit-elle. Les hommes ! Mais, tenez, regardez plutôt...

Elle courut vers le bébé qui arrachait par touffes la bordure de trèfle incarnat d'une plate-bande de mufliers. Puis, le ramenant par la main, revint à Julia :

— Allons, cela va s'arranger. Demain, vous le verrez revenir, la figure enfarinée, prêt à vous baiser les pieds. Octave ! Veux-tu bien être sage ?

Julia secoua la tête :

— J'ai peur que non.

— Mais si ! Si, vous dis-je. — Félicité frappa du pied. — Je le connais, peut-être !

« Peut-être, oui. Mais... »

Julia redressa ses épaules, et tendit les bras au petit garçon qui pleurnichait.

— En tout cas, je ne vais pas accepter la défaite.

9

Ni le lendemain, ni les jours d'après...

Félicité enrageait comme d'un affront personnel :

— Je vous jure bien qu'à l'occasion, il connaîtra mon sentiment sur sa conduite ! A-t-on jamais vu... ? Pauvre chère ! Et cependant, il vous aime.

— Que pouvais-je faire d'autre ? demandait Julia.

Du matin au soir, elle ressassait le problème, jamais lasse de renforcer sa position dans un débat où les regrets passionnés dont la harcelait son amour reprenaient perpétuellement l'avantage :

— Ma mère qui m'aime tant. Qui me soutient de tout son pouvoir, pauvrette ! Vous l'avez vue, Félicité. Concevez-vous que je puisse trahir sa confiance ? Lui laisser porter vis-à-vis de mon père la responsabilité de ma fuite ? Mais je ne goûterais plus jamais en paix une seule minute de la présence de Rodolphe, si je l'avais fait !

— Certes, certes ! Quand je pense qu'un jour, mon petit Octave pourrait...

Julia regardait les mains toutes rondes, creusées de fossettes, du bébé accroché aux plis de sa jupe.

Elle songea, en le hissant sur ses genoux, que Rodolphe, lui aussi, avait été un petit enfant en robes garnies de dentelles, avec, peut-être, les mêmes longs cheveux bouclés. Quelque part, dans le grenier du Temps, des images de lui, toutes pareilles, étaient enfouies pour toujours au fond de quelque malle tombant en poussière.

Cette vie mystérieuse, ce fil déroulé sans répit, dont on ignore à quoi il sert, à quoi il mène. « *Qui sait ce que l'avenir nous réserve ?* » disaient volontiers les vieilles gens qui, déjà, l'avaient derrière eux. Une manière de parler ; de remplir les vides, dans la conversation, avec des phrases toutes faites. « Faites de quoi ? S'ils y pensaient, rien qu'un moment... ! » Toutes les larmes, tous les cris, toutes les peurs, toutes les souffrances, qu'il faut accumuler pour fournir la preuve d'un dicton usagé.

Dans ce salon de la Gloriette où plusieurs portraits d'aïeules jalonnaient le temps enfui, Julia, revoyant en pensée ceux qui ornaient aussi les murs, à la Sarrazine, parvenait à la découverte de ce qu'ils représentaient.

Quelles humiliations, quelle amertume, avaient fait à ce très ancien président Evariste Angellier une ride si dure au coin de la bouche tombante ? Quelle attente sans joie avait éteint le sourire sur les traits de cette Célestine figée dans ses atours du début du siècle, dont Père disait : « Celle-là s'est mariée passé la quarantaine. Je me souviens d'avoir assisté, tout enfant, à ses noces. »

Pas un de ces portraits de famille, — tout à coup, Julia en était frappée — qui permît d'évoquer un destin enviable.

« Et Maman ? »

On ne sait rien, ou si peu, de la vie de ses parents. Et l'on ne s'en inquiète pas. Même si l'on soupçonne que l'un ou l'autre a pu n'être pas très heureux.

Comme si rien ne devait avoir importé jusqu'à votre venue sur cette terre. Comme si l'arbre entier n'avait traversé les saisons avec son aubier tendrement rose devenu, d'années en années, cette noire et sèche carapace des vieux troncs que pour voir mûrir un fruit unique venu à la pointe de sa dernière branche.

Tous ceux qui étaient nés avant elle semblaient jusqu'alors n'avoir fait que préparer à Julia sa vie, afin qu'elle atteignît la perfection.

Il fallait le chagrin, il fallait l'angoisse, pour qu'elle sentît tout à coup le poids de ce peuple de plomb que l'existence de chaque vivant tire et traîne avec elle, dans l'esclavage d'un monde où la mort gouverne.

« Mon Dieu, je voudrais être en sûreté dans l'amour de celui que j'aime ! »

Mais jamais elle n'eût formulé pareille prière avant de se douter qu'elle n'y serait jamais ; qu'elle ne pourrait compter sur aucune certitude ni sur aucun être, à peine sur soi-même ; que l'amour et la paix n'avaient pas grand-chose à voir ensemble ; et que le bonheur était une entreprise désespérée, à la mesure de notre seule vie humaine.

Tout ceux qui s'en étaient allés se mêler à la poussière l'avaient sans doute tentée avant elle, comme elle la tenterait. Elle se sentait suffisamment de courage. Une fois les vaisseaux brûlés... Et si sa destinée à elle s'appelait Rodolphe Vernet, quoi qu'il pût faire à l'encontre, elle l'accomplirait.

« Même si nous ne nous réconcilions pas. Même si je ne dois plus le revoir. » Déjà, cela ne pouvait plus rien changer. En dernier ressort, erreurs, doutes, chutes, occasions manquées, chemins perdus, tous les pièges, évitables ou non, aboutiraient au seuil de la même certitude.

Elle caressait les cheveux du petit Octave.

— Vous allez lui manquer, demain soir, remarqua Félicité. N'emporterez-vous pas un trop mauvais souvenir de la Gloriette ? Il n'a guère fait beau temps. A peine si j'ai pu vous montrer le jardin. Vous n'avez pas idée de ce que peut être ce mas, l'été, et l'agrément de la vie que l'on y mène. Il faudra que vous reveniez à la belle saison.

— Volontiers, dit Julia.

Assise derrière son métier à tapisserie, Félicité l'observait.

— Ma chère, je vous aime beaucoup. C'est un peu sot de vous le déclarer tout à trac, en pleine figure, mais n'importe !

Julia sourit et frôla d'un baiser les cheveux de l'enfant blotti dans son giron.

— Moi aussi. Et jamais je n'oublierai...

— Ah ! laissons cela, je vous en conjure. Seigneur Jésus ! Quand je songe à la façon dont tout a tourné... ! Mais, dites-moi, que comptez-vous faire, à présent ? Vous n'allez pas céder, au moins ?

Elle maniait l'aiguille à canevas comme si c'eût été un sabre de bataille.

Julia qui la regardait pensa qu'un an auparavant encore, sa propre intransigeance se fût manifestée avec une fougue aussi entière. A cet instant, elle se sentait plus vieille que Félicité.

— Je ne puis, dit-elle, secouant la tête. Il finira bien par l'admettre. Du moins, je l'espère. Si je pouvais, de temps à autre, avoir de ses nouvelles... !

— Cela, je vous le promets. Sitôt réinstallée rue Banasterie, je vous ferai signe. Nous recevons assez, tout l'hiver. Il va falloir que nous organisions une séance de tables tournantes pour faire comme tout le monde. Je pense avoir ensuite une sauterie, en décembre, un bal en janvier ou février. Vous y viendrez. Si votre Rodolphe apprend que l'on vous courtise, vous le verrez changer ses batteries. Rien de tel que la jalousie pour vous le débusquer.

Julia se mit à rire.

— Félicité, vous êtes étonnante. Dieu sait tout ce que j'aurai appris dans votre intimité.

— Récapitulez ! dit la jeune femme, riant elle aussi. Le point de Smyrne, la manière la plus seyante de vous coiffer, les rudiments de l'art de gouverner les hommes, ce qui fait le chic d'une toilette de chez Popelin-Ducarre, l'usage du lait antéphélique de Candès ; quoi encore ? Allons, rien que pour tous ces secrets inestimables, n'est-il pas vrai qu'il valait la peine de quitter votre Sarrazine ?

« Certes ! » De retour chez elle, Julia se le répétait encore, quelques semaines après, tout en cousant avec sa mère une robe dont elle avait relevé le patron sur une de celles que portait la jeune femme.

— Alors, vraiment, un seul volant dans le bas ? Et tu ne vas pas mettre quelques garnitures ?

Julia sourit et secoua la tête.

« *Un beau tissu se suffit. Et dégagez la ligne. Tout ce qui surcharge vous rapetisse.* »

— Je crains que ce ne soit bien simplet, comme toilette habillée, continuait Constance.

— Non, doucette. Vous verrez.

Constance posa un instant la manche qu'elle était en train d'assembler pour regarder sa fille penchée sur l'ouvrage.

Cette fille légèrement différente que dix jours d'absence avaient suffi à lui façonner.

Au prix de quelques mèches de cheveux sacrifiées, une masse de boucles en « repentirs » encadrait à présent le visage de Julia, adoucissant ce profil un peu dur.

Elle semblait aussi plus calme.

« Plus calme ? » Etait-ce bien cela ? — Constance s'interrogeait. — « Moins expansive, plutôt. Moins prompte à s'emporter lorsqu'une chose n'allait point à sa guise. Mais calme... ? »

Il semblait qu'elle assistât volontiers aux réunions où ses parents étaient conviés avec elle. A Tarascon, à Barbentane ; à Aramon, chez Olympe qui venait de donner sa première soirée. Même, elle avait paru s'y amuser.

Mais à la maison, Constance ne la trouvait pas gaie. Où étaient les rires, les chansons, l'exubérance, de l'hiver qui avait précédé son renvoi au couvent ? Et les taquineries qu'elle prodiguait alors à Sophie ? N'eût-il pas mieux valu avoir encore à s'interposer, comme auparavant ?

Des heures entières, en l'absence de M. Angellier, elle demeurait assise sur la petite chauffeuse, muette, inactive, serrant sur ses genoux le matou hargneux de Pollonie dont la place n'était pas dans la salle à manger.

Constance n'osait lui en faire la remarque.

« Si je pouvais lui parler à cœur ouvert ! »

Mais il n'était pas question, bien sûr, qu'elle se hasardât dans cette voie.

Et Julia, repliée sur elle-même, ne semblait guère encline à des confidences spontanées.

Vint le bal de Félicité.

— Qui y aura-t-il à cette soirée ? demanda M. Angellier en montant en voiture. Des gens que tu connais ?

— Je ne sais trop. Sans doute Herminie. Du moins, je l'espère. Solange Thérond. Peut-être aussi Modeste Valade. Et...

— Et les cavaliers ?

Julia fit un geste d'ignorance.

« A coup sûr », se dit Constance, « elle n'eût pas couru le risque de mettre son père en présence d'un homme qu'il avait chassé de chez lui. »

La réception fut brillante. L'hôtel des Peyrissac s'y prêtait, et le jeune couple connaissait à fond le difficile métier d'hôte. « *Le Tout-Avignon assistait à cette fête* », écrirait indubitablement dans son prochain compte rendu le chroniqueur mondain de l'*Estafette de Vaucluse*.

— Ces gens sont charmants, dit Alfred Angellier, au retour, en bâillant.

Il murmura encore :

— Les tables de whist étaient parfaitement organisées.

Puis, s'accotant dans son coin, étendit les jambes et s'endormit, bercé par le trot des chevaux et le balancement de la voiture.

— Je te regardais tout en causant avec madame Peyrissac mère, chuchota Constance. Tu as eu un certain succès, me semble-t-il. Comme je suis contente que tu te sois amusée, ma chérie !

Assise à côté de sa mère et rencognée à l'opposé de M. Angellier, Julia, emmitouflée dans sa pelisse, se taisait.

Au bout d'un moment, sa main vint chercher celle de Constance et la serra avec force.

« Il savait que je verrais Félicité et qu'elle me le répéterait. *Je lui ai dit que vous seriez accompagnée de vos parents, et il m'a répondu de l'air d'un chien qui va mordre que vous pouviez vous faire encadrer par toutes les cohortes célestes ou infernales si cela vous chantait ; ou tout autant venir seule. Et qu'il ne ferait pas un pas pour vous rencontrer. Je l'espère bien, ai-je dit, je ne veux pas d'anicroches à ma soirée. Vous auriez vu le coup d'œil qu'il m'a décoché !* »

« Pas une lettre. Pas un signe. Rien. Depuis tantôt trois mois. Vierge Mère ! accordez-moi la patience... »

Herminie, elle, avait haussé les épaules :

« *Tout cela... ! Si tu n'avais pas été assez cruche pour manquer la meilleure occasion...* »

Mais Félicité avait dit aussi :

« *Je suis certaine qu'il n'a pas décoléré depuis votre dispute de la Gloriette.* »

« Donc, il m'aime toujours ! Donc... Oh Rodolphe, si je pouvais ! Rodolphe, mon âme ! Rodolphe, Rodolphe... »

Un détour du chemin mit soudain la lune derrière la vitre de la portière, tirant de l'ombre la figure de Julia, à demi renversée contre le dossier. Constance détourna les yeux pour ne plus voir, dans cette lumière triste et froide, les traînées luisantes qui marbraient les joues de sa fille.

— Ma pauvre femme, vous direz ce que vous voudrez, grognait M. Angellier, moi, je ne vois qu'une chose : à vingt ans passés, elle n'est pas encore mariée. A son âge, vous étiez deux fois mère. Je vous l'ai toujours dit qu'après une histoire pareille, on nous la laisserait sur les bras. Ah ! je vous jure bien... ! Qu'il se présente seulement un épouseur convenable, et l'affaire sera vite conclue.

Il tira son mouchoir de sa poche, se moucha avec dignité, accomplissant un à un tous les rites que comportait la cérémonie, et reprit son discours au point où il l'avait laissé :

— Vous me dites que le jeune Athénoux est assidu auprès d'elle. Je veux le croire. Mais, morbleu ! il ne m'a pas encore fait part de ses intentions, s'il en a de précises. Quand je pense que ces Gazagnon ont bénéficié de la stupidité de ma fille ! Des terres qui valent de l'or ! Une famille si bien apparentée ! Un garçon qui...

Résignée, Constance cessa d'écouter la suite. Aussi bien eût-elle pu la réciter. Quand ce serait fini, resterait à trouver une transition pour revenir au sujet.

Elle posa la plume devant elle, sur la tablette du secrétaire, et attendit l'instant propice, à demi tournée vers le fauteuil dans lequel se carrait son mari, à l'autre bout de la salle.

— Que voulez-vous, mon ami ? Je pense comme vous que c'est grand dommage, mais nous devons nous faire une raison. Et, à propos du jeune ménage Foucaud-Saint André, dois-je le mettre sur ma liste d'invitations ? Ou pensez-vous au contraire qu'il ne serait pas opportun de...

— Nous verrons cela, coupa M. Angellier. J'y réfléchirai. A première vue, mieux vaudrait ne pas courir le risque d'essuyer un refus. A moins de les faire pressentir... ?

Sourcils froncés, il pesait les hypothèses, avec une lippe soucieuse.

— Et d'abord, combien devons-nous être ?

— Cela dépend. Si vous voulez comprendre la famille éloignée ou bien...

— Non ! Non ! N'allons pas compliquer ! Juste ce qui est nécessaire.

Constance fit une rapide addition :

— Environ une cinquantaine de personnes.

M. Angellier sursauta.

— Tant que cela ! Mais voyons donc, Constance !

— Je n'ai compté que les politesses à rendre, dit-elle, doucement. Avec quelques jeunes gens en plus pour animer la soirée.

— Bon, bon ! S'il faut en passer par là... !

Avec humeur, M. Angellier étendit le bras vers le pot de faïence qui se trouvait derrière lui, sur la petite table, à peu de distance.

Il s'en fallait de quelques centimètres pour qu'il pût l'atteindre sans se soulever de son siège.

— Constance, voulez-vous me faire passer mon tabac, je vous prie ?

Elle se leva, traversa la pièce, et vint pousser le pot à portée de la main de son mari.

— Voilà, mon ami.

Puis, retourna s'asseoir devant le secrétaire.

— Je n'aime guère, chez moi, ces réunions

bruyantes, reprit M. Angellier. Un bon dîner, bien servi, une douzaine de convives, un petit cénacle de gens pondérés, à la bonne heure ! Mais toute vos... « sauteries » !

Le mot lui vint aux lèvres, accompagné de la grimace que provoque l'aigreur d'estomac.

D'un air dégoûté, il acheva de bourrer sa pipe :

— Je donnerais volontiers le double de ce que cela va me coûter pour que l'on m'en dispense. Et si encore cela servait à quelque chose ! Mais... !

« Doux Jésus ! » Allait-il recommencer ?

Non, par bonheur :

— Ce jeune Athénoux, vous l'avez compris dans votre liste ? Et puis, tenez, puisque nous y sommes, marquez donc aussi les Foucaud-Saint André ; et n'omettez pas Joseph, le frère. On peut encore voir s'il n'y a rien à faire de ce côté. A défaut de l'aîné... ! Un gendre avocat risque d'être utile, dans les temps que nous traversons. Comment savoir ce que nous réserve la camarilla de monsieur Louis Bonaparte ?

Constance demeurait silencieuse.

Son mari en fut piqué :

— Eh bien, Mademoiselle ? jeta-t-il avec humeur à Julia qui entrait. Venez un peu constater le mal que l'on se donne pour trouver à vous établir.

Il déposa sa pipe d'un geste noble.

— Dieu m'est témoin que je n'espère de vous aucune reconnaissance. Mais appliquez-vous au moins à me seconder. Puisque je fais le sacrifice de donner cette fête, tâchez de vous y montrer sous votre meilleur jour ; et, pour une fois, de vous rendre aimable. Que je ne vous prenne pas à persifler vos danseurs, comme à votre habitude. On n'attrape pas les mouches avec du vinaigre. M'avez-vous compris ?

Julia ne put qu'incliner la tête. L'indignation lui faisait battre le cœur et la serrait à la gorge.

« Une marchandise ! Rien qu'une vulgaire marchandise ! Mes sentiments ne comptent pas. Je crois qu'il ne songe pas même à se rappeler que j'en ai ! »

— Eh bien, répondez !

— Oui, Père, parvint-elle à dire, sentant sur soi le regard anxieux de Constance.

Celle-ci intervint très vite :

— Nous mettrons cela tout de suite après le Carême. La semaine de Pâques, n'est-ce pas, mon ami ? De cette façon, ton frère pourra y assister avant de rentrer au collège. Et tu auras Olympe et son mari, et Honoré, et tous tes amis : les Peyrissac, — ils seront rentrés de leur voyage, j'espère ? — et les Delerieu, Délaïde Isnard, Claire et Etienne Pascal, les Athénoux, Jeannette et Jean Sully-Dumas, et tes compagnes de couvent : Herminie et Delphine Roux...

Julia considérait sa mère avec une tendresse infinie et apitoyée.

— C'est parfait, Maman chérie.

Le mal que souffrent pour nous ceux qui nous aiment. Elle le savait, à présent, elle qui se sentait à vif de la tête aux pieds.

Ce silence où la laissait Rodolphe : « Ne pas même savoir ce qu'il fait. » C'était comme si cet être vivant, Rodolphe Vernet, eût été retranché du monde. Cette foule de gens que l'on pouvait rencontrer chaque jour, en allant seulement à Maillane, ou à la Sarrazine, même ; tous ceux que l'on croise sur la route, qui traversent votre existence et la quittent instantanément. — « Mais Rodolphe ? » — Personne parmi eux qui parût se douter qu'il existait. Comme si sa présence sous le soleil n'eût pas été d'une si terrible importance pour la jeune fille avec laquelle ces étrangers échangeaient en passant un salut, un sourire, ou des paroles. « ... qu'il existe. Que je l'aime. Et qu'il m'... »

Mais peut-être avait-il cessé de l'aimer. « Où est-il, Vierge Mère ? »

Le premier coup des vêpres tintait au loin, dans l'air assoupi du dimanche.

— Déjà ? A-t-on attelé ? Pressez-vous, Constance. Vous allez voir que nous serons en retard.

« ... Au théâtre, à Avignon, avec ces horribles femmes ? On dit qu'Honoré a une danseuse, cette année. Et lui ? Oh ! savoir ! Savoir ! Si au moins Félicité était là ! »

— Tu es prête, ma petite fille ?

« Maman, hélas ! pourquoi vous ai-je fait cette promesse ? Si j'avais su, Maman ! Si j'avais pu me douter qu'il ne me le pardonnerait pas ! »

— Tout de suite, Maman. Je mets ma capote et mon châle.

Eût-elle jamais imaginé, au fond de son couvent, lorsqu'elle songeait si désespérément à la maison, qu'elle regretterait un jour d'y être revenue ?

— Et Sophie ? L'as-tu vue ?

— Reynette finissait de l'apprêter quand je suis descendue. Je vais la chercher.

Répondre, aller et venir, faire ce qu'il faut faire « Oh, Rodolphe ! » avec cette épine plantée dans la chair du cœur, qui fait si mal que, par instants, l'on suffoque.

La petite sœur descend l'escalier, respectueuse de la toilette de circonstance, de la Sophie de circonstance.

— Mon Finou, viens vite, la voiture attend. Maman est passée devant avec Père.

Vraiment une très petite fille encore. Qui ne comprendrait pas, si même elle se doutait. Cette année, au mois d'octobre, on la mettra, elle aussi, à la Visitation. C'est ainsi que cela commence. Et après... On ne peut plus rien arrêter. Cette épine qui s'enfonce. Un peu plus à chaque pas que l'on fait. Pauvre petit Finou. Rose, potelée, tendre. Pauvre petite caille. Si quelqu'un devait, plus tard, lui infliger une souffrance pareille...

— Tu me fais mal, geignait Sophie. Qu'est-ce qui te prend de me serrer comme ça ? Après, Maman dira que j'ai froissé ma robe.

— Ne grogne pas, mon trésor. Demain matin, je te laisserai monter *Haydée* si tu en as envie. Et vite, vite, partons ! Je crois que Père nous appelle.

Un dimanche de passé.

A force, c'est aussi le temps qui passe.

Félicité Peyrissac allait enfin rentrer de Paris. Elle serait là pour la réunion.

Le clair de lune jetait sur le jardin noir une lumière étrangère.

— Vous voyez bien qu'il ne fait pas froid, dit Julia. Venez par ici, nous serons à l'abri, entre les lauriers-tins.

Fermant son châle sur sa gorge décolletée, la jeune femme se laissait entraîner sans enthousiasme :

— Mais ne croyez-vous pas que nous pourrions trouver un autre endroit ?

Julia n'entendait rien.

— Personne ne viendra nous dénicher dans cette allée. Alors ? Dites vite, à présent !

La clarté lunaire semblait tailler à même les masses de feuillages un étroit couloir, blond, pour les y enfermer, toutes deux, au cœur de la douce nuit d'avril.

Encore hors d'haleine, Félicité dit à voix entrecoupée :

— Son père est mort.

— Son père... ? Ah ! mon Dieu !

L'on imagine tout, sauf ce qui arrive.

Félicité regarda avec inquiétude le visage décoloré de la jeune fille, sans se douter que le sien paraissait tout aussi blême, sous cet éclairage d'un autre univers.

— Hé là ! remettez-vous !

Cette allée encaissée où le lacis zigzaguant des ombres nocturnes étendait un filet sous leurs pas ne lui disait rien qui vaille. Elle regretta l'orchestre, les danseurs, les bougies du lustre, le bruit des conversations. « L'ennui, parfois, d'aimer les gens ! »

— Vous n'allez pas vous trouver mal ici ?

Cela n'était jamais arrivé à Julia ; et elle n'en avait pas la moindre envie. Mais la nouvelle lui avait « coupé les jambes », comme disait toujours Pollonie.

— Ne craignez rien, murmura-t-elle.

— Cher cœur, c'est affreux, bien sûr. Mais le colonel était si mal en point depuis des mois. D'un côté, c'est une délivrance. Et...

— Mais lui ? Lui ! comment l'a-t-il supporté ?

— Je ne sais trop. Assez mal, semble-t-il.

Elle s'empara du bras de Julia et se mit à parcourir l'allée avec elle, d'un bout à l'autre de la zone que délimitait la clarté, retrouvant instinctivement une vieille habitude du temps de la pension.

— C'est advenu en notre absence, il y a plus d'un mois. Nous ne l'avons appris qu'à notre arrivée. Tout de suite, Arsène et moi sommes accourus lui porter nos condoléances. Nous l'avons trouvé encore désemparé, et, pour tout dire, assez sombre.

« Sombre, lui, Rodolphe. » Rien qu'à l'imaginer, cela faisait mal. Vous tordait le cœur, vous... ah !

— Je crois qu'en outre, sa mère lui cause pas mal de difficultés, à propos de la succession. Cela, naturellement, il ne nous en a pas soufflé mot. Mais il se trouve qu'Arsène a vu son notaire, à Tarascon. Mogador serait mis en vente. Madame Vernet n'a jamais pu s'y plaire, je le sais. Son seul désir serait de retourner au mas de ses parents, en Camargue.

« En Camargue ! Au bout du monde ! » Une fois là-bas, jamais il ne lui reviendrait, Julia en était sûre. Elle l'avait senti dès les premiers mots : cette mort signifiait bien autre chose que la disparition d'un vieillard paralysé dont elle ne s'était jamais fait une idée précise.

Elle n'entendait plus ce que disait la jeune femme. Tout était fini. Les derniers espoirs s'écroulaient avec un grondement sourd dans sa tête.

« S'il part... Oh, Christ ! s'il part... ! »

— Mais... Julia ?

Elle vit que Félicité la dévisageait, l'air stupéfait :

— En vérité, Julia, je me demande... Est-ce là tout le cas que vous en faites ? Eh bien !... Moi qui ménageais mes effets ! Qui m'attendais à du délire !

— Vous... quoi ? Du délire ? Excusez-moi, je n'ai pas très bien écouté.

— Pas écouté !... — Félicité frappa ses paumes l'une contre l'autre. — Non ! Non ! Si n'importe qui me le racontait, je refuserais de le croire. Mais où donc avez-vous la tête ? Je vous annonce que vous triomphez, que votre ours mal léché se repent, qu'il est prêt à...

— Félicité !

La jeune femme se mit à rire.

— Enfin !

Julia se cramponnait à son bras. Il semblait bien qu'elle eût compris, cette fois.

— Mais oui : prêt à faire sa soumission. C'est ce que je...

— Ce n'est pas possible, bégaya Julia.

Elle se frottait la joue, de sa main gantée, sans même savoir ce qu'elle faisait, incrédule, hésitant au bord de la joie, craignant qu'elle ne lui fût reprise.

Félicité montra une pointe d'agacement :

— Une heure que je me tue à vous le dire !

Julia dut s'asseoir sur la marche de pierre qui terminait l'allée.

— Oh répétez ! Je vous en prie. Je croyais tout perdu. Je me désolais. Je... Féli, il m'aime encore ? Est-ce bien vrai ? Est-ce de lui que vous le tenez ?

Allait-on passer là toute la nuit ? se demandait Félicité.

— Je crois qu'il vaut mieux que je recommence, dit-elle, partagée entre l'attendrissement et l'impatience.

— « Ces amoureux ! » — Donc, sur la fin de la visite, comme madame Vernet causait avec Arsène, nous nous sommes trouvés à quelques pas, lui et moi, seuls durant un moment. C'est alors que, de lui-même, brusquement... C'est égal, n'est-ce pas trop fort ? Devoir vous répéter tout cela !

— Féli, je vous en supplie ! Ne voyez-vous pas que je suis suspendue... ?

— Oui-da, ma chère ! Il est bien temps ! Enfin !... Je disais donc qu'il m'a questionnée à votre sujet. Pour l'amener à se découvrir davantage, je demeurais évasive. Si bien qu'après avoir tournicoté, il s'est finalement décidé à mettre son amour-propre dans sa poche : « *Quand vous la verrez, racontez-lui tout. Dites-lui...* » Je voyais qu'il éprouvait de la honte, et je me contentais de remuer le menton de mon air le plus encourageant. « *Dites-lui qu'elle me manque cruellement dans la peine où je suis. Que j'ai constamment pensé à elle, tous ces temps derniers. Et que je lui demande de me pardonner.* »

« *Qu'elle me manque... pensé à elle... me pardonner !* Rodolphe ! Mon amour ! Courir à lui, le secourir, le lui apporter, ce pardon... »

— Oui, continuait Félicité, je crois bien que ce sont là, mot pour mot, ses paroles. J'étais si touchée que je les ai retenues telles quelles. Je ne sais comment s'arrangent ces grands diables d'hommes pour nous attendrir de la sorte, pauvrettes. Et précisément lorsqu'ils se sont donné le plus de torts.

Julia hocha la tête.

Tout cela était comme un vin trop fort qu'elle eût bu à pleines rasades.

— Alors ? souffla-t-elle.

— Alors ? Eh bien, je lui ai conseillé de vous écrire, lui promettant que vous auriez le billet incessamment. Mais il a dit qu'il n'était pas capable de vous tourner cela, et qu'il mettait plus de confiance dans ma persuasion que dans son style. Je ne nie pas avoir été flattée. Mais vraiment, je puis vous l'affirmer, il m'a paru tout repentant. Aussi triste qu'un amoureux a jamais pu l'être. C'était pitié de le voir ainsi. Quand on le connaît, lui, surtout ! En même temps, j'étais dans le ravissement en pensant à vous. Eh bien, que dites-vous de mes nouvelles ?

— Oh ! Féli, c'est tellement... Je suis... balbutia Julia, la voix pleine de larmes.

— Allons, allons, ma chère, la gourmanda Félicité. Ce n'est pas le moment de vous laisser aller.

Fouillant dans son réticule, elle en tira un mouchoir et le lui tendit :

— Tenez.

— Mais j'ai le mien.

— Alors, servez-vous-en. Et n'oubliez pas qu'à quelques pas de ce riant asile, une foule d'invités est probablement en train de se demander où vous êtes passée. Au moins trois contre-danses de perdues. Vos cavaliers doivent être aux cent coups. — « Et les miens, donc ! » — Si, là-dessus, vous leur revenez avec une figure à l'envers, vous pensez si l'on jasera. Y êtes-vous ? Il ne fait pas chaud, à la longue, sous vos verdures ?

Julia se tamponnait machinalement le nez et les yeux, plongée dans de nouvelles réflexions. Elle en sortit, son parti pris.

— Il faut que je le voie.

— Entendu. Nous allons arranger quelque chose au plus tôt. Dans le courant de la semaine prochaine...

Toujours attendre.

— Non. Ce serait trop long. Impossible.

Félicité la considéra d'un œil encore patient, mais nettement réprobateur.

— Enfin, c'est vous qui êtes impossible ! Comment voulez-vous que je fasse ? Puis-je annoncer à monsieur Angellier, sans crier gare : « Au fait, j'emmène votre fille cette nuit même, en m'en retournant à Avignon ? » Allons donc ! Encore faudra-t-il trouver un prétexte qui tienne debout ! Soyez raisonnable. Je reviendrai, tenez : disons dans trois jours, faire ma visite de remerciements à votre mère, et...

— Non, coupa Julia. Cela ne peut aller. Voici ce que nous allons faire : avez-vous de quoi écrire ?

— Mais comment donc ! ironisa Félicité. Je suis venue danser avec tout ce qu'il faut. Peut-être voulez-vous aussi une chandelle ?

Réellement, Julia commençait à passer les bornes. Haussant les épaules, la jeune femme resserra avec ostentation les pans de son châle :

— Et pourquoi pas un brasero ? Je me demande comment vous pouvez y tenir, si peu couverte !

Julia se leva d'un bond.

— Mon ange, ne soyez pas fâchée ! Vous voyez bien que je deviendrai folle si vous ne m'aidez pas encore un peu. Je pensais que vous auriez peut-être une feuille de carnet sur vous. Mais tant pis ! Ecoutez, pouvez-vous retenir ce que je vais vous dire et le lui faire savoir demain matin ?

— Malaisément. Si nous étions à la Gloriette, je ne dis pas. Mais...

— Féli !

— Enfin, ma chère...

Devant la figure que Julia levait vers elle, elle se ravisa et dit avec humeur :

— Bon, bon ! J'enverrai ma femme de chambre par la diligence de huit heures. Expliquez-moi.

Elle piétinait, debout sur la marche.

La Providence incarnée, drapée dans un magnifique châle indien. Julia lui serra doucement le bras à travers l'étoffe, en un muet témoignage de reconnaissance.

— C'est simple. Voici : je serai demain après-midi, à trois heures et demie, à la Pierre Plantée. C'est sur la route de Maillane à Saint-Rémy, à une lieue d'ici, à peu près.

— Julia ! Vous avez perdu la tête ! Si l'on vous voit... ? Si votre père l'apprend... ? Songez...

— Vous le lui ferez savoir ? C'est promis ?

— Mais...

— La Pierre Plantée. Trois heures et demie. Promis ?

— Oui, là ! Oui ! céda Félicité. Je vois qu'il le faut. Mais, Seigneur ! quelle paire ! Le beau couple de « dévore-chrétiens » que vous allez faire ensemble !

Julia la prit par la taille :

— Je vous adore !

Elle épousseta ses volants du plat de la main et y remit de l'ordre.

— Vite, venez danser. C'est vrai qu'il fait frais. J'ai des remords de vous avoir tenue si longtemps. Vite, maintenant !

Au coin de la terrasse, elles devinèrent un couple assis sous la glycine.

Se détachant, Olympe accourut à leur rencontre :

— Julia ! Où étais-tu ? L'oncle Alfred m'a demandé si je t'avais vue.

— Si tu savais..., chuchota Julia. Ecoute : ne dis rien à Gaston. Mais je suis tellement heureuse... Demain ! Demain ! Demain !

10

Cette sécheresse qui durait depuis des mois se révélait grosse de conséquences désastreuses. Alfred Angellier, et avec lui tous les propriétaires du Comtat et de la Provence, ne décoléraient pas.

Lorsqu'aux prières publiques ordonnées par Monseigneur l'Archevêque, le ciel eut répondu par une petite pluie peu profitable aux cultures assoiffées, le mistral qui n'avait guère cessé de tout l'hiver s'en revint au galop, plus brutal que jamais, et parut s'acharner avec une sorte de mauvaise rage.

L'une des dernières nuits d'avril, la terre à bout de souffle s'endormit enfin, mais pour se réveiller au matin dans la stupeur d'un grand silence de neige.

De sa fenêtre, Julia put voir couverts de blanc les arbres déjà chargés de leur parure verte, dont les branches pliaient sous ce double poids.

Cela passa vite. Mais la feuille de mûrier qui, la veille, s'annonçait abondante malgré le manque d'eau, hachée, brûlée, ratatinée par le gel, ne pouvait plus guère promettre qu'une maigre récolte, très insuffisante, en regard des besoins.

Et au mois d'août, vous viendrez me dire si quelqu'un ramasse plus d'un cageot d'amandes ! prévoyait M. Angellier, non sans vraisemblance. L'année cinquante-quatre ! Encore une dont on se souviendra. Tout va de mal en pis. Jusqu'aux saisons, maintenant, qui se détraquent ! A croire qu'elles prennent modèle sur les hommes !

Il n'eût pas fallu le pousser beaucoup, songeait Julia, pour qu'il rendît le gouvernement responsable.

Au bout de plusieurs semaines durant lesquelles il n'avait cessé d'assassiner à petit feu ses proches, son humeur, comme le mistral, tomba d'un seul coup, à la veille de la venue d'un hôte qui s'annonçait pour une journée.

Julia, le constatant, se demanda, exaspérée, ce qui, après tout, était préférable, des piques dont la harcelait son père, ou d'une bonhomie subite motivée par la visite de l'avocat Foucaud-Saint André.

Tout en conservant les apparences de l'impromptu, cette visite semblait bien avoir été prévue, et tous ses détails étudiés. Julia n'en voulait pour preuve que la coïncidence qui, le jour précédent, avait amené les jeunes mariés à la Sarrazine.

— A point nommé pour me servir de chaperons si nous allons en promenade, n'est-il pas vrai ? dit-elle rageusement à Olympe. Je gagerais n'importe quoi qu'il va suggérer une sortie à cheval, pour ménager à ce bellâtre une occasion de me faire sa cour. Oh ! il a bien calculé son affaire. Et toi, ose me soutenir en face que tu n'es pas au courant !

— Tante Constance m'en a dit un mot, avoua Olympe, à contrecœur.

— Oui ! Et Père a pris Gaston à part, dès votre arrivée. Et je te fais grâce des conciliabules dont j'ai eu vent, tous ces temps-ci. Et quand je dis : « Conciliabules » !... « Monologues » serait plus exact. Maman n'a guère voix au chapitre.

Elle arpentait la chambre aussi farouchement que si c'eût été une cage, tandis qu'Olympe, tirant ses robes d'une malle, les suspendait à mesure, avec de petits coups soigneux pour les défriper.

— Oh ! mais je te promets bien que je vais prendre les devants. Celui-là, si je ne lui ôte pas tout net l'envie de m'avoir pour femme... ! C'est que nous ne sommes plus à l'époque de son frère. Qu'est-ce que je risque ? En janvier prochain, je suis majeure.

Elle rumina un instant.

— Et même, d'ici là... S'il était question de me remettre au couvent... Bah ! je le souhaiterais presque ! De ce coup, je serais déliée de ma promesse. Vierge Mère ! s'exclama-t-elle, subitement frappée par une idée. Mais ce serait magnifique, au contraire ! Comment n'y ai-je pas pensé ? Si je pouvais m'arranger pour qu'il m'y renvoie !

Olympe, navrée, secoua la tête :

— Toujours la même !

Julia vint se planter devant elle :

— Et pourquoi voudrais-tu que je change ?

Le menton haut, frémissant, l'œil irrité, la parole dardée, elle se dressait comme un aspic devant la pauvre Olympe, fascinée.

— Tu l'as, toi, ton Gaston. On vous rencontre assez dans tous les coins, en train de vous rouler des yeux tendres, de vous presser la main, comme si ce n'était pas suffisant de pouvoir le faire seul à seul, dans votre chambre. Et tout le monde trouve cela charmant. Vous jouissez de la bénédiction de la famille. Mais moi... — Sa colère montait à mesure que se présentaient les arguments. — Moi ! Ai-je obtenu ce qui me manque ? M'a-t-on donné l'homme que je veux ? Ah ! Christ ! quand j'y pense... Les prodiges qu'il me faut faire pour le rejoindre, une fois en passant, et lui parler pendant une heure, en cachette, avec la crainte d'être découverte, comme si je commettais un crime !

— Julia, tu es folle. Ne raconte pas cela si fort !

— Un crime ! Mais bien sûr que c'en est un ! Pour ceux qui digèrent leur bonheur quotidien, le ventre plein et les pieds sur les chenets, c'est choquant, hein ? la révolte des autres. Les gens qui volent, même s'ils ont eu froid ou faim, on les emprisonne. Tant pis pour eux, ils n'avaient qu'à rester tranquilles, à patienter ! Patienter, moi, je sais ce que cela signifie. Eh bien, veux-tu que je te dise ? Quand j'y songe, à cette révolution dont vous avez toujours plein la bouche pour la maudire, poussée à bout comme je le suis par vous tous, qui ne vous en rendez pas même compte, j'en viens à trouver que la guillotine a eu bien des excuses !

— Oh !... put seulement exhaler Olympe, horrifiée. Instinctivement, son regard se dirigea vers la porte.

Julia se mit à rire :

— N'aie pas peur. Il n'est pas là derrière. Tu sais bien qu'il est sorti avec Gaston.

Elle dit de nouveau, de ce même petit rire sec qui mettait sa cousine mal à l'aise :

— Pour un peu, je le regretterais. Il y a des moments où j'éclate de ne pouvoir lui déballer tout ce que j'ai sur le cœur. Dût-il me hacher aussi menu que chair à pâté, cela vaudrait la peine.

— Bonne Vierge ! Julia !

Olympe accourut rejoindre la jeune fille sur le canapé où elle venait de s'asseoir, et lui posa sa main sur l'épaule :

— Ne va pas faire une chose pareille !

Repliée, les coudes aux genoux, soutenant son menton de ses poings fermés, Julia méditait :

— Je ne comprends pas pourquoi je ne l'ai pas encore fait. Il y a en moi une retenue contre laquelle il faut que je me batte. je ne puis me l'expliquer. Tu penses que j'ai peur ? Mais non, ce n'est pas cela. Ou, si tu veux, c'est une peur particulière, qui ne tient pas à moi vraiment, qui n'est pas moi, pas plus que ne sont moi les vêtements que je porte. Mais c'est plus fort que moi, je suis ficelée dedans.

Sa cousine l'écoutait distraitement, respirant mieux à présent qu'il n'était plus question de ces idées abominables exprimées sur un incroyable ton de revendication. « Dieu ! si Gaston... lui qui déjà ne la voit pas d'un très bon œil... »

— Tiens, disait Julia, c'est comme l'an dernier, au couvent. J'ai ressenti cela, le jour où Rodolphe est venu pour m'enlever. Aucun obstacle, aucun risque : il me tenait dans ses bras, la petite porte était ouverte ; trois pas à faire. Et j'en mourais d'envie, tu penses. Eh bien, je me suis sentie retenue. C'était comme une laisse attachée autour de mon cou, qui m'aurait plutôt étranglée. Vois-tu ce que je veux dire ? Et pourtant, je te jure que la pensée des foudres de mon père ne m'a pas effleurée. Pour cela, non ! Pas plus, d'ailleurs, je te l'avoue, que je n'ai songé au chagrin qu'en éprouverait Maman. Ni aux ennuis qui en résulteraient. De toute façon, les ennuis, n'est-ce pas, j'y étais déjà jusqu'aux yeux. Non, je n'avais aucune pensée précise, rien, sinon cette sensation d'impossibilité.

Elle se tut durant quelques secondes. Puis conclut amèrement :

— Je suppose que c'est ce qu'on pourrait appeler le résultat d'une bonne éducation. A moins, tout simplement, que je ne sois, au fond, beaucoup plus Sauzade et Angellier que je ne me l'imagine.

— Mais bien entendu ! s'empressa d'acquiescer Olympe.

Elle se pencha au-dessus de Julia. Leurs têtes se frôlèrent :

— Sotte ! Où vas-tu chercher tout cela ? Comme si tu n'étais pas des nôtres.

Il y avait de l'inquiétude dans sa voix. Le clan familial était une entité indivisible dont chacun tirait force, considération, et sûreté de soi. Cette Julia, avec sa manie d'y chercher une faille...

Julia murmura d'un ton rêveur :

— N'as-tu jamais eu l'impression d'être loin des gens ? Tout d'un coup, ce qu'ils font, ce qu'ils pensent, ce qu'ils disent, tout t'apparaît indifférent, inutile, incompréhensible, ridicule même. Comme si tu te trouvais débarquée sur un autre continent, parmi des Africains ou des Peaux-Rouges.

Elle parlait lentement, une main sur les yeux, cherchant à exprimer à mesure qu'elle le poursuivait au fond d'elle-même ce sentiment d'étrangeté, inexprimable jusqu'au malaise, qui l'envahissait de plus en plus fréquemment.

— Il y a des jours où je perds pied. Jusqu'au son des voix qui me semble absurde.

Olympe sourit.

— Oui, j'imagine à peu près. Cela m'est arrivé aussi. Mais c'est fini, depuis que j'ai Gaston.

— Tu vois bien, dit Julia, doucement.

La jeune femme eut honte ; et davantage d'entendre sa cousine ajouter au bout d'un instant :

— Tant mieux, mon chou. J'en suis heureuse pour toi.

— Ma pauvre chérie...

— Bah ! dit Julia, aussitôt cabrée devant sa compassion, il n'y a pas que les mauvais moments. Je l'ai vu, il y a trois semaines. Et, lundi, nous devons nous retrouver. Si seulement cet avocat de malheur... !

« *A bientôt, ma mie.* » Elle entendait encore Rodolphe. Cette intonation brusque et tendre. « Lundi prochain ! »

La route se déroulait sans hâte, familière. Un léger nuage gris se levait sous le poitrail des chevaux. Une bonne odeur de poussière déjà chaude annonçait l'été en marche sur les chemins, avec sa caravane chargée d'or, d'encens, et de myrrhe.

« Et maintenant que Féli va revenir habiter la Gloriette... »

Gaston se tenait à sa droite. De l'autre côté avançait Olympe, et, près d'elle, Joseph Foucaud-Saint André.

Leur conversation passait par-dessus sa tête.

Ils approchaient de la Pierre Plantée.

« Plus qu'un tournant. »

Julia avait choisi l'itinéraire dans une intention dont le défi, pour secret qu'il fût, la vengeait de la compagnie que lui imposait son père. Depuis le début de la promenade, elle s'en était délectée jusqu'à devenir presque aimable avec l'avocat, pour l'étonnement d'Olympe.

A présent, il s'agissait bien d'un Foucaud-Saint André :

« Là ; c'est là. »

L'endroit même où, de loin, elle avait aperçu Rodolphe.

« Il était en avance. » Tout comme elle-même. « Rodolphe ! » Ce galop qui les avait lancés l'un vers l'autre. Elle était passée de sa monture dans les bras de son amoureux sans toucher terre.

« *Ma mie ! Que c'est bon de vous revoir ! Enfin, je vous tiens, je vous touche, je...* » Le reste s'était perdu dans une sorte de grondement de joie, entre les baisers reçus et rendus sans fausse honte. Pas une place sur ce visage où elle n'eût posé ses lèvres. « Enfin ! enfin ! » « *Ma mie, nous sommes fous. Si quelqu'un venait...* » C'était lui le plus raisonnable. « *Pour une fois !* » Ils avaient ri ensemble, de le constater.

— Vous êtes bien silencieuse, reprocha galamment Joseph Foucaud-Saint André.

— C'est que je vous écoute.

Il parut flatté.

Le souffle de la brise faisait s'entrechoquer doucement les cannes de la haie vive et les feuilles affûtées gainant leurs longues tiges souples qui balançaient un plumet vert tendre.

« Ces deux heures ! » Passées à l'abri des mêmes roseaux, au bord du canal d'arrosage. A parler, comme jamais ils ne l'avaient fait auparavant. Rodolphe avait transporté une grosse pierre, afin qu'elle pût s'asseoir. Allongé à ses pieds, la tête reposant contre ses jupes, il jouait avec ses doigts et les embrassait l'un après l'autre. Julia s'attarda à s'en souvenir jusqu'à ce qu'elle eût retrouvé ce même frisson que lui donnait toujours le contact des lèvres de Rodolphe.

« *Lorsque tout allait si mal... (et, mon père à peine enterré, j'ai dû livrer de rudes batailles. Oui, au sujet de Mogador. Je vous expliquerai tout à l'heure)... c'était toujours à vous que je pensais quand je me sentais à bout de courage. Mogador, voyez-vous, je lui ai déjà donné pas mal de mes belles années. Non, ma mie, non, soyez tranquille, je ne le céderai pas. Que mon frère prenne Tourvieille. Moi, je suis résolu à ne pas m'en aller. Le plus dur est passé, d'ailleurs. Ma mère a cédé sur plus d'un point. Je vais faire des embellissements. J'ai de grands projets. Pour la maison et le parc. Il faudra que vous me donniez vos idées. Je veux vous installer comme une reine.* »

Cette tête aux cheveux courts souvent décoiffés, ces yeux bruns, chauds, levés vers Julia, confiants, pleins d'un amour si sincère. Cette bouche qui sourit, belle, bonne, fraîche. « Oh !... » Douceur de savoir que cette bouche existe pour vous prodiguer ses baisers.

« A deux pas. En suivant la lisière jusqu'au bout des oliviers. » L'endroit était facile à reconnaître. Seule, elle y était retournée à plusieurs reprises. La présence de Rodolphe semblait s'y matérialiser encore un peu.

Tous les détails lui revenaient.

Devant l'eau qui courait avec des risées de vaguelettes glauques, il avait remarqué : « *Vous souvenez-vous ? Nous étions aussi au bord d'une roubine le jour où...* »

Sortant de son silence :

— Crois-tu que ce soit la même qui passe au Grand Frigolet ? demanda-t-elle à Olympe.

— La même quoi, mon cœur ? s'enquit, ébahie, la jeune femme, cherchant en vain un lien entre la conversation qui se poursuivait depuis un moment et la question posée à l'improviste par sa cousine.

— La même roubine, tiens !

Julia pointa impatiemment sa cravache par-dessus son épaule vers le ponceau que les chevaux venaient de franchir :

— Là, derrière nous.

Olympe la dévisagea longuement. Elle finit par dire :

— Je n'ai pas fait attention. Oui, en effet, c'est possible.

Les deux hommes aussi s'étonnaient. Julia s'en aperçut : ils étaient « à peindre », pensa-t-elle.

— Je crains que cette longue controverse n'ait ennuyé mademoiselle Angellier, dit l'avocat.

— Point ! Je vous en prie, continuez, insista Julia qui n'avait aucune idée de ce qu'ils avaient bien pu discuter.

Mais sa question, tombée comme un aérolithe, semblait les avoir réduits au silence.

En désespoir de cause, agacée, elle proposa de rentrer :

— ... par cette draille[1], tenez.

Empruntant exprès le terme provençal en manière de protestation contre le français exceptionnellement châtié que s'honorait de parler l'invité de son père.

Le chemin de traverse aboutissait à une route à peu près parallèle qui les ramènerait à la Sarrazine.

Elle s'y engagea la première.

Plus étroit que celui qu'ils quittaient, il ne permettait pas aux quatre cavaliers de continuer de front.

Laissant le jeune couple en arrière, Joseph Foucaud-Saint André se porta à la hauteur de Julia.

Soucieux de plaire, il pensait avoir découvert un sujet approprié.

— Vous avez là une bien jolie bête, Mademoiselle.

— Comment ? Quelle bête ?

Ce ton offusqué le surprit.

— Mais... celle-ci.

Une bête ?

---

1. *Draille* (provençal : *draïo*) : chemin rural où les troupeaux ont droit de passage.

Julia le gratifia d'un regard chargé de la foudre. En même temps, elle lui assenait :

— Ce n'est pas une bête : c'est un cheval.

Un seau de neige reçu en pleine figure n'eût pas davantage suffoqué l'avocat. Pourtant, il fit bonne figure.

— Je vous avoue que je ne vois guère... Dois-je rire ?

— Pourquoi pas ? dit Julia, coupante comme un sabre. Si vous apercevez là quelque drôlerie, vous auriez tort de vous gêner.

La stupeur lui livrait l'interlocuteur à merci.

Outrant l'impertinence jusqu'à la grossièreté, elle poursuivit avec délices :

— J'ai toujours entendu dire que la plupart des gens rient volontiers de ce qui les dépasse.

— Ma pauvre petite ! Ma pauvre petite ! s'exclama Constance, le soir même, quand sa fille eut achevé de la mettre au courant. Je me demande parfois si tu es mienne. Un affront pareil ! A ton hôte ! Mais n'as-tu pas honte ?

Elle marchait avec agitation dans la chambre, tandis que Julia procédait avec tranquillité à ses apprêts pour la nuit.

— Ton hôte ! répéta-t-elle. T'être oubliée ainsi envers ton hôte ! Oh, mon Dieu !

— Pardon, Maman : l'hôte de mon père, rectifia Julia, sautant hors du cercle bouillonnant que faisaient les lingeries tombées à ses pieds.

En corset et pantalon, elle s'approcha de Constance.

— Pourquoi ne voulez-vous pas comprendre la différence ? Voyons, que suis-je dans cette maison ? Un bien personnel de monsieur Angellier. Rien de plus, j'en ai eu mille fois la preuve.

— Pour l'amour du ciel, Julia ! Et d'abord, ne reste pas dans cette tenue. Tu n'as donc aucune pudeur ? Devrai-je toujours te rappeler à la décence ?

Impavide, Julia continua, avec la même véhémence, tout en enfilant un peignoir :

— *Ses* terres, *son* mobilier, *sa* fille. Tout sur le même pied ! Eh bien ! supposez qu'un fauteuil s'effondre sous le séant du cher invité : personne n'y trouvera à redire. Ou, en tout cas, ce ne sera pas pour reprocher au fauteuil d'avoir manqué du sens de l'hospitalité. Ah ! Vous ne me direz pas le contraire. C'est irréfutable, cela.

Derechef, elle rejoignit Constance qui avait fui de l'autre côté de la chambre et lui harponna le bras pour prévenir une nouvelle dérobade.

— Non, voyez-vous, doucette, j'estime ma position parfaitement défendable. Pour peu que mon père m'y incite, je me sens capable de la lui expliquer. Depuis le temps que je me mords la langue, j'ai parfois l'impression qu'elle enfle au point qu'elle finira par m'étouffer si je ne parle.

Le silence que gardait sa mère la piquait au vif.

— La seule chose qui m'étonne, c'est qu'il ne m'ait pas encore appelée. Pensez-vous qu'il attende le départ d'Olympe et de Gaston ?

— Il n'a pas le moindre soupçon de ce qui s'est passé, dit sèchement Constance. Si ton but était de le pousser à bout, tu peux être déçue.

Elle se dégagea et alla s'asseoir sur la chauffeuse.

— Quoi qu'il te plaise d'en penser, je tiens que M. Foucaud-Saint André est trop galant homme pour laisser percer le moindre ressentiment. Et ne t'imagine pas avoir eu le beau rôle. Il a pu emporter l'opinion que tu es une sotte petite pimbêche et que nous t'avons fort mal élevée, j'en suis assez mortifiée et malheureuse. Mais son attitude est demeurée parfaite.

Sa voix tremblait de chagrin et de colère.

— Sans cette fanfaronnade à te vanter de ce qui devrait te faire vergogne, sois sûre que je ne m'en serais jamais doutée. Et monsieur Angellier pas davantage.

— Doucette...

— Oh ! je t'en prie !

— Maman chérie...

— Non, non, non ! cria presque Constance qui se laissait gagner par ses nerfs. Je connais ta manière de faire. Penses-tu pouvoir toujours te conduire comme il n'est pas permis et t'en tirer avec une pirouette et quelques chatteries ? Tu ne songes qu'à toi. Tu écraserais sans regret la terre entière pour t'éviter une contrainte. Quand j'y pense, oh mon Dieu !... Et tu t'en glorifies comme d'une prouesse ! Mais si tu avais, je ne dis pas même le sentiment de tes devoirs, mais simplement un peu de tendresse véritable pour moi, tu n'aurais jamais eu le cœur de me causer cette peine. Oh non ! non ! tu ne m'aimes pas !

Julia qui, jusqu'alors, était demeurée immobile dans sa surprise de se voir repoussée, se rejeta contre sa mère avec une violence de jeune animal :

— Taisez-vous ! Je vous défends de dire cela, Mère ! Vous êtes injuste, vous êtes méchante, vous savez que c'est faux ! Mais, à la fin, que faut-il que je fasse ? A qui la faute si je suis là, depuis des mois, à piler du poivre ? Sans cette promesse que vous m'avez arrachée, je serais heureuse ! A cause de vous, j'ai même risqué de perdre Rodolphe !

« *Rodolphe.* » Constance tressaillit douloureusement. Ce prénom d'homme, venu avec tant de naturel sur les lèvres de sa fille, faisait soudain de Julia une femme.

Une femme qui, déjà, possédait ce que Constance

n'avait jamais eu, qu'elle pouvait à peine se représenter.

— Si je vous racontais tout ce que j'ai enduré... Pour vous, rien que pour vous, Mère. En voulez-vous la preuve ? Rendez-moi seulement ma parole et vous verrez !

— Non, Julia, non, ma chérie ! faiblit Constance. Tu ne vas pas...

— Soyez sans crainte. Je vous l'ai tenue malgré tout ce qu'il m'en a coûté, Dieu sait ! et je continuerai à vous la tenir jusqu'au jour de mon anniversaire.

Constance la contemplait tristement, avec un hochement de tête.

Julia prit les mains de sa mère et les caressa.

— A ce moment-là, quoi que je fasse, j'y aurai été contrainte. Souvenez-vous de cela. Et si vous devez en éprouver de la peine, dites-vous bien que, sans vous, je n'aurais pas eu tant de patience. Oui... soupira-t-elle, pensive. Même s'il vous arrivait alors de m'en vouloir, promettez-moi de vous rappeler tout ce temps que j'aurai perdu uniquement pour vous complaire. Je suis sûre, Maman chérie, que cela vous aidera à me pardonner.

C'était fini, elle le sentait bien. Aucune ombre ne subsistait entre sa mère et elle. Rayonnante, elle revint d'elle-même à l'objet de leur différend :

— Quant à l'avocat, vous avez certainement raison. Mais je n'avais pas le choix. Réfléchissez : il me fallait trouver prétexte à le dégoûter de l'entreprise avant qu'il n'en vînt, lui aussi, à faire sa demande à Père. D'ailleurs, il l'a cherché. Pensez donc, doucette : appeler *Haydée* une bête !

— Et qu'a dit madame Angellier ? demanda Rodolphe, très intéressé par le récit que lui faisait Julia.

— Maman ? Elle a fini par sourire.

— Bah ! vous aviez raison, c'est l'évidence, conclut-il. Votre père lui-même — je ne le porte guère dans mon cœur, mais enfin, c'est un homme de cheval — je parie qu'il eût relevé le terme. On n'est pas un cavalier parce qu'on se tient à peu près droit sur une selle. Il saute aux yeux que ce bavard de profession est fait pour se déguiser avec une robe plutôt que pour serrer un pur-sang entre ses cuisses. Un joli mari que vous auriez là, ma mie.

Déjà faite à la crudité du langage de Rodolphe, Julia ne broncha pas.

Assise près de son amoureux dans l'ombre verte des feuilles, entourée de son bras, elle se laissa attirer contre sa poitrine sans rien dire. La joue posée sur la soie du gilet de Rodolphe, elle eût pu compter chaque battement de son cœur. A chacun, elle se disait : « Il est mien. »

Une vigne-vierge épaisse sous laquelle avait disparu le lattis entrecroisé faisait du pavillon qui les abritait une véritable maison végétale. Trois marches de pierre, moussues de la mousse grise d'été, accédaient à cette gloriette qui avait donné son nom au domaine. Située tout au bout du jardin, elle surplombait le mur de clôture.

Du banc où elle était assise, Julia ne voyait que le ciel, en face d'elle, au-delà de la balustrade.

La tenant toujours enlacée, Rodolphe se leva et s'approcha du bord. Ils s'accoudèrent.

Au-dessous d'eux, la route pierreuse descendait au flanc de la montagne. Beaucoup plus bas, toute la plaine maraîchère entre Tarascon et Barbentane s'étalait jusqu'au Rhône ourlé du rempart gris-vert de ses aubes derrière lequel se cachaient les îles : Tamagnon, Carlaméjean, les Cendres ; et les vergers de pêches, les vignes, les toits de tuiles romaines d'Aramon.

Depuis plusieurs jours que Julia était à la Gloriette, Rodolphe l'y retrouvait chaque après-midi.

Vers les quatre heures — « *Madame à sa tour monte...* » chantonnait Félicité Peyrissac, la voyant nouer les brides de son chapeau — elle s'en venait guetter du haut de son belvédère.

Bientôt, un bruit de sabots devenait perceptible ; puis une tache sombre, minuscule, en bas, sur la route déserte, nue sous le soleil. Julia écoutait grandir la galopade. Le rythme changeait dans le chemin montant parmi les éboulis. L'attente devenait interminable. Enfin, au détour, surgissaient le cavalier et son beau rouan.

Rodolphe se découvrait d'un grand geste joyeux, tandis qu'elle agitait la main, en proie à cette folle palpitation, cette pointe aiguë si doucement enfoncée dans son sein, qui la faisait haleter et défaillir.

Félicité, la chère âme, demeurait aussi invisible que les anges du ciel.

A peine Julia avait-elle eu le temps de s'élancer jusqu'au bassin aux grenouilles, déjà Rodolphe était là, déjà ses bras se refermaient sur elle. Et le jardin clos de la Gloriette était vert et confidentiel autour d'eux comme un autre Eden.

Ils s'asseyaient un moment à l'ombre, se relevaient, s'en allaient au hasard, étroitement serrés dans les étroits sentiers d'iris ; cueillaient en passant deux ou trois roses blanches, poussaient jusqu'au verger, goûtaient aux abricots muscats tavelés, aux poires de la saint-Jean, aux premières figues.

Rodolphe ôtait son habit :

— Attendez, ma reine. J'en vois quelques-unes qui ont l'air à point.

Et grimpait à l'arbre pour lui chercher celles que le soleil avait mûries précocement aux branches de la cime.

— Prenez mon mouchoir. Oui, là, à gauche, dans ma pochette. Tenez-le bien étendu, ici. Y êtes-vous ? Je les lance.

L'amour avait le goût des figues, leur odeur et celle de la sève laiteuse coulant de leurs palmes dont Julia faisait des éventails ; celle, aussi, de tabac, de cuir, d'aisselles, de vinaigre de toilette, et de drap fin, qui montait à ses narines, de ce vêtement d'homme qu'elle tenait serré contre elle.

Rodolphe reprenait sa redingote :

— Vous ne m'avez pas dit si elle me va bien. Aimez-vous ce bleu ? Je me suis demandé si cela vous plairait quand je l'ai fait faire.

— Vraiment ? disait Julia, ravie.

Pour rien au monde, elle n'eût quémandé avec cette sereine impudeur un compliment que Rodolphe ne songeait pas à lui faire, sur sa robe de plumetis, ou sa batelière de paille d'Italie si seyante au visage, pourtant, avec ses grandes ailes souples et son nœud de velours noir.

— C'est curieux, avez-vous vu ? lui avait fait observer Félicité, il ne porte pas le deuil. Dieu m'est témoin qu'il aimait son père, cependant ! Je me demande pourquoi...

Aussi intrigué que sa femme, Arsène Peyrissac finit par poser tout net la question à Rodolphe.

— Mon père a toujours tenu cette coutume pour stupide, bonne tout juste chez les sauvages. Il m'a souvent recommandé de ne pas m'y conformer lorsqu'il viendrait à mourir.

— Je suppose, opina Félicité, en rapportant la réponse à Julia, que le colonel y a mis une certaine malice. Quand on connaît le rigorisme des Richard-Lacroix ! Cela m'a tout l'air d'un dernier tour qu'il aura trouvé le moyen de leur jouer, d'outre-tombe. Il n'est que de voir Mme Vernet drapée dans ses voiles. Pour un peu, elle en remettrait. Grande et forte comme elle l'est, vous jureriez un catafalque. Et remarquez qu'elle ne s'est jamais souciée de passer pour une tendre épouse. Quant au pauvre Antoine, qu'elle a sous sa coupe, dégingandé et noir de la tête aux pieds, on dirait qu'il joue l'*Orphelin du Marais*.

Obscurément, Julia était choquée. Au décès de la « grand » Angellier, Constance, encore en demi-deuil de son beau-père après trois ans, avait repris pour deux pleines années le mérinos, le châle et le voile noirs tombant jusqu'à terre et les mouchoirs à grand liséré. Ce qui était bon pour sa mère...

Mais le bleu allait bien à Rodolphe ; mieux encore que le gris tourterelle et le jaune. Et il portait toujours des gilets si magnifiques. Particulièrement celui qu'il arborait ce jour-là. Ce fin semis de pâquerettes sur...

— Ma mère viendra demain, dit-il tout à coup. Elle veut vous connaître.

La nouvelle tira Julia de sa contemplation rêveuse.

Effarée, elle tressauta :

— Votre mère ! Mais... comment sait-elle ?...

— ... Que vous êtes ici ? Eh, pardieu ! Je le lui ai dit quand elle me l'a demandé. Vous pensez bien qu'il n'est pas dans mes habitudes de quitter Mogador sur les trois heures, en cette saison, ni d'aller me promener tous les jours, avec l'ouvrage qu'il y a à surveiller. La première fois, elle s'en est étonnée. Dès la seconde, elle a compris de quoi il retournait.

— Vierge Mère ! murmura Julia, que doit-elle penser ? C'est vrai : en pleine fenaison. Et vous faites du blé, aussi, m'avez-vous dit ? L'on doit avoir besoin de vous et... Oh mon Dieu ! Elle doit être furieuse.

Rodolphe éclata de rire.

— Pour cela, ma mie, rien à craindre. Si Mogador croulait à cause de vous, je crois qu'elle vous bénirait. Quoique, à vrai dire, elle préférerait sans doute me le voir vendre et en toucher un bon prix ! Non, ne vous inquiétez pas. Mogador ne souffre de rien, j'y veille. Ma mère est tout bonnement désireuse de vous connaître. C'est tout naturel. Le seul ennui, ajouta-t-il à peine rembruni, c'est qu'elle ne veut pas que je l'accompagne. Et, franchement, je n'y tiens pas. Les situations fausses ne sont pas mon fort. Entre vous deux, je ne saurais comment me comporter. Elle vient seule : c'est simple. Une visite de politesse aux Peyrissac. Aussi bien, elle leur en devait une. Vous vous trouvez là. On vous présente. Vous faites connaissance. A merveille !

Julia bouillait, à l'entendre exposer avec une candeur qui ressemblait à du cynisme ce beau plan qui la laisserait, seule sur la sellette, affronter une personne de réputation redoutable et dans des conditions telles qu'elle se sentait d'avance humiliée.

— Non ! Non, je ne veux pas, s'écria-t-elle. Je n'aurais pas le courage. — Après tout, elle aussi pouvait se permettre d'en manquer. — J'aimerais mieux avoir affaire à l'Hydre de Lerne !

Rodolphe s'esclaffa :

— Drôle d'idée ! Ma mère n'a jamais qu'une tête, à y bien regarder, vous savez !

— Je vous dis que je n'aurais pas le courage, répéta Julia, ferme sur ses positions. Finissez donc de plaisanter.

En colère, elle sauta sur ses pieds et, lui tournant le dos, alla s'accouder à une branche basse du figuier.

Il la suivit des yeux, sincèrement stupéfait :

— Pas le courage ! Allons donc, ma mie, vous voulez rire ? Elle n'a jamais dévoré personne. Et d'ailleurs, vous aurez Félicité Peyrissac pour vous épauler. Et puis, quoi donc ! puisqu'elle doit devenir votre belle-mère ?...

Ses bonnes raisons, il avait l'air de les sortir d'un sac, comme un bonimenteur de la foire de Beaucaire, se dit Julia.

— Oui-da ! Et aussi bien, puisque vous deviendrez mon époux, pourquoi ne pas me présenter vous-même à elle ?

Le nez frémissant, elle tourna légèrement la tête pour juger de l'effet d'une suggestion aussi logique.

— Sangdieu ! jura Rodolphe, assenant un violent coup de poing sur le sol durci, qui résonna.

D'un bond, il se releva et la rejoignit :

— Quand le diable y serait ! Et comment voulez-vous que je fasse ? Etes-vous officiellement ma fiancée, oui ou non, pour que j'impose à ma mère une présentation à ce titre ? Elle n'admettrait pas d'être mise dans cette posture. Il y avait un moyen de tout trancher. Qu'y puis-je si vous n'avez jamais voulu le prendre ? Est-ce moi qui ai décidé d'attendre ? Dites ?

Nez à nez, ils se dévisageaient, aussi furieux l'un que l'autre.

C'était la première fois, depuis le jour où ils s'étaient retrouvés à la Pierre Plantée, qu'une querelle se glissait entre eux.

Rodolphe dut y songer. Julia vit s'adoucir l'expression de ses yeux, tandis que ses traits perdaient progressivement leur crispation.

— Ma mie... dit-il d'un ton de regret. Nous étions si bien, tous ces derniers temps. Et tout à l'heure.

Julia eut un haussement d'épaules navré.

— Pourquoi n'êtes-vous pas raisonnable ? poursuivit-il.

« Raisonnable ! » A qui était-ce, au juste, de le demander ? songea-t-elle.

Mais il n'y avait aucun espoir que Rodolphe admît sa répugnance à rencontrer Mme Vernet.

— ... Qu'y voyez-vous de si épineux ? Un petit papotage entre femmes. C'est moi qui serais de trop au milieu de vous.

Ses mains encerclaient la ceinture de Julia.

— Quelle taille vous avez, ma mie !

La soutenant d'un bras, il la plia doucement, passa l'autre bras autour de ses épaules, et, penché sur elle, mit un baiser appuyé sur les dentelles de la guimpe, au creux des seins que dessinait l'échancrure du corsage.

Julia poussa un léger cri.

Les cheveux de Rodolphe lui effleuraient le menton.

Il releva la tête, la regarda, et rit triomphalement, d'un rire muet. Puis, se penchant de nouveau, prit sa bouche.

Le soleil se retirait avec lenteur. L'ombre, sous les figuiers, perdait sa nuance violette.

— Ma mie ! Oh ma mie ! haletait Rodolphe, en lutte contre lui-même.

L'altération de sa voix était pour Julia le signe d'un danger dont elle reconnaissait l'approche, tout imprécis qu'il lui demeurât.

Lorsque Rodolphe la repoussa, les joues de la jeune fille brûlaient. Toutes les cigales des alentours lui semblaient cisailler le temps à l'intérieur de ses tempes.

Il lui prit les poignets, pour la tenir encore, à la distance de leurs bras. Ce fut elle qui se détourna :

— Marchons un peu.

Tous deux s'en allèrent vers les pivoines qui s'effeuillaient déjà en une jonchée de pétales clairs sur la noirceur luisante et grasse de l'humus ; remontèrent l'allée, tournèrent devant le romarin encore fleuri, obliquèrent entre les rosiers et les boules-de-neige vers le rond-point des lilas où se dressait la balançoire.

Rodolphe maintint la planche, tandis que Julia s'installait sur le coussin et arrangeait ses jupes.

— Je viendrai demain soir, vers six heures, dit-il derrière elle, avant de lui donner l'élan. Nous demanderons à Félicité si elle m'accepte pour dîner.

« Céder, toujours céder... »

Se retournant à demi, Julia leva la tête et, appuyée contre lui, le contempla sans rien dire.

« Bah ! après tout... »

Leurs doigts se rejoignirent autour des cordes. Et ils s'embrassèrent.

Un instant plus tard, poussée d'une poigne vigoureuse, Julia dépassait le faîte des lilas, à chaque envol.

Lorsqu'elle eut repris pied, Rodolphe dit encore, tandis qu'elle remettait de l'ordre dans ses boucles :

— Vous devriez vous habiller de la même manière, demain.

Elle eut un petit soupir heureux. A la fin des fins, il avait donc tout de même remarqué sa robe.

Mais le plumetis blanc était-il de circonstance ?

— Oui, certainement, dit Félicité, consultée. C'est sans prétention, mousseux, frais. A ce qu'il semble, votre diable d'amoureux a plus de jugement que nous ne l'aurions cru, en cette matière. Et vous direz encore qu'il ne prend jamais garde à votre ajustement ! J'ignore ce qu'en pensera madame Vernet mais, pour mon goût, vous faites une bru mieux qu'acceptable, telle que vous voilà.

Renforcée dans son opinion, Julia se sourit dans la glace.

— Bon ! Eh bien, maintenant, il me reste à la conquérir. Avec l'aide de la Sainte Vierge...

Il devait falloir en effet tout le concours des puissances célestes pour parvenir à amadouer Elodie Vernet. Julia en eut le sentiment très net dès l'instant où elle la vit pénétrer dans le salon de la Gloriette.

La mère de Rodolphe n'avait jamais dû passer pour une beauté, même au temps où, jeune fille, elle espérait peut-être, pour l'accomplissement de sa tâche humaine, un autre compagnon que ce soldat, fils de petits cultivateurs, revenu au pays chercher une femme au-dessus de la condition dans laquelle il était né, avec ses écus neufs frappés à l'effigie du Corse.

Mais les tournures sans grâce, les traits presque virils, les gabarits de gendarme, ne font guère rêver les hommes.

Les trois autres sœurs Richard-Lacroix l'ayant tôt compris, étaient entrées dans les ordres. Seule Elodie, l'aînée, avait gardé espoir. « Vous aurez Tourvieille, mon enfant. C'est bien quelque chose ! » lui répétait son père.

Mais Tourvieille, en mauvais état, hypothéqué jusqu'au dernier arpent de son infertile sol camarguais, sa rossatine et ses étables dévastées par une épizootie, n'avait tenté personne.

Elodie atteignait ses vingt-quatre ans sans avoir jamais été demandée lorsqu'elle le fut par le colonel Vernet.

De cette fille de bonne maison, vigoureuse et fraîche, taillée pour la maternité, il escomptait une descendance solide à laquelle l'alliance Richard-Lacroix assurerait plus tard une place de droit dans la caste arrogante et fermée que constituait la bourgeoisie terrienne de la région.

— Rien ne sert de nous le dissimuler, c'est un marché pur et simple, ma fille. A vous de voir s'il vous convient de l'accepter. Pour moi, malgré la situation où je suis, à Dieu ne plaise que je vous jette de force entre les pattes de ce parvenu.

Mais ce parvenu, s'il était hors de question qu'on pût jamais le considérer comme un homme de flatteuse compagnie, ou comme un prétendant de galant commerce, pouvait à tout le moins tirer du célibat une demoiselle qui s'y morfondait, et remettre en état le toit familial qui menaçait ruine.

Peut-être même, tout attachée qu'elle fût à l'esprit particulier de son clan, à son code, ses mots de passe, à un raffinement de manière en honneur dans les salons fréquentés depuis l'enfance, Elodie Richard-Lacroix eût-elle fini par aimer cet époux bien bâti dont la physionomie basanée n'était pas dépourvue d'un certain attrait, malgré sa rudesse.

Mais le colonel n'avait jamais songé à tant lui demander.

La vie en commun avec les Richard-Lacroix n'avait d'ailleurs pas favorisé l'intimité du ménage. Gens d'honneur tous deux, ils s'étaient comportés honnêtement l'un envers l'autre malgré l'antagonisme latent vite ouvert entre Armand Vernet et les parents d'Elodie. La rupture et l'installation à Mogador étaient survenues trop tard pour que rien pût encore s'en trouver modifié.

La femme qui se tenait rigoureusement droite sur sa chaise, dans le frivole et charmant salon de Félicité Peyrissac, avait derrière elle plus de trente années de solitude. Elle transportait son désert avec elle.

Une personne pétrie de froideur et de dignité. Grande. Lourde. Sanglée, de toute évidence, dans un corset à buscs rigides. Des traces de couperose aux pommettes. La lèvre inférieure proéminente, les yeux mornes, un long nez. Julia eut tout le temps de la détailler à la dérobée, tandis que Félicité soutenait la conversation.

Brusquement, Mme Vernet se tourna vers elle :

— Vous êtes ici pour quelques jours ?

— Oui, Madame. Jusqu'à dimanche.

Suivit alors une kyrielle de questions fort précises, méthodiquement décochées.

« Sûrement, elle les a préparées d'avance et apprises par cœur. » Cela rappelait à Julia le temps du catéchisme où mère Saint-Eutrope qui ne l'aimait guère la faisait réciter sans lui passer une virgule.

Sur sa parenté. Sur la Sarrazine.

« Eh ! le sais-je, moi ? » regimbait-elle, intérieurement.

— ... Combien nous avons d'hectares en cultures ? Mon Dieu, cela doit faire... Une vingtaine de chevaux, oui, en moyenne. Bien entendu, cela dépend des moments ; des ventes, des naissances. Non, je ne comptais pas les poulains nouveau-nés.... Ma tante Eléonore ? Non, nous ne les voyons pas. Mon père est brouillé avec eux. — « Les renégats », disait Alfred Angellier, de sa sœur et de son beau-frère. — ... Oui, ils se sont ralliés aux Orléans.

— En effet, je me rappelle.

Il parut à Julia que la voix de Mme Vernet contenait un sarcasme. Pour la première fois depuis longtemps, elle se sentit solidaire de son père.

Et l'interrogatoire continuait, se doublait d'un examen qui ne prenait pas même le soin de se dissimuler si peu que ce fût.

— Vingt ans passés ? Vraiment ? On ne vous les donnerait guère.

Julia se sentait perdre plusieurs pouces sous ce regard impitoyable. « *Une naine*, sûrement c'est cela qu'elle pense. »

Sous ses jupes, elle raclait nerveusement ses chevilles l'une contre l'autre, jusqu'à en écorcher le daim des bottines.

Enfin, sa curiosité épuisée, la visiteuse se leva. Sans avoir accordé à la jeune fille la moindre marque de connivence ou de sympathie, elle prit congé.

Félicité la reconduisit jusqu'à sa voiture.

Lorsqu'elle rentra, elle trouva Julia au bord du désespoir.

— Jamais ! Jamais je n'aurais cru... C'est affreux, Féli ! Cette femme... Savez-vous à quoi elle me fait penser ? à un grand prega-diablo[1] tout noir. Mais s'il me faut vivre avec elle... Oh Vierge Mère ! Représentez-vous cela ! Et, sûrement, je lui ai déplu. Et elle va dire Dieu sait quoi à Rodolphe. Avez-vous vu ? en partant, elle m'a encore jeté un coup d'œil... Et rien, pas un mot aimable, pas un sourire.

— Oh ! pour cela, dit Félicité, il vous faudrait attendre une fête carillonnée. Et encore !

La tête entre ses poings, prostrée sur la causeuse...

— Non, Féli, je n'ai pas envie d'abricots, allez-y sans moi. Vous voyez bien que je suis hors de moi. J'aime mieux demeurer seule un moment. Je vous rejoindrai tout à l'heure...

Julia continuait à se représenter l'avenir enseveli sous ces mêmes draperies funèbres qui vêtaient abondamment madame Vernet.

1. *Prega-diablo* (littéralement : prie-diable) : mante religieuse.

Rodolphe la trouva, une demi-heure plus tard, encore plongée dans des perspectives déprimantes.

— Eh bien, ma mie ? C'est tout l'accueil que vous me faites ? Il me faut vous dénicher au fond de cette pièce ? A quoi diable pensez-vous ? Mme Peyrissac est sur la terrasse avec le petit Octave et la nourrice. Et vous...

Joyeux. Empressé, comme d'habitude.

— Avez-vous vu votre mère ?

— Oui, je l'ai croisée à mi-chemin. Nous avons causé juste une minute.

Il n'en dit pas plus et fit mine de l'embrasser.

Julia n'y tint pas davantage :

— Au nom du ciel ! s'écria-t-elle impétueusement, dites-moi ce qu'elle pense. Je veux le savoir, tant pis !

— Rien de mauvais. Tout est pour le mieux.

— Mais encore ?

— Oh ! bien...

— Tel quel, dites-le tel quel. Et n'allez pas croire que vous soyez capable de me cacher quelque chose. Si vous mentez, je le verrai tout de suite.

— Ma foi... — Rodolphe sourit, parut hésiter. — Vous ne vous fâcherez pas, mon ange ?

— Non ! non ! cria presque l'ange, à bout de patience. Je vous répète que je veux savoir.

— Elle m'a dit... C'est assez drôle...

Rodolphe s'interrompit encore pour mieux enfermer Julia, de son bras passé autour d'elle.

Il paraissait vraiment avoir envie de rire, remarqua-t-elle, indignée.

— Elle m'a dit : « S'il fallait l'acheter au poids, on n'y laisserait pas le fond de sa bourse. A part cela, si tu tiens à te marier, pourquoi pas elle autant qu'une autre ? »

Pour soulagée qu'elle fût, Julia ne put s'empêcher de serrer les mâchoires.

— En somme, je l'ai enthousiasmée, résuma-t-elle, avec une ironie acide.

Imperturbable, Rodolphe lui prit le visage entre ses deux mains et l'embrassa sur le front, les paupières, les cils, le nez, le menton :

— Mais bien entendu, mon petit cœur. C'est sa bénédiction qu'elle nous donne !

11

Ce temps qui s'était traîné tout au long de presque cinq mortelles années se mettait tout d'un coup à courir la poste. Depuis décembre, Julia assistait à sa fuite foudroyante.

Noël vint, son dernier Noël à la Sarrazine.

Tout se déroula selon la tradition. Le ban et l'arrière-ban de la famille Angellier étaient présents à table pour le dîner de la veille.

Assise entre le vieux cousin Siffrein, tout chassieux, et une verdelette petite cousine, Julia regardait autour d'elle, comme si elle l'eût découvert pour la première fois, le spectacle qu'offrait la longue tablée.

Tous ces Angellier qui, ce soir-là, considéraient d'un œil complaisant la fille aînée de la maison, d'ici peu la couvriraient d'anathèmes.

Cependant, le repas continuait, paisible et solennel jusque dans sa gaieté légèrement endimanchée.

M. Angellier présidait, servi par sa femme.

Debout, le plus souvent, Constance commandait aux servantes, s'empressait auprès des hôtes les plus respectables, veillait à prévenir les désirs de chacun.

Céleris à l'anchoïade, cardons, escargots, le menu rituel défilait.

En face de Julia, son frère reprenait de chaque plat avec un appétit jamais rassasié tant que durait l'année scolaire.

— A t'empiffrer de la sorte, tu ne pourras jamais manger des treize desserts, tout à l'heure, disait, comme chaque année, la cousine Fidèle.

Et, comme chaque année :

— N'ayez crainte, ma cousine, je parviendrai bien à tout caser, assurait Constant, entre deux bouchées.

Julia sourit, reconnaissant le dialogue au passage.

A chaque Noël, questions, répliques, exclamations, congratulations, plaisanteries, se succédaient quasi dans le même ordre. La jeune fille savait aussi bien quelles chansons, quels monologues, allaient suivre, en attendant l'heure de monter en voiture pour se rendre à Maillane ; et quels cantiques l'on chanterait dans l'église jusqu'à minuit, tandis que M. le Curé confesserait encore quelques paroissiens retardataires avant de commencer la première des trois messes.

Sur un signe de sa mère, elle se leva pour aider au service.

La théorie des treize desserts apparut en procession autour de la table.

Comme Julia lui passait les confitures de citres [1], Constant la retint par la jupe pour lui chuchoter :

— Qu'est-ce qui ne va pas, mon petit bout ? Je te regardais, à l'instant ; tu avais l'air d'une poule dont l'œuf est en train de se tromper de chemin.

---

1. Le *citre* est un fruit hybride de la pastèque et de la citrouille que l'on n'emploie que pour faire des confitures, d'ailleurs exquises. C'est l'un des treize desserts rituels du repas de la veille de Noël.

— Imbécile ! souffla-t-elle, sans parvenir à s'empêcher de rire.

Cette manière qu'avait Constant de dire avec gravité les choses les plus impossibles qu'il allait chercher Dieu savait où.

Elle lui ébouriffa la nuque furtivement :

— Tais-toi donc. Si Père t'entendait !

La voisine de son frère allongeait visiblement le cou pour saisir leur conversation.

— Julia, dit Constant, je crois que cousine Fidèle reprendrait bien des confitures.

A le voir, on ne savait jamais s'il plaisantait. Si doux, si discret, si tranquille. « Il n'y a que moi qui le connaisse », pensa-t-elle. « Quand je serai partie... » Pauvre Constant, à qui irait-il servir ses trouvailles, aux vacances prochaines ?

Et Père, d'excellente humeur, souriait tandis qu'elle le servait : — Merci, ma chato [1] — tout en débouchant la bouteille de Carthagène pour accompagner le nougat qu'on faisait circuler.

Et Sophie, rouge et défrisée, allait, d'un instant à l'autre, demander à quitter la table...

— Julia !

— Oui, Maman.

Mère l'avait pressenti, elle aussi. Comme elles se comprenaient, toutes deux. Un coup d'œil, un mot.

— Viens vite, mon Finou.

Il fallut tirer la chaise, aider l'enfant à se dégager.

Et le brouhaha montait. L'atmosphère était de plus en plus dense. Julia se sentait, au milieu de cette assemblée, comme un incendiaire qui est seul à savoir que le feu couve dans la grange et s'étonne vaguement

1. Une chato est une jeune fille, en Provence.

que les autres ne perçoivent pas encore l'odeur de brûlé.

— Dans trois semaines, ma mie ! avait dit Rodolphe avec jubilation, lorsqu'ils s'étaient quittés, deux jours auparavant, après une courte entrevue.

C'était déjà le temps de la Noël : un grand froid transparent. Le sol durci craquait sous leurs pas. La roubine était gelée. Les lances des cannes desséchées, lorsqu'ils les effleuraient en marchant, sur le lé étroit, faisaient un triste petit bruit de déchirure. Le paysage complice de l'été passé semblait ne plus les reconnaître.

— Mieux vaut ne pas nous attarder trop, ma mie. Je crois que vous avez froid.

C'était vrai, elle frissonnait.

Les champs, nus à perte de vue, semblaient avoir froid, eux aussi.

— Bientôt...

Bientôt, oui. Mais un bout de chemin restait encore à faire. Et quel chemin. Exactement un massif de ronces à traverser, pour elle. Bien que Rodolphe ne parût guère s'en douter.

Cependant, il avait questionné :

— Avez-vous décidé de l'endroit où vous irez, dans l'intervalle ?

— Pas encore. Je ne puis demander aux Peyrissac de prendre ouvertement parti contre mon père. Etant donné, surtout, la position politique d'Arsène Peyrissac, ce serait de l'indélicatesse. Félicité a déjà bien assez fait pour moi.

— Au diable ! Avec leurs Bourbons aussi périmés que les rois de Juda ! On leur apporte sur un plateau la prospérité, l'alliance anglaise, la gloire militaire, et ces messieurs persistent à faire la petite bouche. Enfin, voyons, ma mie : Inkermann, l'Alma, Balaklava, cela compte, tout de même ! Voulez-vous me dire ce que l'on peut...

— Rodolphe ! Par pitié ! Vous n'allez pas commencer, l'interrompit Julia, d'un ton de reproche. Vous savez que le fils du chaudronnier de Maillane a été tué ? Et aussi un journalier que nous avions eu chez nous. Et maintenant, on aurait coupé les deux jambes au fiancé de Bérarde, ma petite tailleuse, à ce que m'a rapporté Pollonie. Et tous ceux qui meurent du choléra, dans leurs tranchées, comme on dit. N'est-ce pas affreux ?

— Bah ! choléra pour choléra, dit Rodolphe, l'enlaçant, j'aimerais bigrement mieux en mourir devant Sébastopol, après une bonne torchonnée avec les Russes, plutôt qu'à Avignon, pour avoir mangé trop de melon et bu trop d'eau, comme les pauvres bougres de cet été.

Pour sa part, Julia ne voyait aucun avantage à affronter deux fléaux conjugués. Encore eût-elle préféré aux risques d'une bataille ceux du choléra, même tels qu'ils s'étaient présentés durant l'épidémie qui avait ravagé le pays entre Avignon et Marseille, au mois d'août précédent.

Mais elle s'était abstenue de le dire, dans la crainte d'éterniser la discussion, posant délibérément sa main sur la bouche de Rodolphe pour le faire taire.

— Tyran ! avait-il marmonné dans le creux de la paume qui le bâillonnait, tandis que Julia reprenait le fil du sujet :

— Non, chez les Peyrissac, impossible. Et, à vrai dire, je ne vois pas chez qui je pourrais aller m'imposer. Herminie est en Italie. D'ailleurs, je connais à peine sa mère. Quant à Delphine Roux, depuis qu'elle est devenue madame Jonquéras, nous avons dû cesser de nous fréquenter. Je ne puis, à présent... Non, c'est impossible. Je me demande si la meilleure solution ne serait pas de prier les religieuses de me garder au couvent le temps nécessaire. Moi qui croyais leur avoir dit adieu... Mais comment faire ? Il y a bien Olympe. Mais c'est toujours la même chose. Comment le prendrait son mari ? Et tante Nancy ? Après tout ce qu'elle m'a écrit au moment où l'on m'a enfermée. Si sa fille était impliquée par ma faute dans le scandale que cela fera !... Non, plus j'y réfléchis, plus je pense qu'il n'y a que le couvent.

Rencontrant les yeux de son frère fixés sur elle, Julia tressaillit.

Elle se demanda ce que Constant pouvait deviner des préoccupations qui l'agitaient.

Puis, de nouveau, sa rêverie la ramena vers Rodolphe et le souvenir de leur entretien.

— Devrai-je donc encore demeurer sans vous voir jusqu'au jour de notre mariage ? avait-il récriminé.

Des difficultés qu'elle aurait à affronter, il ne retenait que celles dont il pâtirait aussi. Julia se remémorait sans rancœur ce cri d'égoïsme. Par certains côtés, il ressemblait tellement à un enfant. L'indulgence s'offrait comme une forme de revanche.

— Mais non. Vous pourrez venir au parloir tant qu'il vous plaira et...

— Et vous regarder, comme un pauvre regarde la dinde de Noël derrière la vitrine du traiteur ? Grand merci !

— Grand merci à vous ! — Une dinde, fût-elle de Noël, est toujours une dinde. La comparaison avait piqué Julia. — Mais enfin, que voulez-vous faire ?

— Vous prendre dans mes bras et vous y garder tout le restant de ma vie ! avait-il répliqué avec une promptitude allègre.

Comment résister ? Comment ne pas sourire ? En se

rappelant son intonation, Julia sentait de nouveau refluer en elle la même vague de tendresse.

Quoi qu'il en fût, tout était décidé. Le lendemain de l'Epiphanie, Rodolphe l'attendrait avec une voiture fermée, à proximité de la Sarrazine, au début de l'après-midi, pour la mener à Tarascon, chez un notaire.

« Si Père vient à le savoir !... Et comment être sûre de ne rencontrer personne de connaissance ? Vierge Mère ! Il va me... »

Puis, elle se souvint que, de toute manière, M. Angellier ne tarderait guère à l'apprendre, puisque l'acte lui serait notifié quatre jours après. A ce moment-là, les détails auraient bien peu d'importance.

Le six janvier, on fêtait les rois à Aramon, chez les Baze.

Julia mit sa cousine au courant de ses projets.

— Les actes respectueux ! A l'oncle Alfred ! Mais il va tomber d'une attaque ! s'écria Olympe. Oh ! ne peux-tu vraiment t'y prendre d'une autre façon ?

Julia se tenait les bras croisés, appuyée à l'embrasure de l'alcôve, dans la chambre où la jeune femme l'avait emmenée pour déposer son tartan et sa capote. Elle secoua la tête.

— Il n'en existe pas d'autre. Tu penses bien que je me suis informée. Rodolphe m'a apporté les articles du Code. Je pourrais te les citer de mémoire, tant je les ai lus et relus. Il faut répéter l'acte à trois reprises, avec un mois d'intervalle entre chaque. Le onze, Père verra arriver le notaire. Avec deux témoins. Il paraît que c'est nécessaire. Ensuite, février, mars. Si Père refuse de céder, je pourrai me marier le douze avril seulement. Ah ! ricana-t-elle, avec amertume, c'est que les filles qui veulent prendre un époux de leur gré, on ne leur fait pas la partie belle.

Olympe la considérait avec une sorte d'effroi mêlé de respect et de pitié.

— Tu as du courage.

Julia haussa les épaules.

— On ne m'a pas laissé le choix.

— Mais l'éclat que va faire l'oncle, y as-tu songé ? Mon Dieu ! quand je me représente... Ma pauvre Julia ! Tu ne vas pas pouvoir demeurer pendant trois mois exposée à sa fureur. Un jour ou l'autre, il serait capable de te tuer.

— Je sais bien, dit Julia, du même ton morne. J'ai bien pensé qu'il faudrait que je m'en aille. J'irai trouver les Mères. J'espère qu'elles accepteront de me garder.

— Oh, Julia ! mon pauvre chou ! murmura Olympe, les larmes aux yeux.

— Allons, tu ne vas pas pleurer ?

Julia, elle-même, sentait une brûlure monter sous ses paupières. Il était temps de réagir.

— Ce n'est qu'un mauvais moment à passer, reprit-elle. Il y en a de pires.

Il y en avait sûrement de pires. N'empêche qu'à se le représenter, elle éprouvait un frisson. Et elle se le représentait sans cesse, frissonnant de plus en plus à mesure que l'échéance s'approchait. Nul besoin qu'Olympe insistât, le tableau était bien suffisamment sombre.

Elle se redressa, raffermit ses épaules :

— Viens, descendons, mon cœur. Il faut aller tirer la fève. N'oublie pas que tu nous as invités. Allons ! Pour ma dernière fête de famille, tâchons que ce soit gai. Dieu sait quand nous serons de nouveau réunies.

Dans quelques jours, vous allez tous être obligés de me renier.

Olympe se précipita sur elle et la saisit par les poignets :

— Sotte ! Ne dis pas des choses pareilles ! Te renier, moi ? Mais Julia...

— Toi, non. Mais Gaston, que veux-tu qu'il pense ?

C'était réconfortant, malgré tout, de rencontrer pareille émotion chez Olympe, de sentir ce tremblement qu'elle avait, de se laisser pétrir les mains.

— Gaston ? Il est bon et il m'aime. Je lui ferai comprendre... — Elle s'arrêta, réfléchit un instant. — Et d'abord... — S'interrompit encore et, brusquement, se décida : — Ah, tant pis ! L'oncle Alfred dira ce qu'il voudra, je m'en moque. Ecoute : tu viendras habiter chez nous jusqu'au mariage.

— Olympe ! Tu... Oh, non ! Non, je ne puis...

Les syllabes s'étranglaient dans la gorge de Julia.

— Si, si. Promets-le moi. Je t'attendrai toute la journée. Ta chambre sera prête. Tu viendras, n'est-ce pas ?

Un coup discret fut frappé à la porte.

Toutes deux eurent le même sursaut.

— Oui ? articula Olympe. Qu'est-ce que c'est ?

— Monsieur demande si Madame va bientôt descendre.

La respiration leur revint.

— Tout de suite. Dis-lui que j'arrive.

La jeune femme regarda sa cousine. Jamais elle ne l'avait vue si frêle.

— Alors ? Promis ?

D'une voix rauque de larmes refoulées, Julia dit :

— Promis, oui.

Il était presque six heures quand la voiture ramenant Julia de Tarascon s'arrêta non loin de la Sarrazine.

Un mistral violent soufflait. La route était déserte et si obscure que Rodolphe tint à accompagner la jeune fille jusqu'en vue de la ferme.

A peine avait-il mis pied à terre que le vent emportait vers le fossé le demi-fortune dont il venait de se coiffer.

— Mon chapeau ! cria-t-il au cocher. Retrouve-le et fais tourner les chevaux. Je reviens tout de suite.

Ils s'enfoncèrent dans le chemin qui serpentait entre les terres. Cramponnée au bras de Rodolphe, Julia, de sa main libre, s'efforçait de serrer à la fois son châle et ses jupes auxquelles le vent, s'engouffrant dessous, imprimait une houle indécente. Les rubans de sa capote se plaquaient sur sa bouche.

Rodolphe prononça une phrase que la tempête emporta.

Une colère invisible sifflait et hurlait des menaces à leurs oreilles.

Courbés en avant pour donner moins de prise à la force qui les repoussait, ils avançaient, tâtonnant, au cœur de cette nuit miaulante, « aussi noire que le cul d'un chaudron », pensait Rodolphe, où se déchaînaient toutes les sorcières du sabbat.

— Quel froid ! cria Julia, au milieu de la rafale.

Sans répondre, il déboutonna son carrick, l'ouvrit, et en ramena le pan autour de la jeune fille.

Ils avancèrent encore quelque temps, jusqu'à la ferme.

— Séparons-nous ici, cela vaut mieux, dit Julia.

— Mais non. Laissez-moi continuer avec vous. Qui diable voulez-vous qui nous voie ? Il n'y a pas un chien dehors.

— Soit.

Elle eût marché ainsi toute la vie, plutôt que de s'arracher du havre de sécurité que le bras de Rodolphe était pour elle. La peine n'était pour rien. Ni l'onglée au bout de ses doigts que le gel brûlait à travers les gants.

Le détour qu'ils avaient fait les conduisit derrière les écuries de la Sarrazine. Le long mur blanc luisait vaguement dans l'obscurité.

Dès qu'ils eurent atteint le coin du bâtiment, ils se trouvèrent relativement à l'abri.

— Pas plus loin, cette fois. Me voici presque rendue.

Rodolphe l'adossa au mur, la protégeant de son corps.

L'ombre, autour d'eux, ne lui laissait pas même deviner le visage enfermé dans la capote vers laquelle il se penchait.

Julia non plus, ne voyait rien d'autre qu'une tête indistinctement dessinée sur la noirceur mouvante des frondaisons du parc qu'échevelait la tempête.

— Ma mie, dit-il d'une voix basse et chaude, j'ai peine à vous quitter. Cette journée où nous avons été ensemble à nos affaires, comme mari et femme...

Ensemble en voiture. Ensemble chez le notaire, un vieil homme au nez bourré de tabac, indifférent et plein d'urbanité qui n'avait point paru se scandaliser de leur démarche. Rodolphe avait donné toutes les instructions. Le robin acquiesçait d'un mouvement de tête qui faisait osciller le gland de soie ornant sa calotte grecque.

— C'est une résolution extrême. Mais sans doute y avez-vous réfléchi avant de la prendre ? Parfait. Mademoiselle, vos nom, prénom, qualités ? Maintenant, la date de naissance ? Parfait. Voulez-vous signer ? Là et là. Parfait. Vous avez le choix : deux témoins, ou un second notaire.

— Un second notaire, avait décidé Rodolphe, avant que Julia n'eût parlé. Celui que vous voudrez.

Il eût recruté tous ceux de la ville pour mieux assurer son avantage sur le coriace Alfred Angellier.

— Vous êtes d'accord, n'est-ce pas, ma mie ?

Julia l'était.

— Voilà. Maintenant, tout va marcher rondement, dit Rodolphe, avec satisfaction. Mais j'espère que vous n'allez pas attendre la venue de nos hommes de loi pour vous ôter de devant ? Croyez-moi, ma mie : faites vos paquets à loisir, ces jours-ci et soyez prête à décamper la veille au soir, ou le matin, de bonne heure. Quand voulez-vous que je vienne ? Je puis vous prendre comme aujourd'hui et vous emmener à Aramon.

Elle hésita. Certes, c'eût été la solution la plus facile. La tentation lui vint d'y recourir.

« Et laisser Maman recevoir seule le premier assaut ? » Elle se rappela sa promesse. Ne pas s'enfuir, ne rien faire qui pût blesser Constance. « Déjà, cela va être si dur pour elle, si je pars, au moins que j'en sois justifiée ! »

— Non, dit-elle, résolument, ce n'est pas la peine. Ne vous inquiétez pas, je...

— Quoi ? — Rodolphe demeurait confondu. — Vous tenez à vous exposer à la rage de monsieur Angellier ? Quand rien ne vous y force ? C'est un défi à la raison, cela, mon ange. Enfin, puisque vous le voulez, bataille ! Allons-y gaiement ! Au fond, cela n'est pas pour me déplaire. J'ai une vieille revanche à prendre. Nous allons rire. — Sa voix prenait déjà des accents de clairon. — C'est dit. Je serai donc à la Sarrazine, avec nos gratte-papier, le...

— Vous ? Oh, non ! coupa Julia, épouvantée à la perspective de la rencontre. Non, non ! A aucun prix je ne veux qu'on vous voie par ici ! Je m'en tirerai mieux seule, je vous l'assure !

— Seule ? par exemple ! — Il l'empoigna par les épaules. — Bon Dieu, non ! Jamais de la vie ! Etes-vous folle ? Je m'estimerais un fameux pleutre si je vous laissais vous tirer seule d'un pareil nid d'agasses !

Elle glissa les mains sous le collet de Rodolphe, cherchant inconsciemment sa chaleur et dit avec anxiété :

— Je vous en prie, laissez-moi agir à ma guise. Je sais ce qui vaut le mieux. — Il n'eût plus manqué... « Oh, Vierge Mère ! » — Je veux votre parole que vous ne vous mêlerez de rien. Allons, vite, donnez-la-moi. Allons, répéta-t-elle, devant son mutisme.

En vain. Elle recommença ses adjurations. Puis, lasse de supplier, argumenta, raisonna. Puis, tempêta. Se fâcha presque.

Rodolphe refusait mordicus.

— Non, c'est non, ma mie. N'insistez pas.

Le temps pressait. Julia battait la semelle avec plus de vigueur qu'il n'eût été nécessaire pour se réchauffer.

— Ou vous me ferez à l'instant la promesse que je vous demande, ou vous pourrez aller décommander le notaire, dit-elle.

Le calme de son ultimatum se chargeait d'une résolution qui arrêta Rodolphe au bord de l'éclat.

— Sacr... commença-t-il. Puis il marmotta avec une fureur difficilement contenue : — ... mais vu... reille... ête de mule !

— Votre parole, mon cœur ! dit Julia, accrochée à lui, poussant sa dernière botte au défaut de la cuirasse.

Il la donna enfin, de la plus mauvaise grâce du monde.

— ... Mais c'est stupide, ne put-il se tenir d'ajouter. Et vous verrez...

— Sur l'honneur ? Vous ne bougerez pas de Mogador ?

— Oui, là ! Oui ! — Il haussa les épaules. — Puisqu'il faut en passer par vos quatre volontés. Nous aviserons à changer cela après le mariage, je vous en avertis.

— Entendu, sourit Julia.— L'inflexion de sa voix fondait de tendresse. — Quand je vous aurai juré obéissance.

Les grandes mains de Rodolphe descendaient le long de son corps.

— Quittons-nous vite, à présent, souffla-t-elle. Il est grand temps que je rentre. Dès mon arrivée chez Olympe, j'enverrai vous prévenir.

Lui ceinturant la taille, il l'attira contre sa poitrine :

— Ma femme !

Puis, maugréa en riant :

— Et dire que je ne puis seulement vous donner un baiser, avec tout ce harnachement.

Julia défit les brides de la capote. Au jugé, Rodolphe posa ses lèvres sur une joue froide, et sur des lèvres que le vent avait desséchées.

— Vite, mon ami chéri ! Quittons-nous.

Avec effort, elle s'arracha à son étreinte, lui jeta du bout de ses doigts gourds un dernier baiser, et courut vers les arbres sans se retourner. La tempête semblait la happer. Elle disparut aux yeux de Rodolphe.

Sa mère l'attendait, aux aguets dans le couloir, lorsqu'elle fit irruption par la porte de la cuisine, hors d'haleine, les cheveux emmêlés, les brides de son chapeau entortillées autour de son bras, une bouffée d'air froid tourbillonnant encore parmi ses jupes.

— Te voilà, enfin ! Où étais-tu passée ? D'où viens-tu, à pareille heure ? — Son regard se fixa sur la toilette de visite — ... habillée de la sorte ?

Julia vit les traits tirés et l'expression anxieuse de sa mère. Elle se jeta à son cou.

Constance la serra contre elle avec violence.

— Oh ! ma chérie, j'ai cru... Mon Dieu ! Que c'est bête ! Monte vite te changer avant que ton père... Là, là, tu vas m'étrangler, folle ! Va donc, je te rejoins tout de suite.

Lorsqu'elle entra, Julia, debout au milieu de la chambre, tenait encore son chapeau. Elle était tellement absorbée dans ses réflexions qu'elle n'entendit pas même sa mère ouvrir la porte ; et sursauta en sentant la main de Constance se poser sur son épaule.

— Que fais-tu ? Hâte-toi un peu. Il est largement l'heure de se mettre à table. J'ai retardé le dîner tant que j'ai pu. Heureusement, ton père ne s'en est pas avisé.

Constance n'osait pas avouer son soulagement. Si grande avait été sa crainte que Julia ne se fût définitivement enfuie, qu'elle avait maintenant scrupule à lui réclamer l'explication de son escapade.

Elle lui prit des mains capote et châle, alla les déposer sur le lit, revint, l'aida à dégrafer sa robe, lui tendit celle qu'elle portait à la maison.

— Doucette ?

— Oui, ma chérie ?

Comme Julia tardait à poursuivre, Constance l'encouragea :

— Qu'as-tu à me dire ?

— Je voudrais vous poser une question.

Julia demeurait en suspens.

— Oui ? dit encore Constance, patiemment, sans cesser de la regarder.

— Pensez-vous que j'aie la moindre chance d'obtenir de Père qu'il me laisse épouser Rodolphe Vernet ?

Le visage de Constance se creusa d'un seul coup.

— Tu veux le lui redemander !

Julia écarta ses mains et les laissa retomber sur sa jupe avec lassitude :

— Ce n'est, certes, pas que j'en aie envie. Vous pouvez bien penser que cela me pèse. Mais s'il y avait seulement la plus petite lueur d'espoir, ce serait fou de ne pas essayer, n'est-il pas vrai ?

— Ma pauvre enfant, je crois que...

La lèvre mordue, Constance pesa l'hypothèse durant quelques secondes, et acheva péniblement :

— Non, aucun espoir. Jamais il ne cédera de son plein gré.

Julia avait courbé la tête. Elle la releva aux derniers mots de sa mère :

— C'est aussi ce que je pensais. Alors...

Son regard fouilla celui de Constance. Manifestement, celle-ci savait ce qu'elle allait entendre.

Un silence tomba entre elles, sans les séparer. Ce fut dans ce silence même que Julia trouva le courage de continuer :

— Je suis allée à Tarascon, cet après-midi.

— Ah ! fit simplement sa mère.

Au bout d'un instant, elle demanda :

— Seule ?

— Non, naturellement.

Constance ne formula aucun commentaire. Sa pâleur fit mal à Julia qui se hâta d'ajouter :

— Nous avons vu un notaire. Tout est fait. Il m'a accompagnée jusqu'aux écuries, au retour.

Constance eut un léger frémissement : l'homme qui se glissait avec l'audace d'un voleur jusqu'à l'intérieur de la Sarrazine, et lui prenait sa fille, quelle vie ferait-il à Julia, quel bonheur lui donnerait-il, assez grand pour qu'il devînt possible de lui pardonner ?

Cette femme qui jamais n'avait haï personne s'effraya de mesurer en un bref éclair la haine qu'elle vouait à Rodolphe Vernet. Elle devait, plus tard, éprouver maints remords de conscience à la pensée du souhait meurtrier dont elle avait osé charger ses prières durant le temps qui s'écoula jusqu'au matin du jour où Julia atteignit sa majorité.

Le jour s'annonçait à peine, lorsque Constance monta chez sa fille, sitôt M. Angellier sorti.

La chambre était silencieuse. Portes et fenêtres avaient enfin cessé de gémir sous la poussée du mistral.

— Tu dors ? demanda-t-elle, à mi-voix, du seuil.

— Non, Maman.

Pour Julia aussi, ces derniers jours avaient été une épreuve. Et la nuit écoulée lui avait impitoyablement compté et recompté chacune de ses heures, avec la grosse voix insistante de l'horloge du vestibule et la grêle averse de tintements que jetait en écho la pendulette de la cheminée.

Constance s'approcha du lit :

— Ton père vient de s'en aller.

— Je sais. Je l'ai entendu.

Toutes deux chuchotaient sans s'en apercevoir.

Julia se souleva sur un coude et s'accrocha au cou de sa mère. Elles demeurèrent un instant embrassées, immobiles.

La pièce était glaciale. La petite aube jaunâtre de janvier s'insinuait derrière les vitres par les losanges des volets, luttant avec la flamme vacillante de la bougie qui sculptait d'un trait cireux les mains des deux femmes, et changeait leurs visages en masques mortuaires.

Un soupir creva dans la poitrine de Julia. Etait-ce donc ainsi que le bonheur commençait ?

De toute son angoisse, elle appela dans son cœur la présence réelle, chaude, vivante, de Rodolphe, qui, seule, eût pu la réconforter.

— Mets ta camisole, dit Constance, la sentant frissonner.

— Je me lève, doucette.

C'était l'heure à laquelle elle avait coutume de se lever. C'étaient les mêmes gestes qu'elle accomplissait, un matin après l'autre, dans la même pénombre glacée, pour se vêtir, faire sa toilette, peigner ses cheveux, les coiffer. Et chaque minute, ce matin-là, tombait comme une goutte de poix dans un abîme de ténèbres sur lequel il semblait impossible d'espérer que le jour véritable se levât jamais. Et chaque geste s'alourdissait pour Julia de la sensation oppressante de tout ce qu'il contenait à la fois de quotidien et de définitif.

Elle alla dans sa penderie, médita un instant devant les robes alignées. Puis en tira son amazone, et la revêtit, comme d'habitude.

Avant de descendre, elle ouvrit les fenêtres et repoussa les volets. Un jour fumeux envahit la chambre.

Constance dit :

— Je vais faire servir ton déjeuner.

Elle était demeurée silencieuse tout le temps qu'avait mis Julia à s'apprêter. Debout près du lit. Suivant du regard les allées et venues de sa fille, sans bouger, sans poser la moindre question.

Sur le pas de la porte, la main sur le bouton, elle demanda :

— A quelle heure crois-tu que ?...

— Entre neuf et dix, je pense.

Cela faisait donc encore un délai.

Tandis que Julia achevait d'avaler sans appétit son café au lait, Constance vaqua dans la salle à manger à de futiles besognes qui lui permettaient de ne pas quitter la pièce.

Quelques mots s'échangeaient entre elles, à de longs intervalles, sans qu'aucun fût nécessaire. C'était dans le silence qu'elles communiquaient.

Julia regardait avec une sorte de stupeur le cadre familier depuis tant d'années prendre autour d'elle le recul des choses déjà passées.

« Sophie ! » pensa Constance, tout à coup.

— J'ai oublié de réveiller Sophie.

Julia se leva de table :

— Laissez-moi y aller, doucette.

Inconsciemment, elle eût aimé que sa petite sœur se montrât sous son meilleur jour, plus gentille, plus sage. Comme s'il se fût agi de poser pour un portrait destiné à fixer son souvenir.

Mais Sophie se leva d'humeur maussade, grogna tandis que Julia l'aidait à s'apprêter, grogna en déjeunant, grogna pour protester contre les cajoleries que son aînée lui prodiguait, bref, profita, non sans méfiance, de tant de patience inusitée ; et s'échappa dès qu'elle le put, tout embobelinée de lainages, pour rejoindre au-dehors les deux filles du baïle.

Julia regarda par la fenêtre, tentée de poursuivre l'enfant, d'obtenir d'elle... « Quoi donc, au fait ?... Mon Finou, écoute ! » Mais il n'y avait rien que la fillette pût lui donner, rien que Julia pût lui dire.

Elle revint s'asseoir à sa place devant la table de la salle à manger.

Durant son absence, on avait desservi. Son bol, son

assiette, n'étaient plus là. Reynette, la petite chambrière, emportait maintenant ceux de Sophie. Seul, au bout de la table, le couvert de M. Angellier demeurait encore intact.

Accoudée au rebord de la nappe, Julia contempla d'un œil fixe le carafon de vin, la serviette pliée dans un rond d'argent, la chaise, qui attendaient.

Sa mère vint auprès d'elle, et pesa doucement des deux mains sur ses épaules.

— Maman chérie ! murmura Julia.

Les mains étaient là, sur elle.

— Je ne pouvais rien faire d'autre, n'est-ce pas ?

Sa voix tremblait.

Constance demeura muette. Mais ses doigts glissèrent, effleurant les boucles noires, atteignirent les joues de la jeune fille, les caressèrent, lentement, avec une douceur infinie.

La pendule sonna. Il n'y en avait que pour les pendules, dans ce cauchemar où avançait Julia depuis l'instant où Rodolphe s'était effacé parmi les ténèbres et la tempête. Elles ne cessaient pas de sonner.

Constance se redressa :

— Ton père va rentrer.

Avant même que la pierre n'eût crié sous son pas écrasant les marches de la terrasse, déjà la personnalité d'Alfred Angellier s'introduisait dans la salle.

Il rentra de bonne humeur, frottant l'une contre l'autre ses mains rougies par le froid.

— Frisquet, ce matin. Mais enfin, le mistral est tombé. C'est déjà quelque chose. Tiens, tu es là, fillette ?

— Bonjour, Père, articula Julia, avec difficulté.

— Bonjour, bonjour. — Il agrémenta le baiser rituel d'une tape sur la joue. — Tu n'as pas fait sortir *Haydée*, ce matin ?

— Non, je...

— Tu devrais le faire. J'ai vu qu'Alcide te l'avait sellée. Une bonne course au soleil !

C'était exactement ce qu'eût souhaité Julia. Mais il y avait bien autre chose à l'horizon.

Et Père qui s'avisait de se montrer aimable.

Cela lui arrivait rarement de l'être, à présent. En général, la présence de cette fille obstinée à demeurer fille provoquait sa hargne. Julia avait compté sur cette hargne pour attiser sa révolte. Elle dut découvrir que ce secours aussi allait lui manquer. En face de ce père des jours fastes, à la bienveillance inattendue, elle se sentit encore un peu plus déprimée.

M. Angellier mangeait.

Entre deux bouchées, il leva les yeux vers sa fille, étonné qu'elle n'eût pas quitté la pièce, et l'interpella :

— Eh bien, nous sommes un jour anniversaire, au fait ? Du moins il me semble. Non ? Ce soir, nous chercherons de quoi le marquer dans les écrins de ton aïeule.

A son insu, il employait la tactique la plus efficace.

Julia demeura immobile, la gorge nouée.

A sa place, derrière la chaise d'Alfred Angellier, Constance qui lisait sur le visage de sa fille crut un instant pouvoir espérer le miracle.

Et déjà les hommes de loi devaient avoir quitté Tarascon. Déjà ils étaient en route vers la Sarrazine...

— Ma bonne amie, voilà deux fois que je vous demande de me verser à boire.

Prise en défaut, Constance sursauta :

— Pardonnez-moi.

Non, il n'y avait plus rien à faire, sinon à prier.

Alfred Angellier referma la porte d'entrée et demeura la main sur la poignée. On l'eût dit changé en statue.

Sa femme qui l'avait suivi d'un œil angoissé tandis qu'il reconduisait les visiteurs avec une parfaite courtoisie vit s'enflammer d'un seul coup jusqu'au violacé le lacis tracé sur ses joues par la couperose.

Il traversa le vestibule jusqu'à la cage d'escalier :

— Julia !

Le son de sa voix n'était pas reconnaissable.

D'en haut, penchée sur la rampe, la jeune fille avait épié l'arrivée des trois hommes vêtus de sombre dont l'un tenait un portefeuille sous son bras, leur irruption, sous la conduite de sa mère, dans la pièce où travaillait M. Angellier, et leur départ, dix minutes après, dans le plus grand calme.

— Oui, Père ?

— Descends.

Raidie de tout son corps, Julia descendit, la démarche apparemment assurée.

Devant le regard qui l'accueillit, elle sentit la peur s'insinuer entre ses épaules.

— Suis-moi dans mon cabinet.

Constance avança d'un pas :

— Mon ami...

Sur le seuil, il s'arrêta, et dit, sans prêter attention à sa femme :

— J'attends.

— Me voici, Père.

Julia se sentait vibrer de la tête aux pieds comme une corde tendue.

Derrière elle, Constance se glissa dans le bureau.

Alfred Angellier désigna sur le buvard de sa table de travail une feuille blanche grossoyée :

— Tu connais le contenu de ce papier ?

Le yeux de Julia allèrent du visage de son père à l'acte, puis se fixèrent de nouveau sur ce visage où refluait le sang.

— Je pense que oui, Père.

— Mon ami... s'interposa encore Constance, tremblante.

Son mari l'écarta impatiemment pour atteindre l'acte. Il agrippa la feuille, en froissa les bords entre ses doigts avec une rage fébrile, et la tendit à Julia.

— Tiens, lis ! Mais lis donc ! C'est bien cela que tu as eu le front de me faire signifier ?

Il répéta :

— Si-gni-fier !

Ses mâchoires broyaient les syllabes.

Julia jeta les yeux sur les lignes calligraphiées : « ...Fille de... et de Dame née de Sauzade... »

— A genoux !

M. Angellier lui saisit le poignet et le tordit brutalement, la contraignant à plier sur ses jambes :

— A genoux, tu vas m'en demander pardon !

Sans quitter du regard la face blêmie de Julia qui se mordait les lèvres de souffrance, il accentua la torsion.

Etouffant un cri, elle tomba durement sur le sol. La douleur du choc se répercuta dans ses os.

— J'écoute. Dépêchons.

Avec effort, elle commença :

— Je vous demande pardon, Père... — hésita une seconde, et acheva d'un ton ferme : — ... mais c'était le seul moyen pour obtenir votre consentement.

— Mon consentement !

Le maître de la Sarrazine porta une main convulsive à sa cravate derrière laquelle il étranglait :

— Jamais ! — Il assena sur la table un coup de poing qui fit sursauter le livre de comptes. L'encre jaillit hors de l'écritoire, éclaboussant bois, buvard, et papiers. — Jamais, entends-tu ? Jamais ! Jamais ! Jamais !

Julia s'était relevée. Ramassée sur elle-même, elle ne proféra pas un son.

Ce mutisme parut un défi à M. Angellier.

— Ah ! tu as voulu employer les grands moyens ? Je t'en ferai repentir, je te le garantis ! M'envoyer ces tabellions... me mettre le couteau sur la gorge... Mais si tu crois pouvoir impunément braver ton père, tu éprouveras à tes dépens ce qu'il en est.

Il marchait de long en large devant elle, dans l'étroit espace que lui laissait le bureau. Sa voix râpeuse et acérée mordait à même les mots, les débitait comme l'eût fait une scie.

Au passage, son regard se posa sur sa femme :

— Je vous l'ai déjà dit, Constance : vous avez toujours été trop faible. Tout ceci est votre faute. Mais je vous promets que cela va changer. Dorénavant, elle...

Julia l'interrompit doucement :

— Je suis majeure, Père.

Ses jambes tremblaient sous elle comme celles d'une jument fourbue.

— Tu... — La fureur ôta un instant la parole à M. Angellier. — Tu oses m'opposer cela, face à face ? Sangdieu ! je...

Constance eut peur pour son mari dont la face semblait présager l'apoplexie.

Il promena un œil fou autour de lui, aperçut sa cravache sur une chaise l'empoigna, se rua vers sa fille...

Constance se jeta entre eux, écartant Julia d'un geste du coude :

— Non ! Je vous en supplie !

— Otez-vous de là ! Mais ôtez-vous de là, vous dis-je ! rugit-il, s'efforçant de la repousser par les épaules.

Constance ne lâchait pas prise. Cramponnée à lui, elle se laissa glisser à terre :

— Non, je ne vous laisserai pas commettre... Vous me frapperez plutôt avant de...

Chaque secousse emportait la fin de ses phrases.

— Maman ! Maman ! haletait Julia, derrière elle. Je ne veux pas... Maman !

Constance cria pour dominer les imprécations de son mari :

— Va-t'en, Julia ! Sauve-toi d'ici ! Ne vois-tu pas que ton père ne...

La voix de M. Angellier couvrit la sienne.

— Va-t'en, oui ! Va-t'en ! Hors de chez moi ! Débarrasse ma maison ! Tu n'y as plus ta place !

— Je vous en prie, je vous en supplie, pleurait Constance, obstinément agrippée à son mari.

Il continuait à tonner :

— Dehors ! Dehors ! Qu'elle s'en aille ! Et tout de suite ! Otez-la de ma vue, ou je m'en vais vous la fouetter à la laisser sur le carreau !

D'un mouvement forcené, il se débarrassa de Constance et fonça sur Julia que la lutte menée pour elle par sa mère semblait paralyser.

Devant la cravache levée, elle fit un bond en arrière, et s'embarrassa dans sa jupe. Chancelante, elle n'eut que le temps de se jeter derrière un fauteuil. Le jonc s'abattit, entaillant la molesquine du dossier.

De nouveau, Constance s'était traînée contre son mari. Elle se suspendit à lui, pesant de tout son poids sur le bras qu'il tentait de relever, s'accrochant à ses jambes.

— Pars ! Tu vois bien qu'il le faut ! criait-elle, en même temps, à sa fille.

A tâtons, Julia trouva derrière elle, sous sa main, la poignée de la porte.

— Maman...

Remontant dans ses doigts crispés la queue de sa robe, elle hésitait encore :

— Maman, je ne puis vous...

— Lâchez-moi, Constance ! Sangdieu !

— Va ! Va ! Mais va donc !

Elle ouvrit et s'élança dehors, laissant le vantail claquer en retombant ; enfila comme une tornade le vestibule, le couloir, l'office, se heurta à Pollonie dans la cuisine.

Le chat épouvanté disparut sous le fourneau.

— Moun Dioù ! Mais qu'est-ce qui arrive ?

— Ecoute, tu diras... — Elle comprima d'une main les battements de son cœur. — ... à ma mère... que je suis... à Aramon, chez ma cousine Olympe. Vite ! pousse-toi.

— Moun Dioù ! recommença Pollonie, bousculée. Maï de qu'as fa ? [1]

La petite porte donnant sur le jardin battit avec fracas contre le mur.

— Aïe, de mes vitres ! Malheureuse !

Julia était déjà loin, entre les arbres noirs pétrifiés dans la nudité de l'hiver. Ses cottes troussées à deux mains, elle courait dans la direction des écuries.

Comme elle émergeait du sous-bois, sans souffle, épuisée, butant à chaque pierre, derrière elle, loin, un bruit de sabots martela le sol durci par le gel.

La panique la prit. Sans se retourner, elle força l'allure. Courbée en deux, elle sentait une faux lui déchirer la poitrine. Le galop du cheval lancé à sa poursuite lui

1. *Maï de qu'as fa ?* Mais qu'as-tu fait ?

emplissait les oreilles et sonnait dans sa tête. Il venait sur elle, il approchait, il l'atteignait, il l'...

Arrachée du sol, Julia poussa un grand cri.

— Ma mie ! Eh bien, donc ?

Incrédule, elle se retrouva à l'abri, juchée en travers de la selle, dans le giron de Rodolphe, avec son bras comme un rempart refermé sur elle.

— Je vous fais peur, à présent ? Qu'est-ce qui vous a pris ? Quoi donc ? Vous n'êtes pas fâchée, dites ? J'étais trop en souci, je n'ai pu y tenir.

« Fâchée ? Oh, Seigneur ! Fâchée ! » Elle riait nerveusement, avec les larmes au bord des yeux, et pétrissait de ses ongles le collet de la cape de Rodolphe.

— Oh, mon âme !

— Une heure pour le moins que j'étais dans ce taillis ! Vous pouvez vous vanter de m'avoir fait manger une belle châtaigne. Si vous aviez tardé un moment de plus, au diable les promesses ! je poussais jusque chez vous. C'était une affaire à régler entre hommes, voyons ! Jamais je n'aurais dû vous céder là-dessus. Dans quel état vous voilà ! Sacrédié, si l'on vous a...

Julia secoua la tête et lui appuya sa main sur la bouche :

— Non pas. Ce n'est rien.

Il lui couvrait la paume de baisers.

Elle le contempla avec adoration :

— Je suis contente que vous m'ayez désobéi.

— Là ! Vous voyez bien ! Quand je vous disais...

Elle coupa court :

— Vite ! Déposez-moi. Ma jument est là.

Tandis qu'elle entrait chercher *Haydée*, Rodolphe demeura en sentinelle, pour l'ébahissement du valet d'écurie.

Puis, il la mit à l'étrier.

Alcide regarda partir sa jeune maîtresse, décoiffée, la tête et les mains nues :

— Ah, ben ! ah, ben alors !...

Les deux cavaliers prirent au galop le raccourci entre les vignes.

Une heure plus tard, ils passaient le Rhône, au bac à traille, en aval d'Aramon.

L'air était vif au milieu du fleuve. Rodolphe qui tenait les deux chevaux par la bride attira Julia et l'enveloppa contre lui dans sa cape.

Ils étaient debout à l'avant. Le passeur pesait en silence sur sa barre sans s'occuper d'eux. L'eau courait, partagée, à grands remous jaunes, avec des tourbillons, dans une rumeur continue. Les rives étaient aussi lointaines l'une que l'autre, à demi effrangées dans le scintillement de ce matin bleu et glacé.

Julia se regardait vivre cette heure à laquelle nulle autre ne ressemblerait plus. « Même si nous devions retraverser ici, ensemble, maintes et maintes fois... »

Confusément, elle savait déjà que la vie vers laquelle elle allait ne pouvait être une entreprise facile. Et qu'il lui faudrait sans doute, un jour ou l'autre, puiser du courage dans le souvenir de cette paix d'un instant dont elle éprouvait la perfection presque déchirante ; et de cette tiédeur de tout son corps à l'abri de ce corps d'homme, ce vent qui lui lavait le visage, cet air si pur qui chassait de sa poitrine les miasmes d'angoisse, de crainte, de honte, de rancune, accumulés, et cette grande main qui enfermait la sienne et qui, jamais, ne lui manquerait.

Elle serra les doigts de Rodolphe, et sentit leur pression répondre à la sienne.

— Cela a été dur, ma mie ?

Il chuchotait.

— Plus tard. Je vous raconterai.

Plus tard. Ailleurs. Lorsqu'ils auraient rejoint les chemins de terre où le temps coule sans vous porter, avec son flux et son reflux de peines.

Elle se haussa sur ses pointes, et, comme ce n'était pas assez, tira sur l'épaule de Rodolphe pour atteindre son oreille.

Il se pencha.

— Rodolphe ! Toute ma vie, je vous aimerai.

« Mais jamais plus qu'en ce moment même », songeait-elle, où, sans rien dire, sans rien faire d'autre que se tenir là, à son côté, il n'eût pu cependant lui donner davantage. Et, ce qu'elle avait enduré pour lui, dans son cœur elle lui en dédiait l'offrande.

— Ma reine, j'y compte bien ! Et moi... et moi... Si vous saviez ! Ça ne peut pas se dire.

— Je sais.

Ils se turent et regardèrent venir à eux les roseaux de la berge noircis par les gelées. Déjà le passeur préparait sa chaîne pour s'amarrer.

Peu après, ils atteignirent le mas des Bugadières [1].

Olympe devait être aux aguets.

Au bruit des chevaux devant la maison, elle ouvrit la porte-fenêtre qui donnait de plain-pied sur le jardin.

— Enfin ! Je me demandais si l'oncle Alfred ne t'avait pas mise en miettes. Mon Dieu ! Mais comment es-tu faite ? Ma pauvre chérie, si tu te voyais !...

Enroulée dans la cape de Rodolphe, nu-tête, des mèches de cheveux lui fouettant la figure, Julia offrait un aspect étrange.

— Entre vite, tu dois être...

Apercevant soudain Rodolphe qui confiait leurs montures à un valet, Olympe s'arrêta net :

---

1. *Bugadiero* : femme qui fait la lessive. Peut se traduire par : mas des Lavandières.

— Oh ! Mais tu... Vous êtes...

Son regard allait de l'un à l'autre.

Il s'approcha et, chapeau bas, s'inclina devant elle :

— Je l'ai accompagnée.

Attendit. Puis, voyant que la jeune femme demeurait sans un mot ou un geste d'accueil, se redressa et la considéra en face.

— Excusez-moi, balbutia Olympe. Je ne m'attendais pas...

Elle parut hésiter :

— Voulez-vous entrer ?

Les mâchoires de Rodolphe durcissaient.

— Cela n'est peut-être pas nécessaire.

Julia lui lança un coup d'œil inquiet, et posa la main sur sa manche. Le frémissement des muscles bandés était perceptible à travers l'étoffe.

Se tournant vers Olympe, elle questionna sans ambages :

— Qu'en pense ton mari ?

— Rien, rien ! Que vas-tu imaginer ?

La jeune Mme Baze était fébrile. Elle dut prendre sur elle pour s'adresser à Rodolphe :

— Ma cousine est la bienvenue, Monsieur.

Il la considéra avec une commisération légèrement ironique, et hocha la tête. Sa colère était tombée d'un coup : cette jeune fille rieuse avec laquelle, trois ans plus tôt, il avait devisé en ami, là-bas, au Grand Frigolet, des après-midi entiers, dans le verger, et sous les pins, et au bord de la roubine. « Voilà ! » Elle était passée dans le camp de la famille. « Et Baze aussi est un fameux cul-blanc. Pour sûr il écume. »

Le voyant se rasséréner, Julia respira. Bien qu'elle ressentît au fond d'elle-même comme une blessure l'accueil qu'il recevait.

— C'est fort bien, Madame. Je n'ai donc plus qu'à prendre congé, dit Rodolphe.

Il déchiffra sans déplaisir un soulagement visible sur la figure de Mme Baze.

« Le loup-garou, le galeux, le réprouvé, le... Imbéciles ! » Et, tout de même, il leur prenait la fille.

S'inclinant de nouveau, il gratifia Olympe d'un large sourire triomphant :

— Madame, tous mes respects. Et toute ma reconnaissance. Je vous confie ma fiancée.

Et prit la main de Julia :

— Ma mie...

— Je fais quelques pas avec vous, dit-elle, promptement, pressée de l'éloigner de sa cousine. Olympe, je reviens. Rentre donc, je t'en prie. Tu auras froid.

— Mais toi-même ?

— N'ayez crainte, la rassura obligeamment Rodolphe.

Olympe ignora son intervention.

— Au moins, ne t'attarde pas trop ! recommanda-t-elle à Julia. Puis, elle fit une révérence à Rodolphe :

— Monsieur, votre servante.

Décidé à ne pas céder d'un pouce, il repartit dans un autre salut :

— Madame...

— Je vous en prie ! coupa Julia, que leur manège éprouvait.

Prenant le bras de Rodolphe, elle l'entraîna.

Du seuil de la porte-fenêtre, sa cousine s'enquit :

— Au fait, tes bagages ?

Julia se retourna :

— Je n'ai rien pu prendre avec moi. Mais Maman sait que je suis ici. Demain, elle enverra ma malle.

Ils s'éloignèrent vers les communs.

Avant de rentrer, Olympe jeta un dernier regard sur

le curieux assemblage qu'ils faisaient, lui, si grand, elle, si petite. Rodolphe Vernet penchait l'épaule vers Julia qu'il tenait par la taille. A chaque pas, il paraissait la soulever de terre.

« *Demain, elle enverra...* » Combien de temps se passerait-il avant que l'oncle Alfred ne donnât de ses nouvelles ? Qu'il dût se manifester en personne, ou faire agir son beau-frère, de toute manière, Olympe voyait les désagréments s'amonceler sur l'horizon. Et : « *Ma chère, vous n'y songez pas ? Aller nous immiscer dans cette histoire ? Tout cela est déjà bien suffisamment déplaisant à supporter. Votre cousine se conduit comme une... Pardonnez-moi l'expression à laquelle je pense. Mais vous n'avez pas mesuré à quoi votre charité nous expose. Sans compter que nous ferions figure de traîtres. Non, non, je m'y oppose. Vous me ferez le plaisir de... — Oh bien, Gaston ! Je me figurais que cette maison était devenue mienne et que je pouvais... Mais c'est parfait : puisque vous me refusez... Non, laissez-moi ! Je pleurerai si j'en ai envie. Non, Monsieur, je vous...* » Leur première dispute. « Quelle sottise ! Si c'était à refaire... » rumina-t-elle avec rancune, en suivant du regard la démarche du couple.

Ils s'en allaient, le long de la maison, tout noirs sous le soleil blanc de ce midi de janvier.

Cette petite silhouette maigre, entortillée dans un vêtement d'homme dix fois trop grand pour elle ; et cet homme, aussi, dix fois trop grand pour elle. Et, contre elle, tout le clan prêt à la rejeter.

« Non ! se dit Olympe, malgré tout je le referais. »

Elle s'aperçut qu'elle avait froid et rentra.

— Crédié ! grommela Rodolphe, lorsqu'ils eurent marché sans rien dire jusqu'au tournant de la façade. Je ne suis pas *persona grata*, dans ces parages. On ne peut exprimer plus civilement à quelqu'un l'envie qu'on aurait de le voir au diable.

— Pauvre Olympe ! Imaginez les tracas que nous allons lui occasionner.

— Je ne dis pas, ma mie. — Il y pensa une seconde. — Oui, cela est probable. Mais, dites-moi : êtes-vous tout à fait sûre que vous serez bien reçue, ici ?

Julia était précisément en proie au même doute. Mais elle dit avec assurance :

— Mais oui. Olympe m'aime. Et son mari est un galant homme. Et puis... Et puis je n'avais pas le choix, n'est-ce pas ? acheva-t-elle, d'un trait. Après tout, trois mois, même si mon père demeure intraitable...

— Votre père ! s'exclama Rodolphe. Allons donc, ma mie, sérieusement, vous ne pensez pas que le bonhomme nous fera cadeau d'une seule demi-journée ?

Non, Julia ne le pensait pas sérieusement.

— ... Mais trois mois ne sont pas la mer à boire.

— Evidemment, concéda Rodolphe. Et, en attendant, vous allez voir comme nous l'éperonnerons. Ah ! ah ! De la belle manière ! Le mois prochain, deuxième sommation. Allez, sautez !

Il se représentait M. Angellier, mors écumant, ramené de force sur l'obstacle.

La perspective le rendit guilleret :

— Enfin, nous touchons au but. Encore un peu de courage, et c'est gagné. Ah ma mie, quand j'y songe ! Nous en aurons du temps à rattraper ! Du diable si j'aurais jamais cru posséder de telles réserves de patience !

Julia laissa passer la déclaration sans commentaires, bien qu'à sa propre estimation son amoureux eût dépensé les siennes dans une attente infiniment plus confortable.

Ils pénétrèrent dans l'écurie des Baze.

Côte à côte, devant le râtelier, *Haydée* et *Ajax*, le cheval de Rodolphe, achevaient leur provende.

Le fourrage était bien sec. Un seau rempli d'eau claire attendait. Rien à dire. Et l'écurie était tenue comme il le fallait.

— Ce Baze... humm, oui... On voit tout de même qu'il sait vivre, admit Rodolphe, après un coup d'œil circulaire. Et ces deux-là ! Regardez-les qui s'empiffrent !

S'approchant, il promena sa main sur la jument, du garrot à la croupe, avec un plaisir sensuel.

— Joli brin de fille ! Regardez-moi si c'est racé.

Il flatta le poitrail, remonta le long de l'encolure, gratta doucement entre les oreilles.

Haydée hennit et hocha la tête, répondant avec une voluptueuse coquetterie à la caresse des doigts qui descendaient sur le chanfrein, insistant à l'endroit sensible, près des naseaux.

Julia demeurait silencieuse.

Etonné, il se retourna, et la vit toute pâle.

— Qu'y a-t-il ? Vous vous sentez mal ?

— Non. Mais c'est que... Oh Rodolphe ! je pense qu'il va falloir m'en défaire.

— Vous en défaire ? Comment ça ?

— La renvoyer. A la Sarrazine.

— Mais...

— Aimeriez-vous que mon père pût prétendre que nous la lui avons volée ?

— Fichtre !

Ils se regardèrent, aussi consternés l'un que l'autre.

— Mais je croyais qu'elle était vôtre ?

— Moi aussi, dit tristement Julia. Je l'ai toujours pensé. Ou plutôt, je ne pensais rien. Je l'avais. Mais... en fait... — Elle fit un effort pour continuer : — J'ai eu une jument à moi. Vraiment à moi. Et il est arrivé quelque chose. Une compagne de couvent qui prétendait savoir monter. Elle me l'a couronnée de telle sorte qu'il a fallu l'abattre. Et Père a dit : « C'est bien fait pour toi. Tu n'avais qu'à ne pas la prêter. Une pouliche de ce prix ! Tu n'en auras pas d'autre. » Quand il a été un peu calmé, au bout de quelques jours, il m'a permis de monter *Haydée*, à la place. Et, depuis, je l'ai toujours prise. Mais vous voyez... conclut-elle, les larmes aux yeux.

— Hum ! grogna Rodolphe, perplexe.

Le chagrin de Julia le navrait.

Il regarda la jument, et sentit croître ses regrets.

— Et si je la lui paye ce qu'elle vaut ?

Julia réfléchit, et secoua la tête en se mordant les lèvres.

— Non. Je connais mon père : il ne voudra jamais. L'important n'est pas de le dédommager, voyez-vous ? Dieu sait que je n'aurais pas le moindre scrupule à garder *Haydée* sans lui donner un rouge liard ! Mais, si je le fais, il ameutera tout le voisinage, et, dans vingt ans d'ici, ma mère s'entendra encore répéter vingt fois la semaine qu'elle a donné le jour à une voleuse, que je les ai dépouillés, que...

— Sacrédié de sacrédié ! jura Rodolphe.

Il envoya un vigoureux coup de pied dans le seau qui se renversa, à grand tintamarre.

— Ça va bien ! La paix ! jeta-t-il au valet accouru.

Et, revenant à Julia :

— Il faut la rendre. Et même, tout de suite. Rien d'autre à faire. Confiez-la-moi, ma mie. Cet après-midi, je la ferai ramener.

Incapable de parler, elle acquiesça du menton.

Rodolphe l'attira contre lui et passa un bras autour de son épaule.

— Courage, ma petite âme. C'est la dernière peine

dont vous leur serez redevable. Et je suis là pour vous en consoler, moi.

Ensemble, ils s'approchèrent de la jument.

S'arrachant à l'étreinte de Rodolphe, Julia prit la longue tête fauve entre ses bras, appuya sa joue contre le poil dru et court dont le lustre avait des reflets violacés.

— Ma belle !

« Doucette, oh ! doucette ! » Elle refoula le sanglot qui montait à sa gorge. Maintenant, elle quittait pour de bon la Sarrazine. Maintenant, et non tout à l'heure. Dans le feu de sa fuite, Julia ne s'en était pas réellement avisée. A présent, elle disait adieu à sa maison, à Finou, à Constant, à sa mère, — « Oh doucette ! » — à tout un temps désormais clos, comme un jardin dont la clé est perdue.

Et malgré son courage, ses larmes mouillaient le museau de *Haydée*.

— Vous aurez la plus belle pouliche ! promettait Rodolphe éperdu. Je battrai toute la région pour vous la trouver. Je...

Julia faisait « non » de la tête.

Il ne voyait d'elle que cette nuque pliée sous le chignon noir à demi défait d'où sortaient des épingles.

Complètement désemparé, il se plaignit :

— Bon Dieu ! que voulez-vous que je fasse ? Dites-le-moi, ma mie !

Rien : il ne pouvait pas la ramener dans ce domaine ancien où c'était si simple de vivre et d'être heureuse, avant de connaître Rodolphe Vernet.

— Rien. Je suis une sotte, dit-elle, résolument, fouillant dans sa poche. J'ai perdu mon mouchoir. Prêtez-moi le vôtre, s'il vous plaît.

Elle se détourna pour essuyer ses yeux et, furtivement, passa sur ses paupières un doigt humecté de salive, afin d'en atténuer la brûlure :

— C'est fini.

Elle détacha elle-même *Haydée*, lui prit la tête encore une fois, l'embrassa entre les deux yeux et remit la bride à Rodolphe.

— Voilà. Vous pouvez l'emmener.

Pour se défendre contre un retour d'émotion, elle continua :

— Ne me regardez pas. Je suis trop laide.

Il la serra sur son cœur et dit avec une conviction violente :

— Je vous aime !

Puis, honteux de s'être laissé aller, la détacha de lui d'un seul coup, et lui baisa le poignet :

— Eh bien donc, à demain, ma mie. A quatre heures, voulez-vous ? Je vous attendrai sur la route, à l'entrée de la propriété.

Un instant après, il lançait les chevaux dans l'allée menant à la grille. Tout disparut dans la poussière que leur galop faisait lever.

Demeurée seule, Julia ramena plus étroitement autour d'elle la cape de Rodolphe dans laquelle il l'avait emmitouflée, soupira, puis, lentement, à contre-cœur, s'en alla retrouver les Baze.

12

Tante Nancy ouvrit le feu.

Trois jours ne s'étaient pas écoulés.

On déjeunait tard, aux Bugadières. Le maître de maison achevait sa tasse de café, lorsqu'un bruit de sabots et de roues lui fit dresser l'oreille. Il demeura en suspens :

— Qui vient là ?

Déjà, Olympe soulevait le coin du rideau de la fenêtre.

— Maman, souffla-t-elle.

C'était à Julia qu'elle s'adressait.

Gaston Baze se leva et déposa sa tasse.

— Nous devions nous y attendre.

Sa voix était parfaitement neutre.

Un homme bien élevé. Rien à redire à ses manières. Même à l'égard de Julia. « Rien dont je puisse me formaliser », s'avouait-elle, tout en songeant que n'importe quoi, humeur, reproches, ou aversion déclarée, lui eût paru préférable à cette politesse soigneuse dans laquelle il se cantonnait.

Elle se leva aussi :

— Que dois-je faire ?

Mari et femme se consultaient du regard.

— Je puis monter dans ma chambre, si vous désirez la voir d'abord seuls ? Ou, au contraire ?...

Sans doute Gaston voudrait-il tirer son épingle du jeu, pensa-t-elle, avec mépris. Puis elle se dit que c'était justice. Embarqué à son corps défendant dans une aventure qu'il réprouvait...

Olympe courut à elle et lui saisit le bras :

— Oui, cela vaut mieux. Je t'appellerai tout à l'heure. Fais le tour par là. Vite, mon chou !

En gagnant sa chambre par derrière, Julia entendit les voix mêlées. L'organe aigu de tante Nancy dominait déjà.

« Pauvre Olympe ! »

Mais Olympe avait ses aises. Olympe pouvait, chaque soir, s'aller mettre au lit avec un homme, et l'aimer avec la bénédiction de toute la famille unie dans cette complicité protectrice qui entoure les jeunes mariés. Olympe possédait un foyer où elle était maîtresse. Bientôt, elle aurait un enfant.

« Et moi... »

Ces dernières semaines qui restaient encore à passer semblaient interminables. Esseulée, étrangère, dans une demeure où l'hôte faisait effort pour la tolérer, Julia sentait s'effriter la force qui l'avait soulevée jusqu'alors. Et le secours qu'elle recevait de sa cousine finissait par lui paraître un dû.

Assise sur sa malle, la vieille malle envoyée par Constance, elle regardait autour d'elle avec un égarement fait de chagrin et de lassitude cette pièce où rien d'autre ne lui appartenait.

— Je n'en puis plus... je n'en puis plus.

Elle entendait sa propre voix comme une mécanique détachée d'elle, répétant des mots dont, à la longue, elle cessait de penser à ce qu'ils signifiaient. Les yeux mi-clos, la tête renversée pesant sur sa nuque, les mains à l'abandon entre les plis de sa robe.

Et n'importe qui s'arrogeait le droit de la tourmenter. Même à présent où tout était fini avec Père, il faudrait donc encore subir...

Subir tante Nancy qui, de toute son existence, n'avait jamais rien compris à personne : « Je me demande comment elle pourrait, si même l'idée lui venait d'essayer ! » :

— ... Et tu as le front de mêler Olympe à cette honte ! Pour que nous en soyons tous éclaboussés davantage ! Mais sache bien que je te renie. Désormais...

Subir les cousins Angellier, doucereux, compassés, confits dans leur rôle de vieux parents pauvres et l'odeur de renfermé qu'ils transportaient sur leurs habits :

— Ma chère Julia, nous ne pouvons pas croire...

Subir le vieux président Galleron et son langage de cour d'assises :

— N'avez-vous pas vergogne ? C'est un poignard que vous plantez dans le sein de votre malheureux père.

Subir la tante Augusta, plus raide que la Justice :

— Je suis venue te dire notre sentiment : ton oncle et moi, nous eussions mille fois préféré te voir morte. A la place de mon frère...

Subir les encouragements d'Honoré :

— Tiens bon, ma chère ! et laisse-les radoter. Ils sont par trop comiques, à hurler leur rage !

Comme s'il n'y eût là qu'une fameuse farce magistralement jouée.

Subir les reproches mesurés et tristes de l'oncle Sauzade venu à son tour du Grand Frigolet, après sa femme et son fils. Et ç'avait été plus dur que tous les anathèmes et les clabaudages des autres :

— Ma petite enfant, quelle peine tu nous causes !

Un instant, Julia avait cru pouvoir obtenir son absolution :

— Mais je l'aime, oncle Flavien ! Je l'aime !

Mais il avait fini par secouer la tête, après être resté silencieux durant un long moment :

— L'amour, le mariage... Tu ne sais pas de quoi tu parles. On fait partie d'une famille. On la continue. Il n'y a pas autre chose. Il faut marcher chacun à sa place, dans le rang, comme les soldats d'un défilé. Tu sauras cela un jour ou l'autre. Et tu regretteras trop tard d'avoir fait tout ce scandale.

— N'empêche que Papa a dit à Gaston qu'on n'aurait rien gagné à te laisser à la rue. Et que, quoi qu'on puisse penser de ta conduite, il ne se trouverait pas une personne de bien pour nous critiquer, lui et moi, de t'avoir donné asile, raconta Olympe, après le départ de

M. de Sauzade. Tu vois, Honoré et lui disent la même chose.

Mais l'approbation de son beau-père, pas plus que les applaudissements d'Honoré, ne devaient suffire à Gaston Baze. Julia ne le vit pas se départir pour autant de sa froideur.

Et les jours, les semaines, continuaient à s'étirer.

Olympe recevait et rendait des visites.

Julia menait sa vie à l'écart : « Si elles sont venues contempler la bête curieuse, elles en seront pour leurs frais. » Elle ne sortait guère que pour rejoindre Rodolphe aux abords du domaine et passer une heure ou deux en promenade avec lui.

Le lendemain matin, lorsqu'elles se retrouvaient seules, Olympe la mettait au courant :

— Mme de Mézilhan a poussé sa pointe : « *On m'avait prétendu que vous aviez ici cette petite Angellier. J'ai cru pouvoir me porter garante...* »

Elles riaient ensemble.

Julia se doutait d'ailleurs que sa cousine omettait de lui rapporter les commentaires qui eussent pu lui être trop pénibles.

— Mais je m'en moque ! Quand le monde entier pousserait des clameurs et me lapiderait !... Je m'en moque, entends-tu ? Je m'en moque !

— Bien sûr.

« Mais, sans nous, où serait-elle ? » s'insurgeait intérieurement Olympe, choquée. On ne pouvait entièrement faire fi de l'opinion des autres. Julia le savait bien, puisqu'elle avait pleuré en recevant la lettre de son frère.

« *Quelle que soit ta conduite, je m'interdis de la juger. Tu es ma sœur et cela suffit... Sœur, je te souhaite d'être heureuse. Mais j'aurais aimé que tu eusses davantage songé à Maman, avant d'en venir là.* »

De Constance, elle n'avait pas eu un mot.

Ce que la mère eût eu à dire s'était sans doute trouvé impossible à exprimer pour l'épouse d'Alfred Angellier.

Mais, en défaisant sa malle, Julia y avait trouvé, outre son trousseau et ses robes au complet, glissés entre le linge, une bourse contenant cinquante napoléons — sans doute tout le trésor personnel de Constance — avec son crucifix, son nécessaire à couture, ses plus belles dentelles qui venaient de la grand' Sauzade, un scapulaire brodé, une croix arlésienne en diamants dans son écrin, un petit panier de lavande tressé en rond sur un ruban et un portrait de Sophie.

Julia s'était senti la gorge serrée. « Doucette ! » Elle se la représentait, emballant furtivement ses présents, en cherchant d'autres, donnant tout ce qu'elle pouvait donner.

Et sans doute à présent, des mois s'écouleraient, peut-être des années, avant que Julia pût, de nouveau, appuyer sa joue contre la poitrine de sa mère, et lui dire... ah ! tant de choses qu'elle avait négligé de dire, durant tout ce temps où elle le pouvait.

— Je me demande comment est Père avec elle. Pourvu qu'il ne lui fasse pas trop supporter sa colère !

Olympe hochait la tête d'un air compréhensif. Mais, l'instant d'après, disait :

— Je crois que j'entends rentrer Gaston.

Et se précipitait, laissant la porte grande ouverte, dans sa hâte à descendre.

— Gaston ! Gaston !

On les entendait s'embrasser et rire, en bas, dans le vestibule. Puis, chuchoter.

Julia refermait, doucement.

Mais le repas attendait. Il fallait bien les rejoindre.

Devant elle, ils se contraignaient. Parfois, Olympe

esquissait un geste qui tournait court, ou mimait un baiser du bout des lèvres, gênée quand Julia la surprenait.

Gaston Baze se plongeait dans sa *Gazette de France*.

Elles prenaient chacune quelque lange ou brassière à coudre et s'installaient devant la cheminée, au salon.

Au bout d'un moment, Olympe relevait la tête :

— Ma chérie, tu ne dis rien ?

Une charité. Mais Julia n'en était pas dupe.

C'étaient eux qui ne pouvaient rien dire. Avec elle entre eux ; elle, l'intruse.

Tous trois se tenaient autour de l'âtre où des arbres entiers s'en allaient en flammes et en cendres, sans chauffer suffisamment la pièce.

Et l'on se sent plus triste encore, plus solitaire, lorsqu'on a froid.

Cet hiver qui, brusquement, les derniers jours de janvier, avait redoublé de rigueur pour descendre à des températures exceptionnelles, il semblait à Julia qu'elle n'en verrait jamais la fin.

Tombée en abondance, la neige persista, rendant les chemins quasi impraticables. Seuls s'y hasardaient quelques rares piétons. Le Rhône était entièrement pris. Gaston revint un soir, tout glorieux d'avoir poussé jusqu'au village et rapporta qu'il avait vu, du haut des quais, Aramon entier, gamins et grandes personnes, s'amusant à patiner sur la glace du fleuve.

— Oh ! que j'aimerais voir cela ! s'exclama Olympe. Et toi, Julia ? Si je n'étais pas...

Les mains aux hanches, elle jeta un coup d'œil sur la silhouette que lui renvoyait le miroir.

Rien n'était encore visible.

— Non, non, ma chérie, je vous en prie ! intervint précipitamment son mari.

La pensée qu'elle pût s'exposer publiquement dans la compagnie de Julia Angellier lui était insupportable.

Olympe soupira et se remit à son ouvrage.

Plus de visites, plus de distractions. Et la société de sa cousine n'était guère réconfortante.

Julia parlait peu, riait encore moins. Elle demeurait des heures entières sans lever les yeux de dessus son aiguille.

Rien qui vînt rompre la monotonie de ces journées captives dans la lumière aveuglante et triste du paysage blanc à perte de vue que l'on apercevait des fenêtres, en essuyant la buée collée aux vitres.

Le dîner. La veillée.

Gaston Baze tisonnait le feu, ou pétunait à petits coups, « avec distinction », se disait méchamment Julia. Assise en face de lui, elle l'écoutait avec impatience commenter des nouvelles datant de plus d'une semaine.

— Rachel s'embarque pour aller jouer *Phèdre* en Amérique. On lui fait un pont d'or.

— Vraiment ? disait la jeune femme, enfilant deux doigts dans chacune des manches minuscules de la brassière terminée, pour la présenter. Regardez donc, mon ami.

— Comme c'est petit. Pensez-vous que cela « lui » aille ?

Ils souriaient, puis se taisaient ensemble.

Le feu sifflait et craquait. Pour eux seuls, eût-on dit.

Une odeur chocolatée s'exhalait de la verseuse tenue au chaud sur un trépied, au coin du foyer, pour Olympe dont l'état, de l'avis unanime des personnages d'âge, nécessitait des reconstituants appropriés.

Julia se penchait, soulevait le couvercle. Cela bouillait.

— Veux-tu ton racahout ? Il est prêt.

Depuis dix jours, elle n'avait pas vu Rodolphe.

— Ma mie ! Que pouvais-je faire ? A moins d'avoir un cheval volant !... Si vous croyez que je ne me suis pas rongé les poings ! C'est au ciel qu'il faut vous en prendre. Voyons, soyez raisonnable. C'est fini, maintenant. Ah bien ! Vrai ! Du diable si je me figurais être accueilli de la sorte ! Croyez-vous que je vais tenir encore longtemps sans un baiser ? Allons, venez, ajouta Rodolphe, après un coup d'œil vers la porte d'entrée en train de s'ouvrir avec un grincement. Venez donc, ou notre bon ami Baze va être témoin d'un spectacle qui le fera s'étrangler d'indignation.

Arrivé à l'improviste, il avait dû pousser jusqu'aux abords de la maison. Sans descendre de cheval, il avait expédié le premier valet qui lui était tombé sous la main avertir Julia de sa présence.

— Mais je n'ai ni châle, ni chapeau, ni...

— Et après ?

En souplesse, il se courba au niveau de Julia, la souleva de terre et, se redressant d'un tour de reins, l'installa sur le devant de la selle, à l'abri dans son manteau dont il l'enveloppa, le bras gauche passé autour d'elle.

— Vous y êtes ? Allez, *Ajax !* Fouette cocher ! lança-t-il joyeusement.

Sous la pression de ses genoux, le rouan partit au grand galop.

Ils allèrent de ce train jusqu'au tournant après la grille. Après quoi Rodolphe mit sa monture au pas et s'inclina vers le visage qui semblait s'offrir.

— Ah ! ma mie ! ma mie ! haletait-il, penché sur cette bouche. Il prenait une goulée d'air, puis se remettait à l'embrasser.

A la fin, Julia se débattit :

— Assez... oh assez, mon cœur !

Rodolphe l'étouffait à moitié.

Il obéit en maugréant :

— A quelle épreuve vous me mettez ! Ah oui, vraiment ! Vous pouvez rire ! Les jeunes filles... Je me demande en quoi elles sont faites. Dans quelque temps, vous comprendrez, je pense.

Il rit à son tour de voir rougir jusqu'à l'écarlate le lobe de l'oreille où il promenait ses lèvres.

Sans le regarder, Julia se pelotonna plus serrée contre lui.

— Toujours est-il que, les baisers, vous les aimez, hein ? Vous qui tenez toujours si bien des comptes pour toutes nos lettres et nos entrevues, dites un peu combien nous en avons eu, depuis le premier ?

Julia se garda de lever le nez, mais lui administra, au jugé, une tendre petite gifle qui tomba sur le coin de la joue.

— Allons, allons, chatte que vous êtes ! hennit-il bruyamment. Rentrez votre patte. Inutile d'essayer de me faire croire que vous êtes choquée.

Le ciel était d'un bleu extrême au-dessus de la colline d'oliviers. L'air vif plutôt que froid fouettait le visage. Et le poids de cette tête était doux à porter contre une poitrine d'homme bien charpenté. Rodolphe se sentait triomphant.

Il s'adjugea encore un baiser, « un de plus » ! avant de continuer :

— Du reste, nous n'avons pas de temps à perdre. J'ai beaucoup à vous dire. Vous ne me demandez pas où en sont nos affaires ? La deuxième sommation a eu lieu.

La figure de Julia fit une apparition brusque et légèrement ébouriffée hors des plis de la cape :

— Alors ?

— Tout s'est très bien passé. Le notaire m'assure que M. Angellier peut être considéré comme le plus courtois des hommes. Et le plus pondéré.

— Plaisantez-vous ?

Il rit devant son nez froncé :

— Non, je vous l'assure. Evidemment, sa bonne grâce n'ira point jusqu'à nous dispenser du troisième acte. Mais, autant qu'on en puisse juger, il paraît s'être calmé.

Julia réfléchissait.

La première démarche des gens de robe aussi s'était passée sans bruit. Elle se revoyait, guettant, sur le palier du premier, s'étonnant de ne rien entendre. M. Angellier savait se contenir quand la dignité était nécessaire. Du moins, en présence d'étrangers.

Elle secoua la tête :

— Un calme qui ne signifie pas grand-chose.

Et ajouta :

— Je pense à ma mère, vous comprenez ?

— Bien entendu, dit Rodolphe, distraitement. A propos, la mienne va venir vous voir. Elle estime convenable de vous faire une visite officielle pour que ce mariage n'ait pas l'air de s'être décidé au coin d'un bois.

— C'est très aimable à elle, articula Julia, sans enthousiasme.

Le seul souvenir de l'entrevue de la Gloriette la glaçait.

Sans l'entendre, Rodolphe continuait :

— Et puis, en somme, je vous dois une bague et une corbeille, n'est-ce pas ?

Elle le considéra bouche-bée, ne sachant ce qui l'emportait en elle, de l'irritation ou de l'amusement, à le voir se frayer son chemin à coups de pieds à travers les usages les plus vénérables, avec un naturel parfait.

— ... D'autre part, vous pourrez arrêter ensemble le détail des noces. Je vous veux une robe à queue de dix mètres...

« Vierge Marie ! » exhala Julia, en son particulier.

— ... et il nous faut aussi un cortège, de l'orgue, des cierges, un représentant de l'archevêché, des masses de gens, et une grande réception à Mogador. Ce n'est pas que tout cela me plaise, ah fichtre pas ! J'aimerais mieux, par goût, une petite chapelle, vous et moi, et que ce soit fait en catimini. Nous clouerons le bec à tous les cafards. Ma mère est d'accord. Vous vous entendrez avec elle. Ah ! j'oubliais : Félicité Peyrissac va venir vous voir aussi, maintenant qu'il n'y a plus de neige. Et je vais demander au préfet de Vaucluse de vous conduire à l'autel. Vous ne le connaissez pas ? Naturellement ! Avec votre père... C'est un homme remarquable. Vous verrez. Et Mme Durand-Saint Amand est parfaite. Ils ont donné un bal au Roure, au début de janvier. Le prochain, nous y assisterons ensemble. J'y pense : il faut aussi que nous ayons ces messieurs de la Commission municipale et leurs femmes. Tout au moins les plus en vue. Voyons, qui inviter ? Les Gabriel Verdet, les Thomas, les Béchet... Les Pamard, bien entendu. Ah ! et puis, il y a aussi les Arlésiens : ce bon Sabatier d'Espeyran, Isnard... Des gens d'esprit et de fameux connaisseurs en chevaux, vous verrez, ma mie. Puis les Jonquéras... votre amie Delphine sera ravie ! Les Marquet-Rageac de Tarascon, les...

Le défilé des noms paraissait devoir s'allonger à l'infini.

— Ma mère vous dira aussi, au sujet de Mogador... Oui. Elle a ses idées. Et je les approuve. Bref, je devais lui laisser le soin de vous l'annoncer, mais autant que vous le sachiez tout de suite...

Il parlait, parlait, intarissablement. A la stupeur de Julia qui jamais ne l'avait entendu prononcer pareil discours d'affilée.

Et, à mesure, tout se transformait : les souris devenaient des chevaux pommelés, le cocher se changeait en laquais, la joie montait en carrosse. Sur la nudité noire du champ de pêchers que longeait *Ajax*, au petit trot, le printemps allait éclater en fleurs d'une seconde à l'autre sur un mot de Rodolphe.

— Mogador, au fond, elle ne l'a jamais aimé. Et c'est assez compréhensible. Elle y est venue trop tard. Son cœur est resté en Camargue. Elle sera bien aise d'y retourner.

Comment ? Que disait-il ?

— Donc, elle demeurera un mois ou deux avec nous. Le temps de vous mettre au courant. Et, vers l'été, elle nous quittera pour s'établir là-bas avec Antoine dont Tourvieille doit être l'héritage. Ce sera à vous de prendre les rênes, ma petite âme. Cela ne vous fait pas peur, j'espère ? Avec moi à vos côtés ? J'ai toujours ouï dire qu'une femme aime à se sentir maîtresse à son foyer.

Il humait les cheveux de Julia, y promenait ses lèvres.

— Rodolphe...

Aucun mot n'avait assez d'éloquence pour la réponse que Julia eût voulu faire. Elle avait l'impression de rêver. Cette femme maussade dont la personnalité avait laissé une inquiétude latente au fond de sa mémoire... jusqu'à cette femme qui se faisait à présent l'auxiliaire bénévole, la fée marraine du conte bleu élaboré par Rodolphe.

Deux mois encore... Deux mois ? Pas même. Et tout cela se réaliserait.

Qu'importait à présent qu'elle dût rentrer à la maison des Baze ? Il n'y aurait plus de veillées trop longues, ni de jours de solitude. Ce mariage, tant désiré qu'il en avait acquis dans ses pensées une sorte de flou improbable, d'un seul coup se matérialisait, proche, à portée de la main. La provision d'images qu'elle recevait suffirait à meubler toutes les heures. Julia aurait chaud, désormais, dans sa chambre sans chaleur.

Elle ne disait plus rien, bercée au rythme du cheval.

— Vous êtes bien, ma mie ? s'enquit Rodolphe.

Un hochement du menton lui répondit.

— Vrai ? Vous ne sentez pas le froid ?

— Non. Oh non !

— C'est que... Il faudrait que je sois à Mogador à six heures. Je crois que nous allons devoir nous en retourner.

— Retournons, dit-elle, se pressant contre lui inconsciemment pour mieux respirer l'odeur virile qui montait de ce corps à travers les vêtements.

Rodolphe n'en crut pas ses oreilles. Elle s'y résolvait avec plus de peine, d'habitude.

Mais, ce soir-là, l'horloge pouvait bien sonner. Julia conservait la pantoufle de verre [1].

Après cela, le sens commun lui revint.

Cette cérémonie à grand spectacle allait prendre l'allure d'une provocation vis-à-vis des siens.

Et la traîne qu'exigeait Rodolphe, eût-elle été raccourcie de moitié, eût encore suffi à faire rire aux dépens d'une épousée haute comme trois pommes.

---

1. L'auteur se permet de récuser l'hypothèse — née dans quelque cerveau de cuistre — qu'une fée, envoyant sa filleule au bal, n'ait rien de mieux à lui offrir pour compléter sa toilette que des savates grossièrement fourrées de vair (fourrure apparentée à celle du lapin).

Elle le dit sans réticences ni fausse honte à Félicité qui en convint avec la même franchise.

— Pauvre chère ! Ils sont fous, lui et madame sa mère. A-t-on idée de vouloir vous affubler ainsi ? Mais quelle espèce de goût a-t-elle donc, la chère dame ? Et du brocart, et des volants, et des perles, et des dentelles en farfouillis ! Et quoi encore ? Je vous demande un peu : vous prend-on pour une devanture ? Vous n'allez pas la laisser faire, au moins ?

L'animation lui colorait les joues. Elle rapprocha sa bergère de la chaise où se tenait son interlocutrice :

— Ecoutez-moi, Julia. Ce qu'il vous faut, c'est une belle faille, bien épaisse, d'un blanc un peu crémé qui fasse ressortir votre teint. Ou, à la rigueur, un gros satin à la reine. La façon la plus simple qui soit. A peine une guirlande de myrtes au corsage, si vous voulez. Ou peut-être des touffes semées dans les plis, sur la jupe, pour rappeler la couronne ? Avec le voile en point d'Alençon, ce sera parfait. Il y a un modèle de chez Fauvet sur le dernier *Magasin des Demoiselles* que pourrait très bien vous refaire Mme Milhe, à Avignon. Si vous voulez être à la dernière mode, vous mettrez trois jupons de plus...

— Non, Féli ?

— Si, si. L'ampleur augmente encore. C'est à se demander où elle s'arrêtera, enchaîna Félicité qui ne s'arrêtait guère, elle non plus, lancée sur ce thème. Et, reprit-elle, je vous en supplie, n'allez pas donner aux haines prétextes à s'aigrir. Les nôtres sont assez montés. Que sera-ce si votre mariage revêt le caractère d'une manifestation politique ? Envers vos cousins Baze qui se compromettent pour vous aider, ce ne serait même pas honnête. Monsieur Vernet voit les choses telles qu'il les souhaite. Mais, tenez, sans chercher bien loin un exemple : pensez-vous que mon mari et moi, tout affectionnés que nous sommes pour vous deux, irons nous fourvoyer au milieu de nos adversaires ? Nous congratuler avec eux de leur propre triomphe ? Allons ?

— Je le sais, dit Julia. Je suis de cet avis. Pour ma part, je me soucie comme d'une guigne de la cause légitimiste...

Si peu exaltée qu'elle fût dans ses convictions, Félicité ne put réprimer un sursaut devant ce cynisme.

Refusant de s'en apercevoir, Julia poursuivait :

— ... Et même, s'il faut vous l'avouer, quand j'étais fillette, c'est d'Aumale que j'étais entichée. Dans l'épicerie de Maillane, il y avait une image qui le représentait à cheval, en grand uniforme, tout blondin avec des yeux bleus. Il était beau, mais beau !

— Pouah ! cria presque Félicité. Ces Orléans ! Ah fi ! Julia ! comment pouvez-vous ?... Je ne sais si le Louis Bonaparte est pire, à tout prendre. Quoique...

— En tout cas, coupa Julia à qui ces considérations paraissaient dépourvues d'intérêt, pour moi, cela n'a aucune importance. Simplement, je ne veux pas me conduire en renégate, et donner à croire que je prends parti dans le camp qui l'emporte. Je n'y avais pas réfléchi au premier abord. Cela est impossible. Je l'expliquerai à Rodolphe.

Félicité se renfonça dans son fauteuil avec une moue dubitative :

— Et pourquoi pas plutôt à madame Vernet, puisque vous devez vous rendre à Tarascon ensemble ? Il me semble que sa position la met à même de comprendre vos scrupules mieux que quiconque. Dans les circonstances où elle se trouvait, je jurerais bien que, pour elle aussi, cela s'est passé sans fanfares. Songez donc au grand-père Richard-Lacroix : ciel ! il me semble que je l'entends remuer dans sa tombe !

La suggestion avait sa valeur. Julia l'examina.

— Non, décida-t-elle enfin. Je ne me vois pas abordant avec elle un sujet aussi personnel. Vous savez bien comment elle est. J'ai toujours l'impression que je m'adresse aux Tables de la Loi taillées dans la pierre du Sinaï.

Elle se remémora leur récente entrevue et retrouva la même sensation de froid.

Mme Vernet semblait incapable de concevoir que quelqu'un, et en particulier cette jeune personne d'un si petit gabarit, pût avoir sur quoi que ce fût une opinion différente de la sienne. Et Julia, tout en affichant la déférence de rigueur, se demandait, à la voir et à l'entendre, comment cette créature lourde et sèche à la fois, et rigide, et surannée, gracieuse comme un corbillard et aussi solennellement parée, pouvait bien être la mère de son Rodolphe.

« Il est heureux qu'elle s'en aille », soupira-t-elle une fois de plus.

— D'ailleurs, la question se pose en dehors de madame Vernet, reprit-elle. C'est Rodolphe que j'épouse. Et ceci est une affaire entre Rodolphe et moi. Si mon point de vue est juste, comme je le crois, je dois pouvoir le lui faire admettre. Ou alors, c'est que je serais incapable de remplir mon rôle à ses côtés, n'est-ce pas ?

Félicité la contempla longuement. Puis, sourit.

— Vous êtes dans le vrai, je pense. Et, en fait, d'une manière générale, le courage paie. J'ai vérifié cela souvent. Je suis certaine que vous aurez gain de cause.

Pensive, elle ajouta :

— Vous avez beaucoup appris depuis que je vous connais, Julia. A présent, il m'arrive, auprès de vous, de me sentir un peu comme une écolière. A batailler comme vous l'avez fait, sans doute trouve-t-on plus vite le sens véritable et le poids exact de bien des choses. Et qui sait si tout ce temps que vous avez cru perdu n'a pas été du temps gagné, en définitive ?

Le visage entre ses paumes, Julia considérait le feu, oubliant de redresser sa taille comme à l'ordinaire.

— Je voudrais en être sûre. Savez-vous que, depuis quelques jours, je me sens prise de... Eh bien, là, oui : de peur. Est-ce assez stupide ? Depuis des années que je suis à souhaiter, à espérer ! Et maintenant que cela s'approche... Je crains de vous paraître folle. Mais... — Elle cherchait désespérément à se définir, pour elle-même autant que pour son amie. — C'est peut-être parce que je l'ai payé un tel prix, ce bonheur... — Les mots la trahissaient. Ce n'était pas cela. Pas uniquement cela. Mais il fallait bien continuer. — ... Alors, imaginez une seconde que ce ne soit pas comme je crois. Que... — « Ah rien », l'on ne peut rien communiquer de soi.

— Mais l'on vous aime, avança Félicité, doucement.

Elle avait écouté avec toute son attention, cherchant à comparer avec ses propres souvenirs, instinctivement, bien qu'elle sût que c'était inutile.

— Oui, reprit Julia, nous nous aimons. Je voudrais être sûre que cela suffit. Que l'essentiel est de trouver son bonheur comme je l'ai trouvé, et que tout le monde sait s'en servir, ensuite, lorsqu'il n'y a plus qu'à fermer ses doigts dessus pour le garder. Que, moi, je saurai.

Elle releva la tête et regarda la jeune femme en face :

— Pour vous, Féli, est-ce ou n'est-ce pas une tâche difficile d'être heureuse ? Car vous l'êtes, n'est-il pas vrai ?

Félicité était sérieuse.

— Oui, grâce à Dieu. Je crois pouvoir le dire.

Sa réponse eût été pareille, songea Julia, si même ce n'eût pas été vrai.

— ... Et vous avez raison, ce n'est pas si facile. Je ne me le figurais pas quand nous étions fiancés. « *Ils furent heureux et ils eurent beaucoup d'enfants.* » Votre nourrice vous expédiait cela en une phrase. Mais, vive Dieu ! ma chère, c'est une entreprise de longue haleine. Au début, j'ai tâtonné durant des mois. Et pourtant, je croyais bien connaître Arsène, l'ayant eu si longtemps pour compagnon de jeu.

Elle sourit pour elle seule. Puis, revint à Julia.

— Mais vous êtes plus avertie que je ne l'étais alors. Et votre Rodolphe est moins compliqué que mon époux. Avec cela, vous n'êtes ni égoïste ni évaporée, et vous avez le sens de la plaisanterie. Vous vous en tirerez très bien.

Julia l'écoutait, songeuse. « *Ni égoïste ni évaporée.* » C'était ainsi qu'on la jugeait. Elle savait, elle, qu'il eût fallu en rabattre. Simplement, elle avait l'intelligence de ne pas trop laisser voir certains aspects d'elle-même : « Après tout, personne ne voudrait se montrer nu ! » D'ailleurs, évaporée... Pas tant que cela, en effet, si elle se comparait à d'autres.

— Et puis... — Félicité se pencha de nouveau vers elle, d'un air confidentiel : — Et puis, il existe un terrain d'entente qui permet d'arranger bien des situations.

Elle ouvrit son évantail, se réfugia derrière et regarda Julia d'un œil malicieux tout brillant à travers la dentelle noire :

— Demandez plutôt à madame Baze.

Julia ne répliqua rien.

La jeune femme qui guettait l'effet produit n'aperçut qu'un front baissé vers l'âtre, sur lequel une rougeur incertaine pouvait aussi bien n'être qu'un reflet du feu.

Dans le silence, le pétillement de la bûche monta plus fort.

Derrière la porte close, on entendait, comme un accompagnement, des talons claquant d'une marche à l'autre, dans l'escalier de bois.

Non, Julia n'eût pas aimé aborder ce chapitre. « Ces filles, au couvent, qui se chuchotaient des choses... » Elles semblaient avoir sur elles quelque chose de sale. La gorge vous levait, alors, rien qu'à les voir. Et, aujourd'hui encore... Avec Olympe moins que toute autre. » Olympe qui allait donner un héritier à Gaston Baze.

Peut-être était-ce la faute de cette antipathie réciproque entre lui et Julia. Mais, de plus en plus, la vieille tendresse que les deux cousines éprouvaient l'une pour l'autre était tout ce qui leur restait à mettre en commun.

Estimant avoir laissé à la visiteuse un temps suffisant pour ses effusions intimes, Olympe fit son entrée, suivie d'une servante portant du chocolat fumant et des brioches.

Elle reçut avec plaisir des compliments sur l'excellence de sa pâtisserie, exhiba toutes les pièces de la layette qu'elle préparait, quémanda des conseils que Félicité eut le tact de proclamer superflus, demanda des nouvelles du petit Octave et de monsieur son père.

— Et votre parente ? cette jeune personne tellement *fashionable* ? — Elle aimait le mot. Son innocente anglomanie provinciale crispait à présent Julia qui, naguère encore, se contentait d'en sourire. — Mais oui ! Julia, aide-moi. Tu vois bien de qui je parle. Tu m'as dit dernièrement qu'elle était en Italie.

— Ah ! Herminie ? feignit de découvrir Félicité qui avait compris depuis le début. Eh bien ! toujours à Rome.

Cela tournait au papotage entre elles deux.

Julia les laissa entamer le chapitre des mondanités et retomba dans sa songerie anxieuse. Rassurée quelques instants auparavant, de nouveau elle repassait alternativement ses doutes sur elle-même et les difficultés bien terre à terre qu'elle allait rencontrer auprès de Rodolphe, sans qu'il fût besoin d'attendre jusqu'au mariage.

Il se débattait comme un possédé.

La campagne tranquille autour des Bugadières, le lé ourlant le Rhône, les amandiers suavement fleuris de blanc rose, la vigne où ils s'étaient arrêtés pour discuter, furent témoins de l'une des plus belles sorties dont il eût jusqu'alors régalé sa bien-aimée.

Minutieusement préparée, l'attaque avait été menée avec méthode. Dès la première explosion de Rodolphe, Julia se tint prête à tirer le meilleur parti des occasions qu'il pourrait lui laisser de placer un mot.

En vain. Reprenant précipitamment son souffle, il repartait bon train, sans avoir rien entendu dans l'intervalle. En tout cas, sans qu'il y parût, se disait Julia, obligée de subir ce flot oratoire dont la véhémence ne diminuait pas.

— Non ! et non ! Jamais de la vie ! Quand le diable y serait, je refuse, vous m'entendez ? Fini de vous céder sur ces questions-là ! Je vous répète que c'est stupide...

Julia croyait bien se rappeler qu'elle avait déjà entendu cette chanson. Les mêmes paroles, ou peu s'en fallait, sur un air assez semblable.

— ... Stupide ! Croyez-vous que je vais consentir à m'humilier ? Moi ? Devant eux ? Mais si vous êtes devenue folle, je ne le suis pas encore ! Sacré nom de...

sacré nom ! enchaîna-t-il, un reste de retenue lui venant à grand-peine. Et d'abord, nous étions convenus ensemble de...

— De rien du tout ! protestait Julia. Laissez-moi seulement vous expliquer ce que... Mais enfin ! Rodolphe !...

« Oh Vierge Mère ! » Non, il ne l'entendrait pas ! Non, il ne l'entendrait pas !

Désespérant d'obtenir son attention, elle le considéra un instant, de bas en haut, sans bienveillance.

Puis, croisa d'un geste décidé les pans de son châle.

Rodolphe vit tout de même, au fond de ces yeux froids braqués sur lui, fulgurer la colère comme un bref éclair annonçant l'orage. Mais n'en continua pas moins.

Lui tournant délibérément le dos, Julia se mit à marcher d'un bon pas dans la direction des Bugadières.

Il en demeura saisi.

— Mais...

Son éloquence était fauchée dans la fleur.

— Julia ?... Où allez-vous ?

Elle s'arrêta, tourna vers lui un visage indéchiffrable, le renseigna sans élever la voix :

— Je m'en vais.

Et poursuivit son chemin.

— Où cela ? questionna-t-il encore, se trouvant subitement tout sot.

— Où je ne vous entendrai plus vociférer, lui jeta-t-elle par-dessus l'épaule.

— Moi ? je vocifère ?

Sa candeur passait les bornes. Un rire secoua Julia.

— Mais regardez donc.

Le mouvement de son menton indiquait le fleuve.

Deux femmes qui lavaient leur linge sur l'autre rive

s'étaient arrêtées de manier le battoir, et béaient, attendant la suite de façon manifeste.

Rodolphe fit la lippe et se tut. En quelques enjambées, il rejoignit Julia.

Rouge, penaud, mal à son aise, remarqua-t-elle avec une satisfaction attendrie.

— Ma mie...

Elle le laissa lui prendre les poignets, les élever vers ses lèvres, se courber dessus, et les embrasser.

Un sourire intérieur l'illuminait. « Mon amour. »

Promptement, comme il se redressait, elle enchaîna, sentant la partie gagnée plus qu'à moitié :

— Maintenant, je voudrais que vous m'écoutiez sans m'interrompre...

Le soir, dans son lit, avant de s'endormir, elle revint longuement en pensée sur sa victoire, avec le sentiment de l'avoir remportée non seulement sur Rodolphe mais plus encore sur l'avenir.

Un mois après l'échéance de la troisième sommation, jour pour jour, Julia Angellier épousa Rodolphe Vernet dans la chapelle de Notre-Dame du Bon Remède, juchée parmi les pins et la rocaille, en pleine Montagnette, sur les terres de l'ancienne abbaye de Frigolet à l'abandon depuis bien des années.

Une trentaine de personnes comprenant la parenté des Vernet et quelques amis de Rodolphe, dont les Peyrissac, composaient l'assistance.

La grossesse d'Olympe avait fourni aux Baze un prétexte pour s'abstenir.

Par contre, bravant le ressentiment de M. Angellier, pour accéder au désir de Julia, le vieux curé de Maillane était venu célébrer le mariage.

La cérémonie terminée, les époux montèrent en voiture pour gagner Mogador où un repas attendait les invités.

Le soleil d'un matin d'avril, perçant à travers les cimes des pins, entrait par la portière.

La main de Rodolphe emprisonnait celle de sa femme.

Tous deux étaient silencieux.

« Mon mari. Il est mon mari ! » se disait Julia. « Mon mari... » Elle n'épuisait pas l'étonnement émerveillé qui montait en elle par grandes vagues chaudes, à se le répéter ainsi, comme une action de grâces et, à la fois une prière.

Un cahot les jeta l'un contre l'autre. Un autre les éloigna. Ils se succédaient, de plus en plus forts, dans cette descente le long d'une route où le roc et la pierraille bosselaient la mince couche de terre que les pluies ravinaient un peu plus chaque hiver, depuis que les Pères n'étaient plus là pour en assumer l'entretien.

— Regardez, ma mie !

Cette voix claironnante fit tressauter Julia. Elle se rapprocha de Rodolphe qui, tourné, lui désignait la portière.

Entre les oliviers parmi lesquels ils roulaient à présent, un détour leur découvrait le trajet qu'ils venaient de faire.

— Regardez donc ce que nous leur faisons déguster.

La poussière transformait le chemin en un tunnel gris où l'on ne pouvait distinguer les voitures de la suite.

Il se retourna vers Julia, l'air farceur :

— Dites donc, imaginez que ce soit arrivé de l'autre côté, en venant, quand votre coupé était le dernier.

Julia ne souffla mot.

Devant sa consternation visible, Rodolphe cessa de rire :

— Qu'y a-t-il ?

Elle s'était reprise.

— Mais rien. Je ne... — L'être que l'on aimait le plus au monde pouvait donc vous demeurer si étranger dans un moment pareil ? — Je pensais à autre chose.

Il hocha la tête, la repoussa doucement à bout de bras jusqu'au coin extrême de la banquette, l'inspecta, ayant ainsi pris le maximum de recul, siffla en connaisseur :

— Diablement jolie, sous ce harnais !

Et soudain, se laissant glisser sur le tapis brosse qui couvrait le plancher du coupé, s'abattit contre Julia, s'enfouit le visage dans son giron, écrasant le bouquet qu'elle tenait et murmura, d'une autre voix, assourdie et comme honteuse, traversée d'une bizarre vibration :

— C'est toute la vie, à présent, que...

Le reste se perdit dans le voile de Julia.

« Peut-être pas si étranger. »

Il ne bougeait pas. Julia, immobile, percevait sa respiration légèrement précipitée. Elle inclina sa joue contre les cheveux taillés de près qui exhalaient l'odeur vanillée du cosmétique.

Rodolphe glissa un bras maladroit parmi les plis amoncelés de dentelle et de soie et lui enlaça la taille. Deux mains étroitement gantées de peau vinrent se nouer sous sa nuque. Et ils demeurèrent ainsi.

Jusqu'à ce que l'engourdissement les gagnât et que le paillasson fût devenu par trop douloureusement inconfortable aux genoux de Rodolphe.

Il se releva en grimaçant et se rassit à côté de sa femme :

— Je crois bien que j'ai pris une fausse position.

Julia se massait discrètement le poignet et l'avant-bras où elle se sentait « des fourmis ».

Cette fois, ils rirent ensemble.

Mariés : ils avaient le temps de rire. Pour rien. Pour le plaisir. Julia s'en avisait. Le temps de plaisanter. D'être exprès un peu bêtes si l'envie leur en prenait. Le temps de gaspiller un peu de temps, puisque c'était fini d'avoir à se le reprocher ensuite, puisqu'ils ne seraient plus jamais séparés.

« Toute la vie », avait dit Rodolphe. Toute la vie pour être deux ensemble en face de la terre entière. « Unis pour le meilleur et le pire », se promettait-elle, comme d'autres époux le promettent devant le prêtre dans une autre liturgie ; mais Julia l'ignorait et croyait inventer la promesse à son usage. Pour tout ce qui se présenterait, joies ou peines, pauvreté ou richesse, santé ou maladie, jusqu'à l'heure de leur mort en ce monde, et pour toute leur éternité.

Le coupé débouchait sur la grande route.

Naguère, lorsque Constance Angellier revenait avec sa fille d'une visite en ville, la berline familiale continuait vers Avignon, dans la direction opposée, pour rentrer à la maison.

Julia s'en voulut d'y penser. Il ne fallait pas regarder en arrière.

Ils arrivèrent à Tarascon, traversèrent le faubourg, suivirent encore un moment la route. Puis, bifurquant, s'engagèrent sous la double rangée de platanes du grand chemin qui mène à Fontfresque.

Dans les terres, alertés par le roulement de la file des voitures, les laboureurs s'interrompaient pour les voir passer. Les jeunes accouraient au revers du fossé, agitaient leurs chapeaux :

— Vive la mariée ! Vivent les novi [1] ! Vive la noce !

Et le cocher, en guise de réponse, zébrait l'air de son fouet noué d'un flot de rubans blancs.

Ils longèrent des champs de fleurs cultivées pour la graine. Giroflées, tulipes, anémones, leur prodiguaient leur fête de couleurs et de parfums.

Rodolphe baissa la glace de son côté.

— Ah ! tant pis pour la poussière. Il vous faut écouter ce concert.

Chaque platane était un nid.

— Entendez-vous le geai ? Et, tenez, de nouveau, les merles. Et tous ces autres, qui font, par-dessous, comme un bruit d'eau qui coule !

Mille et mille oiseaux.

Et ce vert miraculeux. Vert comme si le vert eût été créé à l'instant même sur toute la terre, avec ses innombrables nuances, mille et mille verts, fourmillants et tendres, et gais, et drus, et juteux, et acides, et profonds.

Et le ciel tout neuf, et la belle terre bien lavée par les froidures de l'hiver, tout était prêt, pour commencer une tâche nouvelle autour de ce couple neuf.

— Mogador ? disait Rodolphe. Non, non. Je vous en ai assez parlé, depuis des années. Plus maintenant. Nous y sommes dans quelques minutes.

Et, malgré lui, il reprenait :

— Mogador, ce sera notre œuvre. A nous deux, vous verrez ce que nous allons en faire.

Le soleil jouait à cache-cache avec eux, d'un arbre à l'autre. Les haies scintillaient du côté de l'ombre.

— Il a dû pleuvoir cette nuit, remarqua Rodolphe. Pas grand-chose. Une giboulée. Et cette odeur de terre

1. *Novi* (au singulier : *novio*) : nouveaux mariés.

humide, avez-vous senti, en passant ? Cela vient par bouffées.

« Heureuse, heureuse... », pensait Julia.

Et cela faisait rire les geais plus fort.

Une volée de cloches entra dans la danse. L'angélus de midi venait à la rencontre de la mariée depuis l'église de Fontfresque, traversait l'air léger et restait suspendu à toutes les feuilles.

— Nous y sommes, dit soudain Rodolphe.

Il attira sa femme contre lui.

La voiture ralentit à peine, décrivit une courbe magistrale et prit un chemin sur la gauche.

A quelques centaines de mètres, une grande grille fraîchement repeinte attendait, les deux battants repoussés.

Les roues crièrent.

Julia regardait de tous ses yeux.

L'allée s'ouvrait comme une saignée entre deux fûtaies épaisses jusqu'à la maison que l'on distinguait mal, au bout, à demi cachée derrière des arbres.

Une construction importante, à n'en pas douter. Mais lourde, massive. Et, cependant, les arbres paraissaient l'écraser. Un grand mas. C'était et ce n'était pas ce qu'avait attendu Julia. Où étaient l'air accueillant, le charme campagnard de la Sarrazine ? Sa glycine et son banc, sa terrasse ?

La gorge serrée, elle se tourna vers Rodolphe.

Il lui souriait :

— Vous voici chez vous, ma mie.

Et elle ne vit plus que ce sourire.

DEUXIEME PARTIE

1

— Alors ? Dites vite : heureuse ? attaqua Félicité lorsque Arsène Peyrissac, entraînant son ami Vernet, eut laissé les deux jeunes femmes seules dans le salon de la rue Banasterie.

Blottie dans une bergère confortable, Julia se laissait aller soudain à sa lassitude.

La série de visites que Rodolphe avait entrepris de faire avec elle commençait à devenir épuisante. Et, déjà, l'on se mettait à les leur rendre. Il leur fallait être sous les armes, les jours où ils restaient à Mogador. Pis encore : ces jours-là, Rodolphe s'en allait généralement dans les terres, laissant sa femme courir le risque d'être seule pour accueillir des gens dont la plupart lui étaient à peu près inconnus.

La tête tournait à Julia de tant de connaissances nouvelles, tant de cartes déposées, tant de salons ouverts sur un cercle de visages attentifs à détailler la jeune épousée, tant d'accueils parcourant toute la gamme, de l'expectative polie à l'engouement réel ou simulé, tant de paroles vinaigrées ou gracieuses.

Et il y avait aussi les inévitables humiliations. La dame, mère de deux demoiselles en peine de se caser, débarquant chez vous, la huitaine écoulée jour pour jour, l'œil glacé d'hypocrisie et la langue fourchue : « *Les gens sont affreux, chère petite belle. Savez-vous la méchanceté qui court les salons ? Oh ! je préférerais vous la taire. Mais c'est un service à vous rendre. Au moins, n'en soyez point chagrine, c'est si bête. On dit partout que votre mari... Oh ! mais en vérité, je ne sais si je puis... Oui ? Vous y tenez ? Tout de bon ?... Que votre mari, donc, s'est fait... Voilà... s'est fait montreur de puces.* »

Touché. La flèche s'était fichée en plein corps. Julia l'avait senti vibrer. Un tremblement intolérable.

« *Mon Dieu, Madame...* » Sa voix avait-elle été assez suave ? Son sourire assez allusif ? Elle se le demandait encore lorsqu'elle y pensait. Et elle y pensait souvent. Cela lui revenait de façon lancinante lorsqu'elle était seule, ou en tête à tête avec sa belle-mère. « *Mon Dieu, Madame, pourquoi non ? Un métier en vaut un autre. Eût-il mieux fait de se mettre à dresser des singes ?* » Elle avait pris le plus petit temps exigible avant d'enchaîner : « *Et comment vont vos charmantes filles ?* »

Heureuse ?

Elle rouvrit les yeux et sourit à Félicité.

— Heureuse, bien sûr. Mais...

— Comment, déjà un « mais » ? Allons, je me doute de ce que c'est : votre belle-mère ?

Et, oui, il y avait elle aussi. Surtout elle. Pour la première fois depuis ces six semaines de mariage, Julia se sentait libre de parler à cœur ouvert.

— ... Et je sais bien : c'est inconvenant, indigne, inexpiable, de vous déballer tout cela sans une once de décence. Mais j'en étouffais. Je ne vais pas aller me plaindre à Rodolphe, n'est-ce pas ? Me plaindre de quoi, d'ailleurs ? Ce n'est pas une méchante femme.

Non, je ne le pense pas. Elle ne m'aime ni ne me déteste, probablement. Elle n'est pas acariâtre, ni... Oh, tenez, je n'en finirais point de vous dire ce qu'elle n'est pas. Et, le mal, c'est cela, justement : elle n'est pas... des quantités de choses. Mais ce qu'elle *est* n'existe pas. Elle pèse. Et c'est tout. Je ne sais si je puis vous faire comprendre. Vous la sentez là, comme un gros poids dont la seule proximité vous écrase, vous empêche de respirer, vous élimine, vous absorbe. Tout ce que vous pouvez ressentir, ou vouloir, cesse de compter. Supposez un monde où les objets prendraient le dessus sur les êtres humains et les toléreraient seulement dans la mesure où ces êtres ne seraient pas une gêne à l'exercice de leur fonction d'objets. Ah ! je me demande comment ses fils y tiennent.

— Ma pauvre chère !

On pouvait tout dire à Félicité qu'une bénédiction semblait accompagner tout au long de sa vie. Félicité, belle et gracieuse, Félicité qu'aucune imperfection physique criante ne déparait, Félicité qui menait grand train, Félicité qui possédait une maison à l'étiquette, des domestiques parfaits et, de son propre aveu, une belle-mère exquise. Félicité qui pouvait revenir de Paris juste à point pour vous donner la compréhension et la sympathie dont vous aviez besoin.

— Vous comprenez, Féli : je ne compte pas, pour elle. Cela lui est égal, ce que j'éprouve à son sujet, ce que je pense d'elle. Jamais elle ne songerait à se le demander. Je suis un nouveau rouage de Mogador qu'il faut mettre à même de rendre le plus de services possibles dans le délai le plus bref. Et ce qui n'est pas fait selon ses principes, elle ne veut pas même savoir quel résultat cela donne, qu'il s'agisse de confitures de cerises ou... Si je vous disais que, quelquefois, lorsque je suis au lit avec Rodolphe, je m'attends presque à la voir se dresser tout à coup pour m'enseigner comment il faut s'y prendre ! Comme pour les confitures, vous dis-je ! Mais oui, Féli. Vous n'avez pas besoin de rire. Elle doit bien posséder « la » recette ; et ce que font les autres, c'est du gaspillage et du temps perdu !

Félicité riait de tout son cœur.

— Là, conclut Julia. Pensez de moi ce que vous voudrez. A présent, cela va mieux. Je me sens soulagée.

Elle aussi riait, à son tour.

Félicité ôta son mouchoir de devant ses lèvres :

— Mais je croyais qu'elle devait aller se fixer à Tourvieille ?

— Peuh ! on en parle, dit Julia, désabusée.

Vers la mi-juin, cependant, Elodie Vernet commença de préparer son départ.

Cent fois par jour, elle harcelait Julia :

— Ma bru ! Venez un instant. Où étiez-vous ? Avez-vous vu mes couverts d'argent ? J'avais mis l'écrin sur le bahut.

Elle promenait un regard lourd autour d'elle.

— On me l'aura changé de place !

« *On* », remarquait rageusement la jeune femme, à part soi. « Et qui veut-elle ?... »

— C'est moi, ma mère. Il gênait pour ranger la vaisselle. Je l'ai porté sur le dessus de la grande caisse où vous avez emballé le reste.

Elle retournait à la cuisine où une femme nouvellement engagée faisait ses débuts sous l'œil critique de Chaberte, la vieille cuisinière de Mme Vernet qui allait suivre sa maîtresse à Tourvieille.

— Julia, venez voir. Avez-vous besoin de ces couvertures, ou bien est-ce que je les emporte ?

— Prenez, je vous en prie.

Il est humiliant d'être l'étrangère entrée les mains

vides. Auparavant, devant les piles de linge et l'argenterie entassées dans les armoires de sa mère, Julia n'avait jamais imaginé que l'on pût attacher un sens quelconque à la possession de douzaines de draps de toile de Bohême, ou de pièces en métal massif.

« Mais cela m'est bien égal ! Avec Rodolphe, je m'accommoderais de la terre nue. »

Elle avait beau se le dire, une irritation montait en elle, à voir Mme Vernet douairière vider les tiroirs et les étagères avec l'assurance que donne l'usage d'un incontestable droit de propriété.

Elle ne put s'empêcher de préciser sa position :

— Emportez donc ce que vous voulez. Je puis m'en passer. Tout n'est-il pas vôtre, ici ?

— Fichtre pas ! s'écria Rodolphe, à qui elle rapportait chaque soir, avant le dîner, la menue monnaie de la journée. Ne dites jamais cela à ma mère. Elle n'a que trop tendance à se le figurer. Vous ne la connaissez pas. C'est plus fort qu'elle : il faut qu'elle amasse. Mes grands-parents lui ont donné ce pli. J'ai toujours entendu dire à mon père que, chez les Richard-Lacroix, on savait déjà compter en venant au monde. Nous avons arrêté le partage compte tenu de ce qu'elle laisse. Et ma grand' Richard-Lacroix a dix fois ce qu'il faut, au mas. Mais si vous la laissez faire, sous couleur de nous éviter de gaspiller, elle ne nous fera pas grâce d'un mouchoir pour pleurer notre ruine.

Julia hocha la tête. Elle savait déjà toute la signification du mot « gaspillage » sous le gouvernement de sa belle-mère.

— Remarquez bien qu'elle n'est nullement avare, souligna Rodolphe, conscient de s'être laissé entraîner à une petite trahison familiale. Lorsqu'elle décide une bonne fois de dépenser, elle est même capable de largesses.

« Oui, oui », faisait poliment le menton de Julia. Cependant, elle contemplait son époux avec amour.

Il s'en aperçut et, l'œil subitement allumé, l'attira sur ses genoux :

— C'est ainsi que tu m'écoutes ?

Ses mains errèrent sur le corsage, cherchant avec gaucherie un moyen de se glisser par l'échancrure jusque sous la guimpe.

En même temps, il mordait à même la bouche de la jeune femme.

Julia sentit naître une fois de plus le frisson qu'elle connaissait bien.

Elle se dégagea hypocritement :

— Chut ! Ce n'est pas l'heure.

C'était l'argument infaillible, elle le savait, pour lancer Rodolphe à bride abattue dans la lice.

— Jamais d'heure pour les braves ! proclama-t-il gaillardement, en la houspillant de plus belle.

Julia se rejeta sur lui :

— Soudard, rustre que vous êtes ! En voilà des manières !

Et, changeant de registre :

— Oh ! ronronna-t-elle. Oh ! je te mords, je te griffe, je te déchire, je t'arrache les yeux si jamais tu...

Il grogna de plaisir, tandis qu'elle lui pétrissait le dos de ses ongles, à travers la légère doublure du gilet.

— Ma chatte noire ! Ma méchante petite chatte !

Un moment plus tard, elle se retrouvait peu à peu, émergeant de sa défaite au milieu des jupons houleux. Rodolphe, déjà sur pied, revint s'asseoir à côté d'elle sur le bord du lit, en achevant de boutonner son gilet.

— J'ai vu une annonce dans l'*Estafette du Vaucluse*. Un sieur Vielleden, d'Avignon, propose des orangers.

— Oui ? dit Julia, interloquée.

Pensif, il continua :

— J'ai bien envie d'aller y voir, d'un saut, dans la semaine.

Relevant la tête et rencontrant le regard incompréhensif de sa femme, il expliqua :

— On peut en obtenir une certaine quantité, à ce qu'il semble. D'une belle venue, déjà grands.

Julia n'était pas plus avancée.

— Mais pour quoi faire, ces orangers ?

— Parbleu ! pour mettre dans la grande allée. — On eût dit, à son intonation, que la question était entendue depuis des siècles. — Voyons, vous-même la trouvez bien nue, telle qu'elle est.

Pour nue, elle l'était. Impossible de l'être davantage.

— ... Cela ferait bougrement bien, dans des vases d'Anduze, disait Rodolphe, poursuivant son idée. Il n'y a qu'à remettre en place ceux qui sont au rebut dans la remise et à en commander quelques autres. Si ce sont des orangers en pots, on pourrait même les transplanter tout de suite, sans attendre l'automne.

« ... Mais des orangers ! » Quand tout était à faire, la maison à rajeunir, le jardin à tracer.

Julia posa la main sur son bras :

— Sans doute. Mais ne croyez-vous pas que, pour cette année, planter des bordures de buis ainsi que nous l'avions projeté pourra suffire ? Il y a tant d'autres dépenses nécessaires. Tous vos projets m'effraient un peu.

Elle s'appuyait doucement, désireuse de le convaincre.

Rodolphe pencha la joue et se frotta contre le dos de cette main dont il sentait la moiteur légère à travers sa chemise.

— Oui. Evidemment. Quoique ces orangers... Enfin, si vous trouvez... Bon, n'en parlons plus. — Il secoua piteusement la tête : — Ma mie, je crois que vous êtes en train de me rendre raisonnable.

— Est-ce vrai ?

Ils se caressaient mutuellement du regard.

Au-dehors, le galop d'un cheval s'amplifiait. Il s'arrêta net sous les fenêtres, remplacé par un concert d'aboiements.

Rodolphe se précipita pour regarder.

— C'est toi ? Je descends.

Derrière lui, Julia s'affairait maintenant à réparer le désordre du lit.

Il revint à elle tout en enfilant sa veste :

— Antoine qui arrive.

Et, se courbant vers elle, l'embrassa rapidement.

Julia l'entendit dévaler dans l'escalier.

Les dalles du vestibule résonnèrent. L'huis grinça et retomba bruyamment.

A son tour, elle alla s'accouder à la fenêtre.

Entre les branches, elle pouvait apercevoir les deux frères qui se dirigeaient lentement du côté des écuries. Antoine tenait son cheval par la bride. Un bras passé autour de son épaule, Rodolphe parlait. *Milord* et *Dandy* bondissaient autour de leurs maîtres.

Julia soupira, reconnaissant cette même complicité tacite qui la liait autrefois à Constant.

Il avait de la chance, Rodolphe : à toutes ses possessions s'était ajoutée Julia. Cependant qu'elle-même avait dû tout abandonner pour obtenir ce mari qui courait à présent rejoindre Antoine.

Grand, mince, bien bâti, le jeune homme n'en paraissait pas moins presque frêle à côté de son aîné.

Julia modula un appel léger :

— Hou-ou !

Ils s'arrêtèrent, inspectèrent la façade à demi cachée par le feuillage. Et, tout à coup, la découvrirent.

Rodolphe leva le bras. Antoine ôta son chapeau et le brandit, talons joints, dans un salut à la prussienne.

— Mon colonel, mes respects.

Julia sourit. Elle acceptait volontiers les taquineries de ce jeune beau-frère d'humeur facile, suffisamment respectueux de ses volontés.

— Bonne route ? lui cria-t-elle. Quelles nouvelles d'Avignon ?

— Pas grand-chose. Ah si ! J'ai rencontré votre cousin Sauzade qui m'a chargé pour vous de ses affections. Tous les vôtres vont bien. Madame Angellier doit aller chez eux la semaine prochaine pour deux ou trois jours.

— Merci, Antoine, dit-elle, doucement. A tout à l'heure.

Elle s'écarta et, prise d'une détresse soudaine, alla s'asseoir dans l'un des fauteuils qui encadraient la cheminée.

La vie des siens continuait, là-bas, sans elle, toujours pareille. Julia pouvait imaginer sa mère descendant de voiture au Grand Frigolet, donnant la main à Sophie — « Finou, mon petit bout de fille ! » — Et le vieil Esprit déchargeant la malle d'osier, « la panière », comme il disait, sans laquelle ne se fût point déplacée Constance.

« Père va sans doute à Lyon. » Il y allait tous les ans, à cette époque.

Une fois — « une éternité de cela » — il en avait ramené un étalon magnifique. Julia se revoyait, fillette, tournant autour, malgré les adjurations des valets.

« *Attention ! Un coup de sabot est vite reçu. C'est pas un cheval pour demoisellettes. C'est qu'il est pas commode. L'a besoin qu'on le dresse.* »

« *Parions que je le monte !* »

M. Angellier, surgi inopinément, l'avait sortie de l'écurie au bout de son bras, ruant et se débattant. « *Un vrai petit poulain rétif, ma parole ! Tenez, Constance, reprenez votre fille. Et mettez-la donc un peu à la couture. Cela vaudra mieux.* »

Mais il n'était pas fâché. Julia se rappelait son rire. Et c'était peu de temps après qu'il lui avait fait cadeau de *Gracieuse*.

« *Gracieuse*... Pauvre *Gracieuse !* » Le soir où Tio Pepe était venu les rejoindre avec son pistolet, sous l'arbre au pied duquel la jument agonisait...

« *N'ayez pas peur, chica, elle ne sentira rien. Laissez-moi faire.* » Tenir cette tête qu'un tremblement continu agitait, sentir sous sa main ces naseaux brûlants et ce poil raidi de sueur. « *Ma fille ! Ma fi-i-il-le ! Là, là, attends. Ça va être fini d'avoir mal.* » Et Pepe qui approchait le canon de l'oreille. « *Feriez mieux de vous écarter. Si jamais...* » « *Non, non ! Je ne veux pas qu'elle se doute, ou qu'elle ait peur. Mais vite ! Fais vite !* » On peut vieillir en quelques minutes. Julia avait eu la révélation du poids que fait peser la mort sur chaque vie ; et comme il faut alors serrer les dents et s'arc-bouter des épaules.

« *Ecoute, sœur...* »

S'il n'eût pas tellement insisté pour qu'elle laissât cette fille monter *Gracieuse*...

« *Je t'en supplie, tais-toi.* » Serrer les dents, s'arc-bouter. Rien d'autre. « *Mais qu'il ne soit jamais plus question de Florentine Bard !* »

« *Je te le promets* », avait dit Constant.

Le soleil se retirait de la chambre. La belle chambre toute neuve, avec ses rideaux et ses courtines de peluche rouge, ses capitons, ses franges, son tapis éclatant, ses glaces, ses dorures, ses bronzes, son guéridon de bois peint, où l'on voyait Venise et ses gondoles ; tout le riche ameublement d'acajou et d'ébène acheté par Rodolphe Vernet pour y accueillir sa jeune épousée.

D'ordinaire, Julia aimait à promener son regard sur tout cela, arranger un bibelot, rectifier un pli des stores, changer un vase de place. La seule pièce de cette maison où elle commençât de se sentir chez soi.

Rodolphe ouvrit la porte.

— Ma mie ? Que diable faites-vous là toute seule, au lieu de descendre ? Mais...

Il s'approcha :

— Oh ! qu'est-ce qu'il y a ?

L'on ne pleure pas, — il est trop tard, maintenant, — une jument morte depuis des années. Ou comment l'expliquer, si l'on est assez folle... ?

— Vous vous ennuyez avec moi ? Ou bien quoi donc ? C'est le cheval que je vous ai donné qui ne vous plaît pas ? En voulez-vous un autre ? Celui d'Antoine ?

Elle secouait la tête désespérément, sans qu'un mot parvînt à sortir de sa gorge.

Une jument morte. Une petite fille disparue. Des dimanches de printemps où elle se revoyait, jouant dans la vieille allée derrière la maison, au retour de la messe ; des jours qui sentaient la fleur du laurier-tin, des jours couleur de Pâques, pareils à cette toilette en broderie blanche sur un transparent rouge cerise qu'elle portait alors avec ces brodequins vernis. Et Constant dans ses robes bordées de tresse, avec ses longs cheveux blonds de bébé. Et ce joli petit fourneau garni de toutes ses casseroles que Père avait rapporté pour elle, un soir, d'un voyage à Arles. Et l'ours Martin, aussi, qu'il lui avait donné.

Il semblait à Julia que si elle eût pu seulement retrouver Martin, avec son oreille décousue qui pendait, et son unique bras, tout eût été sauvé. Et pourtant, depuis son enfance, elle ne s'en était plus inquiétée. Il avait dû passer à Sophie. Julia elle, n'avait plus rien.

— Qu'est-ce qui vous manque ? Dites-le-moi, ma mie. Est-ce votre maison ? Mais vous en avez une autre, à présent, où vous êtes maîtresse.

— Oui.

Elle se pendait au cou de Rodolphe, lui dérobant son visage. Et, cependant, se calmait peu à peu.

Il insista :

— Dites-moi que vous vous plaisez ici. Que vous n'êtes pas malheureuse avec moi. Que...

— Oui, oui, oui, répétait languissamment Julia, bercée contre cette poitrine.

— Eh bien, alors... ? Je me demande ce qui vous a pris, conclut-il avec logique, sur un ton réconfortant.

Honteuse, Julia réfléchit, tout en le regardant de biais.

— Je ne sais pas. En vérité... C'est peut-être...

Une pudeur inattendue la fit hésiter.

— ... Oui, tu sais, je crois bien que...

Rodolphe la dévisageait.

— Que... ?

Sous son regard attentif, encore incrédule, où déjà l'allégresse montait, elle rougit violemment.

— Julia !... Julia ! est-ce vrai ? J'ai bien compris ? C'est ça ? Ma petite âme ! Tonnerre de nom, que je suis content !

Il l'empoigna, la fit tournoyer, l'éleva en l'air, l'assit sur la tablette de la cheminée.

— Assez ! Assez, Rodolphe ! criait Julia, avec des rires.

Elle se retrouva voltigeant entre ses bras, puis mitraillée de baisers, puis déposée à terre avec la même soudaineté.

— Descendons vite le dire aux autres, claironna Rodolphe.

— Vierge Mère ! gémit-elle, se précipitant après lui tandis qu'il fonçait vers la porte. Arrêtez ! Ecoutez-moi !

Rodolphe se pencha, la figure illuminée, l'air avide :

— Oui, ma reine, oui ?

Il semblait attendre encore. « Quoi ? » se demanda Julia. Que cet enfant descendît à l'instant par la cheminée, tout prêt, dans un moïse garni de dentelles ?

Elle le saisit par les revers de sa veste, et dit, en scandant ses mots :

— Vous allez me jurer de vous taire. Sur l'honneur, entendez-vous ? Sinon, jamais je ne vous le pardonnerai. Allons ! jurez-le.

— Si vous le voulez, mais...

— Jurez-le !

— Je le jure, concéda-t-il, contrit et jubilant.

Il tint à peu près parole, et ne fit guère plus d'une douzaine d'allusions, durant tout le dîner ; si discrètes que, dès le potage, Julia sentit ses orteils se recroqueviller au fond de ses bottines.

Les regards qu'elle jetait tour à tour sur sa belle-mère, sur Antoine, assis en face d'elle, et sur la fille qui servait à table, se chargeaient d'une électricité dangereuse.

Cependant, son époux ne semblait pas s'en aviser. Il voguait sur des eaux céruléennes, en pleine euphorie.

Heureusement, Elodie Vernet apportait à se nourrir le même soin épais qu'elle consacrait à chacune des tâches de la vie quotidienne. Antoine, lui, ruminait ses préoccupations personnelles. Et cette bécasse de Thomasine avait toujours besoin qu'on lui répétât vingt fois les choses, même celles qu'elle savait déjà, se dit

Julia avec espoir, en se levant pour passer au salon derrière sa belle-mère.

Elle respira mieux quand Mme Vernet eut quitté Mogador, emmenant avec elle, outre son fils cadet, le personnel aguerri qui la servait depuis des années, et suivie d'un convoi de malles, de paniers, et de caisses.

Rodolphe bouillait :

— Je ne vous comprends pas, ma mie ! Il faudra toujours bien l'annoncer, pour finir.

— Plus tard, dit-elle, distraitement, tout en examinant s'il n'y avait pas intérêt à mettre la desserte entre les deux fenêtres. Qu'en dites-vous ? Je crois que...

Il l'interrompit sans l'écouter :

— Enfin, vous n'en êtes donc pas fière ?

Julia sourit d'un sourire secret :

— Mais si.

Et lui ferma la bouche avec ses doigts.

— Ne vous inquiétez pas. Vous ne pouvez pas comprendre.

« Si fière, si heureuse ! » Mais c'était pour cela, précisément. Sa joie était à elle seule, non à cette femme avec qui elle ne se reconnaissait rien de commun. En l'absence de Constance, qui donc eût eu le droit de la partager avec elle ?

— Bon, bon ! accepta Rodolphe.

— Et puis, supposez... — Elle roula sa nuque au creux de l'aisselle de son mari. — ... qu'en l'apprenant elle ait cru devoir différer son départ jusqu'à la naissance ?

Ils se regardèrent, et rirent.

Une équipe de bûcherons achevait de débiter le premier platane abattu devant la maison, avant de s'attaquer à un autre.

Julia prit le bras de Rodolphe. Ils s'avancèrent jusqu'au chantier, et contemplèrent un moment l'énorme tronc, à terre.

Rodolphe remarqua d'une voix bizarre :

— Il était beau.

La main de Julia accentua sa pression :

— Vous ne regretterez pas ?

— Bah ! dit-il, après un court silence, il fallait le faire. Encore quelques années et les branches seraient venues nous trouver dans le lit. Et cela donnait beaucoup d'humidité. Cet hiver, nous aurons de l'air, du jour, du soleil. Et du bois pour garnir les cheminées. Le nouveau petit Vernet n'aura pas froid. Sans compter ce que nous rapportera la coupe. Et, avec les frais que nous faisons... De beaux arbres, il nous en restera encore. Ce n'est pas cela qui manque dans les fûtaies. Et même, il faudra élaguer si l'on veut empêcher qu'ils ne s'étouffent à la longue. Et aussi tracer de nouvelles allées dans le sous-bois. Et mettre de l'ordre dans ce fouillis des massifs. Et...

— L'an prochain ! dit précipitamment Julia. Attendez l'an prochain. Nous ne pouvons tout payer d'un seul coup. C'est bien assez pour le moment avec ce que nous avons entrepris.

Déjà, de jour en jour, Mogador changeait d'aspect.

Dégagée, la maison retrouvait ses véritables proportions, et gagnait en dignité, à défaut de la grâce qu'elle n'acquerrait jamais, avec sa symétrie sévère et ses rangées de hautes fenêtres, aux étages, et de part et d'autre du perron.

Un vaste demi-cercle fut tracé au pied de la façade, retourné, ensemencé de gazon. Une allée de noisetiers devait être plantée à l'automne sur le pourtour, sauf en bordure du terre-plein sablé qui s'étendait devant la maison. De ce côté-là, Julia fit aménager une longue plate-bande, et des corbeilles.

A l'angle de la bâtisse, une fois déraciné un vieux chêne plus qu'à moitié mort, les branches bleues du cèdre prirent toute leur valeur. Rodolphe utilisa l'excavation pour faire creuser un miroir d'eau.

Tous deux découvraient leur domaine. Chaque réveil leur faisait don d'une matinée d'août étincelante dans cet écrin d'arbres.

Rodolphe rejoignait sa femme à la fenêtre, enlaçait sa taille qui commençait à peine à s'arrondir, humait l'air :

— Encore une belle journée.

Le soleil montait derrière les tilleuls et les chênes. Un rayon métamorphosait subitement la ligne sombre des pins centenaires qui s'en allait vers la roubine et l'étang.

— Il me faut passer à Fontfresque, chez le charron. Eclaircir ensuite l'histoire des pêches avec le fermier. Je crois qu'il me prend pour un imbécile. Et puis, ma mie, il faut aussi que j'aille à Avignon traiter cette affaire de fourrage. Et j'ai quelqu'un à y voir pour la graine de vers à soie. Et...

Il calculait :

— J'en aurai pour un bon bout de temps.

Julia acquiesçait de la tête. Puis, à son tour, énumérait :

— La révision du linge, le repassage à préparer, la paye des journaliers à établir pour demain, un coup d'œil sur le repas, sur l'argenterie à faire...

Courir de l'office à la buanderie, du bureau à la cuisine, de la lingerie au fruitier, courir sans cesse, monter, descendre.

Ce n'était pas trop de deux servantes, et d'une lingère à la journée, pour l'entretien de cette maison. Et les filles auxquelles Julia avait affaire, entrées depuis peu en condition, étaient aussi novices qu'elle.

En s'habillant, Rodolphe dit :

— Dans quelque temps, quand nous aurons remis la propriété sur pied, je veux que vous ayez votre camériste, comme Félicité Peyrissac. Je souffre quand je vois cette souillon lâcher sa brosse à parquet pour venir vous agrafer avec des mains douteuses.

Julia souriait à cette perspective sans trop y croire. Chez ses parents, Reynette, ou même Pollonie, avaient toujours suffi à sa mère. M. Angellier abhorrait le luxe inutile.

En lutte avec sa cravate, Rodolphe continuait :

— De même, ce qu'il nous faudra, plus tard, c'est un valet, bien stylé, qui puisse s'occuper de mes affaires, et servir à table.

Il y en avait un aussi, chez Félicité.

En attendant, le jeune ménage devait travailler dur pour préparer l'avenir.

Julia avait parfaitement conscience que la dot normale d'une épousée de leur monde eût fait à Rodolphe la partie infiniment plus facile, bien qu'il ne s'en fût jamais soucié. Depuis qu'elle avait succédé à Elodie Vernet pour la tenue des livres, elle en découvrait à chaque instant des preuves. Rodolphe, lui-même, lui en fournissait, le plus ingénument du monde :

— A ce soir, ma mie. J'espère tirer un bon prix de ce fourrage. Cela viendrait bien à point pour régler Bontoux.

Julia se mordait les lèvres.

Jamais elle n'avait entendu cela à la Sarrazine.

Ici, l'on avait continuellement besoin qu'une rentrée d'argent « vînt à point pour... ». Rodolphe dépensait toujours un peu plus qu'il n'eût été prudent de le faire.

Maintenant, elle était fixée sur la vanité de ses efforts pour l'en dissuader.

— Si vous saviez ce que c'est que d'avoir vu ma mère tenir la bourse cadenassée des années durant. D'avoir dû si longtemps discuter pied à pied, sou à sou, pour les dépenses les plus justifiées. Dès que je l'ai pu, j'ai décidé que cela changerait. Vous voyez : Mogador ne s'en trouve que mieux. Au moment de payer, l'on s'arrange toujours.

« Voire ! » songeait-elle.

Et, à bout d'arguments, la sentant rétive, il lui avait lancé :

— Que diable, ma mie, seriez-vous une païenne ? Et la Providence, alors, qu'en faites-vous ? Donnons-lui donc l'occasion de se manifester. Allez, allez ! Cessez de compter vos sous. Cela ne vous va guère.

Insister eût été difficile. « Quand on n'a rien apporté avec soi, sinon une malle de vêtements et de linge... » Même sa future maternité ne revêtait pas Julia d'une autorité suffisante à ses propres yeux.

Et peut-être Rodolphe avait-il raison. Peut-être était-ce l'esprit d'épargne tatillon de M. Angellier qui reparaissait en sa fille. A cette pensée, Julia, pour un peu, s'en fût allée jeter une poignée de jaunets dans la roubine.

Cependant, Olympe Baze venait de donner naissance à une petite fille.

Lorsqu'il s'agit de choisir le présent d'usage, Rodolphe tint à accompagner sa femme à Avignon, chez l'orfèvre de la place du Change.

Julia le vit avec gêne jeter son dévolu sur ce qu'on leur présentait de plus beau.

— Que cela leur plaise ou non, remarqua-t-il, épanoui, nous sommes apparentés, maintenant. Pour le premier cadeau que je fais à la famille, la moindre des choses est d'y mettre le prix. Laissez-moi donc gâter ma nouvelle petite cousine. Après tout, c'est une occasion de témoigner aux Baze notre reconnaissance pour l'asile qu'il vous ont donné, ma mie.

La générosité de Rodolphe était sans détour, Julia le savait. Mais elle savait aussi comment elle serait interprétée. Connaissant le cérémonial en usage chez les siens, et le genre de dons que le bon goût joint à une économie bien comprise tenait pour convenable en pareil cas, elle pouvait imaginer à l'avance les réactions qu'allait susciter cette aiguière d'argent massif, trônant parmi les cuillères à bouillie, timbales, coquetiers, hochets, et ronds de serviette.

Elle ouvrit la bouche pour tenter de le lui expliquer. Puis le regarda et sentit qu'elle n'en aurait pas le courage.

Dans la voiture qui l'emmenait aux Bugadières, le lendemain, considérant tristement le paquet enrubanné, elle croyait entendre les commentaires. « *L'ostentation de ce parvenu...* » La voix coupante que prendrait tante Nancy pour juger sans appel. Et, derrière elle, tous les autres. Des grenouilles dans un bassin.

Olympe lui fit fête, lui mit sa fille dans les bras avec orgueil :

— Voilà : c'est Adèle.

Découvrit joyeusement :

— Eh mais dis donc, est-ce que, par hasard, toi aussi ?... Combien ? Bientôt cinq mois ? Dieu me pardonne ! Tu n'as pas perdu de temps. Quelle chance tu as que cela se voie si peu !

Et déplia les papiers, intriguée par les dimensions de l'écrin, pendant que Julia berçait l'enfant sur ses genoux.

— Ma chérie, quelle merveille ! Mais tu es folle. C'est un cadeau royal.

Julia déposa doucement la petite Adèle dans son moïse, et, s'approchant du lit de sa cousine, lui entoura le cou de son bras.

— Ne dis rien, je t'en prie. Ecoute : nous sommes allés le choisir tous deux ensemble, avec la seule envie de te faire plaisir, de te témoigner notre tendresse. Ce que tu as fait pour nous, toi, n'a pas de prix. Qu'il ne soit pas question de cadeau. Cela n'en est pas un, et...

— Bête, dit Olympe, émue, qu'as-tu besoin de le dire ?

Mais le coup d'œil de Gaston Baze et l'ambiguïté de ses remerciements furent significatifs. Julia eut le sentiment qu'il supportait à grand-peine sa visite. Sans doute par égard pour l'accouchée.

Débarrassé de ses devoirs de politesse, il allait se retirer lorsque survinrent deux dames alliées à tante Nancy, qui foudroyèrent Julia du haut de leur port de tête, avant d'en venir au parti de l'ignorer. Leur empressement devant le lit de la jeune mère sembla aussitôt prendre à tâche d'écarter d'elle cette proximité indésirable. Elles déployèrent une adresse subtile à virevolter aux abords de l'alcôve, tirant profit jusqu'à la quintessence du volume de leurs jupes, poussèrent des exclamations à la vue de l'enfant, exhibèrent leur offrande, l'une après l'autre.

Un rond de serviette, une cuillère à bouillie. Julia l'eût parié d'avance.

Olympe ramena un coin de la couverture d'édredon, pudiquement, sur l'aiguière. Après quoi, elle parut plus à l'aise pour s'extasier et fit même passer les objets à sa cousine : — Vois donc, Julia ! Ravissant, n'est-il pas vrai ? — dans un effort désespéré pour l'imposer dans la conversation.

Elle était visiblement au supplice. Son joli visage un peu empâté par une grossesse inactive devenait cramoisi entre les pans du bonnet de malines.

Julia s'était promis de tenir bon. Mais elle finit par la prendre en pitié. Se levant pour faire ses adieux, elle marcha résolument sus aux deux dames qui interceptaient l'accès auprès d'Olympe.

Effarouchées — « Sait-on, ma bonne, jusqu'où eût pu aller une effronterie pareille ? » — elles battirent en retraite, entraînant Gaston Baze dans leur déplacement de jupes, sous couleur de se faire montrer les cadeaux reçus.

— Tu pars, ma chérie, chuchota l'accouchée. Et, avec ces deux corneilles, c'est à peine si je t'ai vue !

— Viens à Mogador quand tu seras rétablie, suggéra Julia sur le même ton.

— Tu sais bien que ce n'est pas possible.

En silence, elle caressa la main de Julia.

— As-tu vu Maman ?

— Tu penses ! Elle doit revenir dimanche. — Olympe réfléchit un instant : — Si tu veux lui écrire, j'enverrai prendre la lettre à Mogador par quelqu'un.

— Mais je puis aussi bien te la faire porter.

Olympe parut effrayée :

— Oh non !

Elle jeta un coup d'œil vers l'autre pièce où le groupe parlait fort et ferme.

— Si Gaston l'apprenait... Tu sais, cela n'a pas été tout un pour rentrer en grâce auprès de l'oncle Alfred. Alors, naturellement, mon mari...

— Mon pauvre ange, que d'ennuis je t'aurai causés !

— Bah !... Tu es heureuse, n'est-ce pas ? Comme tu le voulais ?

« Heureuse. » Que ce fût par amitié, envie, bienveillance, politesse, ou affection sincère, invariablement, la même question revenait sur toutes les lèvres, songea Julia.

Elle se haussa sur ses pointes pour embrasser Olympe :

— Autrement, ma chérie. Et davantage.

La réponse lui était venue sans qu'elle eût à la chercher. Comme si, de tout temps, elle l'eût tenue prête, en réserve.

Durant le trajet du retour et les jours qui suivirent, elle médita non sans étonnement sur cette vérité qui s'était exprimée ainsi, presque en dehors d'elle.

« L'amour ne vous rend pas heureuse », découvrit-elle. « Il vous blesse de toutes parts et vous étreint d'une poigne féroce. » Autrefois, elle s'était figurée que l'absence, les obstacles accumulés entre eux, étaient cause de cette oppression, de ce vertige, de ce besoin désespéré, jamais assouvi, de se fondre en un autre être, qui n'a rien à voir avec le désir charnel.

Depuis le rapide voyage de noces, — quatre jours dans une auberge, aux environs d'Aix, « Il y a trop à faire, en cette saison, pour que nous puissions nous permettre de laisser longtemps Mogador. » — elle savait que vivre à côté de Rodolphe, savoir de toute certitude qu'ils ne seraient plus séparés, ne lui donnaient pas la clé de la porte la plus secrète, celle dont on sait seulement qu'elle existe sans doute quelque part à découvrir.

Et ce qui faisait la douceur profonde, le repos du mariage, c'était, au bout du compte, précisément ce à quoi Julia n'avait guère pensé auparavant : les mille petites besognes ingrates accomplies pour Rodolphe, tout le long de ses journées, les responsabilités qu'il lui laissait, le souci nouveau de préparer la venue de l'enfant.

Même l'apprentissage auquel l'avait soumise sa belle-mère perdait déjà dans son souvenir tout caractère rebutant à présent que la passation des pouvoirs était accomplie, et que Rodolphe se fiait à elle comme il s'était fié à sa mère, aussi bien pour la tenue des livres du domaine que pour le repassage de ses chemises à petits plis, ou le ciselage des raisins de table qu'il faut faire avant de les mettre en fruitier.

Ce Mogador auquel, les premiers temps, elle désespérait de jamais s'habituer, elle commençait à s'y attacher. Entre elle et lui, des rêts se tissaient qui le faisaient sien un peu plus chaque jour. Aussi bien que sa belle-mère, elle connaissait désormais la place de chaque objet. Le cri que faisait en s'ouvrant l'armoire à provisions lui était devenu familier. Elle avait son fauteuil, son coin favori, un endroit à elle pour ranger sa boîte à ouvrage, un autre pour ses papiers personnels.

Peu après leur retour, Rodolphe avait dit :

— Si quelque chose vous déplaît, nous le changerons.

Et tout, alors, lui déplaisait, de ces pièces vieilles d'une longue vie sans elle, qui ne ressemblaient pas à celles où elle avait toujours vécu. Sa venue semblait y prendre figure d'intrusion. Les gros meubles à colonnes cerclées de bronzes, les boiseries sombres, n'étaient pas faits pour elle, ils l'écrasaient. Elle les détestait, tout comme la tapisserie verte à palmettes dorées de la salle à manger ; et le salon où les portraits de famille faisaient la loi ; et ces lourds sièges, dorés eux aussi, d'un prétendu style Louis XIV dont M. Angellier, fin connaisseur, eût vertement contesté l'authenticité. Et à peine Julia s'était-elle formulée cette pensée qu'elle s'en était voulue. Mais qu'y faire ?

C'était comme si sa caste fût venue la relancer : « Tu vois bien. Ce n'est pas ta place. »

Entre elle et les Vernet, soudain, elle avait cru voir le fossé dont, naguère, révoltée, furieuse, serrant les dents, elle entendait son père lui parler interminablement sans qu'elle pût alors regimber.

Elle avait eu envie d'appeler Rodolphe au secours contre elle-même. Les mots n'avaient pu sortir. A cet instant-là, il faisait bloc avec tous les autres. L'amour de Julia était impuissant à l'isoler de tant de Vernet voués à la pauvreté, au manque d'usages, au mauvais goût, dont cette maison tout entière était l'aboutissement. Tous ces autres Vernet qui, nés avant lui, refusaient d'être jugés sans lui, l'entouraient à son insu, l'enfermaient au milieu d'eux. Rodolphe, lui, continuait de sourire à sa femme sans avoir conscience qu'elle ne le voyait plus, et qu'elle avait rejoint le parti de ses adversaires.

Mais maintenant, cinq mois écoulés, tout cela ne la gênait plus guère. Habituée à Mogador, elle se mettait à l'aimer.

Au début d'octobre, Antoine, qui retournait au lycée d'Avignon pour la dernière année, survint à l'improviste, le soir de la Saint-Rémi, à la nuit tombante.

Julia était seule lorsque, sur un coup de sonnette frénétique, il fit irruption dans la salle à manger où elle se trouvait occupée à coudre en attendant Rodolphe.

A peine prit-il le temps de l'embrasser en lui souhaitant le bonjour :

— Mais, nom d'un chien ! Qu'avez-vous fait, là dehors ? J'ai cru à de la diablerie. Où sont les platanes ? Qu'est-ce que c'est que ce... — il suffoquait. —

Je me demande encore si je rêve. Eh bien ! lorsque Maman va voir ça... !

Elle dit, un peu sèchement :

— C'est par égard pour elle que Rodolphe a différé jusqu'à son départ. Le projet datait de longtemps.

— Et vous l'avez encouragé, je présume.

Julia n'aimait pas le ton accusateur que prenait son jeune beau-frère.

— En effet.

— Eh bien !... Eh bien... !

Ne trouvant rien d'autre à dire, Antoine se mit à arpenter la pièce, tourna autour de la table dressée, s'arrêta, joua nerveusement avec une fourchette, l'abandonna, repartit, un peu plus loin déplaça une assiette, recommença à marcher.

L'œil agacé de Julia suivait son manège.

Il avisa le compotier de fruits, choisit une poire, prit un morceau de pain dans la corbeille, et se mit à manger.

L'irritation de la jeune femme s'accrut.

— Vous feriez mieux d'attendre le dîner. On servira d'ici une demi-heure, à peine.

Antoine s'étonna :

— Tiens ! vous aussi ? Vous parlez comme ma mère.

Elle haussa les épaules.

— N'importe qui vous dirait que vous vous coupez l'appétit.

— Voire !... émit-il, entre deux bouchées.

Mastiquer paraissait lui produire l'effet d'un calmant. Lorsqu'il eut terminé, il attira d'une main la chaise la plus proche et vint s'asseoir à califourchon, les bras croisés sur le dossier, en face de Julia penchée sur son ouvrage.

Il semblait n'avoir jamais quitté Mogador. Sa présence, et jusqu'au craquement qu'il tirait de son siège en se balançant d'avant en arrière sur deux pieds, reportaient Julia à des mois écoulés.

Et sans doute avait-il la même impression, se dit-elle. Ou comment eût-il pu se conduire ainsi dans une maison qui n'était plus la sienne ?

La chaise oscilla dans sa direction.

— Dites, Julia, qu'est-ce qu'il lui a pris ? C'est un vrai massacre.

Julia posa sa couture sur ses genoux et le considéra avec un mélange d'amitié et de réprobation.

— Attendez qu'il fasse jour, au moins, pour en juger.

Il paraissait si malheureux qu'elle trouva de la chaleur pour s'appliquer à le convaincre :

— Je vous assure que c'est bien mieux ainsi. Incomparablement mieux. La maison a un tout autre air. Et quant au parc...

— Le parc ? répéta Antoine après elle, comme s'il entendait le mot pour la première fois.

— Eh bien oui ! reprit Julia, impatientée, le parc. C'est bien un parc je crois ? Le parc commence enfin à ressembler à quelque chose. Encore la saison était-elle trop avancée pour qu'on ait pu songer à planter dans les corbeilles. Mais vous verrez, l'an prochain.

Elle se demanda si Antoine l'avait entendue.

Silencieux, le menton appuyé sur son bras, il demeurait les yeux vagues.

Ces yeux marrons des Vernet. Rodolphe avait les mêmes. Mais à Rodolphe, elle n'avait jamais vu cette expression qui lui rappelait... « Ah ! quoi donc ? » Une circonstance pénible. Elle avait beau chercher. « Qu'est-ce que cela me fait ? » Elle savait imprécisément qu'elle n'aimerait pas à la retrouver. « Quoi ? Qu'était-ce ? Ah !... Non, rien, » Mais déjà il n'était plus possible d'enfouir de nouveau le souvenir que venait de déterrer sa mémoire.

Un chien. Ce long chien triste dont les côtes saillaient sous la peau. Blanc avec des taches noires. Qu'elle avait rencontré errant, langue pendante, dans les terres, à la Sarrazine, il y avait douze ou treize ans de cela, et ramené sur ses talons après tout un échange de caresses. Se réglant sur son pas d'enfant, l'animal trottait derrière elle, lui effleurant les mollets de son museau ; et parfois, lorsqu'elle s'arrêtait pour l'encourager, il relevait la tête. Et la confiance qu'il y avait dans ces yeux !

M. Angellier causait avec le garde, près de l'entrée de la cuisine. « *Julia ! Non, mais regardez-moi... ! Je crois que cette petite est folle. Un chien perdu ! Qui te dit qu'il n'a pas la rage ? Jusqu'à ce que tu te sois fait mordre... ! Débarrassez-nous de ça, Guintrand.* » « Non ! non ! » elle ne voulait plus se rappeler. Mais ses cris à elle. Mais les yeux du chien. Mais... Et le garde, « la brute ! »... Il y avait d'abord eu ce chien, pendant des mois, entre elle et son père dont elle était alors, pourtant, l'enfant préféré.

Elle entendit Antoine marmonner :

— Quand j'étais petit, je jouais sous ces platanes.

Lui aussi avait ce regard d'une créature vivante que l'on a trahie.

Le silence s'alourdit.

Puis, apparemment sans esprit de suite, Julia questionna doucement :

— Vous avez des chiens, à Tourvieille ?

Son beau-frère fit un effort pour se mettre à la conversation :

— Naturellement. C'est comme ici. Quand nous sommes arrivés, il y en avait quatre chez le baïle. L'un d'eux m'a choisi illico. Une brave bête. Je l'appelle *Corniaud*. Parce que, vous comprenez...

Julia hocha la tête.

Ils se retrouvaient amis.

— Oui, pour une brave bête, c'en est une. Je me demande ce qu'il va faire, maintenant que je serai parti. Bah ! il ira braconner dans les marais.

Une pensée amena sur sa figure un sourire ironique :

— Et puis, nous avons aussi ces Messieurs les Carlins-de-Madame-ma-Grand'. Ah, ceux-là ! S'il ne m'en coûtait que mes économies pour les tenir au bout de mon fusil !

Julia rit de bon cœur.

— Vos économies ? Vous en avez donc ?

Antoine lui grimaça un air d'entente.

— Eh non ! Je veux dire : si j'avais pu en faire.

L'aveu de l'impécuniosité parut le rendre derechef tout mélancolique.

— Non, pour cela, non ! J'ai bien touché mon viatique, au départ. Mais Béchet et Marquet-Rageac m'avaient fait plusieurs prêts avant les vacances. Quand je les aurai remboursés, il ne me restera pas un fifrelin.

C'était donc pour cela qu'il était venu ? Pauvre Antoine. Le viatique ne semblait pas tenir beaucoup de place dans son gousset.

En traversant le vestibule pour aller jusqu'au bureau, Julia imaginait sa belle-mère, un écu de cent sous au bout des doigts : « *Tiens, prends. Et tâche de ne pas tout dépenser*. »

Devant le tiroir ouvert, elle hésita :

« Combien ? Deux, trois napoléons ? Ou plus ?

« Deux feront l'affaire », calcula-t-elle. « Ni plus ni moins, demain matin, Rodolphe lui en donnera aussi. »

— Vous êtes quand même une bonne petite sœur,

convint Antoine, après l'avoir embrassée. Nom d'un chien ! cela vient rudement à point pour me tirer d'affaire.

Julia le regardait serrer les pièces dans une vieille bourse. Elle salua au passage, d'un sourire, la formule fatidique :

« S'il savait que c'est là de l'argent des arbres ! »

La petite saignée qu'elle venait d'opérer sur la somme, au bénéfice d'Antoine, allégeait sa conscience. Au moins, lui aussi en aurait profité. Bien qu'il ne fût pas utile d'aller le lui corner aux oreilles.

Quand le jeune homme les eut quittés, le lendemain, joyeux, ayant admis que : « tout de même, oui, Mogador avait acquis un sacré cachet », Julia, une fois seule, dans le courant de la matinée, eut la curiosité de retourner dans le bureau pour vérifier ses prévisions.

L'argent du tiroir, recompté, lui procura une certitude : le sentiment de culpabilité dont Rodolphe venait de solder la note avait dû être infiniment plus criant encore que le sien propre.

Le bien-être qu'en éprouva son époux se traduisit dans les jours qui suivirent par deux ou trois visites au pépiniériste de Tarascon, à l'issue desquelles, faraud, il s'en vint lui annoncer :

— Ma mie, les orangers seront là dans une quinzaine. Bontoux s'est mis en rapport avec ce vendeur d'Avignon, vous vous souvenez ? Il ira les choisir lui-même. Et il se charge aussi de nous procurer les vases. Justement, son neveu travaille chez un potier d'Anduze.

« Le diable emporte les orangers ! » pensa Julia avec force.

Dans ses monologues intérieurs, elle prenait de plus en plus l'habitude critiquable de faire siennes les façons de s'exprimer propres aux hommes de la famille Vernet.

Il était bien question d'aller se ruiner en orangers, avec l'échéance qu'on allait devoir régler pour la Saint-Luc, au marchand de bétail !

Devant l'excitation joyeuse que manifestait son mari, Julia prit toutefois sur elle pour ne point laisser percer son amertume et ses inquiétudes.

Caressant avec amour les joues nettes et les « pattes de lapin » récemment rafraîchies par le barbier de Tarascon, elle commença d'envisager quelle somme parmi les rentrées d'argent en perspective, était susceptible d'« arriver à point ».

En sorte que, sur le coup, elle ne prêta pas grande attention à la suite du discours que lui tenait Rodolphe, enlaçant d'un bras amoureux ses hanches qui prenaient une courbure de moins en moins imputable aux artifices de la mode.

— Une occasion magnifique, disait-il. C'est une bonne manière que me fait Bontoux. Pensez donc : à ce prix-là, il n'y prend certainement aucun bénéfice. Nous alternerons : un palmier, un oranger...

— Un palmier ? Quel palmier ? cria presque Julia, tirée de ses cogitations.

Il la regarda. Et son expression triomphante s'embellit d'un sourire débordant d'indulgence.

— Vous n'écoutez jamais, ma chatte. Les palmiers que j'ai commandés ! Voilà une heure que je vous explique...

— Oh !... Oh !... émit péniblement Julia.

« Vierge Mère ! » il la rendrait folle.

Et, malgré tout, au mois de janvier suivant, le bétail dûment payé, aussi bien que les autres factures, les orangers avaient été remportés dans la serre en attendant le printemps, et les palmiers mis en place, — encore fort peu imposants, à vrai dire, paillés de pied en cap, à l'exception d'un maigre plumet au cimier — lorsqu'Elodie Vernet franchit la grille de Mogador dans la voiture qui l'amenait faire la connaissance du premier de ses petits-enfants.

Julia s'était armée en prévision de cette visite.

La bataille qu'elle venait de livrer lui avait laissé une réserve de forces :

— Ces petites créatures tout en nerfs, admirait la sage-femme, vous font leur gros garçon en un clin d'œil, mieux que personne. Parlez-moi de cela.

« *C'est vrai, Maman chérie, je m'étais préparée à plus dur* », écrivit-elle à Constance, dès qu'elle fut sur pied, quelques jours plus tard. « *Je voudrais que vous puissiez le voir. Il est superbe. Et, figurez-vous, je jurerais qu'il vous ressemble, bien que Rodolphe s'imagine retrouver en lui le portrait de son père.* »

« *Rodolphe...* » disaient ses lettres. « *Rodolphe* », à tous propos, « *Rodolphe* ». Pour le plaisir. Et sans doute aussi afin que sa mère sentît bien que, désormais, l'on ne pouvait accepter l'un sans l'autre.

Mais Constance Angellier, dans ses réponses, paraissait résolue à l'ignorer. Sans doute n'eût-elle point haï davantage l'homme s'il eût rendu sa fille malheureuse. En une telle conjoncture, du moins lui fût-il resté la consolation de mépriser ce voleur qui la lui avait prise.

« Ma petite fille... Toute seule... Comme si ce n'était pas la place d'une mère... »

Mais la petite fille avait robustement subi l'épreuve.

Déjà, ses relevailles faites, elle était prête à en affronter d'un autre genre.

Ce n'était plus la petite intimidée, mais une femme, une mère, bien étayée de ses droits, la maîtresse de Mogador, que sa belle-mère trouverait devant elle.

« Et après tout, si elle a quelque chose à critiquer... »

Elodie Vernet se contenta de serrer sa bouche aux plis tombants, et de se taire avec ostentation.

Il y eût eu trop à dire. Ce n'était pas le moment.

— Elle a battu l'Impératrice à la course d'une bonne encolure ! jubilait Rodolphe, éclatant d'orgueil.

La réplique d'Elodie tenait tout entière dans une lippe très bourbonienne. Peu lui importait le petit Bonaparte à naître.

Mais l'enfant qu'avait fait cette maigrichonne était, malgré tout, un bel enfant.

2

Depuis le début de l'an, la pluie tombait avec une persistance incroyable. Dans ce pays habitué à la sécheresse, cela prenait les proportions d'un désastre.

L'humidité s'insinuait partout dans les habitations bâties avec cette pierre spongieuse provenant des carrières de Fontvieille. Les feux tiraient mal. Les champs étaient marécageux. De profondes ornières où l'eau stagnait coupaient les chemins. Il fallait continuellement surveiller les provisions, dégermer les pommes de terre, trier les fruits qui se gâtaient sur les clayettes. Les légumes de saison poussaient mal et moisissaient sur pied ; leur vente s'annonçait d'un piètre rapport, bien que les cours des marchés eussent monté en flèche.

— Un hiver pourri, grommelait le fermier, laissant entendre à Moussu [1] Vernet qu'il ne pourrait s'acquitter normalement à la prochaine échéance.

---

1. *Moussu* : Monsieur.

Mogador menaçait d'être, dans les mois à venir, un lourd fardeau aux épaules du jeune couple.

Mais, lorsqu'au terme d'une journée maussade usée en courses inutiles dans les terres ou au village, sous un ciel sans couleur d'où ruisselaient des cataractes, le maître du logis retrouvait sa femme assise, l'aiguille entre les doigts, auprès du berceau du petit Cyprien, les soucis et la mauvaise humeur le quittaient à la porte de la chambre.

— Comment va ce jeune braillard ? Etes-vous satisfaite de lui, ma mie ? A-t-il pris du poids ? Laissez-moi voir.

— Chut ! Restez tranquille, disait Julia. Il dort.

Elle examinait Rodolphe de bas en haut, fronçait le nez :

— Vous feriez mieux de vous changer. Vous sentez le chien mouillé. Où êtes-vous encore allé courir, sous ce déluge ? Allons, venez, que je vous frictionne.

Ravi de se voir ainsi tyrannisé, il suivait Julia dans le cabinet de toilette, laissant des traînées boueuses sur le sol, à chaque pas.

— Vos bottes ! Voulez-vous me quitter ces bottes ? A-t-on jamais vu ?...

Elle apportait la paire de pantoufles qu'elle lui avait brodée durant les derniers temps de sa grossesse.

Mettre des pantoufles passé l'heure du réveil était bon pour un malade, avait toujours estimé Rodolphe. Il les mettait, à présent, se laissait ôter sa veste et sa chemise imbibées de moiteur ; et, frotté, bichonné à l'eau de Cologne, enfilait les manches de la robe de chambre que Julia lui tendait.

— Je puis fumer une pipe, avant le dîner, ma reine ?

Elle lui jetait un coup d'œil attendri. Mais se reprenait vite :

— Dans cette pièce ? Vous n'y pensez pas. Et le petit ?

— Ah ! bon.

Rodolphe découvrait les délices d'abdiquer un moment sa force et sa volonté, de se démettre de soi-même entre les mains de la femme qu'il avait conquise.

Elle le menait vers l'ottomane, l'installait, lui glissait un coussin derrière le dos, comme en compensation, lui apportait le *Moniteur* ou le *Gil-Blas*. Et, finalement, au moment où, docile, il s'apprêtait à lire, elle se coulait contre lui.

Et tout rentrait dans l'ordre, à chacun son rôle. A lui de vouloir, à elle de céder.

Avril parut enfin ramener le beau temps. L'optimisme renaquit dans les campagnes. La récolte de blé dont le besoin devenait si pressant pouvait encore être abondante. Les prairies étaient splendides. Et les cocons s'annonçaient bien.

Cependant, dès le milieu de mai, les pluies reprirent.

Déjà grossi par la fonte des neiges, le Rhône déborda subitement sur une brusque crue de la Durance. Il envahit les îles et les terres basses.

Les gens rappelaient avec inquiétude la catastrophe de 1840.

Rodolphe poussa une pointe jusqu'à la Gloriette, et en revint impressionné :

— Ils trempent, là-bas, à Aramon.

La route de Boulbon à Barbentane était impraticable ; il avait dû passer par l'intérieur et traverser toute la Montagnette.

Du mas des Peyrissac, accroché au flanc, on découvrait un extraordinaire paysage d'eaux bouillonnantes sous un ciel bas, une plaine liquide agitée de remous, d'où émergeaient des arbres et des toits. La rive avait reculé à perte de vue. Des branches mortes, des débris de toutes sortes, des matériaux arrachés à quelque masure écroulée, des bêtes mortes, le ventre en l'air, des épaves saugrenues, descendaient le courant à une vitesse terrifiante, ballottés de tourbillon en tourbillon.

— Je plains les Baze, ajouta Rodolphe. Si cela dure, voilà leur année fichue.

Cela dura. Implacable, de plus en plus violente, la pluie tombait toujours. Le niveau du Rhône montait d'heure en heure. L'eau gagnait rapidement à travers les champs. Elle atteignit la route de Tarascon, la dépassa.

Rodolphe qui ne tenait plus en place s'en alla participer aux secours, équipé de vieilles bottes qui ne lui servaient plus que pour la pêche, et d'une peau de bique empruntée à un berger.

En rentrant, le soir, il faisait à Julia des récits où le drame et la farce s'entremêlaient. On circulait en barque dans la ville. Et il y avait des gens réfugiés sur leurs toits.

L'eau gagna Barbegal.

Au-delà, le terrain montait jusqu'à Fontfresque. La menace ne semblait pas imminente pour Mogador.

Julia était anxieuse, en songeant au sort des siens. La crue avait certainement atteint Maillane. On disait que toute la plaine jusqu'à Avignon était sous les eaux.

— Maman... qui sait si Maman ?...

Elle allait et venait d'une pièce à l'autre.

— ... Et Finou, et mon père ?

— Que diable voulez-vous qu'il leur soit arrivé ? Au pis aller, ils ont peut-être les pieds au frais.

Julia jeta un regard acéré à son mari, bien installé, la pipe à la bouche. L'instant était mal choisi pour faire des plaisanteries de cette sorte.

— Voyons donc, ma mie ! D'ici à ce que l'eau ait

grimpé par-dessus votre terrasse ! Que diriez-vous s'ils étaient à Tourvieille où cela leur arrive presque tous les ans ?

Eh bien, au moins y étaient-ils habitués. « En ce cas, l'on s'y attend, l'on se prémunit. Et puis... » Peu lui importait ceux de Tourvieille. Mais... « Oh ! Christ ! ne rien savoir ! »

Son mari pouvait rire, discourir, raisonner. Elle n'était plus avec lui. Elle redevenait Angellier. Seulement Julia Angellier. Et les siens, c'étaient...

— Le pire que l'on puisse envisager, continuait tranquillement à conjecturer Rodolphe, dans l'espoir de la convaincre, c'est pour la cavalerie et les bêtes. Mais votre père a bien dû...

« Et *Haydée ?* »

— Oh !... Oh !... gémit Julia qui ne maîtrisait plus ses nerfs.

Navré, il la suivit des yeux tandis qu'elle recommençait à arpenter la pièce en se mordant le poing.

— Et là-bas, à Aramon, reprit-elle, comme ont-ils pu faire ? Et pourvu que Maman...

Son esprit tournait en rond.

Rodolphe décida :

— C'est bon, je vais vous chercher des nouvelles.

— Mais...

Arrêtée net, interdite, pâle tout à coup, elle le dévisageait.

Il fit demi-tour et entreprit de se harnacher.

— Où sont mes vieilles bottes ?

Julia se jeta sur sa poitrine :

— Mon amour, je ne veux pas que vous me quittiez. Emmenez-moi. Emmenez-moi, je vous en prie !

Rodolphe déposa sa pipe encore chaude sur le guéridon, et mit un baiser sur les cheveux de sa femme.

— Mais qu'avez-vous ? Jamais je ne vous ai vue ainsi. Vous n'êtes pas une petite fille, que diable !

Julia ouvrit la bouche. Ses lèvres tremblaient.

— Ecoutez...

— Non pas, dit Rodolphe, d'une voix apaisante, mais ferme. Votre place est ici. Attendez-moi tranquillement. Et n'allez pas vous mettre martel en tête si je tarde un peu. Je puis être retenu. Dans des circonstances pareilles, on ne circule pas comme l'on veut. Allons, êtes-vous raisonnable, maintenant ? Oui ? A la bonne heure !

Il l'embrassa profondément, fouillant avec une lenteur savante cette bouche qui était sienne, comme pour la marquer davantage de sa possession.

Puis, la repoussa d'un mouvement brusque :

— Maintenant, vite, mes affaires.

Julia demeura une seconde en haleine, hésita, fit un mouvement comme si elle allait parler.

Et, soudain, se détournant, courut d'un trait tirer les bottes du placard.

Rodolphe parti, le reste de la journée se traîna pesamment dans la crainte.

Sur le soir, l'eau fit son apparition du côté où nul n'eût songé à l'attendre. La roubine débordait à son tour. Ses eaux rejoignirent celles de l'étang et refluèrent alors dans la direction de la maison en suivant la pente des terres.

Il y eut un moment d'affolement. Tout le personnel sur pied se précipita vers les étables, vers la ferme, cependant que Julia, ses ordres donnés, demeurait seule derrière la fenêtre, auprès de la berce [1] de son fils.

Et cette pluie qui redoublait encore.

1. *Berce* : berceau.

La nuit tomba de bonne heure. Le tonnerre roulait d'un bout à l'autre du ciel.

A la lueur des éclairs, dans le vacarme alternant avec le bruit des rafales qui giflaient les murs et les vitres, Julia vit l'inondation s'étaler, durant la longue, interminable nuit de veille.

Elle remettait une bûche dans la cheminée, et, frissonnante, serrait le fichu qu'elle avait jeté sur son peignoir.

Dans la maison, tout s'était tu. Las de hurler de frayeur, le petit Cyprien reposait enfin. Même les chiens, en bas, dans la cuisine, avaient cessé de gémir.

La pluie faisait au-dehors une grande rumeur dont la monotonie devenait assourdissante, à la longue.

Julia se demanda vaguement si les servantes l'entendaient aussi, là-haut, battre les tuiles, dans leurs chambrons [1] sous le toit ; et s'aperçut qu'elle avait cessé de croire à leur présence.

Seule, elle se trouvait seule, avec cet enfant endormi à défendre, elle ne savait comment, contre la chose sans visage qui entrerait la dernière, tout à l'heure, après l'angoisse et la peur.

L'orage paraissait ne jamais devoir finir. Un immense naufrage avait englouti le reste du monde.

Et Rodolphe était perdu, quelque part, dans ce cataclysme, perdu à tout jamais, se disait-elle vaguement, tantôt prostrée, tantôt marchant comme une somnambule entre le berceau de son fils et la fenêtre que fouettait la pluie.

Elle s'allongea un moment sur son lit. Puis, se releva pour aller vomir. Puis, revint s'étendre.

Depuis que Rodolphe était parti, toute son énergie l'avait abandonnée.

1. *Chambron* : petite chambre.

« Perdu... perdu... » Subitement : « Tout ce qui est en bas... » pensa-t-elle. Les meubles, les tentures... « Il eût fallu... » Elle se redressa sur un coude. Une nausée la reprit. « Perdu... »

Mais tout l'était déjà. Perdu, l'espoir de l'aube. Perdue, la réalité familière de l'existence, hier encore quotidienne. Ténèbres, lueurs violettes, reflets noirs luisants : de ce cauchemar entrevu par instants derrière les vitres, nul ne se réveillerait.

Le matin revint pourtant, découvrant peu à peu dans sa grisaille sinistre un lac grêlé de gouttes, agité, noirâtre, d'où émergeaient arbres et arbustes. Le courant ne semblait pas très violent. Le niveau ne dépassait pas encore la troisième marche du perron.

Julia éteignit la lampe.

De l'escalier lui parvinrent des craquements, des pas, des exclamations. Un aboiement monta. Des volets claquèrent. Encore incrédule, elle écouta la vie reprendre.

La fille qui lui monta son déjeuner avait l'air terrorisé :

— Boudiou [1] ! Qu'est-ce que nous allons devenir ?

Cela l'aida, par contrecoup, à retrouver son propre équilibre. Luttant pour surmonter son malaise physique, elle commença la journée. Rassurer les autres, donner des instructions, faire sa toilette. Son rôle accoutumé la reprenait.

— Les provisions d'abord. Videz le buffet et la desserte. Maintenant, la vitrine du salon. Toi, roule les tapis, décroche les rideaux. Il faut monter à l'étage tout ce qui est transportable. Remue-toi un peu plus. Pierroune, ce n'est pas le Saint Sacrement que tu portes.

1. Mon Dieu !

Donne-moi ça et va aider Allarde. Les fauteuils aussi, oui. A deux, l'on peut y arriver.

La procession s'organisa.

Monter. Descendre. Monter.

Vers huit heures, exténuée, elle s'arrêta un instant dans sa chambre. De la fenêtre, elle vit le baïle traverser, à l'endroit de la pelouse, ses souliers sur l'épaule, noués par les lacets. Il avait retroussé les jambes de son pantalon et avançait péniblement, de l'eau jusqu'à mi-cuisses.

Elle redescendit.

— Alors, Maîtresse ? Quelle nuit ! Le maître n'est pas rentré ?

Il remarqua la peau grise de la jeune femme, ses traits tirés, ses yeux enfoncés dans leurs orbites. Et se hâta de continuer :

— Heureusement qu'il avait pris ses précautions pour les bêtes.

Quatre jours auparavant, les animaux de trait, et jusqu'au cheval de Julia, avaient suivi les moutons vers les pacages des Alpes où les bergers de Mogador et des environs gardaient leurs troupeaux, l'été durant. En outre, un refuge avait été tant bien que mal aménagé, en haut du fenil, pour la basse-cour et les porcs.

— A Saint-Ange où ils n'ont pas voulu écouter, c'est un désastre. Ils n'ont pas sauvé un seul cochon. De chez nous, toute la nuit, on a entendu meugler, braire...

Il frictionna ses paumes l'une contre l'autre, en remuant le menton : « A Mogador, on ne se laissait pas prendre. Tout marchait au doigt et à l'œil. Les autres pouvaient s'aligner. Et, quand même, le maître était d'abord facile, ça oui ! et il ne tirait pas sur la corde ; mais il aimait que le travail soit fait. A Saint-Ange, peuh !... »

— ... Mais quand même, hier au soir, ça n'a point été une petite affaire de grimper son cheval et les deux vaches à l'étage.

Sur les dalles noires et blanches du vestibule, le chapeau qu'il retirait dégorgea une giclée d'eau qui s'étala en rigoles. Il pataugeait dans la bourbe collant à ses pieds, et son pantalon dégouttait le long de ses jambes nues.

— Ne restez pas là, Trestaillon. Venez vous sécher. Pierroune, apporte des serviettes.

Un feu brûlait dans la cheminée de la salle à manger.

— Un feu. Au mois de mai.

— De juin, Maîtresse. Le trente et un, c'était hier.

« Dimanche, premier juin. » La première fois, depuis des années, que Julia manquerait la messe. Mais il n'y en aurait pas, au village. L'église devait être inondée aussi.

— Et chez vous ?

— Oh ! chez moi, il s'en manque encore. On est plus haut que par ici. C'est comme à la ferme.

Le baïle s'approcha de la berce que Julia avait fait mettre dans un coin de la pièce pour avoir son fils sous les yeux.

Il avança un doigt que le bébé tordit dans son poing minuscule.

— Un beau petit que vous avez. Bien vif. Et fort, déjà. Regardez ça ! Ah ! les petits, c'est de la peine, mais quand même...

Il en savait quelque chose. Une nichée de quatre, d'âges rapprochés, l'attendait chez lui. Toujours à réclamer la becquée.

— C'est tout le temps que leur mère est occupée après eux. Et l'un n'attend pas l'autre. Ah ! ça vient plus vite que la fortune !

Machinalement, Julia passa les mains sur ses flancs.

— Oui.

Et rougit, s'apercevant que l'homme la regardait.

— Vous allez prendre un petit verre d'arquebuse. Ou préférez-vous d'abord du café ? Cette eau doit être glacée ?

— Glacée, non. Mais, quand même, bougrement frisquette.

Un homme. Même un homme comme celui-là, c'était une grande présence chaude, remuante, parlant haut ; qui salissait le carrelage et meublait le vide de cette demeure où, depuis la veille, il n'y avait eu que pas feutrés et chuchotements de femmes.

— Encore un peu ? Une goutte ?

Trestaillon était tourné vers les fenêtres.

— Maîtresse ! Regardez, on dirait...

Ils furent sur le perron ensemble.

— C'est vrai !

La pluie avait cessé.

« Oh ! mon Dieu, merci ! » pensa Julia, frémissante. « Seigneur Jésus, merci ! Sainte Mère, saint Joseph... » Tout le calendrier liturgique imploré au long de ces lugubres heures nocturnes défila au galop dans sa muette action de grâces.

Le baïle se penchait par-dessus la balustrade pour interroger le ciel du côté de l'ouest.

— Si ça pouvait se lever...

— Ayons confiance, dit Julia.

A midi, le niveau avait encore monté. Mais ensuite, il demeura sensiblement le même.

Quand Julia alla se coucher, les étoiles brillaient dans le ciel entièrement découvert.

Ses jambes aux chevilles enflées ne la portaient plus qu'avec peine. Il y avait eu tant à faire, toute la journée, avec, de surcroît, la nourriture de quinze personnes à préparer pour envoyer à Saint-Ange où laboureurs, charretiers, valets de charrue et maîtres s'étaient réfugiés aux étages de la maison dont le rez-de-chaussée baignait dans plus d'un mètre d'eau boueuse.

« Mon Dieu, faites que Rodolphe revienne vite. »

Toute une autre journée s'écoula encore sans qu'il reparût.

L'inondation s'était retirée, laissant des mares stagner dans les creux de terrain.

Elle avait nivelé les corbeilles, emporté le gravier, rempli le bassin d'une bourbe jaunâtre, épaisse, et laissé à la place de la pelouse un vaste marécage. Construits en torchis, le poulailler et le clapier s'étaient effondrés. Une couvée entière de poussins, mise trop tard à l'abri, était anéantie. On ne pouvait encore évaluer les dégâts des cultures.

Trestaillon exprima sans détour qu'à son avis, « on n'avait plus qu'à faire la croix sur le blé. Et ça n'était pas avec ce qu'on récolterait de la feuille qu'on pourrait nourrir les magnans. »

— ... Si vous voyiez ça, Maîtresse : un malheur ! Et pour ce qui est des foins... pechère ! Qu'est-ce que le maître va dire ? Ah ! coquin de nom !

Julia hochait la tête, songeant : « Si seulement il pouvait rentrer ce soir. »

Passer encore une nuit dans l'expectative lui semblait au-dessus de ses forces.

Tout le jour, accomplissant sa besogne comme un automate, elle n'avait guère pensé qu'à épier vers la grille, espérant à chaque instant le voir apparaître.

Tard dans la soirée, occupée dans la chambre, à langer son fils, sous la lampe que venait d'apporter la servante, soudain, elle entendit à la fois un pas et une voix résonner en bas :

— Sacrédié ! que s'est-il donc passé ici ?

Et la lente Pierroune répondait :

— Hé bé, Monsieur, on a eu l'eau.

Les aboiements des chiens accourus couvrirent la suite.

— Rodolphe !

Elle avait dévalé dans l'escalier comme une folle.

Avant qu'elle n'eût atteint les dernières marches, Rodolphe la tenait contre lui.

Déposée à terre, elle le palpa, lui caressa les joues, l'examina :

— Mon cher trésor, comme vous voilà fait !

Il était hâve, hirsute, couvert de boue.

— J'ai glissé, là, à l'instant, au milieu de l'allée.

Avec quelque chose d'inquiet au fond des yeux.

— Mes parents ?

— Indemnes. J'en viens.

Elle s'accrocha au col de la peau de bique qu'il portait, ouverte sur une chemise sale et déchirée qui ne méritait plus guère son nom.

— Comment cela ?

Mylord et *Dandy* sautaient autour d'eux, à grand bruit.

— La paix, vous deux ! ordonna-t-il, durement.

L'oreille basse, les deux bergers se couchèrent, le museau entre leurs pattes.

— J'étais avec votre frère, dit-il, revenant à Julia.

— Constant ? Est-ce possible ? Mais... Comment ?...

Il semblait qu'il fallût lui arracher un à un les mots de la bouche.

— Nous nous sommes trouvés ensemble à Avignon.

— A Avignon ?...

Dans sa stupeur, Julia prit un pas de recul pour le regarder.

— Mais qu'avez-vous été faire à Avignon ?

Ce n'était pas croyable : il ne l'avait pas abandonnée trois jours durant, en des heures pareilles, pour...

— Rodolphe !

Il se décida à expliquer :

— Avant-hier, en chemin, peu après vous avoir quittée, j'ai rencontré les gendarmes. Le télégraphe venait de signaler la catastrophe. Ils m'ont mis au fait. Là-bas, le Rhône qui avait déjà rompu ses digues en amont cotait plus de huit mètres cinquante. Brusquement, vers trois heures de l'après-midi, les remparts ont cédé sous la pression de l'eau. Imaginez une brèche d'environ trente mètres. Tout près de la digue de la Petite Hôtesse, vous savez, entre la porte Saint-Roch et la tour de la Poudrière. Depuis le matin, la Carreterie était sous l'eau. Mais, à ce coup, ç'a été un raz de marée. En un clin d'œil, le courant a gagné les hauts quartiers. Pensez, en temps normal, il n'y a guère qu'un mètre cinquante à trois mètres de différence de niveau entre le lit du Rhône et la ville.

« Les gendarmes réquisitionnaient des barques, et demandaient des volontaires pour les premiers secours.

« Si vous aviez vu cela, ma mie. Pitoyable ! Des murs renversés, des arbres déracinés, abattus en travers des boulevards où le fleuve courait entre les maisons. Des cris dans les décombres, des appels de tous côtés. Des gens que le flot traquait à leur premier étage où ils avaient cru pouvoir se réfugier. D'autres sur les toits. A côté de ce que j'ai vu là, l'inondation de Tarascon n'a été qu'une plaisanterie. Toute la nuit, nous avons circulé dans une barque. On avait formé des équipes. C'est comme cela que je me suis trouvé avec votre frère. Une vraie nuit de cauchemar. La pluie éteignait les torches. Jacquemart sonnait. On tirait sur des pillards qui essayaient de profiter de ce désastre. Il fallait sauver des familles entières, en ravitailler d'autres. Les enfants pleuraient, hurlaient.

En parlant, il revivait chaque détail ; et les chiens, surexcités par le son épique de sa voix, frétillaient, aux aguets.

— Avec cela, comme toujours, des brutes et des lâches. Votre frère m'a dit avoir à moitié assommé un homme qui piétinait une vieille femme pour descendre le premier par l'échelle, dans une maison qui menaçait de s'écrouler. Moi, j'ai dû me battre avec une folle pour lui arracher son bébé, et la porter ensuite en sûreté auprès de lui, dans le bachot. Elle me lançait ses griffes dans les yeux.

« Une drôle d'existence que nous avons menée, durant deux jours et deux nuits, je vous l'assure. Ce matin, nous étions à bout.

« Alors, comme les choses paraissaient débrouillées, tout au moins pour le plus urgent, nous avons décidé, Angellier et moi, que cela suffisait pour notre compte, et nous sommes partis, en profitant de l'une des barques qui vont au ravitaillement.

« Elle nous a laissés au pied de Château-Renard. Là, nous avons fait trois kilomètres, en barbotant dans la bouillasse. Puis, nous en avons trouvé une autre qui nous a mis à deux pas de chez vous. Votre frère ne pensait pas qu'il y eût rien de changé depuis jeudi dernier, où il les avait quittés. Et, en effet, nous sommes tombés sur le baïle qui rapportait chez lui des pains que votre mère venait de faire cuire. Sa cuisine et son four à lui sont inondés, et ils vivent dans les chambres du haut. Mais votre maison n'a pas été atteinte. Ils ont seulement perdu des porcs, de la volaille, et, je crois, une vache.

« Nous nous sommes serré la main, votre frère et moi, et il m'a promis qu'il viendrait nous voir.

— Constant ? Constant viendra ici ? Oh ! mon ami, c'est... Oh ! que je suis contente !

En proie à toutes les émotions qu'avait suscitées en elle le long récit de Rodolphe, Julia riait, les larmes aux yeux, secouait son mari, l'embrassait.

Et Rodolphe ne riait pas avec elle ; lui, si exubérant, d'habitude, ne participait pas à cette joie, ne paraissait pas même songer à s'informer de son fils.

Tout à coup, elle en fut frappée.

— Rodolphe...

Il posa sur elle cet étrange regard, inquiet, malheureux.

— Rodolphe, qu'y a-t-il ? Je suis sûre qu'il y a quelque chose...

— Ma chérie, dit-il, sourdement, la reprenant contre lui.

Avec violence, elle s'arracha à son étreinte.

— Quoi ? Qu'est-ce que c'est ? Vous m'avez menti !

Cela lui était sorti de la gorge comme un cri. La voix cassée, elle implora :

— Maman ?...

— Non, non ! Je vous l'ai dit, ma mie, tout va bien à la Sarrazine.

La voyant respirer, il reprit aussi sa respiration.

— Mais c'est...

L'interrogation des yeux de Julia lui fit l'effet d'une brûlure. Il détourna les siens.

— C'est votre cousine Olympe.

Décomposée, Julia le regardait toujours.

— Quoi, Olympe ? — Elle attendit ; puis, devant le silence de Rodolphe, balbutia : — Elle n'est pas ?...

Il baissa la tête.

— Si... Noyée... Avec sa petite fille. — Chaque précision était comme une massue trop lourde qu'il laissait retomber. — On les a enterrées, il y a presque une semaine. Votre frère en revenait.

Julia souffla :

— Olympe.

Ecrasée, encore incapable pour l'instant d'envisager jusqu'au bout la signification de ce qu'elle venait d'entendre.

Son mari la regardait, effrayé par cette atonie.

Enfin, elle éclata en sanglots. Avec soulagement, il la reçut contre sa poitrine.

Ensuite, plus tard, lorsqu'elle eut retrouvé assez de présence d'esprit pour s'apercevoir qu'il lui fallait laisser Rodolphe s'asseoir ou plutôt tomber sur une chaise, et faire servir à dîner ; lorsqu'il eut achevé devant elle le premier repas chaud qu'il eût pris depuis son départ de l'avant-veille, vinrent les questions.

Assise en face de lui, les coudes appuyés sur la table, elle apportait à suivre les paroles de son mari une attention avide, comme si, d'un détail précis, eût pu jaillir le fait qui eût tout changé, conclu autrement, laissé Olympe en vie.

Rodolphe ne savait pas grand-chose. Il ne pouvait que répéter ce que lui avait raconté Constant, alors qu'ils peinaient, mouillés jusqu'au ventre, pour avancer, un mètre après l'autre, à travers la Crau de Château-Renard.

— Et Gaston ? demanda Julia, avec une sorte de rancune. Il est vivant lui ?

— Pauvre diable ! Il s'était rendu à Nîmes. A son retour... Imaginez-vous cela, ma mie. Plus de femme, plus d'enfant.

Julia serra les lèvres. Nulle pitié, en elle, pour Gaston Baze.

Obscurément, elle le rendait responsable.

— Ç'a été la crue de la Durance, dit Rodolphe. Le

Rhône s'est gonflé d'un seul coup. Il est arrivé en trombe, paraît-il. Vous savez que leur mas est dans un bas-fond. Elle était dans une pièce du rez-de-chaussée, bien tranquille. Sans doute n'a-t-elle eu que le temps de saisir l'enfant. Elle la tenait contre sa poitrine quand on les a retrouvées, prises sous les décombres d'une cloison écroulée. Les domestiques sont accourus tout de suite. Mais, le temps de les tirer de là, il n'y avait plus rien à faire.

Julia ne pouvait plus pleurer. L'horreur trop forte la laissait insensibilisée.

Rodolphe se leva et jeta sa serviette sur la table :

— Ni vous ni moi n'en pouvons plus, ma mie. Venez vous mettre au lit.

La prenant doucement par le bras, il l'obligea à se lever, elle aussi, et la guida jusqu'à l'étage.

A travers une brume, elle le vit s'approcher du berceau, regarder leur fils, et se détourner comme s'il avait honte.

Tout en se déshabillant, il questionna :

— Et ici ? Cela a été important ? Beaucoup de dégâts ?

Morne, Julia énonça, d'un ton indifférent :

— Deux pieds et demi d'eau environ, devant la maison. Durant vingt-quatre heures. Trestaillon a fait pour le mieux avec les bêtes.

— Evidemment, les récoltes sont fichues.

— Evidemment.

Quelle importance ?... Demain, le soleil brillerait sur les champs dévastés de la veille. Il y aurait d'autres récoltes, pour tous ceux qui tenaient la vie dans leurs poings refermés, leur propre vie, leur vie à eux, captive comme une mouche qui bourdonne. D'autres nuits d'amour dans un lit où, plus tard, naîtraient d'autres enfants. Mais pas pour Olympe.

Les heures s'écoulèrent.

Julia ne pouvait dormir. Elle luttait avec des pensées qui lui faisaient horreur, dans la pénombre de l'alcôve.

A son côté, Rodolphe avait depuis longtemps sombré dans le sommeil. Elle le sentait loin d'elle et de cette peine trop lourde qu'il lui laissait porter sans aide. Et le haïssait presque.

Aimer ne servait à rien. On est seule, on le reste. Olympe était morte seule. Peut-être à cause de cette enfant. « Morte. Morte ! » Julia pouvait se la représenter, la tendre Olympe qui aimait tout le monde, seule, avec ce fardeau dans les bras, sous un tas de briques, la bouche et les yeux emplis d'eau sale ; seule sous cette pierre où les siens l'avaient laissée pour toujours après avoir pleuré autour de son cadavre. Et sans doute Gaston Baze dormait-il, à cette heure. « *Eux*, ils dorment », se dit-elle, cruellement. « Ou bien ils s'en vont à Nîmes, à Avignon ; tant pis pour ce qui arrive lorsqu'ils ont tourné le dos. Tant pis pour qui les aime. Ils ont des marchés à conclure, ou des inconnus à sauver. »

Avait-il pensé, Rodolphe, durant ces trois jours, à ce qui pouvait advenir d'elle ? Avait-il pensé à elle, en courant à Avignon ?

Subitement, elle s'aperçut qu'elle aussi avait déjà abandonné Olympe dans sa mort. C'était sur elle-même qu'elle pleurait. Son propre chagrin n'avait pas même pu demeurer intact quelques heures durant. « Comme les autres... Comme les autres... » Pauvre Olympe abandonnée. L'on pleure, et l'on retourne à ses affaires.

Couchée sur le dos, immobile, elle regardait la nuit flamboyer à travers ses paupières. La respiration de Rodolphe montait avec régularité, tout près. Et Julia passait la main sur son ventre qu'elle savait de nouveau habité. Cet homme avait laissé son germe en elle. Cet homme endormi.

Mais Dieu ? Où était Dieu ? Dieu qui avait escroqué Olympe de sa vie. Dort-il, lui aussi ? Tandis que sa créature traverse un enfer desséchant ? Où est sa bonté ? A quoi servent donc la foi et l'espérance, s'il faut que vous les sentiez se recroqueviller dans votre cœur comme un papier jeté au feu, lorsque vous en avez un besoin à crier ?

L'enfant se réveilla. Julia l'entendit remuer dans sa berce. C'était son heure.

Elle se leva pour chercher la bouteille tenue au chaud dans des chiffons de laine.

Une colère désespérée lui donnait un tremblement pareil à celui de la fièvre.

Pour nourrir cet enfant, elle n'avait pas même eu assez de lait. Que serait-ce pour l'autre ?

Mais tout eût été acceptable sans la mort d'Olympe. C'était cette mort qui criait à l'injustice et dénonçait toutes les autres. Les heures, les demies sonnaient, l'une après l'autre. Julia les comptait. Le tic-tac du balancier devenait lancinant. Dans la journée, elle n'avait jamais assez de temps pour l'entendre. A présent, la pendule se rattrapait, s'emparait de cette insomnie, et battait, battait, comme un cœur qui, demain, tout de suite, à l'instant, devra cesser de battre. Et chaque coup tuait un peu plus Olympe. « Et me tue », découvrit Julia, crispée d'horreur. « Pourquoi pas moi, après elle ? »

Puisque l'on peut mourir. Puisque c'était arrivé à Olympe.

Et dans les chuchotements des personnes d'âge, quelle place tenaient les histoires de jeunes femmes mortes en couches.

Jamais, lorsque Julia attendait Cyprien, elle n'avait

imaginé autre chose que la douleur par laquelle il lui faudrait passer. C'était le prix à payer. Une rançon pour devenir femme, une autre pour être mère. Rien là qui pût donner de l'inquiétude.

A présent, elle les revoyait, ces vieillardes, avec leurs grimaces d'ogresses édentées, et les mots mystérieux : septicémie, fièvres puerpérales, dont elles se repaissaient avec gourmandise.

Tous les jours, des êtres jeunes mouraient. C'était cela, le secret que l'on cache.

« Oh, Christ ! » La révélation suffisait à vous ôter l'envie de vivre.

Déjà, l'approche du jour se laissait deviner derrière les persiennes, luttant avec la petite clarté à bout de course de la veilleuse.

Le bébé s'était rendormi. Tout riant, la dernière goutte de lait sur les lèvres. Ce n'était pas un enfant difficile. Jamais on ne l'entendait pleurer. « Mais le prochain ? »

Une peur atroce remuait lentement dans le ventre de Julia ; elle la sentait sous ses doigts. « Là... là. Froide. » Une peur froide qui glaçait le drap et la place même où elle était étendue.

Si, demain, tout est fini, s'il faut tout quitter, si la menace, seulement la menace, est là, tapie, à quoi bon continuer un instant de plus ? Recommencer la journée ? Reprendre la procession des travaux quotidiens ?

L'aurore devait rougeoyer au-dehors, à présent. La chambre était devenue vaguement rose. La voix des oiseaux évoquait la rosée sur les feuilles. Leur joie était intolérable. « Olympe », pensa Julia, s'obligeant à revenir à la morte, Olympe ne les entend plus. »

Elle se reprochait de lui avoir volé tant d'elle-même. Mais c'était la première nuit où elle vivait cette mort. Il y en aurait d'autres pour se souvenir. Le passé serait encore là, demain, à l'attendre, avec sa provision inépuisable et déchirante ; et il faudrait bien qu'elle y vînt.

Ses paupières lui faisaient mal. Tous ses membres lui faisaient mal. Le sommeil aussi était un souvenir. Julia se rappelait avec nostalgie cette grande profondeur de noir velouté, cette épaisseur moelleuse où l'on enfonce, détendu, enfin, de tout son corps.

Et elle était glacée. Et elle avait mal.

Avant qu'eût sonné la demie de cinq heures, avec la ponctualité de l'habitude, Rodolphe s'éveilla. Bâilla complaisamment. Remua. Lança un bras à la recherche de Julia. Prononça la phrase de rigueur :

— Encore à dormir, paresseuse ?

Julia ne dit rien.

Tout à fait retourné, il l'enlaça.

— Ouf ! Une bonne nuit, ça fait du bien. J'en avais diablement besoin... Ma mie !

Il trouva la bouche de sa femme, la sentit froide, sèche, inerte sous la sienne, et, sans prendre le temps de s'en étonner, manifesta de façon plus précise une disposition amoureuse nullement découragée.

— Ma mie... ma mie...

Sa voix prenait un son rauque. Le rythme de sa respiration s'accéléra.

Julia buvait son souffle, et la chaleur revenait en elle. Dans l'étreinte, elle sentit s'amasser cette vague qui, tout à l'heure, la soulèverait pour la porter jusqu'à la pointe d'elle-même. Et, déjà, cramponnée à lui, elle appelait Rodolphe, « Viens ! Oh ! viens vite ! » perdue dans la tempête où il la jetait, pour que la fin les prît ensemble.

Ensuite, tandis qu'elle reposait, sa joue contre la poitrine velue et chaude où la vie battait encore précipitamment, il lui parut qu'elle n'avait qu'un mot à prononcer pour se retrouver en sûreté, son mari à ses côtés en toutes circonstances, comme un chien de garde, attentif, prompt à écarter d'elle l'ombre même d'un tourment.

— Rodolphe ?

— Oui ?

— Je vais avoir un autre enfant.

Le bras de Rodolphe se referma autour d'elle.

Désormais, il ne la laisserait plus seule. La mort n'avait qu'à reculer.

— C'est vrai, ma mie ?

Elle ne voyait pas sa figure, mais elle savait ce qu'il devait éprouver.

— Et... c'est pour quand ?

— Vers la mi-décembre je pense.

Le silence était doux, enveloppant, autour d'eux, comme l'amour même dont il était tissé, songeait Julia. Il s'accordait aussi avec sa tristesse.

La voix de Rodolphe claironna, triomphante :

— Eh bien, voulez-vous que je vous dise ? Je m'en étais douté, ces jours-ci, à vous voir si nerveuse !

Il semblait enchanté de cette confirmation de sa perspicacité.

« Et c'est tout ce qu'il ?... » Un vague soupir fut tout ce que Julia put exhaler. Sa gorge était gonflée d'indignation. Et, quoi qu'elle en eût, de tendresse.

Un moment après, comme elle méditait sur sa propre faiblesse, elle entendit Rodolphe dire :

— L'Empereur a télégraphié qu'il venait. Il arrivera aujourd'hui, sans doute. On l'annonçait hier matin, en ville.

Et, pouvant demeurer pour le voir, Rodolphe avait choisi de revenir vers elle. « Mon amour ! »

Elle passa la main sur la dure toison embroussaillée et noire.

— Mon amour, vous n'avez pas eu envie de rester ?

— Un peu, je ne dis pas...

Julia ne l'eût pas cru, eût-il affirmé le contraire.

— ... Mais je voulais aussi savoir ce que vous faisiez, et...

Il n'avait rien su de toute cette rancœur qu'elle avait amassée, et il ne saurait pas non plus combien elle en avait honte.

3

De nouveau, les jours passaient sans à-coups. Désastres, ruines, douleurs, s'estompaient peu à peu, recouverts par l'existence quotidienne. Aux récoltes perdues, d'autres récoltes succédaient qui s'annonçaient belles. La sueur et la peine des hommes retrouvaient une récompense. D'autres soucis naissaient, d'autres difficultés.

Et quant au chagrin : il faut avoir le temps pour pleurer.

Même Flavien et Nancy de Sauzade avaient dû se mettre aux vendanges. Ils supputaient le profit qu'ils en tireraient. Et projetaient une union avantageuse pour ce fils qui leur restait.

La lettre que l'oncle Flavien avait écrite à Julia, en réponse à la sienne, souvent relue, les premiers temps, dormait à présent dans le tiroir du secrétaire, enfouie sous la pile de ces billets si courts et si tendres que Constance Angellier envoyait à sa fille, en échange d'interminables épîtres.

Constant était revenu définitivement à la Sarrazine, après être allé à Nîmes conquérir son diplôme de bachelier.

De temps à autre, à l'insu de M. Angellier, il se risquait jusqu'à Mogador.

Toutes ses préventions contre Rodolphe étaient tombées. Les efforts prodigués côte à côte durant les tragiques heures d'Avignon avaient établi entre eux, malgré leur différence d'âge et d'opinions, une camaraderie de bon aloi.

Reçu avec cette cordialité joyeuse qui mettait aussitôt à leur aise tous les hôtes de Rodolphe Vernet, Constant revenait de plus en plus volontiers.

Il avait retrouvé sa sœur, « un peu différente, à vrai dire. Plus posée. Non : plutôt... » Il cherchait à la définir. Aucune épithète ne s'ajustait exactement à l'impression qu'il éprouvait. Julia était toujours aussi vive, aussi autoritaire, et, à l'occasion, aussi mordante. « Pourtant... » Constant ne trouvait toujours pas ce qu'elle avait de changé. Excepté, naturellement, qu'elle était devenue mère de famille. Il était possible, après tout, que ce fût là toute l'explication.

L'existence de son neveu lui était apparue comme un fait saugrenu. Curieux, amusé, il se plantait devant le berceau où la petite créature émettait des sons bizarres.

— Comprends-tu ce qu'il te raconte ? demanda Julia.

Constant releva la tête :

— Il est drôle.

— Drôle ! intervint Rodolphe, véhément. C'est le plus beau bébé que l'on ait jamais vu, oui ! Je ne le changerais pas pour le Prince Impérial. Allons, fistonnet, montre à ton oncle ce que tu sais faire.

Il empoigna son fils, le chatouilla, le fit rire, battre des mains, l'éleva en l'air, à la voltige :

— Regarde-moi cet acrobate.

— Assez ! assez ! Rendez-le-moi ! Vous allez me le...

— Rien du tout ! Que croyez-vous donc, ma mie ?

C'est un homme. Et un Vernet. N'est-il pas vrai, Constant !

— Le fait est qu'il te ressemble.

— Là, vous voyez ! Il faut que ce soit lui qui vous le dise. Ah ! quel dommage que mon père ne soit plus là pour le voir. Il se reconnaîtrait.

Julia reprit l'enfant sans répondre. Elle n'avait nulle envie d'entamer une discussion. Ecarter Rodolphe afin de garder son frère pour elle seule, pendant ces deux heures dont ils disposaient, était son unique désir.

Au lieu de cela, elle le voyait sortir d'un air discret, mais pour reparaître cinq minutes après, avec la plus exaspérante inconscience :

— Dis donc, Constant, as-tu vu mes orangers ? Ils poussent, hein ?

Et il y avait tant de choses que Julia eût voulu savoir.

Profitant de la moindre éclipse de son remuant époux, elle entreprenait Constant.

— Père ? il va bien... De toi ? non, jamais un mot. Tu le connais. Nous sommes certains, Maman et moi, que tu lui manques. Mais il ne reviendra pas sur sa décision.

— J'avais projeté, à l'occasion de la naissance du prochain, de lui écrire. Tu ne crois pas que...

« Pauvre sœur ! » Pourtant, mieux valait encore le lui dire :

— Non, ne le fais pas. Pour Maman. Tu sais bien qu'elle est la première victime des colères de Père. Tu n'obtiendras rien. Et il nous mènera de nouveau la vie dure pendant des semaines. Il n'y a pas si longtemps qu'il s'est un peu apaisé.

Julia avait eu ce qu'elle voulait. A la voir, à présent, Constant admettait que l'obtenir eût pu primer tout le reste, pour elle. Mais l'atmosphère de la maison n'avait pas été facile à supporter après son coup de force : Père hargneux, tantôt vociférant lorsque son nom était prononcé, tantôt muet durant des jours entiers ; Maman, triste, les yeux rougis ; Sophie, impressionnée et excitée tout à la fois, bref : insupportable. Et les visites qui avaient défilé, comme pour un décès.

— Bien. — Julia soupira. Puis, secouant sa peine, reprit :

— M'as-tu apporté un autre portrait de Finou ?

Constant tira un petit paquet de sa poche :

— Je l'oubliais. Tiens. C'est maman qui l'a préparé.

— Donne, dit-elle, avidement.

Sophie, cette jeune personne ? « L'on change, en deux ans, c'est vrai. Surtout à cet âge. »

— Comme elle paraît avoir grandi ! Elle se fait joliette, n'est-ce pas ?

— Heu... oui.

Constant n'avait pas d'opinion bien tranchée sur les gamines de treize ans. L'intéressaient davantage les anciennes connaissances de Julia, et plus encore certaine jeune veuve inconsolable dans le plus seyant des deuils, qu'il avait rencontrée dans Avignon, le mois précédent, chez des amis.

— ... Mais elle habite Noves. Tu comprends, c'est toute une histoire pour la revoir. Ne vois-tu pas, toi, comment je pourrais m'y prendre ?

Il lui semblait naïvement que la compétence de sa sœur dût faire autorité en la matière.

Julia adorait ces confidences. Le retroussis à peine perceptible de ses narines marquait sa délectation, légèrement teintée de condescendance.

— Ma mie, il faudrait nous faire donner des verres, dit Rodolphe qui revenait avec une bouteille galamment ornée de toute la poussière et des toiles d'araignées souhaitables.

Julia se leva avec irritation.

— ... Un de ces vieux marcs distillés à la propriété, continuait Rodolphe. Tu m'en diras des nouvelles. N'est-ce pas de madame Lallemand que tu parlais à l'instant ?

— Tu la connais ? demanda vivement Constant.

— Si je... ? Un peu ! — Rodolphe s'épanouit et lui frappa sur l'épaule. — Mon cher ami, il y a six ou sept ans (feu le Procureur vivait encore), cette charmante personne...

— Vous dites ? Six ou sept ans ? l'interrompit sa femme, revenant vers eux avec célérité. Mais c'est donc une mère grand ? Mon pauvre Constant !

Rodolphe la regarda, puis éclata de rire, tandis qu'elle lui décochait un coup d'œil meurtrier.

— Voyez-moi la jalouse ! Une mère grand ! Oui bien !...

Julia trouvait fort déplaisante cette façon de s'esclaffer à ses dépens. Et en présence de Constant, encore.

Elle pinça les lèvres et prononça sèchement :

— Rodolphe !

— Mais, ma mie, je ne suis pour rien dans l'histoire que j'allais conter à votre frère. Vous pensez bien que, sans cela...

— ... Vous auriez attendu que j'aie le dos tourné ? Vraiment ? Je n'en suis pas certaine.

La colère qu'elle ressentait contre lui la privait de son sens habituel de la mesure. Elle en avait conscience, et n'en rageait que davantage tout en se cherchant une justification. Venir s'interposer au moment le plus intéressant ; alors qu'elle se sentait si proche de son frère. Rodolphe était à piler. « Et pour raconter quoi ? une aventure scandaleuse, selon toute apparence. Dont, quoi qu'il en dît, il avait probablement été le héros. Comme s'il n'eût pas eu toutes les raisons de se taire, eût-il possédé une miette de vergogne. »

Elle ne savait que trop ce qui allait se passer. Constant, gêné, parlait déjà du temps mesuré qu'il lui restait. Tout à l'heure, au moment du départ, lorsqu'il l'aurait embrassée, il se tournerait vers Rodolphe :

— Tu me fais un brin de conduite ?

— Parbleu ! dirait le cher beau-frère.

— Alors, allons-y. A bientôt, sœur. Dès que je pourrai, je reviendrai. Ce soir, Maman aura ta lettre. Soigne-toi bien, ajouterait-il, en détournant les yeux hypocritement de cette taille déformée qui, pour l'instant, empêchait et empêcherait, deux mois encore, Julia de vivre comme tout le monde.

« Ah, Christ ! L'enfant, pourquoi faut-il que ce soit la femme, seule, qui le gagne ? »

Et ils s'en iraient tous deux ensemble, épaule contre épaule. Pressés d'en revenir à leurs sales petites affaires d'hommes. « *Je ne suis pour rien*... A d'autres ! » Toute son attitude ne criait-elle pas le contraire ? « Dieu sait, la discrétion n'a jamais été le fort de nos hommes du Midi. Ils méprisent bien trop les femmes. Jalouse... ? » Non, elle n'était pas jalouse. Non, elle n'était pas jalouse ! « Non, je ne... »

Du moins ne discernait-elle pas au juste, entre son mari et son frère, de qui elle l'était.

« Nos bons petits apartés avec Constant ! » Ils lui donnaient un instant l'illusion de se retrouver dans la vieille demeure, tous les deux alliés, comme jadis, à l'époque où l'amour n'était qu'amourettes ; où il ne s'agissait que de courir les champs du matin au soir, faire galoper son cheval, rire, ou se quereller. Tandis qu'une autre veillait à tout, pour eux, tenait les comptes, dirigeait la maison, demeurait seule à les attendre, en cousant au coin du feu.

Jeunesse. « Ma jeunesse à moi », cette merveilleuse source d'eau claire qui fuit si vite entre les doigts. « Oh Julia Angellier, regarde-toi dans ce ruisseau, vite, avant que la terre ne l'ait bu. Julia Angellier qu'un homme a prise. » Et maintenant, l'avenir était clos, la voie tracée.

« J'aurais pu en aimer un autre. Comment, pourquoi, est-ce advenu ? Ce Foucaud-Saint André était-il si déplaisant, après tout ? si ridicule ? En tout cas, avec Zulma Gazagnon, ils en sont déjà à leur quatrième. Et l'on dit qu'il a pris une maîtresse en Arles. » « *Les filles d'Arles* », prétendait le dicton avignonnais, « *quand on leur dit de s'asseoir, elles se couchent.* » « Pauvre Zulma. »

« Bah ! les Arlésiens en avaient sûrement autant à la disposition de leurs voisins. Sans compter les cancans innombrables qui couraient sur les maris d'Avignon. La fidélité... L'on sait ce qu'elle pèse, pour eux, en face d'une bonne fortune à saisir. Et Rodolphe... »

« Je ne veux pas », pensa-t-elle, désespérément. « Je ne veux pas qu'on me le prenne. » Elle haïssait toutes ces femmes sans visages passées entre ses bras, avant elle. « Il est mien. Et si jamais... Ah, Christ ! » Elle saurait se défendre.

Pierroune entra pour allumer les lampes. Le chat, qui s'était faufilé à sa suite, sauta d'un bond sur les genoux de sa maîtresse. Julia lui gratta la tête, amicalement. Et dit, comme chaque soir :

— Fais attention, Pierroune. Ne vois-tu pas que la mèche file ?

« Cette Pierroune... »

Le jour même, à table, Rodolphe avait déclaré :

— Après vos relevailles, il sera temps que nous recevions un peu. A peine si vous vous êtes montrée, jusqu'ici.

Comment l'eût-elle pu ? « Les soucis que nous avons eus... Et ces deux grossesses, à si peu d'intervalle. »

— Je n'ai guère été dans un état de me faire voir.

— Je le sais bien, ma mie. Aussi n'allons-nous pas continuer à ce rythme. Diable ! deux enfants en vingt et un mois de mariage. Je ne dis pas que je n'en veuille point d'autres. Mais d'abord, soufflons un peu. Et amusons-nous.

Julia ne demandait pas mieux.

— ... Bien que la raison...

— Au diable la raison ! Ecoutez-moi : j'ai en vue, pour vous, une femme de confiance. Dernièrement, on m'a parlé d'un ménage. Des gens de la Drôme, honnêtes, travailleurs. Ils avaient pris un petit bien par ici, à mi-fruit, avec le pécule que le mari avait gagné comme remplaçant à l'armée. Leurs quatre sous s'y sont engloutis. La catastrophe du mois de mai les a mis sur la paille. Depuis la Saint-Michel[1], ils sont sans rien, chez des cousins à lui qui trouvent le temps long, maintenant que les vendanges sont finies. Ils ont un enfant de quatre ans. Le mois prochain, si vous le voulez, nous pourrions les prendre ?

Ce n'était guère le moment. Mogador avait souffert. On remontait lentement la pente.

Mais puisqu'il en avait envie.

Et Julia songeait aussi qu'une aide plus efficace que celle de cette petite torchonneuse qui lui tenait lieu de chambrière ne serait pas de trop, lorsqu'il y aurait un enfant de plus dans la maison.

« Comment faisait donc Mère, quand nous étions petits ? » se demanda-t-elle, une fois de plus.

1. Echéance annuelle des baux, fermages, locations et contrats de louage, dans tout le Midi.

Constance, elle, n'avait pas eu de bonne d'enfants. M. Angellier eût trouvé exorbitant ce luxe. Sa fille croyait l'entendre : « *Le rôle d'une maîtresse de maison...* » Il avait là-dessus des idées héritées de ses ancêtres ; et, en l'absence d'invités, mangeait le premier, seul à table, servi par sa femme debout derrière lui.

Mais Rodolphe tenait à ménager les forces de la sienne. Il souhaitait pour elle une existence fastueuse. Il l'aimait.

— Ensuite, vous allez me remonter votre garde-robe comme il faut, n'est-ce pas ? Je veux que vous preniez ce qui se fait de mieux. Je me moque de la dépense. Moquez-vous-en aussi.

S'en moquer, c'était vite dit. Encore fallait-il pouvoir y faire face. L'imagination de Julia entra en danse pour échafauder des combinaisons permettant de s'en tirer aux moindres frais.

Elle demanda conseil à Herminie et à Félicité, venues la voir ensemble.

— Tu devrais te commander...

— Ne l'écoutez pas, intervint impétueusement Félicité, coupant la parole à sa cousine. Elle va nous décrire ce qui se porte à Rome, ou dans les monts Grampions, ou Dieu sait ! Mais il n'y a qu'à voir comment elle s'habille. N'importe qui au monde, à part elle, ainsi attifée, aurait l'air d'une levrette de cirque.

— Possible, dit Herminie, avec un flegme que plusieurs séjours chez les Britanniques semblaient avoir accru. Mais j'aime penser que c'est « moi » qui porte ma toilette, et non pas ma toilette qui me porte. Ton avis, Julia ?

— Moi ? Oh ! moi...

Julia prisait fort ces parlotes. De leur trio, Félicité si parfaitement belle, Herminie si piaffante, elle se jugeait la moins avantagée, et n'en souffrait pas. L'amitié qui les unissait n'était pas feinte. Aucune d'elles ne se fût méprise sur l'intention d'une plaisanterie. Pas plus que les petits gâteaux qu'elles croquaient en buvant du chocolat, leurs propos n'avaient d'arrière-goût douteux.

Julia continua :

— Moi, je ne veux pas séduire... là... comment l'appelles-tu ? Ton Anglais ?

— Qui ? Lord Menteith ? Tu n'y es plus. Fini depuis des siècles. Pour l'instant, c'est, Beppo Leonati qui m'occupe.

— Soit, enchaîna Julia, sans s'émouvoir. Mais si je m'étais mis en tête des idées de conquête, donc, ce n'est certes pas avec ta toilette que j'y parviendrais. En ce moment surtout. Il faut être d'une taille à pouvoir servir de tête-de-loup, pour se permettre des carreaux aussi larges, et un tour de jupe de cette envergure.

Félicité riait :

— C'est bien vrai, cela.

Nullement vexée, Herminie fit comme elle :

— Ça, mes chéries, c'est la crinoline. Provinciales qui n'avez jamais rien vu !

— Fais voir ! Montre ! crièrent Julia et Félicité, en même temps.

Du même geste qu'elle avait jadis à la pension, Herminie se troussa et leur offrit le spectacle étrange d'une sorte de cage à travers laquelle s'agitaient ses jambes coquettement revêtues d'un pantalon à sabot dont le trou-trou s'ornait d'un ruban rose, à bouffettes.

— Oh !... Oh !... exhalèrent-elles.

— Incroyable !

— Comme tu es drôle !

Herminie rabattit ses jupes :

— Plus besoin de traîner des quintaux de percale.

Se pavana d'un bout à l'autre de la pièce :

— Et admirez la démarche que cela vous donne.

— Seigneur ! s'écria Félicité, il m'en faut une. Où l'as-tu achetée ?

Et Julia :

— Laisse-moi l'essayer, je t'en prie.

— Julia ! Si ton époux rentrait !

Elles pouffèrent. Trois écolières lâchées en liberté.

Il semblait à Julia que le salon de Mogador n'avait jamais dû résonner de tant d'éclats de rire.

— Féli, vous avez reçu le *Magasin des Demoiselles* ? Vous me le prêterez ?

Entre ces conciliabules et le résultat auquel ils devaient aboutir, deux mauvais mois, et un particulièrement désagréable, restaient à passer.

Mais une petite fille vaut bien cela, quand on la présente à sa mère, lavée, accommodée dans ses premiers langes, pareille à un bouton de rose encore mal déplié.

— La plus jolie petite fille du monde, déclara Rodolphe, dès qu'il la vit, sans se perdre en débauches d'imagination.

« Si cela vous fait plaisir, ma mie... — A lui seul, il exécutait toutes les figures du manège au milieu de la chambre, sous l'œil attendri de Julia qui, sitôt changée et recouchée dans des draps frais s'était fait servir un solide repas pour achever de se remettre. — ... nous pourrions l'appeler Olympe.

La proposition fit reposer à sa femme l'assiettée de blanc de poulet qu'elle venait de prendre sur le plateau.

— Oh, non ! Non ! protesta-t-elle, avec une sorte d'horreur. Non, je veux un prénom qui ne soit qu'à elle.

« Olympe ? Vierge Mère ! Celui-là eût paru tracer d'avance une destinée trop semblable. »

— Bon. Alors, que diriez-vous d'Amélia ?

— Amélia ?...

Elle en demeura pantoise. Non que ce fût laid. Mais...

— Pourquoi Amélia ? Quelle idée ?

— Je trouve que c'est joli, plaida gauchement Rodolphe.

— Très bien, mon amour chéri. Va pour Amélia.

On inscrivit Amélia-Eugénie Vernet sur le registre.

Mais où diantre était-il allé chercher ce prénom ?

— Je crois le savoir, dit Elodie Vernet, lorsque sa bru que la question tracassait la posa une fois de plus en sa présence. Attendez, je reviens.

Au bout de quelques minutes, Julia, intriguée, la vit reparaître portant un gros livre qui avait dû être rouge et doré sur tranches, dans un passé déjà lointain.

— C'était son histoire favorite quand il était petit. Je me rappelle : lorsqu'il a eu sa rougeole, tous les jours il me demandait de la lui relire.

Julia sourit.

— Laissez-moi ce livre, ma mère. Que je la lise, moi aussi.

Quelque temps après, le voiturier de Tarascon apporta de la gare un grand carton plat, fort encombrant. Julia le reçut en main propre et monta incontinent s'enfermer dans sa chambre pour le défaire.

Ensuite, vint une période agitée. Elle tira des coffres de cyprès où elle les tenait enfermées les coupes de riches soieries qui avaient fait le fond de sa corbeille de noces, et celles que Rodolphe lui avait achetées au mois de juillet précédent, sur le pré, à Beaucaire, lorsqu'il l'avait emmenée à la Foire. Consulta force gravures, fixa son dévolu, convoqua la première tailleuse d'Avignon, Mme Milhe, et se fit apporter un choix de ces nouvelles capotes à bavolet, si seyantes.

Commanda, en outre, un chapeau de velours noir garni de plumes de pintades, chez la modiste parisienne de Félicité.

Elodie Vernet qui prolongeait son séjour jusqu'après les Calendes [1], assistait à ce déploiement de prodigalités. Sa réprobation, pour demeurer muette, ne s'en exprimait pas moins sans qu'on pût s'y méprendre.

Arrivé à son tour en vacances, Antoine tomba au milieu de l'affairement des femmes qui taillaient, cousaient, assemblaient. Les cris de la nouveau-née dont le gosier se révélait à toute épreuve le pourchassaient d'une pièce à l'autre. Il évoluait maladroitement parmi les pièces de tissus et de tarlatane à doubler, essuyant des reproches ou des exclamations dès qu'il risquait la moindre démarche.

— Monsieur Antoine, les ciseaux ? Vous vous en amusiez à l'instant. Je vous ai vu découper quelque chose.

— Pardon, Monsieur, n'est-ce pas un morceau de ma manche que vous tenez ?

— Antoine ! Pour l'amour du ciel, regardez où vous mettez vos pieds ! Vous marchez sur l'étoffe ! Là, derrière vous, oui !

— Antoine, reprenait sa mère, comme le basson à l'orchestre, fais donc attention. Tu n'es pas à Tourvieille, ici.

— Oh, ma mère, je vous en prie... « A Tourvieille pas plus qu'ailleurs, que je sache !... » se disait Julia, toutes griffes dehors, nulle part il ne pouvait être recommandé de piétiner une pièce de gros satin de Lyon.

Et pendant ce temps, Antoine...

— Antoine, mon pauvre ami... — Il fallait bien, tout

1. *Les Calendes* : les fêtes de Noël.

de même, le lui dire ! — ... vous écrasez le hochet de Cyprien. C'est pour cela qu'il pleure.

« Pauvre Antoine. » Bien sûr, pour lui, ce n'était guère amusant. Mais qu'y pouvait-elle ? Le temps, la saison...

Quant à Rodolphe, réfugié dans la petite pièce écartée qui servait de bibliothèque au bout du salon, il fumait, lisait, les pieds sur les chenets, tisonnait les bûches, tournant le dos à la fenêtre sur le rebord de laquelle la neige s'accumulait en un gros bourrelet blanc, et au ciel bouché par les flocons qui tourbillonnaient à l'infini dans une lumière aveuglante et vide.

Une invitation arriva, dans les premiers jours de janvier, pour le bal de la Préfecture d'Avignon.

Les six mois du deuil d'Olympe étaient accomplis.

— Belle occasion pour effectuer notre rentrée, dit Rodolphe.

Julia fit repasser une chemise de cérémonie, prépara elle-même le frac, la cravate, les disposa sur le lit de la chambre qu'avait récemment quittée sa belle-mère, étala bien en vue tous les accessoires, et, la conscience en paix, y expédia son époux, afin de pouvoir s'habiller à l'aise dans la leur.

Sitôt après le coucher des enfants, elle se mit à sa toilette, secondée par Philomène, sa nouvelle servante.

Tout alla bien. La cameriste improvisée se révélait adroite.

La robe agrafée, elle acheva de rectifier l'aplomb du chef-d'œuvre dressé sur la tête de sa maîtresse, l'après-midi même, par un coiffeur venu de Tarascon.

Elle piquait la dernière épingle dans la guirlande couronnant les tresses torsadées en auréoles, et Julia accrochait à ses oreilles les longues boucles de diamants qu'elle avait reçues à la naissance d'Amélia.

« La broche pour Cyprien, maintenant les pendants. Ensuite, les bracelets et le collier. S'il plaît à Dieu, ma mie, nous finirons la parure. » — quand Rodolphe entra, fringant, radieux, manifestement satisfait de lui-même.

« A juste titre », pensa Julia. « Vierge Mère ! » Comme il lui allait, cet habit.

— Je suis prêt, ma mie. Qu'en dites-vous ?

Il la vit, s'arrêta court, et siffla longuement.

— Fichtre !

Julia se tenait au milieu de la pièce, droite, sa traîne étalée. Tous les miroirs de la chambre la reflétaient, à la lumière des candélabres qu'elle avait fait apporter en plus de la grosse lampe Carcel habituelle.

La maternité avait donné à ses formes jadis trop grêles le tendre arrondi qui leur manquait. La ligne de son cou et celle des épaules avaient une courbe charmante. Les seins ronds se devinaient agréablement dans l'échancrure du corsage, parmi les fleurs et la dentelle, comme des oiseaux au nid.

— Et moi ? Suis-je à votre goût ?

Pour toute réponse, il interpella la servante :

— Allez donc dire à Ernest qu'il peut amener la voiture.

Dès que la porte se fut refermée, il s'avança, l'œil luisant, les mains avides.

— Doucement, l'avertit Julia.

— Oui, ma mie. Mais laissez-moi me rendre compte.

Il tourna autour d'elle — « à la manière d'un sauvage contemplant son futur repas » — songea Julia à qui revenaient des réminiscences de vieilles lectures, devant cette danse indienne. Mit un baiser ardent sur la ligne médiane du dos poudré dont le doux éclat poli évoquait beaucoup mieux que le marbre, la nacre, ou l'ivoire, dans son esprit fort peu entiché de poésie.

Frissonnante, la jeune femme fit volte-face et tenta mollement de l'écarter.

— Oh !... Mon amour, ne faites pas cela...

— Tu es si belle, chuchota Rodolphe.

Son souffle se précipitait.

— Je n'ai plus guère envie d'aller là-bas, soupira-t-il.

Julia estima préférable de ne pas entendre :

— Et toi aussi, tu es beau. Que je te regarde !

Ils se contemplèrent un instant, et n'y tinrent pas davantage.

— Juste un petit baiser, promit Rodolphe, effleurant avec précaution la bouche qui s'offrait.

En même temps, ses mains se plaquaient avec fièvre sur les reins de sa femme.

Il sursauta :

— Diable ! Qu'est-ce ?

Tâta de nouveau. De nouveau, rencontra cette résistance bizarre :

— Mais qu'avez-vous donc là-dessous ? Ma parole ! On dirait...

Tâta encore :

— Du fer ! Mais c'est du fer !

— De l'acier, dit Julia qui riait. Voyons donc, n'avez-vous jamais entendu parler de crinolines ?

La stupeur atterrée de Rodolphe était trop drôle. Véritablement, on eût dit que la voix lui manquait.

Finalement :

— Montrez, proféra-t-il.

— Au retour, mon cœur. Quand ma robe ne...

— Tout de suite !

Le ton n'était pas particulièrement tendre.

— Mais enfin... Vous êtes extraordinaire avec votre

curiosité, se récria Julia. Vais-je devoir déranger toute ma toilette pour complaire à un caprice ? Il me semble que cela peut... Rodolphe !

D'une poigne brutale, il venait de relever d'un seul coup jupe, robe et sous-jupe, découvrant l'armature de cerceaux étagés qui enfermait le corps de sa femme depuis la taille.

Encore une fois, il parut en perdre la parole.

— Eh bien, gronda Julia, impatientée, comme le silence se prolongeait. Cela vous suffit-il ?

Il laissa retomber le satin comme un paquet.

— Tonnerre de nom ! Je crois que vous êtes devenue folle. Pensiez-vous que j'allais vous tolérer cette cage à poules ?

— C'est vous qui êtes fou ! attaqua Julia, à son tour. A-t-on jamais vu ?... Vais-je me mêler, moi, de régenter la coupe de vos caleçons ? Ou de partir en guerre contre vos bretelles ? Que cela vous plaise ou non...

— Je vous dis...

Elle devenait véhémente.

— ... Félicité, Herminie, tout le monde porte...

— Je me fous de tout le monde ! Otez-moi cela !

— Jamais de la vie !

Nez à nez, Rodolphe de haut, Julia de plus bas, ils se lançaient les répliques à la figure, sans se quitter du regard.

— O-tez-moi-ce-la ! gronda-t-il, martelant chaque syllabe. Et tout de suite ! Nous ne partirons pas avant.

— Ni après, si je l'ôte, c'est moi qui vous le dis !

Les veines saillaient sur les tempes de Rodolphe. Il recula d'un pas comme pour bondir.

Jamais encore, depuis leur mariage, Julia ne l'avait vu se mettre dans un tel état. Mais en elle aussi, la colère commençait à se boursoufler. Campée au milieu de la chambre, elle était décidée à ne pas céder d'un pouce.

Cependant, elle parvint à se réfréner pour tenter d'expliquer l'évidence à ce furieux :

— Je ne vais pas gâcher toute ma toilette. Tâchez donc de comprendre. Comment vous figurez-vous qu'elle puisse tenir, sans cela ?

Rodolphe se rua vers la penderie aux jupons d'un air à la Barbe-Bleue, les décrocha, trois, quatre, cinq, sept, à la file, et les lança en tas, par la porte ouverte, aux pieds de sa femme.

— Vous avez suffisamment avec ça pour vous harnacher comme une chrétienne.

— Non, c'est stupide, cria-t-elle, frappant du talon. Je ne céderai point à une tyrannie pareille. La robe est faite pour aller avec la crinoline et...

Il rugit :

— Je vous en ficherai, moi, des crinolines !... Vous mettrez ces jupons.

— Non, dit Julia, avec le calme subit qui précède de peu le déchaînement des forces surnaturelles.

Son mari marcha vers elle :

— Vous les mettrez ! Ou je...

— Non, je ne... — Un, et un, et... — ... les mettrai pas !

Aussi prestement que le permettait son corset à busc, Julia ramassait les jupons.

— Tenez !

Elle courut à la fenêtre, les traînant à la suite. Ouvrit :

— Là !

Bouche bée, les yeux exorbités, Rodolphe la regardait faire, doutant de ce qu'il voyait.

Les jupons prirent leur essor. Avec eux, une volée

d'anges parut quitter la pièce dans un grand battement d'ailes.

— Sacré tonnerre de nom de Dieu ! hurla le maître de maison.

Puis, il se tut de nouveau. On eût dit qu'il avait reçu un pavé sur la tête. Du moins Julia en eut-elle l'impression. Mais elle était trop hors d'elle-même pour s'y arrêter.

En bas, assis bien droit sur le siège de la voiture dans la houppelande de cocher qu'il étrennait, Ernest assistait, médusé, à l'atterrissage. Tandis qu'à la porte de la chambre, sa femme écoutait de toutes ses oreilles, sans oser se résoudre à frapper.

— Maintenant, conclut Julia la voix miaulante de colère, si vous l'exigez, je vais me déshabiller. Mais c'est vous qui rédigerez la lettre d'excuses à la préfète.

Le regard que lui jeta Rodolphe eût pu suffire à tuer un homme.

Moins qu'à moitié rassurée, elle attendit.

Des secondes. Des siècles.

Enfin, il articula :

— Venez.

Lui tourna le dos, gagna la porte en trois enjambées, rejeta le battant d'un coup de poing contre la muraille et, sans égards superflus, sortit le premier.

Demeurée seule, Julia, tremblante sur ses jambes, bondit vers la glace — quel visage avait la victoire ? — de là, au guéridon où étaient préparés gants, éventail, mouchoir, écharpe, et réticule, s'emmitoufla au vol dans la rotonde que Philomène entrée en tapinois tenait ouverte devant elle...

— Les enfants ?

— Ils dorment, Madame. J'en viens.

... Et s'élança dans l'escalier.

Le pas de Rodolphe sonnait sur les dalles du vestibule.

Julia ressentit subitement une bouffée de tendresse. Elle l'avait emporté sur lui. Et ne l'en aimait que davantage.

Du seuil, elle le vit, attendant devant la portière ouverte.

Le clair de lune doublait d'une ombre gigantesque sa silhouette coiffée d'un haut-de-forme.

A ses pieds, juste à ses pieds, l'un des jupons étalait sa tache claire.

« Vierge Mère ! »

Tandis que Julia hésitait :

— Philomène ! entendit-elle. Prenez une lampe et descendez ramasser ce qu'a laissé tomber votre maîtresse.

Le « Vous y êtes ? » qui suivit s'adressait à elle.

Lorsqu'il la vit installée, Rodolphe monta et s'assit dans le coin opposé.

Pour ridicule qu'eût été la sortie qu'il lui avait faite, se dit Julia, c'était elle, à présent, qui allait avoir à se faire pardonner. Et le profil durci qu'elle entrevoyait vaguement ne laissait rien présager de bon.

« Ah, Christ ! » Elle s'en souviendrait du bal de la Préfecture.

Et après être demeuré ainsi durant tout le trajet, sans desserrer les dents, comment croyez-vous qu'il se soit comporté ensuite, une fois au Roure ?

En visite à Avignon chez Félicité, à quelque temps de là, Julia avait entrepris de faire à son amie le récit de cette soirée dont leurs opinions avaient écarté les Peyrissac, comme chaque année.

Félicité eut une moue ironique :

— Oh ! ce n'est pas très difficile à imaginer. Il suffit d'être mariée pour savoir comment en usent les hommes dans ces cas-là. Je vois très bien le vôtre : il a dû papillonner de la meilleure grâce du monde, faire sa cour à toutes les pecques qu'il aura trouvé disposées à le souffrir ; danser, marivauder, charmer, enjôler, se rendre irrésistible. Et nos belles doivent se dire que leurs époux à elles sont bien ternes, bien bonnets de nuit, bien peu galants, en comparaison ; et que cette Julia Vernet a bien de la chance de posséder un pareil phénix. N'est-il pas vrai ?

— Exactement, dit Julia, avec un sourire qui durcissait légèrement au coin de ses lèvres. C'est à croire que vous y étiez.

Félicité leva la main et la laissa retomber d'un geste désabusé.

— A ce bal-là, non. Mais à tant d'autres.

Elles se regardèrent, pleines de compréhension réciproque.

— Et qu'a fait Julia Vernet, de son côté ? reprit Félicité, après un court silence, interrompant la méditation dans laquelle semblait se plonger sa compagne. Dites-le-moi, Julia. C'est cela surtout, qui m'intéresse.

Le sourire de Julia se serra encore.

— Je n'aime point demeurer en reste. J'ai donc tout mis en œuvre pour tenir ma partie au mieux. Et, vraiment, de vous à moi, Féli, je pense y être parvenue assez bien. J'ai beaucoup dansé, beaucoup ri, reçu de grands compliments, un certain nombre de regards langoureux, et d'autres assez cavaliers.

« Le bal était fort animé, l'ambiance agréable. Monsieur Sabatier d'Espeyran conduit un cotillon comme Castelbajac en personne. Que vous dire encore ?

« De l'avis général, ma toilette était parmi les plus réussies. Les Durand-Saint Amand, qui sont d'ailleurs charmants, m'ont fait mille amabilités. J'ai eu le privilège de converser longuement avec le maire qui semble être un homme tout à fait remarquable, et avec le docteur Béchet que j'avais déjà pu apprécier. C'est d'ailleurs à eux que je dois l'unique détente que j'aie pu éprouver au cours de cette fête. Vous comprenez. Féli, j'étais véritablement excédée de coqueter dans le seul espoir de faire ainsi la nique à Rodolphe, et le sérieux de ces deux médecins qui, eux, enfin, parlaient pour dire quelque chose... ah ! je ne puis vous dire quel bien cela m'a fait.

— Oui, acquiesça Félicité, pensive. Je vois. Arsène m'a dit une fois quelque chose de semblable. Mais moi, enchaîna-t-elle avec sa volubilité coutumière, vous connaissez ma pauvre cervelle. Jamais ce qui s'y passe n'intéresserait un Paul Pamard ou un Joseph Béchet. Je suis vouée aux cotillons, mon ange. Tout ce que je puis faire est de m'efforcer d'y briller.

« Dites-moi plutôt comment s'est terminée toute l'affaire. Et puis vous me détaillerez les toilettes, l'assistance, le buffet, l'orchestre. Je vais donner mon grand raout le mois prochain, et je tiens à ce que les choses soient faites chez moi aussi bien qu'elles se font dans le camp d'en face. A propos, vous viendrez, n'est-ce pas ? J'y compte. Je n'inviterai personne que vous puissiez être gênée de rencontrer, et... Bon ! nous en reparlerons tout à l'heure. Ensuite ? Comment l'histoire a-t-elle fini ?

— Bah ! cela s'est arrangé assez vite, dit Julia, évasivement. Bien entendu, moyennant le sacrifice de la crinoline.

Il y avait des choses... Même à Félicité, elle n'avait nulle envie de tout dire. Elle en était d'ailleurs encore à se demander jusqu'à quel point cette preuve de sagesse qu'elle avait cru donner, comme une tendre mère peut accorder un gage de conciliation à son enfant capricieux et gâté, n'avait pas été seulement l'impulsion irrésistible d'un amour devenu capable de s'humilier de son plein gré, depuis deux ans bientôt que le mariage ne cessait de l'approfondir.

En ce cas, avait-elle eu raison, ou tort, de renoncer à son avantage ? En sortait-elle diminuée, ou non ?

Rentrant à Mogador, le soir de sa visite à Félicité, seule dans la voiture, elle se le demandait encore, revivant la scène par la pensée, telle qu'elle s'était passée durant cet autre retour :

« — Rodolphe... » Dormait-il ? feignait-il de dormir ? Dans cette laide, noire, fin de nuit, elle ne distinguait de lui qu'une masse imprécise occupant l'extrémité de la banquette. « — Rodolphe... »

Sans doute trouvait-il plus commode de ne pas répondre ? Ou bien souhaitait-il la punir ?

Doucement, par un glissement presque imperceptible, sous la couverture qui la protégeait, elle s'était rapprochée de lui jusqu'à s'appuyer contre son bras, sans qu'il réagît en aucune manière.

« — Rodolphe, m'en voulez-vous toujours ? » Cette intolérable absence dans laquelle il s'enfermait à côté d'elle.

Elle s'était mise à le secouer :

« — Rodolphe, Rodolphe ! répondez-moi. »

La réponse était venue sans ambages :

« S'il vous plaît, tenez-vous tranquille et laissez-moi dormir. Vous êtes odieuse. »

Non, il ne le pensait pas. Sûrement pas. Mais, de toutes manières, cela faisait mal à entendre. Comme un coup qu'elle eût reçu. Elle n'avait qu'à y repenser, la même douleur était là, aussi vive. Si l'on appuie à l'endroit meurtri...

« — Mon amour, que faut-il faire pour que vous m'aimiez de nouveau ? »

« Qui est-ce qui parle ? Il y avait une fille : Julia Angellier. Qu'est-elle devenue ? *Nous n'irons plus au bois. Les lauriers sont coupés.* Les lauriers... Les lauriers. Quels lauriers ? Tout perdre, tout quitter. Et, par deux fois, s'ouvrir en deux pour lui donner un enfant, puis un autre. *Mon amour, que faut-il faire ? ...* »

« — Rien du tout ! Vous avez laissé passer l'heure pour vous en inquiéter. »

Cela n'avait aucun sens. Il leur restait toute la vie. Rodolphe le savait aussi bien qu'elle. C'était pour cela qu'il en profitait. Mais cette rancune chez lui qui en avait si peu ! Sait-on ce qui blesse un être ? Sans doute en avait-elle blessé, et plus cruellement, bien plus, pensait-elle, des centaines d'autres. « Mais Rodolphe... *Une seule chair...* » C'était elle qui souffrait.

En la voyant se lever, dans l'étroit espace brimbalant de la voiture, il s'était exclamé :

« — Mais, sacrédié ! qu'est-ce que vous fichez ? »

Sans mot dire — à son tour — elle avait continué à fourrager sous sa robe de bal retroussée, peinant à l'aveuglette, les mains derrière le dos, tâchant à retrouver sous ce poids de tissus en fouillis les agrafes à défaire, les cordons à dénouer.

Cette robe tenait toute la place. Rodolphe la regardait sans broncher empiéter sur lui, couvrir ses genoux.

Lui, toujours prêt à s'émouvoir, d'habitude, attirait la couverture que sa femme avait repoussée et s'entortillait dedans, ostensiblement.

« Exprès, bien sûr. Il n'a jamais froid, les autres jours. Et ces cordons qui... Oh ! » En se dressant, Julia avait aussi entrevu le côté spectaculaire qu'aurait son geste, escompté l'effet. C'était manqué. Qu'elle continuât à s'escrimer en vain, ou qu'elle y renonçât et se rassît, maintenant, le ridicule était le même. « Oh, Christ ! » Elle avait envie de prier : « Seigneur, venez à mon secours... » Mais pouvait-elle engager le Seigneur dans une histoire aussi grotesque ? « Et Rodolphe... » Rodolphe n'aurait-il donc aucune pitié ?

Au fond, c'était ce cahot qui avait sauvé la situation. Une secousse dont la violence l'avait culbutée sur lui. Il avait bien fallu qu'il la retînt. En jurant comme un Turc.

L'affolement, la rage, la honte, le chagrin, qui l'avaient assaillie dans cette posture, tandis qu'empêtrée, elle essayait de se relever et s'accrochait à lui pour y parvenir, enfin, avec quelles difficultés !

« — Au nom du ciel, aidez-moi ! »

« — Mais, tonnerre de nom ! à quoi faire ? »

Et sa voix à elle, étouffée, tremblante :

« — A “la” quitter ! »

Elle en était à se demander s'il l'avait seulement entendue, lorsque, tout à coup, avait éclaté ce rire énorme, invraisemblable. La dernière chose qu'elle eût imaginée.

« — Pardieu, elle est bien bonne ! Vous avez de ces idées, ma mie... ! »

« — Rodolphe ! »

Rodolphe enfin retrouvé. On eût dit un retour après quelque longue séparation.

Ces mains puissantes qui arrachaient les ressorts d'acier, écrasaient ceux qu'elles ne pouvaient défaire, repoussaient, écartaient la soie crissante, la batiste, les volants, tiraient dessus à grands craquements, sans que Julia songeât à protester, pour une fois.

La robe, elle en aurait une autre qui ne garderait pas dans ses plis et ses ornements le souvenir d'une querelle.

Plus de guirlande. Un écroulement de tresses. Les épingles à cheveux, Ernest, le lendemain, avait dû en trouver une jonchée par terre, et dans tous les creux du capiton.

« — Brute ! ma méchante brute à moi ! Je te... »

« — Chatte que tu es ! »

S'étreindre, se mordre, avec des râles que leur arrachait la frénésie.

La belle rotonde en velours ouatiné, toute neuve, repoussée en tapon leur avait servi d'oreiller.

La crinoline, ils s'en étaient débarrassés par la portière. Une carcasse démantibulée qui devait se rouiller dans un fossé, quelque part, vers les sablières de la Durance.

Il y avait huit jours de cela, et Julia, frémissante à la seule évocation d'un ou deux détails, croyait respirer encore dans cette voiture l'odeur de l'amour.

Tout eût été pour le mieux, en somme, si, depuis lors, Rodolphe, tout glorieux, n'eût arboré un air... « Un air... ma foi ! condescendant. » Tendre, gentil. Mais condescendant, sans l'ombre d'un doute. Laissant Julia augurer des difficultés qu'elle allait rencontrer pour reconquérir son prestige.

« Il n'y a pas cinquante tactiques », conclut-elle, après un examen approfondi de la situation.

Susciter un soupçon d'inquiétude dans l'esprit de son mari paraissait le moyen le plus efficace de combattre cette insolente confiance qu'il manifestait en sa propre supériorité.

« Eh bien donc... ! » se décida-t-elle, sans enthousiasme.

Coqueter n'avait jamais été de son goût. Les talents qu'il y faut déployer : mines de chattemite, fausse innocence, affectation de légèreté, patience, lui faisaient défaut. A ses yeux, « le jeu n'en valait pas la chandelle ».

Ce n'était pas un jeu, non plus, qu'elle allait entreprendre, mais une tâche comme une autre, et plus délicate. Afin de ramener son ménage au point d'équilibre où le fléau d'une balance juste cesse d'osciller.

Rodolphe, qui ne s'en doutait pas, apporta le bâton pour se faire battre : trois semaines plus tard, à son instigation, Julia donnait sa première grande réception : un dîner de dix-huit couverts.

Nappes brodées, vaisselle d'apparat, argenterie, flambeaux, furent mis en branle. Ernest et Philomène affectés au service de la table firent leurs premières armes encadrés par les domestiques magnifiquement stylés prêtés par Félicité Peyrissac.

Lorsque la file des voitures eut quitté Mogador, tard dans la nuit, ramenant les Durant-Saint Amand, les Béchet, les Pamard, les Sihol, les Ernest Verdet vers Avignon, les Marquet-Rageac vers Tarascon, les Sabatier d'Espeyran vers Arles, le maître de maison, sirotant un ultime petit verre de fine champagne pour accompagner la fin de son cigare, voulut bien se déclarer satisfait.

Effondrée plutôt qu'assise dans un fauteuil, à bout de fatigue et de nervosité, Julia reçut ses éloges, trop lasse pour en savourer tout le prix.

En même temps, elle jaugeait d'un coup d'œil circulaire le désordre qu'il y aurait à faire disparaître, dès le lendemain matin.

— Oui, n'est-ce pas ? Cela s'est passé convenablement, soupira-t-elle, se retenant de bâiller à grand-peine.

— A la perfection, vous pouvez le dire, ma chatte.

Il bâilla, lui, sans ménagements.

Tant mieux qu'il n'eût pas remarqué l'incident du foie gras. Et les hésitations dans le service. Et...

— Dommage, dit-il, que nous n'ayons pu avoir les Peyrissac. Arsène est par trop stupide avec ses préventions. Tous ces gens-là le valent largement, que je sache. Mais votre amie Herminie est charmante. Excellente idée de l'avoir invitée. — Il bâilla derechef. — Charmante, oui, vraiment. Et quel feu ! quelle vie ! — acheva d'éteindre son cigare. — Eh bien voilà... Montons-nous ? Vous tombez de sommeil.

Lui, il était guilleret. L'œil frais, la parole abondante, le geste vif :

— Quant à moi, pour un peu, je recommencerais sur-le-champ, ma parole !

Julia se rappelait des soirées semblables, à la Sarrazine. En un temps où elle aussi n'avait qu'à soigner sa toilette, et parader à table et au salon. A une autre le souci et la fatigue.

— Allons, ma mie. Faut-il vous porter ?

Il aimait à le faire : « une plume ». Cette gracilité lui donnait agréablement la mesure de sa propre force.

— Non, se défendit Julia, avec un grain de rancœur. Ce n'est pas la peine.

Mais elle le laissa malgré tout la soulever.

— Hop, là, Madame !

Dans la chambre, tout en se déshabillant — « Cette insupportable manie de tout lancer au hasard. N'importe où cela tombe ! » remarqua une fois de plus sa femme — Rodolphe dit encore :

— Alors, pour les Peyrissac, il faudra en organiser un autre. Voyez qui nous pouvons avoir en même temps qu'eux. Nous mettrions cela, par exemple, à la semaine prochaine.

Là-dessus, ils reçurent à leur tour force invitations.

Et Julia eut bientôt autour d'elle une petit cour suffisamment assidue pour que Rodolphe, en même temps qu'une ombre de jalousie inavouée, en conçût un renouveau de considération. Tandis qu'elle-même trouvait un amusement imprévu à jouer son rôle.

Où ne les vit-on pas, cette année-là ?

Ils assistèrent, en février, au Théâtre d'Avignon, à la fameuse représentation que vint y donner Virginie Déjazet. Ils entendirent *Galatée, Moïse, Fra Diavolo, les Diamants de la Couronne, les Huguenots*. On put les rencontrer aux séances de magnétisme, aux tableaux vivants, aux concerts de bienfaisance, aux prédications du Carême, à tous les bals, toutes les réunions, partout à Avignon, à Arles, à Tarascon, à Saint-Rémy, à Beaucaire.

Les fêtes se multipliaient. La paix était revenue depuis un an. L'on portait le chapeau *à la Malakoff*. Les *Zouaves artistes du Camp d'Inkermann* parcouraient la France en jouant des saynètes. Avignon, pour sa part, leur avait fait un succès. Les cafés regorgeaient de monde. On pouvait y voir, chez Bugeaud, monsieur Titon de Rognonas pratiquer la lutte libre avec son partenaire le sieur Alphonse ; et chez le concurrent, un montreur de fantoccini. Un Café-Concert s'était ouvert, à l'instar de Paris, à deux pas de la place de l'Horloge. Il était du meilleur ton, pour les jeunes ménages élégants, d'aller au moins une fois s'encanailler en bonne compagnie dans ce « bastringue » où la jeunesse dorée avignonnaise tenait ses assises, manifestant bruyamment pour ou contre les artistes.

On attendait d'ailleurs la comète. Les savants l'avaient annoncée pour le treize juin, et, avec elle, la fin de la planète. « Profitons de notre reste ». Les Vernet n'y croyaient ni plus ni moins que les autres. Mais, comme les autres, ils « profitaient ».

Ils allèrent même à Nîmes, au début de juin, pour assister à une course de taureaux, malgré la réprobation de leurs amis avignonnais envers ce divertissement encore dans toute sa nouveauté.

— ... Barbare, si tu veux. Je te l'accorde, dit Rodolphe à Arsène Peyrissac. Mais, sacrédié, que c'est beau ! Va le voir, seulement. Nous en reparlerons ensuite.

Julia, elle, avait difficilement supporté le spectacle.

Et, finalement, la comète épargna la terre.

L'été vint. Un bel été.

Plus amoureux que jamais, Rodolphe n'affectait pas même envers sa femme cette indifférence qui est de règle, en public, chez les méridionaux.

Il l'emmenait à Avignon, chaque dimanche, après Vêpres. L'on s'y retrouvait entre amis, l'on allait ensemble déguster des bavaroises glacées, aux terrasses en plein air de la place de l'Horloge. Le soir, tous deux dînaient parfois dans les bosquets du *Jeu de Paume*, sous la rotonde de verdure habilement éclairée au gaz. Aux tables voisines, Rodolphe identifiait pour elle les lorettes les plus en vue de la ville ; et Mlle Gabrielle, l'étoile de la troupe de comédie durant la saison qui venait de finir ; et la prima donna, Mme Ismaël ; et Eugénie Luguet, l'ancienne coqueluche du parterre, qu'un riche marchand de bois de la Fusterie [1] avait épousée en grande pompe à Saint-Agricol.

De temps à autre, Julia surprenait un coup d'œil qu'on lui jetait, un regard posé sur son mari.

---

1. *La Fusterie* : Quartier élégant d'Avignon, dont Saint-Agricol est l'église paroissiale. La plupart des rues anciennes portent encore le nom d'une corporation. Ici : rue des Fustiers.

Elle savait qu'il était venu là, autrefois. Cependant mise en présence de ces femmes auxquelles elle avait si souvent songé avec tant de haine impuissante, elle se découvrait apaisée.

Rodolphe les regardait sans nulle gêne, visiblement dépourvu d'arrière-pensée. Aucune qui l'intéressât particulièrement. Il ignorait leurs sourires.

Un passé usé jusqu'à la corde. Il pouvait encore s'amuser à en faire les honneurs à sa femme. Pour lui, c'était bien fini. Julia le sentait.

4

Mogador prospérait. Les comptes arrêtés, à la fin de l'année, le jeune ménage eut devant lui une somme importante.

Julia craignait un peu que son mari ne la dépensât en quelqu'une de ces fantaisies ruineuses qui lui venaient. Mais il saisit au vol une occasion, et le domaine s'agrandit d'un beau morceau de terrain, outre celui qui demeurait compris dans l'exploitation acquise pour être louée à bail.

— Deux fermes ! Et nous aurons la troisième un de ces jours, vous verrez, ma mie. Mogador finira par s'étendre jusqu'au barrage. Un joli bien au soleil, hein ?

Tous deux aimaient la terre du même amour patient qui ne lui marchandait ni efforts ni sacrifices.

Désormais, ils poussèrent fréquemment leurs chevaux du côté du barrage. Une pente rocailleuse, boisée de pins, descendait vers le creux verdoyant où miroitait l'eau. Longeant la rive, ils en faisaient le tour pour rejoindre le chemin de l'étang ; et rentraient en suivant le bord de la roubine jusqu'à l'allée des pins.

Julia avait toujours aimé cette promenade. A présent, elle se plaisait à penser qu'un jour, tout cela lui appartiendrait.

Rodolphe mettait ses espoirs au galop :

— Vous avais-je pas prédit qu'à nous deux, nous ferions de Mogador le plus grand domaine de la région ? Attendez seulement vingt ans, et vous m'en direz des nouvelles.

Vingt ans ? C'était bien loin, songeait Julia. Ils seraient vieux, alors.

— J'espère le voir avant.

De fait, l'avenir s'annonçait bien.

Ils y prenaient d'ailleurs peine. Elodie Vernet elle-même n'eût pas trouvé grand-chose à redire à l'administration de son fils et de sa bru.

— Il faudra bien, dans quelque temps, que nous fassions le voyage d'ici à Tourvieille, disait Rodolphe. Nous pourrions laisser les petits à la garde de Philo, pour quelques jours. Avec elle, vous êtes tranquille.

Mais Philomène, lui rappelait Julia, attendait incessamment un autre enfant : ce n'était guère le moment d'alourdir sa charge.

— Remettons au printemps prochain, mon amour. A ce moment-là, Amélia marchera, elle aussi. Je pourrai les emmener, quitte à m'occuper d'eux toute seule.

— Mère poule ! lui glissait Rodolphe, en riant. Vous trouverez toujours un prétexte.

Mais il aimait voir sa femme penchée sur les enfants qu'il lui avait faits, avec cette expression de douceur attentive que son visage ne revêtait guère que pour eux.

— Cela vous plaît de pouponner. Je parie que, dès que ces deux-là auront un peu grandi, c'est vous-même qui m'en demanderez un autre.

— Eh là ! cela vous plaît à dire, à vous, qui n'en avez que l'agrément, se défendait Julia.

Mais Rodolphe voyait bien à la clarté de ses yeux qu'elle ne craignait pas la peine.

Rodolphe, les enfants, et Mogador, étaient toute sa fierté. Si seulement elle avait pu, ne fût-ce qu'une fois, les présenter à sa mère, dans toute leur gloire.

— Mais c'est de sa faute : pourquoi ne vient-elle pas ? Qui l'en empêche ? Constant se chargerait bien de l'amener. Vous ne me direz tout de même pas que la passion qu'elle nourrit pour votre père lui interdit une petite cachotterie aussi inoffensive ? Allons donc ! Et d'ailleurs, puisqu'elle vous écrit ?... Non, la vérité est qu'elle se refuse à mettre les pieds chez son gendre. Sacrédié, dirait-on pas que je suis l'Antéchrist ? marmonnait-il, en s'en allant pour ne pas céder à la tentation d'en dire davantage.

Julia savait qu'il avait raison et que cette probité rigoureuse avec laquelle on s'acquitte seulement envers ceux-là qui n'auront jamais rien à attendre d'un élan du cœur ne motivait pas uniquement la conduite de Constance. Elle en discutait parfois avec son frère, et il arrivait assez étrangement qu'il prît fait et cause pour Rodolphe, tandis que la jeune femme défendait l'attitude de sa mère.

Et, malgré ce, refusant de perdre espoir, elle se remettait à une autre lettre :

« *Vous seriez en extase devant nos roses, Maman chérie, vous qui les aimez tant. Celles que Rodolphe a fait mettre l'an dernier ont fleuri à profusion. Elles donnent encore. Si ce temps continue, nous en aurons sur la table pour Noël.* »

Elle racontait tout, au fur et à mesure. Tout ce qu'il n'y avait pas, à la Sarrazine. Comme elle eût accumulé les tentations : le magnolia qui, en mars, avait fait des fleurs énormes ; les grandes cosses brunâtres ressemblant aux caroubes des chevaux que l'automne suspendait aux arbres de Judée ; la nouvelle pelouse qui entourait à présent le cèdre et le miroir d'eau ; les allées, le rond de conversation, taillés à travers les massifs de laurier-tin, les orangers qui faisaient l'orgueil de Rodolphe. « *... Et, vous savez, doucette, on vient les admirer de tout le voisinage. Et l'un des palmiers, cet été, a porté des fruits : petits, verts, vous eussiez cru des olives.* » La dalle funéraire ignorée jusqu'alors, découverte par hasard, un jour, sous un tas de feuilles pourrissantes et de branches mortes que Rodolphe avait ordonné de brûler ; la fraîcheur d'une clairière perdue dans le sous-bois, avec sa vieille noria. Il faisait bon aller s'y asseoir, sur la margelle, durant les après-midi torrides que l'on avait eus au mois d'août. « *Et l'an prochain...* », le parc serait plus beau encore. Rodolphe avait engagé un vrai jardinier, un homme dans la force de l'âge. Il abattait du travail. Le père Eustache qui, lui, n'y entendait pas grand-chose, n'aurait plus que l'entretien.

Constance avait toujours rêvé d'avoir un jardinier. A la Sarrazine, les taillis poussaient à leur gré ; et l'on n'entretenait guère que quelques hortensias et deux maigres corbeilles au pied de la terrasse.

Julia avait ses fleurs, son arbre, même : ce magnolia, planté au coin de la maison par Rodolphe, en l'honneur de son anniversaire. Elle avait ses domestiques. Plus que sa mère n'avait jamais eu.

« Et tout cela, semblait-elle dire, c'est l'homme dont les miens n'ont pas voulu, qui me le donne, avec son amour ».

Tout cela et un si grand trésor : « *Vos petits-enfants, Mère chérie, n'avez-vous point envie de les connaître ? Si vous voyiez comme ils poussent. Cyprien est un bon garçon. Pataud, mais bien dru. Il n'a peur de rien. Et Amélia commence à faire quelques pas. Elle a l'air d'une petite rose. Son père en fait des folies. Je suis sûre que c'est à vous qu'elle ressemblera. Elle a vos yeux.* »

Un jour, songeait Julia, les enfants finiraient bien par peser de tout leur poids contre la détermination de Constance.

Chaque fois qu'elle les regardait, elle s'émerveillait qu'ils fussent siens.

Ils jouaient par terre, à ses pieds, avec les chiens, en compagnie du fils de Philomène. Jaloux ou méfiant, *Réglisse*, le chat de Julia, se tenait à l'écart. Mais *Milord* et *Dandy* abandonnaient volontiers leur maître pour se prêter aux caprices de ces trois petits personnages.

Fréquemment, il arrivait ainsi que Julia les gardât tous ensemble, tandis que sa servante s'occupait à quelque besogne de confiance que la fille de chambre n'eût pas su mener à bien.

Philomène, en revanche, berçait, débarbouillait, embrassait, talochait aussi, au besoin, « les petits des maîtres » et le sien, avec la même tendresse rugueuse. Et admettait tout naturellement que sa maîtresse en usât de même.

Elle adorait particulièrement Amélia qu'elle avait élevée depuis la naissance, et nourrie de son lait à la place de Julia qui n'en avait pas eu assez.

Grande, forte, la poitrine avantageuse, elle avait des traits lourds qui contrastaient avec ses yeux perçants. Point belle, ni même attirante. Mais honnête, dure au travail. La première debout, la dernière au lit, à Mogador, bien qu'elle fût alors dans les derniers temps de sa grossesse.

— Repose-toi donc, ma pauvre, lui disait quotidiennement Julia. Tu seras bien avancée quand tu nous auras fait une fausse-couche. L'argenterie peut attendre, que je sache ! D'ailleurs, ce n'est pas ton travail. Tu n'as qu'à dire à Pierroune de la faire.

Philomène secouait la tête :

— Pierroune, Pierroune !...

Et n'en astiquait qu'avec plus de vigueur.

« Une pas grand-chose, Pierroune. Qui ne pensait qu'à courir les votes [1] des alentours, les dimanches d'été, pour y badailler [2] ensuite, l'hiver durant, au lieu de se tenir à son ouvrage. Madame lui en passait trop. »

Peu à peu, elle étendait son autorité sur les autres domestiques. Ils la craignaient, la voyant investie de la confiance de leur maîtresse. Philo en profitait : elle tarabustait la fille de chambre, et plus encore la lingère qui avait d'elle une peur bleue, risquait un œil sur les fourneaux sans que la cuisinière, pourtant imbue de son importance, osât protester trop fort contre les empiètements de ce Maître Jacques femelle ; et trouvait encore le moyen de dire son mot sur l'activité du jardinier et des valets d'écurie. Il n'était pas jusqu'à son mari qui ne passât sous sa barre.

— Philo, l'a beau être qu'une femme : c'est quéqu'un, confessait Ernest, les matins où il s'épanchait auprès de son maître, en lui montant l'eau chaude pour sa toilette.

Tous deux s'étaient faits à leur nouvelle condition et s'enorgueillissaient naïvement d'appartenir à Mogador.

A leur entrée en fonctions, la plupart des tâches qui s'étaient présentées étaient nouvelles pour eux. Ils s'étaient mis aux leçons de Julia avec une patience égale à la sienne. En quelques mois, Ernest était devenu un valet passable, tandis que les attributions de sa femme s'élargissaient démesurément.

1. *Votes* : Fêtes de village.
2. *Badailler* : Rêvasser.

Le goût du commandement dont était dévorée Philomène trouvait son miroir et son modèle devant la poigne avec laquelle gouvernait Julia.

En outre, les enfants avaient mis d'emblée entre sa maîtresse et elle le lien d'une compréhension qui tournait à la connivence.

« A la collusion », eût même volontiers dit Rodolphe quand, oubliant sans remords, loin des regards de Julia, l'urgence d'une commission dont elle l'avait chargé, pour se laisser aller à discuter politique entre hommes avec quelque menu propriétaire, il voyait tout à coup le grand nez de Philo et l'éclair de son œil poindre à l'entrée du petit cabaret de Fontfresque.

— Monsieur pense au ramoneur pour le tuyau de la cuisine ?

— Ça va bien, Philo. Je sais ce que j'ai à faire. Fichez-moi le camp.

« La garce ! » Mais il achevait son verre de vin blanc. Et se levait. Et y allait, un moment après.

Le mois de décembre ramena encore une fois ceux de Tourvieille.

Antoine avait changé, depuis la fin de ses études. « Comme il est devenu homme ! » s'étonna Julia. Un an passé sur une terre devenue sienne avait consommé la métamorphose. Il parlait haut, à présent, même en présence de sa mère, avec une assurance que la jeune femme ne lui avait jamais connue.

Il s'était présenté au tirage au sort, et le sort, à son propos, avait joué un mauvais tour à la bourse d'Elodie Vernet.

— Nous avons dû lui acheter un remplaçant. Il m'en a coûté une fortune. Je suis sûre qu'on m'a volée comme dans un bois.

« Croirait-on pas qu'elle parle d'un bœuf ou d'un

âne ? » ironisa, en son for intérieur, Julia, assez portée à l'agressivité lorsqu'il s'agissait de sa belle-mère.

Rodolphe, lui, était tout épanoui de retrouver les siens.

— Vous n'aviez qu'à l'y laisser aller, Mère. Ça lui aurait formé le caractère ! Et vous auriez épargné votre bel argent. Hein, mon garçon ? insista-t-il, enchanté de sa plaisanterie, en se tournant vers son frère. Du galon (avec un peu de chance), des filles, des chevaux, du pays. La belle vie ! Tu n'en as pas autant à Tourvieille ! Moi à ta place...

Antoine lui coupa sa période :

— Mêle-toi de tes affaires.

L'air furieux, il ajouta :

— Tout le monde n'est pas né avec une âme de soudard. Il suffit d'un dans la famille !

— Tonnerre de nom ! gronda Rodolphe, montant comme une fusée. C'est pour moi que tu parles, ou quoi ? Tu veux que je t'apprenne qui était notre père ? Espèce de petit jean-f... !

— Rodolphe ! — Elodie Vernet faisait son entrée dans le débat. — Tu vas me faire le plaisir de te taire !

« *La Tour, prends garde...* » se dit Julia.

Appuyée contre la cheminée, elle les contemplait d'un œil sans indulgence, tordant machinalement entre ses doigts la frange dorée de la housse de velours rouge qui recouvrait la tablette.

— ... Je ne tolérerai pas que mes fils...

— Tu ne me fais pas peur, tu sais ? claironna Antoine, à tue-tête, se mesurant du regard avec son aîné.

Tandis que Rodolphe tonnait :

— Et moi ! Vais-je tolérer que ce béjaune...

« Une maison de fous », pensa Julia, horripilée.

A la Sarrazine, M. Angellier avait seul le droit aux

grands éclats. Cela mettait tout de même moins de désordre. « Ils finiront par me donner du regret. »

En attendant, elle devait faire quelque chose. Avant que ces énergumènes n'en vinssent aux mains sans savoir pourquoi.

Elle promena les yeux autour d'elle et avisa les pincettes et la pelle suspendus à côté du foyer.

Du bel et bon cuivre, massif. Dont la chute devait bien pouvoir faire quelque tintamarre.

Cela en fit.

Dans la stupeur et le silence obtenus sur-le-champ, Julia se hâta de morigéner son époux.

— A quoi pensez-vous, Rodolphe ? Je me sens honteuse pour vous. Votre mère, voyons !

L'expression d'Elodie Vernet parut indiquer qu'elle se fût passé d'un tel champion. Julia le remarqua sans déplaisir, et y puisa un surcroît de virulence :

— Vous êtes ridicule, mon pauvre ami. Antoine répond à votre taquinerie par une autre, et vous voilà tout de suite à jeter feu et flammes, avec des cris d'écorché vif.

La sécheresse de la semonce laissa Rodolphe bouche bée.

— Venez, continua-t-elle, prenant le bras de son beau-frère. Laissons ce furieux se calmer.

Jamais Antoine, lui non plus, n'eût dû se fâcher pour si peu. « Il faut qu'il y ait quelque anguille sous roche », pensait-elle, entraînant le jeune homme.

Rodolphe et sa mère suivirent leur retraite du regard, bouillant, l'un et l'autre, de sentiments contradictoires.

De toute évidence, la porte à peine refermée, la réconciliation, pensa Julia, allait se faire sur son dos à elle.

« *Ta femme...* » Bah ! Pour l'instant, il s'agissait d'abord de confesser Antoine.

Il se laissait remorquer de mauvaise grâce.

— Allons donc ! Montrez un peu de courtoisie. Je n'en puis plus de vous tirer comme cela. Vous ne perdriez rien à conserver vos bonnes manières, au moins avec moi.

Eperonné de la sorte, Antoine fit un effort et la suivit sans plus rechigner. Ils montèrent dans la chambre des enfants.

Philo venait de coucher Cyprien. Elle rangeait ses vêtements.

— Laisse, je finirai, dit Julia. Descends plutôt voir si rien ne cloche, et dis à Pierroune de mettre le couvert.

Les deux autres, en bas, se trompaient, s'ils se figuraient pouvoir prendre leurs aises pour déblatérer contre elle.

Tout en vaquant à la toilette d'Amélia, elle commença négligemment, sans regarder son beau-frère :

— Et vous, aussi ! Quelle idée d'aller prendre au sérieux une boutade de Rodolphe ? Comme si vous ne le connaissiez pas.

Elle parut s'absorber dans le déshabillage minutieux de sa fille :

— La chemise, vite ! Voilà. Et maintenant, ma perle, un petit baiser à Maman.

— Il lui arrive de passer les bornes, grommela Antoine, le dos tourné.

Laissant agir le calme de la pièce, Julia mettait au lit l'enfant heureusement à moitié endormie.

Au bout d'un moment, Antoine grogna de nouveau :

— J'ai tout autant de raisons pour tenir à rester à Tourvieille que lui à Mogador. Si quelqu'un était venu l'exaspérer en lui suggérant de s'en aller au diable vauvert faire le jocrisse dans un uniforme, à l'époque où il ne pensait qu'à vos rendez-vous !...

« Ah ! Ah !... »

Le fil une fois découvert se déroula tout seul, ou presque. En une demi-heure, Julia connut le secret dans ses moindres détails, le nom de la jeune personne, la couleur de son teint, de ses cheveux et de ses yeux, sa manière de s'habiller, le processus de leurs rencontres, la matière de leurs conversations, le nombre de danses qu'Antoine avait obtenues.

Rasséréné, il se laissait aller :

— Lucie... — Sa langue éprouvait les syllabes, les goûtait, les sirotait comme une gorgée de liqueur. — Lucie... Connaissez-vous un plus joli prénom ?

Julia en connaissait toujours bien quelques-uns de plus laids. Sans se compromettre, elle adressa à son beau-frère le plus compréhensif des sourires.

— Et... elle vous aime, naturellement ?

Antoine se troubla.

— Mon Dieu, je... Je ne le lui ai pas encore demandé...

Qu'attendait-il ? Julia avait envie de rire.

— ... Mais je crois que oui.

Elle jeta un coup d'œil sur le lit du bébé. Puis passa à celui où Cyprien dormait depuis un moment d'un sommeil bruyant qui évoquait déjà celui d'un homme. Et vint enfin rejoindre Antoine près de la cheminée.

— Et la famille ? J'espère que, de ce côté, vous n'aurez pas les mêmes ennuis que... que nous, acheva-t-elle précipitamment, un peu gênée malgré son assurance habituelle.

Il n'y avait pas lieu de l'être. Obnubilé par son propre cas, Antoine parut trouver la question normale.

— Oh non ! Non, je ne pense pas. M. Aillaud a ses

entrées chez le sous-préfet d'Arles. Je vous disais, tout à l'heure : c'est là que nous nous sommes vus et...

— C'est vrai. Pardonnez-moi. — Elle avait déjà oublié le début. Une histoire pareille à toutes les autres dont elle avait reçu la confidence. Le seul intérêt de celle-là était qu'Antoine en fût le héros. — Eh bien, mais... il faut vous en ouvrir à votre mère, maintenant.

Une agréable sensation de se représenter l'omnisciente, omniprésente, omnipotente madame Vernet, en bas, encore à cent lieues de la révélation que son propre fils, son cadet chéri, la prunelle de ses yeux, venait de faire sans marchander à Julia.

— Je comptais sur Rodolphe, dit piteusement Antoine.

Curieuse façon, en ce cas, de se ménager une alliance. Julia se mordit les lèvres.

Sa gaieté risquait de se trahir. Par contenance, elle s'agenouilla devant le feu déjà arrangé pour la nuit par Philo et remua deux ou trois bûches.

En se redressant, elle rencontra les yeux d'Antoine.

— Allons, sourit-elle, ne vous mettez pas en peine. Je lui en parlerai dès ce soir. Vous savez bien ce que durent ses colères.

Rodolphe accepta volontiers l'ambassade, après s'être pourléché les babines au récit de Julia.

Imaginer son jeune frère en amoureux transi lui paraissait le comble de la drôlerie. Ces choses-là n'arrivent qu'à soi. Et quant à sa belle...

— Lucie Aillaud ? Bien sûr que je la connais. Et vous aussi, ma mie. Rappelez-vous, chez les Sabatier, l'hiver dernier. Une blonde, en effet. Gentille. Bien potelée. L'air d'un mouton d'opéra-comique. Voyez-vous Antoine avec une houlette à rubans ? Le bougre !...

Il entonna :

« Oh ! mon berger fidè-è-è-le... »

Sa femme dut le faire taire :

— Chut ! Les enfants.

— Oui, ma mie. C'est égal ! Sacré Antoine !...

Il s'esclaffait de nouveau.

Julia le nargua :

— Tout le monde n'a pas un faible incompréhensible pour les filles maigres, petites, avec des yeux...

— ... des yeux qui ont l'air d'avoir déteint à la lessive. Oui, ma mie, oui, vous avez raison. Et par-dessus le marché, dotées d'une fameuse langue de peste.

Sans mot dire, pour lui donner le démenti, Julia, faute de pouvoir s'en prendre efficacement à des cheveux taillés de trop près, lui frictionna les oreilles jusqu'à l'écarlate.

— Assez ! Assez ! — Il se leva brusquement. — Ouf ! Vous n'avez pas non plus les doigts endormis.

Se retournant, il empoigna Julia :

— Fini de rire. En attendant les noces, au lit ! Ouste ! Et vivent les futurs époux.

Mme Vernet douairière tint un autre langage, le lendemain matin.

Le premier choc surmonté, à l'attaque de son fils aîné elle opposa l'état de ses finances.

— Après tout ce que j'ai dû débourser pour l'installation à Tourvieille. Et ensuite, ce remplaçant ! Un bon parti ? C'est à voir, je ne dis pas. Mais, pour l'instant...

« *Un bon parti... un bon parti !* » Il appartenait bien à Rodolphe d'aller lever ce lièvre. Elle lui lança un coup d'œil noir.

— ... Comment veux-tu que je puisse faire face aux frais d'un mariage ? Cela n'a pas de bon sens ! Antoine est un gamin. Il peut attendre. Tu n'as pas attendu, toi, peut-être ? Je me refuse à entendre reparler de tout cela avant l'an prochain.

Rodolphe était un adversaire coriace. Sa mère eût eu maintes raisons de se le rappeler. Elle en reçut, ce matin-là, une preuve supplémentaire. Il n'eût pas bataillé avec plus de véhémence pour son propre compte.

— Finalement, nous avons transigé, rapporta-t-il à son frère et à sa femme qui, l'une soutenant le moral de l'autre, avaient guetté ensemble l'issue de la négociation.

Il assena une solide bourrade sur l'épaule d'Antoine.

— Si tu n'as pas changé d'avis d'ici à Pentecôte, nous irons la demander pour toi.

La consternation peinte sur la figure du jeune homme l'impatienta :

— Un peu de raison, que diable ! Après tout, qu'est-ce que cinq ou six mois ? — Il se tournait vers sa femme comme pour la prendre à témoin. — Allez, allez, mon garçon ! Bagatelle, crois-moi. Tâche plutôt, d'ici là, d'éclaircir les sentiments que te porte ta dulcinée.

Le conseil n'était pas si mauvais. Suivi à la lettre, il conduisit Antoine entouré de tous les siens en habits de cérémonie, au dîner de fiançailles qui eut lieu, un joli dimanche de juin, à Arles, chez les parents de Lucie Aillaud.

— Bonne cave, bonne cuisine, apprécia Rodolphe, au retour. Les parents accueillants, la fille aimable... allons, nous aurions pu tomber plus mal.

Julia trouva que son époux manquait de tact à plus d'un titre. Mais ni son beau-frère, ni sa belle-mère ne parurent s'en aviser.

— Par exemple, continua Rodolphe, je me demande où diable elle est allée dénicher cet accent *pôaintu !*

La question le tracassant sans doute particulièrement, il rompit de nouveau le silence propice à la rêverie de chacun, pour insister auprès de son frère :

— Enfin, toi, peux-tu me dire pourquoi elle ne parle pas comme tout le monde ?

Tiré de ses songes, Antoine, l'ayant fait répéter, le considéra avec un étonnement prêt à se muer en mépris. Visiblement, les intonations parisiennes dont sa fiancée enjolivait ses phrases participaient à la séduction qui avait opéré sur lui.

— Qu'est-ce qui t'étonne, paysan ? C'est qu'elle est allée à Paris, elle.

A son insu, il prenait les mêmes.

Rodolphe ricana :

— Ecoutez-moi ce franchimand[1] ! Pour un peu, il va en faire autant.

Assise à côté de sa belle-mère, Julia souriait du coin de ses narines, plus chatte que jamais.

— A Paris, à Paris ! Et après ? s'entêta Rodolphe. Les Peyrissac y vont toutes les années. Tu ne les as jamais entendu pointéger[2] comme ça, que je sache. Et si elle était allée en Ecosse, alors, comme Herminie Béraud ?... Prétendrait-elle nous parler anglais et te faire porter une petite jupe ?

Le fiancé bondit, cette fois :

— Oh ! écoute, si tu me cherches...

Un cahot de la voiture lui fit perdre l'équilibre. Il écrasa le pied de Julia.

— Aïe ! fit-elle.

---

1. Les *franchimands* sont les gens du Nord (c'est-à-dire, ceux qui vivent au nord de Lyon).

2. *Pointéger* : Parler « pointu » (soit : avec l'accent parisien).

Et, se décidant du même coup à intervenir :

— Rodolphe, au nom du ciel, qu'est-ce que cela peut faire ? Elle est charmante, elle chante bien et sa robe était du meilleur goût.

« Là ! » Tout en recroquevillant ses orteils meurtris à l'intérieur de sa bottine, elle grimaça un sourire à Antoine.

Monté comme du lait sur le feu, celui-ci redescendait aussi vite. Il le lui rendit.

« Ouf ! Il était temps », songea-t-elle. « D'un peu plus, nous assistions à la grande scène Vernet ! »

Dans cette voiture où les jambes des hommes s'inséraient avec étroitesse dans le peu d'espace que leur laissait le ballonnement des jupes des deux femmes, c'eût été encore plus insupportable que de coutume.

Satisfaite d'avoir écarté le conflit et maté l'inconscience provocante de Rodolphe, — « Je voudrais bien savoir, si on lui avait fait sur moi quelque commentaire du même genre, comment il l'eût avalé » — elle ouvrit son éventail et l'agita à petits coups rapides.

Quelque chose dans cette cadence chantait victoire.

Surmontant sa torpeur, Elodie Vernet prit la parole :

— Il n'en est pas moins vrai que Rodolphe a raison. Cet accent est parfaitement déplacé. Je le trouve risible.

A travers ses gants, Julia s'enfonça les ongles dans les paumes.

« La gale ! La butorde ! Si j'avais dit le contraire... » Jamais elle n'avait pensé autant de mal de quelqu'un. Et en termes aussi crus. « *Ta belle-mère, Julia !* » Elle croyait entendre Constance. « *Comment peux-tu ?* ... »

Mais là-bas, à la Sarrazine, M. Angellier s'en tenait aux imprécations du style noble, même dans ses pires moments ; et jamais Constance n'aurait la moindre idée de la facilité avec laquelle sa fille glissait vers l'usage fréquent du vocabulaire infiniment moins châtié admis dans le clan dont elle faisait partie à présent.

« Cette femme !... »

Depuis huit jours que Julia était à Tourvieille, elle n'en pouvait plus de la présence de Mme Vernet. Sa proximité seule avait le pouvoir d'étendre une ombre sur ce paysage miroitant de ciel, d'eaux et de marais, que Julia eût tant aimé, sans elle.

Encadrée par les deux frères, ivre d'espace, d'air marin, éblouie par ce scintillement de sel et de soleil, au cours de leurs galopades éperdues sur la sansouïre, la pensée du retour au mas lui traversant l'esprit suffisait à Julia pour gâcher sa joie de la course.

Et la grand' Richard-Lacroix, tapie dans sa chambre aux volets presque clos qui sentait le fauve et le vieux fond de table de nuit, la grand', vêtue comme la Reine au Temple, avec ses chiens puants gavés de sucre, son face à main, ses yeux aussi durs que des pierres, son nez décharné poudré de blanc, sa robe de soie noire pleine de taches, ses mains, couleur de la terre où l'attendaient ceux de son siècle, crispées sur les accoudoirs du fauteuil à roues dans lequel elle vivait. La grand' qui avait dit seulement, en présence de la déplaisante haridelle attachée à son service, le jour même de l'arrivée, lorsqu'Elodie avait introduit sa bru auprès d'elle :

— Alors, c'est « ça » ?

Pauvre Antoine. Pauvre Lucie.

Savait-elle ce qui l'attendait, la jeune fille en myosotis et tulle rose qui viendrait vivre là ?

« — *J'espère que nous pourrons recevoir beaucoup. J'aime tant cela : voir des amis, faire de la musique Père m'a promis que je pourrais emporter mon piano.* »

Une enfant gâtée. Cela se voyait tout de suite. Mais

gentille, assurément. Persuadée que le monde continuerait à tourner centré autour de ses désirs. Peut-être pas très intelligente : n'importe qui eût vu tout de suite que la froideur d'Elodie Vernet était celle du marbre bien plutôt que du sucre candi. Mais la jeune et présomptueuse Lucie Aillaud semblait compter sur ses cajoleries pour la faire fondre.

« Elle verra. »

Peut-être aussi aurait-elle l'épiderme moins douloureusement sensible que ne l'avait Julia.

Et puis, le chiffre de la dot mentionné par Rodolphe pouvait fournir une armure à l'épreuve de bien des assauts.

Dans la voiture, régnait le silence du jugement.

Faute de pouvoir relever le gant jeté par sa mère, Antoine s'était rencogné du côté de la vitre et regardait au-dehors.

Rodolphe avait l'air du boa qui digère. En fait, pensa Julia, c'était exactement cela. A ce détail près qu'un boa n'eût peut-être pas payé son écot avec tant d'indélicatesse.

Si fringant, tout à l'heure encore, dans son bel habit gris perle, Antoine, à présent, eût plutôt semblé revenir d'un enterrement. Mme Vernet devait triompher en son for intérieur d'avoir, pour sa part, si magistralement soufflé sur la dernière chandelle de la fête.

De retour à Tourvieille, comme Julia présidait au repas de ses enfants, Antoine vint la rejoindre dans la cuisine.

Il avait repris sa veste, sa culotte et ses bottes de tous les jours.

Le soleil déclinant au-dehors emplissait la grande pièce basse et voûtée, blanchie à la chaux, d'une lueur rose qui jouait sur les cuivres de la rangée de casseroles pendues.

Les enfants jacassaient entre chaque bouchée.

— Mange ta soupe, disait Julia à Cyprien qui poussait du doigt son couvert sur la nappe, en imitant le train qu'il avait pris pour la première fois de Tarascon jusqu'à Arles, pour venir au mas.

Puis, elle enfournait une autre cuillerée dans le bec docilement ouvert d'Amélia.

Chaberte allait et venait, préparant le repas du soir.

Le jeune homme s'assit de l'autre côté de la table et considéra le manège en silence, un œil sur les évolutions de la cuisinière de sa mère.

— Mange... mange.., répétait indéfiniment Julia.

La patience qu'elle déployait étonna son beau-frère qui la connaissait.

Elle leva les yeux vers lui :

— D'habitude, nous sommes deux pour en venir à bout. Philo me manque.

Chaberte était partie dans la salle à manger d'où provenaient des tintements et des bruits de vaisselle.

— Je me demande, dit Antoine à mi-voix, si je parviendrai à faire à Lucie une existence heureuse.

— Tchouf-tchouf-tchouf ! crachotait Cyprien, éclaboussant de la semoule autour de lui.

— Tais-toi, bandit, lui intima Julia, en lui essuyant sa bouche moustachue de blanc.

Antoine ajouta, encore plus bas :

— J'ai l'impression que ma mère ne l'aimera guère.

Julia eut un mouvement de l'épaule :

— Croyez-vous qu'elle m'aime, moi ? demanda-t-elle, la cuillère en l'air.

— Moi ! dit l'écho, avec la voix d'Amélia réclamant son dû.

Julia lui fit bonne mesure.

— Tiens.

— Ce n'est pas pareil, observa Antoine, sans se perdre en dénégations. Vous vivez à Mogador, elle ici.

— Evidemment.

Un geste désordonné de Cyprien bousculant son couvert, mit un grand hiatus dans cet échange de vues.

Au bruit, Chaberte accourut, l'air soupçonneux, suivie de Thomasine, la chambrière. Elles épongèrent la nappe, ramassèrent la timbale, tandis que Julia arrachait Cyprien de sa chaise pour le soustraire à l'inondation.

Antoine attendait, sans une réaction, à cent lieues de penser à se rendre utile ; « ou tout au moins à s'écarter pour ne point gêner les autres », se dit Julia. « Tout ce qu'il veut, lui aussi, c'est qu'on s'occupe de lui et qu'on l'aide. »

— Eh bien ! reprit-elle, avec quelque humeur, lorsque les domestiques de sa belle-mère furent retournées à leurs occupations, à vous de la défendre et d'obtenir qu'on lui fasse son droit. Je pense qu'un Vernet est capable d'imposer sa volonté à une femme, non ?

Devant le coup d'œil significatif qu'il lui jeta, elle crut bon de préciser, pour établir sa propre position vis-à-vis de Rodolphe :

— Je veux dire : si, raisonnablement, cela devient nécessaire. — Puis, glissa sur ce point épineux : — Sapristi ! si j'étais à votre place !...

— Oh ! je m'en doute bien, concéda Antoine, à peine narquois. Il n'y a qu'à vous voir mener mon grand braillard de frère. Mais, ajouta-t-il, ingénument, Lucie ne vous ressemble pas. Elle est sans défense, elle : douce, timide, sensible, aimable. Enfin, vous l'avez bien vue ?

Julia enregistrait sans rien dire ce portrait négatif qu'il lui traçait d'elle-même.

C'était et ce n'était pas cela. Elle seule savait, à peine et sans pouvoir les dénombrer, de quelle multitude de traits imprécis, contradictoires, elle était faite ; et d'ombres, et de retouches, et de surcharges, sans cesse modifiées.

Peu importait, se dit-elle, l'opinion d'Antoine. Mais Rodolphe ? Que pensait-il ? Comment la voyait-il ? Qui se figurait-il aimer ? La Julia qu'elle croyait être avait-elle pour lui la moindre réalité ?

Soudain, elle découvrit que ce qu'elle savait de son mari était tout aussi fragmentaire et peut-être aussi loin de la réalité.

Plus de trois ans passés avec un homme, à partager ses joies et ses travaux, à dormir dans son lit, à... Tout ce que l'on peut faire ensemble dans l'amour réciproque, sans rien savoir l'un de l'autre. Rien, ou si peu que rien.

En savait-elle donc beaucoup plus sur elle-même, au fond ? En savait-il davantage, le bon vieux curé de Fontfresque qui, chaque samedi, écoutait sa confession ? La sincérité, en soi, n'était qu'un mot vide, comme tous les mots du langage. Impossible d'atteindre à l'essence d'aucune notion. « Dieu seul... » si l'on était capable, seulement, de se remettre en sa main avec la confiance aveugle d'une bestiole.

Et l'on juge les autres, et l'on tranche, « et je déteste ma belle-mère, et j'ai méprisé et haï les motifs que je supposais à mon père ».

Elle avait la sensation de ne plus pouvoir se raccrocher à rien. Une phrase sans importance du petit beau-frère qui vous aime bien — « et moi aussi, je l'aime bien » — pouvait faire écrouler toutes les apparences jusqu'à ce que rien ne restât. Pas même le sol sous vos pieds.

Les enfants menaient un tapage affreux et Antoine

continuait à attendre nul ne savait quel impossible secours.

Rodolphe se montra au seuil de la cuisine :

— Sacrédié ! que se passe-t-il dans cet antre ? On ne s'entend plus. Vas-tu te taire, vaurien ? demanda-t-il à Cyprien, l'élevant à bout de bras.

L'enfant se débattit voluptueusement et hurla de joie.

Amélia protestait, jalouse, et tendait les mains vers son père.

« Je les aime », songea Julia, la dodelinant contre elle. — Chut, ma petite merveille ! — « Je sais seulement que je les aime. Mais, cela, je le sais bien. »

Restait l'amour. Cette colonne de force, droite et pure, qui soutient la voûte du ciel. S'y cramponner, quoi qu'il arrivât. Cela suffirait bien pour la vie entière. « Ceux que Vous m'avez donnés, Seigneur... » Les aimer.

« Et aussi », se gourmanda-t-elle, en voyant apparaître à son tour la face inexpressive et lourde de sa belle-mère, « les autres, puisque j'ignore ce qu'ils sont ».

— Drôle d'endroit que vous avez choisi pour tenir salon, ma bru. Les enfants ont-ils terminé ?

Julia soupira imperceptiblement. Une tâche difficile.

— Et voilà ! s'écria Rodolphe, lorsque la grille de Mogador s'ouvrit pour laisser passer la berline. Agréable, hein ? de se retrouver à la maison ?

Julia était en train de se faire des réflexions semblables.

A regarder défiler les palmiers et les orangers de l'allée, lui venait un battement de cœur. Le même qu'elle éprouvait autrefois, à l'entrée de la Sarrazine.

« La maison », ç'avait été, au fond, entre les arbres : le gros marronnier rose, les tilleuls, qui lui présentaient, un à un, au passage, leur silhouette familière depuis toujours, cette façade habillée de glycines perchée sur sa terrasse. Longtemps, elle n'en avait pas reconnu d'autre pour sienne. Mogador n'était rien qu'une demeure étrangère où Julia était venue vivre, même si une certaine amitié s'était nouée ensuite, entre elle et ces murs.

Ce jour-là, elle se prit à sourire aux chênes, à la bordure bien taillée...

— Ma parole ! on dirait que les buis ont poussé, dit Rodolphe à côté d'elle.

— En quinze jours ? Voyons, mon cœur !

Mais elle avait eu la même impression.

Aussitôt descendue de voiture, lorsqu'elle eut remis les enfants à Philo accourue, elle prit le bras de Rodolphe :

— Venez faire un tour dans le parc.

Avec un même sentiment de propriétaire, ils s'en allèrent, enlacés, dire bonjour au miroir d'eau — « Voyez donc comme l'eau est claire » — au rond de conversation, à la roseraie qui chantait la gloire de juin, aux plates-bandes bien tenues — « C'est parfait, Juste. Nous sommes très contents » — au grand chêne plusieurs fois centenaire, à la petite butte parfumée de chèvrefeuille où ils venaient parfois s'asseoir, quand l'air semblait manquer dans le sous-bois ; revinrent, par les noisetiers, autour de la pelouse pareille à un tapis étalé devant la maison.

— Que diriez-vous d'y donner une fête, vers la mi-juillet ?

Une nouvelle marotte. Il en avait déjà été question sérieusement le mois précédent, lorsque Rodolphe avait enlevé le *Prix des Dames* sur son nouveau pur-sang, devant tout Avignon venu assister aux courses sur le plateau des Angles : « En somme, ces mille francs, je suis tenu de les dépenser d'une façon convenable. »

— Nous en avons reparlé avec Sabatier d'Espeyran, enchaîna-t-il. L'autre jour, vous savez, après l'exposition agricole.

Le hochement de tête de Julia ne signifiait pas grand-chose.

— De toute façon, je dois remercier la Société hippique. Nous inviterions ces messieurs du comité : le marquis de l'Espine, le colonel Le Roy de Dais, les Ernest Verdet... Il y a aussi Pontmartin, Balincourt, l'ami de Loye — au fait, savez-vous qu'il est en train de réaménager toutes les collections du musée ? — et... enfin, tous nos amis l'attendent plus ou moins.

— Oui ? dit Julia, mal convaincue.

— D'autre part, ce pourrait être aussi une bonne politesse à rendre aux Aillaud. Et nous présenterions officiellement la fiancée d'Antoine.

Cent excellentes raisons plutôt qu'une.

— Eh bien donc, céda-t-elle, il faut le faire.

Rodolphe se lança à corps perdu dans les listes d'invités, les projets d'illumination du parc, la composition du buffet et celle de l'orchestre.

— Vierge Mère ! allez doucement, riait Julia, entraînée mais un peu inquiète. Cela va nous coûter les oreilles.

— Bah ! avec ce que rapporteront mes actions...

Julia respirait fort et longuement, de façon ostensible.

La *Société des Clippers Français* ne lui causait pas le même enthousiasme. Des bateaux, elle n'en avait jamais vu. Mais la mer, ses tempêtes et ses naufrages, ne lui paraissaient pas un placement de tout repos.

— Nous sommes des terriens. Achetez de la terre, vous ne vous tromperez pas.

— Bah ! bah ! C'est entendu, mais...

Rodolphe respirait à pleins poumons le souffle des alizés, l'odeur des hibiscus, celle des avocats et des mangues et le parfum des îles de corail, sur le papier filigrané vert émeraude de ses cinquante actions de cent francs au porteur.

— ... l'un n'empêche pas l'autre. Retenez bien ce que je vous dis : une fortune. Ce sera la dot d'Amélia.

Julia préférait encore en revenir aux apprêts de leur fête, fixée au troisième dimanche de juillet.

Huit jours avant, ils allèrent assister au pèlerinage de Saint-Michel-de-Frigolet, où l'on inaugurait en grande cérémonie la nouvelle église du monastère rendu aux Prémontrés.

Entre Graveson et Frigolet, les gorges de la Montagnette virent se dérouler un cortège où, du diocèse d'Aix à celui d'Avignon, coiffes de Comtadines et rubans des filles d'Arles, falbalas et ombrelles marquise, blouses raides, chapeaux haut-de-forme, bourgeois, ménagers, paysans, gens de robe, noblesse, clergé, félibres et artistes, mêlés, toute la Provence était représentée derrière la musique des Frères de la Doctrine chrétienne de Barbentane et les Pénitents de la Miséricorde qui marchaient en tête.

Après l'office, Julia et son mari se rendirent à la petite chapelle de Notre-Dame-du-Bon-Remède, pour revoir l'autel où le vieux chanoine les avait unis.

La main de Rodolphe serra la sienne à la dérobée.

— Mais vous n'étiez alors pas plus jolie qu'aujourd'hui, lui déclara-t-il à la sortie, guignant avec fierté l'allure qu'elle avait dans sa robe de grenadine blanche tout unie, avec son grand chapeau garni de cerises nouée d'un velours noir sous le menton et sa petite ombrelle de dentelles.

On rencontrait tout le monde sous les pins. Ce n'étaient que saluts, congratulations, compliments, sourires. Julia aperçut des gens de Maillane. Et, un moment plus tard, le ménage Foucaud-Saint André qui mit beaucoup d'adresse à éviter de voir le couple.

— Partons, dit-elle à Rodolphe. Ou nous allons finir par tomber sur quelqu'un de ma famille.

Il avança une lèvre railleuse.

— Cela m'étonnerait. Tout ce qui vient de l'empereur doit leur faire l'effet des présents d'Artaxerxès. Ils auraient trouvé à l'encens une vilaine odeur de soufre.

Mais ne se fit pas autrement prier. La chaleur devenait étouffante dans cette foule. La poussière soulevée collait à la gorge. Et la limonade douceâtre et tiède que l'on vendait à la buvette prise d'assaut n'avait rien d'engageant.

Autant rentrer, se mettre à l'aise et boire frais.

Comme ils gravissaient les marches du perron, Philo surgit :

— Madame !

Et s'élança au-devant d'eux :

— On est venu de la Sarrazine dire que vous y alliez tout de suite. M. Angellier a eu une attaque.

Rodolphe vit blêmir sa femme. Il étendit le bras pour la soutenir. Mais elle demeurait droite, immobile, comme assommée.

— Père...

Ce fut lui qui, le premier, s'informa :

— Y a-t-il longtemps ?

— Au commencement de l'après-midi. A peine vous étiez partis depuis une heure.

— Cré bon sang !

— Rodolphe, souffla Julia, vite !

— Oui, ma mie. Ernest ne doit pas avoir dételé. J'y cours. Philo, lança-t-il, occupez-vous de votre maîtresse.

Julia se reprit un peu :

— As-tu des détails ? Qui est venu ?

— Le cocher. Un vieux. Il croyait bon de vous emmener avec sa voiture. Il n'en a pas plus dit. C'est madame Angellier qui l'a envoyé.

« Père ! » Toute sa vie, Julia avait entendu dire : « *Il aura une attaque.* » Elle-même l'avait dit. Mais imagine-t-on jamais ?...

Elle ferma ses poings, instinctivement, comme pour retenir son courage. Et monta embrasser ses enfants.

— Veille bien sur eux, Philo. J'ignore combien de temps je vais devoir rester là-bas.

Non, elle n'imaginait pas encore ce que ce serait.

Déjà, le roulement de la voiture écrasait le gravier.

— Je te ferai dire si j'ai besoin de quelque chose, au cas où je resterais, cria-t-elle, en redescendant.

Rodolphe était à l'intérieur. Il ouvrit la portière et sans mettre pied à terre, lui tendit les bras pour la hisser.

Elle tomba sur sa poitrine avec un gémissement étouffé.

Durant tout le trajet, elle demeura ainsi, enfermée dans cette étreinte dont la force, semblait-il, eût dû pouvoir suffire à la protéger de tout mal.

De temps à autre, elle murmurait :

— Rodolphe !

Avec un soupir d'angoisse qui ressemblait à un sanglot.

— Je suis là, ma petite âme.

Elle essayait de prier. N'y parvenait pas. Et, frissonnante, s'imaginait y trouver un présage.

Les chevaux n'allaient pas encore assez vite, malgré l'allure à laquelle les menait Ernest pour obéir à son maître.

Et, en même temps, elle eût souhaité ne jamais arriver.

« Savoir. » Le plus terrible était-il d'ignorer à quoi elle allait devoir faire face ?

La voiture s'engouffra par l'entrée grande ouverte et stoppa au bas des marches de la terrasse.

Constant qui guettait se précipita :

— Julia !

Elle avait espéré que ce serait sa mère. « Mais, bien sûr, Maman est là-haut, près de... »

— Comment est-il ?

Le jeune homme secoua la tête :

— Il paraît reposer, en ce moment. On lui a fait une saignée. Il n'a guère repris connaissance.

— Ah ?

Julia ferma les yeux. Son père ne l'avait pas réclamée. Elle ne recevrait peut-être aucun geste de paix. « Mon Dieu, donnez-moi une chance. » Un bref instant, pour se justifier et être absoute.

Elle entendit Constant expliquer :

— C'est arrivé comme nous sortions de table.

Lui avait eu le temps, depuis midi, de s'habituer à l'événement, d'envisager la pire perspective.

Il serra les mains de Rodolphe avec chaleur :

— Tu l'as accompagnée !

— Je n'allais pas la laisser seule, se ronger pendant toute la route, n'est-ce pas ? dit Rodolphe, ramenant d'instinct sa femme contre lui.

— Mais, dis-moi : que puis-je faire, maintenant ? questionna-t-il.

Perplexe, Constant les regarda, l'un et l'autre, alternativement.

— Ma foi...

Rodolphe se pencha sur Julia :

— Dois-je vous laisser ?

— Je voudrais voir Père, dit-elle.

— Bien sûr, mon amour. Mais ensuite ?

Les yeux fiévreux de Julia se reportèrent sur Constant, cependant que sa main se crispait inconsciemment sur la manche de Rodolphe.

Le jeune homme fit un geste d'impuissance.

— Que te dire ?

Et, s'adressant à son beau-frère :

— Tu connais aussi bien que moi la situation.

— Sacr... commença Rodolphe. Puis, il se retint : celui qui en était cause gisait dans une chambre derrière l'un ou l'autre de ces volets à demi tirés, aux prises avec la mort.

— Vous voulez que je reste ? demanda-t-il à Julia. Oui ? Très bien. Alors, je vais attendre dans la voiture. Au diable l'amour-propre quand vous avez besoin de moi.

Il l'embrassa :

— Allez vite. Vous me retrouverez ici.

Constant, très rouge, se mordait les lèvres.

— Tu comptes la ramener ce soir même ? interrogea-t-il, lorsque Julia fut entrée.

— Elle en décidera selon les circonstances, dit Rodolphe.

Il ajouta, désignant le coupé :

— Au besoin, je puis très bien passer la nuit sur la banquette. Il suffira que tu loges mon cocher. C'est possible, je pense ? Ou bien le traitera-t-on aussi en pestiféré ?

Il vit se contracter le visage de son beau-frère et lui envoya une bourrade sur l'épaule :

— Mon ami, tu sais que je ne t'en rends pas responsable.

Constant se détourna une seconde. Puis, regarda fixement le sol à ses pieds. Puis, d'un geste brusque, lui prit le bras :

— Ecoute : j'ai honte pour ma famille. Entre dans le salon. J'irai prévenir ma mère.

Rodolphe lui fit une grimace de commisération :

— Crois-tu que ce soit bien le moment d'aller remuer cette... heu... cette vase ? Non, va, ce n'est pas la peine. Et d'ailleurs, franchement, je n'y tiens pas.

Constant accentua sa pression.

— J'y tiens, moi. Tu ne vas pas me refuser ?

Ils se dévisagèrent.

— Idiot, va.

— Viens, te dis-je.

— Mais puisque...

— Je t'en prie.

— Bon, bon, céda Rodolphe, sans enthousiasme.

Sur la terrasse, il s'arrêta et dévisagea de nouveau son beau-frère :

— Monsieur Angellier est donc si mal que cela ?

— Il a été administré tout à l'heure. Le médecin ne nous laisse aucun espoir.

Faute d'un meilleur commentaire, Rodolphe hocha la tête.

Constant expliqua rapidement :

— Tu comprends, il avait fait un gros repas. Cela s'est compliqué d'une indigestion, probablement. A moins que ce ne soit le contraire. Bref, en se levant de table, il est tombé d'un coup. Comme une masse.

— Oui, dit Rodolphe. Mon père aussi. Lui, c'est en remontant la pendule que ça l'a pris. Ensuite, nous l'avons gardé pendant plusieurs années, paralysé. — Il haussa les épaules. — On ne sait pas ce qu'il faut souhaiter. La mort n'est pas toujours le pire.

— Evidemment, dit Constant.

Ils étaient vifs et bien portants, tous deux. Et la vie que l'on voit devant soi est une longue vie.

Et Alfred Angellier, à sa manière maladroite, tyrannique, n'avait peut-être jamais cru mériter autre chose que l'amour des siens. Mais la partie était jouée. Son fils porterait un deuil décent.

Dans le vestibule, ils rencontrèrent une jeune fille d'environ quatorze à quinze ans, de taille moyenne — « de l'espèce dodue », évalua immédiatement Rodolphe — avec de beaux cheveux qui rappelaient ceux de Julia ; mais le visage gonflé, les traits déformés, bouffie de larmes, les yeux bordés de rouge.

Elle leur jeta néanmoins un regard curieux.

— Sophie ! appela Constant. Veux-tu venir un instant ?

Il fit passer Rodolphe devant lui, puis sa sœur. Puis entra et, refermant la porte du salon, demeura la main sur la poignée.

— Voici Rodolphe, le mari de Julia. Il nous l'a amenée. Tu vas lui tenir compagnie, le temps que j'aille chercher Maman.

Les prunelles de Sophie s'agrandirent, puis se dérobèrent. Elle exécuta une révérence machinale.

— Monsieur.

Rodolphe l'examina, amusé.

— C'est vous la petite sœur Finou ? Eh bien, je gage que Julia n'a pas dû vous reconnaître !

— Je ne l'ai pas encore vue, Monsieur.

Au bout d'un silence, voyant qu'elle ne songeait pas à le faire asseoir, Rodolphe demanda :

— Puis-je prendre un siège ?

— Oh, Monsieur ! je vous en prie.

Sans lever les yeux, elle lui désigna un fauteuil, et s'assit en face de lui, remuant une boule dans son gosier.

« Est-elle timide à ce point ? » s'interrogeait Rodolphe. « Ou bien lui fais-je l'effet de la tête de Méduse ? »

De toute façon, elle ressemblait bien peu à Julia.

Il chercha durant un moment ce qu'il pourrait lui dire, ne trouva rien. Et y renonça. « Après tout !... »

Il avait diablement soif. Et, selon toute vraisemblance, avec quelqu'un en train de mourir dans la maison, inutile d'espérer se voir offrir un rafraîchissement quelconque.

Et Julia, la pauvre petite, comment s'en tirait-elle, là-haut ?

Et cette jeune nigaude qui l'épiait derrière ses paupières papillotantes, avec un air apeuré.

Il avait envie de lui dire : « Rassurez-vous. Je ne mords pas. » Ou quelque chose d'aussi bête. Rien que pour voir comment elle réagirait.

— Sophie ! cria-t-on, dans le couloir. Sophie ! Où es-tu ? Viens vite ! vite, ma chérie !

— Excusez-moi, Monsieur, bredouilla précipitamment la jeune fille.

Demeuré seul, Rodolphe s'enfonça dans le fauteuil, et allongea ses jambes.

Du temps coula.

Le jour baissait. Personne ne venait allumer les lampes. Il y avait eu grand remue-ménage, en haut. Mais, à présent, l'on n'entendait plus rien.

« Qui sait comment Julia ?... » Il se le répétait pour la vingtième fois peut-être, avec une tendresse apitoyée qui lui gonflait le cœur.

Il se leva, alla jusqu'à la fenêtre.

Le ciel, très haut, à travers les branches, s'adoucissait jusqu'au bleu très clair.

Des contrevents qu'on tirait grincèrent, à l'étage au-dessus.

Rodolphe se demanda ce qu'il ferait quand la nuit serait tout à fait tombée, et maudit l'inspiration de son beau-frère. La faim lui donnait des bâillements. « ... bougrement mieux dans la voiture à piquer un somme. »

La porte s'ouvrit sur Constance Angellier.

Elle dit :

— Oh Dieu ! l'on vous a laissé dans ce noir ?

Le timbre de sa voix paraissait feutré. « Comme celle d'une nonne », pensa Rodolphe.

— Peu importe, Madame, dit-il, allant vers elle. Puis-je savoir comment...

— Mon mari est mort, voici une demi-heure, Monsieur.

— Ah ?...

Il demeura muet, un instant, puis, s'enquit :

— Julia ?...

— Julia est auprès de lui avec sa sœur et son frère. Je vous remercie de nous l'avoir amenée.

Rodolphe éprouvait une stupeur paralysante. Etait-ce là tout ce qu'avait à lui dire cette femme ?

Et la maison semblait s'être refermée sur Julia.

On la lui reprenait. Et comment se défendre contre cette étrangère triste, douce, et hostile, qui s'avançait prête à la lutte, appuyée sur tout l'appareil de la mort ?

Il s'aperçut tout à coup qu'il n'avait pas même songé à lui présenter ses condoléances, et tenta de réparer :

— Je suis navré, Madame. Ce sont des circonstances bien douloureuses pour nous rencontrer.

La formule valait ce qu'elle valait. « Au demeurant, pensa-t-il, elle sait à quoi s'en tenir. Quand bien même j'irais me donner des airs de tartuffe... »

Constance inclina la tête. Puis, se pencha vers le couloir :

— Reynette ! — Elle appelait sans hausser la voix. — Apporte de la lumière.

C'était à l'ombre qu'elle semblait s'adresser.

Rodolphe trouvait l'atmosphère éprouvante. La nuit envahissait cette pièce dans laquelle il se rappelait vaguement avoir failli se colleter, un jour, avec un homme qui, lui, au moins, parlait haut et ferme, si déplaisants qu'eussent été ses propos.

Il vit la servante arriver comme un fantôme, le visage bizarrement éclairé par la chandelle qu'elle tenait.

Elle se glissa sans bruit entre les meubles, et se mit en devoir d'allumer les lampes.

Mais sacrédié ! On n'allait pas escamoter Julia sous un suaire ?

Constance Angellier restait debout, comme pour indiquer que l'entrevue ne pouvait qu'être de courte durée.

— Excusez-moi de vous importuner, Madame, pourrais-je savoir ce que ma femme a l'intention de faire ?

— Elle va veiller son père, cette nuit.

Un mur.

Derrière eux, la femme de chambre se déplaçait comme une souris.

Rodolphe rassembla ses ressources de patience pour continuer posément :

— C'est tout naturel. Mais je crois qu'elle souhaite m'avoir à proximité. Et, de toutes manières, nous avons des dispositions à prendre. Voulez-vous me permettre de l'entretenir ?

Il fut presque étonné d'entendre Constance répondre :

— Je vous l'envoie chercher.

Elle se tourna vers la servante :

— Reynette, est-ce fait ? Bien. Alors, va prier mademoiselle Julia de descendre.

« *Mademoiselle Julia, cré vingt dieux !* »

Au moment où Rodolphe sentait des ondes concentriques de colère lui sortir des yeux, elle ajouta :

— De la part de son mari.

Peut-être, au fond, n'avait-elle pas été blessante exprès.

Mais, de toute évidence, elle ne songeait pas à les laisser seuls pour discuter de leurs affaires.

« Tonnerre de nom ! ». Il sacra et pesta intérieurement à faire crouler la voûte du ciel sur sa tête, jusqu'à l'instant où il vit entrer Julia, défaite, le nez et les yeux rougis ; mais calme, assurée dans sa démarche et jusque dans le moindre de ses mouvements, — cela se sentait d'une manière indéfinissable — comme on ne l'est jamais que chez soi.

Il en ressentit une seconde, dans un coup au cœur, l'impression d'être abandonné.

Le temps qu'elle fût enfin dans ses bras.

— Ma mie !

— Oh Rodolphe !... — sa voix s'éraillait. — C'est fini.

Elle leva vers lui ses yeux dont la transparence habituelle était brouillée.

— Je ne sais pas même s'il m'a reconnue avant de...

— Là, là..., dit gauchement Rodolphe, en lui caressant les cheveux, gêné par la présence muette de Mme Angellier.

Il se résolut à brusquer les choses :

— Votre mère me dit que vous allez le veiller. Le mieux, en ce cas, serait peut-être que je rentre à Mogador, pour revenir demain matin vous prendre, à l'heure que vous voudrez.

Constance éleva la voix :

— Tu ne restes pas jusqu'aux obsèques ?

Ils se retournèrent tous deux ensemble vers elle, et Rodolphe serra sa femme plus étroitement contre lui.

Julia n'hésita pas :

— Non, Mère. Je rentrerai chez moi demain, après la mise en bière.

Puisant de l'énergie dans l'étreinte où l'enfermait Rodolphe, elle ajouta :

— Vous ne pouvez pas exiger que je m'offre en pâture aux commérages, à l'animosité des gens qui vont défiler ici la journée entière. La nuit prochaine, il y aura toute la parenté autour de la bière. A quoi bon rester ?

Rodolphe ne bronchait pas. Il se contentait de l'enlacer avec une force telle que Julia dut se dégager légèrement pour retrouver le souffle.

— Mais que va-t-on dire, si tu n'es pas là ? murmura Constance, les bras ballants.

Sa fille s'était donc éloignée d'eux à ce point ? Tous les torts, toutes les rancœurs qu'avaient effacés les caresses mêlées de larmes de ce retour, se retrouvaient intacts. Et Constance évaluait à présent quel fossé avait aussi creusé l'absence entre elles deux.

— Vierge Mère ! s'exclama Julia, avec impatience. Tout a déjà été dit ! Ils ne feront jamais que reprendre un vieux thème. Non, reprit-elle, péremptoire, j'assisterai à la cérémonie, c'est suffisant. J'en ai assez subi de leur part à tous. Vous auriez dû les voir venir en procession me maudire, chez la pauvre Olympe. Jamais je n'oublierai cela. — Elle serra les mâchoires, et répéta : — Jamais !

Constance la regarda désespérément. Regarda celui qu'il lui fallait bien appeler son gendre. Comme si le secours eût pu venir de ce côté.

Elle le haït une fois de plus, non pour les raisons

qu'elle se donnait, mais pour tout ce qu'elle pressentait entre eux d'entente profonde.

— Tu les verras quand même, à l'église, au cimetière.

— Raison de plus : cela suffit.

— C'est bien, intervint Rodolphe, pour couper court. A quelle heure, la voiture, ma mie ?

Julia eut un long regard pour lui :

— Vous préférez partir ?

S'il préférait ? Il ne souhaitait que cela. Retrouver son Mogador, joyeux, éclairé. — Ici, les lampes même lui semblaient impuissantes à libérer la pièce de ses ombres. — Se mettre à table, prendre ses aises. Monter voir dormir les petits. Fumer une bonne pipe, écouter Ernest et Philo se chicaner à mi-voix comme toujours, en préparant le lit, tandis qu'il ferait sa toilette de nuit à côté.

— Je crois que ce serait...

Constant qui entrait l'interrompit :

— Partir à cette heure-ci ? Tu n'y songes pas ? Ton cocher a dételé, d'ailleurs. Il mange, en ce moment.

Il s'avança vers Constance :

— Nous aussi, Mère, il nous faudrait manger. Nous avons perdu la notion de l'heure, mais Pollonie a bien dû prévoir quelque chose ?

Le maître mort, tandis que la maîtresse voilait toutes les glaces avant que l'on n'allumât les cierges, Pollonie avait accompli les rites qui lui incombaient, éteint le feu dans l'âtre, écrasé les braises, et renversé la marmite.

— Oui, sans doute. Un en-cas froid.

— Parfait, Mère. Voulez-vous lui dire d'ajouter un couvert ?

Mme Angellier eut un léger recul.

— C'est inutile, dit-elle, vivement. Moi, je vais remonter. Sophie doit être seule, là-haut.

— Mais non, Mère. Vous savez bien qu'il y a les religieuses.

— N'importe. C'est ma place. D'ailleurs, je n'ai pas faim. Julia, tu feras servir.

Chacun des trois autres la voyait se débattre, et Rodolphe eut pitié d'elle, malgré les tiraillements furieux de son estomac. Tout cela était parfaitement stupide ; mais si cette femme, au milieu de son deuil et de son désarroi, ne supportait pas la pensée de s'asseoir avec lui à sa propre table...

— Oui, Mère, dit Julia.

Tandis que son frère, inflexible comme le deviennent parfois les faibles, poussé par la rancune de se voir contraint de l'être, retenait Constance d'un geste comme elle allait sortir :

— Mère, faites donc aussi mettre des draps dans une des chambres à donner.

Elle lui adressa un regard de reproche désolé.

« Monsieur Angellier à peine refroidi... »

Mais qu'avait jamais fait Constance Angellier, sinon obéir ? Le règne de son mari achevé, un autre commençait avec son fils.

— J'y vais, dit-elle.

5

La mort et le deuil se portaient malaisément à Mogador.

Dans sa sévère robe de mérinos noir, Julia, surveillant les jeux des enfants, se surprenait à fredonner :

« Page, écuyer, capitaine... »

— La belle affaire, disait Rodolphe. C'est l'envie que vous en avez qui compte, de toutes manières. Peu importe à monsieur Angellier, là où il est maintenant, que vous vous imposiez de faire triste mine. Et croyez-vous que vos horribles robes noires soient agréables à voir pour vos enfants et votre époux ?

Ce disant, il jetait sur lui-même un œil de regret, et songeait à la belle redingote vert bouteille, au costume moutarde, au pantalon à petits carreaux, à l'habit bleu, devenus uniformément noirs, eux aussi, à grand renfort de teinture.

— Au diable, ma mie ! Ai-je fait tant de simagrées, lorsque j'ai perdu mon père ?

Julia trouvait qu'il n'en faisait guère. Tout en grand deuil qu'il fût, il n'avait pu se tenir, cinq semaines à peine écoulées, d'aller à Tarascon, voir le carrousel du 7e chasseurs. Et le Café Bugaud n'avait point pour autant perdu sa clientèle, les jours où il se rendait au marché d'Avignon.

— Et où donc voudriez-vous que l'on traitât les affaires ?

— Bon, bon. Très bien. Vous aurez toujours raison.

Mais sur cette satanée question de vêtements, il se heurtait à une Julia intransigeante.

— C'est le moindre effort auquel nous puissions nous astreindre, par respect pour les morts.

« Par respect ! » Dieu qui lit dans les cœurs connaissait le respect que vouait Rodolphe Vernet à la mémoire de son beau-père : « Un petit homme imbu de sa personne, perché sur une montagne de préjugés afin de se donner un peu plus de taille. » Et feu M. Angellier, en l'état où le trépas l'avait mis, ne devait point nourrir d'illusions, lui non plus.

Rodolphe s'appliquait à raisonner sa femme :

— Enfin, voulez-vous me dire pourquoi le fait de

trépasser réclamerait du respect ? Cela n'a rien d'un tour de force, que je sache, ni, en général, d'un acte d'héroïsme. Où est le mérite ? La plupart des gens meurent parce qu'ils n'ont pas pu faire autrement. Allez, allez, c'est la frousse qu'en ont les vivants qui les incite à ces momeries. Ils espèrent superstitieusement obtenir des défunts, en contrepartie, je ne sais quelle intercession auprès de la Camarde. Si je meurs avant vous, au moins n'allez pas m'enterrer une seconde fois sous le respect. Le diable m'emporte ! Je ne tiens pas à être un mort respectable dans votre mémoire. Ah ! bigre non, à aucun prix ! Dites, ma chatte, vous vous rappellerez plutôt un époux bon buveur, bon cavalier, franc compagnon, et bien empressé à se mettre au lit avec vous, n'est-il pas vrai ?

Julia détestait ce jeu.

— Assez Rodolphe. Changeons de sujet, je vous en prie.

« Superstition ou non, c'était tenter le ciel », estimait-elle.

Il riait pour de bon, de son grand rire désarmant :

— Voyez-moi la nigaude. Mais je suis là ! Un peu là, je vous en réponds !

Et mettait incontinent tout en œuvre pour lui en fournir la preuve.

C'était d'ailleurs l'un des rares agréments qui demeurât licite, durant cette période de grand deuil.

A tant et si souvent y recourir, ils eurent tôt fait de ramasser l'enjeu avec leurs mises.

L'automne allait à peine sur sa fin que Julia se découvrait « des espérances », en toute certitude.

Rodolphe apprit la nouvelle avec satisfaction :

— Eh bien, c'est ce que nous avions de mieux à faire, hein ? Espérons que ce sera un fils.

C'était bien ingrat à lui de renier les folies quotidiennes auxquelles il se livrait sans honte en l'honneur d'Amélia, cette piaillante petite idole dont le moindre trépignement le jetait dans les transes.

— Qu'y a-t-il ? Que lui a-t-on fait ? Venez le dire à l'oreille de votre petit papa, ma fleur d'amélier[1].

Un jour, indignée de l'une de ces interventions qui détruisait l'effet de ses remontrances à elle, Julia se gendarma :

— Les enfants, ce n'est rien encore de vous les faire. Le pire commence lorsqu'il faut vous les élever. Vous n'avez jamais insisté, — Dieu merci ! — pour être présent au moment où j'accouche, n'est-ce pas ? Alors, de quoi venez-vous vous mêler ensuite ?

— Tonnerre de nom ! si vous m'en jetez le défi au nez, je vous le jure bien : au prochain, je ne quitte pas la chambre.

Il triomphait à peu de frais. Tous deux se trouvaient trop souvent ensemble, aux écuries ou à l'étable, auprès d'une mère prête à mettre bas, pour ne pas savoir à quoi s'en tenir sur une conjoncture qui ne requiert point l'assistance d'un mari décidé à demeurer le plus longtemps possible amoureux de sa femme.

La pudeur de Julia se refusait à tenter l'épreuve. Rodolphe, qui ne le souhaitait pas plus qu'elle, était bien tranquille là-dessus.

Les mois d'hiver s'écoulèrent. Ayant cessé depuis la Noël d'accompagner Rodolphe dans ses courses à cheval, Julia demeurait à la maison tandis qu'il partait battre la campagne jusqu'à l'Alpille, un fusil en bandoulière, suivi de *Milord* et de *Dandy*.

---

1. *Amélier* : Amandier.

Le soir, il ramenait souvent avec lui deux ou trois chasseurs du voisinage :

— Vous pouvez bien les avoir à table, en passant. Cela n'a rien d'un dîner prié. Ce n'est pas comme si j'invitais des amis d'Avignon.

S'il ne les invitait pas, il en venait tout de même. Et d'Arles, et de Tarascon, bottés, armés, flanqués de leurs chiens au lieu de leurs femmes, ce qui, dans l'esprit de Rodolphe, suffisait à satisfaire aux convenances.

— Ma mie, il y aura Marquet-Rageac, ce soir. Et probablement aussi Sabatier. Vous savez qu'ils sont fines gueules. Mettez-nous quelque chose de bon.

Naturellement. Il y allait de l'amour-propre de Julia. Elle conférait avec Philomène qui se chargeait de transmettre ses ordres. On ne mettait pas de fleurs sur la table pour que cela ne fît pas « fête ». Mais la porcelaine la plus fine, le cristal, et l'argenterie, faisaient leur réapparition.

Et Ernest descendait à la cave, nanti des instructions précises de son maître.

Ecouter ses hôtes discourir interminablement sur les malheurs de l'Italie, l'alliance russe, l'opportunité de l'expédition en Syrie, ou remettre une fois de plus sur le tapis cette vieille histoire de l'attentat d'Orsini, lorsqu'ils en avaient terminé avec les anecdotes de chasse, procurait à Julia des éblouissements d'ennui.

Le café servi avec les liqueurs, elle se levait et s'excusait auprès de ses hôtes de devoir se retirer.

Ils n'en prenaient nul ombrage. Sa robe de deuil et son état interdisaient compliments et galanteries, et, du même coup, rognaient les ailes aux saillies, dans la conversation.

Sa retraite libérait les hommes d'une contrainte. La soirée montait rapidement de ton.

Elle en percevait les échos de sa chambre, et guettait le rire de Rodolphe, si reconnaissable.

— Il faut bien lui passer quelque chose en fait de distraction, dit-elle, en soupirant, à Félicité Peyrissac venue en visite, un après-midi. Mais, pendant ce temps-là, moi... Ah ! pourquoi Arsène a-t-il si peu de goût pour la chasse ? Au moins, vous seriez venue avec lui.

— Ma pauvre..., compatit Félicité. Encore avez-vous de la chance que cela se voie si peu, ajouta-t-elle, avec un coup d'œil sur la taille de Julia. Mais qui vous empêche d'avoir, de temps à autre, une ou deux amies ?

Elle s'arrêta court, un instant, songeant à toutes celles que le mariage de Julia avait dû éloigner d'elle. Puis, vivement, reprit :

— Tenez : demandez donc à Herminie de venir passer quelques jours. Je suis certaine qu'elle acceptera volontiers. Cette saison, elle n'a aucune intrigue en train, aucun voyage en perspective. L'autre soir, elle me disait que, si cela continuait à être si monotone, il lui faudrait en venir à envisager le mariage. J'aurais voulu que vous puissiez voir de quel air.

— Non ? Le mariage, Herminie ? Pas tant qu'il lui restera une dent pour meubler son sourire, et un soupçon de feu dans la prunelle, j'imagine.

Elles rirent toutes deux.

— Ou bien, vous pourriez inviter Lucie Aillaud, suggéra encore Félicité.

« Et l'écouter parler d'Antoine toute la journée ? Vierge Mère ! » Julia écrivait à Herminie.

Une semaine plus tard, à la Saint-Mathias, la jeune fille débarquait à Mogador, escortée de bagages qui mirent la domesticité en rumeur.

— Et ça pesait, Monsieur, vous pouvez me croire,

raconta Ernest à son maître, le soir même, tout en lui retirant ses bottes. On croirait pas : des fanfreluches. Eh ben ! d'un peu plus, je lâchais pied au milieu de l'escalier.

— Et c'est Philo qui a déballé tout ça ? questionna Rodolphe entre deux bouffées de sa pipe, tandis que son homme de confiance, agenouillé, achevait par saccades de venir à bout de l'une des bottes.

— Philo ? Ah ! pas maï[1] ! s'exclama Ernest, le patois venant au secours du français. Elle a mené sa femme de chambre.

— Phu-û ! sifflota Rodolphe.

— Une belle petite. L'autre pied, Monsieur, s'il vous plaît. Avé tout ce qui faut, et des yeux qui vous en promettent que davantage.

Maître et serviteur échangèrent un regard complice.

— Hé dis donc, coquin ! On dirait que tu l'as un tout petit peu regardée ? Cré bon sang, tire donc, animal ! Méfie-toi, hein ? la Philomène n'est pas commode.

Julia, elle, avait assisté à l'installation d'Herminie : de la musique, un matériel de peintre, une carabine de dame avec ses cartouches, et un costume approprié, — « Tu m'as bien dit que l'on chassait ? » — d'innombrables paires de chaussures — « Que veux-tu ? C'est ma folie. » Et des toilettes...

— Tu n'auras jamais assez d'occasions pour les mettre toutes.

Herminie avait été superbe :

— J'aime pouvoir choisir.

Elle retrouvèrent leurs vieilles habitudes de confidences et de railleries réciproques, glissèrent jusqu'aux

1. *Pas maï !* Pas plus !

fous rires d'autrefois, sans que Julia songeât à s'en défendre, toute à la joie de cette détente.

Les enfants avaient adopté la nouvelle venue. Cyprien se hissait tant bien que mal derrière elle, lorsqu'elle était assise, pour venir se nicher dans son cou, à l'amusement des grandes personnes. Et les deux garçons de Philomène, Fulcran surtout, étaient toujours suspendus à ses jupes.

Julia en fit la remarque :

— C'est curieux, d'ordinaire, les petits sentent qui les aime, tout comme les chevaux, les chiens ou les chats. Mais toi qui ne t'intéresses pas particulièrement à eux, ils t'adorent. Pour autant qu'on puisse appliquer le terme à des bébés de deux ou trois ans, on jurerait qu'ils sont amoureux.

— Où l'est, Minie ? venait réclamer Cyprien, le porte-parole de la bande, les jours où la jeune fille s'en allait avec les chasseurs.

Et Mogador résonnait vide, tout à coup, pour Julia demeurée à les attendre.

Cependant, elle insistait toujours afin que son amie saisît l'occasion qui s'offrait.

Le soir, ils rapportaient l'odeur sauvage et froide du grand vent des collines dans leurs vêtements et sur leur peau vivifiée. Julia écoutait le récit de leurs prouesses, tandis que Philo vidait les carnassières à la cuisine.

Puis, Herminie montait passer une de ses fameuses toilettes, pour le dîner.

Les hommes se faisaient beaux, eux aussi, tout autant qu'ils le pouvaient, et ne se mettaient à table qu'astiqués, peignés, frottés d'eau de Cologne, les bottes débarrassées de leur boue, et la veste de chasse soigneusement brossée, à l'envi du maître de maison qui poussait le raffinement jusqu'à changer de chemise. Et sans doute eût-il fait beaucoup plus encore, se disait Julia, s'il n'eût eu scrupule à éclipser désobligeamment ses convives.

Dans sa triste robe de laine noire, de plus en plus engoncée sous les jupons qu'elle remontait au-dessus de la taille pour dissimuler un peu la disgrâce de son ventre, elle présidait une brillante tablée où, en l'honneur d'Herminie, Rodolphe faisait assaut d'esprit avec Sabatier d'Espeyran, Marquet-Rageac, et les autres commensaux habituels.

Veillant à tout, s'attachant à mettre, tour à tour, chacun de ses hôtes en valeur, Julia s'effaçait sans trop de regrets, récompensée par le plaisir évident de son mari. A elle de porter le deuil de M. Angellier comme il se devait. « Ce n'est que juste de ne pas l'imposer à Rodolphe », se disait-elle.

Celui-ci rayonnait. Pouvoir accueillir agréablement ses amis à sa table le comblait d'aise.

Le carême vint interrompre ces agapes.

Mogador retrouva un calme plus approprié aux circonstances, bien qu'Herminie continuât à chanter et à emplir la maison de ses rires et du frou-frou de ses jupes de soie qui traînaient après elles un parfum persistant.

Rodolphe s'entendait parfaitement avec elle. La hardiesse n'était jamais pour lui déplaire, même chez les femmes.

« Et Dieu sait que, sous ce rapport, Herminie... » se surprit un soir à penser Julia.

Un instant auparavant, assise au piano, la jeune fille venait de réclamer l'assistance de Rodolphe pour lui tourner les pages :

— Allons, un peu de galanterie, voyons donc ! Est-ce ainsi que vous remplissez vos devoirs ? Posez-moi cette pipe, et venez ici. Vite !

L'apostrophe sonnait encore assez désagréablement dans la tête de Julia.

« Et ce grand imbécile qui se laisse passer le caveçon... »

Elle n'aimait guère voir quelqu'un d'autre se charger de le faire pour elle. Et, vraiment, ces temps derniers, Herminie s'y était employée avec un succès qui devenait agaçant, à la longue.

— Herminie, joue si tu veux, mais, je t'en prie, autre chose que cette musique de foire. En ce moment surtout, cela n'est guère indiqué.

Une diablesse de musique. Rodolphe s'était mis à la scander du poing sur la tablette du piano.

— De foire ? Justes cieux ! protesta Herminie. Le quadrille d'*Orphée aux Enfers !* Tout Paris en fait ses délices depuis six mois. Ma chère, si tu voyais Cora Pearl, là-dedans !

— Le fait est, renchérit Rodolphe, avec un à-propos remarquable. Cela vous réveillerait un mort.

Julia lui jeta un coup d'œil en forme de lame.

Herminie se mordait l'intérieur des joues jusqu'au sang pour retenir son rire.

— Bon, bon, marmonna-t-il, pour s'excuser. Ce n'est pas que j'aie voulu dire... ma mie... vous pensez bien...

La jeune fille le regardait s'empêtrer. A son air de détresse, elle répondit par un léger sourire compatissant, tandis que Julia la vouait aux gémonies et maudissait l'inspiration qu'elle avait eue de l'inviter.

Les jours suivants, à considérer son amie avec des yeux nouveaux, Julia fit de nombreuses remarques touchant une coquetterie qui, jusqu'alors, lui était apparue comme inoffensive ; et en vint à lui soupçonner une intention provocante.

Mise en éveil, la jalousie fait du chemin. Julia n'était déjà plus maîtresse de la sienne.

Pour la première fois de sa vie, elle épia, interpréta des gestes, des paroles, prête à en tirer les conclusions les plus propres à la déchirer.

Et les deux autres continuaient leurs taquineries, leurs piques, tout leur joyeux fleuretage à visage découvert, devant elle.

Rodolphe s'étonna de sa nervosité :

— Qu'est-ce qui ne va pas, ma chatte ? C'est le futur petit Vernet qui vous pèse ?

Et Herminie, lui trouvant mauvaise mine, s'inquiétait affectueusement.

Julia ressentit un remords lorsqu'elle la vit multiplier les prévenances, et s'efforcer de la distraire. Elle se gourmanda de toutes ses forces, bien résolue à ne plus laisser courir son imagination. « Il y a de la déloyauté à soupçonner qui vous aime », songeait-elle. Pour un peu, elle s'en fût confessée devant Herminie, et lui en eût demandé pardon. Herminie qui... Elle la regardait du coin de l'œil, attendrie de la voir assise près d'elle, de nouveau, comme aux premiers temps de son arrivée, dans la pièce où jouaient les enfants.

Le vent et le froid disparurent. Les jours allongeaient. Sous la fenêtre, le magnolia, nu et noir, la veille encore, se chargeait d'une floraison soudaine d'ailes blanches. L'air adouci charriait le parfum miellé des pétales d'amandiers.

Là-bas, près de l'allée des pins, le verger devenait ce miracle blanc et rose né d'un seul coup, de la baguette d'un enchanteur sans visage. Elles y étaient allées en promenade, un matin, Julia au bras d'Herminie, tenant chacune l'un des enfants par la main.

Rodolphe rapportait à sa femme des branches de prunellier, de merisier, ou d'aubépine, au terme des longues journées qu'il passait à présent dans les labours.

Lorsque la jeune fille parla de regagner Avignon, ce fut Julia qui la retint :

— Tu as bien le temps. Demeure encore un peu. Au moins jusqu'à Pâques. Ou je croirai que tu t'ennuies.

Herminie demeura.

Sa compagnie abrégeait ce temps d'attente pénible des trois derniers mois. Julia n'était pas très grosse. Mais le fardeau, appuyant sur son cœur, lui ôtait le souffle à chaque instant.

— Mon pauvre chou, tu as l'air d'un poisson hors de l'eau, s'apitoyait Herminie. Te sens-tu mal ? Veux-tu quelque chose ? Une tisane ? Ou... je ne sais pas, moi !

Julia sentait chez elle une horreur presque panique en face de la souffrance, et s'en voulait davantage d'avoir secrètement manqué à leur amitié.

Un après-midi, elle était montée, sitôt après le déjeuner, mettre au lit Amélia qui commençait un rhume. Un malaise subit la prit.

Elle dut aller s'allonger un moment dans sa chambre.

La porte était demeurée grande ouverte. D'en bas, les bruits confus de la maison : cliquetis de vaisselle venus de l'office, chaises remuées dans la salle à manger, parvenaient jusqu'à Julia, sur un fond assourdi de paroles entremêlées.

A travers le vertige qui l'avait saisie après cette douloureuse sensation d'étouffement, elle s'amusait vaguement à les reconnaître, enfoncée sous l'édredon de duvet.

Au-dehors, la cloche sonna pour rappeler les journaliers au travail.

Peu après, Rodolphe et Herminie montèrent

ensemble. Ils continuaient une conversation commencée.

— ... Mal dormi... la sarabande que ces sacrés matous ont fait sur la pelouse.

Elle entendit rire Herminie.

Puis, Rodolphe reprit :

— Je me demande où est passée Julia.

— Chez les enfants, vous pouvez en être sûr. Quand elle y est, on ne l'en arrache plus.

— C'est vrai, dit la voix de Rodolphe, avec une inflexion de tendresse qui dilata le cœur de Julia.

Elle trouvait agréable de les écouter parler d'elle ainsi. Une sorte de jeu. Etonnant comme elle se sentait loin, à des distances considérables, sous ce duvet aussi chaud qu'un cocon, protégée par l'ombre de l'alcôve. Comme si elle eût été morte.

« Et peut-être que c'est seulement cela, la mort : être à la fois si proche et si loin des autres. »

Son esprit caressa l'hypothèse, puis s'arrêta sur celle de M. Angellier flottant quelque part autour d'elle. « Père, m'avez-vous pardonné, à présent ? »

Mais il était difficile de matérialiser cette image. Alfred Angellier n'avait jamais paru destiné à jouer un jour les fantômes. Peut-être y faut-il une certaine fluidité, dès cette vie où nous sommes, songea-t-elle, confusément. Ceux dont l'existence ne fut qu'une longue présence lourde à subir meurent aux vivants tout entiers. Sans doute en serait-il de même pour Elodie Vernet...

Julia s'aperçut qu'elle avait cessé d'écouter.

Herminie parlait.

Rodolphe dit, à son tour :

— Il faut tout de même que je m'en aille. J'ai affaire du côté de l'étang. Ne voulez-vous pas venir jusque-là ? Il fait si beau, laissez-vous tenter.

C'était vrai. Le ciel était d'un bleu aveuglant à travers la broderie des stores. Julia l'avait oublié. Comme elle avait oublié le temps écoulé. Une demi-heure auparavant, ou guère plus, on se levait de table. Cela lui parut improbable.

Ils étaient tout près, dans le couloir, maintenant.

Rodolphe passa la tête dans la chambre.

— Julia ?

« Mon amour ! » pensa-t-elle, se taisant avec délices.

Elle n'eût pu bouger le petit doigt. Trop loin, bien trop loin pour répondre.

— Vous voyez bien qu'elle n'y est pas, dit Herminie, d'un ton moqueur.

Julia sourit, sous son édredon.

Eux ne la voyaient pas, mais elle les voyait très bien. De nouveau, elle eut cette agréable impression d'être morte.

Ils se tenaient dans l'embrasure de la porte, adossés chacun à l'un des montants.

— Alors, vrai ? Vous ne voulez pas ?

Herminie secoua la tête. Ses boucles d'oreille jetèrent des feux dans un rai de soleil.

— Pourquoi ?

— Parce que.

— Parce que quoi ? insista Rodolphe.

Il se balançait d'avant en arrière.

Herminie ne répondit pas.

C'était elle que Julia voyait de face. Appuyée au chambranle, elle dévisageait Rodolphe avec une curieuse expression, insolente et... Julia chercha machinalement : « ... et affamée. » Incapable d'aller au-delà dans sa pensée, engourdie, passive comme au spectacle.

Le dos de Rodolphe s'arrondit.

— Parce que quoi ? répéta-t-il, bizarrement. Penché, en avançant les mains.

Les longues mains d'Herminie, elles aussi, s'avancèrent. Julia en vit une ramper le long du bras de son mari, monter doucement, dans une sorte d'ondulation, jusqu'à l'épaule, s'y cramponner. Mais était-ce elle qui le voyait, cela ?

« Et Rodolphe... » Cela dura. Leurs respirations se confondaient. Les muscles de son dos bosselaient la veste. Sa nuque courbée devenait rouge. Il plaquait Herminie contre lui. Ou bien se plaquait-elle ?

Le temps n'existait plus.

Enfin, ils se disjoignirent. Et Herminie disparut d'un trait dans le couloir.

— Crédié ! murmura sourdement Rodolphe en pivotant d'un demi-tour.

Julia vit sa figure.

Il se passa la langue sur les lèvres, comme il le faisait toujours ensuite, et demeura immobile, un long moment. Peut-être seulement une seconde.

Puis, sans entrer, il tira la porte de la chambre et referma. Julia l'entendit descendre.

Peu après, le vantail de l'entrée retomba à toute volée.

Tout d'abord, Julia n'eut pas mal. Elle s'étonnait, attendant la douleur. Mais se sentait seulement un peu haletante. « Rodolphe. »

« Eh bien quoi, Rodolphe ?... »

D'un geste brusque, elle rejeta l'édredon. Son corps alourdi n'avait plus sa souplesse. Elle dut s'aider du coude pour se redresser et glisser jusqu'à terre.

Sans y songer, elle alla s'asseoir devant sa table à coiffer. Et se vit dans la glace. Pâlie, les narines pincées. « Ce qui m'arrive... » C'était encore la stupeur qui dominait.

« Que Rodolphe ait pu... Ah ! » Maintenant, oui, elle commençait à souffrir. La douleur naissait sous ses doigts, au creux de son corsage. La douleur et la colère.

Mais, quoi qu'il arrivât, elle sentait qu'elle ne pouvait rien contre Rodolphe. A moins de se blesser elle-même ?...

Restait Herminie. « Dieu merci ! » Restait quelque chose à faire. Souffrir, elle aurait le temps après.

Elle brossa ses cheveux décoiffés, avec les gestes de tous les jours qui soudain paraissaient absurdes, reboutonna les deux derniers boutons de son col qu'elle avait défaits pour être à l'aise, tira sur ses jupes, les défripa, et, sortant de chez elle, s'en alla tout droit frapper à la porte du fond.

— Entrez.

La jeune fille était debout près de la fenêtre, le front contre la vitre. Elle se retourna :

— C'est toi ? Où étais-tu ?

— Dans ma chambre.

— Quand cela ?

La question indiquait un certain trouble. Herminie ajouta :

— Nous sommes montés, tout à l'heure, ton mari et moi.

— Je sais, dit Julia, laconiquement.

La figure d'Herminie parut s'étirer.

Elle fit un pas en avant :

— Tu n'as pas répondu.

— Non.

Julia ne bougeait pas d'un pouce. Ses prunelles vrillaient celles d'Herminie qui ne se dérobaient pas.

La jeune fille dit, après un silence :

— C'est regrettable. Quoique...

— Voleuse.

Le mot siffla doucement entre les dents de Julia.

Herminie se laissa tomber sur le canapé :

— Ecoute, Julia, si je t'affirme qu'il n'y a pas de quoi fouetter un chat, dans tout cela, ne pourras-tu me croire ?

Elle attendit vainement une autre réponse que ce regard dont l'acuité et l'éclat glacé devenaient insoutenables.

Les poings crispés sur son cœur, Julia luttait contre la violence désordonnée de ses battements, toutes ses forces bandées contre la perspective d'une défaillance physique.

— Et après tout, c'est ta faute ! cria presque Herminie, désemparée par ce mutisme. Pourquoi m'as-tu empêchée de partir, l'autre jour ?

Julia s'agrippait au dossier d'un fauteuil pour rester debout. Toute la pièce tournait autour d'elle.

— J'avais confiance, figure-toi.

Son ironie méprisante fouailla Herminie.

— Confiance ?... En quoi l'ai-je trahie, ta confiance ? questionna-t-elle, âprement. Tu me connais depuis des années. Tu sais combien ce genre de chose compte, et en même temps ne compte pas, pour moi. Alors ?... — Elle haussa les épaules. — Ton Rodolphe est suffisamment attirant... Jamais je n'ai pensé t'enlever quoi que ce soit, d'ailleurs. Il t'aime, et ce n'est pas...

— Je t'en prie, coupa Julia, avec un petit rire dur. Je n'ai pas besoin pour le savoir que tu me l'apprennes.

Cela allait mieux. Le vertige était passé. L'oppression s'atténuait.

— Tu n'es rien, pour lui, continua-t-elle. Rien d'autre qu'une envie comme une autre, assez sale, qu'il oubliera aussitôt que tu auras cessé de te frotter à lui.

— Tu n'es pas généreuse, murmura Herminie.

Elle ne put se tenir d'ajouter, avec un demi-sourire :

— Mais peut-être le serais-tu davantage si tu étais sûre de ce que tu avances.

Puis, le regretta immédiatement. Ce n'était pas le moment de se piquer d'amour-propre. En face de cette frêle créature au corps déformé dans sa robe de deuil, quoi qu'elle fît, elle aurait le vilain rôle. « Un joli gâchis. » Elle eût voulu l'entourer de ses bras : « Mon chou, je te jure... pas voulu te faire du mal. »

Mais c'était fait. Et ce genre de phrases n'était plus possible. Du moins fallait-il garder un peu de dignité.

— Sache-le, dit-elle, avec un effort pour demeurer froide, ce que tu as pu voir est tout ce qu'il y a eu.

— Je ne te le demande pas, dit Julia. Je n'ai que faire de tes assertions.

Elle eût tant voulu le savoir, au contraire. Mais, que ce fût franchise, prudence, ou pitié, il était évident qu'Herminie ne lui dirait pas autre chose.

« Pitié ? Vierge Mère ! » A cette pensée, elle contracta ses mâchoires. Ses yeux eurent un tel éclair de fureur qu'Herminie en fut saisie.

— Tu me détestes, dit-elle.

Julia parvint à se maîtriser pour répondre :

— Oui. Pour le moment. — Elle réfléchit. — Quand tu seras partie, dans quelque temps, je parviendrai peut-être à oublier un peu. Mais je ne crois pas pouvoir te pardonner jamais.

Herminie hocha la tête.

— Moi, je regretterai notre amitié.

— Et qui te dit que je ne la regretterai pas ? — Elle railla, avec une dureté triste : — C'est avant qu'il te fallait y penser, ma fille.

De nouveau, Herminie hocha la tête :

— Eh ! oui, bien sûr. Mais...

Un moment, elles demeurèrent silencieuses, l'une et l'autre enfoncées dans ce regret. Julia s'étonnait qu'il prît tant de place, quand la seule évocation de Rodolphe eût dû suffire à attiser sa rancune. A côté de son amour, cela comptait donc quand même tellement, tout ce qu'elle avait partagé avec Herminie ?

La jeune fille se leva et alla tirer le gland de la sonnette qui pendait au-dessus du lit.

— Peux-tu faire aider ma femme de chambre, pour les bagages ? demanda-t-elle à Julia qui l'avait suivie des yeux.

— Je t'envoie Pierroune, ou Philomène.

Leur intonation à toutes deux, neutre, grise, calme, ressemblait à celle que l'on prend au chevet d'un malade que le médecin vient de condamner.

Elles se regardèrent, un bref instant.

Puis Herminie, se détournant vers la commode, commença de vider les tiroirs, tandis que Julia gagnait la porte.

Du seuil, elle dit :

— Je vais faire atteler.

Rodolphe rentra tard pour dîner. La nuit tombait.

Il trouva sa femme assise près de la fenêtre, dans le salon, le chat sur ses genoux.

On n'avait pas encore allumé les lampes. Le profil de Julia se détachait en noir sur le reste de jour incolore qui s'assombrissait derrière les vitres.

C'était inusité de la voir ainsi, inactive.

— Ma mie ?... Toute seule ? Pourquoi diable restez-vous dans cette obscurité ?

Le cœur de Julia tressaillit, comme un instant auparavant à l'entendre réclamer à Philo : « Où est Madame ? »

— Je me repose, dit-elle, d'un ton neutre.

Si lourde que fût la peine qui lui gonflait la poitrine, si tenace cette lourdeur accrochée, allait-il suffire de quelques mots d'une tendresse banale pour qu'elle renfermât ses griefs en elle ? Brusquement, elle se leva, au grand déplaisir du chat qui s'enfuit vers l'office, entre les jambes de son maître.

Rodolphe s'approcha, en se heurtant aux meubles, avec son attendrissante maladresse d'homme, et, lui prenant les mains, l'attira contre lui.

« Plus fort que de coutume », sembla-t-il à Julia.

Lui la pressait, inquiet peut-être qu'elle ne répondît pas de tout son corps.

Elle se rappela leur premier baiser, par-delà toutes ces années. Huit ans, au fond, ce n'est guère. Mais : « deux enfants, bientôt trois... L'amour des romances ne concerne plus les mères de famille. »

— Rodolphe...

— Oui ?

« M'aimes-tu toujours de la même manière ? » La question lui brûlait les lèvres. Mais elle s'interdit de la poser. « Puéril. Surtout au septième mois d'une grossesse. »

Enlacés, ils se dirigèrent vers le vestibule.

— Quoi de neuf, cet après-midi ? s'enquit Rodolphe, ainsi que tous les soirs.

Le nègre statufié au pied de l'escalier les éclairait de sa torche levée, tandis qu'ils commençaient à gravir les marches.

— Herminie est partie, annonça Julia.

Il y eut un court silence dont elle éprouva le poids.

— Ah ! dit enfin Rodolphe.

Au bout d'un autre silence, il dit encore :

— Ah ! bon.

Regret ? soulagement ? Qu'y avait-il dans sa voix ? Les deux, peut-être ? Pourquoi ne posait-il pas de question ? Etait-ce donc si grave ? Ou, au contraire ?...

« Oh, Christ ! » Cette absence qu'il faut souffrir auprès de ceux que l'on aime.

Ils parvinrent au palier. On entendait des pleurs du côté de la chambre des enfants. Julia fit un mouvement pour s'élancer.

Le bras de Rodolphe se resserra autour d'elle.

— Ma mie...

Sa voix paraissait mal assurée.

— Oui ? souffla-t-elle, à son tour.

Et lui non plus n'en dit pas davantage.

6

Le second fils de Julia naquit au son des cloches carillonnant pour la victoire de Magenta.

Rodolphe exultait.

— Sacrédié ! si mon père était là !... répétait-il.

Sans que sa femme pût démêler dans ce regret filial le degré d'importance respective que le défunt colonel eût accordé à ces deux événements.

— En tout cas, le gaillard aura eu pour l'accueillir ses deux grand-mères, continuait Rodolphe.

Il rejoignit Mme Angellier auprès du berceau où son nouvel héritier donnait un échantillon concluant de la puissance de ses cordes vocales.

— Allons, Madame, avouez qu'il est réussi.

De son lit, Julia les contemplait avec un reste d'incrédulité, à les voir ainsi, l'un près de l'autre.

« *Vous n'allez point refuser de venir m'assister, cette fois, Maman chérie ? Je vous attends.* » Elle-même n'avait pas grand espoir lorsqu'elle avait écrit sa lettre.

Pourtant, Constance était là, installée à Mogador depuis la veille, remplaçant Julia auprès des enfants que les gâteries dont ils étaient l'objet, à chaque visite à la Sarrazine, inclinaient à une préférence bruyamment affichée envers leur grand' Angellier.

— Heureuse, ma mie ? demandait à tout bout de champ Rodolphe à sa femme.

C'était sa manière à lui de se déclarer heureux.

Henri-Constant-Eudes-Marie Vernet pleurait à pleine voix.

— Là, là, disait Elodie Vernet à Constance, bercez-le donc, voulez-vous, ma chère ? Il nous assourdit, cet enfant.

Elle aussi avait son code personnel pour traduire ses émotions. Sur cette face hermétique, Julia avait peu à peu appris à déceler des signes furtifs qui devaient signifier quelque chose.

« Peut-être, en cherchant mieux... Mais bah ! »

Constance, semblait-il, eût su avoir cette patience. C'était elle qui paraissait être la bru.

Après cette dure nuit de souffrance et de lutte, le soleil de juin entrait par l'entrebâillement des volets. Il faisait briller l'ébène des meubles, irisait les incrustations de nacre, allumait des reflets dans le velours rouge des courtines et sur les cuivres, dansait dans les miroirs, dorait les roses de Mogador coupées à l'aiguail par Juste, qui emplissaient une jardinière.

Et le maître de maison allait et venait dans la pièce où toute trace de désordre avait disparu, rayonnant, resplendissant, débordant de vie et de chaleur comme un autre soleil.

— Un pur-sang, Mère. Regardez-le. Comment pourrait-on ne pas l'aimer ?

Mais cette démesure dans la joie comme dans la colère ou la tendresse heurtait Constance habituée à l'extrême correction de manières et de langage que

M. Angellier avait toujours su conserver jusque dans ses emportements.

A ses yeux, le pur-sang de sa fille manquait singulièrement de finesse. Et le chemin qu'elle avait fait dans l'aversion l'avait menée trop loin. L'eût-elle voulu, elle ne pouvait plus guère le refaire en sens inverse.

Sans cesse sur la défensive, elle opposait sa plus cérémonieuse politesse à la cordialité spontanée de son gendre, comme un refus et une leçon.

Lorsqu'elle quitta Mogador, au bout d'une quinzaine, Julia qui avait tant espéré de ce séjour dut s'avouer qu'il n'avait rien changé à l'opinion de sa mère.

— Tant mieux si tu es heureuse, soupira Constance, en l'embrassant avant de monter en voiture.

Toute son attitude témoignait que ce n'était pas là une façon recommandable de l'être.

— J'ai pourtant fait ce que j'ai pu, ma mie, dit Rodolphe, après ce départ.

Sa femme lui caressa la joue.

C'était vrai. Il le faisait toujours, d'ailleurs, pour tout le monde, pensa-t-elle avec amour.

— N'empêche que votre mère ne m'aime pas, et ne m'aimera jamais. Cela se sent. C'est à peine si elle me supporte.

Julia lui ferma tendrement la bouche.

— Ne dites pas cela, mon cher cœur.

Il mordilla les doigts qui le bâillonnaient.

— Bah ! N'allez point vous chagriner. Qu'est-ce que diable cela fait, après tout ? Vous-même n'êtes pas tellement d'accord avec la mienne.

Elle ne put s'empêcher de rire à cette nouvelle preuve d'une franchise qui eût à coup sûr passé pour du cynisme au regard de Constance Angellier.

« Pourtant, Dieu sait ! Maman se plaint assez du

manque de confiance de Finou, et de ses airs moroses. »

Elle évoqua la jeune fille qu'elle avait retrouvée à la place de la petite sœur de naguère. Y avait-il une telle différence ? Sophie n'avait pas été une enfant expansive ; ni très affectueuse. A la comparer avec sa pétulante et câline Amélia, Julia s'en apercevait aisément.

Elle aborda le sujet avec son frère, un jour où il était venu en passant, avant de rejoindre en Arles une assemblée de tous ces jeunes félibres de l'*Armana Prouvençau*[1] qu'il fréquentait.

— Ton départ n'a rien valu à Sophie, lui expliqua Constant. La tête lui a tourné lorsqu'elle s'est vu devenir l'unique fille de la maison. Cela lui passera, sois tranquille. Il n'y faudra qu'un garçon. Laisse, qu'elle découvre seulement qu'il n'y a pas qu'elle au monde.

Le jeune homme était assez peu disposé à attacher de l'importance à « l'humeur sournoise et égoïste d'un tendron. » Son esprit se partageait entre le souci de la Sarrazine, lourde à ses épaules, et le goût de la poésie que lui insufflaient ses amis.

Le jour même, il avait apporté à Mogador le livre d'un Maillanais auquel Monsieur de Lamartine venait de consacrer en entier son dernier *Entretien sur la littérature*.

— *Mireïo*, lisez-le donc, Rodolphe et toi. Vous m'en direz des nouvelles. C'est de Frédéric Mistral, tu sais bien, le jeune de Maître François. Tu te souviens bien de lui ?

— Frédéri ? C'est Frédéri qui a écrit un livre ?

Cela semblait impossible. Julia riait :

— Le petit Frédéri à qui Mère apportait des bon-

1. *Armana Prouvençau* : l'« Almanach Provençal ».

bons quand nous allions au Mas du Juge ? Vierge Mère ! Il jouait avec moi. Et tu dis que c'est bien ?

— Bien ? — Constant eut un grandiose haussement d'épaules. — Je dis que c'est beau, que c'est grand ; que cela rejoint Homère et Virgile ; que...

Il vit le coup d'œil moqueur de sa sœur, et insista :

— Et Paris aussi le dit. Et, demain, toute la France le dira ; et bientôt le monde.

— Ah, vaï[1] ! rit Julia, de plus belle. Ni Paris, ni la France, ni le monde, n'entendront jamais un mot de notre patois. Et c'est la traduction qu'ils admirent ?

— Lis. Tu verras.

En échange du poème épique qu'il laissait sur la cheminée, Constant emportait l'avis de Rodolphe sur maintes questions délicates :

— Et pour les garances, qu'en penses-tu ? J'en remets, l'an qui vient, au carré du ponant ? Ou je sème du fourrage ?

— Continue à alterner, comme ton père. C'était un malin qui savait ce qu'il faisait. La terre gagne, à ce régime. Et toi avec.

— Et pour la vigne ? On me propose pour l'automne des plants d'une qualité nouvelle. Je voudrais que tu viennes voir ceux que je compte remplacer.

— Bon, je viendrai. Passe nous prendre au retour de ta taulejado[2]. Nous irons ensemble. N'est-ce pas, Julia ?

Le jour d'après, levés à la rosée, ils s'en venaient à cheval, tous les trois, au grand matin, comme les Rois mages, jusqu'à la Sarrazine, heureux d'être réunis, de si bien s'entendre, et de galoper à longues foulées souples dans la bonne poussière encore fraîche du

1. *Vaï* : Va !
2. *Taulejado* : Joyeuse assemblée autour d'une bonne table.

début d'une journée de juillet qui promettait d'être torride.

Constant racontait son équipée :

— ... Et cela s'est terminé par un beau branle sur le pont de Trinquetaille, vers les deux heures de la nuit.

— Vierge Mère ! si Maman le savait !

— Ne t'inquiète ! Il n'y avait pour nous voir que les mariniers du Rhône.

Rodolphe, lui, était rêveur à l'évocation d'une pareille galimandrée[1].

— Quelle chance tu as de t'en payer de la sorte !

— Fort bien ! Chante seulement :

« Si Henri V venait demain,
Oh, que de fêtes ! oh, que de fêtes !
Si Henri... »

— Constant ! Tu es fou ! Pas si fort ! s'inquiétait Julia.

— ... Et, la prochaine fois, je t'emmène. Tu permets, sœur ?

Rodolphe n'était pas le dernier à jubiler de ces escarmouches partisanes :

— Ils sont donc tous aussi culs-blancs que toi, tes poètes ? Avec mon fusil, alors, il faudra que je vienne !

L'année précédente, au moment du partage, la générosité qu'il avait montrée avait encore accru l'affection que lui vouait Constant.

Déshéritée autant qu'il l'était possible, Julia eût eu néanmoins une grosse somme à toucher provenant d'un legs ancien dont M. Angellier avait été l'usufruitier.

Elle et son mari laissèrent à Constant toute latitude pour s'acquitter selon ses possibilités, lorsque le retrait

---

1. *Galimandrée* : Joyeuse équipée (de *galimand* : vagabond).

de ce capital investi dans la propriété ne gênerait pas l'exploitation.

Aux premiers mots, Rodolphe avait mis le nouveau maître de la Sarrazine à son aise :

— Prends dix ans, ou plus, si cela te chante, mon ami. Tu penses bien que Julia n'attend pas après cet argent.

Il estimait ce jeune beau-frère qui aimait la chasse, la terre, et les chevaux.

— Quelle paire d'amis il ferait avec Antoine ! dit-il un jour à Julia. Il nous faudra l'amener à Tourvieille, après le mariage.

Pour le moment, le fiancé devenait inabordable. Arles et la rue des Arènes où il allait quotidiennement faire sa cour à Lucie Aillaud constituaient son unique horizon.

La cérémonie devait avoir lieu incessamment, à Saint-Trophime. Les cadeaux affluaient. La robe de la mariée en était au dernier essayage.

Lucie et sa famille étaient venues à Mogador, accompagnées d'Antoine, pour la visite rituelle.

Mais la période du grand deuil durait toujours pour Julia et Rodolphe, et il demeurait exclu qu'ils prissent part au cortège et au bal que donneraient les Aillaud.

Rodolphe s'en consolait à demi, à la perspective du repas. Mais Julia, moins sensible que son époux aux plaisirs de la table regrettait, sans vouloir se l'avouer, cette occasion perdue de se montrer à lui, parmi tant de femmes en toilette, autrement que dans cet éternel noir si peu seyant.

Du moins s'accorda-t-elle, pour la circonstance, du taffetas et des parements de dentelle blanche.

— Dommage ! soupira Rodolphe, au retour. Les Aillaud ont sacrément bien fait les choses. Je serais resté volontiers. Et vous ?

Elle aussi. Mais qu'y faire ?

— Enfin, conclut son époux qui ne s'appesantissait pas longtemps sur les regrets stériles, voilà Antoine marié.

Il considéra le fait à l'état brut :

— C'est cocasse, quand on se le représente, Antoine, ce caganis [1] !

Julia l'écoutait avec un léger agacement. Il considérait toujours son frère comme si ce dernier eût eu dix ans, la veille.

A ses yeux à elle, ce mariage était une pierre de plus pour jalonner le temps qui passe.

Honoré aussi s'était marié... Et même, assez mal, en un sens, à en croire Constance. Avec une Parisienne caqueteuse et trop élégante pour qui le mas ne serait jamais qu'un pis-aller, en admettant qu'elle acceptât un jour d'y vivre. Tante Nancy, auprès de sa bru, faisait figure de petite ménagère [2]. Et l'oncle...

« Pauvre oncle Flavien, comme il avait vieilli. Julia se souvenait, le cœur serré, de sa démarche voûtée, alourdie, l'été passé, lors de l'enterrement de Monsieur Angellier. Un jour ou l'autre... » Et que resterait-il, après lui, de ce Grand Frigolet de leur enfance où Olympe et elle s'étaient tant amusées, avant d'en venir à leurs premières confidences ?

De la route, l'allée de pins qui conduisait à la maison de maîtres était immuable. Julia passait devant chaque fois qu'elle se rendait à Graveson, et parfois aussi lorsqu'Ernest empruntait la grande route pour les mener à Avignon, Rodolphe et elle.

1. *Caganis* : Intraduisible textuellement. Se dit d'un enfant qui salit encore ses langes.

2. *Ménagère* : Femme de *ménager :* Paysan qui cultive un bien lui appartenant en propre.

Les arbres ne changent pas. Les bâtiments pas davantage. Se peut-il, malgré tout, que rien ne demeure ? Ou bien eût-elle retrouvé encore un peu de leurs rires à elles deux, et de leurs espoirs disparus, dans le lé pareillement fleuri de glais à chaque printemps, au bord de la roubine ?

« *Quand nous serons grandes... Plus tard... Quand Gaston reviendra des îles... Quand nous aurons des enfants... Quand j'habiterai Aramon...* » Olympe, compagne de tant de vieux rêves, Olympe aux mille projets. Elle habitait le cimetière, avec son petit enfant à peine né pour mourir écrasé sous les pierres, dans l'eau boueuse. Et Gaston Baze était remarié.

Qu'est-ce qui eût empêché le Grand Frigolet de mourir aussi ?

« Un jour, songea Julia, ce sera mon tour de m'en aller ».

Mais Rodolphe ? Mais les petits ? « Oh ! » gémit-elle.

A la dernière seconde quel serait, pour elle, le prix déchirant de tout ce qu'il faut abandonner sur cette terre ?

La tête de Rodolphe surgit de derrière le *Moniteur* largement déplié, pour dire :

— Avignon a fêté les deux premiers bataillons rentrés d'Italie. Il faudra penser à donner pour les blessés. Vous avez vu ? L'on ouvre une souscription.

Julia qui brossait autour de son doigt les boucles de sa fille pour leur donner le pli approuva du menton.

— Ne bouge pas, ma cardeline[1], mon petit oiseau chanteur. C'est bientôt fini.

---

1. *Cardeline* : Chardonneret.

— Vous n'oublierez pas ? insista Rodolphe.

— Bien sûr que non.

C'était au tour de Cyprien, à présent.

Il était encore plus remuant que sa sœur. Julia le cala entre ses genoux, et reprit pensivement la brosse.

La guerre était finie, oui. Mais il y avait tant de gens, les morts et les autres, pour qui elle ne finirait jamais plus.

— Pour deux mois de campagne, cela met à cher la gloire.

Le petit garçon trépignait. Elle le laissa aller.

— Vous raisonnez mal, ma mie. Il importait de soutenir notre position dans le monde. Et, d'autre part...

Le nez de Julia frémit.

Elle savait d'avance ce qui allait suivre : l'héritage de Quatre-vingt-neuf, les grands principes, la liberté pour les peuples... « La liberté ! »

De quels poncifs pouvaient se gargariser les hommes.

— Qu'un républicain vienne me parler de liberté, je n'y croirai pas davantage, mais je lui reconnais le droit d'y croire. Vous n'êtes pas devenu républicain, d'aventure, mon cœur ?

Rodolphe supportait mal l'ironie sur ce chapitre.

— Je vous en prie, Julia ! Assez là-dessus. C'est une question d'honneur. Cela ne se discute pas avec des femmes.

De pays à pays, pensa-t-elle, l'honneur devient une politique. Mais, en effet, à quoi bon discuter ? « Vierge Mère ! » il avait déjà eu suffisamment d'algarades avec Arsène Peyrissac, ces temps derniers.

Elle escamota la pointe de son sourire et s'enferma dans ses réflexions.

Pourquoi Arsène, si pondéré autrefois, se laissait-il

aller de plus en plus fréquemment à provoquer Rodolphe dont il connaissait la violence ?

— Enfin, vous, Féli, dit-elle à son amie, à la première visite que lui fit celle-ci, ne pouvez-vous le raisonner ? Qu'il pense du gouvernement ce qu'il voudra — et je ne suis pas éloignée de dire comme lui, à propos de cette guerre tellement inutile. Mais, ma chère, à quoi bon le trompeter aux oreilles de quelqu'un qui est tout feu tout flammes ?

Félicité en convint.

— Je sais bien. Mais c'est qu'à la longue, cette tyrannie devient intolérable.

— Allons donc, railla Julia qui considérait toutes les faces de la question avec la même impartialité. Ne me faites pas rire, avec votre « tyrannie » ! A tenir ce langage sous un de nos bons rois, il y a longtemps que le cher Arsène se fût fait embastiller. Je ne suis pas particulièrement l'amie du régime, mais quand vous venez me conter de ces sornettes...

Elle s'interrompit en voyant la jeune femme serrer les lèvres avec une expression mécontente.

— Oh ! Féli, ne faisons pas comme ces messieurs.

— Non, vous avez raison, dit Félicité.

Elles marchèrent un moment en silence.

Autour d'elles, le parc s'endormait dans la douceur trompeuse de l'été de la saint-Michel. Mais le feuillage de l'allée de noisetiers qu'elles suivaient devenait rouge, et les fruits commençaient à tomber.

« Il faudra envoyer ramasser les avelines », nota Julia.

Les enfants s'amusaient avec les chiens, sur le bord de la pelouse.

Les quatre de Mogador, ceux de Philomène aussi pomponnés que leurs jeunes maîtres, entouraient, dans une commune admiration, le fils de Félicité, leur aîné à tous. Ce dernier nuançait sa gentillesse, condescendante avec les trois garçons, d'une galanterie précoce à l'égard d'Amélia bouffante d'orgueil de se voir distinguer par un tel personnage.

Philomène les surveillait, portant sur un coussin le dernier-né de sa maîtresse. Le bébé éclatait de prospérité dans la douillette de piqué d'un blanc aveuglant qui l'enveloppait jusqu'au ras du maillot.

L'œil de Julia s'attarda sur le tableau avec complaisance.

— N'avez-vous jamais eu envie de donner des frères et des sœurs à Octave ?

— Grand Dieu ! — Félicité en perdit une seconde la parole. — Qu'allez-vous chercher ? Mon fils me suffit.

Elle regarda sa compagne avec curiosité :

— Mais vous ? N'êtes-vous point lasse, de temps à autre, du vacarme de cette marmaille ? Quand je pense que vous supportez ces deux-là en plus des vôtres !

Julia sourit, sans cesser de suivre les enfants des yeux.

— Fulcran est un bon petit compagnon pour Cyprien. Ils sont heureux de jouer ensemble. Et, vraiment, vous savez, cela ne donne pas plus de mal, qu'il y en ait deux, ou quatre, ou...

— Eh bien donc, conclut ironiquement Félicité, je suppose que c'est là votre programme et que votre dernier mot n'est pas dit avec Henri. Ma chère, vous avez du courage.

— Du courage ? non pas. J'aime les petits. Ce n'est pas amusant de les faire, je vous l'accorde. Mais il faut bien payer le prix. Certainement, d'ici quelques années, j'en aurai volontiers un ou deux de plus, si Dieu le permet.

— Seigneur ! exhala Félicité, en balançant son ombrelle marquise. S'il en est ainsi, pourrais-je vous confier Octave, au cas où nous déciderions cc voyage à travers l'Allemagne ?

Julia dit avec chaleur :

— Bien sûr. J'en serais heureuse.

Elle fit signe à Philo de rabattre la bande vers la maison où le goûter devait être servi.

— Mais, reprit-elle, pensez-vous vraiment partir ?

— Je ne sais. Cela nous tente. Et Herminie insiste beaucoup. J'ai encore reçu une lettre cette semaine. Au fait, elle s'informe de vos nouvelles.

Julia ne dit mot.

Son amie la dévisageait avec intérêt.

— Voyons, Julia, que s'est-il passé ?

— Pas grand-chose.

« *Pas de quoi fouetter un chat* », avait dit Herminie elle-même. Mais Herminie pouvait mentir avec virtuosité si elle le jugeait bon.

Une fois de plus, l'interrogation lancinante revint, bien que Julia s'interdît toujours d'y penser. Ne parviendrait-elle donc jamais à oublier tout à fait ?

Le regard de Félicité la rappela à elle :

— Pas grand-chose, non, vraiment, Féli. Herminie vous le racontera elle-même, si cela lui plaît. Je n'aimerais pas me donner l'air de l'accuser.

Félicité n'insista pas.

Par la suite, toute allusion à sa cousine disparut de sa conversation. Julia le remarqua rapidement sans pouvoir en déduire une hypothèse plausible sur la raison de ce silence.

Aussi bien le bavardage de Félicité ne livrait guère les sentiments profonds de la jeune femme. Julia qui avait appris à la mieux connaître le savait, à présent. L'homme qu'aimait Félicité pénétrait peut-être au-delà de cette extrême affabilité rieuse et volubile. A considérer Arsène Peyrissac, Julia n'en éprouvait pas la certitude. Et même, une fois ou deux, elle en était venue à douter qu'il fût cet homme-là. Un mot, un silence, projetaient un bref éclairage insolite sur la ravissante figure de Félicité. Saisie, un instant, Julia se demandait l'instant d'après avec une sensation de malaise si elle n'avait pas rêvé.

Elle se gourmanda : que l'apparence de son amie fût ou non ressemblante, l'essentiel n'était-il pas, pour l'apprécier, que l'on sût pouvoir compter sur elle ?

Et certes, personne n'était plus agréable, ni plus compréhensif, ni plus sûr, ni plus discret, que Félicité Peyrissac. Sans doute, si elle ne confiait jamais grand-chose d'elle-même à quiconque, était-ce simplement qu'elle n'avait rien de particulier à confier.

D'autre amie véritable, Julia ne s'en connaissait point, parmi ce tourbillon d'aimables créatures qui échangeaient avec elle des « mon cœur », « mon ange », ou « ma colombe », avec tant de facilité.

Il y avait eu Olympe. Et Herminie.

Leur temps était passé. Julia pensait souvent à l'une ou l'autre avec la même mélancolie.

Cette Herminie qu'elle regrettait n'avait rien à voir avec celle d'un seul jour, dont le souvenir demeurait une plaie sans cesse pressée d'où sourdait encore une goutte de pus. Celle-là...

Rodolphe, lui, menait sa vie active, tout occupé de Mogador, comme si, une fois au moins, elle n'eût pas existé. Peut-être était-elle sortie tout de bon de sa mémoire. Les labours, les foins, la feuille, la moisson, les vendages, tout le souci de sa terre qui le requérait de l'aube à la nuit depuis que le printemps avait rouvert le cycle... Et ce nouveau garçon qui lui était né... Sans doute, oui.

Pourvu qu'il pût, de temps à autre, assister à des courses de chevaux, ou y prendre part ; et aller badauder à chaque événement sortant de l'ordinaire, que ce fût l'arrivée en gare d'Avignon de la statue de Notre-Dame-des-Doms, son érection en grande pompe, ou la tentative d'un aéronaute en ballon, à Beaucaire, il semblait n'en pas demander plus.

Le soir, au lit, il étreignait fougueusement sa femme.

« Mais moi aussi, songeait Julia, j'ai l'air d'avoir oublié. Et, en vérité, je n'y pense guère, heureusement. N'empêche... »

On peut mordre au gâteau quotidien, des jours, des semaines durant. Et tout est bien, sauf, de temps à autre, par éclair, cette douleur aiguë, intolérable, mais passagère, après tout, que procure une dent agacée.

.

— Tu ne sais pas ce que c'est, toi. Tu as de la chance. Songer sans trêve à un homme, sans savoir ce qu'il pense, ni ce qu'il éprouve pour toi, ni si tu comptes, seulement, à ses yeux, si peu que ce soit.

Etait-ce Finou, le petit Finou, qui parlait ainsi, s'étonnait Julia, devant cette explosion de sa jeune sœur si longtemps muette.

Sophie mettait maintenant une sorte de rage à déballer son secret. Ses prunelles tournées à l'intérieur d'elle-même brillaient d'un défi amer. Personne n'avait aimé, personne n'avait souffert, avant elle.

Probablement était-ce vrai, en un sens, se disait Julia, attendrie. On n'use pas l'amour, ni la souffrance. Sophie réinventait tout pour son propre compte, après sa sœur aînée, après tous les autres, comme l'avait fait chacun.

Dix jours de mutisme. La face morne, le front buté. — « Une vraie tête de bois », disait Rodolphe, plus amusé que froissé. — Un refus opposé en permanence à toutes les attentions, avant même qu'elles ne se fussent manifestées.

— Prends-la quelque temps chez toi, avait imploré Constance Angellier. Du moins, si elle accepte. Moi, je ne sais plus que faire d'elle. Et ton frère ne la traite pas comme il le faudrait. Il l'exaspère, avec ses taquineries. Peut-être se détendra-t-elle avec toi et les enfants.

Les enfants, Sophie s'en moquait bien. Enfermée dans sa chambre, ou errant à travers le parc mis à mal par le mistral de novembre qui achevait de lui arracher ses dernières feuilles, elle dédaignait le cheval mis à sa disposition par Rodolphe avec un valet d'écurie pour l'escorter au besoin, et semblait désirer par-dessus tout qu'on la laissât tranquille.

Julia se disait que la sollicitude anxieuse de sa mère, sa tendresse, ses questions timides, avaient pu peser à la jeune fille tout autant que les railleries de Constant.

A Mogador, nul ne demandait rien à Sophie, pas même un effort d'amabilité. Julia savait se taire. Elle s'activait à ses multiples tâches. Rodolphe avait les siennes, qui le tenaient dehors une bonne partie de la journée. Sophie était libre.

Ce beau-frère loup-garou, après avoir tant impressionné la jeune fille au cours de la première entrevue, se révélait acceptable, à l'usage. Entre Constant qui le mettait sur un piédestal ridicule et Mère qui, visiblement, ne l'aimait pas, Sophie pensait avoir trouvé l'appréciation exacte :

« *Je ne vois guère ce que ma sœur peut lui trouver d'extraordinaire, mais il est, tout compte fait, assez facile à vivre. Il tempête et tonne beaucoup, et la distinction, certes, n'est pas son affaire. Mais ses fureurs, dont j'ai déjà été témoin à plusieurs reprises, ne durent point, et n'empêchent nullement Julia de faire à sa guise* », écrivit-elle dans le journal qu'elle tenait. Et c'en fut fini pour Rodolphe. Sophie était pleine d'un bien autre sujet.

Julia s'en doutait fort. Il lui fallut cependant une longue patience muette pour en obtenir confirmation, et apprendre enfin, d'un seul trait, que ce sujet réunissait des cheveux bruns et bouclés, des yeux dominateurs, des manières raffinées, un uniforme de hussard, une chevalière armoriée, une prestance d'homme de cour, et un air de spleen des plus romantiques.

« Dieu nous assiste ! Pauvre petit cœur, elle est tombée sur un Lovelace », se dit Julia, qui n'avait d'ailleurs jamais lu *Clarissa Harlowe*, après avoir ouï l'énumération de cette panoplie.

Pelotonnée dans un fauteuil, les coudes aux genoux, le menton dans ses mains croisées, Sophie entrait plus avant dans le vif de l'histoire.

Julia lui coula un long regard où la pitié se tempérait d'ironie, malgré qu'elle en eût.

— Ferdinand de Pradeilles, vous connaissez cela ? demanda-t-elle, le même soir, à Rodolphe qui se déshabillait, semant ses vêtements à travers la chambre, comme à l'accoutumée, tandis qu'elle achevait de brosser ses cheveux délivrés de la résille avant de les tresser pour la nuit.

— Comment dites-vous ? Pradeilles ? Ma foi... — Rodolphe suspendit un instant le déboutonnage de son gilet. — Les Pradeilles, vous savez, c'est tout goupillon, sabre, et fleurs de lis. Arsène Peyrissac vous en dirait plus que moi, à coup sûr. Il fréquente chez les Pradeilles de Tarascon. Celui de la petite sœur doit leur être apparenté.

Julia hocha la tête.

— En tout cas, ajouta-t-il, après réflexion, c'est bien là le genre d'alliance qui aurait réjoui feu votre père.

Elle entrecroisait machinalement les mèches de la natte sur ses doigts.

— Nous n'en sommes pas là.

Les confidences de Sophie la tourmentaient. Elle se leva et s'approcha de la cheminée, où Philo avait allumé du feu, pour la première fois de l'année.

Examinée sans passion, l'affaire se résumait à si peu de chose : deux rencontres, l'année précédente, avant la mort de M. Angellier ; une autre, trois mois auparavant, dans le salon d'une vieille amie de Constance. Une fillette, en face d'un homme fait, sans doute habitué de longue date à jouer le grand opéra de la séduction, tout naturellement, pour la première venue, presque sans y penser. A peine y avait-il eu quelques phrases échangées. Sophie pouvait se monter la tête.

« *Hé quoi ? Est-ce que cela n'a pas été pareil pour toi ? Après tout, tu avais juste mon âge.* »

Elle crut entendre de nouveau l'intonation agressive de sa sœur. Braquée, raidie, dès la première objection.

« Juste le même âge, oui. » Finou avait raison sur ce point. Mais il n'y avait pas que cela. « Nous, quand nous nous parlions [1]... »

Derrière elle, la chemise de Rodolphe s'abattit sur le sol avec un bruit de tissu froissé.

Torse nu, il s'ébroua. Puis, la rejoignit, et lui toucha l'épaule.

— Alors, ma chatte ? Vous en faites une moue ! constata-t-il, en la dévisageant.

Julia le regarda, pensivement.

Campé devant elle, il fourrageait à deux mains dans la toison noire de sa poitrine.

1. *Se parler*, ou *se fréquenter* signifie : Avoir des rencontres, en parlant de deux amoureux.

Sans même avoir conscience de son geste, elle étendit le bras et caressa du bout des doigts la chair dure.

— Viens vite, souffla Rodolphe.

— Vous rappelez-vous, la première fois que vous êtes venu à la Sarrazine ? Je venais d'avoir quinze ans.

— Oui, marmonna vaguement Rodolphe, trouvant que l'instant n'était pas aux réminiscences. Oui, oui. Viens vite, répéta-t-il.

Julia demeurait en suspens. Tout à coup, il lui semblait saugrenu d'être là, en chemise, prête à s'aller mettre au lit avec un homme.

Son mari l'empoigna, la souleva, — Allez, hop ! — pour la déposer entre les draps ouverts.

— Oh !... fit-elle.

Et déjà, elle aussi, l'impatience la gagnait.

Honteuse, elle eut à peine le temps d'expédier mentalement son oraison de chaque soir, tandis qu'il achevait de se dévêtir, et fondait sur elle avec le déchaînement d'un cyclone.

Aux approches de Noël, Sophie rentra chez elle.

Cette année-là, ceux de Mogador devaient aller mettre la bûche au feu à Tourvieille où la branche cadette des Vernet, à son tour, dorlotait l'espoir d'un héritier.

Julia n'était pas fâchée de la perspective. Voir de près comment se comportait l'attelage formé par sa belle-mère et la jeune Lucie l'intéressait particulièrement.

Elle passa volontiers sur les complications des préparatifs à faire pour toute la maisonnée en vue de ce déplacement et, laissant à Philo la régence de la maison, se contenta d'emmener Pierroune pour la seconder.

Le grand ciel d'hiver tassait la silhouette du mas vers lequel serpentait le chemin, sous le soleil haut et pâle.

Penché vers la vitre de la voiture où ils s'empilaient, Rodolphe, ayant calé Cyprien entre ses cuisses, lui montrait les vols de macreuses qui se levaient sur leur passage.

Par chance, le dernier-né dormait, contrairement à son habitude en pareille circonstance. Et Amélia que le roulement de la berline fatiguait, nichée contre la poitrine de sa mère, demeurait silencieuse.

Sorti de son lit, le Vaccarès affleurait la route, de chaque côté, transformant la plaine en un marécage d'où émergeaient les rangées de ceps dépouillés et les files de tamaris, loin sur l'horizon. Sans cesse, il fallait essuyer les vitres qu'envahissait la buée. Et, de temps à autre, Rodolphe entr'ouvrait la portière. Alors, une bouffée d'air pur, glaciale, leur apportait l'odeur du sel et de la sauvagine.

Enveloppé d'une houppelande, Antoine guettait leur arrivée sur le terre-plein, devant le mas.

Ils le trouvèrent forci.

— Eh ! dis donc, mon garçon, tu engraisses comme un porc, lui assena joyeusement Rodolphe, tout de go, en réponse à sa bienvenue.

Son cadet le considéra sans indulgence superflue et regretta de ne pouvoir lui en servir autant.

Mais la tendance à l'embonpoint était un apanage de famille chez les Richard-Lacroix, et Rodolphe tenait bien peu de leur côté.

— Allons donc, intervint Julia, s'appuyant pour sauter à terre sur la main que lui tendait Antoine. Disons plutôt qu'il prend une honnête tournure de propriétaire.

Il reconnut sur le visage de sa belle-sœur le léger

retroussis des narines. Le couple était toujours le même, songea-t-il. Au coup de boutoir de l'un succédait immanquablement le coup de patte de l'autre. Rodolphe écrasait les gens et Julia se chargeait ensuite d'éparpiller leur poussière.

Il préféra en rire.

Et s'estima quitte, à voir la chère créature se hausser désespérément sur ses pointes pour atteindre une joue qu'il gardait sournoisement hors de portée. Julia finit par s'agripper aux revers de son vêtement pour l'attirer jusqu'à elle, à l'amusement discret de l'assistance.

Il ne lui fallut que peu de temps pour se découvrir une certaine admiration à l'égard de Lucie.

La gentillesse de la jeune femme semblait avoir, dans une large mesure, amadoué Elodie Vernet, et jusqu'à la grand' Richard-Lacroix. Tout son secret, pensa Julia, après avoir observé sa belle-sœur, tenait probablement dans le crédit illimité que celle-ci accordait à la bonté de chacun. Incapable d'imaginer qu'on pût ne l'aimer point, elle obtenait de l'être.

— Je pense qu'il faudrait qu'on lui répétât cent fois, face à face, les pires injures, avant qu'elle ne les prît pour telles, dit Julia à Rodolphe, aussi impressionné qu'elle par la nouvelle atmosphère qui régnait à Tourvieille. Et cette patience... L'avez-vous vu mettre de côté dans les brisures de sucre celles de la grosseur qu'il faut aux carlins ?

Les carlins étaient l'ennemi commun, dans la maison. Maîtres et serviteurs formaient tacitement la sainte alliance contre les chéris de l'aïeule qui leur accordaient la réciprocité. Du moins en avait-il été ainsi jusqu'à la venue de Lucie.

— Je ne crois pas que ce soit réellement de la patience, dit Rodolphe, d'un air réfléchi.

Il donna le dernier tour à sa cravate, se contempla dans la glace avec satisfaction cependant que sa femme attendait pour s'y voir à son tour ; et précisa sa pensée :

— Quoi qu'elle fasse, elle le fait de bon cœur, voilà tout.

Julia demeura stupéfaite de cette perspicacité. Rodolphe n'avait jamais paru prêter grande attention à sa belle-sœur, jusqu'alors. On eût dit qu'à ses yeux, en devenant la femme d'Antoine, celle-ci avait cessé d'être une femme tout court. « D'ailleurs, pensa-t-elle, elle n'est pas du genre qui l'intéresse. » Et cependant, il avait vu cela.

Quant à la maison, il eût fallu être aveugle : un ameublement en bois de violette flambant neuf occupait le salon débarrassé de ses vieux fauteuils élimés. Au milieu des poufs, des crapauds à franges, et des chaises à la reine, trônait le piano, le fameux piano de Lucie. Les romances à la mode étaient éparses sur le pupitre, avec les valses de Métra. Les visites se succédaient. Et la cameriste personnelle de madame Aillaud qui assumait à présent le service de la table avait un autre style que la piteuse Thomasine de sa belle-mère.

L'étonnant était que madame Vernet mère parût ne rien y trouver à redire.

— Antoine, racontez-moi comment vous avez obtenu ce miracle.

Antoine souriait :

— Ah ! voilà. Demandez à Lucie.

— Ce n'est pas compliqué, lui expliqua Rodolphe. Ce sont les écus du père Aillaud qui valsent. Il sert un revenu coquet à sa fille qui le dépense comme elle l'entend. Par ailleurs, ma mère a conservé la haute main sur le mas, le coffre, et les armoires. C'est tout ce qu'elle demande.

En effet, c'était simple. Si Julia, en son temps, eût

apporté quelques sacs bien pesants... Une fois de plus, elle repassa avec amertume les circonstances de son entrée à Mogador.

Mais, au tréfonds d'elle-même, elle savait que l'argent n'était pas seul en cause. Si cette petite, médiocrement intelligente, avait réussi, elle, à se faire accepter par Elodie Vernet, en dépit de ses prétentions au genre parisien et de ses manières de parler agaçantes, c'était aussi bien grâce à cette simplicité de cœur, sa plus authentique richesse. Julia sentit qu'elle la lui enviait. Plus, bien plus, qu'elle n'avait jamais envié la gracieuse perfection de corps et de visage de Félicité, les yeux bleus et la stature d'Olympe, le piquant d'Herminie, ou le chic particulier de telle ou telle de ses relations aux toilettes fastueuses.

Non qu'elle eût jamais eu mauvaise opinion de soi, cependant. Les atouts de son propre jeu lui suffisaient, d'habitude. Et cinq années de règne aux côtés de Rodolphe Vernet qui tenait sa large place au soleil n'avaient fait que renforcer cette assurance.

Le temps était révolu où elle s'était parfois sentie en état d'infériorité, influencée à son insu par les siens, en butte à leurs sarcasmes, à leurs mépris, qui l'atteignaient en visant Rodolphe.

A présent, elle avait refait le point : la rancune de tous ces légitimistes ressemblait singulièrement à celle d'un parent pauvre, et leur dédain sentait le rance, comme l'avait dit un jour Rodolphe. Dans la région, les Vernet et leurs pairs tenaient le haut du pavé. Et Mogador était un beau domaine qui prospérait d'année en année. Lorsque Julia retournait en visite à la Sarrazine, c'était, maintenant, un attendrissement mitigé de condescendance qu'elle éprouvait devant la vieille maison d'allure paysanne et le jardin sans perspectives.

Le grand salon de Mogador avait depuis peu son plafond peint, à l'instar de Saint-Cloud. Le parc possédait son allée d'honneur dont les orangers et les palmiers faisaient l'admiration des visiteurs, et son miroir d'eau verte, et sa pelouse bien dessinée, ses corbeilles de fleurs soigneusement entretenues, sa roseraie, et son couple de paons que Rodolphe venait d'acquérir.

— Je crois que tu as la folie des grandeurs, lui disait Elodie Vernet, lorsqu'il lui annonçait un nouvel embellissement.

Constance, elle, ne soufflait mot. Une réflexion de ce genre lui eût paru déplacée.

Mais sa fille imaginait ce qu'elle pouvait penser d'une telle prodigalité.

— Des paons !... — Madame Vernet douairière haussa les épaules. — Enfin, tu dois savoir si tu peux te le permettre.

Julia rit sous cape et marqua un point en entendant Rodolphe répondre :

— Avec la somme que Julia a touchée ces temps-ci sur son héritage, nous pourrions en acheter des régiments.

Ces paons défilant en formation militaire allaient sûrement hanter les rêves d'Elodie Vernet.

— Vous l'avez clouée, mon cœur, chuchota-t-elle, dès qu'ils furent dehors.

Rodolphe lui fit un clin d'œil complice :

— Joliment, hein ? Vous avez vu ?

Il la prit par la taille et ajouta :

— Après tout, moi aussi, j'ai épousé une héritière !

Julia ressentit une pointe au cœur. Cela l'avait donc parfois gêné, lui aussi.

Le bras de Rodolphe la soulevait avec tant de force qu'il la portait presque.

Et, cependant, elle y songeait encore lorsqu'il la mit en selle. Et le Vaccarès sombre et scintillant sous le soleil, la paix éblouissante du ciel bleu à perte de vue au-dessus de cette terre marine, le galop souple du camargue qu'elle montait depuis son arrivée, l'air salubre et glacé qui lui fouettait les joues, ni cette joie toujours renouvelée d'une longue course botte à botte avec Rodolphe, n'empêchaient qu'elle ne ressentît l'écharde plantée, dont Lucie, à sa place, n'eût probablement pas souffert.

Les interminables années de deuil touchaient à leur terme.

Mis en goût par quelques dîners en petit comité, Rodolphe voyait venir avec impatience le moment de rentrer dans le cercle où l'on s'amusait.

Après le baptême du premier-né d'Antoine et de Lucie, il reprit son vieux projet de donner une fête à Mogador.

Les listes d'invitations, les menus, le plan des illuminations du parc, et jusqu'à la pile de cartons en surnombre, étaient encore dans un tiroir du secrétaire où Julia les avait relégués au retour des obsèques de son père.

Tout attendait. L'été revenu donnait sa profusion de jours torrides et de belles nuits fourmillantes d'étoiles, hantées de rossignols, rafraîchies d'un souffle de brise où traînait l'odeur des fleurs arrosées.

Rodolphe eut tout cela pour sa fête ; et l'orchestre le plus réputé d'Avignon, et le buffet le plus somptueusement servi, et la foule d'invités la plus décidée à jouir de tous les plaisirs que lui dispensait son hôte.

Mogador, à la lueur multicolore des fils de lanternes accrochés d'un arbre à l'autre, devenait un îlot enchanté de la nuit, né d'un sortilège où se confondaient la musique, la rumeur de joie et le froissement des feuilles accompagnant celui d'une robe, au passage des couples qui se dispersaient dans le parc.

Debout sur le perron, épuisée et comme un peu ivre de tant d'allégresse encore éparse, Julia, le dernier invité reparti, s'appuya contre son mari.

— Etes-vous content, mon ami chéri ?

Il la serra contre lui avant de répondre.

— C'était magnifique. Pas le moindre accroc, hein ?

Il ne les voyait jamais, songea Julia, avec une bouffée d'attendrissement. Et qu'importait qu'il s'en fût produit, si elle demeurait seule à le savoir ?

Par la fenêtre ouverte, à quelques mètres, leur parvinrent les voix de Constant et d'Antoine. Ils devaient vider ensemble une dernière coupe, en grappillant dans les assiettes du buffet. Lucie avait annoncé qu'elle montait dans sa chambre.

— Montaury vous a pas mal tourné autour, ce soir, ma chatte, il me semble.

Julia écarquilla les narines et dit ironiquement :

— Cela est flatteur, n'est-il pas vrai ? Il ne s'attaque pas souvent aux mères de famille, à ce que l'on prétend. — Elle épiait Rodolphe du coin de l'œil. — Mais comment avez-vous pu le voir, occupé comme vous l'étiez.

— Bah ! je distrayais de mon mieux la dernière victime de ce traîneur de sabre.

« Le monstre ! Jamais à court pour trouver la parade ! »

— N'empêche, poursuivit Rodolphe, vous ne devriez pas le tolérer. Voyez-vous, ce genre d'hommages devient vite compromettant pour une honnête femme.

Julia le dévisagea. « Sérieux comme un pape »,

imbu de la morale qu'il prêchait. Impossible de prêter à son discours la moindre intention de plaisanterie.

Comme toujours, une telle impudence la désarmait. Elle se retint pour ne pas rire.

— Mais, mon cœur, qui vous empêchait de prendre sa place pour en faire autant ? Vous ne m'avez pas même dit ce que vous pensiez de ma toilette, lui décocha-t-elle, avec un regard en biais.

Il avança la lèvre inférieure, narquoisement :

— Et qui m'a fait fermer la porte au nez, quand j'ai voulu venir me rendre compte ?

Sa femme se pressa plus fort sur sa poitrine :

— J'avais vraiment juste le temps pour être prête.

— Ah ! oui ?... — La grimace, mi-figue, mi-raisin, s'accentua. — Hmm ! oui... Bon. Eh bien ! voyons.

Il la repoussa pour mieux la détailler, fit de nouveau : — Hmm ! hmm ! — et le trop fringant lieutenant de hussards s'envola instantanément du dernier recoin de ses pensées.

Julia vit avec délices luire un œil et des dents de loup. Elle sourit, le feu aux joues.

Rodolphe aimait lui voir ce sourire.

— Crédié, ma mie, vous avez l'air d'une jeune fille !

Il l'entraîna au bas des marches :

— Venez.

— Où donc ?

— Par là. Faire un tour.

Ils passèrent le long du miroir d'eau où le reflet des girandoles brillait, déformé, à travers celui des branches du cèdre, plus noir, sur la nappe noire endormie ; et s'engagèrent dans l'allée de lauriers-tin.

La chandelle usée vacillait à l'intérieur des lanternes près de leur fin. L'odeur végétale devenait plus forte ; elle annonçait l'aube, comme l'annonçaient, dans le ciel plus pâle, ces franges imprécises où la couleur allait naître.

Silencieux, Rodolphe et Julia marchaient, enlacés.

— Pamard m'a fait part du programme arrêté pour la réception de l'Empereur, dit-il, enfin. Il vous faudra une belle robe. Vous allez être parmi les dames présentées à l'Impératrice. Nous serons invités au bal de l'Hôtel de Ville, bien entendu. Et probablement aussi au dîner de la Préfecture.

Sa main emprisonnait confortablement l'un des seins de Julia, à travers le corsage.

Elle posa doucement la tête au creux de son épaule.

— Est-ce vrai ?

— Tout ce qu'il y a de plus vrai. Vous me ferez honneur, n'est-ce pas ? Peu importe s'il faut y mettre mille francs, ou davantage, mais je veux que vous fassiez venir votre toilette de Paris.

L'imagination de Julia jouait déjà avec des métrages de tissu, des étincellements de diamants, des problèmes d'étiquette, mélangés aux derniers échos de la musique et des propos de la soirée qu'ils venaient de vivre.

— L'Impératrice... Je me demande si elle est aussi belle qu'on le dit. — Elle roula sa nuque sur la soie des revers de Rodolphe. — C'est toujours pour le mois prochain ?

— Les sept et huit septembre, oui.

Au bout d'un moment, il ajouta, d'un ton rêveur :

— J'ai envie de me commander un nouveau frac chez Raoux.

Les taillis immobiles autour d'eux semblaient vouloir ignorer l'approche du matin. Les oiseaux ne chantaient pas encore. Le frou-frou de la robe de Julia accompagnait seul le bruit des pas.

— Lasse, ma mie ?

Elle l'avait été. Tout à l'heure. Mais « tout à l'heure », quand était-ce ? Le temps ne signifiait plus rien, dans ce pays conditionnel où ils étaient entrés sans y prendre garde, L'allée était plus haute, plus profonde, plus vaste, ils le découvraient à présent, sans étonnement. Elle n'aurait pas de fin. « Et ce couple non plus, mon Dieu, que nous sommes », ce couple non plus ne cesserait d'avancer ainsi, en habits de gala, dans la lumière orangée de la fête, laissant derrière lui les lampions éteints.

7

Le frac comme la robe étaient prêts. Et Julia, le matin du sept septembre, se tenait toute raide, assise sur un tabouret, dans sa chambre, tandis que le coiffeur venu de la ville combinait un bouquet de diamants, des plumes, et des guirlandes, avec les lourdes torsades noires dûment cosmétiquées, pour édifier le chef-d'œuvre de sa carrière.

Soudain, une vague de cris, d'exclamations, et de hurlements, monta du vestibule.

Julia bondit vers le couloir dans un éparpillement d'épingles à cheveux, et se pencha par-dessus la rampe :

— Qu'est-ce que c'est ? Qu'arr... Amélia !

Elle rejoignit en trombe au milieu de l'escalier Philo qui rapportait précautionneusement l'enfant :

— Là, là ! c'est rien, pleurez pas, ma galinette[1].

A la vue de sa mère, Amélia hoqueta.

Philo expliqua, très vite :

— Elle m'a encore échappé, Madame, cette monstre de petite ! Pour aller écheler le banc qui est contre la

1. *Galinette* : Poulette.

serre. Et elle est passée à travers les carreaux. — L'essoufflement hachait ses phrases. — Elle peut plus bouger son coude. Regardez ! Si c'est pas...

L'air siffla entre les lèvres de Julia.

L'os semblait prêt à sortir. Et des traînées de sang maculaient le tablier blanc de Philo.

— Donne-la-moi, ordonna-t-elle, avidement.

Le transfert fit de nouveau hurler Amélia, malgré les gestes mesurés auxquels se contraignait sa mère.

« Ses yeux, sa figure... » Intacts. En un éclair, Julia vit tout ce qui eût pu arriver de pire. « Merci, mon Dieu ! »

— Vite, dit-elle à Philo, cours dire à Ernest d'aller chercher le docteur Lapierre.

Quand Rodolphe rentra, peu après, il trouva rassemblés dans le vestibule, le jardinier, Ernest, Pierroune, et la fille de cuisine, qui le mirent au fait.

Dans leur chambre, debout contre le lit où Julia avait déposé sa fille, le médecin terminait le dernier pansement après avoir retiré des fragments de verre de plusieurs entailles.

Philo tenait une cuvette dont l'eau était rouge.

Et Julia, son peignoir souillé, serrait entre ses mains la main de l'enfant, penchant au-dessus d'elle sa tête couronnée d'un somptueux assemblage de cheveux, de fleurs, et de bijoux, d'où s'échappait, défaite, une longue mèche que le coiffeur n'avait pas eu le temps de fixer.

— Ce n'est rien, jeta-t-elle à Rodolphe, en le voyant entrer, la figure décomposée.

D'une voix qui s'étranglait d'émotion, il articula :

— Docteur...

Le médecin se retourna vers lui :

— Rien de grave. Madame Vernet a raison. Tout juste une petite luxation du coude que nous venons de réduire, et quelques coupures superficielles, qui ne laisseront aucune trace, rassurez-vous. Elle aura sans doute un peu de fièvre aujourd'hui, mais...

Il s'interrompit, et dévisagea le maître de Mogador :

— Allons, allons ! Va-t-il falloir vous soigner aussi ? Madame Vernet a été plus courageuse. Puisque je vous dis...

Rodolphe essuya d'un revers de main la sueur qui perlait à son front, et s'approcha du lit.

— Papa ! murmura Amélia, dolente.

— Mon pigeon à moi ! Tu as mal ?

— Oui-i-i, gémit-elle.

Il avança des doigts tremblants et lui effleura les cheveux ; la contempla de tous ses yeux ; et, finalement, attira un fauteuil à lui et s'y laissa tomber.

— Sacrédié ! cela m'a coupé les jambes. Vous m'excuserez, Docteur ?

Sur le seuil de la chambre, le médecin causait avec Julia.

Elle l'accompagna jusqu'au perron, rentra donner ses ordres à la cuisine, puis remonta.

Rodolphe était toujours assis, le regard fixé sur la figure pâle de sa fille.

Julia vint par derrière et lui caressa l'épaule :

— Voilà. Ernest est parti pour Tarascon, faire exécuter l'ordonnance. Il va vous falloir manger seul, mon ami chéri. Pierroune m'apportera mon repas ici.

Il retint un moment contre sa joue cette main dont la caresse l'apaisait. — Oui, ma mie. — L'embrassa au creux de la paume, avec la sensation de boire une gorgée d'eau fraîche.

— Allez vite, dit-elle. Tout est prêt, en bas.

L'injonction dosait la tendresse et la fermeté avec exactitude, comme il le fallait pour qu'il fût soulagé de pouvoir obéir.

Il se leva.

Côte à côte, tous deux regardèrent leur enfant.

— Maman... souffla Amélia, enfouie, minuscule, dans ce grand lit.

Julia lui souriait, d'un sourire encore tendu.

La petite avança sa main gauche indemne vers le bouquet de diamants qui brillait encore dans les cheveux de sa mère.

— C'est joli.

Vers la fin de l'après-midi, elle dormait ; et Rodolphe, après un déjeuner réparateur, avait retrouvé sa vitalité.

Il ne fallut guère à Julia qu'un peu d'insistance pour le convaincre de passer son frac :

— Que l'un de nous demeure, cela suffit bien. Allez vous préparer, mon cœur. Une occasion pareille. Ce serait fou de la manquer, croyez-m'en.

Il se faisait prier. Mais sa femme savait combien il avait envie d'assister à cette soirée.

A son propre regret, Julia mesurait celui, bien pire, que se ménagerait Rodolphe s'il s'en privait.

— Au moins, de cette façon, vous pourrez tout me décrire, ensuite.

Finalement, il prit son parti :

— ... Mais je ne ferai qu'aller et revenir. Le temps d'être présenté à l'Empereur et à l'Impératrice.

— Dieu garde ! Restez le temps de tout voir, je vous en prie, et regardez-la bien, surtout elle. Vous me rapporterez en détail comment elle est.

Habillé, le haut-de-forme à la main, il rentra, pareil à un soleil nocturne, dans la chambre aux persiennes tirées derrière lesquelles le jour doré tournait doucement au rose du soir.

— Comment va-t-elle ? Pensez-vous vraiment que je puisse partir tranquille ?

— Bien sûr.

Tous deux écoutèrent la respiration de l'enfant, régulière, bien qu'un peu rapide.

— Vous serez en retard, dit Julia. Allez vite.

— Ma mie... — D'un air honteux, il la prit entre ses bras. — Quand je pense qu'il me faut vous laisser ici. Moi qui me faisais une telle fête de vous...

— Oui, oui.

Allait-il falloir aussi qu'elle le consolât ? Elle ne savait plus ce qu'elle eût souhaité, tout au fond d'elle-même, qu'il courût vers ce plaisir tant attendu, ou qu'il le lui sacrifiât.

Le cœur gros, elle le bâillonna du bout des doigts, et lui désigna l'enfant d'un geste du menton :

— Partez vite, avant de me l'avoir réveillée. Avec votre grosse voix... !

L'étreinte de Rodolphe lui coupa le souffle.

Sur les pointes de ses escarpins qui craquaient, il gagna la porte et, de là, lui envoya un dernier regard qu'elle reçut comme un baiser.

Ces yeux bruns... leur chaleur, leur franchise. Elle sentit s'adoucir ses regrets.

— Raoux vous l'a réussi, cet habit, dit-elle.

La figure de Rodolphe s'illumina.

— C'est vrai ?

Il pirouetta, afin qu'elle le vît sous tous les angles.

— Il vous plaît ?

— Allez-vous vous sauver ?

Elle entendit son pas dans l'escalier, puis le bruit de l'huis, en bas. Puis celui de la portière claquée allègrement. Puis le départ de la voiture.

Un moment après, Philo entra, l'aperçut, assise près

du lit, s'approcha, et contempla l'enfant en hochant la tête.

L'une près de l'autre, à leur insu, ces deux femmes s'étayaient.

Julia sentit lui revenir cette paix vainement implorée l'instant auparavant.

Des alertes de ce genre, il y en avait eu maintes fois, avec tous ces enfants, les siens, les autres. « Les angines de Cyprien, cette entérite d'Eloi, la coqueluche qu'ils s'étaient tous passée des uns aux autres, l'affreuse nuit où Henri, encore au berceau, avait été pris de convulsions, le jour où Fulcran était tombé dans le bassin, celui où il avait reçu un coup de pied de cheval. Celui... »

Elle y pensait, et elle savait que Philo y pensait à côté d'elle.

— Que font-ils ? On ne les entend pas. Ils ont été sages ?

— Comme jamais !

A croire que l'événement les avait impressionnés.

— Pierroune les a emmenés du côté du verger. Ils ont goûté, et ils sont tous partis avec elle. Ah ! si, tous les jours que le bon Dieu fait, ils pouvaient être comme ça !

— Tu ne le voudrais pas. Ce sont des garçons.

Philo soupira, avec un coup d'œil sur Amélia.

— Et celle-là en est pas un. Et c'est la pire.

L'enfant geignit dans son sommeil. D'un seul mouvement, toutes deux se penchèrent, anxieuses. Epièrent. Puis se redressèrent.

— Donne-moi ma robe grise, dit Julia. Et mon bonnet aux rubans verts. Le docteur doit revenir vers sept heures.

Dans la chambre voisine où s'était habillé Rodolphe,

attendait cette merveille qui avait coûté si cher : la robe que Julia ne mettrait pas.

Elle acheva de boutonner son corsage, tira sur les volumineuses sous-manches de linon qui dépassaient des manches à pattes d'éléphant, et alla s'asseoir devant la table de toilette pour lisser ses cheveux.

Fleurs et bijoux s'y trouvaient encore, en désordre, hâtivement ôtés.

Elle appela Philo d'un signe de tête, et les lui désigna :

— Tu remettras la parure dans le coffret.

« Le bal de l'Empereur... » Rodolphe en parlait encore à chaque instant, avec enthousiasme, au grand agacement de sa femme dont l'intérêt était depuis longtemps épuisé.

Tout paraissait dater de là, lorsqu'elle y réfléchissait. D'abord, l'on ne fait qu'en rire. Mais, à la longue...

En cette fin d'année 1860, bals, soupers, réunions de toutes sortes, se suivaient de près. Et Julia commençait à être excédée de voir Rodolphe s'y tailler un succès auprès des belles qui papillonnaient autour de lui, et leur partager des attentions et des galanteries dont il devenait par trop prodigue.

Quelques mots d'Elodie Vernet tombèrent comme un réactif chimique sur les sentiments encore confus qui agitaient sa bru pour les transmuter instantanément en un précipité aux caractéristiques aisément identifiables.

— J'ai entendu parler de ce dîner à Arles, chez les Jonquéras, commença la vieille dame, abruptement, comme elles se trouvaient ensemble, seules dans le salon, le lendemain de l'arrivée du ménage à Tourvieille pour les fêtes du bout de l'an.

Le doigt de Julia demeura posé sur la majuscule de l'abécédaire qu'elle faisait épeler à Cyprien.

— Vraiment, ma mère ?

Qui eût cru que Madame Vernet l'ancienne s'intéressât aux mondanités du voisinage ?

Sans savoir ce qui allait suivre, déjà, au ton brusque qu'avait pris sa belle-mère, Julia, défiante, tombait en garde.

— Une brillante soirée, dit-elle, prenant les devants. Lucie vous a raconté, sans doute...

— Rien du tout ! trancha Elodie Vernet. Lucie ne m'a rien dit, sinon qu'elle s'y était amusée. Et il se peut qu'en effet, elle n'ait rien remarqué, telle que je la connais. Mais quant à vous, ma bru...

— « B », c'est un « B » ! énonça triomphalement Cyprien, accoudé aux genoux de sa mère.

Julia referma le livre.

— Oui, mon chéri. C'est très bien. Va jouer, maintenant.

Sa voix était posée, à peine un peu trop calme.

Elle attendit que l'enfant fût sorti.

— Vous disiez, ma mère ?

— Je disais qu'à votre place, je veillerais à garder mon époux pour moi toute seule.

— Mais ma mère...

Elodie Vernet ne se laissa pas interrompre.

— Il est possible que ce soit là une prétention démodée aux yeux de la société que vous fréquentez. Que les mœurs aient changé, je ne le sais que trop ; mais ce n'est point mon affaire. Par contre, il me déplaît souverainement que le nom des Vernet soit mêlé à des ragots que l'on colporte.

Le sang quitta d'un seul coup la figure de Julia. Elle enfonça les ongles dans ses paumes.

— Vous parlez de ragots. Je m'étonne que vous en

fassiez état. Croyez-le bien, il me déplairait autant qu'à vous-même...

Elle ne put achever, mais dut avaler une gorgée d'air. Son cœur enflait dans sa poitrine.

— Dieu sait ce que l'on a pu vous dire. Mais ce dont je suis sûre, c'est que mon mari m'est fidèle, acheva-t-elle, avec toute la hauteur qu'elle put mettre dans son intonation.

« Elle me déteste. Elle m'a toujours détestée. S'il y avait la moindre parcelle de vérité là-dedans, elle eût été bien aise de se taire. »

Mais la phrase d'Elodie Vernet ronronnait dans sa tête, à la fréquence d'un moteur en marche : « *Je veillerais à garder pour moi seule... garder... moi seule... veillerais...* »

Julia se contraignit de toutes ses forces à lutter contre l'instinct qui la poussait à s'enfuir hors du salon pour courir se terrer avec le trait qu'elle portait enfoncé, et crier et se débattre à son aise.

— Je veux vous croire, ma fille. Mais, en ce cas, c'est encore pis de le voir afficher les apparences contraires. — Elodie Vernet médita un instant, en silence. Une expression d'incertitude s'ébaucha bizarrement sur sa figure. — Je pourrais parler à mon fils. Mais je ne sais si ce serait une bonne méthode. Quoi qu'il en soit, il doit y avoir quelque chose à faire. A vous de trouver. Moi, je n'ai guère d'expérience en cette matière. Dieu merci ! jamais monsieur Vernet...

« Evidemment. A l'époque de leur mariage, déjà, le colonel avait plus qu'à moitié passé la quarantaine », se rappela Julia. Mais Rodolphe, ce grand enfant, aurait-il, dix ans plus tard, suffisamment appris à vieillir pour que sa femme renonçât à se tenir en alerte ?

Elle n'écoutait plus sa belle-mère.

— ... Que si même cet avertissement vous a été désagréable, vous en ferez votre profit.

La vieille dame se tenait, comme à l'ordinaire, raide sur son siège contre lequel rien n'eût pu la contraindre à s'adosser. La voix, à travers son tranchant habituel, laissait passer une sorte de gêne.

Julia se dit qu'après tout, Mme Vernet avait peut-être réellement voulu lui rendre service. Comment savoir ? Ceux que nous n'aimons pas trichent au jeu avec nous lorsqu'ils se conduisent en amis.

— Je vous remercie, dit-elle, non sans difficulté.

Et, se redressant :

— Mais tout ceci a été ridiculement grossi, et vous n'avez point sujet de vous inquiéter. D'ailleurs, je m'arrangerai pour que cessent les commérages, vous pouvez y compter.

« Vierge Mère ! oui », elle s'arrangerait. Dût-elle... Puisqu'on en jasait à présent jusqu'au fin fond de la Camargue, il n'était que temps.

Elle remonta chez elle.

Son dernier-né dormait dans la vieille berce où Rodolphe avait dormi avant lui.

Après s'être assurée que l'enfant était bien couvert, elle alla s'asseoir devant la table où s'entassaient les présents destinés au Noël de chacun, dans un désordre uniforme de papier glacé et de ficelles d'or.

Les repoussant du coude, Julia enfouit sa tête entre ses mains.

Au-dehors, sur le sol durci, résonnaient les courses des enfants qui jouaient devant la maison.

Julia alla vers la fenêtre et souleva le rideau.

Ils étaient bien emmitouflés. Cyprien avait sa toque écossaise, sa pelisse, ses gants fourrés, et ses grosses guêtres montant sous le pantalon de lingerie qui dépassait de la robe. Amélia, vêtue de velours et cravatée d'hermine, le manchon en bandoulière, trottait sur ses petites jambes rayées de cercles bleus et blancs — « Sont-ils assez chauds, ces bas ? » se demanda Julia. — poursuivant son frère avec de grands cris autour des jupes de Pierroune.

Julia laissa retomber le brise-bise, et retourna s'asseoir.

Même la vue de ses deux petits ne lui avait pas apporté d'apaisement. Elle s'en avisa avec angoisse, et réagit à voix haute, comme si le son des mots eût contenu un pouvoir rassurant :

— Allons donc ! il m'est fidèle.

« Fidèle ? » Elle n'en eût pas mis la main au feu. « Et quand bien même... ? »

En était-ce moins douloureux d'assister à son manège ? Moins humiliant de voir se rengorger les péronnelles qu'il courtisait ? Et d'apprendre que les échos de ses sottes prouesses avaient pu parvenir jusqu'à Madame Vernet ? Et de se dire qu'à ce compte, chuchotements, insinuations, commentaires, plaisanteries, racontars de toutes sortes, devaient pleuvoir sur son dos à elle ?

Rodolphe avait besoin d'une leçon, il la recevrait. Et telle qu'il en perdrait l'envie, de longtemps, de s'intéresser à d'autres femmes que la sienne. Tant pis si Madame Vernet se trouvait dans la nécessité de revenir encore une fois sur le chapitre. Des raisons, elle en aurait. Mais ce ne seraient pas les mêmes.

Cependant, les rites de Noël, la tendre solitude à deux où les enfermait à Tourvieille la présence du reste de la famille, les belles randonnées sur la Sansouïre gelée, faillirent bien emporter ces résolutions belliqueuses.

Rodolphe se comportait avec le plus grand naturel comme s'il fût tombé amoureux de sa femme, la veille.

Une quinzaine durant, Julia crut revivre les premiers temps de son mariage.

Puis, ils rentrèrent à Mogador, retrouvèrent chacun leurs occupations. Les visites du jour de l'An commencèrent. Le bal de l'Hôtel de Ville, à Tarascon, rouvrit le feu.

Julia étrennait enfin la toilette de chez Fauvet qui, depuis la soirée de l'Impératrice, attendait quelque occasion marquante pour produire son effet : ces vingt-cinq mètres de satin blanc recouverts d'une arachnéenne guipure de chantilly noir la vêtaient somptueusement. Un collier de topazes à pampilles assorti à ses longues boucles d'oreilles jetait ses feux dorés sur le décolleté des épaules. Et la coiffure ornée de petites plumes d'oiseaux de Barbarie, à la Léda, copiait avec exactitude celle que la comtesse de Montebello avait portée au récent bal des Tuileries.

Un examen méticuleux devant la grande glace de sa chambre l'avait satisfaite.

Au bras de Rodolphe, elle entra dans la salle de bal, résolue à exploiter toutes ses ressources. Qui que ce fût, quelqu'un devait tomber dans ses filets avant la fin de la soirée. Quelqu'un d'étranger à leur cercle d'amis, bien sûr. Mieux valait éviter les complications inutiles.

Elle n'eut pas à chercher longtemps. L'état-major du 3e hussards était là, au grand complet. Dès la première contre-danse, le lieutenant Montaury accourut s'inscrire sur son carnet de bal.

Tout en échangeant avec lui les politesses fleuries de rigueur, elle évalua rapidement, un par un, les avantages et les inconvénients qu'il pouvait présenter, pour le rôle qu'elle lui destinait.

Une prestance avantageuse : le dolman soutaché de brandebourgs, coupé à la perfection, dessinait un torse de lutteur et une taille de jeune fille. Julia le soupçonna de porter un corset. Mais le détail était sans importance. De toutes manières, elle n'avait pas l'intention de le vérifier.

Elle poursuivit l'examen : des traits passables, les pointes de la moustache et celle de l'impériale finement effilées, un jeu de prunelles auquel s'étaient déjà laissé prendre suffisamment d'écervelées pour que la moindre ébauche d'une intrigue avec lui ne risquât point de passer inaperçue. Julia n'était pas disposée à faire donner en vain son artillerie. Des manières, de l'esprit, de la conversation. Elle ne se fût point commise avec un sot qu'elle n'eût pu d'ailleurs supporter longtemps. Assez peu de cœur, en outre, pour que nul gâchis de sentiment ne fût à craindre.

Les avantages l'emportaient de loin. L'ennui pourrait venir du fait que, de toute évidence, le lieutenant Montaury entendait lui aussi que la chasse lui rapportât.

Derrière le sourire qu'elle avait fixé sur sa physionomie en vue de l'attaque, Julia supputa froidement les développements possibles de la situation. « Un risque, à coup sûr. » Mais s'il eût fallu s'arrêter aux risques... Il y en a toujours.

« Et j'ai bien suffisamment de tête, conclut-elle, pour me tirer, au besoin, de n'importe quel pas, si délicat soit-il. Après tout, une femme qui n'aime point n'aventure pas grand-chose. » Et ce Montaury devait être assez homme d'honneur... Tout bien pesé, il ferait l'affaire.

Elle lui abandonna son carnet et, les narines imperceptiblement plissées d'ironie, le regarda derrière ses cils crayonner avec ardeur sur plusieurs lignes.

Rodolphe ne mordit pourtant pas à l'hameçon aussi vite que sa femme l'eût espéré. « Sans doute était-il trop absorbé au milieu de ses sultanes », se dit-elle, au retour, en le voyant arborer une mine de pacha satisfait.

— Bonne soirée, déclara-t-il, avec candeur, tout en dénouant sa cravate. Je me suis amusé. Et vous, ma mie ?

— Moi aussi, beaucoup, affirma Julia qui étouffait de rage.

Elle laissa traîner à dessein son carnet ouvert sur le guéridon, à l'endroit où il déposait le contenu de son gousset.

Mais Rodolphe n'eut pas la curiosité élémentaire qui l'eût conduit tout droit à découvrir la place abusive qu'y tenait la même signature.

Etait-ce donc pis que Julia ne l'eût cru, pour que la nouveauté de la conduite de sa femme n'eût point attiré son attention ?

« Fort bien ! La prochaine fois, nous forcerons la note », se promit-elle, inquiète et férocement mortifiée.

L'esprit d'observation était sans doute plus développé chez les meilleurs amis de Rodolphe :

— J'ai rencontré Sabatier, annonça-t-il, quelques jours plus tard, en revenant d'Arles. Je ne sais ce qu'a bien pu lui faire Montaury. Il m'en a dit pis que prendre.

« Fidèle Sabatier, cher Sabatier, ami véritable. » Julia l'eût volontiers couvert de bénédictions.

— Vraiment ?

Affectant un détachement outré, elle guignait Rodolphe.

— Il n'en conviendra jamais, continua cette perle des maris, mais, pour sûr, cela provient d'une histoire de femme. Avec Montaury, vous pensez...

« Une telle divination... » Découragée, Julia hocha le menton, tandis qu'il se dirigeait vers la penderie pour se débarrasser de son chapeau melon et troquer sa veste de cheval contre un vieux pet-en-l'air.

Sa femme l'entendit fredonner joyeusement, de sa voix la plus fausse :

« Ah ! il a des bottes, il a des bottes, Bastien... »

Un instant plus tard, il rentra dans la chambre, à la recherche de son pot à tabac.

— Et, à propos, où en sont les amours de la petite sœur ?

« Au diable ! » pensa Julia, rancunière, lui dérobant avec volupté son expression favorite pour en user contre lui. « Au diable, au diable ! » Indéniablement, cela soulageait. Dommage de ne pouvoir, rien qu'une petite fois, le lui lancer à voix haute.

— Vous avez vu Pradeilles ? insista Rodolphe, sans remarquer l'hostilité de ce mutisme. Il serrait de près la femme de ce gros propriétaire de Saint-Rémy... Là... Vous voyez bien qui je veux dire ? Son nom m'échappe. J'ai même remarqué...

Il y avait de quoi regretter amèrement de n'être pas demeurée une tombe scellée sur les secrets d'autrui.

Julia opposa un visage de bois à ce rappel malencontreux de Sophie et de sa passion sans espoir :

— Ecoutez, je vous avais confié tout cela en vous recommandant de le garder pour vous et...

— Eh bien ? Oui. Je n'en ai parlé à personne. A peine un mot à Constant.

— Vous avez... ? — ô Christ ! Les hommes étaient à battre. — A Constant !...

Et sans doute Constant aussi s'était-il tu scrupuleusement, sauf un mot à peine, à Mère. Et Mère...

Voilà ! C'était toute l'explication des rebuffades récentes de Finou, de sa méfiance, de sa hargne accrue.

« Pauvrette, dédaignée, et pis encore : ignorée. Et, de surcroît, trahie par sa sœur. »

— Oh ! vraiment, Rodolphe, vous êtes impossible ! Il y a des moments où je me demande... Non ! Laissez-moi.

Il s'approchait, prêt à recourir aux arguments éprouvés dont l'éloquence surpassait tous les discours.

— Ma mie...

— Non, non, et non ! Laissez-moi, vous dis-je. Vous avez agi avec une indélicatesse ! Ne comprenez-vous donc pas que la pauvre petite... Non ! Tenez-vous tranquille. Ce n'est pas le moment !

Elle se débattit entre les bras refermés sur elle. « Un moyen comme un autre de clore le débat. Oh ! mais... s'il croit... »

— Allez au diable ! cria-t-elle, dans son exaspération, en se dégageant d'un furieux coup de coude.

Rodolphe en demeura pantois. Sa mémoire exécuta un vertigineux recul sans pouvoir s'accrocher, dans tout le passé commun, à un refus semblable, semblablement exprimé.

— Sérieusement ?

— Sérieusement, assura Julia, sans presque desserrer les lèvres.

Après tout, c'était dit. « Et baste ! » Il l'avait cherché.

Il s'écarta, tourna un instant dans la chambre, comme un halbran à la recherche de sa direction. « Ça, alors !... » Et, piteux, faute d'une meilleure flèche à lui décocher, bougonna en sortant :

— Vous seriez bien attrapée si j'y allais.

Au cours des semaines suivantes, ce fut aux relations de Julia de s'étonner.

Elle n'avait jamais eu la réputation d'être accessible aux galanteries amoureuses. L'ironie était sa monnaie ordinaire pour payer soupirs et déclarations hyperboliques. Le sachant, les séducteurs de carrière préféraient diriger leurs traits sur une cible moins décevante. Et les coquettes patentées ne la comptaient point pour une rivale.

Allait-il falloir réviser une opinion bien établie ? Pour la première fois, on pouvait la voir engagée dans un dialogue qui, d'une soirée à l'autre, commençait à prendre une tournure significative, aux yeux les moins avertis.

Le lieutenant Montaury ne faisait pas mystère de l'intérêt qu'elle lui inspirait. Et Julia ne paraissait nullement s'offenser d'une cour de plus en plus pressante. Déjà, voyant sa présence tacitement agréée, le galant semblait, par toute son attitude, se targuer d'une manière de privilège auprès d'elle.

Après avoir refusé d'y croire, Félicité Peyrissac s'en effara, lorsqu'elle put, de ses propres yeux, assister à ce manège au cours d'un bal donné dans une vieille demeure arlésienne.

Là se trouvaient réunis des gens qui, pour considérables ou considérés qu'ils fussent, ne se coudoyaient guère, habituellement, dans un même salon. Rares étaient, par toute la Provence, les hôtes qui eussent pu se permettre pareille tolérance sans se voir aussitôt taxés de trahison par les leurs. Mais la qualité des maîtres de maison interdisait la moindre critique ouverte aux légitimistes les plus intraitables. Et ceux du parti impérial qui recevaient une si flatteuse invitation se fussent bien gardés de la décliner. Rodolphe Vernet tout le premier.

Julia n'eût pu rêver terrain plus propice pour transformer sa querelle privée en événement d'intérêt public, entre les deux camps qui s'affrontaient aux flons-flons d'un orchestre amené de Paris à grands frais.

Peu avant le souper, elle et Félicité se retrouvèrent parmi la cohue des jeunes femmes qui vérifiaient leur coiffure, arrangeaient leur robe, rectifiaient un détail de leur toilette, ou faisaient recoudre un bouton à leur gant, en bourdonnant comme les insectes d'une ruche géante, dans la chambre mise à leur disposition.

Les deux amies attendirent ensemble que la pièce se fût vidée pour s'approcher à leur tour de la table à coiffer.

Julia s'assit, se déganta, prit des épingles à cheveux dans une coupe, et se mit en devoir de les piquer dans l'énorme chignon massé sur sa nuque.

Du coin de l'œil, elle épiait Félicité qui, debout devant une psyché, se regardait, visiblement préoccupée, en tapotant sans conviction quelques plis de sa jupe.

— Qui aurez-vous à votre table ? demanda-t-elle, négligemment.

Félicité se précipita sur l'appât. Elle énonça les convives, et questionna à son tour :

— Et vous ?

— Oh ! bien, dit Julia, soignant son effet, le président Germanes, je pense ; et Aurélie Bompard, Madame Béchet, le lieutenant Montaury et Hector du Laurens.

Félicité parut mal à l'aise.

— Et Rodolphe ?

— Mais... je ne sais trop, dit Julia, avec nonchalance. Je l'ai un peu perdu de vue, ce soir.

Devant le silence de Félicité, elle se retourna, et la regarda carrément :

— Pourquoi cette question ?

La jeune femme hésita. Puis, rassembla son courage :

— Vous ne vous fâcherez pas, si je vous parle à cœur ouvert ?

Les yeux gris pâle étaient fixés sur elle, impénétrables.

— Au contraire. Dites.

— Eh bien, c'est... Croyez-vous que... — Ce n'était pas facile. — Voilà, se décida-t-elle enfin. Autant que vous le sachiez. On clabaude à votre sujet dans tout Avignon. J'en ai eu la tête rompue, cette quinzaine. Et Dieu sait que j'étais incrédule. Mais... Oh ! Julia, comment pouvez-vous être si imprudente ? Moi qui vous connais bien, je sais qu'il n'y a pas un liard de vérité dans tout ce que l'on chuchote. Mais songez quel effet...

Julia jouait avec un peigne d'ivoire marqué d'une couronne.

— A quel propos me dites-vous cela ?

Son calme qui paraissait railleur fit monter le rouge de l'irritation aux pommettes de Félicité.

— Allons, ma chère ! Je ne tiens guère à me mêler de choses qui vous concernent seule. Mais, laissez-moi vous le dire, un peu de discrétion ne vous nuirait pas. Ce soir, l'on est en train de vous compromettre aux yeux de toute l'assistance.

Julia ne cilla pas.

— Croyez-vous ? demanda-t-elle, débouchant un flacon de cristal empli d'une eau de senteur.

Elle s'en versa quelques gouttes dans les paumes, les frotta doucement l'une contre l'autre, et tendit le flacon à Félicité :

— Rodolphe serait bien étonné si vous alliez lui raconter cela.

— Et croyez-vous, vous-même, dit sèchement Félicité, tout en l'imitant, d'un geste machinal, qu'il ne se trouvera pas quelque âme charitable pour se charger de l'en instruire à bref délai ? Sur ma foi, vous ne vous conduiriez pas autrement si vous cherchiez à ce qu'...

Elle s'arrêta net, en face de la conjecture qui se présentait et déposa le flacon sur le coin de la coiffeuse, sans cesser de dévisager Julia :

— Quoi ? C'est cela ? Tout de bon ?

Julia ne répondit pas, mais sourit.

Toutes deux se regardèrent en silence.

Félicité avança avec curiosité :

— Des représailles ?

— Pas tout à fait. — Le sourire durcissait au coin des lèvres de Julia. — Mais la sécurité sentimentale ne vaut rien aux hommes. Qu'en pensez-vous ? Rodolphe me paraît avoir besoin de préoccupations. Je m'efforce de lui en procurer.

Félicité envisagea le problème avec réflexion, et dit, d'un air de doute :

— Cela peut vous mener loin. Tout le monde en parle.

Julia pianota du bout des doigts sur le bord de la table.

— Je suppose que les gens devaient être un peu las de parler de Rodolphe. Non ?

— Voyons, protesta Félicité, avec chaleur. Vous savez bien qu'il n'y a rien de sérieux dans tout cela. Rodolphe vous aime.

— Et je l'aime, oui. Et l'amour est ce qu'il y a de plus grave et de plus nécessaire entre deux époux. C'est pourquoi je ne veux pas courir le risque qu'il l'oublie, à jouer avec comme il le fait. Je n'admettrai rien ni personne qui nous sépare.

— Pas même le lieutenant Montaury ? demanda doucement Félicité.

Julia haussa les épaules.

— Le lieutenant Montaury n'a aucune importance.

— Je me demande ce qu'en pensera votre mari, le jour où il s'avisera...

— Fasse le ciel qu'il s'en avise ! l'interrompit Julia, avec ferveur. Qu'il s'en avise et s'en étrangle de colère. Je ne demande pas autre chose. Et que cela se produise vite, car j'en ai par-dessus les yeux et les oreilles des grimaces et des soupirs du beau lieutenant.

Ce fut à Félicité de hausser les épaules.

— Fasse le ciel que vos désirs ne se réalisent qu'avec mesure. Je ne crois pas et ne croirai jamais que la colère d'un homme aussi violent que l'est Rodolphe Vernet soit un bienfait à vous souhaiter. A votre place, je ne me sentirais pas aussi sûre de mon fait, en face de ce fusil bourré jusqu'à l'âme, dont la détente est si prompte.

Julia eut son petit rire sardonique.

— Ma chère, je sais depuis longtemps que tout se paie, ici-bas. Ne vous figurez pas que je me sois lancée dans cet expédient à la légère. Je sais ce que je veux. J'en ai calculé le prix. Je m'attends à ce qu'il soit cher. Mais il faut ce qu'il faut. Je n'ai point envie de recommencer ma démonstration toutes les semaines.

Félicité la regarda longuement et finit par se mettre à rire.

— Je pensais, articula-t-elle, essayant de retrouver son sérieux devant les sourcils haussés de Julia,... qu'il n'y a qu'une honnête femme pour... Oh ! Dieu ! Julia !... pour aller se fourrer dans une histoire aussi impossible... avec cette sérénité. La moindre cocodette aurait plus de vergogne. — Elle mordit son mouchoir. — Et supposez que la confiance de votre époux soit telle que vous vous voyiez tenue d'en arriver au pire, en ferez-vous dresser un constat par-devant notaire pour le lui mettre sous le nez ?

— Je vous en prie, Féli ! dit Julia, avec humeur. Elle se leva.

— Venez-vous ?

La plaisanterie n'était pas si folle. Rodolphe paraissait plus éloigné que jamais de ressentir la moindre velléité de jalousie. C'était bien là ce qui tourmentait Julia. Elle songeait amèrement qu'il devait être fort occupé de ses propres intrigues. A moins que cette confiance indestructible ne fût une tactique... La seule hypothèse amenait Julia sur le bord d'un abîme. « Il y a tant de ménages... » Mais non. Rodolphe était incapable d'une telle duplicité. Il s'amusait, voilà tout. Mais tant d'insouciance à l'égard des faits et gestes de sa femme finissait par constituer une offense supplémentaire.

« Vierge Mère ! N'importe quoi... » se dit Julia, une fois de plus. « Je donnerais n'importe quoi pour qu'il éprouve ce que j'endure. A son tour. S'il savait ce que c'est... ! »

Une heure après le souper, comme elle causait avec son sigisbée dans l'embrasure d'une fenêtre, Constant s'interposa de façon imprévue.

« A lui, maintenant ! » pensa-t-elle, exaspérée, tandis que son frère s'excusait auprès de Montaury avec une politesse stricte ne laissant aucun doute sur le sujet qu'il se proposait d'aborder, une fois seul avec elle.

« Fallait-il que tout le monde, sauf l'intéressé... ? »

Ce qu'elle entendit surpassa ses prévisions.

Sans hausser le ton un seul instant, avec une éloquence qui rappelait singulièrement celle dont avait coutume, jadis, d'user feu M. Angellier, Constant sut lui exprimer son sentiment à propos d'une attitude qui, selon lui, menaçait de tourner à bref délai au scandale. Il y avait d'ailleurs toutes probabilités pour que leur pauvre père s'en retournât déjà dans son suaire.

« Et la tante Augusta, donc ! La vieille mounine [1], l'enfer ait son âme ! Et la grand' Angellier elle aussi. Et... » additionnait mentalement Julia, impassible.

— Mais, je te préviens, ne t'imagine pas que je vais te laisser prendre le chemin de cornufier Rodolphe. Ou tu demeureras désormais à l'écart de ce va-t-en-guerre d'alcôves, ou, dans la semaine, j'aurai trouvé un prétexte honorable pour le rencontrer au bout de mon pistolet.

— Imbécile ! exhala entre haut et bas Julia, devenue blême. Mêle-toi donc de tes affaires.

Quelques plantes vertes les isolaient fort peu du reste de la salle où la danse venait de reprendre.

— C'est précisément ce que je fais, lui rétorqua Constant, avec un salut plein de grâce qui s'adressait, par-dessus sa tête, à un couple entrant dans la valse à quelques pas d'eux.

En même temps, sa main se refermait durement sur le poignet ganté de Julia.

Elle guettait en vain l'apparition du cavalier auquel cette danse était promise. Sans doute la cherchait-il ailleurs que dans ce maudit recoin.

La fureur jaillit comme une décharge électrique de ses prunelles braquées sur Constant.

Il n'en continua pas moins l'exposé de son point de vue :

— Mes affaires sont celles de la famille. On n'y a encore jamais compté de dévergondées. Mets-toi cela

1. *Mounine* : Guenon.

dans la tête. Ne serait-ce que pour notre honneur à tous, je t'empêcherai, oui, parfaitement, je t'empêcherai de faire de ton mari un jeannot.

— Imbécile ! Imbécile ! s'obstinait à lui jeter entre ses dents Julia, incapable de trouver autre chose.

Un instant, elle fut tentée de tout lui dire.

« Oui bien ! Pour qu'il aille en faire des gorges chaudes avec son bien-aimé beau-frère : *sais-tu ce qu'elle avait inventé ? Je te le donne en mille.* » Elle les entendait rire, tous les deux, « avec cette détestable complicité qui unit les hommes » !

— Imbécile ! répéta-t-elle, de nouveau.

C'était le seul mot qui la soulageât un peu. Il lui venait au bord des lèvres comme de l'écume.

— Si nous n'étions pas là où nous sommes, je te calotterais, ma fille, soupira Constant avec une conviction où se décelait un regret très vif. Et je ne dis point de ne pas le faire, en un lieu plus approprié, si l'occasion m'y pousse. En attendant, choisis : ou tu te tiens tranquille, ou je m'en prends à ton moustachu.

Il marqua une pause et ajouta, narquois :

— Ou bien préfères-tu que j'avertisse Rodolphe ?

Julia sauta sur la proposition.

— Mais, je t'en prie, fais-le donc tout de suite !

— Prends garde, Julia ! Je ne plaisante pas.

— Fais-le, te dis-je ! miaula-t-elle sauvagement, ramassée comme pour bondir, telle une panthère. Je t'en mets au défi !

— Tu... ?

Constant parut abasourdi de son impudence.

— C'est trop fort. Et après tout, je serais bien bête d'aller me mettre un duel sur les bras.

— ... Au défi, entends-tu, imbécile ? insista Julia, reprenant son leitmotiv, emplie de fureur et d'espoir à la fois.

— Oui ? Eh bien, tu vas le voir, ma fille. Suis-moi, seulement, si le cœur t'en dit !

Le doux Constant était hors de lui.

— Je regrette, dit Julia, toutes griffes dehors. J'ai promis la prochaine danse au lieutenant Montaury.

— Alors, profites-en bien. Ce sera la dernière, tu peux m'en croire, annonça Constant, d'une voix blanche, avant de lui tourner le dos.

Elle alla s'asseoir sur un grand canapé où s'était réuni un groupe de jeunes femmes. Son cœur battait si fort qu'elle craignait de s'évanouir. « Et, certes, ce n'est pas le moment », se dit-elle, tout en souriant au hasard, d'un air vague, à une conversation dont elle ne saisissait pas le sens.

Constant ne dut pas chercher loin son beau-frère, et sans doute usa-t-il du style le plus direct pour le mettre au fait, car l'orchestre n'avait pas encore repris lorsque Julia eut soudain Rodolphe en face d'elle presque avant de l'avoir vu venir.

— Nous rentrons, proféra-t-il seulement. Venez saluer nos hôtes.

Sa voix parvenait tant bien que mal à demeurer naturelle. Mais la crispation de ses mâchoires ne promettait rien de bon.

Comme en songe, Julia se leva et prit le bras qu'il lui tendait pour traverser le salon.

Elle monta en voiture, s'installa le plus confortablement qu'elle le put au coin de la banquette, disposa ses jupes, étala soigneusement sur ses genoux la couverture de laine écossaise.

Sombre et muet, Rodolphe piétinait au-dehors devant le marchepied.

« Mais, pensa-t-elle, autant avoir ses aises pour soutenir l'assaut. » Tel qu'elle connaissait son mari, à coup sûr il n'allait point patienter jusqu'à l'arrivée à Mogador pour faire explosion.

Machinalement, elle promena son regard autour d'elle sur le rectangle de pénombre où allait se livrer la bataille. Le souvenir d'une autre explication difficile dont cette même boîte capitonnée avait été témoin lui revint à la mémoire. Elle appuya sa tête contre le dossier et sentit le courage affluer à l'intérieur de sa poitrine.

Quoi que pût dire Rodolphe, quelle que pût être sa rage, ils étaient mari et femme, et il y avait entre eux, plus puissante que tous les motifs de querelle, cette entente inscrite au plus profond de leur corps et dans la chair de leurs cœurs.

Sans un mot, il ferma brutalement la portière, et s'assit en face de sa femme, contrairement à son habitude.

Elle attendit, brûlant de voir comment il allait entamer le dialogue.

Le même problème devait se poser pour Rodolphe, car le silence établi se prolongea.

De seconde en seconde, il devenait plus pesant et plus difficile à rompre.

Depuis longtemps, la porte de la Cavalerie [1] franchie, la berline roulait sur la grande route, en pleine campagne. Un clair de lune laiteux tombait obliquement sur les champs, déformant tous les contours noyés dans sa mauvaise lumière blanchâtre.

La tension croissait. Il semblait à Julia que l'air se raréfiait dans la voiture.

Dans sa nervosité, elle essuya du bout des doigts,

1. *La Cavalerie* : Porte fortifiée par où l'on quitte Arles pour prendre la route de Tarascon.

sans souci de salir ses gants, la buée qui envahissait le carreau.

— Alors ! Est-ce là tout ce que vous avez à dire ? attaqua soudain la voix de Rodolphe, détachant les mots.

« Enfin ! » Elle prit une longue inspiration.

— Je pourrais vous retourner la question, il me semble.

Comme un orage qui se rapproche, la voix émit cette fois des grondements :

— Il ne s'agit pas de moi. Sacré tonnerre de nom ! croyez-vous pouvoir vous en tirer avec cette échappatoire ? J'attends vos explications. Allez-y !

— Je ne vois pas, commença-t-elle avec lenteur, ce que je pourrais avoir à...

— Vous ne voyez pas ? martela Rodolphe. Ah ! vraiment ?

Il se pencha en avant et la saisit par les épaules :

— Faut-il que je fasse faire demi-tour pour m'en enquérir là où nous étions ? Il paraît que le premier venu en aurait long à me dire. Sacr... ! C'est ainsi que vous vous comportez lorsqu'on vous lâche la bride ! Eh bien, allez-vous me répondre, oui ou non ? Je veux savoir ce qu'est ce Montaury pour vous. Et vous allez me le dire. Immédiatement.

Ses doigts s'incrustaient dans la chair de Julia, à travers l'épaisseur de soie piquée qui doublait la sortie de bal.

« J'en aurai des bleus », pensa-t-elle.

Cette violence qu'elle avait tant souhaité provoquer ne se déchaînait pas exactement selon ses espérances. Somme toute, Rodolphe parvenait à conserver une relative maîtrise de soi dans ses paroles. Mais le halètement que percevait Julia donnait un sens effrayant à la pression de ces mains capables de la broyer. Dans le minuscule espace clos emporté parmi les cahots et le bruit des sabots et des roues, elle eut soudain la sensation d'un danger grandissant, tout proche.

Avec une insolence que décuplait l'effroi qu'elle s'efforçait de dominer, elle demanda :

— Avez-vous l'intention de me tuer ?

L'étau se serra davantage, puis se desserra subitement, alors qu'elle suffoquait déjà.

Elle se raidit pour ne point se laisser aller contre le capiton. Des éclairs fulguraient dans sa tête. Ses phrases si bien préparées, polies depuis des semaines, qui devaient lui permettre de mener cette joute à sa guise, ne trouvaient pas place, ou lui échappaient. Son esprit affolé cherchait en vain à se ressaisir.

— Ne me poussez pas à bout, l'adjura Rodolphe, sur un ton presque suppliant. — Lui aussi semblait avoir peur de ses impulsions. — Je vous le demande encore : que vous est cet homme, pour vous avoir fait perdre ainsi votre décence ? Je veux le savoir, Julia, entendez-vous ?

« La décence ! » Il pouvait en parler.

Et qu'étaient pour lui les femmes autour desquelles il rôdait avec tant d'assiduité ? « Ce soir encore... Cette bringue de Virginie, avec ses cheveux pareils à du foin ; et Gabrielle Vaïsse, la femme du capitaine de gendarmerie, une créature si vulgaire, dont tout le monde savait qu'elle cachait le feu de l'enfer sous ses cotillons ! »

L'évocation rendit son audace à Julia.

— Ce qu'est pour moi le lieutenant Montaury ? Mais, mon ami, rien d'autre, à coup sûr, que ce que sont pour vous vos cavalières attitrées. Et je vous trouve étrange de mettre en cause ma décence. Il me semble...

Rodolphe grinça des dents :

— Sangdieu ! Vous moquez-vous de moi ? Je vous dis que je suis au courant, et vous osez !... Quand m'a-t-on vu m'afficher avec n'importe laquelle ? danser avec la même plus de deux ou trois fois en une soirée ? échanger des roucoulements et des œillades, chuchoter dans les coins ? leur baiser la main plutôt dix fois qu'une ? leur serrer la taille en valsant, leur...

Stupéfaite, bouillonnant de ressentiment, Julia l'écoutait dépeindre très précisément le programme qu'il avait fait sien tous ces derniers temps.

Pareille inconscience lui coupait la réplique avec le souffle.

En même temps, ce débordement de reproches la soulageait. Elle retrouvait enfin le Rodolphe habituel qu'elle savait comment manier.

— Pourquoi avez-vous permis ça ? Pourquoi ? Quand je pense à la confiance que j'avais en vous ! Aveugle, Jean-F..., triple niais que j'ai été ! Ah ! Je vous promets que cela va changer ! Ah ! sacré bon Dieu ! — Il tonnait avec frénésie. — Mais dites quelque chose ! Niez, au moins. Défendez-vous ! L'avez-vous fait, oui ou non ?

— Croyez ce qu'il vous plaira, dit-elle, sèchement. Vos questions sont autant d'offenses. Je m'abaisserais en y répondant.

— Julia ! hurla-t-il. Prenez garde !

« Prenez garde ! » Ils n'avaient donc tous que la menace à la bouche ?

Julia se renferma dans un silence hautain.

Il répéta :

— Prenez garde ! On ne pousse pas un homme à bout comme vous le faites.

— Ni une femme, assurément.

Elle entendit craquer l'une contre l'autre les

mâchoires de son mari et se ramassa sur elle-même, dans son coin.

Un curieux mélange d'angoisse, de rancune, et de tendresse exacerbée, lui gonflait le cœur. Elle eût voulu apaiser Rodolphe, le prendre contre elle, le rassurer, le bercer. Et, en même temps, elle trouvait un plaisir indéniable à exciter sa jalousie furieuse. Douce, douce blessure qui le lui livrait, incapable de se défendre efficacement ; fine lame plantée à l'endroit précis, qui annihile la puissance du fauve.

Elle s'effarait de cet obscur goût de meurtre tapi en elle, la frêle Julia Vernet, nette, lissée et pourléchée comme une chatte, à qui, naguère, le spectacle d'un taureau tué en combat dans les arênes de Nîmes n'avait procuré que répugnance.

S'effarait. Mais n'en enfonçait pas moins la pointe, avec un amour et une pitié qui la déchiraient de délices.

— Tonnerre de Dieu ! s'enroua Rodolphe, torturé. Je vous tordrais le cou, si je ne me...

La tentation dut lui paraître trop forte.

Sans achever, il se jeta sur la portière et envoya son poing dans la vitre.

Sous les débris de verre, Julia ne broncha pas. Portée au paroxysme d'elle-même, elle eût aussi bien affronté pis encore.

— Ernest, hurlait Rodolphe. Ernest ! Arrête !

Tandis que le cocher, abasourdi par tout ce fracas, sciait la bouche de ses chevaux, il tourna la poignée, sauta à terre et repoussa le battant à toute volée.

— Tu peux rouler. Je rentre à pied.

Ernest n'en crut pas ses oreilles.

— Mais... bégaya-t-il, mais, Monsieur... on est bien encore à trois bonnes lieues.

— Ne t'occupe pas ! grogna son maître.

Il assena une claque sur l'arrière-train du cheval à sa portée :

— Allez ho !

— Boudioù ! exhala Ernest, tandis que l'attelage reprenait sa course.

Demeurée seule dans le fond de la voiture, Julia comprimait à deux mains sa poitrine. Elle retrouvait cette vieille sensation d'étouffement accompagnée de brusques douleurs en coups de couteau dont elle avait souffert durant sa dernière grossesse. L'air lui manquait, malgré le vent froid qui entrait par la vitre brisée.

Elle se représenta Rodolphe, seul, marchant à grands pas sur la route. A cet instant, elle eût tout donné au monde pour qu'il fût encore là, assis devant elle. « Sainte Vierge, faites qu'il ne lui arrive rien ! Sa main... Pourvu que le gant l'ait protégée. Oh mon Dieu ! que pouvais-je faire d'autre ? Il fallait bien. Pour le garder. » Cette longue route, dans l'état où il était. Jusqu'à ce qu'il eût regagné Mogador, elle savait qu'elle ne vivrait plus.

Et, malgré tout, en voyant briller fugitivement sur la banquette des éclats de verre, elle ne put s'empêcher de sourire. Depuis quelque temps, passer à travers les carreaux devenait la spécialité de la famille. Elle ferma les yeux. Non, il ne ferait rien, que briser sa fureur à force de fatigue. « Trois lieues, après une nuit de bal... Avec, aux pieds, des escarpins... » Derrière ses paupières cuisantes se dessina la pièce où dormaient ses petits : Cyprien et Amélia dans leurs lits de fer peint en blanc, sous les rideaux de mousseline ; et Henri, dont Philo, pour cette nuit-là, avait transporté la berce auprès de son lit à elle, à côté de ses garçons, dans la chambre contiguë, laissant la porte ouverte afin de veiller sur tous à la fois.

En arrivant, Ernest demanda :

— Qu'est-ce que je fais, Madame ? Je dételle ?

Il regardait sa maîtresse, la vitre brisée, et la grande allée nue et lavée de lune qui sentait l'hiver.

Elle acquiesça.

— Ne vous inquiétez pas, Monsieur sera là vers les sept heures.

Sa ronde faite auprès des enfants, elle se coucha et, dans l'obscurité où rougeoyaient les dernières braises de l'âtre, commença d'épier le bruit des pas sur le gravier, qu'elle n'entendait pas encore.

Son cœur s'apaisait lentement, avec des à-coups douloureux.

Elle attendit longtemps et ne sut pas qu'elle s'endormait.

Lorsqu'elle ouvrit les yeux, le jour entrait dans la chambre par l'une des fenêtres que Pierroune avait dû oublier de fermer. Un triste petit jour brumeux.

Rodolphe était assis devant les cendres, immobile, les coudes aux genoux, la tête dans ses mains, encore vêtu de sa pelisse.

En l'entendant sauter du lit, il se redressa.

— Julia...

Elle s'approcha de lui, posa la main sur son épaule.

— Julia, répéta-t-il, plus bas, d'une voix rauque.

Ses yeux étaient fibrillés de rouge. Julia se demanda avec émerveillement s'il n'avait pas pleuré.

— Si tu as cessé de m'aimer, mieux vaut que je le sache.

Le tutoiement, l'humilité de la requête, la firent frémir de tendresse contenue. Il n'y avait plus trace de colère, en Rodolphe, mais seulement d'un chagrin trop lourd. Elle vit son regard brun levé vers elle comme celui d'un enfant éperdu.

— Grand sot ! comment le pourrais-je ? chuchota-t-elle, en se penchant pour appuyer sa joue contre la sienne.

8

Le soleil mûrissait les poires d'automne dans le verger. La farandole des fruits approchait de sa fin.

— Et après les poires, dis, Philo ? questionnait Cyprien, le menton dégoulinant du jus tiède d'une beurré à peine un peu blette, ramassée dans l'herbe.

— Ah ben, ça sera les raisins. Et puis les pommes, les châtaignes...

— Et après ? réclamait encore l'insatiable.

Philo l'attira contre elle.

Il se débattit vainement, à la vue du grand mouchoir blanc qu'elle extrayait d'un compartiment de son sac.

— Après ? Plus rien, dit-elle, tout en se livrant à un vigoureux débarbouillage de la figure poissée de l'enfant.

— Crachez un peu. Là. Encore.

Gyprien crachait, de mauvaise grâce.

Elle le libéra, rouge jusqu'aux cheveux, et reprit :

— Après, les arbres se reposent. C'est l'hiver. Et après, c'est une autre année qui vient, et ils recommencent : les cerises, les abricots, les...

Il s'illumina :

— Les cerises ! Bientôt ?

— Oui.

Philo s'évertuait pour l'instant à « ramasser » les mailles de la chaussette qu'elle avait abandonnée.

— Quand c'est : « Bientôt ? »

Comme elle tardait à répondre, absorbée dans son compte, il tira sur son tablier avec insistance :

— Quand c'est, dis, Philo ?

— Quand vous aurez été beaucoup sage, grogna Philo que le questionnaire excédait.

— Ah ! fit Cyprien, songeur et visiblement déçu.

L'air bourdonnait de moucherons et d'abeilles.

— Les mouches piquent, dit Philo, sans interrompre son cliquetis d'aiguilles. Ça sent l'orage.

Le ciel était bleu à perte de vue, par-dessus les arbres. Sauf peut-être là-bas, du côté de l'Alpille où montait une boule de nuages comme un chapeau sur la crête des Baux.

Philo glissa un doigt entre son cou et le col de sa robe qui collait à la chair mouillée de sueur.

A quelques pas, accroupis, Amélia, Fulcran et le petit Henri surveillaient les va-et-vient d'une fourmilière.

Il en manquait un.

Elle regarda tout autour d'elle. Il en manquait toujours un. Dès qu'on cessait, une seconde, d'être en éveil.

— Eloi ! E-loi ! Où tu es, polisson ?

— Ici, glapit une petite voix aux inflexions triomphantes.

Il revenait du côté de l'allée des pins, avec la maîtresse qui lui donnait la main.

A la vue de Julia et de son cavalier, les quatre autres, mordus par la jalousie, se bousculèrent pour accourir plus vite au-devant d'elle. Il y eut des coups de coude, des ruades, des cris, des protestations et le plus jeune tomba assis dans l'herbe et se mit à pleurer.

Philo se précipita pour le relever.

— Fulcran ! cria-t-elle. Attends un peu que je t'apprenne ! Tu as pas honte ?

— C'est Meïa qui l'a poussé.

— Pas vrai !

— Si. Menteuse !

— Ah ! Madame, qué mounstros [1] ! Aujourd'hui, ils pèguent [2] comme les mouches, se plaignit Philo, à bout de souffle, tandis que Julia, fermant son ombrelle, s'asseyait sur le banc, à l'ombre du poirier.

— C'est le temps à l'orage. — Elle considéra sa servante : — Tu n'es pas fraîche, toi. Dis-moi, rien d'anormal ?

— Non, Madame. Mais, des jours pareils, ça pèse davantage.

Une bouffissure noyait les traits de Philo. Et sa taille, demeurée épaisse depuis la naissance de son second enfant, recommençait à se déformer.

— Eh ! assieds-toi donc, dit sa maîtresse avec impatience. Quel besoin de rester là, posée comme une lanterne ? Il y a place pour deux, j'imagine, quoi que tu aies déjà pas mal profité. Tiens, continua-t-elle, resserrant ses jupes de son mieux. Mets-toi ici.

« Enceinte, par une chaleur pareille... » Julia savait ce que c'était. Certaines journées torrides de cet été vieux de cinq ans où elle attendait Amélia lui remontaient à la mémoire.

— Souhaitons que l'orage éclate, murmura-t-elle. La terre en a besoin. Et nous tous aussi.

Mais ce beau jour de septembre dans sa splendeur à peine menacée gardait une telle plénitude. Il semblait à lui seul résumer les trois mois d'or poudroyant dont chaque après-midi avait coulé dans un calme semblable, pour Julia, au milieu des enfants et de Mogador.

Elle n'enviait pas Félicité qui prenait les eaux à Baden-Baden et lui envoyait des descriptions du lac de Zurich, des Alpes suisses, et de l'élégante cohue internationale qui s'y pressait.

---

1. *Qué mounstros* : Quels monstres !
2. *Péguent* : Poissent, collent.

« *Mais enfin, ma chère, n'avez-vous donc aucune curiosité, aucune envie de connaître autre chose que votre trou de campagne ?* » Elle sourit en se rappelant les paroles de son amie, lors de sa dernière visite, avant son départ.

Il y avait beaucoup de choses qu'elle eût aimé connaître, et qu'elle ne connaîtrait jamais. Cela, elle le savait depuis le jour où Rodolphe et elle avaient décidé de ce que serait leur existence.

Ses voyages, elle les faisait durant ses courts loisirs, assise sous un arbre, à imaginer l'avenir pour la nichée s'ébattant autour d'elle, en attendant l'heure qui ramènerait son époux à la maison et celle où, sous le velours rouge et les franges du ciel de lit, enfin, elle l'aurait pour elle seule, dans le pays plus beau qu'aucun pays de ce monde que leurs caresses lui ouvraient.

Des jours tranquilles. La feuille avait bien donné. Les granges et le fenil étaient pleins, la soie des magnans était belle. Un peu d'eau allait faire gonfler le raisin.

Dans l'attente des vendanges, Rodolphe s'occupait à dresser un pur-sang magnifique. Il n'avait pas dit quel prix il l'avait payé. Une folie, probablement. Mais Julia préférait lui voir faire des folies de cette sorte. Et *Jason* était un si beau cheval. Constant n'en avait pas un qui lui fût comparable dans son haras.

Elle eut un bref soupir à la pensée d'*Haydée* que son père avait vendue : « *Peu après ton départ* », avait dit Constant. « *Au premier acquéreur qui s'est présenté.* » *Haydée* qu'elle eût tant aimé reprendre.

Mais à quoi bon s'appesantir ? A la Sarrazine aussi, tout allait bien. Constant était satisfait. Mère semblait l'être aussi, quoiqu'elle eût vieilli si vite, ces dernières années.

Julia se rappelait les beaux cheveux noirs aux reflets

luisants, devenus gris depuis la mort de son père. Comme si, tout à coup, Constance Angellier eût cessé de lutter contre une très ancienne fatigue.

« Et Finou paraît se consoler. Maintenant que ce Pradeilles a quitté la région... » La petite sœur finirait bien par l'oublier. D'ailleurs, elle allait faire son entrée officielle dans le monde. Il se trouverait bien vite un soupirant ou deux pour la distraire de sa déception passée. Après tout, les bals étaient faits pour les jeunes filles.

Julia sentit monter un sourire : Rodolphe, lui, s'en était dégoûté, apparemment. Même après le Carême, lorsque les dernières grandes soirées de la saison écoulée avaient eu lieu, il n'avait point paru se soucier d'y assister.

Chaque semaine, à peu près, il y avait un dîner prié à Mogador : quelques amis triés sur le volet, dont Rodolphe et elle-même appréciaient la compagnie. Son mari se plaisait à leur faire les honneurs du parc dont la beauté ne cessait de croître. Dégagé d'un voisinage étouffant, le cèdre bleu avait doublé d'envergure. La maison en bénéficiait. Cette grande ombre profilée au coin de la façade en affinait l'aspect. Les palmiers de l'allée d'honneur atteignaient une taille plus qu'honorable ; et les orangers soigneusement taillés en boule se portaient à merveille. Iris, pivoines, cannas, mufliers, dahlias foisonnaient tour à tour dans les corbeilles. Les paons faisaient sur le vert de la pelouse une tache somptueuse. Mai et juin avaient embaumé le seringa et les roses. Et les spécimens les plus rares de la roseraie composaient de glorieux surtouts de table, pour le plus grand orgueil de Juste, le jardinier.

Pouvait-on être plus heureux que ne l'avait été leur couple, ces six mois passés ? « Jésus », songea-t-elle, fermant les yeux, « dans votre paradis même... »

Des vociférations la firent sursauter. Amélia était aux prises avec Cyprien et Fulcran.

Elle se leva pour les séparer.

— Tu avais raison, ils sont impossibles, cria-t-elle à Philo qui s'était éloignée, Henri sur les bras.

En se rasseyant, elle adressa un petit clin d'œil à Eloi, assis par terre, à ses pieds.

Il lui montra le galoubet qu'il était occupé à se confectionner, avec un bout de roseau.

« Impossibles », c'était dans l'ordre qu'ils le fussent. Elle l'acceptait gaiement, avec une pointe de fierté. Elle n'avait pas été une enfant docile et s'en souvenait.

Autoritaire, vive, taquine, rieuse jusqu'à l'effronterie si l'on n'y eût pris garde, Amélia lui ressemblait aussi bien qu'à son père. Et Cyprien, le beau petit cavalier qu'il ferait ! Quel plaisir il prenait à se faire hisser par le valet d'écurie sur la jument de sa mère. Pour son prochain anniversaire, Rodolphe songeait à lui acheter un poney. Et Henri se tenait déjà gaillardement sur son cheval à bascule.

Elle tendit les bras au bébé que Philo lui ramenait :

— Mon fils à moi !

Puis se pencha pour embrasser l'aîné qui rôdait autour d'elle, soucieux de ses droits.

L'après-midi s'avançait. Le soleil descendait insensiblement vers la montagne, à la rencontre des nuages. Du côté de la roubine presque à sec, les crapauds appelaient la pluie de toutes leurs forces. Elle viendrait. On la sentait en marche. Sans doute cette nuit même... Un regret serra le cœur de Julia. La première pluie de septembre annonce la fin de l'été.

Elle évoqua les feuilles rousses, les longs mistrals hurlants de novembre, le froid, l'hiver, qui allaient venir.

Mais il fallait de l'eau pour la vigne où les grappes séchaient sur le cep.

Comme il faudrait aussi la neige et les gelées pour que la récolte de l'an à venir fût belle.

« Tout est nécessaire, de ce qui arrive », se dit Julia, les yeux fixés sur l'horizon plombé où venait de rouler sourdement le tonnerre.

Depuis deux jours, Cyprien, enrhumé, errait à travers la maison, mettant à rude épreuve la patience des domestiques.

Tour à tour, Allarde, la cuisinière, et Pierroune, gémissaient, excédées :

— Jésus sauveur ! quand est-ce que vous retournerez un peu dehors, avec les autres ?

C'était aussi la question que se posait Cyprien, en contemplant derrière les vitres les ébats de ses compagnons de jeu que son absence ne semblait guère démoraliser.

La pluie tant désirée n'était que trop venue, à la fin. Une semaine de déluge avait repoussé l'été au rang des souvenirs, si loin qu'il paraissait impossible que le soleil revînt jamais luire sur le gravier détrempé et les branches dégouttantes d'eau.

A force de s'échapper sur le perron, ou du côté des cuisines, pour courir guetter une improbable éclaircie, — « Ne restez pas là, ou j'appelle Madame. » « Rentre, tu prendras froid. » — Cyprien avait fini par voir se réaliser pour son compte la prédiction sempiternelle que les grandes personnes ne se lassaient pas de faire aux enfants.

Et maintenant que le mistral, levé depuis la veille, balayait enfin le ciel de toutes ses nuées, le pauvre Cyprien, reclus, maussade, continuait à renifler, à tousser, à ingurgiter des tisanes trop sucrées qu'il abominait, à s'ennuyer tout seul, à bâiller, à geindre, et, faute de mieux, à persécuter son monde lorsque, n'en pouvant plus d'envie, il renonçait à épier les privilégiés du sort qui, bien portants et libres, les joues rose vif sous le fouet du vent, caracolaient à grands cris sur le dos des chiens, devant la maison.

— Demain, Maman, je pourrai sortir ?

— Nous verrons cela si le vent tombe. Et si tu es sage.

« Sage, sage... » Toujours la même chanson. Il n'avait pas envie d'être sage. Il se sentait grognon, enchifrené, lourd, mal à l'aise. Ses paupières lui cuisaient. Peut-être n'eût-il pas même tellement désiré rejoindre la bande, si on le lui avait permis.

Julia palpa son front, ses tempes ; lui prit le poignet :

— Voyons ?... Ne bouge pas, mon trésor.

« Un peu fiévreux, dirait-on. Il serait plus sage, par prudence... »

Elle s'en alla trouver Ernest à l'office.

— Il faudrait aller jusqu'à Fontfresque prier le docteur Lapierre de passer, demain matin.

Depuis l'entrée lui parvinrent les protestations bruyantes de Pierroune :

— Monsieur Cyprien ! Vous êtes pas seulement couvert ! Retirez-vous de cette porte, tout de suite ! Malheur ! Après, c'est moi qui me ferai attraper.

Julia s'élança en courant vers le vestibule.

Lorsqu'elle y parvint, monsieur Cyprien livrait un combat sans merci pour sa liberté.

Sa mère le saisit par l'épaule au moment où il cognait de toute la force de son poing sur les cuisses de la fille de chambre qui tentait de l'enfermer dans ses jupes.

— Malheur ! Madame, gémit Pierroune, voyant

arriver le renfort. Il a fallu qu'il se faufile sur le pas de la porte, juste comme je tournais le dos.

Julia se pencha et gratifia son petit garçon d'une gifle mesurée, suivie d'une vigoureuse série de tapes sur les fesses que ponctuèrent aussitôt des clameurs, disproportionnées, de toute évidence.

— Pareil que quand on tue le cochon, commenta Pierroune, à la cuisine, un peu plus tard, pendant qu'Allarde lui préparait le plateau qu'elle allait monter.

Mouché, lavé, déshabillé et mis au lit, un moine [1] bien chaud à ses pieds, Cyprien, réconcilié avec sa mère, consentit à boire son bol de lait, après avoir repoussé la compote et les langues de chat qui l'accompagnaient.

Julia en fut contrariée. Il n'était guère dans les habitudes de cet affamé perpétuel de refuser des friandises.

— Bah ! c'est de votre faute, dit Rodolphe, en rentrant, lorsqu'elle le mit au fait. A rester enfermé, comment voulez-vous qu'il ait faim ? Si vous vous figurez que ma mère nous élevait dans du coton... !

Les méthodes éducatives de Mme Vernet douairière ne regardaient qu'elle-même. Julia détestait que Rodolphe leur empruntât ses exemples.

Elle lui jeta un coup d'œil sans bienveillance, dont l'effet fut perdu.

Agenouillé sur le parquet, son mari était trop absorbé à ôter une épine de la patte de son chien pour rien remarquer.

— Là, là, mon vieux. C'est fait.

Il flatta *Milord*, lui gratta longuement le tour des oreilles, et conclut, en se relevant :

— Ce garçon éprouvait le besoin de respirer un peu

1. *Moine* : Bouillotte.

d'air frais ? La belle affaire ! Voilà ce qu'on gagne à vouloir confiner un poulain à l'écurie.

— Je vous en prie ! proféra Julia, avec une certaine sécheresse. Un enfant de cinq ans et demi ne se soigne pas comme un cheval.

« Cette manie de tout ramener aux chevaux ! » pensa-t-elle, irritée.

Puis elle se rappela Constance : — « *Je t'en prie, ne ramène donc pas toujours tout...* » Cent fois, elle avait entendu sa mère le lui redire. — Et, détendue, regarda Rodolphe monter l'escalier.

Il sifflotait, comme d'habitude. Mais, à son dos, elle pouvait voir qu'il était penaud.

Un moment après, elle retrouva le père et le fils ensemble.

— ... Et je te donnerai une selle, une vraie selle de gardian, cloutée, avec tes initiales : C.V..., Cyprien Vernet.

Cyprien écarquillait ses yeux tout pleureurs que la joie faisait briller en dépit du rhume.

— Et vous m'apprendrez à le faire sauter ?

— Sûr.

— Bien vrai ?

— Parole.

Rodolphe étendit la main avec solennité. Soudain, il perçut la présence de Julia et, sans se retourner, ajouta malignement :

— Si ta mère nous le permet.

Elle n'eut pas l'air d'entendre, mais s'approcha et caressa du bout des doigts la brosse douce au toucher que faisaient les cheveux taillés de près sur la nuque de Rodolphe.

— Vous devriez descendre, mon cœur, dit-elle, enfin. Ernest vous attend pour servir.

Rodolphe cessa tout net de se comporter comme un

matou haussant l'échine pour mieux tendre son col à la main qui le flatte. Les paroles de sa femme venaient d'interrompre son ronron intérieur. Il leva la tête pour la regarder :

— Et vous ?

Julia souriait à son petit garçon.

— Je vais rester avec Cyprien. Nous dînerons tous les deux, en tête à tête.

Elle accentuait en même temps sa caresse, sachant bien que Rodolphe avait horreur de prendre un repas solitaire. Son sourire se reporta sur lui :

— Allez vite, et vous remonterez ensuite nous rejoindre, n'est-ce pas ?

Il se leva en soupirant, avec une lippe désabusée à l'adresse de son fils :

— Tu en as de la chance d'être malade. On transporte ton lit ici, on te sert comme un prince, on te tient compagnie, on te...

Julia trancha le fil de ce discours :

— Parfaitement. Et si jamais cette chance-là vous échoit, nous verrons bien comment vous saurez l'apprécier.

— Oui, ma chatte, dit Rodolphe, égayé par la perspective.

Malade ? il avait oublié ce que c'était que de l'être, depuis une rougeole, ou quelque embarras du même genre, qui devait se situer aux alentours de sa dixième année. Il se sentait fort comme un roc. Et n'en goûtait que plus sereinement la satisfaction de laisser « cette-sacrée-petite-bonne-femme-haute-comme-ma-botte » le mener comme elle l'entendait.

Durant tout le dîner, répondant à Ernest par monosyllabes, il rêva à cet étrange pouvoir de Julia sur lui, que six ans et demi de mariage n'avaient fait que fortifier.

De quoi est pétri l'amour que nous portons à un être, seul entre tous les autres ? Quelle soif, quelle faim, commandent ce besoin que nous avons de lui ?

Rodolphe Vernet n'avait pas l'habitude de passer au crible ses sentiments. « Amusette de solitaire ou de désœuvré. » Mogador sur les bras, cela suffisait à l'activité d'un homme. On n'analyse pas sa vie : le temps est déjà si court pour la vivre. Rodolphe aimait la sienne. Il la trouvait bonne, telle qu'elle était, généreuse, fruitée, avec « ce sacré nom de petit goût de pierre à fusil » d'un bon vin de terroir qui se boit accompagné d'un clappement de langue. Il l'aimait avec les joies et les soucis qu'elle lui donnait, comme il aimait cette femme, sa femme, avec ses câlineries sans mollesse, sa manière de rire, en fronçant le nez, sa fierté, ses susceptibilités bien à elle, son indulgence, ses airs maternels, son ironie parfois... « ah ! parfois sacrément coupante, pour ça oui ! » et ses moments d'agressivité imprévue et aussi ses gestes dans l'amour, sa chaleur, sa... Pardieu ! tout ce qui la faisait elle, Julia, l'unique Julia qu'il y eût au monde, aussi nécessaire, aussi essentielle à son époux que l'air qu'il respirait.

Ils dormaient l'un contre l'autre, étroitement gémellés, Julia en boule dans sa chemise, la tête au creux de la poitrine nue de Rodolphe couché en chien de fusil, tout replié sur elle, quand la plainte de Cyprien commença.

Un mal d'oreille lancinant, qui devenait aigu, brûlant, intolérable, au-delà des mots que l'enfant, cramponné à la main de sa mère, luttant de tout son corps contre la souffrance, parvenait à balbutier entre les cris et les gémissements qu'elle lui arrachait.

Enfin, après trente heures de veille et de soins

anxieux, Julia qui n'avait pas quitté le chevet de son fils, le vit se calmer peu à peu.

— Tu iras encore attraper un coup d'air, brigand, grogna Rodolphe, oubliant ses principes d'éducation spartiate, dans le soulagement qu'il éprouvait.

Dans la chambre, fenêtres fermées, régnait une atmosphère fiévreuse. Bols, pots de tisanes, casseroles d'eau bouillie, médicaments, flacon d'huile camphrée, coton, bandelettes, avaient envahi la table de nuit, le guéridon, et le dessus de la commode.

Debout près du petit lit dont elle venait de retendre les draps fripés, Julia regardait l'enfant s'assoupir.

Rodolphe la prit doucement par les épaules :

— Allons, ma mie, venez vous reposer. Ce gaillard vous a donné suffisamment de tracas. Il va dormir comme un plomb, maintenant.

Ces manières bourrues qu'il affectait, honteux de sa faiblesse depuis que l'alerte était passée, après avoir tourné et retourné dans la pièce, des heures durant, éperdu d'angoisse et de rage impuissante devant cette torture qui osait s'en prendre à son petit garçon...

Julia laissa aller sa nuque contre la poitrine de Rodolphe.

C'était bon de lui laisser reprendre le commandement. Elle ressentait la douceur de s'abandonner, enfin, avec tout le poids de fatigue accumulée depuis la nuit précédente déjà si lointaine, à cette protection virile qui redevenait valable et sûre.

— Le docteur va se frotter les mains, lui aussi, demain, chuchota Rodolphe.

« Demain », c'était aujourd'hui. L'aube blanchissait derrière les volets. Il s'en aperçut et entraîna sa femme vers le lit.

— J'ai bien vu qu'il était soucieux, lorsqu'il est venu.

Julia aussi l'avait vu :

« — *Le diagnostic est difficile à établir, Madame, avec un enfant de cet âge.* » Evidemment. Il n'avait pas été commode d'examiner Cyprien, ni de tirer de lui la moindre indication précise.

A présent, le souffle de l'enfant indiquait qu'il dormait.

— Nous pouvons remercier Dieu et Notre-Seigneur, dit Julia, à voix basse.

Elle se mit en devoir de le faire, à genoux sur la descente de lit, devant le crucifix de l'alcôve. Et tandis qu'elle prolongeait avec ferveur son action de grâces, sans égards pour les bâillements étouffés de Rodolphe, il lui vint vaguement à l'esprit que ce tribut de reconnaissance avait peut-être aussi la valeur d'une traite tirée sur la toute-puissante bonté du ciel. Ce n'était pas très beau, songea-t-elle. Mais le ciel savait sûrement de quel mélange, encore, est faite la pureté d'un sentiment humain.

Quelques jours plus tard, Cyprien trottait dans les allées de Mogador, flanqué de ses acolytes, Eloi et Fulcran ; et se disputait avec Amélia, selon sa coutume.

— Aïe de ma vie ! il est plus monstre que jamais, criait Philo, se hâtant, alourdie, gênée par son ventre, à la poursuite de ces trois malfaisants.

Elle happa au vol, littéralement, le chef de la bande qui lui faisait un audacieux raset[1] et le secoua d'une poigne véhémente :

— On était bien tranquille, au moins, quand vous étiez dans le fond de votre lit. Qu'est-ce que vous lui avez encore fait à votre sœur, mauvais drôle ?

1. *Raset* : Dans la « course libre », feinte qu'exécute l'homme en courant, pour frôler le taureau et lui arracher sa cocarde.

Pour toute réponse, Cyprien se contentait de ruer.

— C'est pas lui, 'man ! glapit Fulcran. C'est elle qu'a...

— Toi, attends voir !

Avec la furie vengeresse d'une Euménide, elle lâcha Oreste pour s'en prendre à Pylade.

De l'autre côté de la pelouse, à distance prudente de la justice maternelle, Eloi faisait la nique à une Amélia écumante :

— Rascleto [1] ! rascleto ! En se raclant d'un doigt le dessous du menton.

Tandis que Cyprien, libéré, fonçait vers le sûr refuge des taillis du sous-bois.

— De ce petit ! Jamais il m'avait tant fait endêver [2] !

Cet après-midi immobile dans une lumière heureuse où l'ombre d'un petit garçon qui s'échappe court après lui dans le soleil.

— ... Jamais de ma vie, Madame.

Philo le répétait, revoyant la scène. Insistait encore :

— Vous auriez vu ces coups de pied qu'il me lançait.

Et Julia, elle aussi, s'accrochait à cette image, vieille de quelques heures à peine, devenue soudain un si vieux passé.

— C'est vrai. Je t'ai entendue le gronder, par la fenêtre. Et il a bien goûté aussi, n'est-ce pas ?

— Pareil comme tous les jours. Sûr que c'est une indigestion.

— Sans doute.

Ces vomissements répétés... Oui. Ce ne serait pas la

---

1. *Rascleto !* (intraduisible) : mot employé pour « faire la nique » à quelqu'un.

2. *Endêver* : Enrager.

première qu'aurait eue Cyprien. Mais souffre-t-on ainsi de la tête... ?

Le jour achevait de s'éteindre dans la chambre que remplissaient les clameurs de l'enfant.

— Pas la lampe, Maman ! Pas la lampe ! Non ! Ça fait mal ! Maman, j'ai mal... Oh Maman !

Julia fit signe à Philo d'éloigner la lumière.

Ce docteur n'arriverait donc jamais ?

Elle changeait à chaque instant la compresse fraîche qui devenait chaude sur le front de son fils.

— Ernest a bien dit : dès qu'il sera de retour ?

— Oui, Madame.

Brûlant, frissonnant.

— Maman...

— Mon chéri.

Elle mouillait de nouveau la compresse.

— Et son père qui ne rentre pas !

— C'est pas son heure encore, Madame.

— Il fait nuit.

Pas si nuit que cela. Mais, d'ordinaire, on ne regarde pas venir ainsi ce crépuscule qui semble ramper. On ne guette pas ainsi du secours, dans une attente interminable au fond de la pénombre où gémit un enfant. Seule...

— Philo, tu es là ?

— Oui, Madame. Je rince la cuvette.

Philo qui, ne pouvant rien que s'inquiéter avec sa maîtresse, l'aidait cependant, de toute son inquiétude, à supporter la sienne.

— Vite, vite, arrive ! Cela le reprend. Passe-moi la serviette. L'autre. Donne. Là, mon chéri, là...

Cette nuit qui commence. Et n'en finira pas.

— Seulement la veilleuse, mon trésor. Pour pouvoir te soigner.

La petite lueur creusait un trou dans le noir de la chambre sans rien éclairer.

Noir de ces cris, noir de cette plainte, noir de l'attente.

— Philo, mon Dieu ! tâte son front.

Philo avança la main, et dit péniblement :

— Oui.

Ensuite, elles ne parlèrent plus guère. Comme si quelqu'un, ou quelque chose, eût été là, tapi, dont elles eussent eu peur de se faire entendre.

Peur ? Sans doute était-ce la peur qui venait. La vraie. Insinuante, visqueuse, impossible à regarder en face.

Et la prière... « *Notre Père qui êtes aux Cieux*... Mon petit garçon... *que votre nom*... faites que ce ne soit rien, mon Dieu !... *que votre volonté*... Mon Dieu, je vous en supplie !... *à la tentation*... la tentation du désespoir... Non, non ! mon Dieu, ce n'est pas ce que... Je sais que ce n'est pas grave, je... *Marie pleine de grâces*... Mais le voir souffrir sans pouvoir rien y faire... *le fruit de vos entrailles*... Mon petit, mon petit à moi. Et cette fièvre... *Sainte Marie, Mère de Dieu*... Pas le mien ! Pas le mien, je vous en supplie ! »... la prière n'apportait aucun apaisement à Julia.

Philo, elle aussi, priait, mentalement, en emportant les serviettes souillées, en rapportant de l'eau fraîche dans le port, prête à assister sa maîtresse qui ne cessait de renouveler les compresses que pour essuyer le petit corps contracté où perlait une sueur effrayante.

— Maman... haletait Cyprien.

Puis, ses cris devinrent plus confus, entrecoupés de phrases bredouillées, sans suite. La pièce se peupla d'êtres inconcevables. Une mystérieuse armée de l'épouvante, visible pour lui seul, s'interposa devant les deux femmes qui lui tenaient vainement les mains, de chaque côté de son lit.

Le docteur Lapierre arriva en même temps que Rodolphe.

Julia les vit entrer ensemble, comme si son mari eût ramené avec lui la promesse même de la guérison. Elle se sentit soulagée. Quelque chose, enfin, quelque chose d'efficace allait être entrepris.

— Il délire un peu depuis un moment, dit-elle d'un ton calme, en réponse à l'interrogation muette que posait la silhouette de Rodolphe debout au pied du lit.

Philo rapportait la lampe de la pièce contiguë.

Julia céda sa place au médecin et recula vers son mari.

Leurs mains se cherchèrent et s'unirent avec force.

Il chuchota :

— Quand cela l'a-t-il pris ?

Elle le renseigna brièvement, sur le même ton.

— Madame, voulez-vous m'aider, je vous prie ?

Julia se rapprocha :

— Que dois-je faire ?

Sa voix prenait la même matité, à son insu, exactement la même que venait d'avoir celle du docteur Lapierre.

Quelque part, dans sa poitrine, ou peut-être au fond de sa tête, elle entendit se lever, très loin, comme un bruit de galop.

— Tenez-le. Là. De ce côté. Non, pas comme ceci. Là, oui. Assis, maintenant.

Il pesait sur les genoux raidis, tandis que Julia soutenait le buste, penchée sur cette petite figure grimaçante, presque méconnaissable.

— Allonge tes jambes, mon chéri, murmura-t-elle, voyant le médecin insister encore, comme si l'enfant eût pu la comprendre.

— Laissez, Madame. Aucune importance : cela suffit. Si vous voulez me permettre, je vais...

Elle obéit, et rejoignit de nouveau Rodolphe.

De nouveau, ils se prirent la main.

Un galop noir. Elle se souvint tout à coup de *Haydée*, et du tournant entre les vignes, là-bas, à la Sarrazine. Puis se détesta : « Mon petit garçon malade, mon petit garçon... mon petit garçon... mon-petit-garçon-mon-petit-gar... » Prit conscience qu'elle répétait les syllabes sur un air de quadrille joyeux, affreusement joyeux. Et, toujours, ce galop.

Le temps lui pesait aux épaules. Inconsciemment, elle s'appuya contre Rodolphe et le sentit frémissant, bandé de tous ses muscles.

La lampe que Philo avait posée sur un guéridon enfermait dans un rond clair le corps découvert de l'enfant ; et eux deux, au bord du cercle dans lequel évoluait le docteur, se tenaient dans l'ombre. Immobiles. Comme si, au prix de cette immobilité parfaite... La respiration de Rodolphe sifflait un peu entre ses lèvres pendant qu'il regardait fixement le thorax gracile luisant de sueur et le ventre qui semblait s'être creusé.

L'examen durait, se prolongeait.

Ce dos courbé, sombre. Et ce silence intolérable entre les plaintes. Cette attente. Julia sentait son cœur prêt à se déchirer en deux.

— Docteur... balbutia-t-elle, voyant le médecin se redresser enfin.

Les doigts de Rodolphe, entrelacés aux siens, les lui broyaient.

— Et bien, docteur... ? articula-t-il à son tour, s'arrachant les mots de la gorge.

Le docteur Lapierre leur fit face :

— Je vais vous rédiger une ordonnance. Avez-vous de la quinine ? Bon. Du calomel aussi ? Bon, bon.

Qu'était-ce donc qui n'allait pas dans ses paroles ? Ils le dévisageaient sans parvenir à rien déchiffrer sur cette figure hermétique.

— ... Il va falloir préparer des bains chauds. Un toutes les quatre heures. Tenez-le à quarante degrés environ.

Quelque chose à faire. De la peine à se donner.

— Oui, docteur. Très bien, docteur, disait Rodolphe, avec une sorte de reconnaissance, à la perspective de cette activité à déployer. Je vais galoper jusqu'à Tarascon.

Les prunelles de Julia fouillèrent le regard du médecin qui se déroba.

— Docteur ?

— Madame ?

— Pensez-vous que ce soit grave ?

Elle entendit sa propre voix. Elle entendit le silence, le temps d'une hésitation presque imperceptible du docteur Lapierre.

— On ne peut rien savoir avant demain.

« Mon Dieu, Seigneur Jésus, Sainte Mère ! » pria-t-elle désespérément, « donnez-moi le courage... » Dans un vertige d'horreur, elle s'aperçut alors qu'elle savait.

« Cinq ans et demi. Mon beau petit garçon. » La nuit, Julia revoyait ces pupilles dilatées, sans regard, dans une face émaciée qui ne ressemblait plus qu'à un masque ; cette chair collée aux os sur la poitrine d'où sortait un ronflement irrégulier ; tout ce corps inerte, que la vie véritable avait déjà déserté, alors qu'elle-même le disputait encore, acharnée et sans espoir, des heures et des heures durant, au néant définitif.

Elle entendait la voix feutrée de ce grand médecin

venu de Montpellier : « *Hélas, Madame, nous ne pouvons que confirmer...* » Et la clochette du prêtre dans l'escalier. Drelin... drelin... le son grêle qui s'approche, et la porte ouverte toute grande pour la mort qui se glisse derrière le cortège des sacrements et le murmure des prières.

Dure comme une pierre, inabordable, sans larmes, les dents serrées. « *Le courage de Madame Vernet...* » avait chuchoté quelqu'un près d'elle. Son courage à elle ? « Non pas. Le courage que Dieu vous envoie en même temps que l'épreuve. Cette grâce affreuse qu'Il vous fait. » Elle ricana dans un souffle.

Personne ne savait. Ce que croyaient comprendre les autres, ce qu'ils se contentaient de penser : « *Heureusement qu'il vous en reste deux.* » Trop satisfaits de pouvoir s'en tirer avec une consolation de cette sorte, avant de retourner à leurs affaires, à leur foyer où nul vide béant ne s'était creusé.

De toutes les visites qu'elle avait dû recevoir, il n'en était point qui ne lui eussent paru insupportables, sauf celle d'Emma Marquet-Rageac :

— Je suis passée par là, ma pauvre amie. Je sais. En eussiez-vous dix autres, votre petit Cyprien vous demeurera toujours irremplaçable.

Cette femme silencieuse à son ordinaire, ni communicative, ni même très amicale, moins une amie, en somme, qu'une relation, était la seule avec qui Julia eût goûté un instant la détente des larmes sans amertume, quand l'apitoiement des siens, la tendresse de sa mère, les prévenances de Constant, de Sophie, ou de sa belle-sœur Lucie, et jusqu'aux attentions discrètes des domestiques, tout lui faisait mal.

« Mon petit garçon. » Une effroyable nuit de six jours entiers. Et elle recommençait à la vivre. Elle revenait à l'instant, toujours le même : « Pourquoi ?

Pourquoi, justement, alors ? » Après tant d'heures passées à guetter, immobile, penchée, un bras sous l'oreiller. Le seul instant où elle s'était écartée.

« *Madame ! Madame ! Vite !* » et : « *Julia !* » Deux appels simultanés dont l'accent la poignait toujours, depuis.

Les quelques mètres qui séparaient le cabinet de toilette de ce lit...

Et déjà, c'était trop tard, lorsqu'elle avait repoussé Philo qui soutenait la tête de l'enfant.

« Oh Dieu ! Seigneur ! comment peut-on supporter... ? » L'asphyxie du désespoir oppressait sa poitrine. Ses narines gonflées cherchaient en vain à s'emplir d'un air respirable. Elle sentait la noirceur, l'opacité, le poids monstrueux de la dalle sous laquelle on avait enfoui son fils, là-bas, tout seul, abandonné ; et ce monde était glacial où il fallait continuer d'être.

A côté d'elle, Rodolphe soupira, puis se retourna, avec une sorte de gémissement, sans se réveiller. « Rodolphe... »

Elle étendit la main et rencontra son flanc.

Cette présence vivante de l'homme qu'elle aimait endormi auprès d'elle... Peut-être rêvait-il son chagrin, comme elle remâchait le sien dans l'insomnie. Elle fut tentée de l'appeler. Souffrir ensemble eût été moins desséchant.

Elle écouta.

Le souffle de Rodolphe avait repris son rythme.

D'un geste où la sensualité n'avait aucune part, elle appuya sa paume sur cette peau chaude. « Mon pauvre amour. » A quoi bon l'empêcher de reposer, s'il avait trouvé ce précaire repos ?

Elle le revit au chevet de leur enfant mort, les yeux fixes, emprisonnant sous sa main d'homme cette menotte insensible qu'il s'obstinait à garder contre sa poitrine.

Tous les autres, en bas, déjeunaient, pendant ce temps-là. Si discrets qu'ils fussent, un remue-ménage de vaisselle et une rumeur montaient de la salle à manger. Aussi bien, c'était midi, partout ailleurs que dans cette chambre où l'éternité venait d'entrer.

Comme un éclair, dans le cerveau de Julia dont la mécanique devenait folle, parmi d'autres visions en désordre s'était imposée celle de la table, où Pierroune avait dû mettre les rallonges pour tous ces Vernet et ces Angellier rassemblés depuis plusieurs jours dans l'attente interminable de la fin d'un des leurs. Et cette fin était venue, juste à l'heure du repas.

Bizarrement, il semblait à Julia que, tant qu'ils continuaient à l'ignorer, rien n'était encore tout à fait irrémissible, malgré le silence d'accomplissement qui s'appesantissait à présent sur la pièce où Philo venait de les laisser seuls, Rodolphe et elle, avec la petite forme de Cyprien allongée devant eux.

Il leur eût fallu pouvoir demeurer ainsi, sans témoins, pour pleurer à satiété ce fils arraché de leur amour. Unis, confondus au fond d'une nuit aussi miséricordieusement obscure que celle où ils l'avaient conçu, avec des cris et des râles semblables.

Un instant déchirant, tous deux le sentirent, rejoints, les bras de Rodolphe convulsivement refermés autour de Julia.

Puis, ils entendirent la porte de la salle à manger s'ouvrir. Et, sitôt après, dans le silence, les chaises repoussées faire crier le dallage, et l'escalier s'emplir d'un bruit de pas précipités.

Restait à faire face.

Ils ne le pouvaient que séparément, redressés, durcis, barricadés chacun contre les défaillances de l'attendrissement. La solitude qui les réunirait devenait une lointaine promesse. L'unique à laquelle il fût encore possible de se raccrocher. « Nous aurons le temps, ensuite... »

— Tes deux petits, ma chérie ?

— Gardez-les quelques jours de plus à la Sarrazine, Maman, voulez-vous ? Je préfère.

— J'aurais cru, au contraire... Maintenant que l'enterrement...

— Non, non.

« J'avais trois petits. Trois qui mangeaient leurs tartines. Trois qui se disputaient. Trois... »

Elle ne se sentait pas encore la force de voir de nouveau entrer, sortir, jouer comme avant, ces deux-là, sans celui qui manquerait désormais.

« *Il vous faudra vite en faire un autre, ma bru.* » Elle griffa les draps à ce souvenir.

— Pauvre madame Vernet ! avait dit Constance. Comme tu as été sèche. Comment n'as-tu pas compris qu'elle souhaitait te réconforter ? Tu n'aurais pas dû...

« Pas dû ? » Et comment cette femme avait-elle osé ? Remplace-t-on un enfant par un autre ?

« Dieu merci, les voilà tous rentrés chez eux. Enfin ! » se dit-elle. « Demain... »

Demain ne représentait plus qu'une route grise à l'infini sur laquelle Julia devrait continuer de marcher, les pieds en sang, mais délivrée de la pitié dont elle n'avait que faire.

Et Rodolphe, harassé, dormait.

Le talonnement lent du cortège quittant Mogador pour l'église et le cimetière de Fontfresque, elle l'avait encore dans ses oreilles. « Et cette odeur... » Les fleurs, la cire des cierges, le soufre brûlé ensuite. Et l'instant où cette bière, si petite... « Ah ! Christ ! »

Et, dans la chambre à côté, les tiroirs de la commode

encore pleins du linge de Cyprien. Son pistolet à fléchettes, son tambour, sa boîte de cubes, rangés dans la caisse à jeux. « *Encore un petit peu de pain, s'il vous plaît, Maman, avec beaucoup de fricandeau dessus*. Méningite. *Du courage...* Il se barbouillait toujours tellement en mangeant. *Ce petit, Madame, on peut jamais le tenir propre, on a beau faire*. »

Julia n'eut pas conscience du sanglot sorti de sa gorge.

— Ma mie... soupira vaguement Rodolphe, avec une longue inspiration.

Il se retourna vers elle :

— Tu ne dors pas ?

Et l'attira contre lui :

— Viens là.

— Oh Rodolphe ! bégaya-t-elle.

— Oui, ma mie. Oui, ma chérie. Oui... oui...

Il la tenait serrée de toutes ses forces, avec une espèce de fureur impuissante qui contrastait avec les termes doucement protecteurs, presque maternels, dont il la berçait.

Alors, d'un seul coup, la douleur de Julia creva par grands hoquets. Ses larmes ruisselèrent.

Cramponnée au cou de Rodolphe, la tête enfouie dans le creux de son épaule, elle criait, sanglotait, contractée, et se tordait avec des spasmes, dans la souffrance d'accoucher malgré elle de cette mort que son Dieu lui avait imposé de porter.

— Là, ma chérie. Là... continuait à dire Rodolphe.

Il ne savait pas pourquoi, mais quelque chose de sa propre détresse, le plus empoisonné, le plus dévorant, s'écoulait de son cœur, tel le pus d'une plaie, tandis qu'il tenait sa femme embrassée comme il eût tenu leur enfant.

9

Lucie et Antoine insistèrent pour que ceux de Mogador vinssent passer Noël à Tourvieille.

— Je vous en prie, Julia. Mon petit Raoul serait trop déçu s'il n'avait pas ses cousins.

Les enfants aussi l'eussent été. L'on ne pouvait les priver de toutes leurs joies. Au moins mettraient-ils leurs souliers dans la grande cheminée du mas.

En outre, ce séjour en famille ferait aussi du bien à Rodolphe.

Julia se décida.

Ces dernières semaines, tantôt son mari semblait avoir retrouvé toute sa joie de vivre — et cette exubérance la blessait parfois douloureusement — tantôt au contraire, elle s'inquiétait de le voir se réfugier, l'air sombre, dans la petite bibliothèque attenante au salon et y demeurer enfermé des après-midi entiers.

Il accueillit volontiers la perspective de passer quelques jours en Camargue, auprès de son frère.

Ce furent pourtant de tristes fêtes, malgré la gentillesse du jeune ménage.

Amélia et Henri avaient appris à ne plus réclamer leur frère, et sans doute avait-on soigneusement fait la leçon à leur cousin Raoul. Mais les souvenirs des fêtes passées revenaient en foule poser une interrogation, toujours la même, aux grandes personnes assemblées.

Et, le soir de la veille de Noël, quand, sur la bûche de cerisier solennellement apportée devant l'âtre, Antoine, maître de maison, répandit le vin cuit selon le rite calendal, avec les paroles d'usage :

« Alègre ! Alègre !
Que Noste Segne nous alègre !
A l'An que vèn si sian pas maï... »[1]

Incapable d'entendre la fin, Rodolphe sortit brusquement.

Julia murmura quelques mots d'excuse à l'oreille de Lucie, et courut à sa suite, sur les indications de Thomasine qui l'avait vu monter l'escalier quatre à quatre.

Elle tourna le bouton de la porte de leur chambre. En vain. Le verrou était mis de l'autre côté.

— Rodolphe ! chuchota-t-elle.

Aucune réponse. Sinon une sorte de hoquet étouffé.

Elle redescendit, les joues tremblantes.

Un moment après, Rodolphe reparut, comme le repas allait commencer.

Pour regagner sa place, il passa derrière la chaise de sa femme et appuya furtivement la main sur son épaule.

Elle ressentit comme une caresse la chaleur de cette main à travers le rêche lainage noir de sa robe gansée de crêpe.

— ... Si vous aviez un autre enfant, persistait à lui répéter sa belle-mère, lorsqu'elles se retrouvaient entre femmes.

Non. Julia n'en aurait point d'autre. Pas de sitôt, en tout cas. La vieille dame n'en avait jamais perdu, cela se voyait. Et ce n'était pas non plus le tact qui lui dictait ses paroles.

— Imitez donc Lucie, ma chère. La voilà qui va...

« Ah ! Lucie ?... » Julia examina d'un regard lourd la jeune femme rougissante.

---

1. *Allégresse, allégresse. — Que Notre-Seigneur nous tienne en joie. — A l'An qui vient, si nous ne sommes pas plus (nombreux)...* La suite est : *que nous ne soyons pas moins.*

— Il y a longtemps ? demanda-t-elle.

— Trois mois, à peu près, confessa Lucie, avec gêne.

— Ah ?

« Trois mois... » Il y avait trois mois que Cyprien... « Peut-être, en rentrant de l'enterrement », pensa-t-elle, âprement.

L'enfant de Lucie comblerait le vide si le petit mort en avait laissé un dans le cœur de sa grand' Vernet.

Déjà, le petit Raoul obtenait d'Elodie bien plus de cajoleries que n'en avaient jamais reçu les enfants du fils aîné. Sans doute était-ce naturel. « Vivant auprès d'elle... » Eh bien donc, qu'il y eût d'autres nouveau-nés au mas.

« Mais à Mogador... » Un frisson la parcourut. « Non ! » Elle ne pouvait en supporter la pensée.

Ils demeurèrent à Tourvieille jusqu'après la Saint-Antoine.

Julia appréhendait maintenant de se retrouver chez elle, à ce rendez-vous où l'attendaient le vide et l'absence, dans la chambre des enfants que les rires d'Henri et d'Amélia ne suffisaient plus à remplir.

Elle rentra juste à temps pour trouver Philo aux prises avec les douleurs. « *Plus de nouveau-nés.* » Et celui-là, dont elle avait oublié la venue imminente ?

Une nuit de veille — une de plus — auprès de sa servante.

Au matin, ce fut elle qui reçut des mains de la sage-femme un enfant d'aspect chétif, bien différent de ce qu'avaient été à leur naissance les deux aînés de Philo.

Trois semaines plus tard, la conscience bourrelée, Julia enveloppait dans un drap de berceau le cadavre bleui du bébé.

Les parents se tenaient devant le docteur Lapierre,

anéantis et respectueux, les bras pendants, tandis qu'il leur prodiguait les explications savantes.

— ... malformation congénitale. Ce sont des choses qui arrivent, malheureusement. Il faut se résigner.

Philo hochait la tête, bien poliment.

Chaque fois qu'elle arrêtait son regard sur cette figure bouillie de larmes, Julia éprouvait jusqu'au vertige un affreux sentiment de culpabilité. Il semblait trop que Dieu l'eût prise au mot.

Ni Ernest ni Philo n'étaient du pays. Le maître leur avança la somme nécessaire pour l'achat d'un bout de terrain au cimetière de Fontfresque. Et l'on mena le petit Agricol-Jules Riquelme y dormir à quelques pas du tombeau où Cyprien-Armand-Louis Vernet, quatre mois auparavant, avait rejoint son grand-père le colonel.

Pour Rodolphe, la vie quotidienne redevenait ce qu'elle avait toujours été à cette époque de l'année. Courses à Fontfresque, à Tarascon. Marché hebdomadaire où se tenait la bourse aux vins et aux soies grèges. Randonnées à cheval autour du domaine auquel, peu de temps auparavant, s'était ajoutée une nouvelle parcelle longtemps convoitée. Parties de chasse...

Un matin, Julia l'entendit fredonner gaillardement en faisant sa toilette.

— Ça, ma mie ? c'est la nouvelle scie que vient de lancer Rigolboche.

Il continua, plus fort :

« Ah ! qu'il fait donc bon, qu'il fait donc bon
cueillir la fraise... »

— Béchet nous l'a chanté hier, en déjeunant.

« Evidemment, se dit Julia, l'atmosphère d'un repas de chasseurs... » On ne pouvait lui en vouloir.

Malgré elle, cependant, quelque chose durcissait dans sa poitrine. « Si je mourais, moi aussi, combien de temps... ? »

Mais que Rodolphe se levât un jour, sombre et taciturne comme il l'avait si souvent été durant les semaines qui avaient suivi la mort de Cyprien, Julia n'en ressentait alors que davantage le poids de sa propre peine.

Le voir de nouveau câliner gaiement Amélia ; reconnaître, lorsqu'il se mettait à jouer avec son cadet, les mêmes gestes, les mêmes plaisanteries qu'il avait inventées jadis pour l'autre, le petit mort dépossédé ; entendre les cris de joie d'Henri, si semblables à ceux de son frère, était un crève-cœur, croyait-elle.

Et cependant, cette chaude vitalité de Rodolphe alimentait sa vie à elle et, peu à peu, l'arrachait au plus noir de son chagrin.

— Votre mari a raison, ma fille : « *Laissez les morts ensevelir leurs morts* », a dit Notre-Seigneur. Pensez-y. Il faut accepter d'un cœur plus simple. Et continuer pour ceux qui restent. Voudriez-vous donc que Dieu vous les reprît aussi ?

« Accepter. » Julia voyait à travers la grille du confessionnal le visage serein du prêtre. Un beau vieux visage, paisible, couleur de cire.

— Je m'y efforce, mon Père. Mais vous ne savez pas ce que c'est. L'enfant qu'on a porté...

— La Très Sainte Vierge aussi a...

« Oui, oui. » Julia savait tout ce qu'il allait dire.

« Mais je ne suis pas une sainte. Et le sien... » Les choses de la terre et les choses du ciel ne sont pas comparables.

Elle se fût sentie plus proche de Philo. Bien que,

pour Philo, encore, la résignation fût moins pénible : « Un nouveau-né. A peine avait-elle eu le temps... Mais moi... mon beau petit à moi... »

— Philo ! appela Rodolphe, un jour où, passant devant la chambre des enfants entrouverte, il venait d'apercevoir sa femme debout devant le tiroir béant de la commode, les mains posées sur un petit vêtement qu'elle avait étendu. Si absorbée qu'elle ne s'était pas même aperçue de sa présence.

— Philo, vous allez m'enlever de là-haut, aujourd'hui même, tout ce qui n'a plus de raison d'y être. M'avez-vous compris ?

Philo le regarda. Ses prunelles noires, petites, rondes, comme deux pastilles de réglisse, étaient singulièrement pénétrantes.

— Vous m'entendez ? répéta-t-il. Tout.

— Aussi « ses » jouets ?

— Tout.

Philo hésita, le regarda encore :

Déjà, lorsqu'on avait monté le petit lit au grenier...

— Mais comment que Madame va le prendre ?

Rodolphe n'en avait pas la moindre idée. Il savait seulement que cela devait être fait.

Pour la première fois, sa femme se heurta à un calme dépourvu de véhémence dont elle sentit dès le premier instant que rien ne le ferait départir.

Elle en perdit le sien :

— Je ne veux pas ! Je ferai tout redescendre. Vous n'avez pas le droit, m'entendez-vous ? Libre à vous d'oublier tant que vous voudrez. Mais moi, je...

— Ma mie, ne soyez pas inutilement méchante. J'ai pris le parti qui s'imposait. Vous le savez, au fond de vous-même.

C'était exact. Ce besoin malsain de fouiller sa plaie, de la faire saigner...

— Vous ne comprenez pas. C'est comme si je le perdais de nouveau. Oh ! Christ ! Rodolphe...

— Je comprends très bien.

Il la tenait enfermée entre ses bras, et, malgré soi, Julia sentait l'amour qu'il lui donnait lui communiquer une force secrète ; et le tumulte de son cœur s'apaisait.

— C'est tout de suite que j'aurais dû le faire, continuait Rodolphe. Mais je ne pensais pas... Ma mie, voyons, vous m'aviez toujours paru si raisonnable.

— Rodolphe...

Raisonnable, l'eût-elle supplié ainsi ?

Elle se refusait à l'être, sachant bien qu'il avait raison, sachant aussi que, cette fois, il demeurerait inébranlable, doucement, tendrement inébranlable. Et peut-être était-ce cette certitude qui la faisait insister encore, avec une morne obstination.

Lorsque le second fils d'Antoine fut né, là-bas, au mas, Rodolphe, de retour chez lui après le baptême, commença tout de bon à ressentir la nécessité d'obtenir de sa femme qu'elle acceptât de lui donner un autre héritier.

Mais « ce sacré baptême », à ce qu'il semblait, n'avait fait que replonger Julia dans les ruminations et les regrets dont elle était presque sortie, peu à peu, au cours de l'été écoulé.

Un bon gros bébé bien vif, comme l'était ce petit Georges, eût pourtant dû exciter son envie, songeait Rodolphe.

— Elle a toujours aimé à pouponner. On sent fichtre bien que cela lui manque, confia-t-il à son beau-frère.

Constant avait l'air de penser que le remède était tout à portée :

— Eh bien donc, mon ami, fais-lui en un.

— Humph ! émit Rodolphe, pour toute réponse.

Au bout d'un moment, il ajouta d'un ton de reproche :

— Ma parole, on dirait que tu ne connais pas ta sœur.

Constant leva les bras et les laissa retomber. De toute manière, la question dépassait son entendement de célibataire.

Rodolphe méditait, la lèvre en avant.

— Quand le diable y serait, grommela-t-il, je finirai bien tout de même par la tirer de là. Vois-tu, il faudrait que je sois constamment auprès d'elle. Dès que je la laisse seule à la maison pour la journée, je la retrouve avec une figure à l'envers et des paupières comme des coquilles de noix. Je te fiche mon billet que moi aussi, je le regrette, mon garçon, quoi qu'elle en pense. N'empêche qu'il faut vivre, puisqu'il n'y a plus rien à faire. C'est cela qu'elle se refuse à admettre.

Compatissant, mais perplexe, le jeune maître de la Sarrazine hochait la tête.

— Tu devrais en parler à sa mère, risqua Rodolphe. Peut-être qu'entre elles deux...

Constant acquiesça.

— ... Ou plutôt, tiens : arrête-toi donc à la maison, la prochaine fois que tu iras à Avignon. Je vais la préparer à ta visite.

Il ne fallait rien de moins qu'une telle extrémité pour réunir Constance et son gendre. Mais Rodolphe la trouva, en l'occurrence, plus compréhensive qu'il ne l'eût imaginé.

Le conciliabule aboutit bel et bien à une entente. Mme Angellier accepta de venir passer quelque temps à Mogador pour tenter de chapitrer sa fille.

Septembre, cependant, ramenait avec les premières pluies le souvenir de cette période où, déjà, l'année précédente, à l'insu de Julia, la mort s'était mise en chemin vers un petit garçon remuant qui ne rêvait que plaies et bosses.

Anniversaires avant l'anniversaire, chacun des jours le lui rappelait. La même imperceptible menace de l'automne traînait dans l'air. La même *herbo blanco* refleurie parfumait le verger de son odeur de miel pareillement mêlée à celle des poires tombées sous les arbres. « *N'y touche pas, Cyprien, elles sont trop mûres.* » Il en ramassait quand même, en cachette. « Cette année-ci... » Ni Amélia ni Henri n'étaient gourmands de ces fruits blets. Nul besoin de le leur défendre, à eux.

Auprès de Julia, distraite et silencieuse, plongée dans ses réminiscences sans fin, Constance Angellier ne put trouver aucune ouverture pour aborder la délicate mission dont elle avait cru pouvoir se charger.

Bien qu'il lui en coûtât d'avouer son échec à un homme pour lequel son aversion demeurait latente, il lui fallut s'y résoudre.

— Nous aurions dû penser que le moment était mal choisi. Attendons encore. Il faut laisser finir ce mois d'octobre. Quand la messe du bout de l'an aura été dite...

— Crédié !... — Rodolphe se frappa la cuisse. — C'est vrai qu'il y a encore cette sacrée messe !

La rétraction de Constance fut si forte qu'il s'en aperçut :

— Euh !... excusez-moi, Madame. C'est une manière de parler. Je n'y ai point mis d'irrévérence, parole ! Mais vous m'avouerez qu'au point où nous en sommes, nous n'avions vraiment pas besoin de ça. Voilà qui va enfoncer un peu plus le clou. Et j'ai beau être aussi bon chrétien qu'un autre, il me paraît hors de saison...

« Bon chrétien ! » se dit Constance, sans écouter la suite. Nul doute qu'il ne fût seul à le croire. Julia, elle-même, n'avait jamais tenté de faire passer son époux pour fort assidu aux offices.

Et quant à elle, se conduire comme elle l'avait fait envers son propre père n'était pas permis. Le comprenait-elle, à présent, châtiée si lourdement dans son fils ?

« Ceux que le ciel frappe, n'est-ce point, le plus souvent, qu'ils l'en ont défié par leur rage aveugle à se précipiter dans le péché », se demandait Constance, les yeux fixés sur ce Rodolphe Vernet qui, apparemment, n'attachait d'importance à rien d'autre que ses désirs.

« Ce n'est pourtant pas ainsi que j'avais élevé ma fille », se dit-elle amèrement, une fois de plus.

Mais il semblait que, dans ce siècle où l'on vivait, les principes les plus sacrés auxquels avaient obéi des générations successives n'eussent plus d'importance pour personne.

En regardant autour d'elle, Constance n'était plus même assurée de comprendre ses propres enfants.

Sans doute son fils l'entourait-il de tendresse. Mais il menait son existence à lui, et, à l'occasion, fréquentait sans répugnance des gens ralliés aux Bonaparte, dans cette société mélangée où l'on rencontrait monsieur Vernet et ses pareils. Et celui-ci, sans la moindre gêne, venait quand bon lui semblait à la Sarrazine où, de son vivant, jamais Alfred Angellier n'eût toléré de lui voir mettre le pied.

— Voyons, Maman chérie, ce sont de vieilles histoires. Rodolphe est le meilleur garçon de la terre, franc comme l'or, généreux... Un peu libre dans ses propos, je vous l'accorde. Mais quoi ?... Et il est si attaché à ma sœur. En vérité, je souhaiterais que celui qui prendra Finou la rendît aussi heureuse.

Constant touchait là une autre corde sensible. L'établissement de sa cadette donnait du souci à Mme Angellier.

La jeune fille atteignait ses dix-neuf ans, sans que se dessinât son avenir. Une demande en mariage « mieux qu'acceptable » de l'avis unanime des siens, reçue quelques mois auparavant, n'avait obtenu d'elle qu'un refus dédaigneux.

Lorsqu'il fut avéré pour ceux de la Sarrazine que les questions, comme les raisonnements et les instances de toutes sortes, demeureraient inefficaces, et parfaitement vaines, Constant, délégué par sa mère, vint à son tour chercher de l'aide auprès des Vernet.

— Tâche de savoir ce qu'elle a dans la tête, recommanda-t-il à Julia. Maman ne peut rien en tirer. Et pour moi, je t'avoue que je commence à me sentir fatigué de toutes ses lubies. Nous la gâtons beaucoup trop, je crois. Voilà le mal. Mort de ma vie ! Toi-même, tu n'étais pas à moitié aussi butée.

Présent à l'entretien, Rodolphe offrit avec optimisme une opinion personnelle que ni sa femme ni son beau-frère ne songeaient à lui demander :

— Qu'on la laisse tranquille, cette petite ! Quoi d'extraordinaire si elle préfère attendre d'avoir rencontré un homme à son goût ?

Julia eût dû comprendre cela mieux que personne ; Julia qui, pour l'amour de lui... Qu'attendait-elle pour prendre position.

Il lui jeta un coup d'œil avantageux, sans parvenir à rencontrer son regard, et insista :

— Mieux vaut rester nu-pieds que souffrir et attraper des cors dans de mauvais souliers, tant qu'on n'en a pas trouvé une belle paire. Hein, ma chatte ?

— En attendant, ce sont les autres qui souffrent, grommela Constant.

Il ajouta sans aménité :

— Je voudrais bien te voir obligé de supporter la pécore et ses grands airs tous les jours que Dieu fait.

— Fichtre ! A ce point ?

Rodolphe réprima un sourire. « Ces filles Angellier... »

De nouveau, son regard chercha une lueur de connivence dans celui de sa femme. En vain.

Julia ne soufflait mot, trop occupée à considérer cette vieille question sous son autre aspect que, jadis, elle n'avait jamais voulu envisager.

— Bah ! conclut Rodolphe, déçu par son silence, nous la supporterons toujours bien une quinzaine, et plus, s'il lui plaît de rester. — Il se tourna vers sa femme : — N'est-il pas vrai ?

Si la présence de ce tendron malgracieux pouvait distraire Julia de ses pensées, il était prêt, pour sa part, à l'accueillir comme une aubaine.

Le résultat qu'il escomptait fut, en définitive, le seul atteint durant le séjour de Sophie.

La bonne grâce de la jeune fille surprit agréablement ses hôtes qui n'en eussent jamais tant auguré, d'après le tableau tracé par Constant, et leurs propres souvenirs de sa visite précédente.

Voir rire et bavarder ensemble les deux sœurs enchanta Rodolphe. Il y avait des mois que la maison n'avait connu une telle animation. S'il n'eût tenu qu'à lui, Sophie fût demeurée à Mogador jusqu'à la fin de leur deuil.

Il fallut cependant la ramener à la Sarrazine. Le temps calendal était là, de nouveau.

Sur la prière de Constant, ils acceptèrent de sacrifier leur voyage en Camargue, et demeurèrent chez lui pour célébrer la Veillée de Noël.

C'était la première, depuis son mariage, que passait Julia dans la maison de son enfance.

Comme si cette enfance l'eût guettée dans chaque recoin de la vieille bâtisse, elle s'y retrouvait telle qu'autrefois sous les traits de sa fille, aussi rieuse, aussi bruyante, aussi volontaire. Et c'était Constant, ce petit garçon plus grave qui la suivait partout, dans ces lieux à l'innocence rassurante où nul enfant mort ne pouvait revenir réclamer sa place entre eux deux à une mère déchirée.

Se promener, bien emmitouflée, dans la campagne si vite redevenue familière, en tenant Finou par la taille, oublier les soucis, les responsabilités, oublier Julia Vernet : retrouver le goût du vent froid et des grands ciels d'hiver d'un bleu si bleu sur cette plaine maillanaise, la patrie de Julia Angellier, lui communiquaient un apaisement, une douceur intime, sereine, qu'elle avait cru perdus à tout jamais.

Toutefois, pour charmante qu'elle se montrât, Sophie n'en demeurait pas moins rebelle aux confidences.

Lorsqu'elle eut constaté pour la dixième fois, au moins, la faillite de ses tentatives, Julia, mortifiée, un soir, s'en prit vertement à son mari :

— Si, au moment de l'affaire Pradeilles, vous n'étiez pas allé patarouner[1] à tort et à travers avec Constant !...

Il n'en crut pas ses oreilles.

Que Julia employât le patois était le signe inespéré d'un renouveau de salubre énergie.

La suite fut digne de l'exorde. Depuis de longues semaines son époux ne s'était entendu gratifier d'une semonce aussi virulente, aussi agressive, aussi bien

1. *Patarouner* : Faire des commérages.

sentie, claquant aussi sec dans sa brièveté. Il assistait à la résurrection d'une Julia mordante, précise, efficace, comme une lame de bonne trempe. La seule Julia de sa joie et de ses délices.

Et, vingt dieux ! si l'on était enfin sorti de la langui-tude et des larmes, ce n'était point payé trop cher, de ce magnifique abattage...

— Ma mie... Julia... Oui, ma chatte...

Il avait toutes les peines du monde à conserver l'apparence de contrition qui s'imposait.

Au début de l'an, l'aïeule Richard-Lacroix trépassa. Elle avait séjourné bon nombre d'ans sur cette terre, et datait d'avant la Grande Révolution.

Les carlins l'eussent suivie de près dans la tombe, sans la charité de Lucie.

Sa fille Elodie hérita d'elle le mas qu'elle gouvernait déjà. Ses arrière-petits-enfants l'avaient depuis longtemps assimilée aux mascs, aux trèves, aux matagots, et à l'Esprit Fantastique[1]. Quant à ses deux petits-fils, aucun n'avait particulièrement sujet de la pleurer.

Avec cette franchise qui, chez lui, côtoyait innocemment le cynisme, Rodolphe se chargea de l'oraison funèbre :

— Ma foi, dit-il à Antoine, quatre-vingt-six ans, c'est un joli bail. Elle en a bien pris pour ses sous, la vieille dame.

En son for intérieur, il convenait que, pour une fois, la grand' avait tout de même usé de tact envers la

1. *Mascs* : Sorciers. *Trèves* : Lutins qui dansent sur les eaux. *Matagots* : Chats noirs sorciers. *L'Esperitoun Fantasti* ou Petit Esprit fantastique : Farfadet malicieux qui se cache dans les maisons et, selon son humeur, joue les pires tours ou rend mille services.

famille, en se laissant mourir dans une période où son deuil ne ferait que se superposer à celui que tous portaient déjà.

Après un grandiose repas de funérailles, on aéra la chambre empuantie, on la mit en ordre, on la ferma, on monta au grenier une pleine malle de falbalas de l'autre siècle, et chacun retourna à ses affaires.

L'hiver était pur, froid et ensoleillé à miracle, traversé par les grandes chevauchées du mistral. Il permettait d'escompter un bel été chargé de récoltes.

La politique viticole de l'Empereur avait fait monter les cours depuis les dernières vendanges. Son libéralisme récent ralliait au régime les républicains. Au Mexique, le général Forey allait recevoir les renforts nécessaires, et la chute de Puebla n'était qu'une question de jours. La guerre autrement meurtrière qui dévastait les Etats confédérés du sud de l'Amérique se déroulait suffisamment au loin pour qu'après s'être passionné à la lecture de ce qui se passait dans le Tennessee et la vallée du Mississippi, l'on se sentît fier de la paix française, de la prospérité française, du prestige français, et de la sagesse du gouvernement impérial. Rodolphe Vernet, pour sa part, ne trouvait rien à souhaiter de mieux, sinon un autre fils qu'il finirait bien par avoir.

Prospérité, paix, prestige.

— Oui bien, parlons-en ! ricanait Arsène Peyrissac. Si tu étais un producteur de blé, ou un industriel, tu chanterais une autre chanson. Le libre-échange, pour eux, c'est la ruine. Mais patience ! Qu'elles aient lieu, ces fameuses élections qu'on nous promet tant. Ce jour-là, tu sauras ce que le pays en pense. Et quant à cette misérable équipée du Mexique où des Français meurent chaque jour pour mettre un archiduc autrichien...

— Eh dis donc ! était-ce mieux, sous tes Bourbons, quand ils mouraient pour le roi de Prusse ? Et crois-tu...

« Oh, Vierge Mère ! voilà l'antienne qui commence », pensa Julia lorsqu'elle entendit subitement, par-dessus son bavardage avec Félicité Peyrissac, monter le volume des voix et leur tessiture, au cours du dialogue que poursuivaient de leur côté les deux hommes, à l'autre bout du salon.

Comme s'ils n'eussent pas eu mille et un sujets de conversation à choisir, à part celui qui pouvait les opposer.

Elle jeta un coup d'œil chargé de rancune sur Arsène Peyrissac. C'était toujours lui qui entamait le chapitre. « Et après tout, ce soir au moins, il pourrait se souvenir que nous sommes ses invités. » La passion politique obnubilait cet homme ordinairement si courtois jusqu'à lui faire perdre son sens de l'hospitalité. Allait-il leur donner du regret d'avoir, malgré leur deuil, accepté ce dîner en privé, dont Julia comme son mari s'étaient promis tant de plaisir ?

Depuis quelques instants, elle n'écoutait plus ce que disait Félicité. Tout à coup, elle perçut que celle-ci s'était tue.

Toutes deux, maintenant, tendues, suivaient les répliques qui s'échangeaient avec la violence concentrée d'un véritable duel.

Julia posa la main sur le poignet de son amie.

— Féli, souffla-t-elle, faites quelque chose, ou je crois qu'ils ne vont pas tarder à...

Au même instant, contenue relativement jusqu'alors, éclata la voix de Rodolphe, pareille à la trompette de Jéricho :

— En voilà assez ! Il y a des bornes à la patience au-delà desquelles on tombe dans la pleutrerie. Tu vas rétracter tout de suite ce sobriquet insultant, ou bien...

— Rodolphe !

Elle bondit, vola, telle une flèche, et se suspendit à son bras.

— Etes-vous fou ?

Il se libéra et la repoussa comme il eût chassé un moustique bourdonnant à ses oreilles.

— Les femmes n'ont rien à voir là-dedans.

« Rien à voir !... » Julia s'immobilisa, suffoquée.

— Je vous supplie... intervint à son tour Félicité, se glissant entre les deux hommes.

« Rien à voir ! » quand il s'agissait d'empêcher des forcenés d'en venir au pire. Julia haletait.

— Et moi, Féli, dit Arsène, d'un ton froid, je vous supplie de vous écarter. Voulez-vous me faire passer pour un couard ?

Ce fut Rodolphe qui recula d'un pas devant les yeux affolés de son hôtesse.

— Sacr... — Il se retint de justesse et déglutit bruyamment sa salive à la place du mot. — Je regrette d'avoir oublié que nous sommes ici chez vous.

— Je regrette tout autant d'avoir oublié que vous étiez chez moi, dit Arsène Peyrissac, blême, et les poings serrés.

Il eut une crispation des mâchoires, et poursuivit, avec dignité :

— Je rétracte donc...

Après un court silence d'une pesanteur qui parut intolérable aux deux femmes, il acheva :

— ... si tu peux te satisfaire d'un geste que les circonstances me font un devoir de t'accorder.

Rodolphe mâchait héroïquement une rage bouillante.

— Je puis m'en satisfaire pour ce soir. Nous reprendrons ailleurs cette conversation.

Son hôte s'inclina légèrement, et n'ajouta rien.

« Sacrédié ! la morgue de cet imbécile ! » Rodolphe s'enfonça les ongles dans les paumes, en un effort suprême pour conserver la même maîtrise de soi. Et se tourna vers Félicité.

Elle et Julia se taisaient, côte à côte, raidies, blanches jusqu'aux lèvres.

— Pardonnez-moi. Nous allons nous retirer.

— Oh ! mon Dieu ! c'est... non, c'est trop bête ! balbutia Félicité. Rodolphe, vous n'allez pas...

— Il suffit, ma chère, coupa son mari.

Le regard de la jeune femme alla de l'un à l'autre. Ils paraissaient changés en statues. Tout effort pour les ébranler eût été vain.

Sans un mot de plus, elle se dirigea vers la sonnette, tira sur le gland, puis s'immobilisa, à son tour, pour attendre.

Dans le silence figé, un bruit sec les fit tous tressaillir : une branche d'éventail venait de se casser entre les doigts de Julia crispés sur la monture d'ébène.

Le valet de chambre parut.

— La voiture de monsieur Vernet, commanda le maître de maison, brièvement.

De nouveau, le silence les écrasa.

Julia et Félicité n'osaient plus se regarder.

Lorsqu'enfin le domestique revint, Julia sortit la première du salon, suivie d'Arsène Peyrissac.

— Permettez...

Tandis qu'il l'aidait à revêtir sa pelisse, elle eut l'impression qu'il devait entendre les battements violents et sourds qui se précipitaient dans sa poitrine.

— Merci, Arsène.

Tout cela ressemblait à l'un de ces mauvais rêves

que l'on fait parfois, au matin, juste avant de se réveiller, la tête lourde, la bouche épaisse, mais tellement soulagé. « Ce réveil... » Julia l'espérait presque.

Mais nul espoir n'eût résisté à l'aspect du visage de Rodolphe.

Elle rejoignit d'un pas raide Félicité qui se tenait en arrière, les prunelles brouillées.

Dix années d'une amitié sans ombre. « Tout ce que je lui devais... »

— Adieu, Féli, murmura-t-elle.

Elle ressentait âprement le ridicule douloureux de toute cette scène.

— Adieu, Julia.

Toutes deux s'embrassèrent. Chacune sentit que l'autre tremblait.

— Cela va s'arranger, chuchota Félicité, sans conviction.

Julia hocha vaguement la tête. Il n'y avait aucune illusion à se faire.

Arsène Peyrissac se pencha sur sa main, pendant que Rodolphe prenait à son tour congé de l'hôtesse.

Cette comédie était intolérable. « *Entre gens de bonne compagnie !...* » Ces gens de bonne compagnie qui venaient de se conduire en sauvages.

« Cela devait arriver, depuis le temps... », se dit-elle, avec accablement, en montant en voiture.

« Et maintenant ? »

Sombre, Rodolphe, se taisait à côté d'elle.

Julia s'aperçut qu'elle n'avait pas encore arrêté son esprit sur le point le plus angoissant. « Quoi qu'on en pense, le pire est toujours à venir », se dit-elle. A envisager les suites, elle en oubliait la colère et la révolte qu'un instant auparavant elle avait pensé exhaler, enfin, dans ce tête-à-tête.

Ce grand corps encombrant, cette brutalité enfantine,

cette maladresse, cet égoïsme, cette chaleur de tendresse, qui étaient l'homme qu'elle aimait, elle y pensait si intensément qu'elle en attendait presque une sorte de réponse qui l'eût rassurée.

Mais l'homme qu'elle aimait grommela :

— « *Badinguet !* » Je lui donnerai, moi, du Badinguet, à ce Jean-F... !

En son cœur, Julia haït le Bonaparte comme jamais, certes, ne l'avait haï M. Angellier.

« Sainte Mère ! Vous ne permettrez pas qu'ils s'entretuent pour un pareil prétexte ! »

Y avait-il un seul prétexte au monde qui valait que son Rodolphe mît sa vie en danger ?

— Qu'allez-vous faire ?

Il passa machinalement un bras autour de son épaule :

— Rien, ma mie, rien.

— Rodolphe ! Est-ce vrai ?

— Oui, oui.

— Tu me le jures ?

— Mais bien sûr.

Elle sentait tous ces muscles puissants bandés d'une fureur qui n'avait rien d'amoureux, tandis qu'il la serrait contre lui.

Il venait de lui faire perdre sa meilleure amie. Il s'était montré (Arsène aussi, d'ailleurs) sous son jour le plus déplaisant. « Vierge Mère ! si l'on pouvait se servir de l'un pour cogner sur l'autre !... Plus enragés que des chiens ! » Un quart d'heure plus tôt, dans la maison de la Banasterie, Julia eût donné n'importe quoi pour se retrouver seule avec lui, et lui dire ce qu'elle pensait, avec des mots qui l'eussent cinglé, lui, tout en la soulageant de sa propre rancune qui les englobait, « ces deux imbéciles ». Cela aboutissait à quoi ? A des prières, des supplications, afin d'obtenir de lui une promesse qu'elle n'espérait pas même lui voir tenir.

« Et demain, il va courir à Tarascon ou à Arles alerter ses amis, et... » Et l'un de ces matins, quand ? après-demain ? dans trois jours ? ou quatre ? un matin comme les autres, il s'en irait en catimini jouer la mort à pile ou face.

Elle sentit cette vieille douleur, beaucoup plus vieille qu'elle-même, lui transpercer brusquement la poitrine, et suffoqua. « Pourquoi l'amour d'un homme n'est-il jamais assez fort pour passer avant tout le reste ? Pourquoi l'aimé-je tant ? Pourquoi dois-je me dévorer ainsi de tourments ? Pourquoi... »

Tout au long d'une mortelle semaine, à chaque réveil — et, toutes les nuits, l'angoisse la réveillait à maintes reprises — elle se posa les mêmes questions.

Rodolphe était là, comme s'il n'y eût pas eu, entre elle et lui, pareille à un pistolet chargé, cette éventualité sinistre pour laquelle, un jour ou l'autre, peut-être précisément ce matin-là, il déserterait leur lit, après un baiser rapide comme celui d'hier, ou prolongé comme... Savait-on ? Et, peut-être, deux heures plus tard, quelqu'un viendrait à Mogador avertir sa femme que... « Oh !... »

Elle se mordait le poing, courait vers la fenêtre ouverte où naissait l'aube avec son visage de printemps...

« Un temps pareil ! » Mais elle savait comment se glisse la visite hideuse, au cœur du plus beau jour, et comment vous trahit, tout à coup, le paysage quotidien.

... Retournait vers le lit chercher la tiédeur restée entre les draps, de ce corps que, peut-être, au même instant, l'on allongeait ensanglanté sur la terre nue.

« Des gens se penchent, déboutonnent sa veste... Laquelle a-t-il mise, aujourd'hui ? »

S'élançait vers l'armoire.

Tout y était en ordre. La vieille veste, luisante aux coudes, manquait, comme chaque jour. Un répit ?

« Oui, sûrement. Il ne serait pas allé à un duel dans cette tenue. A moins que... S'il s'est douté que je le surveillais... Oh ! mon Dieu ! »

Et revenait tomber à genoux sur la descente de lit, face à ce Christ en croix du fond de l'alcôve qui en savait plus que quiconque sur leur amour.

Et, quand Rodolphe rentrait pour déjeuner, les questions insidieuses qu'elle tentait de poser :

— N'est-ce pas demain que vous avez rendez-vous avec François Barthès ?... Tôt ?... Ah ! vers neuf heures seulement ?... Non, pour rien. Je croyais...

« Mais si, avant neuf heures, déjà... ? » A son rendez-vous, il n'irait peut-être jamais.

Au bout d'une huitaine, amaigrie, flottant dans son corsage, en proie à chaque instant à des suffocations qui pliaient en deux son corps frêle, elle ne tenait plus que sur ses nerfs.

Rodolphe qui entrait en sifflotant dans la salle à manger en fit soudain la découverte.

— Ma mie ! Vous êtes malade, ma parole ! Ou bien est-ce que, par hasard... ?

Une telle joie se peignit sur sa figure que Julia comprit la méprise qu'il commettait.

Plût au ciel que c'eût été cela. Peut-être alors se fût-il tenu tranquille. « Tranquille, Rodolphe ? » Elle eut pour sa propre naïveté un sourire de dérision.

— Non, dit-elle, doucement. Pas encore.

Il la dévisagea, illuminé :

— Julia ! Vous le voudriez ?

— Pourquoi pas ?

Tisser des filets. Même si les mailles en étaient fragiles.

— Espérons que ce sera pour bientôt, dit Rodolphe.

— Oui. Espérons.

Il se mit à engloutir son déjeuner comme si cette seule perspective eût décuplé son appétit.

Julia était venue se placer derrière sa chaise.

Pour ce qu'elle avait à dire, elle préférait qu'il ne la vît point.

Un long moment passa sans qu'elle se décidât. Rodolphe continuait à manger. Elle le servait, ainsi qu'elle l'avait vu faire jadis à sa mère pour M. Angellier.

— Je me suis toujours demandé, commença-t-elle enfin, d'un ton dégagé, ce qui vous liait avec Arsène Peyrissac. Cela paraissait curieux de vous voir si amis, dissemblables comme vous l'êtes. Est-il vrai que vous lui ayez rendu autrefois un très grand service ?

Il se retourna pour la regarder, de bas en haut.

— De qui tenez-vous cela ?

— De Félicité, dit-elle, s'efforçant de conserver une attitude indifférente.

Négligemment, elle ajouta :

— ... Qui, d'ailleurs, n'en savait pas plus long.

Rodolphe se versa une rasade.

Sa femme n'aimait pas du tout ce bizarre petit sourire au coin de sa bouche.

— Bah !... Disons, un service auquel il a plu à Peyrissac d'accorder de l'importance.

Il but une gorgée, la sirota :

— Fameux, ce petit vin.

Fit tournoyer le fond de son verre dans un miroitement de soleil ; et l'avala d'un trait.

— Vous savez que je lui ai envoyé mes témoins ?

Les mains de Julia étreignirent le dossier de la chaise. Un instant, elle demeura sans souffle, les yeux clos.

Dans son cerveau s'amplifiaient démesurément les petits coups que frappait la cuillère de Rodolphe sur la coquille de l'œuf qu'il décapitait.

— Ah ?... Et... qu'est-ce que... ?

Elle pouvait à peine parler. Sa langue ne lui obéissait plus. Les mots se dérobaient. Comment Rodolphe ne s'apercevait-il pas de l'effort qu'elle fournissait pour se les arracher de la gorge ?

— Que croyez-vous ? Je vous le donne en mille. L'animal a refusé de se battre.

De nouveau, il se retourna, la tête levée. Pour lui dédier une grimace réjouie. Exactement, remarqua-t-elle, celle avec laquelle il ramassait une levée au polignac.

— Sabatier et Marquet-Rageac m'ont rapporté ses excuses. Consignées sur un procès-verbal en règle. Oui ! Il a préféré cela plutôt que se battre.

Du jaune d'œuf coula de la mouillette qu'il tenait, et tomba sur la nappe, sans que Julia eût la présence d'esprit de le remarquer.

La joie la suffoquait.

Satisfait de l'effet produit, Rodolphe engouffra une bouchée copieuse avant de poursuivre :

— Gardez-le pour vous, hein ? Félicité serait plutôt mortifiée, j'imagine, si elle l'apprenait.

« Mortifiée ! Ah, bah !... » Si, comme il était probable, Félicité venait de passer par les mêmes transes, sans doute serait-elle bien aise... Et pourtant, à peine délivrée de ses craintes, déjà Julia se découvrait une pointe de mépris à l'égard de la dérobade d'Arsène Peyrissac.

Il avait eu raison. Cent fois, mille fois raison. « Un homme pondéré, Arsène. Assez raisonnable pour savoir reconnaître ses torts. Et certes, un duel n'a jamais rien prouvé. Et depuis quand, deux amis... ? Et pour de telles billevesées ! » Elle l'approuvait de tout son cœur. Elle débordait de gratitude. Mais...

— Jamais je n'aurais cru qu'Arsène... murmura-t-elle.

En dépit de soi, plus elle se raisonnait : « Et le courage qu'il lui a fallu pour accepter de braver l'opinion », plus la conduite d'Arsène Peyrissac soulevait au fond d'elle-même un mélange assez trouble de soulagement, de reconnaissance, de déception, et de condescendance apitoyée.

Son mari la dévisageait d'un air interrogateur.

— Arsène, dites-vous ? Eh bien, quoi donc ?

— ... Oui, qu'il préférerait s'humilier de la sorte, quitte à vous laisser croire qu'il a peur.

— Peur ?

Rodolphe s'esclaffa.

— Elle est bien bonne ! Peur ? Mais, ma mie, c'est un tireur hors ligne, tout le monde le sait.

« Oh, Christ ! » Une épouvante rétrospective glaça le sang des veines de Julia.

— Maintenant que cela s'est terminé de cette façon, je puis bien vous le dire : si nous étions allés sur le terrain, je n'aurais pas misé gros sur mes chances.

Elle ouvrit la bouche et la referma, horrifiée. Et plus encore de le voir rire.

En somme, c'était à la seule générosité d'Arsène Peyrissac qu'elle devait de l'avoir là, tiré du danger, intact, bruyant, et parfaitement odieux, pour l'instant, avec son manque de vergogne à empocher le profit de la situation ; et à s'en vanter.

Entre tant de griefs contradictoires qui l'animaient d'une colère noire contre Rodolphe, Julia ne savait plus au juste lequel dominait.

— Et vous trouvez cela drôle ? proféra-t-elle, enfin.

— Ma foi oui. Pas vous ? Allons donc, ma mie !

Il mordit dans une pomme, à grandes dents, sans la peler.

Rien de plus significatif que cette marque de chair blanche ouverte à vif dans la peau d'un beau rouge luisant. Rodolphe était là, tout entier.

« Comme dans chacun de ses gestes », se dit Julia, le dévisageant avec intensité.

— Oh ! gronda-t-elle. Oh ! je... je ne sais pas ce que je vous ferais si je...

Incapable de continuer, elle fit demi-tour et quitta précipitamment la pièce, hors d'elle-même, pour ne pas céder à cette tentation « absurde, folle, humiliante, inadmissible », et quoi encore ? qui lui venait, de le gifler une bonne fois, pour l'embrasser ensuite.

10

On dit que l'on te marie.
Tu sais que j'en vais mourir...

Julia chantonnait machinalement en remuant la berce.

Soudain, elle s'entendit. Ses narines se retroussèrent. « Vierge Mère ! la romance de Lucie... »

Pendant les trois semaines qu'avait duré son séjour, la jeune Mme Antoine en avait seriné les accents plaintifs à tous les échos de Mogador.

Jusqu'à Rodolphe qu'elle avait contaminé. Quotidiennement, à son lever, en s'ébrouant au-dessus de la cuvette, il entonnait à plein gosier le début du refrain et le reprenait à satiété, selon sa détestable manie, tout le temps que durait sa toilette. Son chant était d'ailleurs d'une justesse approximative, et l'entrain qu'il y mettait ne correspondait pas précisément aux paroles inspirées par les tristes amours et la mort récente de Marie Garcia.

— Oh ! Julia, vous savez bien : la cousine de la Malibran... Mais oui ! Avec Arsène Houssaye. Oh ! voyons donc ! l'histoire court les salons. L'on a fait aussi une poésie dessus. Je voudrais que vous entendiez monsieur Nicollet la déclamer. Ma chère, l'on en pleure.

— Vraiment ?

Il fallait être Lucie, avec sa cervelle de mouche, pour se pâmer à propos de la vie privée de tous ces Parisiens, songeait Julia, agacée.

Ce bavardage subi à forte dose, et cet attendrissement toujours renouvelé que sa belle-sœur répandait à profusion autour d'elle, que le sujet en fût de peu ou prou d'intérêt, devenaient lassants, à la longue.

Lucie était repartie pour Tourvieille. Mais son air favori flottait encore par toute la maison, adapté inconsciemment par chacun au rythme de ses propres occupations. Tel que Julia l'interprétait à cet instant, l'auteur eût pu hésiter à le reconnaître, mais il faisait parfaitement l'affaire pour endormir un petit Frédéric-Anne-Hector de deux mois, frétillant et vif comme l'un des poissons-chats de l'étang.

— Un sacré gaillard, se rengorgeait son père, avec la même vanité que s'il en eût été encore à son premier héritier.

Et Philo, mi-fière mi-grondeuse, prédisait à qui voulait l'entendre :

— Celui-là aussi, allez ça sera quéqu'un.

Les caprices du nouveau-né faisaient la loi dans la maison plus calme depuis qu'à l'automne les deux garçons de Philo avaient pris le chemin de l'école de Fontfresque.

Rétive aux leçons qu'avait entrepris de lui donner sa

mère, Amélia, quelque peu désemparée, ne trouvait plus à exercer sa tyrannie que sur le seul Henri qu'elle remorquait à sa suite.

A chaque retour de classe, sitôt les gibecières débouclées, Eloi et Fulcran se précipitaient pour les rejoindre.

La bande reformée, s'encourageant l'un l'autre, ils se glissaient dans l'escalier, et montaient subrepticement examiner, non sans une certaine réserve, le petit morceau de chair rouge, agité, criaillant, et baveux, dont les grandes personnes faisaient tant de cas.

Ils s'assemblaient autour de la berce trop haute, se dressaient sur la pointe des pieds, curieux, intéressés, mais tout de même vaguement déçus, et de plus en plus à mesure que les jours passaient.

On leur avait promis, longtemps à l'avance, un compagnon de jeux. Les parents se répandent toujours en promesses : « Quand le petit frère arrivera... Sois sage, si tu veux que le petit frère vienne... » Impossible de tirer le moindre agrément de la présence de cette chose vivante qu'on leur défendait de toucher.

— Il est toujours pareil, constatait Amélia, dédaigneusement, avec une grimace qui ressemblait à s'y méprendre à celle qu'avait souvent sa mère. Il a même pas de jambes !

Les garçons ne disaient rien, mais s'estimaient dupés.

Il y avait, au fond de leur souvenir à tous, imprécis, à demi oublié, déjà aussi légendaire que Riquet-à-la-Houppe, Jean-de-l'Ours, ou Percinet, ce compagnon batailleur, leur chef à tous, dont, peut-être, sans le savoir, ils avaient attendu le retour.

Qu'était celui-là qu'on leur montrait ? A se mesurer à lui, même Henri, le renifleur, le marmot encore en jupes, la quantité négligeable d'hier, sentait croître en lui le sentiment tout neuf de sa propre importance.

Julia sourit à la rangée de frimousses attentives.

L'un après l'autre, elle les souleva pour leur permettre de voir le bébé endormi.

— Et maintenant, descendez vite vous mettre à table.

Ils sortirent, en file indienne, muets, avec la même gravité qu'ils mettaient à jouer entre eux.

La grande chambre était paisible.

Julia jeta un coup d'œil vers la fenêtre ouverte où s'encadraient le ciel d'un bleu léger de ce midi d'avril, et les arbres du parc peuplés d'oiseaux bruyants et gais.

Un autre ciel, un autre matin, lui faisaient signe, ressuscités par delà neuf années. Le bonheur ne ressemble guère à l'image que l'on s'en était fait ; et il est le bonheur quand même. Sur la commode, protégée par un globe de verre, reposait la couronne de mariée, un peu jaunie déjà par le temps qui passe.

Neuf années pleines à craquer de tant de tâches quotidiennes, de tant de jours de joie ou de chagrin partagés, comme il est dit.

La lumière blonde du printemps revenu une fois de plus avait la même perfection frémissante respirée jadis, comme une promesse renouvelée d'autres joies, et sans doute aussi d'autres peines. Et : « Merci, Seigneur, pour le tout ensemble », accepta Julia.

Ce « merci » qui, naguère, lui brûlait la gorge d'un douloureux arrière-goût de révolte s'était enfin décanté. Le bruit encore lointain d'un galop de chevaux la fit sursauter. Elle se pencha à la croisée.

Les deux cavaliers attendus arrivaient à fond de train du bout de l'allée d'honneur où, depuis le matin, la grille béait à leur intention.

Au fracas familier des sabots, au son des voix bruyantes, le cœur de Julia se dilatait.

Elle se hâta de descendre.

A mi-chemin, dans l'escalier, elle reconnut le hennissement de *Jason*. Les chiens, eux aussi, manifestaient leur satisfaction de se retrouver à la maison en donnant de la voix.

Les enfants firent irruption par la porte de l'office qui s'ouvrait sous l'escalier, et coururent au-dehors en se bousculant à grands cris.

— Ma mie ! clama Rodolphe, en la voyant paraître sur le seuil, derrière eux.

Il déposa Henri pour se précipiter à sa rencontre.

Après lui, Constant embrassa sa sœur.

Ils revenaient de passer trois jours à Tourvieille, conviés par Antoine à chasser le gibier d'eau.

Julia retrouvait sur la joue de Rodolphe le goût du vent salin qui règne sur les étendues camarguaises.

— Bonne chasse ?

Exubérants, joyeux, ils tirèrent de leurs carnassières les sarcelles et les canards sauvages.

Le vacarme des chiens devenait assourdissant.

— Entrez vite, dit Julia.

Les récits des deux chasseurs allaient occuper tout le temps du repas.

Vers quatre heures de l'après-midi, Constant s'apprêta à se remettre en route. Julia monta mettre son chapeau et prendre son ombrelle pour l'accompagner jusqu'au portail.

Un chapeau neuf, qui allait avec la robe qu'elle avait étrennée à déjeuner.

Lorsqu'elle redescendit, le regard approbateur des deux hommes lui confirma l'impression que venait de lui donner l'ultime coup d'œil vers le miroir.

Elle alla prendre le bras de Rodolphe, tandis que Constant amenait son cheval par la bride.

— Veux-tu venir mardi prochain ? Nous devons fêter l'anniversaire de notre mariage, dit Rodolphe.

— Mardi prochain ? Eh ! mon ami, tu sais bien que je serai en route pour la capitale ! lui rappela Constant.

A sa sœur, il expliqua :

— Oui, figure-toi. Je monte à Paris pour assister au grand banquet que l'on va offrir à Frédéric Mistral, à la *Maison Dorée*.

— A Paris ! s'exclama Julia.

Son mari la prit par la taille :

— Nous aussi, nous irons, un jour ou l'autre. Attendez seulement que le nôtre, de Frédéri, ait un peu grandi.

Constant savourait discrètement l'étendue de sa chance en la découvrant dans leurs regards pensifs où se lisait de l'envie.

Après son départ, Rodolphe et Julia s'en revinrent en flânant le long de l'allée.

Le soleil était encore haut. Ses grandes lances dorées entrecroisées dans l'ombre verte transperçaient obliquement les fûtaies.

— Voyez comme c'est beau, ma mie.

Julia hocha la tête.

Tout était beau, en effet. Beau indiciblement, avec une simplicité éblouissante : le calme de cette heure, l'appui si sûr que lui offrait ce bras ; et ce visage, taillé avec tant de rudesse, dont elle chérissait les défauts ; et cette certitude soudaine que le temps avait perdu le pouvoir de les atteindre.

« Le voilà, le bonheur », pensa-t-elle. Rien d'autre au monde n'eût pu donner ainsi à un instant cette immobilité sans poids où l'éternité avait l'air de sourire.

Ils s'enfoncèrent dans le sous-bois, d'un accord tacite.

Une poussière lumineuse tombait de haut à travers les feuilles, pareille à une gloire autour d'eux.

Julia referma son ombrelle.

Le petit chapeau qu'elle portait, rond et plat, posé sur la résille enfermant le chignon, était garni d'un tour de violettes. L'écossais mauve et blanc de sa robe de taffetas se mariait aux mille tons de vert du massif.

Rodolphe qui marchait un pas en avant afin d'écarter les branches sur le passage de sa femme s'arrêta pour la détailler amoureusement.

— Ça me plairait bigrement, un voyage à Paris avec vous, rêva-t-il, en se passant la langue sur les lèvres.

— Et à moi, donc !

— Que diriez-vous d'y aller cet automne ? Hein ? Après les vendanges ?

Relevant délicatement sa jupe, Julia s'assit sur le rebord de l'antique noria hors d'usage qui tenait le milieu de la clairière où ils avaient débouché.

L'endroit était frais, même au cœur de l'été. Ils y venaient souvent. Les premiers temps après leurs épousailles, ç'avait été leur refuge, jusqu'au départ d'Antoine et de Mme Vernet.

Julia regardait autour d'elle, comme si les traces eussent pu y demeurer encore de tant de baisers et de caresses fiévreusement échangés.

Peut-être Rodolphe y songeait-il aussi. Ou pourquoi, sinon, l'eût-il regardée de la sorte ? Ou eût dit qu'il découvrait chacun de ses gestes. Sous ce regard, Julia retrouvait un peu de cette émotion pudique du début de leurs étreintes.

— Testud est venu pendant votre absence, dit-elle, d'une voix mal assurée, tandis que les lèvres de

Rodolphe parcouraient son cou, s'attardant près de l'oreille.

A le sentir ainsi, penché, elle frémissait sous son souffle, étonnée et un peu honteuse de cette étrange faiblesse qui l'envahissait. « De si vieux époux... L'on en rirait. »

— Je crois qu'il ne serait pas fâché de vendre, continua-t-elle.

Il lui fallait parler, dire n'importe quoi, ou...

Rodolphe se redressa ; et mit un pied sur la margelle.

— Vous l'avez sondé ? Ou n'est-ce qu'une impression ?

— Sondé, c'est beaucoup dire. Je crois néanmoins, (et ce que Philo a pu apprendre à Fontfresque me le confirme) qu'avec une offre raisonnable, et l'appât d'une moitié payable au comptant, vous obtiendriez les olivettes, le champ carré, et peut-être même le petit bois, jusqu'au barrage.

Il siffla doucement, et dit avec âme :

— Oh ! nom de sort !

Julia et lui se regardèrent.

— Il y en a quelques belles héminées [1], reprit-il. Le bien que cela constituerait, d'un seul tenant ! Vous représentez-vous ?

Sans y penser, il fit jouer le treuil. La chaîne à godets se déroula avec des cris de ferraille.

Il fallait toujours empêcher les petits d'y toucher. Un jour, Fulcran s'y était pris les doigts. « Et lui... » songea Julia, avec indulgence.

— Mon cher cœur, le gronda-t-elle, tendrement.

Rodolphe s'arrêta et frotta l'une contre l'autre ses mains salies de rouille.

1. *Héminée* : Mesure de surface locale, pour la terre. A peu près 9 ares.

— Si j'allais trouver Testud demain matin ?

Le besoin d'agir l'avait pris. Cette langueur, entre eux, avait disparu.

Julia n'était pas certaine de n'en éprouver nul regret. Bien que le soir commençât à fraîchir sous ces arbres.

Elle se leva :

— Pourquoi ne pas attendre ? A aller voir, vous risquez de lui faire monter ses prétentions.

Rodolphe eut sa lippe soucieuse.

— D'accord. Mais s'il se ravise ?

— Je ne le crois pas. — Les doigts de Julia s'appuyaient avec force sur le poignet de son mari, comme pour freiner cet élan intempestif. — Il a besoin d'argent pour réparer sa ferme, et... Je crains seulement que ce ne soit pour nous un trop gros morceau à avaler. Y avez-vous songé ! A treize cents francs l'hectare, comptez, en gros. Si vous n'aviez pas acheté ces actions, l'année dernière...

— Mes Suez ? Allons donc, c'est de l'or en barre.

Les coins du nez de Julia se relevèrent.

— Oui ? Comme vos Clippers Français ?

De haut, Rodolphe lui fit une grimace.

— Bah ! vous les verrez remonter, un jour ou l'autre. Quant aux Suez, je puis les revendre. Joseph Verdet me disait la semaine dernière que le cours grimpe.

Il savait qu'elle souhaitait qu'il le fît. Le papier n'était rien pour elle. Ni l'aventure que cela représentait. Mais la terre, les parcelles qui arrondiraient le domaine, et fructifieraient sous leurs yeux de tout l'amour qu'ils leur donneraient, et ce boqueteau de pins, au flanc d'une dure colline caillouteuse préfigurant les mourres [1] de l'Alpille, vingt dieux ! rien qu'à y penser... Julia avait raison. La terre, la terre seule !

---

1. *Mourre* : Sommet.

Mais, tout de même, ces Suez... S'il pouvait en conserver au moins une partie !

— Nous attendrons encore un peu, pour ce voyage, hein, ma mie ? Il va falloir économiser.

Julia retint un sourire teinté de sarcasme. Entendre Rodolphe prêcher l'économie ne manquait pas de saveur. Aurait-il jamais le moindre soupçon des tours de force véritables grâce auxquels sa femme, à plusieurs reprises, avait pu équilibrer leur budget en péril ?

— Certes, ce sera nécessaire, acquiesça-t-elle.

Y veiller lui incomberait, comme d'habitude.

Elle conclut :

— Paris ne s'en ira pas. L'année prochaine...

La grande allée était magnifique. Palmiers et orangers prospéraient.

Rodolphe inspecta les buis en bordure.

— Il faudra dix ans encore, au bas mot, pour qu'ils deviennent comme je les veux. Mais, dès à présent, l'on peut dire que cette entrée a grand air, pour parler comme Constant. Ah ! si mon père revenait, c'est lui qui serait fier.

Le soleil couchant faisait luire le grès jaune vernissé des grandes urnes d'Anduze.

— Que pourrait bien nous offrir Paris de comparable à tout cela ? demanda Rodolphe, à demi sérieux.

— En effet, dit Julia, sur le même ton.

Ils se sourirent, complices.

Comme ils s'acheminaient sans se presser vers la maison, devant eux, le couchant fit flamber la face ouest de toutes ses vitres. A l'arrière-plan, se détachant sur le fond vert du parc, le beau panache bleu noir du cèdre flanquait le profil de la façade.

Julia enveloppa sa demeure d'un coup d'œil possessif, sans plus se souvenir qu'en un temps elle l'avait trouvée laide.

— Paris... reprit-elle, pensive, il n'y a que mon cousin Honoré qui y soit allé, dans ma famille. — Elle suivit un instant le fil d'une pensée. — Si Constant devait faire comme lui et y prendre femme, mieux vaudrait qu'il n'y mît pas les pieds, à voir le genre de celle qu'Honoré nous en a ramenée.

— Oh ! pour cela, rien à craindre, trancha Rodolphe. Je vous le garantis.

Julia leva le nez, et le considéra avec étonnement. Sur quoi pouvait-il baser une affirmation aussi catégorique ? Que signifiait ce sourire malin et satisfait ?

— Ah ! bah ? Qu'en savez-vous ?

Le sourire de Rodolphe s'accentua.

— Qu'est-ce donc qui vous fait penser que Constant n'épousera pas une Parisienne, insista Julia, impatientée par ce mutisme et cet air mystérieux.

— Rien, rien, dit Rodolphe, en sifflotant.

Cette fois, elle lui trouva un air à gifles.

— Allons donc ! vous avez bien une raison ?

— C'est-à-dire que...

— Que... ? interrogea Julia, tenace. Eh bien ? Parlerez-vous ?

Depuis quand était-il capable de garder par-devers lui un potin quelconque ?

De fait, il ne put y tenir.

— Ah ! et puis... Tant pis ! Ecoutez, ma mie, j'avais promis de ne rien dire, mais, après tout, entre vous et moi... Voilà, votre frère a fait son choix.

— Ah ? murmura-t-elle, un bizarre pincement au cœur. Et... il vous a mis dans la confidence ? — Pourquoi Rodolphe ? « Autrefois, Constant et moi... Qu'est-ce que cette fille... ? » Qu'elle ne fût point la première à en apprendre l'existence l'incitait à s'en défier. — Qui est-ce ? Je la connais ?

Rodolphe, lui, était maintenant tout entier à la satisfaction de divulguer la nouvelle.

— Non. Ni vous ni moi. Comment voulez-vous ? Nous n'avons guère fréquenté le monde, ces dernières années. D'ailleurs, elle faisait ses débuts cet hiver. Constant l'a rencontrée à tous les bals de la saison. Elle s'appelle Dorothée Eysséric. La famille est de Remoulins. Des Blancs, naturellement. Il y a du bien au soleil, mais une ribambelle de fils. Constant ne s'attend pas à grand-chose, en fait de dot. Mais la demoiselle est très jolie, paraît-il, très gaie, très gracieuse, très ceci et cela. Bref, il en est coiffé, et il la veut. Je vous parie bien que si la jeune personne n'était point, actuellement, en visite dans le Dauphiné, jamais il n'eût été question du voyage à Paris ! Enfin, au retour, il mettra votre mère au courant, et fera la demande. Motus jusque-là, hein, ma chatte ? Il m'a bien recommandé le secret.

Julia ne se sentit pas le goût d'ironiser sur l'opportunité d'une telle recommandation s'adressant à Rodolphe.

Il semblait qu'en un instant se fût terni un peu de la luminosité de ce long soir de printemps. Julia cessait d'être sensible à tant de douceur éparse autour de ce couple amoureux qu'ils avaient été uniquement, Rodolphe et elle, quelques minutes plus tôt. Soudain, le cri familier des paons auquel elle ne prêtait plus aucune attention frappa désagréablement son oreille.

Elle fut presque heureuse de voir Ernest s'avancer sur le perron.

— Monsieur, il y a Trestaillon qui attend dans le bureau.

— J'arrive, dit Rodolphe.

Il se pencha vers sa femme :

— C'est vrai, je voulais le voir pour cette ridelle qu'il me demande de remplacer. Le moment n'est pas trop bien choisi pour en faire les frais. Mais si cela devient nécessaire... ? Venez-vous ?

Il savait Julia plus difficile à convaincre que lui-même lorsqu'il s'agissait de délier la bourse, et n'eût pas été fâché de l'avoir près de lui dans la discussion.

Elle ne parut pas y songer.

Descendu de la balustrade du perron où il se prélassait étalé sur la pierre chaude, le chat se frottait à ses jupes sans qu'elle lui prêtât attention.

— Non, pas tout de suite, dit-elle à Rodolphe. Philo a emmené les enfants s'amuser du côté de la montagnette. Je vais pousser jusque-là.

La légère brise qui précède le crépuscule apportait jusqu'à eux les voix enfantines.

— Les gaillards, ils s'en donnent. Entendez-moi ça. Bon. Eh bien... à tout à l'heure, ma mie. Vous me rejoindrez ?

— Oui.

Elle voyait bien qu'il rentrait à regret sans elle. Mais quelques instants de solitude lui étaient indispensables pour remuer ses pensées.

En contournant la pelouse pour se diriger vers les chênes derrière l'épaisseur desquels se cachait la petite butte, c'était à Constant qu'elle songeait. A Constant et à cette inconnue qu'il allait installer en maîtresse sur l'ancien domaine de Julia Angellier.

Huit mois plus tard, de retour de Remoulins où venaient d'avoir lieu les noces de son frère, Julia était déjà certaine que ses préventions n'avaient été que des pressentiments.

— Vous qui vous plaignez si souvent de n'avoir

plus d'amie véritable, lui dit Rodolphe, sans s'arrêter à la froideur avec laquelle elle l'écoutait, il me semble que vous pourrez trouver en Dorothée, malgré son jeune âge, quelqu'un avec qui frayer agréablement. Savez-vous qui elle me rappelle ? Félicité Peyrissac.

— Vraiment ?

Félicité qu'elle regrettait encore, après tantôt deux ans. Julia lança un coup d'œil acéré à son époux. Qu'avait Féli de commun avec cette éhontée ?

— Ne serait-ce point plutôt Herminie ?

Il ne parut pas saisir l'allusion.

— Ma foi, non.

« Féli, Herminie... » De nouveau, elle regarda son mari avec rancune. « S'il n'avait pas été là pour tout gâter entre nous... Et maintenant... »

— ... Jolie, aimable, gaie, spirituelle, énumérait Rodolphe, avec complaisance.

« Ah ! pour cela... ! Et bonne, non ? Et franche, aussi, sans doute ? »

Elle serra les lèvres pour ne pas éclater.

Rodolphe, cependant, commençait, malgré son inconscience, à s'apercevoir de l'accueil glacial que recevait son panégyrique.

— Je ne vous comprends pas, ma mie, finit-il par dire, après avoir vainement laissé à Julia le temps de la réplique. Quel diable de parti pris avez-vous contre cette pauvre Dorothée ?

« Cette pauvre Dorothée ! » Soucieuse de sa dignité, Julia réprima un ricanement. « *Cette pauvre...* » Il lui seyait bien de se faire plaindre. D'ici peu, il se pourrait que l'on dît, à plus juste titre : « Ce pauvre Constant. »

— Je ne lui en donne pas pour un an, prophétisa-t-elle, quelques jours après, à sa mère, avec laquelle elle avait repris le thème.

Constance suffoqua.

— Julia !

— Enfin, Mère, l'avez-vous vue, le jour même de ses noces, minaudant pour mon cousin, pour Rodolphe, pour tous les hommes qui l'entouraient ? La femme d'Honoré ne s'y est point trompée, elle non plus, je vous le certifie. C'est à se demander ce que cette créature a fait boire à mon frère.

Ses doigts battaient la charge contre la vitre.

Au-dehors, les arbres de la Sarrazine avaient leur aspect hivernal. Des rafales de mistral sifflaient et hurlaient entre les branches noires.

Sa pensée revint à Rodolphe.

En route vers Avignon, il l'avait déposée au passage auprès de Constance, seule avec sa cadette au domaine où les jeunes époux n'étaient pas encore rentrés.

— Je vous le dis en tout cas, Mère, je n'ai point l'intention de la laisser s'en prendre à mon mari.

— Mais, voyons ! que vas-tu croire ?

Julia était lancée :

— J'ai atteint la trentaine, c'est une affaire entendue, et nul n'ignore qu'elle a tout juste dix-sept ans. Un avantage dont elle a grand soin de se prévaloir à tout bout de champ ! Pense-t-elle que je sois dupe de ces façons doucereuses qu'elle a de s'adresser à moi, à chaque occasion ? Ma parole, elle n'outrerait pas davantage les marques de respect si j'étais sa grand' ! Mais je puis la battre à ce jeu, et avec ses propres armes encore. Si elle m'y force, ce n'est pas une belle-mère qu'elle aura, mais deux.

— Julia, pour l'amour du Ciel !

Julia se retourna brusquement, et vit sa mère, les mains jointes sur sa poitrine, l'air anxieux et triste, dans l'attitude même qu'elle avait eue si souvent jadis, au temps où l'humeur irascible d'Alfred Angellier régentait la Sarrazine.

— Doucette...

Un surnom ancien pour leur ancienne intimité. Il n'avait guère servi depuis lors.

Constance avait vieilli. Des rides profondes marquaient sa figure. Ses épaules semblaient avoir pris le pli irrémédiable d'un fardeau gardé trop longtemps. Ses cheveux étaient gris.

Sa fille eut soudain le cœur noyé de pitié.

— Doucette, pourquoi ne viendriez-vous pas vivre à Mogador, avec Sophie, lorsqu'ils rentreront ?

Elle avait parlé sans réfléchir. Ce fut, presque aussitôt, un soulagement qu'elle ressentit, au refus de Constance.

— Ma chérie ! Tu t'exagères beaucoup les choses, je t'assure. Cette petite montre des goûts mondains, il est vrai ; et sans doute n'est-elle pas tout à fait la bru que j'avais rêvée. Mais je ne vois rien dans sa conduite qui soit réellement condamnable. Et, justement, ma présence ici sera aussi nécessaire que jamais si elle ne se met pas volontiers à la tenue du ménage. Quant à ta sœur, eh bien... — Constance étouffa un léger soupir — nous la marierons bien un de ces jours, elle aussi, je pense. Mais, si tu veux la recevoir quelque temps chez toi, et si elle le désire... — nul n'en savait très long, dans la famille, sur les sentiments de Sophie, et sa mère moins que tout autre — ... je te l'enverrai volontiers.

Mais, à la grande surprise des siens, Sophie, qui avait d'abord accueilli avec méfiance les avances de sa belle-sœur, s'engagea d'amitié pour elle assez rapidement.

Au bout d'un an, la prédiction pessimiste de Julia ne s'était pas réalisée. La paix régnait toujours à la Sarrazine.

Le jeune mari n'était qu'admiration et indulgence pour sa femme.

Constance et sa bru, l'une administrant, l'autre dépensant les revenus, demeuraient chacune dans leurs attributions réparties une fois pour toutes.

Cependant, les relations du couple avec les Vernet se maintenaient, du fait de Julia, dans les strictes limites de l'étiquette familiale.

Durant cette année-là, Constant et sa femme, accompagnés de Sophie, assistèrent au dîner offert en leur honneur, comme il se devait, à Mogador, au retour de leur voyage de noces. Ils le rendirent, se virent inviter pour les fêtes de la fin de l'année, en même temps que ceux de Tourvieille ; reçurent de nouveau Rodolphe et Julia à un repas, après le carême ; et assistèrent enfin au bal qui eut lieu à Mogador au début de l'été.

L'affection, entre les deux beaux-frères, demeurait sans nuages. Mais chacun d'eux était bien obligé de savoir ce que sa propre femme pensait de celle de l'autre. Il s'ensuivait une certaine gêne.

Constant, pour sa part, préférait éviter le sujet, chez lui. Mais Rodolphe ne pouvait se tenir d'en raisonner avec Julia.

— ... Je vous ai pourtant vue maintes fois montrer incomparablement plus d'indulgence pour des femmes dont la tenue en eût mérité bien moins.

Sur la défensive, Julia souriait, de son mince sourire de chatte.

— Elles ne faisaient point partie de la famille.

Rodolphe haussa les épaules.

— Dorothée est jeune.

Etait-ce donc fini de l'être pour Julia, que l'homme qu'elle aimait pût lui objecter cela ?

Dorothée — Dorette, comme l'appelait Constant — jouait les petites filles. Dix ans auparavant, Rodolphe ne s'y fût pas laissé prendre. A présent, songeait sa femme, avec amertume, il s'attendrissait sur cette fraîcheur illusoire ; et, naïf comme tous les hommes, se croyait le seul à bénéficier des grâces de la belle.

— Mon pauvre cœur, ne vous y trompez pas : elle ne voit en vous qu'un barbon.

Rodolphe lui jeta un coup d'œil de côté. Le mouvement de sa lèvre semblait accuser la touche.

— Vous avez peut-être raison, dit-il philosophiquement. Mais sacrédié ! c'est quand même un friand morceau que Constant a là dans son assiette.

Julia ne répliqua rien et rompit l'entretien. Discuter ce point malaisément discutable eût été de mauvaise politique.

Rodolphe parti à ses affaires, elle remonta dans sa chambre, et s'examina longuement, sans complaisance, devant la glace de sa table de toilette.

Le même ovale toujours aussi aigu, le même nez dont elle avait été si fière, une chevelure encore admirable bien que les maternités l'eussent éprouvée : chaque soir, délivrée de la résille, déroulée, brossée, elle l'enveloppait un instant jusqu'aux genoux avant d'être serrée de nouveau en deux tresses que parfois, au lit, Rodolphe aimait à défaire. A les comparer, celle de Dorothée faisait piètre figure.

Elle se pencha pour se scruter de plus près, tira du doigt le coin de ses paupières vers les tempes, lissa le tour de ses yeux, lentement, passa la main sur son front.

Ce n'étaient pas des rides. Pas encore.

Rien n'altérait le dessin des traits. Pourtant, sur son visage, dont chaque détail demeurait identique, quelque chose d'indéfinissable, une sorte de velouté peut-être, ou quoi d'autre ? avait disparu.

Elle pensa à son petit garçon endormi là-bas, au

cimetière, qui, lui, jamais ne vieillirait. Peut-être gardait-il au fond de ses prunelles immobiles le reflet de l'autre Julia, celle que le miroir refusait de rendre à présent. Le temps des larmes passe, en emportant la vie. La vie si courte, que l'on ne voit pas se dévider.

Un bref instant, Julia eut pitié de cette Dorothée qui ne s'en doutait pas encore. Que serait-elle, au bout de dix ans de mariage, la coquette qui, l'autre soir encore, au dîner des Gébelin, faisait sa folle auprès d'Auguste Marteau ?

— A quand le premier-né, mon ami ? avait demandé Rodolphe à son beau-frère.

« Une question que l'on peut parfaitement poser, n'est-il pas vrai, au bout d'une année, ou presque ? »

Constant avait paru gêné.

— Nous avons le temps. Rien ne presse.

Sans doute n'eût-il pas aimé avouer que sa femme entendait profiter de sa beauté tout à son aise, avant de lui donner le fils qu'il désirait.

Par la fenêtre entrouverte, montaient des voix d'enfants, dans la douceur bleue de ce début d'automne.

Le rire d'Amélia et les vociférations subites des garçons fusèrent simultanément, accompagnés d'un claquement de sabots.

Julia abandonna son miroir et ses pensées pour aller s'accouder à la fenêtre.

Montée sur son poney, la fillette s'échappait vers les noisetiers. Les autres couraient à ses trousses. Henri n'était pas le dernier. Et Philo retenait non sans difficultés par ses petites robes un Frédéric qui s'obstinait à vouloir les suivre.

« Mes petits. »

La galopade tournait autour de la pelouse, elle se rapprochait.

Julia regarda sa fille déboucher à l'orée de l'allée, et revenir à fond de train devant la maison.

Au passage, bien droite, la cavalière de neuf ans brandit sa cravache en guise de salut.

— Maman, regardez-moi ! Je suis la reine Zénobie.

— Oui, ma perle, dit Julia, inondée de fierté.

« Où a-t-elle encore pris cela ? »

A chacun de ses déplacements, Rodolphe rapportait des livres à sa fille. Récits de l'Antiquité, contes de fées, ou histoires de chevalerie, Amélia les dévorait avec passion.

Et quelquefois, ensuite, Julia l'entendait en résumer l'action à ses séides, et leur distribuer les rôles.

Elle donnait fort dans le genre tragique :

— Maman, n'auriez-vous pas quelque chose à me prêter ? Il me faut une traîne. C'est pour faire Marie Stuart.

Enfant, Julia avait eu des goûts assez semblables. Attendrie de les reconnaître, elle tirait de ses coffres quelque longue écharpe encore utilisable, la déployait, hésitait...

— Non, pas cela, attends... Tiens, plutôt... Quoique... Enfin, tant pis, prends-le.

... Et regardait sa petite fille redescendre, affublée d'un vieux jupon ou d'un châle mité qui perdait ses franges, pour marcher avec une dignité indéfectiblement royale vers l'échafaud de Fotheringay.

Quant à Henri, son père l'avait mis en selle depuis peu, et ne tarissait pas sur ses progrès.

Julia rêva un moment. Le prochain, à qui allait-il ressembler ? Garçon, fille ? Bah ! que ce fût l'un ou l'autre...

Il était encore trop tôt pour avoir une certitude, mais elle ne pensait pas s'y tromper.

« Si c'est bien cela... se dit-elle, le coin du feu, à partir de janvier. » Et tout le reste...

Sa grossesse précédente avait été la plus pénible de toutes. Elle se rappelait : l'enflure des chevilles, les maux de reins, les suffocations continuelles. Son cœur se fatiguait.

« N'importe. Un enfant vaut la peine. »

Il suffisait de se représenter l'exultation de Rodolphe lorsqu'elle allait le lui apprendre.

Au mois de juillet 1866, Julia vint en visite à la Sarrazine avec son mari. Philo les suivait, portant sur un coussin Adrienne-Lucie-Praxède âgée de six semaines.

En descendant de voiture devant les marches de la terrasse, Julia promena son regard autour d'elle, et sentit sa gorge se serrer.

— Tu verras, nous avons fait quelques petits changements, l'avait avertie son frère d'un ton négligent.

C'était à ne plus s'y reconnaître.

— Oh ! Mère, souffla-t-elle à Constance qui l'embrassait. Je n'aurais jamais cru...

Le son désolé de sa voix fit mal à Mme Angellier.

— Oui, cela change.

La sienne aussi résonnait tristement.

Déjà Sophie et le jeune couple s'empressaient.

— Entrez vite, ma chère, dit Dorothée. Nous vous montrerons tout cela quand vous vous serez rafraîchis.

Ils ne lui firent pas grâce d'un détail : les arbres abattus autour de la terrasse et sur toute la longueur de l'allée depuis le portail.

— Il fallait bien se résoudre à élaguer. Tu vois, cela paraît beaucoup plus imposant ainsi.

... Les coupes sombres derrière la maison :

— Mon Dieu ! mais tu as arraché tous les lauriers-roses !

— Nous allons y mettre une roseraie.

« Evidemment ! » pensa Julia, amère et sardonique. Elle-même en ayant une à Mogador, Dorothée n'eût pu se passer d'avoir la sienne.

La même volonté de rivaliser s'affirmait sans la moindre pudeur à propos du miroir d'eau. Au centre d'un bosquet bien taillé, un grand bassin octogonal bordé de pierre évoquait quelque Versailles en réduction, là où, jadis, fillette, Julia était venue s'asseoir pour lire, dans l'herbe, sous l'épaisseur des arbres, chaque été, durant les grandes chaleurs.

— Qu'en penses-tu ? C'est bien mieux, n'est-ce pas ? disait Sophie.

Ce l'était peut-être. Julia n'avait pas le courage de les apprécier, ces embellissements qui la dépossédaient définitivement de sa chère Sarrazine.

Rodolphe, lui, approuvait tout, sans se faire prier.

Elle lui en voulut. Comme elle en voulait à sa sœur de se montrer, jusque dans ses goûts, le fidèle reflet de Dorothée.

Constant marchait auprès d'elle, la guidait, avec un entrain qu'il eût voulu lui communiquer, elle le sentait.

— Et les lauriers-tins ? Oh ! Constant, mon allée ! Tu as supprimé mon allée !

— Il le fallait bien, pour la symétrie.

Julia n'écoutait pas.

— L'allée où je m'amusais, toute petite...

Une réminiscence lui vint, tout à coup. « Qui donc, autrefois... ? Ah ! oui : Antoine. » C'était Antoine qu'elle avait entendu se plaindre, un jour, presque avec les mêmes mots. Elle se souvenait, bien que ce fût si vieux. Sa compassion, sa honte. Elle avait cru si bien comprendre. Comprend-on jamais, avant d'avoir soi-même éprouvé ? « Si c'était à présent... » elle se dit qu'elle n'eût jamais eu le cœur d'encourager Rodolphe à transformer Mogador.

Dorothée parlait.

— Constant s'est décidé à se défaire du haras, disait cette voix rieuse, un peu trop perchée, que Julia supportait mal. C'est là vraiment une trop grosse charge.

Julia tressaillit et se tourna vers son frère :

— Comment ? Il n'y aura plus de chevaux à la Sarrazine ?

Il haussa une épaule.

— Que tu es sotte ! Bien sûr que si. Mais, vois-tu, en faire le commerce n'est point mon affaire.

« *Le commerce* ». Comme il en parlait. « Nous n'avons jamais été des maquignons, que je sache ! »

— Je n'y gagne que des soucis, continuait Constant. Vois-tu, je préfère étendre les cultures et la vigne. Tout vient dans ce terrain. Tiens, tu sais, le carré des mourguettes ? [1] je vais le faire planter en pêchers. Et aussi celui qui fait suite.

Probablement avait-il raison. Et probablement aussi Dorothée trouvait-elle trop peu élégant le métier d'éleveur. « Un haras d'étalons ? » Fi ! donc ! Tandis que : « *Mon mari fait valoir nos terres.* » Julia croyait entendre le détachement distingué que sa belle-sœur mettrait dans son intonation.

Et Constant prenait les mêmes manières, à son insu. A tout instant, dans la conversation, il citait quelque trait ou quelque opinion empruntés à la famille de sa femme : « Les livres de mon beau-père... Mon beau-père possède une très belle collection de saxes...

---

1. *Mourguettes* (provençal : *Mourgueto*) textuellement : nonnains. Variété de petits escargots blancs.

Rodolphe, il faudra venir chasser à la Gravière. Il y a de bons coins, tu verras, autour de Remoulins. »

— Vous irez, mon cœur ? questionna Julia, lorsqu'ils furent rentrés chez eux.

— Pourquoi non, si l'on m'y invite ?

Une bonne partie de chasse était toujours une aubaine. Et la propriété lui avait paru belle. Il y pensa complaisamment :

— Le vieux monsieur Eysséric aime beaucoup votre frère. Il veut lui laisser sa fameuse bibliothèque, et ses collections, paraît-il. Aucun de ses fils ne met jamais le nez dans l'imprimé, à ce qu'il prétend, excepté *l'Armana Prouvençau* et le *Charivari*. Il dit que Constant est seul capable d'apprécier ses trésors.

Julia eut son petit rire sec.

— Cela constituera sans nul doute le plus clair de sa part d'héritage.

— Ma mie !

Il la toisa, avança la lèvre, et dit, très choqué :

— Sacrédié ! ça ne vous va guère de... Après tout, on voit bien que vous êtes la fille d'Alfred Angellier dont le pays entier a toujours dit qu'il enfermait son cœur dans son gousset pour empêcher les écus d'y faire le branle !

A son tour, Julia le foudroya d'un coup d'œil.

Cet idéaliste avait pourtant les pieds solidement enfoncés dans la glaise, à ses heures. « Qui donc m'a jamais vu me conduire en grippe-sou ? » L'indignation l'étranglait.

Et même, l'eût-elle fait... « A côté d'une ladre comme sa mère... » Depuis quand les enfants du pendu plaisantaient-ils à propos de corde ?

Dans le silence hostile qui suivit, « Et c'est encore à cause de cette Dorothée », pensa-t-elle, consciente de son injustice, et s'y enfonçant avec rage.

Elle pesa une fois de plus le problème : préventions, jalousie, injustice ? Que non. Ils pouvaient bien tous se le figurer, Constant à qui la donzelle avait passé un licou, et Mère, pétrie d'indulgence, et cette bécasse de Sophie, et Rodolphe, tout aussi aveugle. Julia, elle, suivait son instinct. « Patience ! les événements me donneront raison, un jour ou l'autre. »

Elle en était presque à regretter que la nouvelle chuchotée par sa mère la privât désormais d'un grief contre la jeune femme.

— Lorsqu'elle sera mère, elle finira par s'assagir, avait dit Constance.

— Je l'espère.

Le ton de la réponse disait tout le contraire.

11

Quand Julia, les malles bouclées, vit entrer Ernest pour descendre les charger sur la voiture, elle commença à croire à la réalité de son départ.

Depuis combien de temps Rodolphe lui promettait-il ce voyage ? « C'était... voyons... en avril 64 que nous en avons parlé, calcula-t-elle. Frédéric n'avait que deux mois. »

Elle avait de bonnes raisons de se souvenir : « La première fois qu'il a été question de Dorothée. » « *L'année prochaine...* » avait dit Rodolphe. Mais, en 65, la campagne avait été mauvaise : garances, vignes, magnans, ce que l'on avait tiré des récoltes avait payé les frais de l'exploitation à grand-peine. « Ensuite, je me suis trouvée grosse d'Adrienne. »

A force de remettre, l'on n'y croyait plus guère. Du moins Julia, qui ne possédait point l'optimisme indéracinable de son mari. Et, cette fois, enfin, cela y était.

Le matin même, Constance était arrivée de la Sarrazine afin de s'établir auprès des enfants.

Il avait fallu prendre force précautions oratoires pour l'expliquer à Philo :

— Tu ne peux demeurer seule pour veiller à tout, ma pauvre.

« Sûr qu'à y réfléchir », entre les quatre des maîtres et les deux garçons à elle, Philo n'eût pas eu la partie facile. Les grands étaient « des démons tout crachés, pas moins ! Que toujours, avec eux, il faut faire panterne ![1] » Et si Adrienne qui marchait depuis peu était relativement moins pénible à tenir, Frédéric, lui, donnait de la peine pour deux.

Cela n'empêchait point Philo de ressentir comme une insupportable atteinte à ses prérogatives l'intrusion de Mme Angellier.

Elle s'était retenue à grand-peine de bougonner, tout le temps qu'avaient duré les préparatifs, de crainte d'en dire trop et d'exaspérer sa maîtresse. Mais, réfugiée dans le silence offensé, elle n'était pas moins éloquente. Le froncement de son nez, l'agitation perpétuelle de ses lèvres rentrées, étaient significatifs pour Julia.

— Au nom du ciel, cesse de faire le lapin, et écoute plutôt ce que je dis : tu mèneras la maison au train habituel, comme tu l'entendras. Madame Angellier n'est là que pour te venir en aide en cas de besoin, si tu le lui demandes. En outre, qui donc me donnerait régulièrement des nouvelles, si elle ne s'en chargeait ? Je ne te vois pas écrivant une lettre. Et comment crois-tu que je pourrais prendre du plaisir sans être assurée que tout mon monde se porte bien ?

« Vierge Mère ! Envers qui m'a-t-on jamais vu

1. *Faire panterne* : se démener.

déployer une telle somme de patience ? Cette Philo !... » Certes, elle n'avait pas le dévouement gracieux. Depuis plus d'une décennie qu'elle tenait sa place auprès d'eux, ses maîtres avaient eu le temps de s'en convaincre.

— Ernest est un saint, disait Rodolphe, les jours où la servante semblait particulièrement rechignée.

Il ajoutait avec conviction :

— Je lui tire mon chapeau.

Sa femme le regardait par en dessous.

— Un saint ! Voire. Le saint patron des pistachiers[1], alors, s'il faut en croire ce qu'on chuchote à l'office. Philo a peut-être une ou deux raisons...

— Bah ! bah ! dit Rodolphe, rejetant l'hypothèse d'un geste de la main. Si le bon Dieu a semé à la pelle les belles chato sur le terroir, c'est pour que le chrétien les apprécie, je suppose ? Et ce brave Ernest n'est pas aveugle, hein ? D'ailleurs, croyez-moi, il regarde plus qu'il n'en tâte. Mais vingt dieux ! à ne jamais voir que sa ménagère, il prendrait une piètre idée de la Création.

Aussitôt, Julia fit bloc avec sa femme de confiance :

— Voilà donc comment vous êtes, vous autres ! Une travailleuse, une bonne mère, l'honnêteté et la franchise même, cela ne compte pour rien ?

— Vous oubliez sa moustache, et aussi...

— Vos sarcasmes sont stupides, dit Julia, tout sec.

Il n'y a point de honte à tirer au large quand le fer est mal engagé :

— Allons, ma chatte, ne montez pas sur vos grands chevaux. Vous n'allez pas comparer votre dragon à la généralité des femmes ? Je vous trouve tout autant de qualités, et, heureusement, en plus et en moins, quelques petites choses qui... hein ?

---

1. *Pistachier* : Coureur de jupons.

Les mains de Rodolphe se posèrent sur la taille de sa femme qu'elles ceinturèrent de façon fort persuasive.

— Vraiment ? Et quoi donc ? demanda Julia, délicieusement en attente.

Elle ployait la tête en arrière, haussant ses lèvres à la rencontre du baiser escompté.

— Eh bien... — Il les prit, sans s'y attarder. — ... d'abord, la douceur, l'amabilité, un charmant caractère, toujours égal...

Il l'embrassait hypocritement à petits coups, entre chaque terme de son énumération.

Julia lui lança au nez, roulé en boule, le mouchoir qu'elle tenait.

— ... Et j'apprécie à sa valeur, croyez-le, continua-t-il, imperturbable, la grâce du geste spontané qui... que... et cætera. Bref : le trésor que je possède. — Il lui présentait dans sa paume ouverte, comme sur un plateau, le mouchoir qu'il venait de ramasser. — C'est bien pourquoi, ma cavale brune, mon brin d'aspic, mon raisin noir... — Les baisers pleuvaient.

— Assez, riait Julia. Assez ! On croirait entendre Constant déclamer une poésie de ses chers félibres !

— ... ma Sulamite de l'Alpille, mon jardin maillanais, je me sens tout heureux et tout fier de vous emmener à Paris pour l'Exposition Universelle. Ce sont les Parisiens qui vont m'envier !

Julia semblait charmée par la demi-sincérité de cet accès de lyrisme dont son époux n'était point coutumier. Ce voyage allait-il lui découvrir aussi un Rodolphe imprévu ?

— Joli, ce que vous venez de dire !

Il lui décocha une œillade conquérante, fit sa lippe, et se pencha de nouveau sur elle.

— Et moi aussi, je suis poète !

— Ma foi, on le croirait presque, soupira Julia, lui abandonnant sa bouche.

Alanguie par cette dernière caresse, les yeux mi-clos, les narines palpitantes, elle en savourait la douce meurtrissure, escomptant confusément la suite probable.

La suite vint :

— Au fait, avez-vous bien mis dans la malle ma chemise à petits plis et celle qui a une ruche, s'enquit le poète, pris d'une inquiétude soudaine.

Julia retrouva ses esprits.

— Oui, oui. Soyez tranquille. Et vos cravates blanches, et votre frac, et ma robe de soirée. Tout y est. Oh ! mon cœur, lorsque j'y pense... !

— Et moi, donc !

Cela faisait trois ans qu'ils y pensaient. Et ils n'en dormirent qu'à peine, de tout le trajet.

— Je veux tout voir, aller partout, avait dit Julia.

Rodolphe était bien d'accord avec elle.

Ils débarquèrent dans Paris aux lumières. C'était l'heure où les théâtres se vident. Par cette nuit d'un printemps tiède, la ville entière semblait être dehors. Le parcours en fiacre le long des boulevards laissa le couple émerveillé.

Ils étaient descendus à l'*Hôtel Ronceray*. Le lendemain matin, impatients de commencer la découverte de Paris, ils s'apprêtèrent en hâte, regrettant d'avoir dormi si longtemps. La veille au soir, la fatigue du voyage interminable et l'arrivée tardive ne leur avaient laissé que la force de tomber titubants, assommés, entre les draps de fine toile au parfum de lavande que Julia, prudente, avait apportés dans l'une de ses malles pour en faire garnir le lit d'hôtel.

La sortie donnait sur le passage Jouffroy. Après s'être brièvement renseignés auprès du portier, ils se jetèrent comme on plonge, dans le courant rapide et bigarré qui s'écoulait sous la verrière de cette étrange rue couverte, si semblable aux descriptions qui leur en avaient été faites, et si différente.

Dans la foule qui les coudoyait sans arrêt, marchant à un rythme qui n'était pas le leur, ils se sentaient inconnus et provinciaux au-delà de tout ce qu'ils eussent pu imaginer, eux qui, dans Avignon, cette petite capitale de leur univers familier, distribuaient sourires et saluts à chaque pas, en réponse à ceux qu'ils recevaient.

Rodolphe en perdait quelque peu de sa désinvolture, bien qu'il fît effort pour paraître à l'aise.

Julia ne s'y trompait guère, mais ne s'en accrochait pas moins à son bras, comme si elle eût craint de le perdre parmi tant de brouhaha.

La ville avait cependant sa fraîcheur des matins de beau temps. Le ciel faisait de son mieux pour être clair, et les arbres pour paraître gais dans le corselet de fer de leurs grilles.

Dans un roulement incessant d'attelages, les fers des sabots claquaient insolemment sur le pavage de bois.

Ils descendirent le boulevard Montmartre, au hasard jusqu'à la grande place où, parmi un chantier qui leur parut gigantesque, commençaient à s'élever les murs du futur Opéra.

Julia s'émerveillait devant les vitrines de la *Compagnie Lyonnaise*. Jamais elle n'avait vu de soieries aussi belles que celles qui étaient en montre, disposées avec un art qui la stupéfiait.

Ils traversèrent afin de revenir en sens inverse, et guignèrent pour la rapporter aux enfants la mirifique boîte de chocolats qui ornait la devanture de chez Boissier.

Chaque étalage les arrêtait. Chaque café portait un

nom dont la célébrité leur était parvenue, au fond de leur Midi.

— Voyez, ma mie : *Café du Helder*. Pensez donc, il suffirait d'entrer pour y rencontrer Villemessant, Alexandre Dumas, Nadaud, Sainte-Beuve, et tant d'autres.

— Ils n'y sont certainement pas toute la journée, ironisa Julia qui préférait voir autre chose.

— Non, bien sûr. Mais ce soir, par exemple, nous pourrions venir.... Et ce plumitif de Delescluze ! Je voudrais bien voir à quoi l'homme ressemble.

Julia s'en moquait, pour sa part. Elle était tombée en arrêt devant les « bibis » — Adorables ! Celui-ci surtout, n'est-ce pas, mon cœur ? — exposés chez Mme Dufourmentelle. Et elle eût volontiers tiré du côté de la rue de Choiseul où se trouvait le salon de cette Camille qui habillait l'Impératrice.

— Je vous mènerai goûter ici, un de ces jours, promit Rodolphe, en passant devant *Frascati*.

L'animation croissait, le bruit s'amplifiait, la foule devenait plus dense. Midi n'était pas loin. La corne des conducteurs de chèvres déchirait l'air d'une aigre ritournelle, dominant les cris entrecroisés du raccommodeur de faïences et de parapluies, du marchand d'allumettes chimiques, du porteur d'eau, du vitrier, du tonnelier, du marchand d'habits, des camelots. L'orgue de Barbarie rassemblait les badauds autour d'un montreur de singes. Un soleil pâle et doux faisait luire les hautes fontaines de cuivre tintinnabulantes des marchands de coco. Aux cafés, aux restaurants, succédaient les théâtres. Mais, pour Rodolphe et Julia ébahis, le spectacle était sur le trottoir même.

— Et là, qu'y a-t-il encore ? Allons voir, ma chatte.

Ils s'aggloméraient à la foule attroupée devant le charmeur d'oiseaux, l'arracheur de dents, le dresseur de chiens. On leur fourrait des prospectus entre les doigts. Rodolphe s'amusait comme un enfant. Sa femme devait l'entraîner sans cesse. Ils quittaient la parade de l'hercule pour le boniment du marchand de poudre pour les cors, et avançaient, sans souci du chemin parcouru ni de l'heure.

Julia commençait à ressentir une vague migraine, lorsque son mari décida enfin qu'« il se faisait temps de songer à manger » et héla une voiture pour aller rue Montorgueil, chez Philippe, tâter de la matelote et du Château-Yquem 1847 qui avaient laissé à Constant ce souvenir impérissable.

Ils allèrent admirer l'Exposition, puis les monuments historiques, et la nouvelle église dédiée à la Trinité, et l'hôtel de la Païva, ou, tout au moins, sa façade ; dînèrent chez Véry, à la *Maison Dorée* ; dansèrent aux *Mille Colonnes*, regrettant de tout leur cœur que *Mabille* fût fermé ; entrèrent au Salon pour se faire une idée de la bonne peinture, et voir celle de « ce monsieur Manet » ; assistèrent à la Revue sur l'Hippodrome de Longchamp, virent chevaucher l'Empereur entre le Roi de Prusse et le Tsar de Russie, et se trouvèrent pris, au retour, à la sortie du Bois de Boulogne, dans le remous provoqué par l'attentat d'un Polonais qui venait de manquer de peu le Tsar Alexandre ; se firent bousculer pour entrevoir le Sultan de Turquie, prirent les omnibus à impériales, suivirent les courses de chevaux, remontèrent l'avenue des Champs-Elysées dans une victoria de louage au milieu de la file où se mêlaient le monde majuscule et celui de la galanterie de haute volée, croisèrent la duchesse de Morny dans ses voiles de deuil, et Mlle Juliette Beau ; applaudirent Coquelin aîné au Théâtre-Français, Debureau aux Funambules, Hortense Schneider dans la *Grande Duchesse* — Sacrédié ! quel feu ! non mais quel feu a cette femme ! — et, le lendemain, aux Italiens, la Patti et Tamberlick — cette voix... On ne se lasserait point de l'entendre, et quelle prestance il a, n'est-il pas vrai, mon cœur ? Ah ! mais... ! — allèrent à l'Opéra de la rue Le Peletier, à l'*Alcazar*, à *Ba-Ta-Clan*, aux *Folies Dauphines* ; se firent tous deux photographier chez Nadar à l'intention de leur postérité.

Et ne regagnèrent Mogador, quinze jours après, qu'à bout de souffle, la bourse vide, et les malles bourrées à ne plus pouvoir les refermer des cadeaux qu'ils s'étaient faits l'un à l'autre, et de ceux qu'ils rapportaient à toute la famille.

— Ouf ! exhala Julia, les embrassades terminées, en se retrouvant seule avec Rodolphe dans leur chambre. Je crois bien que nous en avons pris pour des années.

Il approuva de la tête. Le plaisir de refaire connaissance avec cette pièce et son confort, ses vastes proportions, son calme, l'absorbait tout entier. Rodolphe n'était pas l'homme des retours en arrière.

Le peigne à la main, Julia sortit du cabinet de toilette en chemise de nuit, et s'approcha de la fenêtre ouverte.

Il faisait chaud. Beaucoup plus que là-bas d'où ils venaient. Et pourtant, l'on respirait mieux. La nuit était belle. Il semblait à Julia avoir oublié à quel point elle pouvait l'être. A Paris, l'on ne voit guère les étoiles. Peut-être parce que l'on ne pense pas à lever les yeux vers ces morceaux de ciel parcimonieusement découpés trop loin, entre des maisons trop hautes.

Et comment l'odeur nocturne de juin avait-elle pu ne point lui manquer ? Comment les friponneries de Frédéric, les larmoiements d'Adrienne, les caprices d'Amélia, les tendres attentions d'Henri... ?

Elle sentait qu'elle n'aurait plus, de sitôt, envie de les quitter pour faire un autre voyage.

Mais elle était contente de celui qu'elle avait fait.

— Dommage seulement de n’avoir pu apercevoir une seule fois l’Impératrice d’assez près.

C’était bien là sa seule déception.

La première fois qu’elle apparut à la Sarrazine, après son retour, Dorothée détailla sa mise depuis le toquet jusqu’aux petites bottes rouges galonnées que laissait voir effrontément la robe raccourcie et à peine juponnée.

— Voilà donc ce qui se fait ?

« C’est bien laid, » semblait exprimer le pincement qui rapetissait sa bouche guère plus grosse à l’ordinaire qu’une cerise cœur-de-pigeon.

— Oui, ma belle, intervint Rodolphe, innocemment goguenard. Et vous feriez aussi bien de remiser au grenier cette cage à poulets qui date autant que l’an quarante. Pas vrai, Julia ?

Il se pavanait, ravi d’arborer à son bras cette Julia toute neuve, conforme aux derniers canons du chic parisien. Et tout le monde, y compris sa jolie belle-sœur, n’avait qu’à convenir sans réticence qu’il n’avait pas déboursé en vain tant de beaux napoléons.

Julia regardait Dorothée et « buvait du lait ». Rien de ce qu’elle-même eût pu répliquer n’eût porté davantage.

— En effet, on ne rencontre plus guère de crinolines, dit-elle doucement, les yeux fixés sur l’ampleur largement répartie autour de sa belle-sœur.

Elle ajouta, encore plus doucement :

— Cela fait « province », vous savez.

Dorothée rejeta la tête en arrière dans un joli mouvement rengorgé de tourterelle.

— Vous qui n’en avez jamais eu, vous voici enfin à la mode.

« Petit gaupe ! » pensa Julia. « Je te... Si je pouvais ! »

— Eh oui, tout arrive, sourit-elle, paisiblement.

Les deux beaux-frères avaient entamé un colloque. Ils demeuraient inconscients des bottes sournoises qu'elles se portaient.

Constant n'avait pas l'air en train. Il s'efforçait de se mettre au diapason. Mais Julia qui le connaissait trop pour s'y méprendre se mit à l'observer.

« Je me demande si... » Penchée sur son jeune neveu que la nourrice venait d'apporter, elle lui abandonnait son index, tout occupée à réfléchir au moyen de se faire une opinion.

Sa mère la rejoignit.

— Comment trouves-tu notre Edmond ?

Elle leva les yeux et rencontra ceux de Constance.

— Magnifique.

— Donnez-le-moi, Nounou, dit Mme Angellier.

Elle prit l'enfant et fit quelques pas.

Julia la suivit :

— J'aimerais pouvoir en dire autant de son père. Mais, à la vérité, Constant n'a pas très bonne mine.

— Oui ? Tu trouves ? dit Constance, sans la regarder.

Elle s'arrêta, et demeura silencieuse, sans achever. Et il parut à Julia qu'elle hésitait. Finalement, elle murmura :

— Il y a beaucoup de tracas, ces temps-ci, avec le domaine.

A l'autre bout du salon, Dorothée, Sophie, et un jeune homme formaient un groupe.

Julia se haussa vers sa mère, et chuchota :

— J'ignorais que vous fréquentiez intimement monsieur Brès.

Constance dit, sur le même ton :

— C'est tout récent. Nous pensons qu'il vient pour Sophie.

« Un physique agréable. Du bien. » Julia récapitulait rapidement les avantages que pouvait offrir le parti.

— Rappelez-moi, Maman : sa mère est bien une...

— Une Athénoux, oui. Oh ! il n'y a certainement rien à redire quant à la famille.

— Hum... oui, fit Julia, à son tour.

De là où elle se trouvait, elle ne voyait de lui qu'un dos penché vers les deux femmes ; et ce dos lui déplaisait.

Elle eut envie de le dire à sa mère. « Je n'aime pas beaucoup... » Et se retint. « Balivernes. » « *Ma petite fille !* » soupirait Constance, comme autrefois à chaque occasion où la petite fille tranchait, d'une manière saugrenue, ou choquante.

Julia voyait ce dos, mais aussi le visage levé de Sophie, ses yeux brillants, son expression plus aimable que de coutume, ses lèvres enfantinement entrouvertes, elle entendait son rire joyeux.

« Inutile de demander s'il lui plaît, à elle. »

Et Dorothée, « qu'est-ce que Dorothée... » Sa belle-sœur riait, elle aussi. Ce rire roucoulant semblait contenir une invite.

Julia se ressaisit : « Allons ! se gourmanda-t-elle, il est bien vrai que je la déteste. Mais ce n'est pas une raison... Pourquoi diable ne rirait-elle pas si cela lui chante ? »

— Donnez-moi Edmond, Maman.

Le bébé se mit à gesticuler dans ses bras, gazouillant et bavottant des discours inintelligibles qui paraissaient exprimer son contentement. Sa tante l'essuya, lui chatouilla le menton, le dodelina contre elle, lui renvoya ses onomatopées.

A le tenir ainsi, elle se sentait, sans raisons bien nettes, plus rassurée sur l'avenir de Sophie.

Ce temps qui fuit... Si vite, si vite.

Julia se souvenait : les folies du voyage à Paris, « et le bel été que nous avons eu ensuite. Les enfants... » On les entendait alors crier et rire depuis la montagnette. « S'y sont-ils amusés ! »

Chaque année, ils se prenaient d'une préférence pour un coin ou l'autre du parc, rarement le même. Cet été-là, ils avaient élu pour domaine cette petite butte herbeuse habillée de chèvrefeuille où le sentier serpentait avec des airs secrets jusqu'au banc, sous l'althéa rose qui fleurissait au sommet.

Le front appuyé contre la vitre, Julia croyait les entendre encore, malgré le feu craquant derrière elle, et, sous ses yeux, ce paysage d'hiver dans sa nudité hostile que malmenait le mistral avec des hurlements féroces.

« Tout ce qui arrive », le mal, l'angoisse, la mort, « c'est toujours l'hiver qui l'apporte. »

Elle oubliait ce soir étouffant de juillet, dix ans auparavant, où était mort son père. Dix ans avaient si bien effacé les traces laissées par Alfred Angellier sur cette terre où il avait tenu sa place. A peine songeait-elle à l'évoquer lorsqu'elle se retrouvait à la Sarrazine.

Et Olympe, disparue sans bruit comme quelqu'un qui referme une porte et passe ailleurs — était-ce un jour de mai ? — Olympe qu'elle n'avait pas vue, rigide,

Allongé, rigide, aussi, ce corps né du sien, mort dans sa mort glaciale, grise... Non, elle ne se rappelait pas bien : pour tous les autres vivants, il avait dû y avoir, à cette date, un chaud soleil d'automne ; et sans doute les autres enfants jouaient dans les jardins, et les autres mères ignoraient ce froid et ce jour sans couleur où elle était entrée en frissonnant, un midi d'octobre.

La vitre se couvrait de buée sous sa bouche.

Julia ne vit plus rien que ce même jour gris qui éclairait encore parfois ses cauchemars de la petite aube.

Impatiemment, du bout des doigts, elle essuya les larmes qui glissaient le long de ses joues en lui chatouillant les narines.

Les cris d'enfants s'étaient tus au fond de sa tête, et elle se disait qu'elle n'entendrait plus jamais ceux de Fulcran.

Quelqu'un entrait.

Elle se retourna.

— C'est vous, Ernest ? Il ne fallait pas... Pour ce soir, Pierroune l'eût fait à votre place.

Comme de coutume, il apportait la provision de bûches pour la soirée. Il avait rangé dans l'armoire ses vêtements du dimanche, au retour de la cérémonie, et repris son service.

— Ça ne fait rien, Madame, le travail, ça aide à supporter le reste.

Il referma le coffre à bois, et demeura les bras ballants, les yeux fixés sur le feu.

Julia vint derrière lui.

La lèvre mordue, elle considérait cette nuque alourdie où le sang affluait.

Silencieusement, elle effleura la manche d'Ernest d'un geste affectueux.

Il se retourna, la figure ravagée :

— C'est ce plantié[1]... Sûr que c'est ce plantié qu'il

---

1. *Plantié* : Escapade, école buissonnière. On « plante là » la classe.

a fait, Madame !... — Sa voix chevrotait. — On est dur avec eux, pour leur bien. Et puis, voyez...

Hoquetant soudain, il se laissa tomber sur le fauteuil, pour la première fois de son existence de serviteur.

— Sa mère lui avait dit : « Tu verras ton père, cette rossée qu'il te flanque, si tu t'avises encore de revenir dernier. » Tant comme il était intelligent, ce petit ! Qu'il aurait appris tout ce qu'il aurait voulu, si seulement il avait pas tant eu paresse !... Et alors, il a dit à son frère : « Tant pis, je ferai un plantié. »

Julia savait tout cela. Et leur inquiétude à tous, et la longueur de l'attente pendant que les hommes poursuivaient les recherches, et le vent qui, vers la minuit s'était mis à souffler du nord. Et Philo qui répétait :

« Mon beau petit, Madame, mon beau petit !... » et la regardait désespérément, comme si sa maîtresse eût eu le pouvoir de le lui rendre.

C'était Rodolphe qui avait retrouvé le gamin, au jour, après avoir battu le pays autour de Fontfresque. Plus loin que Barbegal, en pleine garrigue, dans un vieux moulin à vent découronné de son toit où les rafales s'engouffraient en tournant comme dans un puits. Un Fulcran tout piteux, recroquevillé dans sa pèlerine, transi, affamé.

« ... Mais il vous aurait fallu le voir, avait raconté Rodolphe, une fois l'omelette et le café bouillant avalés à l'auberge de Barbegal, si fier de revenir « *sur Jason, avec le maître* » qu'il en oubliait ses craintes, à propos de la réception paternelle qui l'attendait à la maison. »

La fièvre l'avait pris le lendemain.

— C'est pas ce qu'il aurait reçu, vous pensez bien, Madame. Sa mère qui s'était mangé les sangs toute la nuit, quand je suis rentré, elle l'avait déjà mis au lit, bien bouchonné, avec le moine. On lui a pas seulement rien dit. Il le savait bien qu'il risquait guère. Et puis, même, une correction, qu'est-ce que c'était pour lui ? Il en avait bien tiré d'autres. Pourquoi il l'a fait, ce plantié ? Pourquoi il l'a fait ?

Julia se sentait le cœur déchiré. De nouveau, elle s'approcha, et posa la main sur l'épaule tressautante d'Ernest.

— Ce n'est pas de votre faute. Tous les garçons font un plantié, une fois ou l'autre.

Son intonation était rauque.

Elle avait mal, au plus profond de son ventre, pour cet enfant qu'elle n'avait pas porté. Et mal aussi de se sentir coupable. C'étaient eux tous qui avaient décidé : « On en fera quelque chose. » Et Rodolphe avait dit aux parents : « S'il veut travailler comme il faut toute l'année, à la rentrée prochaine nous le mettrons à Avignon, à la Pension Malosse. »

« Profite, que Monsieur veut bien payer pour ton instruction. » Ils s'étaient mis à tarabuster Fulcran qui n'aimait que grimper aux arbres, pêcher des gobis à l'étang, dénicher les couvées de pendulines dans l'oseraie, et barboter dans la roubine, tout comme son aîné, que nul n'avait jamais songé à contraindre, « vu que, lui, pauvre, c'est pas une tête. »

Leur faute à tous. Mais Julia ne pouvait pas le dire. Elle souffrait cruellement de son impuissance à trouver un mot qui pût venir en aide à cet homme qui, cette fois, la prenait à témoin, elle, et non son maître, comme à l'accoutumée.

Pleurer avec Philo eût été moins amer.

Depuis le début de la maladie de Fulcran, toutes deux s'étaient relayées auprès de l'enfant. En vain Allarde, et Pierroune même, étaient-elles venues s'offrir. C'était « la maîtresse » que voulait Philo, elle et personne d'autre. Pour bassiner les tempes, pour donner à boire, pour essuyer la sueur du petit corps trempé, elles avaient la même économie de gestes, la même patience attentive et angoissée, jadis apprises au chevet d'un autre, avec les mêmes prières errant sans fin sur leurs lèvres.

— Vous n'en pouvez plus, ma pauvre chérie, avait dit Rodolphe, au seuil de la dernière nuit, en caressant le dos de sa femme et son lourd chignon un peu défait d'où sortaient des mèches. Mais il n'avait rien trouvé à redire à ce qu'elle veillât jusqu'à la fin.

Elle murmura, inclinée vers l'homme écroulé qui se taisait et reniflait à présent, la tête dans ses mains :

— Allez retrouver votre femme. C'est de vous, maintenant, qu'elle a besoin.

Cela aussi, elle le savait d'expérience.

Ce fut le jour de la Saint-Damien que Sophie, à l'improviste, fit irruption à Mogador.

Il était encore très tôt dans la matinée quand Julia, de sa chambre, entendit une galopade s'arrêter devant le perron.

Rodolphe était parti pour Tarascon, un moment auparavant.

Croyant qu'il revenait, elle courut ouvrir la fenêtre, et s'ébahit, à la vue de sa sœur.

— C'est toi. Que se passe-t-il ? Est-ce que Maman... ?

— Tout le monde va bien.

Julia descendit, comprimant de la main son cœur qui continuait à sauter douloureusement dans sa poitrine. « J'ai toujours peur, à présent », pensa-t-elle.

Mais le malheur aussi doit bien prendre le temps de souffler. Trois mois à peine depuis que Fulcran était au cimetière.

De près, les traits de sa sœur lui apparurent décomposés.

— Mon Finou !

Bouffie, les cils collés, les prunelles injectées. Vieille.

En un éclair, Julia revit la tante Augusta Angellier. « Et Père qui disait toujours qu'aucun de nous n'avait tiré de son côté ! »

Jusqu'à cette expression durcie des coins de la bouche que la jeune fille, « Pauvrette ! » semblait avoir prise à sa marraine.

— Mon Finou, que t'est-il arrivé ?

— Rien, dit Sophie, resserrant encore ses lèvres.

Julia prit une brève seconde pour se tracer une ligne de conduite :

— Bon. As-tu déjeuné ? Oui ? Cela ne fait rien. Viens toujours manger un morceau. Après une course pareille... Sans compter que le froid mord, ce matin. Tu es gelée, mon chou.

Elle entraîna sa sœur dans la salle à manger. Quelques minutes après, installée devant un bol de café au lait, un pain de sucre, un jambon, et des tartines de beurre, Sophie dévorait en silence.

Julia allait, venait, apparemment préoccupée de la seule routine ménagère, se contentant de veiller sur le service.

— As-tu assez de lait ? Remets une brise de sucre. Veux-tu que je t'en casse ? Reprends un peu de jambon.

Sophie vint à bout des tartines, repoussa le bol vide, mit les coudes sur la table, une joue contre son poing. Et finit par dire :

— J'étais partie sans rien prendre.

Julia ne se permit aucun commentaire.

La jeune fille paraissait à présent tomber dans une sorte d'hébétude.

— Il y a du feu, là-haut, dans ma chambre. Si tu montais te reposer un peu... ?

Sophie se laissa prendre par la taille, emmener, dorloter.

Julia lui retira ses bottes.

— Là. Allonge-toi.

Elle la couvrit avec l'édredon.

— Es-tu bien ? Attends, je vais tirer les volets.

Lorsqu'elle revint vers l'alcôve, dans la pénombre, elle s'aperçut que Sophie pleurait.

La jeune fille de vingt-quatre ans passés, — « *Dites donc, elle commence à se faire pécoulette, la petite sœur* », avait récemment remarqué Rodolphe — n'était pas tellement différente de l'enfant si peu démonstrative, si prompte à se refermer sur elle-même, si aisément butée, si réboussière [1].

Julia retenait toutes les questions qu'elle eût voulu poser.

— Ma chatoune, murmura-t-elle, en lui caressant les cheveux.

Sophie souleva la tête hors du creux de l'oreiller où elle enfouissait sa figure, et bégaya entre deux sanglots :

— Où est ton mari ?

— A Tarascon, dit Julia, bénissant le ciel qu'il y fût pour la journée.

— Ecoute, je ne veux voir personne. Si quelqu'un vient de la maison... Personne, tu entends ? Personne !... Et surtout pas Dorothée ! acheva sa sœur, âprement.

---

1. *Réboussière* : contient à la fois le sens d'irritable et de contrariante (cf. rebroussée).

« Dorothée ? » Julia éprouvait la sensation d'avancer dans un corridor obscur vers un filet de lumière passant sous une porte.

— Pourquoi voudrais-tu que Dorothée vînt ? avança-t-elle, d'un ton qui semblait affirmer simplement l'invraisemblance de l'hypothèse.

— Pourquoi ?... — La voix de Sophie prenait une modulation stridente. — Parce qu'à l'heure qu'il est, elle doit mourir de peur ! Et si tu veux savoir...

Tout vint d'un trait. A présent, débondés, le désespoir, la colère, la haine, coulaient intarissablement du cœur de Sophie.

L'histoire était à peu près telle que Julia se l'était imaginée. Pas très belle. Moins laide, peut-être, que ne la voyait Sophie, blessée de toutes parts. En juger à travers elle était malaisé. Anthime Brès paraissait avoir voulu se servir du sentiment qu'il avait inspiré à la jeune fille pour lui faire tenir le mauvais rôle dans une variante du *Chandelier*.

Mais peut-être, après tout, n'y avait-il rien eu de concerté. « Peut-être l'occasion seulement... Qui sait ? » se dit Julia. Malgré ce baiser passionné qu'avait surpris Sophie, la veille au soir, elle se découvrait soudain avide de croire à l'innocence de sa belle-sœur. « Après avoir prédit durant trois ans... et pis encore : avoir attendu cela, pour triompher ! » Devant le fait accompli, elle ne se sentait pas du tout triomphante.

« *Ce grand benêt de Constant, un jour ou l'autre, il se mordra les doigts...* » Et de ricaner.

Il s'agissait bien de rire, à présent.

Jamais elle ne s'était arrêtée sérieusement sur l'hypothèse. Jamais elle ne l'avait raisonnée jusqu'au bout. Jamais elle n'avait pressenti que le coup qui frapperait son frère l'atteindrait aussi.

« Ce que c'est que de manquer d'imagination », se dit-elle. Mais l'ironie avait un goût de fiel.

« Constant. Sophie... Sans compter Mère. Oh ! mon Dieu !... Comment sortir de là ? »

Elle se pencha sur sa sœur.

La respiration de la jeune fille s'était faite profonde, large, régulière. Julia s'aperçut qu'elle dormait.

La rancune l'envahit. « Sotte fille ! Hier encore si entichée de sa Dorothée. » Et maintenant...

« A toi de porter le poids, de réfléchir, de te tourmenter, de chercher un remède, » disait le sommeil de Sophie.

« Mais moi, mes propres affaires, nul ne les a jamais débrouillées à ma place. »

Un train de maison comme celui de Mogador à diriger, ni Sophie ni Dorothée n'évaluaient ce que cela représentait de peine, à coup sûr.

« Il n'y a que maman qui puisse le comprendre. »

Elle évoqua le visage de cette Constance qu'avaient connue ses jeunes années. Et se souvint : « *Doucette, aidez-moi... Il faut absolument que vous m'obteniez de Père...* » Un visage fané, à présent, et si las. Chaque trait révélait une longue usure.

Qui savait encore, depuis la mort de l'oncle Flavien, s'il y avait jamais eu une Constance de Sauzade insouciante, rieuse, peut-être un peu évaporée, peut-être capable d'exiger quelque chose des autres au lieu de tout leur donner ?

Pour Constance Angellier, depuis longtemps la mesure était comble.

« Très bien, conclut Julia, étouffant un soupir, puisque c'est mon tour... ! »

Redressée de toute sa petite taille, elle raidit ses épaules et quitta la pièce sans bruit pour s'en aller vaquer à ses occupations habituelles, tout en tournant et retournant les données du problème.

Une heure plus tard survint Constant.

C'était lui qu'elle espérait.

« A la place de Dorothée, moi, je serais venue. Mais c'est que, précisément, Dorothée... » Avec satisfaction, malgré tout, elle se sentit justifiée de n'avoir jamais éprouvé une once d'estime pour la jeune femme.

— Sophie est ici, commença-t-elle, avant même que son frère n'eût parlé.

Constant prit une goulée d'air. Puis, s'essuya le front où perlait la sueur, malgré la petite bise piquante de ce matin de février.

— Sais-tu qu'elle a quitté la maison avant le jour sans rien dire à personne ?

Julia fit oui de la tête.

— ... Maman et Dorothée sont folles d'inquiétude.

Un imperceptible pli de sarcasme vint aux lèvres de Julia : « L'inquiétude de Dorothée... Certes, elle a de quoi l'être. »

Puis, elle observa qu'il avait dit : « Maman » d'abord. L'an dernier, songea-t-elle, c'eût été sa femme ; et non pas Dorothée, mais Dorette. Son regard se posa sur Constant. Jusqu'à quel point ignorait-il ce qui se passait ?

Il cilla légèrement. Mais n'en fut que plus comminatoire :

— Où est-elle ? Va me la chercher. Qu'est-ce qui lui a pris ? Je la ramène à l'instant. Deux gifles, voilà tout ce que mériterait sa...

— Sophie a l'âge de raison, mon ami. Je crois que tu l'oublies.

Le pli moqueur s'accentuait au coin de la bouche de Julia. « *Deux gifles* » étaient apparemment la panacée de Constant pour ce genre de situation. Elle se rappelait une occasion où il l'en avait menacée. Et le parallèle l'amusait, quoi qu'elle en eût.

— Pour l'instant, elle dort ; et c'est ce qu'elle a de mieux à faire. Inutile de la mêler à la conversation.

Constant serra les mâchoires.

— Il semble que tu aies des choses urgentes à me dire ?

— Deux ou trois, lui concéda Julia, avec une négligence étudiée. Mais, de préférence, ailleurs qu'au milieu de l'entrée. Allons, viens.

Il se laissa conduire jusque dans le bureau de Rodolphe.

Julia s'assit au coin de la cheminée, et prit les pincettes pour attiser le feu.

Son frère attendait, sur le qui-vive.

— Comment va ton fils ?

— Bien.

Elle fourragea dans les braises.

— Exactement, cela lui fait... voyons, quel âge ?

Constant la dévisagea, interloqué :

— Quinze mois, tu le sais bien.

Et, furieux, ajouta :

— Ecoute, je ne suis pas ici pour parler d'Edmond. Le sujet qui importe...

— Nous y sommes en plein, coupa Julia, avec calme.

— Comment ? Non, mais... est-ce que tu... ?

Elle remit les pincettes à leur place, enfouit ses doigts dans la fourrure du chat qui venait de sauter sur ses genoux, et, profitant de la stupeur de son frère, continua, imperturbable :

— Quinze mois ? dis-tu. Eh bien ! mais cela me paraît parfait. Tu devrais maintenant songer sérieusement à en avoir un autre.

Constant réprima un sursaut, et crispa les mains sur les accoudoirs de son siège.

— Que veux-tu dire par là ?

— Rien d'autre que ce que j'ai dit. As-tu besoin que je répète ?

Leurs regards se mesurèrent.

Le chat ronronnait comme un moulin, sans le moindre tact.

— Non, dit enfin Constant, lentement. Mais je voudrais que tu précises.

« Allons-y », pensa Julia.

Une sorte d'alacrité s'emparait d'elle à la perspective de l'assaut. Après tout, cela irait mieux qu'elle ne l'eût cru. Elle se sentait parfaitement maîtresse de soi, maîtresse de ce qu'elle se préparait à dire. Et Constant, pour son bien, allait recevoir la monnaie d'une vieille pièce.

— Fort bien, dit-elle, d'un ton paisible. Voici donc quelques sujets de réflexion que j'ai à te soumettre. — Elle le vrilla d'un coup d'œil aigu et le vit tendu malgré ses efforts pour demeurer impassible. — D'abord, quand un garçon prend femme, il ferait sagement d'en choisir une qui soit autre chose qu'un bibelot de salon. Et d'un.

Elle guetta la réaction de son frère en se faisant les griffes dans l'épaisseur du pelage du chat. Mais il se contenta d'articuler :

— Ensuite ?

— Ensuite, — une petite flamme pétillait au fond de ses pupilles — lorsqu'on s'est révélé capable de faire une scène à sa propre sœur, sans beaucoup de jugeotte, sur la prétendue immodestie de sa conduite, l'on devrait être tout aussi capable de contraindre son épouse à garder un peu plus de modestie dans la sienne. Et de deux. Tu me suis ?

— Parfaitement, acquiesça Constant.

Il était blême, mais fit un effort méritoire pour persifler :

— Et, soit dit en passant, je rends hommage à l'excellence de ta mémoire.

— La Mule du Pape mit sept ans, dit Julia, froidement.

Elle sentait qu'elle prenait goût de plus en plus au dialogue.

— Tu la dépasses d'une bonne encolure, lui rétorqua Constant avec la même froideur.

Julia s'humecta les lèvres du bout de la langue. Indéniablement, il y avait du plaisir à jouter avec lui. Rodolphe n'offrait guère d'occasions pour cette sorte d'escrime. Vociférer ou rire était toute sa méthode.

— Continue, dit Constant, serrant légèrement le mot entre ses incisives.

Elle ne se le fit pas redire.

— Tertio : si l'on ne sait pas être autoritaire, il faut s'efforcer d'être intelligent. J'aurais cru que tu l'étais suffisamment pour découvrir tout seul la meilleure occupation à donner à une femme afin d'éloigner d'elle les galants à qui la petite sœur ne sert que de prétexte. Est-ce clair ?

— Cela pourrait l'être encore davantage ! — Renonçant soudain à se contenir, Constant jaillit hors de son fauteuil et saisit brutalement le poignet de sa sœur : De quoi au juste Sophie et toi accusez-vous Dorothée ? J'aimerais te l'entendre formuler, avant d'aller en demander raison à monsieur Brès.

Julia lui arracha sa main avec rage, tandis que le chat, dérangé, prenait la fuite.

— Là ! je l'attendais ! Mais laisse donc monsieur Brès tranquille si tu ne veux pas te rendre grotesque ! — « La manie qu'ont les hommes de se battre !

Comme si cela réparait jamais rien ! » — De quelle raison arguerais-tu ? poursuivit-elle, tandis qu'il la scrutait. Avait-il fait sa demande, pour Sophie ? Non, n'est-ce pas ? Alors ? Et quant à ta femme... — Elle le regarda durement : — ... s'il s'était passé quelque chose de réellement grave, penses-tu que j'aurais tenu à te mettre le nez dedans ?

Le regard de Constant continuait à fouiller le sien. Julia le sentait tenté de la croire, mais impuissant à y parvenir.

« Depuis combien de temps ses propres doutes... ? » Avait-il eu déjà d'autres indices qu'ignorait Sophie ?

Le mal qu'il allait falloir se donner pour défendre quelqu'un qui, vraisemblablement, était coupable... « Tant pis ! » pensa Julia. « Même si je la sauve. Ce n'est pas elle qui compte. »

Elle entreprit de mentir, délibérément :

— Désires-tu les détails ? Les voici, tels que je les tiens de Sophie. Hier soir, elle a surpris son prétendant aux pieds de ta femme, fort occupé à lui chanter la cavatine des aveux, tandis que Dorothée se défendait en riant très fort.

« Vierge Mère ! » cela eût fait un bien mauvais tableau de genre. Allait-il avaler pareille craque, ou... ? Elle se hâta d'enchaîner avec volubilité :

— Essaie de te représenter le choc qu'a reçu cette petite ; l'humiliation, le sentiment d'être bafouée, le chagrin, la jalousie, le... Enfin, cela est mille fois suffisant pour motiver sa fuite, et... et son désir de ne plus entendre prononcer le nom de cet homme. Je suppose que tu peux le comprendre, non ?

De nouveau, elle planta son regard dans celui de son frère, et vit avec soulagement que, cette fois, il la croyait.

Mais la partie n'était pas encore gagnée.

— En ce qui la concerne, tu vas me promettre de la laisser tranquille, et te porter garant que nul, à la Sarrazine, ne risquera la moindre allusion. Sinon, je la garde. Quant à ta femme, tu es libre, évidemment, de lui faire confirmer ce que je viens de te raconter.

Voyant qu'elle avait touché juste, elle laissa agir l'argument et les réflexions qu'il suggérait à Constant, avant de continuer d'un ton paisible :

— Entre nous, si tu veux un conseil, tiens ta langue aussi avec elle. Au fond, elle n'a que des imprudences à se reprocher. — « La gaupe ! Que Dieu m'assiste ! » — Tout ce que tu lui diras ne fera que l'aigrir, et risque d'envenimer les choses entre elle et Sophie. Vois-tu, le plus simple serait que tout le monde fît comme si rien ne s'était passé. Je pense que je parviendrai à vous ramener la pauvrette dès ce soir, si je puis lui donner l'assurance qu'elle n'aura aucune explication pénible à subir. Est-ce entendu ? Tout bien pesé, je crois que tu peux raisonnablement me faire cette promesse.

Constant demeura un instant silencieux.

— Oui, dit-il, enfin. Je le crois aussi. Tu n'as jamais beaucoup aimé Dorothée, n'est-il pas vrai ?

Les narines de Julia se dilatèrent.

— En effet.

Elle attendit. Puis, le voyant hocher la tête sans rien ajouter, elle questionna sur un ton de bravade :

— T'imagines-tu que je l'aie noircie à plaisir ?

— Non.

Il se pencha vers elle :

— Mais pas davantage que tu aies pu être tentée de l'épargner. Hein ?

Elle lui adressa un sourire indéfinissable.

— Pourquoi le ferais-je ?

Constant marmonna quelque chose sur la mesquinerie bien connue des femmes. Et l'embrassa sans chaleur pour prendre congé.

Julia le regarda partir, à la fois satisfaite et dépitée du résultat de sa diplomatie.

Restait Sophie.

Mais elle savait comment la manœuvrer. « Veux-tu, oui ou non, prendre ta revanche sur cette créature ? Si tu quittes la place, tu es vaincue. Si tu restes, n'oublie pas qu'elle est à ta discrétion, désormais. » Elle connaissait sa race. L'orgueil et l'esprit vindicatif des Angellier, sa sœur les possédait au suprême degré.

Dûment chapitrée, Sophie, mieux que quiconque, saurait faire payer à Dorothée le prix de sa trahison, chaque jour qui viendrait.

Elle se passa voluptueusement la langue sur les lèvres à cette pensée, et monta réveiller la jeune fille.

12

A Mogador comme à la Sarrazine, 1868 fut une année désastreuse. Une forte gelée tardive avait anéanti dans leur fleur les promesses de la vigne et des arbres fruitiers. La grêle, puis la sécheresse prolongée s'en mêlèrent. On eût dit que le ciel avait juré d'épuiser le calendrier des calamités.

En décembre, lorsque Julia eut établi le bilan, il fallut envisager des mesures pour pallier le manque de disponibilités destinées aux dépenses courantes, et combler le déficit.

Réduire les frais de l'exploitation eût été le plus simple.

La pensée n'effleura pas un instant Rodolphe de restreindre le personnel. Ceux qui, depuis dix ou vingt ans, sous ses ordres, avaient donné leur sueur et le meilleur de leur vie à cette terre s'étaient acquis à ses yeux le droit d'y demeurer, quelles que fussent les circonstances.

Julia, elle, y avait songé. Aussi bien la longue inaction de l'hiver dans lequel on entrait eût, à la rigueur, justifié le licenciement d'une partie des hommes.

Implicite chez l'un, raisonné et pesé chez l'autre, un même sentiment d'impossibilité leur dicta leur conduite : la question ne fut pas abordée.

Julia se contenta de mettre leur train de vie familial sur le pied de la plus intransigeante économie.

— Que vous êtes nigaude ! Quelques napoléons de plus ou de moins ne nous feront ni plus ni moins riches, grommelait son époux, chaque fois qu'il la voyait se dresser en travers de l'une de ses velléités de largesses. Allons, laissez-moi vous mener dimanche à cette représentation. Je sais bien que vous en avez envie. Avouez-le donc.

Pas tant que lui, en tout cas. Et deux napoléons d'un côté, trois de l'autre, faisaient une somme, au bout du compte. Et quelle femme eût aimé se montrer à l'Opéra devant tout Avignon, vêtue d'une robe de l'année dernière ?

— Sacrédié ! faites-vous-en faire une autre ! Diraiton pas que nous sommes à la mendicité ?

Julia haussait les épaules. Et tenait bon, ayant arrêté sa résolution une fois pour toutes.

— Question de principe, mon ami.

Maussade, exaspéré de se sentir tenu en brides, Rodolphe envisagea d'hypothéquer le domaine.

— Aujourd'hui, à Tarascon, je suis passé chez le notaire. Maître Daubenois m'a trouvé un prêteur discret. Ce ne serait que pour six mois, et, comme l'hypothèque est sûre...

Il n'alla pas plus loin dans son exposé. Sa femme s'était dressée d'un trait :

— Une hypothèque ? Etes-vous fou ?

Elle prit feu comme un serpenteau, et lui courut sus en jetant des étincelles.

Dix générations d'Angellier s'opposaient par sa bouche à toute atteinte à leur suzeraineté de propriétaires : comment Rodolphe pouvait-il... ? Eût-il osé accepter pareille perspective s'il fût né sur ce sol ? On voyait de reste que la terre des labours n'avait pas eu le temps de coller bien fort aux souliers des Vernet...

— Mais, tonnerre de nom ! fulmina-t-il, mis hors de lui par l'allusion, langue d'agasse[1] que vous êtes, je voudrais que vous me disiez si vous connaissez une autre solution pour nous en tirer.

— Parfaitement, j'en connais une. Et voilà assez longtemps que je me demande quand vous allez vous décider à y recourir.

Rodolphe allait et venait rageusement à travers la pièce, malmenant le mobilier placé sur son passage. Il s'arrêta net, et se retourna. Pour s'entendre lancer en pleine figure :

— Vos fameux Suez, qu'attendez-vous pour les vendre ?

— Mes Suez ! Jamais de la vie !

Un coup de poing ponctuant sa détermination fit trembler le bureau.

— Il y a de l'or à gagner dessus. Ce n'est pas le moment de s'en défaire.

Sa femme le regardait, outrageusement calme et sarcastique.

Ravalant son indignation, il baissa le ton et s'efforça de prendre la même attitude.

1. *Agasse* : pie.

— D'ailleurs, pour ce qu'il m'en reste ! Vous oubliez probablement que la moitié a passé à payer le bois, la ferme Testud, et les olivettes.

— Et puis après ? Vendez le reste, pour les garder.

— Mais, sacré bon Dieu ! il n'est pas question de les perdre ! Savez-vous, oui ou non, ce que c'est qu'une hypothèque ?

Bien sûr, elle le savait.

Impavide et obstinée, elle lui martela :

— Assez pour vous assurer qu'aucun étranger ne s'acquerra de droits sur le bien de mes enfants tant qu'il me restera un moyen de l'en empêcher. Vous pouvez m'en croire.

— Je ne vendrai pas mes Suez, dit Rodolphe.

— Alors, reprit Julia, faisant donner la Garde, c'est moi qui vendrai les diamants que vous m'avez donnés.

— Bonne idée, ricana-t-il. Et comment vous y prendrez-vous ? Peut-on savoir ? Je vous vois, allant trouver à la nuit close, en petit équipage, un usurier de la rue Juiverie qui vous estimera la parure au dixième de sa valeur.

Julia le dévisagea, d'une prunelle brillante et froide.

— Vous vous trompez. J'irai tout bonnement place du Change, là où vous les avez achetés. Lheureux ne refusera pas de les reprendre. Et c'est vous qui en aurez la honte.

En attendant, il en avait déjà le souffle coupé.

— Sacr..., commença-t-il, écumant.

— Et si vous m'y poussez, conclut Julia, sans merci, je vendrai l'argenterie.

La porte claqua à toute volée sur un homme en proie à des idées de meurtre, à qui sa dernière lueur de raison conseillait de prendre du champ.

Encore frémissante, Julia se remit à ses additions.

Penser au bijoutier venait de lui rappeler, en outre,

qu'elle allait avoir à choisir — et à payer — le cadeau de baptême pour la petite Emilie Angellier.

« Mon frère a bien mal pris son temps » songea-t-elle, oubliant qu'il n'avait fait que suivre ses directives.

Constant aussi se débattait dans les difficultés.

« Encore a-t-il de la chance que le mariage de Sophie ne se soit point fait. S'il avait dû retirer actuellement la dot de la propriété, ce n'est pas l'argent de sa femme qui aurait sauvé la Sarrazine. »

A Tourvieille, Antoine, lui, ne s'en sortait que grâce à sa belle-famille.

« L'argent... l'argent... » Tout le jour, Julia ne faisait plus guère qu'y penser. Cela devenait le leitmotiv de sa vie. La nuit, l'angoisse des échéances à venir la tenait souvent éveillée. C'était cruel, après toutes ces années prospères où l'on avait si bien perdu l'habitude de liarder.

« C'est pire qu'en 56 », pensait-elle. En 56, Mogador n'était pas à moitié aussi grand. L'existence non plus n'était pas la même. « La vie de plus en plus chère. Tout ce monde à nourrir. » Elle comptait les bouches, les recomptait. « Les valets, les servantes. Et les enfants. En 56, Cyprien seul était là. Un tout-petit, au maillot... »

« Ah !... » Retrouver la jeunesse, les forces intactes, intact l'espoir en l'avenir et vivant le petit être que n'avait remplacé aucun de ceux qui étaient nés ensuite.

« Maintenant, il aurait douze ans. Maintenant, il... » Julia connaissait bien ce jeu triste. Elle et Philo y jouaient trop souvent. « Cyprien, Fulcran... » Pour celui-ci, le premier anniversaire était à peine passé.

— Déjà un an. Ça semble pas possible, Madame.

Elle acquiesçait de la tête.

Les deux petits compagnons. Couchés non loin l'un

de l'autre, après s'être tant amusés, tant chicanés ensemble.

Et les autres cessaient de ressembler à ce qu'ils avaient été. Amélia allait faire sa première communion au printemps ; elle entrerait au couvent en octobre. Un an encore et ce serait au tour d'Henri de quitter la maison. Henri, le plus tendre, le plus attentionné auprès d'elle. Il s'en irait aussi à Avignon. Non pas au Lycée, du moins, mais chez les Pères Jésuites. Elle avait obtenu de Rodolphe cette concession, de haute lutte. Eloi, lui, travaillait à présent dans les terres sous l'autorité du maître-valet.

Tous trois avaient grandi trop vite. « C'était hier que je les avais là », tous alors si étroitement dans sa dépendance, encore chancelants sur leurs petites jambes. « Avène, avène [1]... » Et quand ils étaient parvenus à faire quelques pas, ils s'abattaient contre elle et elle les soulevait vite dans ses bras. C'était hier.

Hier aussi qu'elle était jeune. A présent, cette fraîcheur qui veloute un jeune visage, pareille au duvet d'une pêche intacte, avait disparu du sien. A présent, chaque soir, elle se sentait lasse. A présent, monter un étage en courant l'essoufflait.

A présent, il advenait que Frédéric, paresseux et câlin comme il savait l'être, se suspendît en vain à ses jupes :

— Portez-moi un peu, maman, dites !

— Tu deviens trop lourd, mon chéri.

Et elle s'étonnait aussi, parfois, de ne plus retrouver en elle ses réserves de patience pour endurer les lamentations d'Adrienne, la petite dernière qui traînait les pieds en marchant et se plaignait sans cesse que « Fédéï » ne voulût pas d'elle pour s'amuser.

---

1. *Avène, avène...* : Viens, viens...

— D'abord, elle est trop petite. Et puis c'est rien qu'une fille.

— Prends-la quand même avec toi, mon Frédéri. Pour me faire plaisir. Veux-tu ?

— Oui, Maman.

Frédéric ne disait jamais « non ».

Bien peigné, bien lavé, coquettement ajusté par les soins de Philo, il s'en allait, remorquant la petite sœur par le poignet.

Un moment après, l'un des grands trouvait Adrienne abandonnée de l'autre côté des noisetiers, ou derrière les fusains, pleurant sans bruit dans son manchon de fourrure. Et quelque valet ne tardait pas à ramener en riant à la maîtresse un Frédéric hirsute, sale, fleurant la paille, le crottin, ou la terre fraîchement remuée des emblavures où se faisait le labour d'hiver.

Il avait refusé en reniflant de dédain le vieux poney d'Amélia et d'Henri ; et s'en était expliqué d'homme à homme avec Rodolphe, non sans zézayer :

— Moi, je veux un vrai cheval.

— Et comment tiendras-tu dessus ?

— Henri m'apprendra.

Il ne craignait ni les boumians qui volent les enfants, ni la Bambarouche qui les mange, ni le diable, ni son propre père. Et guère plus Dieu et Julia. Mais son frère aîné eût pu exiger de lui n'importe quoi. Lorsque Henri et Amélia l'admettaient dans leurs jeux, un grand souffle de paix passait sur la maison. Le chat sortait de dessous les meubles. Julia pourvoyait Adrienne d'images à découper et, tranquille, provisoirement, en revenait à ses calculs.

« La robe de communiante. Des vêtements de cérémonie pour tous. Le repas de famille. »

Ce n'était rien encore. Après cela, viendraient les frais de pension. Puis...

De l’argent à trouver sans cesse. « Mon Dieu, faites que cette année-ci soit bonne. Nous en avons tellement besoin. »

Quatre longs mois demeuraient à passer, avant les premiers espoirs de récoltes.

« Si Rodolphe voulait seulement être raisonnable ! »

Mais il semblait n’avoir d’autre préoccupation en tête que de rejoindre ses amis à la chasse, se couchait tôt, partait de grand matin, et ne rentrait que pour le repas du soir. Sa femme trouvait à peine l’occasion de lui adresser la parole.

Une huitaine de jours après leur dispute, cherchant vainement où prendre de quoi finir l’année, elle se sentait en proie à la tentation d’exécuter ses menaces, lorsqu’il rentra, un soir, boutonné dans son carrick et coiffé de son chapeau de ville.

« Tiens, pensa-t-elle, il est allé à Avignon. »

Sans un mot, Rodolphe se fouillait.

Il tira de sa bourse plusieurs rouleaux d’or qu’il jeta sur la table.

Inutile d’en demander la provenance. Sa mine renfrognée valait tous les éclaircissements.

Julia respira à fond.

— Là. J’espère que cela vous suffira, au moins, grogna-t-il.

Elle réprima un mouvement de révolte. « On croirait vraiment que je gaspille. Moi qui, toujours... ! »

Puis, se représentant ce qu’il avait dû en coûter à son mari :

— Je l’espère aussi, dit-elle sans acrimonie.

Rodolphe ne la regardait pas.

Doucement, elle ajouta :

— Je ferai de mon mieux.

Elle avait bonne envie de se jeter dans ses bras.

Mais, l'examinant à la dérobée, elle se retint, comprenant que c'eût été la pire des maladresses.

De toute évidence, Rodolphe tenait à savourer tout son saoul l'amertume du sacrifice et la rancune qu'il éprouvait à l'égard de sa femme.

En passant à table, elle pria mentalement pour que le dîner fût au goût de Rodolphe, qu'Henri eût trouvé tout seul la solution de son problème et achevé ses devoirs et qu'Amélia ne fût pas dans un de ses jours d'insolence.

La Providence en usa généreusement avec elle. Mais ni la sagesse de ses deux aînés, ni la légèreté du soufflé au fromage pour lequel il avait cependant une prédilection, ne déridèrent le maître de Mogador.

Ce ne fut qu'à la veillée, une fois les enfants remontés chez eux, qu'il se décida enfin à rompre son propre silence. Et il fit comme s'il allait mordre.

— Il faudrait aller chercher ce cadeau pour l'enfant de votre frère.

Du même ton hargneux, il ajouta :

— Je veux quelque chose de convenable. Entendez-vous ?

Julia quitta son fauteuil et vint par derrière mettre sa joue contre la sienne.

— Eh là ! Faites donc attention. Vous allez vous brûler.

Il ôta tout de même la pipe d'entre ses dents et la posa sur le coin de la cheminée.

Sa femme en fit la remarque et se serra plus fort contre lui, sans répondre.

De si près, elle voyait ce profil démesurément grossi, étrange, comme un rivage aux reliefs inconnus.

Encore rogue, il marmonna :

— Auguste Verdet m'en a raconté une bien bonne.

Julia eut envie de sourire aux anges. Il n'allait plus

pouvoir se tenir longtemps de lui faire le récit de toutes les nouvelles.

Elle contourna le fauteuil et se glissa sur les genoux de Rodolphe, sans qu'il la repoussât.

— Et quoi donc, mon cher cœur ? Dites-moi cela.

Il avança la lèvre, simulant encore le détachement.

— Eh bien...

Un soupçon de malice naissait déjà au creux de ses maxillaires.

— Vous connaissez de réputation la femme du marchand d'huile de la rue Anguille ? Figurez-vous que, ces temps derniers, à ce qu'on dit, le petit docteur Garcin, après tant d'autres, avait pas mal... heu... pas mal trempé dans la jarre...

Le rire de Julia stimula sa verve. Il passa un bras autour de la taille de sa femme.

— ... Bon. Voilà que l'autre dimanche, au prône, le curé de Saint-Agricol...

Le paquet de Suez parti à la dérive sombrait quelque part au grand large de l'oubli.

Tandis que Julia vivait avec le livre des dépenses pour horizon, les jours, bons ou mauvais, continuaient leur course. L'hiver s'en fut ; puis le printemps.

La fenaison était finie, les cocons vendus au marché, la moisson rentrée, quand elle s'avisa, un beau matin, que Mogador était tiré de peine.

Rodolphe rit lorsqu'elle le lui fit remarquer :

— Vous en doutiez donc encore ?

Et, là-dessus, il mit une nouvelle fois à mal leur budget en organisant une de ces coûteuses fêtes d'été qu'il aimait à donner dans le parc.

Jamais les perspectives n'en avaient été plus nobles, les allées plus ombreuses, les fûtaies plus fournies, les taillis plus verts, la pelouse plus épaisse, les fleurs plus innombrables et leur parfum plus fort, le miroir d'eau plus romantique. Rodolphe en était tout glorieux.

Et la douce lumière tremblotante des lampions, les bouffées de musique, le brouhaha, l'animation, les fracs et les robes de bal seyaient à tant de beauté qui semblait immuable, la parant précieusement pour un soir du charme, un peu fou, un peu mélancolique, de tout ce qui est bref, léger et fragile, plus encore que notre vie ici-bas.

Julia revêtit ce soir-là une de ces robes nouvelles, plate par-devant et dessinant audacieusement les jambes et le contour des hanches, dont l'ampleur, ramassée en se retroussant sur les reins, s'effilait dans une longue traîne.

— Ma parole, vous paraissez grande, là-dedans, constata Rodolphe, l'examinant de l'œil critique du connaisseur.

Elle ne demandait qu'à le croire.

— Vous aimez le drapé de cette jupe, mon cœur ?

— Hé ! hé !... Pourquoi pas ?

Mais le temps n'était plus où il fût venu rôder dans la chambre de sa femme, encombrant, impatient, admiratif, les mains indiscrètes, prêt à tous les saccages, tandis qu'elle s'habillait.

Ce soir, à s'en souvenir, Julia regrettait un peu certains refus, jadis opposés à une fringale de la dernière minute.

Une voiture, la première, franchit la grille et s'engagea dans l'allée d'honneur.

— Crédié ! que cette nuit est belle, dit Rodolphe, venant se placer à côté de sa femme, en haut des marches du perron.

Ses narines dilatées aspiraient à pleins poumons l'air

tiède et l'imperceptible brise nocturne chargée de tant de senteurs mêlées.

Julia lui jeta un coup d'œil.

Bien pris dans ce frac qui amincissait sa taille épaissie par la quarantaine et mettait en valeur la puissance de son torse, il ressemblait si fort au Rodolphe de leurs premières rencontres qu'elle en ressentit un choc au cœur. Le même émerveillement tendre, le même frisson violemment charnel, fondirent sur elle.

Il se pencha, avec ce tic de se passer la langue sur les lèvres qui était familier à Julia.

— Tout est prêt ?

Elle ne put que hocher la tête. Dans sa gorge serrée affluait l'eau du désir, pour un homme qui partageait son lit depuis plus de quatorze années.

— Ce sont les Marquet-Rageac, je crois bien, dit Rodolphe après un regard vers la voiture.

Il se pencha un peu plus pour lui murmurer :

— Sacrédié ! vos yeux brillent comme des chandelles.

Peut-être qu'aux siens, elle aussi, à cette minute, avait de nouveau vingt ans. « Un moment, rien qu'un moment. Comme alors... Sainte Vierge ! si c'était possible... »

Elle vit s'ouvrir la portière, et apprêta son sourire.

Au fond du vestibule, Lucie, tenant sa traîne, descendait l'escalier, suivie d'Antoine qui mettait ses gants.

Un contrevent grinça faiblement, là-haut, au second, du côté de la chambre des garçons. Les enfants devaient se bousculer derrière, pour mieux voir.

Tout en saluant ses invités, Julia se représentait les quatre têtes pressées, attentives à ne rien perdre du défilé qui commençait.

Encore un peu de temps, et la fête se donnerait pour

l'aînée. Amélia ferait son entrée dans le monde ; elle aimerait, elle vivrait, pour son propre compte, au lieu de se jouer sempiternellement la même histoire d'amours fidèles et déchirantes, d'être Geneviève de Brabant, Dona Sol, ou la femme de Thibault de Champagne.

Dans quelques semaines, le couvent allait mettre fin à ses leurres.

Julia préparait déjà le trousseau de pensionnaire. Mogador ne reverrait plus la fillette fantasque qui s'en allait par les allées, en pèlerinage au tombeau du Croisé, entraînant ses frères à sa suite comme des figurants dans un drame historique de Monsieur Dumas.

Lequel des garçons, après elle, pour les besoins d'un jeu nouveau, rebaptiserait peut-être autrement la vieille dalle fendue ?

Le jour où Rodolphe et Julia la conduisirent à la Visitation, ils eurent tous deux l'impression qu'ils perdaient leur fille.

Tout tristes, ils s'en revinrent à Mogador.

Le long du chemin, les vignes touchées de rouge, les tournesols cassés par la récente tornade de pluie, les feuilles jaunies tombant des platanes, évoquaient la fin proche d'une belle année.

Leurs mains se rejoignirent.

— Bah ! trois mois à peine, fanfaronna Rodolphe, sans conviction, après un long moment de silence.

La jeune demoiselle qui reviendrait aux vacances de Noël, à quoi diable ressemblerait-elle ?

La pensée qu'il allait revoir Amélia le dimanche suivant n'avait rien qui le réconfortât : « Ce parloir. Cette atmosphère... »

A la maison, privé de sa sœur, Henri faisait peine à voir. Il en perdit l'appétit, plusieurs jours durant ; et le curé de Fontfresque qui lui donnait ses leçons quotidiennes se plaignit de lui pour la première fois.

Tant et si bien qu'au début de novembre, Rodolphe éprouva le besoin d'une diversion.

Il fit prier Mme Angellier de venir remplacer sa fille auprès des petits, pour une huitaine. Et, magnanime, saisissant l'occasion aux cheveux, emmena Julia voir l'Impératrice qui s'embarquait à Marseille pour aller en Egypte inaugurer ce fameux canal de Suez.

— Dire que si j'avais gardé mes actions...

Il n'acheva pas. Et, de tout le voyage, ne se permit aucune autre allusion.

Sa femme estima à sa valeur l'héroïsme de ce silence.

Le printemps suivant apporta un Vernet de plus à la branche cadette.

— Trois garçons ! grommela Rodolphe en l'apprenant.

Il rêva un moment et conclut :

— Crédié ! Lucie fait bien les choses.

Tout en taquinant son chien du bout de sa botte, il guettait Julia du coin de l'œil.

Elle ne releva pas le propos. Mais un raidissement dans son attitude déconseillait l'insistance.

A trente-cinq ans sonnés, l'on ne joue plus à la jeune mère sans ridicule. Et d'ailleurs : « Moi aussi, je les ai eus, mes trois garçons. » Son mari pouvait-il l'oublier si complètement ? Et se soucier si peu du mal que pouvait causer l'injustice du reproche contenu dans ses paroles ?

Elle lui décocha un sourire d'une ironie crispée :

— Patientez. D'ici peu, Amélia sera en âge de nous donner des marmots.

Rodolphe goûta peu la perspective :

— Ah ! ça ! dites donc, j'ai toujours de quoi suffire à la tâche, ce me semble. A quarante-cinq ans, mon père, lui, n'avait pas encore fait souche. En ai-je été plus mal réussi ?

Mais tous les arguments étaient inutiles dès lors que Julia avait décidé d'y demeurer sourde.

L'approche du plébiscite détourna heureusement le cours des idées de Rodolphe.

Les élections de l'année précédente avaient déçu son attente. Ses amis avignonnais écartés depuis 1865 de la mairie avaient de nouveau perdu la partie. Elue sous l'étiquette libérale, la municipalité en fonctions critiquait acerbement la gestion de ses prédécesseurs tout en recueillant le fruit de leurs travaux avec le mérite des embellissements dont ils avaient fait bénéficier la ville.

Rodolphe s'en indignait sans mesure.

— Je me demande bien comment un honnête homme comme Désiré Amic peut s'être allé fourvoyer dans cette clique Poncet qui se prétend démocrate et ne fait que de la démagogie.

Il mettait ses espoirs dans cette consultation en masse, confiant dans l'opinion populaire qui avait porté Napoléon III au pouvoir.

Le matin du 9 mai, il galopa jusqu'à Avignon, aux nouvelles.

Julia le vit revenir satisfait à demi : sept millions de « oui » sur onze millions de suffrages assuraient au gouvernement impérial une majorité solide. Il n'en demeurait pas moins qu'une opposition s'affirmait, de jour en jour plus tenace, plus violente.

La polémique des républicains montait de ton. Rodolphe rapportait de la ville des numéros de la *Lan-*

terne et commentait avec des vociférations les articles de Rochefort.

— Pourquoi les lisez-vous ? demandait Julia, avec son sourire du coin des narines.

— Parce que ! disait-il vexé. Vous n'y comprenez rien. Il est indispensable de se tenir au courant des manœuvres de l'adversaire.

Après quoi, il se retenait, durant un jour ou deux, d'exhaler sa vindicte devant elle et de lui infliger la lecture à voix haute des passages qu'il estimait particulièrement intolérables.

Fort heureusement, l'année était bonne.

Julia entraînait son époux voir les blés qui blondissaient sous le soleil.

— La belle terre, mon cœur, regardez.

Il essuyait son front en sueur, remettait son panama, cueillait un épi, l'examinait, hochait le menton. Et les phrases corrosives de Rochefort cessaient de bourdonner dans sa tête.

La chaleur effeuillait le romarin, le ciste et l'argelas [1], aux pentes des Alpilles. Chaque foulée des chevaux écrasait des touffes d'aspic ou de thym.

Ils continuèrent, évitant le bord de l'eau, de peur d'y surprendre Henri en train de pêcher en cachette avec Eloi.

— Philo m'a dit qu'ils étaient allés chercher des vers de vase, hier soir.

— Par un temps pareil, avouez qu'il est mieux au frais dans la roselière, qu'à pâlir sur ses livres. Que diable ! nous avons tous fait de même.

Julia souriait, elle aussi.

— Je me rappelle un jour où Constant...

L'essentiel était de ne point perdre la face.

---

1. *Argelas* : genêt épineux.

Parvenus en vue de l'étang, ils tournèrent bride vers le village.

Rodolphe proposa :

— Si nous poussions jusqu'à Montpaon ? ou vers les Baux ?

Rien ne pressait. Ils avaient jusqu'au soir.

Philo gardait les petits ; et, vraiment, Adrienne ne donnait aucun mal. Son défaut de vivacité faisait parfois craindre à Julia que l'enfant n'en vînt à ressembler à sa grand' Vernet. « Quel contraste avec Frédéric, ce *tourmente-chrétiens* », soupira-t-elle intérieurement une fois de plus.

La seule pensée de Frédéric, par contre, était tonique. Au fond, la turbulence était une vertu louable, chez les garçons. Et Julia se disait aussi sans déplaisir qu'Amélia n'en avait jamais été dépourvue, elle non plus. « Sainte Vierge, vous m'êtes témoin que jamais je n'ai souhaité avoir des enfants sages. »

Son mari la tira de sa songerie.

— Un petit galop, ma mie ?

Pour toute réponse, elle claqua la langue et rendit les rênes. Le défilé des platanes prit une accélération foudroyante.

Une traînée de poussière se levait en tourbillon sous le ventre de leurs montures. Le cœur de Julia bondissait dans sa poitrine. Le soir, elle aurait de l'oppression. Qu'importait ?

Délices de cette course, de cette solitude à deux un instant retrouvée, de cette souveraineté sur la route et les champs courbés à la rencontre de leur galopade, de ce temps gagné sur le temps qui, lui aussi, semblait se soumettre.

Ils revinrent en devisant dans le flamboiement du soleil qui descendait vers Barbegal, couleur d'or, là-bas, à l'orée de la voûte verte sous laquelle trottaient allégrement *Clovis* et *Léda*, côte à côte.

Les projets allaient leur train.

Pour l'anniversaire d'Henri :

— Espérons que la selle sera prête. Quand devez-vous aller la prendre ?

Pour les vacances d'Amélia :

— Il faudra donner un goûter. Ah ! et puis inviter pour quelques jours ses amies du pensionnat.

Pour l'été qui était là. Pour l'automne...

La Saint-Jean arriva et avec elle les gavots [1], descendus de la montagne se louer pour la moisson. On fit le rigaudon et la farandole autour du feu allumé à la tombée de la nuit, et l'on sauta par-dessus, et l'on chanta jusqu'à l'aube.

Tout le jour, les faucilles étincelaient dans les emblavures et les javelles tombaient dru. Moissonneurs, lieurs et lieuses abattaient de belle besogne.

Rodolphe passait ses matinées au milieu d'eux. Par plaisir, car Trestaillon n'avait besoin de personne pour distribuer et surveiller le travail.

Il regardait s'entasser le froment, gerbe sur gerbe ; plaisantait les glaneuses, les laides un peu, et davantage les accortes ; s'entretenait en patois, à la pause, avec le baïle, le capoulié [2] et les vieux moissonneurs que chaque été ramenait à Mogador depuis plusieurs lustres ; partageait leur grand-boire [3] qu'apportait Eloi avec le mulet, vers les dix heures, souvent escorté d'Henri que Frédéric suivait comme son ombre.

---

1. *Gavots* : montagnards des Alpes et des Cévennes qui descendaient chaque année en pays d'Arles pour la moisson.

2. *Le capoulié* marchait en tête de la chiourme, et faisait la trouée dans les blés.

3. *Grand-boire* : petit repas de 10 heures du matin.

Toute la chiourme[1] faisait fête aux deux enfants.

Ils buvaient gaillardement après leur père les quelques gouttes de vin qu'il leur laissait dans un gobelet de fer-blanc empli au baril.

Henri regardait, écoutait, et répondait sans honte aux taquineries des anciens. Et Frédéric échappait aux glaneuses qui se le disputaient — « *Qu'es pouli ! qu'es couquin ! qu'es beù, aqueù pichotet*[2] *!* » pour aller passer le doigt sur le tranchant des faucilles, se rouler au bord des chaumes tout étoilés d'aurioles[3] brillantes, ou écheler le mulet en s'aidant de la queue.

Le soir, saoulé de grand air et de lumière brûlante, Rodolphe songeait à peine à parcourir un journal de temps à autre.

Il en était encore à se féliciter que la ferme attitude adoptée par Gramont eût obtenu la renonciation du Prince Léopold de Hohenzollern dans l'affaire de la succession au trône d'Espagne quand, déjà, passant outre au résultat acquis, sur la foi d'une dépêche d'origine allemande, sans attendre le rapport de l'ambassadeur, les diplomates criaient à l'insulte, les députés faisaient des discours sur l'honneur, le gouvernement réclamait vengeance, la presse prenait feu, les militaires assoiffés de gloire ceignaient leurs sabres et déployaient les cartes d'état-major.

Avant d'avoir su ce qui arrivait, les gens de Mogador, comme la plupart des Français, se réveillèrent, un beau matin de juillet, en guerre avec les sujets de ce roi de Prusse qui, trois ans auparavant, caracolait à

1. *Chiourme* : ensemble des équipes (ou solques) qui se louaient sur une même exploitation.

2. Qu'il est joli ! qu'il est coquin ! qu'il est beau, ce « petitet » !

3. *Aurioles* (auréoles) : fleurs jaunes étoilées qui pullulent dans les chaumes après la moisson.

Longchamp et passait en revue l'armée française aux côtés de l'Empereur.

Rodolphe ne s'en habilla pas moins gaiement. Son refrain favori à fleur des lèvres, il allait, venait, s'étirait devant la fenêtre, comme tous les matins.

Mais, ce matin-là, cette agitation joyeuse donnait une vague nausée à Julia.

Tandis qu'il s'enfermait dans le cabinet de toilette, elle alla s'accouder à la croisée.

Le ciel était bleu sans un nuage. Le soleil levant rosissait les lointains au-delà de la corbeille d'arbres, dans l'épaisseur verte au sein de laquelle reposait Mogador. Une journée d'un calme admirable commençait.

Rodolphe rentra, enfilant sa chemise.

Il sifflotait. Et s'interrompit pour dire :

— Ces Pruscos, hein ?... On va leur apprendre la politesse.

Julia ne répondit rien.

« L'imagination... » Rodolphe en possédait encore moins qu'elle-même s'il ne songeait pas à se représenter, là, en bas, au milieu de sa belle pelouse, la tache qu'y pourrait faire un corps sanglant étalé, face contre terre, pareil à tous ceux qui, ailleurs, avaient déjà commencé de tomber.

— Qu'est-ce qui vous prend, ma mie ? Par cette chaleur ?...

Elle sursauta et s'aperçut qu'elle venait de refermer la fenêtre.

13

Wissembourg, Morsbronn, Reichshoffen, Frœschwiller, Forbach, les noms de défaites tombaient avec le son d'un glas. Une même journée livrait aux Prussiens la Lorraine et l'Alsace.

Oubliant les vendanges proches, indifférent au résultat des élections municipales en cours, Rodolphe, matin et soir, ne songeait plus qu'à courir à Tarascon pour connaître la teneur des dernières dépêches.

Il revenait, mâchant leur amertume, de plus en plus nerveux et sombre.

La chaleur de ce début d'août était accablante.

Julia envoyait les enfants faire la sieste, leur dernière bouchée de dessert à peine avalée.

Chaque après-midi s'écoulait avec une lourdeur presque palpable sur la maison silencieuse.

A présent, c'était avec anxiété qu'elle attendait le retour de Rodolphe. Le tapage des garçons lui faisait mal.

— Allez donc vous amuser au fond du parc, mes chéris.

Et, lorsqu'ils s'étaient éclipsés, soudain, leur présence lui manquait et elle se sentait écrasée de solitude.

Le ministère tomba. Palikao remplaça Ollivier, et Bazaine devint généralissime.

Rodolphe dit :

— Cela va changer.

De fait, le jour de l'Assomption, la nouvelle se répandit que l'armée Bazaine, en marche pour rejoindre celle de Mac-Mahon, avait, la veille, forcé le passage à Borny et franchi la Moselle.

Les Angellier déjeunaient à Mogador.

Rodolphe fit apporter force bouteilles et tous burent à la victoire.

Julia considérait sans animosité sa belle-sœur et, pour la première fois, la plaignait presque, à voir Sophie si revêche avec elle. Après tout, depuis deux ans, la coquetterie de la jeune femme s'était contenue dans des limites acceptables. Finou eût pu montrer un peu de générosité. Tout cela, actuellement, avait bien perdu de son importance. Comment ne le sentait-elle pas ? Evidemment, le mieux eût été qu'elle se mariât. On lui trouverait quelqu'un. « Quand cette guerre sera finie... » songea Julia, sans se dire qu'on en était à peine au commencement.

Ces trois semaines paraissaient avoir duré des siècles.

En prenant le café, Constant leur apprit les fiançailles d'Octave Peyrissac.

— Comment, vous ne le saviez pas ? Il épouse Délaïde de Romanin. Voyons : les Romanin, de Saint-Rémy... Oui, certes, une belle vieille famille. Qui s'éteint, d'ailleurs. C'est elle le dernier rejeton.

Rodolphe lança, narquois :

— Le jeune Octave pourra relever le titre.

Et avança la lèvre :

— De quoi faire crever d'orgueil ce brave Arsène.

— Tu la connais certainement, Julia. Au moins de vue, insistait Constant. Une jolie fille, mince, brune, avec des yeux magnifiques. Bleus, mais d'un bleu profond, presque violet.

— Il me semble, en effet, dit Julia. Mais, voyons, Octave doit avoir vingt ans à peine...

— Pas même, ma chère, s'écria impétueusement Dorothée. Dix-neuf à ce que je crois. Et la fiancée n'en a pas seize.

— Vierge Mère ! mais c'est une folie. Deux enfants ! Comment Arsène et Félicité peuvent-ils permettre... ?

— Oh ! c'est toute une idylle. Evidemment, les événements ont précipité les choses. Ils veulent s'épouser avant que le garçon ne soit appelé aux armées. La petite aurait dit à madame de Romanin : « Si l'on nous en empêche, j'irai aux Saintes à pied, comme Mireille. » Vous pensez !... — Constant lorgnait sa sœur qui ne disait mot. — Les temps sont changés depuis nos parents. Cela n'aurait pas pris avec eux. Mais, vraiment, vous n'étiez pas au courant ? Tout le monde en parlait, hier, chez les Barbentane. Cela fait presque oublier la guerre.

« Presque, c'est vrai », s'aperçut Julia.

Elle jeta un coup d'œil autour d'elle.

Rodolphe avait fait porter des sièges de rotin dans le sous-bois, auprès de la noria.

Les femmes étaient assises en cercle. Lui se tenait, à son habitude, debout, un pied sur la margelle. Tout en causant avec Constant, il remuait machinalement le treuil.

« Comme à son habitude », se répéta Julia.

Des mésanges chantaient, un peu plus loin, dans le taillis. L'air autour d'eux sentait la terre surchauffée et les feuilles. La resse ininterrompue des cigales, à force, cessait de frapper l'oreille.

La robe de Dorothée, celle de Sophie — « et la mienne » — rafraîchissaient les yeux de toutes leurs blancheurs empesées de mousseline et de broderie anglaise. Constance, en noir, s'éventait avec ce lent balancement du poignet datant d'une autre époque, qui semblait abolir doucement le temps autour d'elle. Et Amélia, derrière elle, s'accoudait au dossier du fauteuil.

La fillette avait repoussé les avances de ses frères pour demeurer avec les grandes personnes. Muette, elle écoutait la conversation, se remémorant cet Octave qui, autrefois, la prenait toujours dans son camp pour les parties de cache-cache, et l'embrassait sur les lèvres lorsqu'ils se trouvaient seuls ensemble dans le parc, ou chez lui, à la Gloriette.

La cloche de Fontfresque sonna le premier coup pour les vêpres.

Non, il n'y avait pas de guerre, Julia avait seulement fait ce cauchemar. Elle pensa confusément qu'elle remercierait Dieu, tout à l'heure, dans la pénombre de la petite église où le clignotement doré des cierges n'illuminait que l'autel.

Puis, elle entendit Rodolphe expliquer à Constant :

— Tu comprends, mon ami, si l'on y réfléchit, les défaites en rase campagne ne signifient pas grand-chose. Du moment que nous tenons toujours les places fortes... Tu vas voir que Bazaine...

Le lendemain, en effet, l'on sut qu'il avait pris l'avantage à Gravelotte.

Mais, le 18 août, les troupes du prince Frédéric-Charles tournaient son armée en repli, la défaisaient à Saint-Privat malgré la défense héroïque de Canrobert à l'aile droite, et l'investissaient dans Metz.

— Ils tiendront, dit Rodolphe, les dents serrées. Sacrédié ! ils tiendront bien jusqu'à ce que l'Empereur et Mac-Mahon arrivent... Et alors, nous prendrons les Prussiens comme dans une tenaille.

Julia dormait mal. Elle rêvait de canons, de cris, de fusillades, se réveillait dix fois en sursaut, cherchant son souffle. La température rendait l'air de l'alcôve irrespirable. Le vrombissement d'un moustique s'emparait du silence, s'y amplifiait, devenait intolérable.

Elle sautait précautionneusement à bas du lit et allait un moment à la fenêtre exposer à l'illusoire fraîcheur de la nuit son corps en sueur dans la chemise de toile.

Rodolphe remuait, tournait et retournait dans son sommeil, ronflait un instant, au hasard d'une fausse position, ou marmottait des mots incompréhensibles.

Le cœur défaillant, aux prises avec une angoisse qui

devenait vertigineuse, Julia revenait l'écouter un moment.

« Et demain... » Demain, qu'allait-on apprendre encore ? « Nous ne pouvons pourtant pas être battus. Le jour où la chance tournera... » Quelque chose en elle, plus fort que sa volonté d'y croire, chuchotait qu'il n'était pas question de chance, et que le dieu des batailles se tient du côté des gros bataillons bien armés. « Deux cent cinquante mille hommes contre quatre cent mille. Et ils ont des canons d'acier qui se chargent par la culasse », avait dit Rodolphe. Douay, vaincu à dix contre un. Et Mac-Mahon, et Frossard, et Canrobert, vaincus, aucun qui n'eût succombé autrement que sous l'écrasante supériorité du nombre. Rodolphe le répétait souvent et certes, il connaissait les chiffres.

« Mais alors ? A quoi bon se battre, lorsqu'on n'en a pas les moyens ? Qui donc nous a forcés à déclarer la guerre ? Si c'était pour la perdre... Perdus... Et les morts ? Morts pour rien. Perdus, perdus, tous perdus », s'essoufflait une mécanique dans sa tête. « Perdus... »

Brusquement, elle se reprenait : « Perdus ? allons donc ! » Ce n'était pas concevable. « Demain... Mac-Mahon... l'Empereur... » Elle se répétait de nouveau les raisonnements de Rodolphe. Et quel goût âcre, affreux, conservait néanmoins l'espoir dans sa gorge.

Un matin, Rodolphe revint de Tarascon, blême, les yeux fous, assommé par ce qu'il venait d'apprendre.

Il congédia Trestaillon venu lui parler de la mise en état des fûts :

— Plus tard. Ce n'est pas le moment.

Et s'enferma dans son bureau.

Avertie, Julia, le cœur battant, vint derrière la porte.

Elle l'entendit marcher, frapper du poing contre les

murs, lancer des interjections à voix haute. Le cri de ses bottes sur le parquet empêchait d'en saisir le sens.

A la longue, Julia perçut quelques paroles. « Empereur... Sedan... capitulation... armée... trahi... salaud... Tonnerre de Dieu... » Cela revenait comme une litanie.

Au bout d'un moment, elle s'en alla.

Au déjeuner, tous deux avaient les yeux rouges.

Le lendemain, jour de la Saint-Bertin, comme ils se mettaient à table, Constant fit irruption, l'air bouleversé et excité à la fois.

— Vous savez la nouvelle ?

— Quelle nouvelle ? demanda Rodolphe d'un ton las.

Il n'avait pas bougé de Mogador, ce matin-là. On l'avait vu errer dans les terres, à pied, paraissant ruminer quelque chose.

Constant vint vers lui.

— Mon pauvre ami, le régime est à bas ! On l'a su officiellement ce matin : déchéance de Napoléon et proclamation de la République. A Avignon, Gustave Gent l'a annoncé à la foule, du perron de la préfecture, d'abord, puis à l'Hôtel de Ville. Trochu, Jules Favre, Gambetta, forment un gouvernement de défense nationale. On est allé tirer Rochefort de prison ; il en fait partie.

Rodolphe demeura un moment silencieux. Il semblait mordre dans un morceau de gomme.

Il dit enfin, avec un geste vague de la main :

— Tu sais, au point où nous en sommes...

Et, brusquement, assena un coup de poing sur la table qui fit trembler les assiettes :

— Tonnerre de Dieu ! je gueulerais de bon cœur : « Vive la République ! » si cela devait changer la face de la guerre. Quand je pense que ce bougre a pu sacrifier les chances de quatre-vingt mille hommes sans rien tenter avant ! Le pleutre ! Le... Ça, un empereur ? Que dirait l'Autre ? Que dirait mon père ? Ah ! il est propre, le neveu.

Constant, lui, se retint de dire beaucoup de choses. Triompher n'était guère de circonstance, il ne s'en fût pas senti le cœur.

— On ne savait rien d'autre, aujourd'hui, sur la situation militaire.

Rodolphe eut un rire amer :

— Tu veux un Sedan tous les matins, avec ton café au lait, peut-être ?

— Imbécile, dit Constant, avec tendresse.

Le regard de Julia allait de l'un à l'autre.

Elle ne trouvait rien à dire. Plus que la défaite, plus que l'horreur qui la prenait à la gorge à la pensée de cette somme de souffrances et de sacrifices, de deuils, de dévastations inutiles, lui faisaient mal l'abattement de Rodolphe, son dégoût, sa révolte, contre lesquels, cette fois, elle mesurait son impuissance. « Affaire d'hommes », eût-il dit.

Les enfants aussi se taisaient. Même Frédéric que la consternation de ses aînés impressionnait.

Constant attira une chaise et s'assit entre ses neveux.

— Dis donc, sœur, puis-je avoir une assiette ?

— Ne risque-t-on pas de s'inquiéter, à la Sarrazine ? demanda-t-elle, tout en faisant signe à Philo d'ajouter un couvert.

— Bah ! une heure de plus ou de moins.

Elle sentit confusément qu'il repoussait le moment où il se retrouverait seul chez lui, entre toutes ces femmes. Si peu réconfortante qu'elle fût en soi, pour l'instant, il semblait préférer la compagnie de son beau-frère.

A cette heure, tout ce que les hommes attendaient de leurs compagnes était le silence, l'effacement. Comme si cet amour qui les tenait attachés à elles eût eu sa part de culpabilité dans le désastre. On eût dit qu'ils avaient honte de leur bonheur, honte de la douceur, du repos, de toute cette quiétude domestique qu'elles avaient tissée autour d'eux, au long de tant d'années heureuses qui leur avaient masqué l'effondrement à venir.

Plusieurs jours passèrent.

Cette tension qu'éprouvait cruellement Julia ne faisait qu'empirer.

La journée entière, Rodolphe paraissait l'éviter ; il lui parlait à peine.

Elle eût pu croire que rien ne subsistait de tout ce qu'ils avaient pensé ou ressenti en commun.

Des monosyllabes, des regards qui la traversaient sans la voir, ou se détournaient.

Cependant, il parlait. A d'autres. A Ernest, à Trestaillon, à n'importe quel paysan de Fontfresque. Le premier venu pouvait communiquer avec lui. Mais non plus sa femme, non plus son amour.

— Ernest dit que Monsieur ne croit pas que les négociations aboutissent... Monsieur pense que ce Jules Favre fera rien, qu'il n'est pas assez malin ; qu'il faudrait un Tall... un Tarrey...

— Un Talleyrand, compléta machinalement Julia.

— C'est ça, Madame. Oui ! C'est tout juste comme ça qu'il a dit.

Il fallait Philo, à présent, et ses bavardages, pour qu'elle sût quelque chose.

« On dirait qu'il ne me pardonne pas de l'aimer, qu'il m'en veut », pensa Julia, un soir, en le voyant se déshabiller sans un mot, comme s'il eût été seul, apparemment indifférent à tout ce qui l'entourait.

Assise à sa table à coiffer, elle nattait ses cheveux, un œil sur lui.

« ... Qu'il m'en veut ! Mais pourquoi ? Comment peut-il ? Que lui ai-je fait ? Est-ce ma faute si... » Tout à coup, elle eut peur de comprendre. La vérité était là, à sa portée.

Tout son corps se rétracta. « Ce n'est pas vrai. Non, ce n'est pas cela ! »

Elle acheva fébrilement sa tresse et alla s'agenouiller sur la peau de chèvre, à la place quotidienne que ses genoux avaient marquée devant le crucifix qui dominait le lit. « *Notre Père...* »

Mais seuls les mots venaient. Pourquoi, lorsque tout se dérobe, la prière aussi manque-t-elle ?

« ... certainement, il m'en veut d'être là, de... oui, bien sûr : de le retenir. »

Et pourtant, « Oh Rodolphe ! » n'était-il pas déjà loin d'elle ? « Mon Dieu ! c'est comme s'il était parti. »

Mais elle savait qu'elle trichait avec soi-même et qu'elle ne serait pas si aisément quitte : « Tant qu'il va et vient, se lève et se couche, tant que je puis le voir là, à l'abri, en sûreté, loin de tous les risques... »

Dans l'obscurité, lorsqu'il se fut allongé à son côté avec un sec « bonsoir » grommelé entre ses dents, elle demeura sans bouger, longtemps, sous son souffle.

Il avait cette respiration large, espacée, régulière, qu'elle lui connaissait dans le sommeil ; et pourtant elle savait qu'il ne dormait pas. Elle se contraignit à demeurer immobile, à respirer fort, et lentement, et régulièrement, elle aussi, afin qu'il retrouvât auprès d'elle cette étrange liberté à laquelle il semblait aspirer.

Et sans doute la crut-il tout de bon endormie. Au bout d'un temps infiniment long, il avança un peu sa main et lui caressa légèrement l'épaule, tandis qu'elle se raidissait pour ne pas laisser ce frisson intérieur la trahir ; ni ce sanglot prêt à éclater.

Ensuite, il soupira. Un long soupir.

Et ne remua plus, contrairement à son habitude.

Julia eut beau épier, elle ne sut pas à quel moment il s'était assoupi.

— On lance un appel aux volontaires de tous âges pour former des compagnies de francs-tireurs, annonça-t-il, le lendemain.

Julia n'eut pas de réaction visible. Crispée, elle se contentait de le regarder, attendant la suite. « Le dernier répit », pensa-t-elle. Bientôt, c'en serait fini de ce qui, après tout, avait encore été une manière de sécurité.

— Il faut bien faire quelque chose, poursuivit Rodolphe. Nous sommes bel et bien foutus si tout le monde ne s'y met pas.

Julia se contenta de baisser la tête.

— Vous le comprenez, ma mie, n'est-ce pas ?

Malgré l'étau qui lui serrait la poitrine, elle nota le « ma mie ». Ce Rodolphe tout d'une pièce, incapable de la moindre diplomatie — du moins l'avait-elle toujours cru, à en juger par sa conduite dans toutes les circonstances de leur vie — comme il en trouvait d'instinct l'usage, pour le tourner contre elle, avec l'astuce naïve d'un enfant, que l'on décèle si facilement et qui atteint son but malgré tout.

Elle leva les yeux et le contempla de nouveau. A cette minute-là, il ressemblait à son fils Frédéric.

— Pensez, disait-il, des étrangers nous donnent l'exemple. Savez-vous que Garibaldi lève une légion pour se battre à nos côtés ?

— Mon amour... murmura Julia. Jamais je n'avais imaginé que je pourrais vivre en me passant de vous, depuis que nous sommes unis.

Elle s'était levée pour aller à lui, de l'autre côté de la table encore servie qui les séparait.

Rodolphe prit la main qu'elle posait sur son bras et enfouit sa bouche au creux de la paume moite.

— Moi non plus, vous le savez bien. Mais personne n'avait prévu ce qui arrive. Il y a des milliers de couples dans notre cas et...

Elle n'écoutait pas. « Des milliers de couples ? » Oui, mais aucun comme le leur. L'amour des autres, elle n'y croyait pas tout à fait. Il n'y a d'amour au monde que celui que l'on possède à soi, jalousement, celui que l'on a réinventé, avec tout ce qu'il a d'unique et d'incommunicable. « Ce que nous sommes, Rodolphe, toi et moi ensemble. Si profondément un. *Les hommes ne sépareront pas ce que Dieu...* Mais peu importe ! » Elle se sentit raffermie. D'une manière ou d'une autre, sa méditation venait de lui rendre courage. Qui les séparerait jamais, sans leur propre vouloir ? « Cinq ans d'attente, ce n'était donc pas encore assez payé ? » pensa-t-elle, avec une pointe aiguë au cœur.

Elle le regarda une fois de plus, intensément. « Mon amour, c'est mon amour même que je lui donne. » Puisqu'un jour vient où il faut tout donner.

« Mon Dieu, pria-t-elle, dans un éclair, tenez-en compte. Tenez-nous-en compte, je vous en supplie. » Pour cette vie qu'ils n'avaient pas achevé de vivre et pas seulement pour leur lointaine éternité.

Elle n'avait pas besoin de répondre à Rodolphe. Il savait qu'il avait gain de cause.

Demain et les jours qui viendraient, lorsque le temps de la pire angoisse et de l'attente aurait commencé pour elle aussi, sa solidarité avec les autres femmes lui apparaîtrait. Afin de ne pas devenir folle devant la réalité de ce départ auquel elle aurait consenti, elle s'appliquerait à ne plus penser qu'au pays menacé, aux frontières envahies, aux pères, aux maris, qui luttaient tous ensemble, pour les leurs, « et pour moi, pour mes petits, pour tout ce qui est mien ». Elle se raccrocherait à la fraternité, au patriotisme, à l'abnégation, au devoir, et finirait par y croire aveuglément. Ou presque. Elle se répéterait : « Il le fallait. » Et peut-être, à la fin, admettrait-elle la nécessité de ce sacrifice que venait de lui arracher Rodolphe ; peut-être en serait-elle fière.

Bien des années auparavant, qui donc — « Mais qui ? Ah oui ! Félicité » — avait dit « Vous n'êtes pas égoïste », ou quelque chose de semblable. Et elle avait ressenti la gêne d'une mauvaise conscience devant cette appréciation imméritée. Egoïste ? Quand cesse-t-on de l'être ? Elle ne discernait pas seulement si, jusqu'alors, elle avait bien ou mal aimé son Rodolphe, à cette heure qui appelait un bilan.

« Seigneur, si je l'ai trop voulu pour moi seule, pardonnez, puisque je vous l'abandonne, puisque j'ai cessé de vouloir pour accepter seulement. Veillez sur lui. Gardez-le-moi. »

Cela ressemblait à un chantage. Donnant, donnant. Soudain, elle s'en rendit compte et son cœur battit à coups désordonnés de crainte et de honte, comme si quelqu'un l'eût surprise à truquer le poids d'une balance.

14

Les soirées étaient l'épreuve la plus dure pour Julia. Dans le jour, elle était prise par les difficultés quotidiennes ; et l'absence du maître mettait Mogador tout entier sur ses épaules. Bien que l'hiver fût là, il y avait fort à faire, avec le personnel restreint dont disposait à présent Trestaillon.

— Les deux meilleurs valets de charrue qui nous font faute, maîtresse. C'est entendu que le fermier de la Coupe d'Or nous donnera un coup de main et aussi Clot, du barrage. Mais quand même ! Et, tenez, aussi un garçon comme l'Eloi Riquelme, ça manque. Il abattait sa part, ce jeune.

Grâce à Dieu, oui, les soucis ne manquaient point.

Mais, les enfants au lit, quand Julia regagnait sa chambre, la solitude venait s'installer dans le grand fauteuil vide, en face de celui qu'elle occupait.

Amélia était retournée au couvent. Henri commençait sa première année d'internat chez les Pères.

Le calme pesait sur la demeure. Et l'ordre, dans la pièce que nul ne dérangeait plus.

Julia rêvait aux chemises, aux chaussettes, jetées sur le sol, aux vêtements épars, encombrant toutes les chaises, aux serviettes mouillées abandonnées sur le carreau du cabinet de toilette, aux flacons sans bouchons, au savon oublié dans l'eau sale de la cuvette, aux empreintes boueuses sur le parquet, au sans-gêne des chiens qui, désorientés d'avoir perdu leur maître, devenaient timides, à présent ; aux notes fausses d'une quelconque scie à la mode qui n'allait jamais plus loin que le second vers ; à tout ce qui, pour une femme, rend exaspérante et irremplaçable une présence masculine.

Philo entrait :

— Je peux faire la couverture, Madame.

— Si tu veux.

Elle la regardait s'activer. Grande. Solide. Eloi avait de qui tenir, bien sûr. Mais Julia remarquait pour la première fois le vieillissement de la démarche, la voussure des épaules.

« Trois mois, bientôt. »

Elle ferma les yeux et crut entendre la voix de Rodolphe :

« — *Ne mets pas trop de choses dans le sac, mon vieux. Ça fait de la charge. Ils nous donneront ce qu'il faut.* »

Ces deux hommes, maître et serviteur, tout à coup fraternels, évoluant au milieu du désordre de la chambre comme s'ils y eussent été seuls, devant elle et Philo déjà dépossédées.

On n'imagine pas, à l'avance. Ce sont les détails auxquels on n'avait pas pensé qui vous déchirent le cœur à l'improviste. Lorsqu'elle avait vu Rodolphe, après le dîner, aller décrocher du mur son meilleur fusil de chasse, alors seulement elle avait compris pour de bon que cette nuit était la dernière qui leur restait.

Elle entendit Philo soupirer :

— Si, au moins, on savait où ils sont, à cette heure.

Le mistral ébranlait portes et fenêtres.

Un moment, elles l'écoutèrent, muettes. Un temps pareil... Où dormaient-ils, les leurs, cette nuit-là ?

Philo dit encore :

— Mon petit, depuis son entérite, il a toujours gardé le ventre un peu faible.

« Son mari et son fils à la fois. » Un instant, Julia en voulut à Rodolphe. « Un gamin de cet âge. N'eût-il pas dû plutôt lui faire comprendre que sa place n'était pas... ? *Bravo, mon garçon ! Le fils vaut le père. Pas vrai, Ernest ?* »

Doucement, elle dit :

— Il a une bonne taillole.

A réduire l'inquiétude qui les rongeait toutes vives à l'aune d'une ceinture de flanelle, elles s'imaginaient confusément tromper le sort.

Combien de soirs encore seraient-elles là, prises dans la glu de l'attente, avec l'ombre de la nuit à venir déjà au-dessus de leurs têtes comme une araignée monstrueuse ?

— Si on savait qu'ils ne se sont pas quittés avec Monsieur, je serais plus tranquille, reprit Philo.

Leurs pensées allaient au-devant l'une de l'autre.

— Il n'y a aucune raison pour cela. Puisqu'ils se sont embarqués ensemble.

Julia ne se rappelait pas avoir rien regardé, rien vu, sinon un visage, ce soir-là, au milieu de la foule qui emplissait la gare d'Avignon. Pourtant, tout lui revenait : la bousculade, les appels, les sifflets, les crachotements de la locomotive, la fumée, et cette brume jaunâtre d'un soir d'octobre qui rampait au ras du sol, et ces hommes entassés aux portières.

Cinq semaines de caserne pendant lesquelles on avait pu les voir encore et, follement, malgré soi, reprendre espoir que la séparation se bornerait à cela. Attendre le secours de Londres, de Vienne, de Florence, l'entremise de Pétersbourg. Jour après jour, se dire : « Cela va finir. Du moment que l'on négocie... Puisque monsieur Thiers dit que le Tsar... Peut-être que Bismarck... » Pour en venir à cet adieu dans le tohubohu d'un quai.

Elle eût voulu emplir ses yeux dilatés de ce visage. « Mon Dieu ! si je devais ne plus le revoir ! » Le caresser, le palper du regard, l'emporter au fond de ses prunelles. Et lui dire, ah ! tant de choses ! les enfantines, les tendres, les impudiques, les délirantes, toutes celles que l'on ne dit pas, que l'on se retient de dire, la vie durant. Qu'il les entendît une fois, qu'il sût, enfin !

— Rodolphe...

— Ma mie ?

— Vous... je... Vous m'écrirez ?

— Bien sûr. Mais ne comptez pas trop sur la poste.

Le vacarme autour d'eux était infernal. Il fallait crier pour se faire entendre, pressés l'un contre l'autre.

Et : « *Surveillez les notes d'Henri en mathématiques.* » Et : « *Dites à Amélia...* » Et : « *Il faut que les deux petits...* »

Rodolphe aussi la regardait de tous ses yeux, comme s'il eût voulu lui donner à lire ce que n'expriment jamais les mots, ce qu'il avait à lui confier, vite, vite, avant que...

« *Vernet ! Oh ! Vernet ! Le train part ! Vite, Monsieur !* »

Les cris retentissent toujours dans la tête de Julia. Et, sans fin, le convoi s'ébranle. Et Rodolphe, inépuisablement, agite son mouchoir et, déjà, visage parmi d'autres en grappes serrées, s'estompe, s'éloigne, diminue, disparaît. Il ne reste plus que des femmes sur un trottoir noirâtre où se reflète un réverbère ; et Philo, à quelques pas, se cache la figure dans son tablier.

Les doigts de Julia se crispaient sur sa poitrine.

« Rodolphe !... »

Un moment, elle demeurait sans souffle.

Et puis tout recommençait : le train, les cris, les mots qu'elle cherchait encore et leur urgence inexorable et l'arrachement et... « Et ce vide, oh ! Christ ! ce vide... »

En vain demandait-elle à sa mémoire des images d'un temps paisible, des réminiscences de joies, des souvenirs d'étreintes, afin d'en nourrir son espérance.

Il semblait que Rodolphe, en partant, eût refermé la porte sur le passé heureux. Et Julia se tenait debout, vacillante, telle qu'il l'avait laissée à l'ultime seconde, dans les ténèbres d'un corridor qui n'offrait ni repos ni sécurité, ne menait à rien de connu. Abandonnée, perdue au fond de la détresse. Bien que nul ne dût le soupçonner parmi tous ceux qui, autour d'elle, enfants ou domestiques, attendaient chaque jour qu'elle décidât pour eux.

« Et surtout pas... » — elle releva la tête et lança un coup d'œil vers Philo qui repliait avec des gestes quotidiens le dessus d'édredon en dentelle au crochet — « ...surtout pas cette femme » pareille à elle-même qu'il lui fallait aussi réconforter.

— Peut-être demain aurons-nous une lettre. Il faut de la patience. Tu comprends, s'ils sont dans la forêt d'Orléans comme on le dit...

Philo s'immobilisa, la couverture serrée contre elle.

— C'est grand, cette forêt ?

— Sûrement. Elle s'étend sur des lieues et des lieues.

La servante hocha le menton.

— Ça fait un bon abri.

— Mais oui.

Julia la sentait soulagée de pouvoir imaginer autour de son homme le couvert des arbres, et les fourrés, les taillis.

— Mon Ernest, les bois, ça le connaît. Chez nous, en Valentinois, on était entre la forêt de Saou et celle de Marsanne.

Sans doute passerait-elle une meilleure nuit.

Sa maîtresse se garda de l'informer que, depuis plusieurs jours, les Allemands avaient repris Orléans « *après de durs combats* » précisaient les dépêches, forçant l'armée de la Loire à se replier en désordre.

Cela, Constant le lui avait appris l'après-midi, en venant lui dire qu'on l'attendait avec les enfants, pour Noël, à la Sarrazine.

Déjà, elle avait répondu par un refus à l'invitation semblable que lui avaient adressée Antoine et Lucie.

Pas davantage elle n'eut le désir de se rendre chez les siens. A Mogador seulement, un fil impondérable la reliait encore à Rodolphe. Là et non ailleurs, dans sa propre maison si loin qu'il fût, il pourrait se la représenter, au milieu de leurs enfants. Elle eût estimé lui manquer en ne demeurant pas à l'endroit où sa pensée à lui devait chercher à la rejoindre.

Et il n'était pas séant non plus, pensait-elle, de s'attabler autour du repas traditionnel alors que tant de malheureux chassés de chez eux par l'ennemi, ruinés, affamés, endeuillés, erraient comme des vagabonds.

— A Paris, les gens sont en danger, et ils ont froid. Eux, ils fêteront la Nativité en mangeant des chiens et des rats, avec leurs trois cents grammes de pain d'avoine et d'orge.

A peine avait-elle parlé qu'elle s'en était repentie : Constant comme Antoine allaient partir à leur tour, incessamment. Ils avaient droit à ce Noël.

Mais Rodolphe, mais tous les autres, qui souffraient et se battaient depuis des semaines... De nouveau, en y songeant, elle se sentait dure, fermée, uniquement solidaire de ceux qui, les premiers, avaient mis leurs pas dans la voie difficile. « C'est cela uniquement », se dit-elle. Oui, bien sûr, c'était cela qui l'animait ; et non pas l'envie, non pas la rancune, contre les privilégiés qui se préparaient tranquillement à mettre la bûche au feu en famille. Il fallait que ce fût cela.

« De la rancune envers mon propre frère ? Allons donc ! »

Mais elle gardait comme un malaise douloureux après la visite de l'après-midi.

Dès la première semaine de janvier, en effet, les Mobiles rejoignirent la nouvelle armée de la Loire que réorganisait Chanzy.

A Mogador, les deux aînés étaient repartis après

avoir, quelques jours durant, réchauffé de leur joie adolescente l'atmosphère frileuse de la maison.

Julia et Philo reprenaient chaque matin avec un effort renouvelé leur fardeau d'espérance de plus en plus lourd à porter à mesure que s'écoulait le temps.

L'hiver était exceptionnellement rigoureux. Chaque nuit, le thermomètre descendait de dix à quinze degrés au-dessous de zéro. La neige tombée en abondance persistait depuis les fêtes.

Juste, le jardinier, entretenait des braseros allumés dans les serres, et s'inquiétait :

— Qu'est-ce qu'il dira, Monsieur, en rentrant, s'il trouve ses palmiers crevés ?

Peu importaient les palmiers. Qu'il rentrât, seulement.

Du réveil jusqu'au courrier, l'impatience faisait frémir Julia. Après cela, le sort de la journée était réglé. Plus rien, semblait-il, ne pouvait s'interposer entre le vide des heures et la routine des besognes à accomplir.

Descendues jusqu'au portail à la rencontre du facteur, Julia et sa servante remontaient ensemble l'allée d'honneur que l'absence des orangers mis en serre dépouillait jusqu'à la nudité.

Elles frissonnaient, transies, au milieu de ce paysage décoloré où rien ne semblait plus vivant. Leurs pieds s'enfonçaient dans la neige. Le gel mordait leurs joues et leurs doigts malgré gants et fichus ; et un froid pire s'insinuait dans leurs os.

— Alors, ce sera peut-être pour demain.

— Demain... demain...

Philo serrait le mot entre ses lèvres comme elle eût serré une aiguille.

Ce fut le maire de Fontfresque qui vint, accompagné de ses adjoints :

« *Eloi-Paul-Mathieu Riquelme, tombé au Champ d'Honneur à l'âge de dix-huit ans devant Beaune-la-Rolande (Loiret), le 4 novembre 1870* » était le premier mort du village.

Hébétée de chagrin, sanglotante, reniflante, les yeux bouillis, en proie au vertige devant cette absurdité affreuse, et marmonnant sans arrêt : « Deux mois ! ça fait déjà deux mois... » Philo, soutenue par sa maîtresse, écouta passivement la lecture du « mortuaire », un discours, des condoléances.

« Deux mois. » Depuis deux mois son garçon était dans un trou, recouvert de terre, frustré de tout, même des larmes que lui devait sa mère. Et pendant ce temps, elle avait bu, mangé, dormi, bien tranquille.

Cette nuit-là, Julia veilla avec elle, dans le chambron qu'avait occupé Eloi, en haut, depuis l'année de sa communion.

Philo avait tiré ses vêtements du placard pour les étaler sur le lit. Ils figuraient dérisoirement ce cadavre incorporel qu'on ne pouvait pas même lui rendre.

Une veste vide, dont les manches ne gardaient déjà plus la forme des bras, parce que c'était « celle des dimanches » et qu'il ne l'avait guère portée. Un chapeau de paille...

— Il l'a mis pour la noce au fils Trestaillon, vous vous en rappelez, Madame ?

... Un gilet de velours que Rodolphe... Julia en perdit la respiration, au souvenir du jour où il avait fait ce cadeau au petit.

Dans la poche du pantalon, elles découvrirent un mouchoir sale.

— Il les oubliait partout. Je lui disais toujours...

— Ma pauvre, ma pauvre..., balbutiait Julia, la figure inondée de larmes, un bras passé autour des épaules de Philo qui tamponnait ses yeux et son nez avec le mouchoir et, tout à coup, le regardait avec une sorte d'épouvante et, de nouveau, éclatait en sanglots.

Ensuite, elles se remirent à attendre, avec la peur au fond de leurs corps, la vraie, cette fois, qui leur fouillait le ventre sans leur accorder de répit.

A présent, elles savaient qu'à n'importe quel instant de la journée, la mort en chemin pouvait se présenter à la grille. Une vieille mort plus hideuse que l'autre, déjà verte, grouillante, rongée, défaite, muée en pourriture.

Une carte de Rodolphe arriva : « *Nous allons bien, tous trois.* »

« Tous trois. »

Un espoir insensé traversa Julia. « Oh ! Christ ! si c'était... ? »

Puis, elle déchiffra la date : *30 octobre.*

— L'est pas d'hier, hein ? dit le facteur qui l'avait lue avant elle. Qui sait par où elle a pu passer ?

Maculée, froissée, à demi effacée : « *Nous allons bien, tous trois.* »

Julia ne pouvait en détacher ses yeux.

Heureusement, elle était seule, ce matin.

— Je crois... — sa voix tremblait. Elle s'efforça de l'affermir. — ... qu'il vaut mieux que Philo ignore... Ne parlez pas de cette carte.

Elle la dissimula sous son châle, pressée contre son corsage ; et se hâta vers la maison pour la contempler de nouveau, seule dans sa chambre, avant de l'enfermer à clé dans le tiroir de son secrétaire.

Dix jours s'écoulèrent encore. Chanzy était en retraite vers Laval ; l'on n'en savait pas davantage.

Et Faidherbe se repliait derrière la Somme. Bourbaki était bloqué dans le Jura par Manteuffel. La garnison de Paris tentait en vain une sortie sous le Mont-Valérien. Au Mans, à Héricourt, à Saint-Quentin, à Montretout, à Buzenval, partout, la défaite. Partout des hommes tombaient sans qu'une lueur d'espoir sur l'issue de la guerre vînt justifier leur mort.

L'ignoraient-ils, là-bas, à Bordeaux, ceux qui, bien à l'abri, laissaient continuer cette tuerie ? Ou que pouvaient-ils encore attendre pour dire : « Assez ? »

Sans doute, cependant, l'avaient-ils compris, à la fin. « Ils » envoyèrent Jules Favre à Versailles où s'étaient installés les Allemands.

Les pourparlers traînèrent encore.

Combien de femmes, pourtant, devaient, ainsi que Julia, prier sans trêve, prier à en fatiguer le ciel, lasses de trembler et de souffrir pour rien. Lasses à crier, lasses à en devenir folles. Du moins le semblait-il à Julia, à chaque aube qu'elle voyait revenir avec des frissons et des nausées, du fond de ses nuits sans sommeil, tournant et retournant entre ses draps fripés comme un animal malade sur sa litière.

Adrienne avait pris froid. Elle eut la fièvre.

Le docteur Lapierre vint, et diagnostiqua une scarlatine.

Les vieux voisins de Julia offrirent de prendre quelque temps Frédéric à Saint-Ange. Ces Raynal semblaient vouloir se faire pardonner la santé délicate de leur fils unique qui passait cet hiver de guerre à Menton, avec sa femme et son enfant.

Elle accepta, faute de pouvoir envoyer le petit garçon à Tourvieille ou à la Sarrazine de crainte qu'il n'apportât la contagion à ses cousins. Et s'établit au chevet de sa fille.

Elle s'y trouvait, un matin, quand Philo vint lui annoncer la conclusion de l'armistice qu'elle venait d'apprendre du facteur.

En ville, on le savait depuis la veille au soir.

— Alors, maintenant, ils vont revenir, Madame ?

Elles s'entre-regardaient, osant à peine y croire, et les larmes leur venaient aux yeux.

Un peu plus tard dans la matinée, le docteur Lapierre leur confirma la nouvelle.

— Pensez-vous que ce sera long d'ici que les hommes rentrent ? questionna Julia.

— Oh ! oh ! n'allez pas si vite, dit-il, cachant son apitoiement sous une grimace bourrue. Il n'en est pas encore question. Ne l'oubliez pas, ce n'est qu'une simple suspension d'armes. A présent, l'on va discuter de la paix.

Il se tourna vers le lit où geignait une malheureuse petite Adrienne brûlante et couverte de plaques rougeâtres :

— Croyez-moi, cette jeune demoiselle a tout le temps de se remettre d'aplomb avant le retour de son papa.

Voyant la mère serrer les mâchoires, il poursuivit, forçant la note d'optimisme dans sa voix :

— Enfin, pour l'un comme pour l'autre, ce n'est plus qu'une question de patience, n'est-il pas vrai ?

Il en parlait à son aise, ce médecin bien portant, plus jeune que Rodolphe de quelques bonnes années, qui continuait chaque jour, quoiqu'il advînt, à effectuer sa tournée, après une nuit passée au lit, dans la chaleur de son épouse.

« Je suis injuste », se reprit Julia. « Qu'eussé-je fait s'il n'eût pas été là pour Adrienne ? »

Mais elle dit sèchement :

— Vivre est aussi une question de patience. Et il y a des gens qui meurent.

— Nous mourrons tous, remarqua le docteur Lapierre, sans s'émouvoir outre mesure.

Les répliques abruptes de madame Vernet, depuis

dix ans et plus qu'il soignait la famille, avaient cessé de le déconcerter comme lors de ses débuts.

Dans cette riche bourgeoisie rurale des alentours dont il était devenu le médecin attitré, il comptait beaucoup de clientes plus agréables. « Ah ! pour cela, oui ! » Mais aucune pour laquelle il eût conçu plus d'estime, malgré l'humeur que lui donnait parfois cette fâcheuse propension qu'elle avait à mettre l'interlocuteur mal à l'aise.

Pour irritante qu'elle pût se montrer, cette petite créature avait tout de même « de la branche ». « Une dame, ma foi. Et l'on n'en voit plus tellement. » Il en pouvait juger mieux que quiconque, lui qui se trouvait toujours auprès des gens dans les circonstances exceptionnelles où le meilleur et le pire se côtoient, « et le pire », pensait-il, « est ce que l'on voit le plus souvent. »

Etonnée de son silence, Julia le considérait d'un œil froid.

— C'est à votre propre mort que vous réfléchissez, Docteur ?

Il sursauta légèrement.

Le ton net, précis, comportait, comme toujours, un soupçon d'ironie. A une question posée sur ce ton-là, c'eût été impossible de répondre : « Non. A vous » sans ridicule.

Le docteur Lapierre se remit à rédiger son ordonnance sans rien dire, tout en se demandant, non sans agacement, de quoi diantre pouvait bien être fait le charme qu'il reconnaissait pourtant à ce fagot d'épines.

Adrienne se remit.

La jeune Mme Raynal, de retour chez elle, ramena un Frédéric plus intraitable que jamais, auquel deux vieillards venaient, plusieurs semaines durant, d'inculquer une outrageuse idée de sa propre importance, en le gâtant scandaleusement.

Le médecin avait cessé ses visites.

Et le printemps s'annonçait, à des signes encore presque imperceptibles : une luminosité d'un or adouci ; un gonflement discret des bourgeons au bout des branches d'amandier toutes noires ; une bouffée tiède, tout à coup, dans l'air de midi.

Février s'achevait. Les conditions de paix étaient connues, et elles étaient lourdes, honteuses, au-delà de tout ce que l'on avait redouté. Le nouvel Empereur d'Allemagne qui s'était fait couronner dans le palais de Louis XIV raffinait sur les exigences du Roi de Prusse.

La moitié de la France était occupée.

A peine quelques listes de prisonniers commençaient-elles à être publiées.

Julia continuait à se consumer dans son attente.

Quotidiennement, des hommes rentraient, à Fontfresque, à Barbegal, à Peyrolières. Constant revint. Quelques jours après, une lettre de Lucie annonça qu'Antoine avait regagné Tourvieille.

De retour, eux aussi, Marquet-Rageac, puis Sabatier, puis d'autres amis, accoururent aux nouvelles.

Il y avait des blessés, parmi eux, des éclopés. Constant portait une cicatrice à la cuisse :

— Un biscaïen, je ne te dis que ça !

Antoine en arborait fièrement une à l'épaule. Marquet-Rageac boitait bas.

Mais ils rentraient.

Et pour ceux qui ne rentraient pas, les familles recevaient le mortuaire.

Dès son retour, Calamel, le fils de l'épicière du village, vint dire à Julia :

— On était ensemble à Coulmiers, avec Moussu Vernet et les Riquelme. On s'est trouvés séparés au moment du repli. Moi, c'est à Marchenoir que je suis été cantonné. Mais c'est pour vous dire, avec la bouillasse qu'y a eu à ce moment-là !... N'ayez crainte, vous le verrez bien reparaître. Il a pu être blessé.

Julia se cramponnait farouchement à l'espoir.

« Mon Dieu, vous ne m'auriez pas fait cela ! » Non, bien sûr, il ne pouvait pas l'avoir fait. A quelle créature a-t-il jamais imposé une épreuve au-dessus de ses forces ? Et il lui avait déjà pris son premier-né. « Vous ne pouvez pas exiger encore... »

Elle était prête à discuter pied à pied avec son Créateur. Au point où elle en était à présent, ce marchandage posthume ne lui faisait même plus vergogne.

Quant aux âmes charitables, à la sensible belle-sœur qui venait en larmoyant lui offrir une sympathie importune, elles pouvaient rentrer chez elles.

Julia les recevait, coiffée avec soin, vêtue d'une robe neuve, la tête rejetée en arrière pour ne point perdre un pouce de taille :

— ... Pas revenu ? Non, pas encore. Je l'attends.

Un jour ou l'autre, il franchirait le portail, il passerait le seuil, et la vie suspendue reprendrait comme avant.

Un Rodolphe Vernet ne disparaît pas au coin d'un bois, traqué comme un gibier. En face de sa mort, il se fût débattu comme un beau diable, il eût réclamé son dû d'existence, sacré, juré, tonné, tonitrué, refusé de céder, inventé quelque tricherie avec cet air naïvement farceur que sa femme lui connaissait, et gagné la partie.

A l'imaginer, elle se mettait à y croire.

Et la confiance qu'elle affichait, finalement, concourait à la soutenir comme elle soutenait Philo qui avait besoin de toute la force que sa maîtresse pouvait seule lui dispenser.

Chaque après-midi, Julia s'installait pour coudre

dans la salle à manger, au coin de la fenêtre dont elle écartait le rideau.

De là, elle pouvait surveiller le dehors.

Fréquemment, elle relevait la tête, guettait un moment, reprenait la robe qu'elle confectionnait pour Adrienne, regardait de nouveau à travers les carreaux.

Ce jour-là, le mistral qui soufflait entraînait les arbres et la pelouse dans un tourbillon hurlant. Le sable volait comme de la poussière, obscurcissant jusqu'au gris le ciel très bleu.

Des rafales d'air glacé passaient entre les brise-bise.

Le vacarme du vent emprisonnait la maison.

A l'intérieur, aucun bruit. On n'entendait pas les enfants. Chiens, chats devaient s'être rassemblés autour du fourneau, à la cuisine.

Julia se sentait séparée du monde entier.

Elle s'absorbait dans son travail depuis quelques minutes. Une ombre s'interposa un bref instant devant le jour. Le temps qu'elle en eût pris conscience, l'huis criait. La tempête entra subitement.

Quelqu'un poussait la grande porte, sans sonner. Julia se dressa comme une folle. Ciseaux, bobine, dé, roulèrent à ses pieds, tandis que l'ouvrage lui glissait des genoux.

Vacillante, elle empoigna à deux mains l'étoffe de son corsage sous laquelle elle sentait son cœur prêt à éclater, et se rua vers le vestibule. Ses jambes la portaient à peine.

Cette haute silhouette dans le demi-jour, à deux pas d'elle :

— Rodolphe ! Rodolphe !

Rêvait-elle une fois de plus ce retour ? Ou bien était-ce vraiment lui qui la serrait sans un mot contre sa poitrine, avec cette violence haletante ?

Leurs dents s'entrechoquèrent dans l'élan de leur baiser. La bouche de Rodolphe était sèche et brûlante.

— Mon amour ! je savais bien... gémit-elle, pleurant de bonheur.

Il dit seulement, d'une voix chuchotante :

— Julia !

Sa respiration sifflait comme s'il eût été hors d'haleine.

Enfin, l'étreinte dénouée, Julia, hors d'elle, s'arracha à moitié de ces bras entre lesquels elle pantelait :

— Philo ! ils sont là ! ils...

Le fond du hall et la cage d'escalier parurent répercuter son cri coupé net.

Rodolphe lui avait brutalement appliqué une main sur la bouche :

— Bon Dieu de sort ! taisez-vous donc ! gronda-t-il, avec une sorte de soupir rauque.

Elle le regardait de ses yeux dilatés comme ceux d'un aveugle.

Quelque part, en haut, une porte battit, des pas précipités coururent le long du couloir, dévalèrent marche à marche.

Ils résonnaient d'une manière inusitée dans le silence compact, terriblement solennel, qui venait de tomber sur le vestibule.

Le cerveau de Julia cherchait à se formuler quelque chose que ce silence impliquait déjà.

Rodolphe avait levé vers l'étage sa figure aux joues creuses, presque méconnaissable sous la barbe négligée.

Soudain, elle s'avisa qu'il était rentré seul.

15

La gorge nouée, Julia observait de la fenêtre sa servante qui tricotait une chaussette, au soleil, devant la maison, tout en surveillant Adrienne qui jouait seule.

La paire avait été commencée pour Ernest. Un peu comme un acte de foi.

Philo se hâtait, alors :

— Quand il arrivera, il sera content de l'avoir toute prête. Faut que je me dépêche.

A présent, cela n'avait plus d'importance. Ernest ne la mettrait pas.

Mais sa femme continuait d'ajouter des mailles au même rythme :

— Autant que je finisse. Ça fera toujours plaisir à quéqu'un, disait-elle, comme pour s'excuser.

Mais peut-être Ernest n'était-il pas tout à fait aussi mort, à ses yeux, durant le temps qu'elle passait obstinément sur ce travail entrepris pour lui. Qui pouvait savoir ? On ignore à quoi au juste se raccrochent les gens, songeait Julia.

Une pitié honteuse de soi et de son impuissance l'étouffait.

« Pauvre Philo », tassée sur son pliant avec une lassitude que l'on n'eût pas décelée quelques mois plus tôt. Maintenant que la première explosion de douleur était passée, elle avait acquis cette sorte de paix grise de ceux qui n'ont plus à se tourmenter de rien, désormais, parce que le pire leur est advenu.

En sa présence, Julia osait à peine avoir un mot tendre pour Rodolphe.

Mais, bien que son maître n'eût pas cherché à lui rien dissimuler, Philo semblait ne pas ressentir l'injure du sort qui la frappait seule.

— Si je suis ici, c'est bien à Ernest que je le dois. Sans lui...

— C'est vrai, Monsieur ?

— Nous nous sommes laissés surprendre à six par une poignée de Pruscos dans un petit village. Ou, enfin, ce qui en restait ; et ça n'était pas grand-chose ; un tas de décombres. On s'y était battu, la veille. Ypré-l'Evêque, ça s'appelait. Les pièces allemandes tiraient encore sur les ruines. Ça pleuvait. Ah ! l'on peut dire qu'ils n'étaient pas avares de leurs munitions. Un obus n'attendait pas l'autre. Nous, entre la faim, la soif, et l'épuisement, c'est à peine si nous tenions debout. Et le sergent venait tout juste de trouver de l'eau. Nous remplissions les bidons quand ils nous sont tombés dessus. Au corps à corps, j'ai reçu ce coup de baïonnette. Ernest se défendait, de son côté. Quand il m'a vu tomber, il a cloué son Prussien au sol et tout lâché pour me tirer à l'abri d'un pan de mur, du mieux qu'il a pu. Il jurait qu'il allait en démolir quelques-uns pour leur apprendre. Il a pris mes cartouches et m'a dit de ne pas bouger, de l'attendre, qu'il trouverait bien le moyen de me ramener vers les nôtres. Moi, j'avais ce trou dans le côté et je saignais comme un bœuf ; à chaque fois que je respirais, il me montait dans la bouche une espèce de mousse qui m'étouffait. Ernest a dit : « Je reviens vous chercher. Bougez pas, surtout, Monsieur. » Je ne sais pas combien de temps je suis resté. Ça s'était remis à pétarader sec par-dessus le bouzin de l'artillerie. Je me suis dit : « Ça doit être Ernest. » Et puis, je n'ai plus rien entendu. J'ai voulu appeler. Mais, pas moyen. Et puis, je ne me suis plus rendu compte. J'ai dû perdre connaissance en plein. Ce sont des gens du pays qui m'ont ramassé, et transporté dans une cave où ils m'ont soigné tant bien que mal. Ils risquaient gros : les Prussiens ne gaspillaient pas leur temps à instruire le procès de ceux qui étaient pris à cacher des francs-tireurs. Et il s'est écoulé pas mal de jours avant que le délire ne me quitte. Quand j'ai voulu savoir, ils n'ont rien pu me dire sauf que... sauf qu'ils n'avaient trouvé personne d'autre en vie, et qu'ils avaient enterré proprement les camarades, la même nuit, près des ruines de leur ferme.

Philo avalait les larmes qui tombaient aux coins de sa bouche.

Julia se mordit les lèvres, déchirée par un affreux sentiment de responsabilité dans l'injustice qui était faite à Philo. « Si c'était moi... », pensa-t-elle.

A chaque phrase de ce récit, elle eût crié comme une bête.

Personne, sauf un. Uniquement parce qu'avant de mourir, le serviteur avait mis en sûreté son maître. Comme si ce service-là aussi eût été compris dans celui pour lequel il recevait ses gages. « Oh ! Christ !... »

Mais Philo, elle, loin d'en ressentir un surcroît d'amertume, paraissait y puiser une consolation.

— Et mon petit, dites, Monsieur ? Comment c'est que c'est arrivé ? Vous y étiez, au moins, vous, avec son père ?

Julia était sortie rapidement, les laissant seuls ensemble.

Non, elle n'entendrait pas cela. Ou bien elle allait se mettre à sangloter, ou céder à cette envie qui la poignait de s'agenouiller devant sa servante. Et Philo en eût été choquée, désemparée, et sa peine alourdie.

A la place où Dieu a mis les maîtres, il fallait que se tînt Julia Vernet puisque c'était la sienne. Il n'eût pas été honnête, ni courageux, de dépouiller Philo de ce privilège de l'humilité, qui lui restait.

Mais, le soir, enfermée avec Rodolphe dans leur chambre où sa présence d'homme recréait le chaud désordre aboli pendant des mois, elle se faisait tout redire, jusqu'au moindre détail.

Il était d'ailleurs toujours prêt à revenir, avec quelle étrange facilité, sur cette période où, pourtant, les privations, la souffrance, le froid, la fatigue, le danger, la déroute, et la mort, avaient été ses compagnons quotidiens au même titre que les inconnus dont il citait les noms avec tendresse.

Et il semblait aussi que, dans cette existence vécue au coude à coude, fraternellement, Ernest avait trouvé la force de repartir du même cœur après avoir laissé son Eloi le crâne ouvert, sous deux pieds de terre, dans un coin du cimetière de Beaune-la-Rolande, roulé dans un mauvais drap qu'une vieille avait vendu à prix d'or à Rodolphe...

— Et cette famille qui vous a recueilli, mon cœur ?

Tout pensif, Rodolphe se grattait machinalement la poitrine, repris par des souvenirs qui l'éloignaient de nouveau.

— La crème des braves gens, ces Louit... Vous les auriez aimés. Tout ce que nous pourrons faire pour eux ne paiera jamais ma dette. Ils avaient perdu à peu près tout ce qu'ils possédaient, mais ils auraient aussi bien donné le reste pour me tirer d'affaire. La fillette avait l'âge d'Amélia. Elle m'a veillé pendant des nuits. Ils s'étaient débrouillés, je ne sais comment, pour ramener du Mans un vieil officier de santé. Quelqu'un, celui-là aussi. Il circulait de nuit, équipé comme un bouseux, à la barbe des sentinelles, pour faire la tournée des blessés cachés un peu partout. Avec moi, il a eu du tintouin. Ah ! c'est que j'ai bien failli passer l'arme à gauche. Vous pouvez remercier le ciel, ma mie. Il faut vraiment que le bon Dieu ait tenu sa main au-dessus de ma tête pour que je vous sois revenu.

Il n'eût eu nul besoin de le dire. A le voir si maigre,

si hâve, avec ses yeux enfoncés, ses joues caves, et son torse où saillaient les côtes barré à droite d'une longue cicatrice violette encore toute boursouflée, Julia devinait de reste par où il avait dû passer.

Les vêtements qu'il avait remis flottaient sur lui. Et, souvent, malgré la douceur de ce début de printemps, la fièvre qui ne l'avait pas tout à fait quitté le faisait frissonner.

— Vingt dieux ! un joli mari que vous retrouvez, hein, ma pauvre chatte ? s'efforçait-il de plaisanter, les premiers jours. Un homme qui tousse, qui crache, qui dort mal, et n'a de forces à rien faire ! Qu'attendez-vous pour me renvoyer là d'où je viens.

— J'y songeais, disait Julia, redressant les oreillers, sucrant un bol de lait, mesurant la cuillerée de potion calmante. Mais prenez toujours cela. Le docteur Lapierre a dit...

— Au diable le docteur Lapierre !

Il le disait en riant, mais, déjà, se voir considérer comme un malade était plus qu'il n'en pouvait admettre venant de sa femme. Il cognait du poing sur son thorax :

— Ne vous tracassez donc pas. Le coffre est solide. Laissez seulement que je sois complètement sorti de ma convalescence et vous verrez combien de temps il me faudra pour me refaire. Je vous promets de dévorer tout ce que vous mettrez dans mon assiette.

« Oui, mais quand ? » Il n'avait aucun appétit. Allarde cuisinait en vain les plats qui flattaient ses goûts ; et se plaignait :

— Je sais pas pourquoi je m'échine. Il aime plus rien.

A mesure que les jours s'écoulaient, il supportait de moins en moins sa déficience physique. Son caractère empirait. A présent, il se réfugiait dans un silence qui devenait hostile lorsque Julia s'efforçait de l'en faire sortir.

Les premières semaines après son retour, Amélia rappelée de la Visitation, et Henri de son collège, étaient ensuite demeurés à Mogador le temps que passât la violente épidémie de variole qui s'était déclarée à Avignon.

A force de câlineries, la jeune fille parvenait à faire avaler quelques bouchées à Rodolphe :

— Mangez votre tournedos, mon petit papa. Pour me faire plaisir, allons !

— Vous obéissiez, avec elle, dit Julia, lorsqu'elle eut essuyé plusieurs refus catégoriques après qu'Amélia eut regagné son couvent.

Elle parlait avec un sourire taquin qui tenait tout entier dans un pli de sa bouche. Mais une mélancolie brouillait la clarté de ses prunelles et faisait imperceptiblement détonner sa voix.

La beauté de leur fille, ce miracle frais dont elle était si fière, avait frappé tous leurs amis. Les quelques mois qui venaient de se passer avaient fait de la fillette encore dégingandée cette svelte chato à la démarche légère, au teint de fruit, aux beaux cheveux châtain foncé — « *Moins beaux que les vôtres, Maman chérie. J'aurais tant voulu avoir les mêmes !* », — aux longs yeux fendus en oblique comme ceux de sa mère, mais d'un brun presque noir, qui brillaient avec un doux velouté sombre, et exerçaient déjà leur pouvoir sur les hommes.

— Une enchanteresse, ma mie. Sacrédié ! il n'y a pas à dire, nous avons rudement bien travaillé. Les amoureux ne lui feront pas défaut. Avez-vous vu le jeune Sabatier ? Et le fils Béraud... et...

Amoureux, lui-même, n'eût-on pas cru qu'il l'était ? se disait Julia. La seule apparition de sa fille avait le don de changer son humeur. De la main d'Amélia, il acceptait les remèdes écœurants qu'il venait de repousser quelques instants auparavant. Il mangeait ce qu'elle lui servait. Il plaisantait et riait avec elle après être demeuré inabordable toute la matinée.

Pour Julia seule, les rebuffades, les exigences, les emportements, l'agressivité, ou les longues heures taciturnes.

Elle les endurait sans se plaindre, et se multipliait, refusant toute importance à sa propre fatigue, ou à sa peine, devant ce revenant qui ramenait avec lui un peu de l'enfer qu'il avait traversé.

Mais parfois, quand une douleur au cœur, aiguë comme un coup de stylet, lui coupait la respiration, l'obligeant à s'arrêter une seconde à mi-chemin dans l'escalier, elle se sentait envahie par un insupportable sentiment de déchéance.

Six mois qui transforment une enfant changent aussi une femme. Et l'angoisse, et les veilles, et le sel des larmes, creusent sans merci. Plus que n'avaient creusé dix années de quiétude.

Sur le visage que reflétaient les glaces, des rides naissaient autour des yeux et le long du nez ; des sillons marquaient un front naguère encore lisse.

Durant ces mois terribles, Julia n'avait eu de pensées que pour son mari, sans imaginer qu'il pût, au retour, la voir avec d'autres yeux.

L'expression éblouie qu'il avait eue pour détailler Amélia lui avait fait mesurer d'un seul coup tout ce qu'elle-même ne possédait plus.

« Mes quinze ans à moi. » Et ce jour, là-bas, à la Sarrazine, où, pour la première fois, elle avait vu surgir Rodolphe au tournant du mur des écuries, sur ce camargue blanc qu'il montait alors. « *Vous aimez les chevaux, dirait-on, Mademoiselle ?* » Après quatre lustres bien passés, elle l'entendait encore. Et elle retrouvait sa même soif d'une vie entière, intacte devant elle, pour la vivre avec lui.

Alors que Rodolphe...

« Mon Dieu ! » se disait-elle, « je suis folle. Vous me l'avez rendu et je suis là, à ratiociner avec mes regrets. Parce qu'il est si changé, et que j'ai des rides, et que le temps passe, et que celui de la passion est fini... »

Fini ? Un mois plus tard, elle se demandait comment elle avait pu se le figurer.

Rodolphe paraissait prendre à tâche de lui fournir tous les témoignages possibles de son retour à l'existence normale.

Il récupérait son poids, reprenait meilleure mine, tandis que son pouls se régularisait et que s'espaçaient ses insomnies ; recommençait à s'occuper du domaine comme par le passé, retrouvait son entrain, ses manières tendres et sa fougue de mari ; et jusqu'à sa combativité pour vitupérer « les communards assassins ». On le vit entreprendre le dressage d'un cheval qu'il venait d'acheter.

Bêtes et gens, la maisonnée se remettait au train du maître.

Constant s'arrêta, un après-midi, en allant à Arles.

Un jeune homme d'une trentaine d'années à la physionomie avenante l'accompagnait, qu'il présenta à Rodolphe :

— Mon ami, Alphonse Daudet, ancien secrétaire du duc de Morny et auteur du *Petit Chose*. Il écrit en ce moment un livre dont l'action se situe par ici.

Rodolphe dit :

— Ah, bigre ! Je vous admire. Moi qui sue sang et eau à seulement écrire une lettre... Ainsi, vous avez travaillé avec Morny ? Racontez-moi un peu à quoi ressemblait l'homme.

Il lui prit le bras :

— Tenez, nous allons nous asseoir à l'ombre.

Et, se retournant vers sa femme et son beau-frère, poursuivit, sans lâcher son hôte :

— Viens-tu, Constant ? Ma mie, vous nous ferez porter de quoi nous rafraîchir sous le cèdre ?

Constant demeura en arrière avec sa sœur :

— Dis-moi donc, le voilà tout à fait remis. S'il reprend goût à la politique !... Quant à toi, je te trouve à ton avantage. Parole ! Tu t'es un peu étoffée, ces temps-ci, il me semble. Ce n'est pas dommage.

Julia disposait un napperon de dentelles et des verres sur un plateau. Elle dit vivement :

— Je crains qu'il n'ait un peu blessé ce monsieur Daudet. A la vérité, il n'a pas lu son livre. Mais un auteur...

Constant l'interrompit.

— Daudet ? Tu ne le connais guère si tu l'imagines... Il a bien trop d'esprit. Tiens, écoute-les plutôt.

Le grand rire de Rodolphe et celui de son hôte venaient jusqu'à eux.

Ils se regardèrent en souriant.

Julia appela :

— Pierroune ! Mets l'eau de la gargoulette dans la carafe et porte cela dehors, à Monsieur. Nous y allons.

Elle hésita, puis retint son frère par la manche :

— Attends, écoute un peu. Comment va-t-on, à la maison ? Les petits ?

— Ils poussent. Emilie a beaucoup grandi. Son frère est superbe. Il réclame toujours Frédéric.

Il jouait machinalement avec la chaîne passée dans une boutonnière de son gilet, et se demandait ce que sa sœur pouvait bien attendre.

— Ta blessure ? dit Julia.

— Bah ! Histoire ancienne. Sortons-nous ?

— Tout de suite.

Sans bouger, elle questionna de nouveau :

— Est-ce que Maman ne va pas venir me voir, un de ces jours ?

— Ma foi ! dit Constant, mieux vaudrait que ce fût toi. A présent que Rodolphe ne te donne plus de tracas...

Il tirait vers la porte, grillant manifestement d'aller palabrer avec son ami et son beau-frère.

Julia dit, très vite :

— Sais-tu que Delphine Jonquéras attend un autre enfant pour l'automne ?

— Pas possible ? — Constant s'était retourné d'un trait. — Tu en es sûre ? L'Enfant-du-Retour, alors ?

Cela parut l'amuser énormément.

— Que vois-tu là de si drôle ? demanda Julia qui scrutait sa physionomie.

Le ton de la question était acerbe.

— Eh bien mais... commença Constant, la figure épanouie... c'est qu'à son âge, tu m'avoueras...

— Nous étions au couvent ensemble, dit Julia, coupante comme une arête de glace.

Il ouvrit la bouche :

— C'est ce que...

Et la referma.

L'œil de sa sœur l'avertissait que le terrain recélait quelque embûche.

Résolument, il passa son bras sous le sien :

— Allons, viens.

Bien décidé à ne point s'aventurer davantage.

Julia se laissa entraîner sans mot dire.

Pour quiconque la connaissait aussi bien que s'en flattait Constant, son rire ne faisait aucun doute.

« Voyons, est-ce que par hasard... ? » Il jaugea la taille de sa sœur, d'un coup d'œil en biais. « Ah ! nom d'un chien ! » Et, de nouveau, retint une grimace réjouie.

« *A son âge.* » Les mots dansaient furieusement sous le crâne de Julia. « A son âge ! » C'était donc là ce que tout le monde allait dire.

— J'ai mon neveu, ressassait Allarde, depuis des semaines, il est beaucoup travailleur et beaucoup brave. Si Monsieur voulait l'engager, il aimerait de se placer à Mogador. Faudra bien quéqu'un pour faire le travail d'Ernest.

Il fallait quelqu'un, en effet.

Mais quel accueil réserverait Philo à celui qui prendrait la suite de son mari ?

Julia s'efforçait de le faire entendre à Rodolphe :

— C'est dur pour elle, mon cœur. Laissons passer un peu plus de temps. Nous ne pouvons pas, si vite, lui imposer la présence d'un autre.

Morose, il lui rétorquait :

— Si vous croyez que cela me fera plaisir, à moi.

Et, certes, Julia savait qu'il regrettait son compagnon d'armes, et leurs quinze années d'intimité bourrue et amicale de maître à serviteur. Mais, pour Philo, c'était bien autre chose, quoiqu'il pût en penser.

Cependant, elle-même sentait qu'une solution était nécessaire. Au fond, tergiverser ne servait à rien. Rodolphe se fatiguait plus vite qu'autrefois. Il ne pouvait être question pour lui de courses à cheval pour se rendre à Arles ou à Avignon par quelque temps que ce fût. La chaleur pesante de ces mois d'été l'éprouvait durement. A la mauvaise saison, il lui faudrait, à sa disposition, un nouveau cocher pour le mener en voiture.

— Eh bien ! donc, expliquez cela à Philo, puisque vous en êtes d'accord. Après tout, ma chère, c'est votre rôle.

Ce l'était, évidemment.

Quoi qu'il lui en coûtât, Julia finit par s'y résoudre.

Peut-être Philo s'était-elle fait les mêmes réflexions de son côté. Elle ne parut pas surprise.

— Sûr que Monsieur peut pas rester sans personne. Ça n'est point l'affaire d'un valet d'écurie de le conduire.

Elle rumina un moment, s'enquit :

— Quel âge il a, le neveu d'Allarde ? Vingt-quatre ans ? Ah !...

Et conclut après nouvelle réflexion :

— Ça pourrait faire.

Julia pensa que sa servante eût plus malaisément accepté l'intrusion d'un homme qui eût l'âge du sien.

Victor Allard entra à Mogador. Et, peu après lui, une fraîche fille de vingt ans engagée comme fille de cuisine pour remplacer la précédente qui se mariait à la ville.

Julia était dans le sixième mois de sa grossesse. La plus dure qu'elle eût jamais eu à supporter. Elle avait eu plusieurs syncopes qui donnaient du souci au docteur Lapierre. Il insistait afin qu'elle prît du repos :

— Faites au moins deux ou trois heures de chaise-longue, chaque jour.

Elle s'impatientait.

— Eh ! Docteur, venez donc diriger la maison à ma place.

Pensait-il que ce fût le moment de se dorloter ? Un personnel nouveau à mettre au courant. Les vendanges proches. Des grossesses, elle en avait eu d'autres ; elle savait ce que c'était. Il fallait seulement un peu de courage pour surmonter les malaises inévitables. Quant à se prélasser des journées entières, comment eût-elle pu y songer ?

La maison était pleine de monde. Amélia et Henri, en vacances, recevaient chacun leurs amis. Jamais le parc n'avait retenti de tant d'appels et de rires.

Habituellement, Julia aimait cette jeunesse autour d'elle.

Mais, quelquefois, elle se sentait lasse à ne plus pouvoir se traîner. Son ventre lui pesait. Son cœur, gonflé, paraissait devenu soudain trop gros pour sa poitrine. L'air brûlant lui semblait se raréfier.

Amélia la rejoignait au fond de la bibliothèque ou dans le bureau où elle s'était réfugiée pour une minute. Dansante, riante ; une joie pour les yeux. La fraîcheur entrait avec elle dans la pièce.

— Maman, disait-elle, demain, nous voudrions aller en pique-nique aux Baux. Vérane n'y est jamais allée. Il faut lui faire voir cela. Pourra-t-on préparer quelque chose ? Nous serons dix. Les garçons viennent aussi.

« Quelque chose », pour ces appétits sans frein, cela voulait dire : un solide repas froid. Des piles de sandwiches à confectionner, de la volaille à faire rôtir, des omelettes à envelopper.

— Ne laissez pas Allarde faire les paniers, ni Berthe. La dernière fois, elles les ont très mal arrangés. La crème avait coulé sur la viande et le gâteau était tout écrasé.

— Vous emmenez Frédéric ?

— Non. Oh non ! Mamette chérie, ne lui dites rien, surtout ! Je vous en conjure. Il nous romprait la tête pour venir. Il est beaucoup trop jeune. Il agace tout le monde, vous comprenez ?

— Bien sûr.

Demain, Frédéric, laissé pour compte, réclamerait

Henri à tous les échos avec des cris à fendre l'âme, ferait pleurer sa petite sœur, et mettrait les nerfs de la maisonnée à rude épreuve.

— Si encore y avait Estelle ! Et pourquoi vous avez pas dit à Vérane d'amener Estelle pour jouer avec moi ? Maman, dites... ?

Pour le consoler, il faudrait lui promettre de faire venir ses cousins. Julia enverrait chercher Edmond à la Sarrazine, écrirait à Tourvieille qu'on lui confiât Georges pour quelques jours.

Elle reçut la réponse d'Antoine : il lui expédiait bien volontiers Georges. Et non seulement lui, mais Raoul qui mourait d'envie de retrouver son grand camarade Henri. Cela ferait du bien à Lucie de n'avoir plus à s'occuper que du petit Léon. Dieu seul savait à quel point trois garçons pouvaient parfois être impossibles. Lucie espérait qu'à Mogador, ils se tiendraient correctement. La pauvre avait tant besoin de repos depuis qu'elle se voyait encore une fois « des espoirs ».

« Ah ! bien, » se dit Julia, à la lecture de cette lettre. « Que Lucie se repose donc ! » Elle en avait le droit, Lucie. Pour elle, un enfant de plus était encore dans l'ordre naturel, raisonnable, des choses. « Tandis que moi !... » On eût bien ri de voir Julia faire des embarras. En ce qui la concernait, l'ère était révolue des grossesses glorieuses.

Etait-ce donc ce qu'avait pensé Antoine, en écrivant, lui qui n'ignorait point l'état où se trouvait sa belle-sœur ? Ou bien ne fallait-il voir là qu'un effet de son inconscience ? « La monumentale inconscience des Vernet », remâchait Julia.

Quoi qu'il en fût, elle devrait faire face. Ne prêter le flanc à aucune critique, aucune raillerie. Ne se permettre aucune défaillance. Et d'abord, veiller à ce que les chambres fussent prêtes pour ses neveux.

Et Rodolphe que n'effleurait jamais la pensée des contingences choisissait le même jour pour ramener d'Arles Jonquéras et Sabatier, afin d'établir ensemble, un programme de chasse.

— Vous nous ferez un petit dîner soigné, n'est-ce pas, ma mie ? Depuis le temps que nous ne les avons eus à notre table !...

Rodolphe, comme sa fille, usait d'euphémismes discrets. Dans sa bouche, « un petit dîner soigné » impliquait le grand menu, le branle-bas de la vaisselle de Sèvres, la nappe brodée et l'argenterie massive. Un surtout de table à commander au jardinier... :

— Mon Frédéri, tâche de trouver Juste, tu seras un gentil garçon. Dis-lui que j'ai besoin de le voir tout de suite.

Et Frédéric répondait avec beaucoup de complaisance :

— Oui, Mérette.

Et prenait sa course. Mais oubliait Juste avant le premier détour du parc.

Il fallait envoyer Pierroune.

— Non, pas Pierroune, elle mettrait une heure. Victor, voulez-vous y aller ?

Certains jours, Julia en avait des éblouissements de fatigue.

« Et Rodolphe qui est rentré tout fiévreux, l'autre soir. » Elle s'était rongée d'inquiétude pendant quarante-huit heures. « Maintenant, il dit que c'est passé. Je voudrais tant en être sûre. Tout de même, s'il se sentait mal, il ne songerait pas à aller chasser. » Bien qu'avec lui, on ne pût s'y fier.

Il apportait une sorte de rage à se prouver, en même temps qu'aux autres, que sa santé était redevenue telle qu'avant la guerre. Sa femme avait appris d'expérience que le prier de prendre quelques minimes précautions aboutissait seulement à lui faire commettre les pires imprudences. Comme par bravade. La moindre remarque, la plus petite allusion, sur ce sujet, l'irritaient et le rendaient hostile.

— Assez, je vous en prie. Je sais ce que j'ai à faire. Vous m'enfermeriez dans un cocon. A quarante-six ans passés, je puis encore me conduire.

A peine si, parfois, au cours de ces discussions, la vue de la taille déformée de sa femme et ses traits tirés l'émouvaient tout à coup assez pour le faire céder, momentanément.

Et certains soirs, ivre de lassitude, Julia, montée la première se coucher, revoyait derrière ses paupières cuisantes, de nouveau, partir ce train, et encore, et encore, qui avait emporté son Rodolphe. Et Ernest, et Eloi. Et... »

« Et... Oh ! Christ ! » Quelles tenailles lui tordaient le cœur ? le lui tordaient, le lui... Recroquevillée de souffrance, hésitante au bord de la torture de respirer, elle rouvrait les yeux dans le noir de la chambre où la petite lumière de la veilleuse ressemblait à une étoile perdue, aussi morte que... « Eloi. Ernest. Rodolphe... Mais non ! » Rodolphe était vivant, lui.

Rodolphe était revenu. Rodolphe était là, en bas, sauvé. Occupé à discourir et à boire avec ses amis.

Elle se retrouvait bien éveillée avec la frayeur de se rendormir.

Pour échapper à ce cauchemar embusqué au fond du demi-sommeil, elle s'asseyait sur le lit, calée dans ses oreillers. Et, parmi la rumeur qui montait jusqu'à elle du rez-de-chaussée — ou était-ce simplement le sang à ses oreilles ? —, elle entendait toujours ces coups de sifflets, et les cris d'adieux autour d'elle, et le crachotement poussif de la machine.

16

Au mois de février, Mogador célébra joyeusement les épousailles de Victor et de Berthe.

Julia qui appréciait le service de sa nouvelle fille de cuisine l'avait dotée d'un trousseau et d'une centaine d'écus.

Rodolphe, lui, outre son cadeau personnel à Victor, orchestra généreusement les réjouissances. Il y eut grande ripaille suivie d'un bal qu'il ouvrit avec la mariée rouge comme une crête de coq sous sa couronne de fleurs en cire.

Serviteurs, fermiers, baïle, tantes[1], bergers, valets d'écurie, charretiers, vachères, et jusqu'au dernier des garçons de labour, tous ceux qui vivaient sur le domaine et à l'entour y assistèrent. Ainsi, d'ailleurs, que les enfants des maîtres.

Qui voulut fit danser Amélia. Malgré ses quinze ans largement révolus, la jouvencelle s'amusait comme une petite fille, passant de l'un à l'autre de ces rudes cavaliers qu'un sourire ou un mot d'elle plongeaient dans la confusion et le ravissement. Elle n'en refusa aucun, ne manqua aucune danse.

— Vous pouvez croire qu'elle s'en donne, rapporta Rodolphe à sa femme qui, seule dans leur chambre, à l'écart de tout ce tapage, gardait en haut le dernier-né de la famille à peine âgé de quatre mois.

Lui-même semblait passablement guilleret, observa Julia, en le regardant essuyer son front en sueur.

— Et les garçons ? questionna-t-elle. Se conduisent-ils d'une manière convenable ?

Rodolphe fit :

— Heu... oui. Tout à fait.

---

1. *Tantes* : servantes de ferme.

D'un air vague.

Au vrai, il avait laissé Henri légèrement éteint sous les effets combinés des tortillades [1], des fougasses [2], du nougat d'amandes, des choux à la crème de la pièce montée, et d'un petit vin cuit, doux comme du sirop, mais fort traître.

Quant à Frédéric, l'excitation qui l'avait empêché de manger et boire autant que ses aînés atteignait à présent son point culminant. A lui tout seul, il accumulait taquineries et niches, et tenait autant de place que ce coquin de Fantasti lorsqu'il se déchaîne dans une demeure.

La plus petite, elle, tout ensommeillée qu'elle était, refusait avec des trépignements de se laisser porter dans son lit.

Lorsque Julia descendit, un peu plus tard, après avoir endormi son petit Hubert, les gens de la noce avaient juché Frédéric sur la table, et faisaient la farandole autour, en chantant :

Lagadigadèu ! la Tarasco, la Tarasco [3] *!*

Et l'enfant se trémoussait et s'époumonait en solo, pour la joie de tous :

Leissas-la passa
La vièiq masco,
Leissas-la passa
Que vai dansa [4] *!*

---

1. *Tortillades* : gâteaux faits d'une pâte à l'œuf, parfumés à l'anis, en forme de couronne.

2. *Fougasses* : gâteaux à l'huile.

3. Chanson populaire provençale : *Lagadigadèu la Tarasque, la Tarasque...*

4. « Laissez-la passer — la vieille sorcière — laissez-la passer — qu'elle va danser ! »

Aussi faux que son père, et avec aussi bonne conscience.

Appuyé contre le chambranle de la porte, les bras croisés, Rodolphe riait de bon cœur, en contemplant la scène.

— Comment voudriez-vous, après cela, que ce petit ne fût pas insupportable ?

Julia était obligée de se dresser sur ses pointes pour lui parler de tout près, au milieu du tumulte.

Agacée, elle nota une fois de plus cette faiblesse paternelle à l'égard du cadet.

« S'il avait gâté Henri de la sorte !... Dieu veuille que ce ne soit pas encore pis, pour le dernier. »

L'allégresse approchait de ce point extrême où, bientôt, vidée d'elle-même, elle n'aurait plus qu'à s'éteindre, subitement, comme retombe en une fugace pluie d'étincelles le jaillissement du bouquet d'un feu d'artifice.

— Encore un moment et ils vont aller mettre les novi entre leurs draps, glissa Rodolphe à sa femme.

En attendant, le rythme de la farandole s'accélérait encore.

Victor — un Victor méconnaissable, si différent de celui de tous les jours qui semblait perpétuellement officier comme à l'église, dans l'exercice de ses fonctions — Victor, sa large face plus large encore que d'ordinaire, rouge et épanouie derrière la cravate de cérémonie qu'il n'avait pas défaite, menait la file, entraînant son épousée et, derrière, tout ce que l'assistance comptait de jeunes et vieux fous.

Julia vit passer dans la ronde la robe blanche d'Amélia et ses boucles châtaines tressautant autour du visage rieur, tout empourpré. La fillette sautait et chantait comme les autres, donnant la main à Romieu, le charretier et au fils du fermier de la Coupe d'Or que sa blessure au genou n'avait pas l'air de gêner beaucoup pour faire le branle.

Puis, ce fut Henri, encadré par Trestaillonne, l'aînée des filles du baïle, et Nore, sa jeune sœur.

Les pieds martelaient le carrelage.

« Lagadigadèu ! la Tarasco de Castèu !

Les voix couvraient à présent celle du petit garçon.

Il en paraissait tout déconfit. Sa mère le vit, seulet, sur sa table, les bras ballants, l'air d'un abandonné.

Le vieil Anselme, qui parlait avec les autres bergers, dans un coin de la salle, s'en aperçut aussi. Il le regarda un moment, puis, remettant au coin de sa bouche la pipe éteinte qu'il tenait, s'en vint près de Julia décrocher du mur, parmi la batterie de cuisine, deux couvercles de casserole en cuivre, et les fit passer à Frédéric.

— Vas-y, mon droulet[1].

Il se retourna vers la maîtresse et lui cria, en manière de justification :

— Les petits, c'est comme les hommes, ils ont besoin d'entendre leur bruit à eux, sans ça, ils sont perdus.

Probablement était-ce pour cela que chacun s'évertuait à en faire plus que les autres, se dit Julia, réfléchissant aux paroles de l'ancien.

« Le bruit, le peu de bruit que l'on fait, en passant dans ce monde. Mon propre bruit... »

En tout cas, le frénétique tintamarre que tirait Frédéric de ses couvercles entrechoqués semblait le transporter d'aise. De nouveau, il avait sa mine arrogante. Ses yeux gris clair comme ceux de sa mère étincelaient. Il dominait, il était roi.

1. *Droulet* : garçonnet.

« Jamais il ne s'endormira après cela », songea-t-elle.

— Le bougre ! lui lança Rodolphe à tue-tête, pour se faire entendre.

Dans ses yeux à lui aussi brillait la même excitation joyeuse.

En face d'elle, au travers de la farandole, Julia aperçut soudain Philo assise près de la vieille Allarde.

Elle tenait Adrienne endormie sur ses genoux, au creux de ses jupes, et riotait en face du spectacle, sans y prendre part, avec ce froncement du nez et des lèvres qui lui donnait l'air de ruminer.

« Pour elle, cela s'explique », pensa Julia.

Mais elle-même, pourquoi se sentait-elle à ce point séparée, ce soir-là, de la joie commune, incapable de faire son propre bruit, et si seule au milieu de son silence ?

Eût-il pu lui expliquer cela, le vieil Anselme dont la sagesse ne dialoguait, la moitié de l'année durant, qu'avec les astres peuplant le ciel des solitudes alpestres où pâturait son troupeau ?

Quelle barrière avait-elle donc franchie ? quel pas irrévocable ? « Est-ce la vieillesse, déjà ? » se demanda-t-elle.

Un bref frisson la saisit.

Inconsciemment, elle serra le bras de Rodolphe.

Il pencha le col pour se rapprocher :

— Alors, ma chatte ?

Julia devina les syllabes plus qu'elle ne les entendit. Ses yeux inquiets se fixèrent sur les traits de Rodolphe.

Le temps les burinait sans qu'il en parût tellement vieilli, lui. Et ce n'était pas laid, au contraire, ces tempes grisonnantes. « Mais moi, comment suis-je ? Comment me voit-il ? »

Elle eût voulu se trouver seule, au même instant, devant un miroir.

La tension qui raidissait ses mâchoires lui donnait à son insu le masque douloureux du désir.

Rodolphe s'y trompa-t-il ? Ou, au contraire... ?

Dégageant son bras avec une curieuse douceur, il lui entoura l'épaule, et se pencha davantage pour lui chuchoter :

— Montons, voulez-vous ?

— Mais... commença Julia, luttant pour redevenir elle-même.

Le regard de Rodolphe ne contenait qu'une tendresse infinie.

Il l'interrompit fermement :

— Allons, ma mie ! Pour une fois, Philo se débrouillera bien avec les petits.

L'air était mou et pesant. Depuis des jours le labé [1] bousculait sans trêve les troupeaux de nuages bas, entre les rafales de pluie qui prolongeaient le mauvais temps de l'équinoxe, bien qu'on atteignît le milieu d'avril.

— On a l'impression de vivre dans une éponge, grommelait Rodolphe. Une terre pourrie. Un ciel pourri. A perte de vue, du gris et du noir. Rien ne germera, si cela continue. Une belle récolte de champignons qui se prépare, à défaut d'autres !

Sa femme lui trouvait mauvaise mine.

— Et comment voulez-vous... ? Avec les nuits que je passe... Comment diable dormir avec un temps pareil ? En plus de cela, vous me confinez au coin du feu. Pas de soleil. Pas d'exercice. Avec votre sollicitude, vous me faites mener une jolie existence.

---

1. *Labé* : vent du sud-ouest.

Il ne la menait cependant pas telle que Julia l'eût souhaité. Et quand il fut allé davantage encore patauger sous les averses dans les terres où l'eau regorgeait, qu'y eût-il gagné, sinon une bronchite ?

Julia se retenait sans cesse dc lui rappeler : « Le docteur a recommandé... »

La seule mention du médecin amenait automatiquement un vigoureux :

— Au diable !

C'était l'unique position adoptée par Rodolphe contre tout empiètement sur sa liberté.

— Biaisez. Ayez l'air de céder. Mais évitez-lui à tout prix les imprudences, répétait le docteur Lapierre.

— Mais pourquoi, docteur ? Qu'est-ce donc qui vous tracasse à son sujet ?

Le praticien prenait cette voix bourrue que Julia n'aimait guère :

— Rien. Rien de particulier. Mais il faut vous mettre dans la tête qu'il n'a plus sa belle résistance d'avant-guerre. Il serait sage de le surveiller de plus près. S'il voulait seulement passer à mon cabinet de temps à autre... !

Il considérait Julia qui ne disait mot. Et, méditant sur l'inutilité de sa suggestion, se reprochait de n'avoir fait qu'ajouter au faix qu'il la voyait porter.

— En tout cas, ménagez-vous, pour votre part. Le cœur n'est pas tellement brillant, ces temps-ci.

L'avis était tout aussi inutile, en ce qui la concernait. Julia savait mieux que personne quelle fréquence avaient atteint ses malaises. Mais le souci qu'elle se faisait ne dépendait point d'elle.

Cette douleur qui soudain la pliait en deux, brutalement, comme elle la connaissait : subite, imprévisible, atroce, et pourtant familière. Parfois, il semblait à Julia que son corps allait se déchirer, comme craque une robe trop mûre. « Se peut-il que le cœur s'use de la même manière ? Un cœur qui a beaucoup servi... »

— Encore ce cœur ? disait Rodolphe, à la fois tendre et impatienté, lorsqu'il la voyait s'immobiliser, blêmir, les narines pincées, la bouche entrouverte. Ma pauvre chatte...

Il détestait l'idée même de la maladie et en voulait à sa femme, inconsciemment, d'exciter en lui une compassion stérile qu'il ne savait comment lui manifester.

Cette oppression quasi continuelle. Ces suffocations. Elle aussi savait ce que c'était, bien qu'elle s'efforçât de les lui dissimuler. La nuit, quand cela commençait, elle demeurait à demi étendue, gagnant une minute après l'autre jusqu'à l'aube, afin de ne pas risquer un mouvement qui pût troubler le repos de Rodolphe assoupi près d'elle.

Lui n'avait pas la même discrétion. Ses mauvaises nuits, il les lui faisait partager, tout naturellement.

Que sa femme pût dormir, lorsqu'un état fébrile le tenait éveillé l'emplissait d'un ressentiment doublé d'un vague scandale. Il se mettait alors à tourner et retourner, faisait gémir les ressorts du sommier, bourrait son oreiller de coups de poing, se découvrait, tirait et repoussait alternativement les couvertures, soupirait, marmottait des jurons à mi-voix.

Julia l'écoutait, muette, anxieuse, priant pour qu'il retrouvât le sommeil.

Puis venait un moment où cela paraissait impossible de le laisser se débattre, seul, dans cette étouffante pénombre noire de l'alcôve, alors que tous ses soubresauts et ses soupirs appelaient à l'aide.

Bien qu'elle sût ce qui allait suivre, Julia se hasardait à questionner doucement :

— Puis-je faire quelque chose, mon cœur ? Voulez-vous un peu d'eau sucrée ? Ou bien...

C'était apparemment tout ce qu'il attendait pour trouver un exutoire à son exaspération.

— Au diable votre eau sucrée ! Que voulez-vous que j'en fasse ? Voilà des heures, entendez-vous ? des heures que je suis là, à suer comme un misérable, sans pouvoir fermer l'œil. Si vous étiez à ma place...

L'injustice d'un enfant.

Ce n'était pas cela qui faisait le plus mal à Julia. Mais de le sentir atteint, souffrant, lui si peu fait pour souffrir ; et humilié, et aigri contre elle du fond de son humiliation, incapable de supporter qu'elle assistât à cette souffrance, comme il venait d'être incapable de l'endurer seul.

— Vingt dieux ! on étouffe, aussi, dans cette alcôve. Je vais aller ouvrir la fenêtre. J'ai besoin d'air.

Il n'en avait pas vraiment l'intention. La nuit mouillée, lourde, fade, visqueuse, de cet avril gâté ne lui eût apporté aucun soulagement, il le savait. Mais il se complaisait dans sa menace. Il en jouait méchamment, afin de punir Julia, comme il se fût vengé sur lui-même.

Cependant, parfois, lorsque, glacée, toute repliée dans sa propre détresse, à la fin, elle se réfugiait de nouveau dans le mutisme et l'immobilité, il se rapprochait d'elle, humblement, lui jetait un bras autour de la taille, enfouissait la tête au creux de son épaule.

« Un enfant », se répétait-elle. « Un véritable enfant. »

— Julia... Tu m'en veux.

Elle n'avait pas la force de répondre. Le chagrin et l'amour emplissaient sa gorge d'une eau amère. Ses doigts caressaient les cheveux de Rodolphe, maternellement. Elle le sentait s'apaiser.

Il finissait par s'endormir contre elle.

Longtemps encore, elle demeurait éveillée, à respirer l'haleine épaisse de Rodolphe, avec le poids de cette tête qui écrasait son sein, gênait son souffle et lui ankylosait le bras et l'épaule.

Jamais elle ne l'avait aimé davantage.

Revinrent les longs jours craquelés de soleil, les nuits odorantes, les matins pleins d'oiseaux, le ciel d'été sans un nuage, le frémissement doré des blés, l'exhalaison des foins que l'on coupait par toutes les prairies.

L'armée des cigales attaquait déjà l'été tout neuf d'une scie minuscule qui semblait dérisoire pour ce long travail.

— C'est cette sacrée chaleur, se plaignait à présent Rodolphe qui ne retrouvait ni appétit ni sommeil.

Il recommençait à prendre cet aspect efflanqué que Julia avait eu tant de peine à lui faire perdre, l'année précédente, à son retour de la guerre. Sa figure s'émaciait. La saillie des pommettes s'accentuait, faisant par contraste apparaître le creux des orbites.

A leur arrivée en vacances, ses deux aînés en furent frappés.

— Je me demande si Maman s'aperçoit à quel point il a maigri, dit Amélia à son frère.

Le trot de leurs chevaux dominait seul parmi les myriades de bruits indiscernables dont est pétri le chaud silence de la terre étalée dans l'alanguissement de l'été.

Henri dit, d'un ton réfléchi :

— Elle aussi change.

Et Amélia :

— C'est vrai. Je trouve qu'elle a beaucoup vieilli depuis un an.

Tous deux ensemble hochèrent la tête.

Ils avaient treize et seize ans. La matinée avait leur âge. Le vieux monde avait leur âge. L'herbe sèche, parfumée de tous les aromates de la garrigue, les ronciers pleins de mûres bonnes à cueillir, les massettes, et les glais défleuris au revers des fossés sans eau, les tamaris poussiéreux, les grands fenouils hérissés de meissounenco[1] blanches, les touffes de mourven[2] où mûrissaient les baies de genièvre, le lavandin violet, le romarin bleu, et les buissons de petit-chêne[3], leur appartenaient. Ils connaissaient par leur nom chaque mourre de l'Alpille. Et la légère brise du matin que la chaleur montante absorbe si vite était le cadeau personnel que leur faisait ce jour d'été à peine commencé.

Leur tour venait. Il était là.

Ils se sentaient prêts. Raisonnables et sûrs d'eux-mêmes. Rien, sinon eux et la vie qu'ils allaient se tailler pour leur belle part à même une inépuisable provision d'années, n'était tout à fait vrai à leurs yeux. Pas même ce qui arrivait à leurs parents, malgré l'importance qu'ils se figuraient y attacher.

L'un suivant l'autre, ils firent près d'un kilomètre au grand trot sur une sente. Puis, parvenue sur la crête, Amélia dit, en regardant au loin, alentour :

— Qui sait si Virginie Aillaud viendra, dimanche, au baptême de la petite Caroline.

Son frère lui lança un vif coup d'œil moqueur.

— Elle accompagnera sûrement ses frères.

Amélia songea que la malice du sien commençait à devenir gênante. Elle eût aimé savoir d'où il tenait la

1. *Meissounenco* : minuscules escargots blancs. En français : hélices des moissons.

2. *Mourven* : genévrier de Phénicie.

3. *Petit-chêne* : chêne kermès.

certitude que Thomas Aillaud serait à Tourvieille. « Sans doute le cadet le lui a-t-il annoncé. »

Henri et le petit Aillaud étaient ensemble au collège.

Quoi qu'il en fût, la dignité interdisait de pousser l'enquête.

Elle lança son cheval sur la pente, et dévala vers une combe encore pleine d'ombres mauves qui verdoyait à leurs pieds, laissant Henri sur place.

— Attends un peu ! Eh ! là ! cria-t-il.

Le fracas des sabots se répercutait entre les roches. Un courlis qui chantait parmi les yeuses s'envola presque sous les pas de la monture d'Amélia, dans un grand frottement d'ailes.

La jupe brune de la jeune fille se gonflait au vent de la course.

Debout sur ses étriers, Henri se penchait sur l'encolure pour exhorter son cheval :

— Vas-y, garçon ! vas-y, dépasse-la !

Tout était dans l'ordre.

Rodolphe, cependant, prit sur lui pour diriger les vendanges, comme il avait dirigé les moissons ; ce que Trestaillon eût tout aussi bien pu faire à sa place.

Ses nuits continuaient d'être mauvaises. Il se levait avec une sensation de fatigue qui croissait durant toute la matinée, bien qu'il s'efforçât de s'absorber dans le travail pour la surmonter.

Dès après le repas de midi, une sorte de torpeur fiévreuse s'appesantissait sur lui.

« Mais qu'est-ce que j'ai ? Enfin, sacrédié ! je ne suis tout de même pas... » — il renâclait, même en pensée, devant le terme : malade — « ... pas moisi ! »

Malade ? Allons donc !

Sa femme lui parlait sans qu'il l'entendît.

« Malade ! » Il refusait l'hypothèse avec dégoût. Avec, aussi, un sentiment obscur qui ressemblait à de la frayeur. « Non, non et non ! Jamais de la vie ! » Pas lui.

Il se levait, cognait du poing sur la table :

— Allons-y, sacrédié !

Et fanfaronnait pour Julia :

— Le tout est de s'y remettre. Ma parole, je deviens rudement paresseux avec l'âge.

Elle le dévisageait avec acuité, avide de le croire.

— Il se fatigue plus qu'il ne devrait, Docteur, j'en suis sûre. Lorsqu'il ne se surveille pas, il a parfois un air harassé qui n'est pas naturel. Mais vous le connaissez. Si j'intervenais...

— J'essaierai, moi, décida le médecin.

Il essaya.

Rodolphe montra les dents et s'exprima sans ambages :

— Allez vous faire f... ! Quand j'aurai besoin de vos conseils, je vous l'enverrai dire, mon cher ami.

Il l'examina avec une méfiance sourcilleuse :

— Est-ce ma femme qui vous a chargé...

— De rien du tout, coupa rudement le docteur Lapierre, en reboutonnant sa redingote avec calme. Vous pensez bien que madame Vernet vous connaît. Moi aussi, du reste. Mais c'est plus fort que moi : quand je vois quelqu'un sur le chemin de la cachexie, je considère comme étant de mon devoir pur et simple de l'informer qu'il devrait prendre garde.

Il prit ses gants, remit son haut-de-forme, et conclut tranquillement :

— Enfin, soit ! Vous ferez un mort aussi convenable qu'un autre. Pourquoi pas ? si vous y tenez.

Il vit un pli se creuser sur le front de son interlocuteur.

Rodolphe se mordait la lèvre avec une expression

coléreuse et butée. Son regard se planta dans celui du médecin qui lui rendit la pareille.

— Sacr...

Etouffant le reste, il se décida tout d'un coup :

— C'est bon. Demain matin, je passerai chez vous vers huit heures.

Lui-même, à midi, le lendemain, annonça à sa femme :

— Je me suis fait examiner par le docteur — On eût dit qu'il avait accompli une prouesse, à en juger par son air glorieux — Il m'a ausculté, re-ausculté, détaillé de pied en cap, sur toutes les coutures, pendant plus d'une heure. Tout va bien. Il m'a promis de m'envoyer quelques bricoles à prendre pour dormir. Ce sont les nerfs, paraît-il. Résultat de la guerre, et du choc de ma blessure. Mais à part ça...

Il se frappa sur la poitrine.

— ... Solide comme le Pont-Neuf. Au fond, j'aurais aussi bien fait d'aller le voir tout de suite.

Julia buvait ses paroles.

— Et, ces drogues, vous allez les avaler ? questionna-t-elle, non sans une nuance d'incrédulité.

— Bien sûr, ma mie.

Du moment où il était reconnu en bonne santé, il pouvait consentir ce léger sacrifice.

L'automne qui commençait fut un bel automne. Rodolphe se sentait plus vaillant. Et Julia, par contrecoup, se portait mieux, elle aussi.

Profitant des dernières journées tièdes, elle laissait son dernier-né à la garde de Philo avec les deux autres petits et revêtait son amazone pour une bonne randonnée à cheval en compagnie de Rodolphe et d'Amélia.

Les années de couvent avaient pris fin aux vacances pour la jeune fille. Elle allait faire ses débuts dans le monde au cours de l'hiver, et ne cessait d'y penser.

Le sujet préoccupait d'ailleurs ses parents presque autant qu'elle.

— Tante Lucie dit que, cette saison, peut-être, le bal des d'Andigné aura lieu comme avant.

« Le bal des d'Andigné... » Pour cette enfant, ce n'était qu'une promesse de fête élégante et fastueuse, songeait Julia, tandis que se levaient dans sa mémoire de vieux souvenirs qui paraissaient appartenir à une autre femme dont nul ne savait plus grand-chose.

Une robe. Des visages. « Comme la mode a changé, depuis. » La mazurka en vogue à cette époque-là. Voyons... *Sol, mi, sol, la, do-la, do-la...* »

Son doigt errait machinalement, cherchant les notes, sur le piano laissé ouvert par la jeune fille.

« Crinoline... Chantilly noir sur blanc. Moustache finement cirée... Ce lieutenant qui me courtisait... Ah ! comment s'appelait-il donc ? »

Elle faillit le demander à Rodolphe.

« Et Féli, dans ce satin blanc brodé d'or. » Félicité qui, à présent, était grand-mère. Le plus beau bal de la saison. « *Un garçon, ma chère. Ils l'ont appelé Arthur. Cela a le chic anglais, n'est-il pas vrai ?* » Herminie, autrefois, eût pu épouser un lord. « *Herminie Béraud ? Quoi, vous l'avez connue ? Comme c'est drôle ! Saviez-vous qu'elle a vécu longtemps à Vienne ? On a chuchoté beaucoup de choses, à propos d'un archiduc. En tout cas, elle s'y trouvait quand la guerre a éclaté. Dieu sait ce qu'elle est devenue. Les Peyrissac en savent sans doute plus qu'ils ne le prétendent, mais...* »

Etrange que les détails qu'elle pût encore apprendre sur ses amies perdues lui vinssent de cette Dorothée qu'elle ne pouvait souffrir.

« Frivole, cancanière, malveillante, perfide dans ses relations avec les autres femmes. Et coquette ! Et dépensière. Et... » Constant ne semblait pas particulièrement heureux auprès d'elle, bien qu'il ne se plaignît jamais. Entre elle et Sophie, il devait pourtant connaître plus d'une difficulté.

« Quant à Mère... » Elle non plus ne disait jamais rien ; ne demandait, n'attendait rien de personne.

« Et que lui ai-je donné, moi, depuis des siècles ? » s'interrogea Julia. Quelques visites ? Quelques marques de tendresse ? A peine. « C'est vrai que j'étais plus démonstrative, autrefois. Mais Maman sait bien... »

Sait-on jamais ce qui va de soi ? Constance le savait, elle.

On l'appelait à Mogador : « Mère, venez vite. J'ai besoin de vous. » Elle accourait.

Et les épreuves qu'avait traversées Julia ne lui avaient guère laissé le loisir de prêter grande attention aux soucis des autres.

— Oui, Mère, je ne dis pas. Mais Sophie a tout de même eu plusieurs occasions sérieuses. Après tout, c'est bien sa faute si elle est encore fille.

Un moment vient où l'on juge sous un autre angle. Les déceptions sentimentales de Sophie n'avaient plus la même importance aux yeux de sa sœur.

— Pauvre Finou ! disait encore parfois Julia, un peu mécaniquement. Lorsqu'elle prenait le temps d'y songer.

Mais Sophie n'avait déjà presque plus l'air d'une jeune fille.

— Une jeune fille ! Vous nous la baillez belle, ma mie. Elle a tout à l'heure la trentaine, si je compte juste.

Rodolphe n'y mettait aucune animosité. Il rappelait une vérité première, sans plus.

« Les hommes n'ont pas de pitié », pensa Julia. Mais il fallait convenir aussi que Sophie, renfrognée, épaissie, de plus en plus réfugiée dans la gourmandise et le catéchisme aux marmots, n'avait plus beaucoup d'atouts dans son jeu pour leur plaire.

« Nous la garderons quelque temps chez nous après les Calendes », résolut-elle.

Cela lui mit la conscience en repos.

Décembre était là. Le ciel, opaque et bas, laissait prévoir de la neige.

A l'issue d'une partie de chasse, Rodolphe se mit à tousser. Foulards, briques chaudes, tisanes additionnées de rhum, n'y firent pas grand-chose. Le cortège revint des nuits blanches, des repas durant lesquels il fallait insister, argumenter, supplier, pour obtenir qu'il prît un peu de nourriture.

En quelques jours, sa femme le vit redevenir aussi hâve et aussi maigre qu'il l'avait été à son retour.

— Laissez-moi appeler le docteur, mon chéri, pour vous débarrasser de cette toux. Rappelez-vous comme il vous a remis d'aplomb, il y a quelques mois.

Rodolphe se le rappelait.

— J'ai pris mal, voilà tout, grogna-t-il pour la forme, avant de céder.

En présence de Julia, cette fois, le docteur Lapierre examina de nouveau avec minutie son difficile patient.

— Eh bien ? questionna Rodolphe, presque agressivement, lorsqu'il eut terminé. Ce verdict ?

— Moins que rien. Un petit coup de froid. Je vais vous prescrire une potion pour arranger cela.

Rodolphe se tourna vers sa femme :

— Quand je vous le disais ! — il triomphait avec une mauvaise humeur rancunière — S'il fallait vous en croire, l'on n'aurait plus qu'à commander ma caisse.

Julia ne répliqua rien. Elle sourit des lèvres.

Et suivit le médecin quand il prit congé.

— Je vous accompagne jusqu'en bas, Docteur.

Ils descendirent l'escalier côte à côte, en silence.

— Docteur, dit-elle tout à coup, lorsqu'ils furent sur le perron, il a de la fièvre presque constamment. J'en ai la certitude. Ses mains brûlent, la plupart du temps. Et il s'est plaint d'un point de côté et de douleurs d'estomac, à mon frère. Et cette toux qui augmente...

Elle parlait à voix basse, précipitée, l'œil fixé sur les fenêtres du premier étage.

Le médecin fit un geste vague de la main.

— Mais enfin, insista-t-elle — une vibration fêlait sa voix —, il ne peut pas rester ainsi.

Il demeura muet quelques secondes, les yeux à terre, raclant le sol de la pointe de sa bottine. Puis, releva la tête.

Son menton tressautait spasmodiquement.

Le regard dont il enveloppa Julia la mit au bord du vertige.

— Voyez-vous, dit-il enfin, je ne puis pas grand-chose.

Elle le considéra avec ses yeux clairs qui devenaient énormes. Pétrifiée, incertaine de ce qu'elle devait comprendre, tandis qu'il la saluait rapidement et montait dans son cabriolet.

« Rodolphe... il ne peut pas... voyons... »

Une pensée à laquelle jamais elle n'avait voulu s'arrêter, une pensée déjà vieille qui tourbillonnait depuis des mois comme un busard au-dessus de sa proie, était là, en suspens, prête à fondre ; et, derrière elle... « Rodolphe, malade pour tout de bon... »... derrière elle, qu'y avait-il encore, au plus noir de cette ombre informe ?

Elle eût souhaité remonter dans leur chambre, comme on se terre dans le plus sûr refuge ; se jeter à genoux devant le crucifix familier de l'alcôve, et prier, prier, prier encore, resserrer l'alliance avec lui ; pleurer aussi, et se démettre, lui offrir l'angoisse et la confiance mêlées. « Seigneur, vous qui savez... »

Mais Rodolphe s'y trouvait probablement encore. Et elle ne pouvait pas aller vers Rodolphe.

Le secours de cette épaule qui jamais ne lui avait manqué lui était interdit, cette fois. La menace qui les guettait, Julia devrait l'affronter seule, à l'insu de son mari. Séparée de lui, à ses côtés, plus qu'elle ne l'avait été durant les mois de guerre.

« Le pire, pensa-t-elle, oh mon Dieu ! le pire est-il... ? On le croit derrière, et ce n'est pas vrai. » Les lèvres qui touchent une fois la lie connaissent-elles jamais le fond de l'amertume ?

Le lendemain après-midi, elle pénétrait dans le cabinet du docteur Lapierre.

Il ne parut pas surpris.

— Docteur, je suis venue pour vous...

Il l'interrompit doucement :

— Je pensais que vous viendriez. Asseyez-vous.

Jamais auparavant Julia n'était entrée dans cette pièce. Machinalement, elle promena les yeux autour d'elle, regardant sans les voir la tapisserie marron à volutes blanches, la grande table chargée de livres et de papiers, la lampe, l'écritoire où trempait une plume. Malgré le feu, une odeur d'humidité régnait.

Julia sentit l'oppression qu'elle connaissait bien envahir sa poitrine.

Les pieds de la table étaient incrustés de sabots en cuivre.

Elle ne pouvait détacher son regard de ces sabots. Il lui fallut faire un effort :

— Docteur...

Il s'était rassis derrière son bureau, le dos au jour. Et maniait sans raison un coupe-papier d'ivoire.

« Il va le casser », se dit-elle. Son esprit s'hypnotisait de nouveau sur cette idée sans importance.

— ... Je veux savoir ce qu'a mon mari.

— Oui. Evidemment.

Le médecin hocha la tête à plusieurs reprises.

Derrière lui, contre la vitre de la fenêtre, un sarment de bignone gris et sec battait au vent du dehors.

— Ce coup de baïonnette qu'il a reçu a touché le poumon. Oui. Plus qu'on n'eût pu le penser.

Julia chercha sa respiration.

— Voulez-vous dire que...

« *Poitrinaire. Phtisie.... s'en va de la poitrine.* » Les mots fatidiques en pareille conjoncture fulguraient sous son front.

— ... que c'est grave ? acheva-t-elle, dans un sursaut de volonté pour empêcher sa mâchoire de trembler.

Rigide dans son fauteuil, le dos droit, toute petite, avec ses mains gantées serrées sur le réticule, au creux de sa jupe, elle offrait à son interlocuteur une image désolante de fragilité et de courage intraitable.

Le docteur Lapierre pesa encore un coup les circonstances. Aussi bien n'avait-il cessé de les débattre depuis la veille.

« La veille ? En réalité, depuis trois mois. Depuis... »

Il revoyait Rodolphe Vernet assis dans ce même fauteuil qu'emplissait sa carrure. Jovial, déchargé d'un poids. « *Sacré docteur ! hein ?* Sale métier, parfois. Un couple uni. Comment s'en tirerait-elle, cette petite créature qui n'avait plus guère de santé ? Cinq enfants. Ce grand domaine à mener. »

Eût-il mieux valu se taire ? Attendre encore ? La responsabilité à prendre. Le coup à lui assener. Un cas de conscience.

Le regard de Julia, fixé sur lui, était aride et glacé. La clarté sans couleur de cet après-midi d'hiver s'y reflétait seule.

« S'il y a des mesures à envisager. Pour prévoir... On sait ce que c'est que les familles. Pauvre femme. » Et ce regard...

Elle avait droit à la vérité.

Et le silence aussi était une façon de la lui faire entendre. En la dévisageant, il découvrit que ce pouvait être la pire.

— C'est grave, oui, Madame. Un abcès s'est formé...

Julia mordait sauvagement l'intérieur de ses joues.

Un goût de sang emplit sa bouche. Elle l'avala.

— Est-ce... guérissable ?

— Non.

Elle ne dit rien, mais haleta.

Le médecin ajouta très vite :

— Mais cela peut durer plusieurs mois.

« Tenir. Tenir à tout prix », s'éperonnait-elle.

Le tic-tac de la pendule s'empara du silence et l'emplit.

Enfin, Julia interrogea, la voix sifflante :

— Je suppose que vous êtes certain de ne pas vous tromper ? Mais peut-être en consultant... ?

Le docteur Lapierre ne se formalisa pas. Il se représentait le cœur de cette femme, son cœur anatomique, avec son système de veines et d'artères dont il connaissait la marche, et l'état.

— Si vous voulez. Malheureusement, depuis que j'ai examiné monsieur Vernet, ma conviction est faite. Et j'ai lu tout ce qu'on peut lire, exposé le cas à de savants confrères de Montpellier. Hélas !... Le diagnostic n'est pas difficile. Un enfant le ferait. Il y a des signes à l'auscultation qui ne laissent aucun doute. Le mal est en pleine évolution. L'expectoration aussi, voyez-vous... Quant au pronostic...

Il se retranchait derrière la facilité qu'offre le froid jargon technique.

— Oui... disait mécaniquement Julia. Oui...

Elle était sur le quai de la gare, et Rodolphe s'éloignait encore une fois.

17

« Qu'il ignore, surtout, le plus longtemps possible. Ce peu qui nous reste, qu'il en profite. »

Julia était sortie du cabinet du médecin agrippée de toutes ses forces à cette seule pensée.

Les premiers temps, il sembla que ce fût impossible de mettre les gestes quotidiens par-dessus le secret qui allait tout détruire. Le sentiment de cette absurdité la prenait à la gorge.

Chaque mot, chaque démarche de Rodolphe revêtait à ses yeux la solennité affreuse du définitif.

Ce corps en sueur allongé toutes les nuits à côté d'elle continuait d'être, pourtant. Elle écoutait son souffle bruyant avec l'horrible angoisse de ne plus l'entendre, tout à coup. Elle allongeait la main pour le toucher.

Et cette moiteur, cette odeur fade, un peu douceâtre, de l'haleine, mêlée à celle, plus âcre, de la transpiration, c'était de la vie encore.

Julia ne cessait de penser à ce que signifiait la mort ; à la façon dont elle s'y prendrait pour venir à bout de cette vie à laquelle tenait indissolublement la sienne.

En vain. La notion n'entrait pas dans son cerveau.

Elle avait vu mourir son premier-né, et cette chose atroce était cependant encore imaginable. Mais

Rodolphe... Il y avait en elle une impossibilité animale à se représenter sa disparition. Ce sont les autres qui meurent. Nul ne conçoit sa propre mort. Et celle-là était la sienne.

Elle était, d'abord, une part de Rodolphe, aussi vulnérable que la chair, aussi exposée, qui refusait d'assumer cette horreur.

En même temps, bizarrement, ce qu'elle était seule à savoir, déjà la retranchait de lui.

Elle le regardait agir, du matin au soir, comme à travers une vitre, « comme... » — l'image qui se présenta lui glaça le cœur — « comme un défunt sur son lit d'apparat regarde s'agiter les autres. »

Et les enfants vaquaient à leurs jeux, à leurs plaisirs, à leurs travaux accoutumés.

La vie paraissait ne s'être arrêtée que pour elle.

« Oh mon Dieu ! ne ferez-vous rien pour ceux qui s'aiment ? » Suffisait-il qu'Il leur eût permis de s'aimer ?

Mais Dieu a son éternité et que sait-Il du temps misérable des hommes ? Jour et nuit, elle priait, au plus bas de la détresse : « Laissez-le moi. Encore un peu. Tout a été si court. Oh Dieu ! si court ! »

La solitude du désespoir la desséchait.

Rodolphe finit par la voir telle qu'elle était : pâlie, amenuisée, les joues et les orbites creuses.

Il en conçut une commisération protectrice qui lui procura, par contraste, un regain de vigueur.

— Ménagez-vous, ma mie. Qu'en dit le docteur ? Vous avez une fichue mine, ces jours-ci.

Le temps, sec et glacé, semblait lui convenir.

Il chaussait ses bottes, décrochait son fusil, et sifflait *Vénus* et *Vulcain*.

Des deux, à coup sûr, cet hiver-là, ce fut Julia qui

donna de l'inquiétude à tout le clan réuni à Mogador pour les fêtes.

Puis, insensiblement, la peur creusa sa place au milieu des autres habitudes. Julia s'aperçut que tout continuait sans changement apparent.

« Cela peut durer des mois », avait dit le docteur.

Non pas des mois, mais des années, peut-être. Rodolphe avait une telle vitalité. A plusieurs reprises, pendant ces phases de répit qui se prolongeaient, Julia crut au miracle.

Des semaines entières durant, il lui arriva d'oublier la condamnation prononcée. Elle voyait Rodolphe reprendre du poids, en même temps qu'il retrouvait quelque chose de cette exubérance qui, jadis, semblait jaillir de lui comme une source de vie joyeuse et chaude.

Il tenait alors table ouverte, escortait sa fille aînée au bal, y passait la nuit, dansait même. Ou bien il s'en allait à des parties de chasse, partait pour Tourvieille, accompagnait Constant chez son beau-père à Remoulins, suivait les courses par toute la région, avec ses amis, laissant sa femme à Mogador.

Julia ne songeait pas à s'opposer à ces équipées bien qu'elle vécût durant ces absences dans la terreur de la menace qui pouvait brusquement se matérialiser et le terrasser loin d'elle.

— C'est d'une imprudence insensée, se gendarmait le docteur Lapierre. Vous devriez...

Elle le rabrouait durement :

— Je devrais quoi ? Le garroter dans son lit ? Me suspendre à ses basques ? Afin d'obtenir qu'il demeure confiné ici ? Vous savez pourtant dans quelle humeur le met l'obligation de garder la chambre. Ne voyez-vous pas que la claustration lui est plus néfaste encore ? Non, certes, je ne le contraindrai pas. Qu'il vive au moins à son gré, puisqu'il n'y a plus rien à faire.

Mogador, elle le comprenait, n'était que trop devenu pour lui une sorte de prison où le piégeait la maladie. A présent, il ne souhaitait plus que s'en évader, comme si l'eût attendu ailleurs, avec sa robustesse intacte et sa gaieté, son insouciance, l'insatiable appétit de vivre qu'il s'effrayait, certains jours, au plus inavoué de lui-même, de voir le quitter.

— Il y a un Concours Hippique à Marseille, au Parc Borély, le dimanche de la Trinité. J'irai avec votre frère et Marquet-Rageac.

Julia trouvait un sourire à plaquer sur son visage.

— Allez-y, mon cœur, et amusez-vous.

Sur le domaine, l'on cueillait la feuille. Les foins étaient commencés. Le soufrage se poursuivait dans les vignes. Il fallait prévoir l'arrachage des racines de paluds dans les champs de garance.

— Trestaillon sait ce qu'il doit faire. Il a mes instructions en détail.

— Ne vous inquiétez pas.

Au vrai, il ne s'inquiétait guère.

— Je sais que vous vous débrouillez.

La valise faite, tandis que Victor conduisait son maître à la gare de Tarascon, Julia revêtait sa vieille amazone et partait faire la tournée des terres pour surveiller l'ouvrage en train.

Elle maintenait *Léda* au pas, le plus souvent, afin de ménager son cœur.

« *Vous feriez mieux de cesser complètement...* » Au diable le docteur et son inhumaine sagesse.

Elle aurait le temps de se reposer quand les récoltes seraient vendues, quand les enfants seraient tous élevés, quand...

— Et moi, Maman, vous verrez, dans quelque

temps, quand je pourrai vous seconder. Si Père voulait, dès à présent...

Henri eût volontiers quitté le collège où il faisait cependant honorablement figure.

Et certes, se disait Julia, ce serait un réconfort que de l'avoir auprès de soi, ce grand garçon déjà presque aussi grand que son père à qui il ressemblait trait pour trait.

— C'est votre préféré, hein ? la taquinait Rodolphe, les jours où il se sentait dispos. Allons, vous pouvez bien l'avouer ?

Julia s'en défendait : elle n'avait pas de préféré. « Non, pas plus Henri que mon petit Hubert, ou ce trève [1] de Frédéric ou Adrienne, la pauvrette... »

Quoi qu'elle en eût, ses nerfs se rétractaient légèrement à la seule évocation de cette enfant placide, lente, lourde, de caractère indécis, qui se tenait à cheval comme un ballot de farine et ne montait d'ailleurs qu'à contrecœur.

— Quelqu'un qui n'aime pas les chevaux, cela ne s'est jamais vu dans la famille. Il faut qu'elle tienne cela de sa grand'Vernet que personne, à ma connaissance, n'a jamais vue en selle.

Amélia qui, elle, montait « comme un ange » aux dires de Rodolphe, riait et défendait nonchalamment sa jeune sœur :

— Ce sera une bonne ménagère, en tout cas, Maman. Et une bonne mère aussi. Voyez-la s'occuper d'Hubert.

— Oui.

Devant le manque d'enthousiasme dont témoignait le « oui » de sa maîtresse, Philo, elle aussi, plaçait son mot.

---

1. Un *trève* est un follet qui danse sur le Rhône.

— Mademoiselle Adrienne, c'est la plus bravette[1].

Mais tout le monde savait que, comme son maître, c'était d'Amélia que la servante raffolait.

Elle la servait comme elle eût servi une princesse. Il devenait parfaitement vain de la charger d'une besogne déterminée, fût-elle urgente, dès l'instant où la jeune fille mettait le pied dans la maison.

— Philo, tu peux venir ?

— Tout de suite, ma beauté fine.

— Philo, viens me délacer, veux-tu ? — Philo, ôte-moi mes bottes. — Philo, viens me recoiffer. — Philo, ne le dis pas à Maman : je vais sûrement rencontrer monsieur Lageard à la soirée de Vérane Jonquéras. Il faudra que tu me repasses ma robe de grenadine.

Philo quittait tout sur-le-champ pour accourir à l'appel de sa jeune maîtresse, tirait la robe de la penderie, prenait les brosses, recueillait les confidences.

— Tu sais, je crois bien qu'il m'aime.

— Pardi !

Qui donc eût pu apercevoir Amélia Vernet, cette merveille des merveilles, sans en perdre le boire et le manger ?

— ... Mais vous, ma perle ?

— Moi ? Que tu es niaise !

Amélia éclatait de rire, en cascade.

La brosse en suspens, Philo écoutait ce rire, avec un ravissement bourru, elle qui, de sa vie, n'avait su tirer pareille musique de son gosier.

— Si tu savais comme c'est amusant de rendre amoureux fou un homme important, et puis de le voir se morfondre ! Celui-là, je m'étais juré de le mettre à mes pieds. Tu vois, c'est fait.

Philo ressemblait de plus en plus à un gros lapin gri-

1. *Bravette* : gentille.

gnotant de l'herbe lorsqu'elle remuait la bouche et le nez de cette manière.

— Madame dit que vous finirez par rester fille, comme votre tante Sophie, à force de vous moquer des messieurs.

La perspective ne fit naître qu'un sourire éclatant d'assurance aux lèvres d'Amélia.

— Ne t'inquiète donc pas. J'épouserai qui je voudrai quand je voudrai.

Elle savoura cette certitude comme un bonbon, puis continua :

— Ce que je puis t'affirmer, c'est que mon mari ne sera ni Thomas Aillaud, ni Jules Marquet-Rageac, ni Alphonse du Roveret, ni monsieur Isnard, ni le frère de Vérane. Ceux-là sont tout juste bons à me débiter des choses agréables à entendre, à me mettre le pied à l'étrier, ou à me faire danser, à tourner les pages quand je suis au piano, à ramasser mon éventail. Mais, pour époux... — elle souleva sa chevelure à deux mains sur sa nuque et se contempla dans le miroir avec langueur — ... je n'en veux pas d'autre que celui dont je pourrai dire au premier regard, comme Juliette : « *Si ce jeune homme est marié, mon lit nuptial sera mon tombeau.* »

Philo, estomaquée, réfléchit un moment au sens de ces paroles.

— Ah ben... ah ben alors ! exhala-t-elle enfin. Et qui ça est, celle-là ?

— Peu importe. Tu ne la connais pas.

La romantique Amélia ne s'en consumait point pour autant, d'ailleurs, dans l'attente du Roméo de ses vœux.

De la coupe pleine qui s'offrait à sa soif, elle comptait bien épuiser tous les sucs.

— Papa, quand me mènerez-vous visiter Marseille ?

demandait-elle inlassablement, à chaque retour de Rodolphe.

— Un de ces jours. Nous verrons cela, promettait-il, prudent, avec un coup d'œil du côté de sa femme.

Puis, il distribuait les cadeaux qu'il rapportait aux siens.

Une petite montre incrustée d'émail fit pousser des exclamations de joie à la jeune fille.

Le petit Hubert demeurait coi, hésitant entre le rire et les larmes, devant le faciès ricanant d'un singe noir de taille impressionnante. Frédéric avait couru montrer sa carabine au Janet de Trestaillon qui avait son âge. Adrienne était déjà plongée dans son livre d'images.

Et Julia laissait Rodolphe épingler lui-même, maladroitement, la grosse broche d'émail vert et d'or entourée de perles qu'il lui avait choisie.

— Elle vous plaît, ma mie, au moins ? Vous voyez, j'ai pensé à vous. La prochaine fois, il vous faudra venir. Nous pourrions emmener Amélia. Et Henri, s'il termine bien son année.

— Nous pourrions, oui. Pourquoi pas ?

Elle se laissait entraîner à faire des projets.

Juin était là. L'air était d'une douceur sans pareille. Le parc entier avait l'odeur des roses.

Il semblait à Julia que jamais saison n'avait été aussi belle depuis les lointains étés des fiançailles. Ce bonheur menacé par une terrible échéance avait déjà la perfection pathétique qu'acquièrent les vieux souvenirs polis par le regret au fond de la mémoire.

L'angoisse amère de l'attente qu'elle vivait s'estompait un instant au rappel d'une autre attente faite d'espoir.

— Vous rappelez-vous, mon cœur ? Le vieux verger de la Gloriette. Et cet habit bleu de roi que vous portiez.

— C'est vrai. Et votre robe blanche qui tenait toute raide, autour de vous. Crédié ! je vous revois comme si c'était hier.

« C'était hier, vraiment », pensa Julia. « Nos belles années. Nous étions heureux. Et nous ne le savions pas. »

— Et ces abricots muscats, dites, ma mie ! Je n'en ai jamais plus mangé d'aussi parfumés. Et ces figues...

Il rêva un instant, et conclut de façon imprévue :

— Cet imbécile de Peyrissac !... Au fait, il doit frétiller d'aise depuis que Broglie et ses estafiers ont pris le pouvoir. Mais patience ! Henri V n'est pas encore là ! Les bons cousins Orléans ont leur mot à dire.

Julia sourit, non sans mélancolie, à voir ses vieux démons le reprendre.

Elle dit seulement :

— N'allez pas tenir des propos comme ceux-là devant Constant, je vous en conjure.

— Non, non, ma chatte. Vous pensez bien !

Mais la discussion en perspective rallumait une lueur batailleuse dans ses yeux.

« Bon », se dit sa femme. « De toutes façons, avec Constant, rien à craindre. Il sait demeurer calme. Et s'arrêter à temps. »

— Au mois de septembre, reprit Rodolphe, au fil de ses pensées, quand le dernier de ces damnés Prussiens aura délogé, nous pourrions donner une soirée. Hein ? Pour marquer l'événement.

« Une soirée ? Et avec quoi, Seigneur ? »

— Vous savez très bien que nous n'avons pas un sou vaillant.

L'année précédente, en dépit de ses remontrances, tout l'argent disponible était passé à l'Emprunt. « — *Allons donc, Julia ! nous n'allons pas lésiner quand il s'agit de nous débarrasser de cette engean-*

ce ! » Ils n'avaient pas lésiné. Et, les vendanges ayant été mauvaises, Julia avait bouclé ses comptes de justesse. Rodolphe ne s'en souvenait plus, naturellement.

— Nous vivons au jour le jour, ou peu s'en faut, depuis le mois de novembre dernier et il nous faudra tenir encore jusqu'à la vente du blé ou des cocons.

— Sacrédié ! grogna Rodolphe. Quel éteignoir ! Vous finirez par rendre des points à ma mère.

Son humeur changeait si vite, à présent. Julia n'en voulut qu'à elle-même, bien que la comparaison l'eût atteinte.

Qu'importait l'argent, en effet ? Après tout, s'il la voulait, sa fête, ce grand enfant vieilli... De quoi lui servirait la sagesse, au rendez-vous qui le guettait ? Il avait raison. L'on s'arracherait le cœur, mais l'on réserve quelques piécettes. Ladre, égoïste qu'elle était.

Impulsivement, elle lança sur la travailleuse la guimpe qu'elle brodait pour Amélia et s'approcha de lui.

— Ecoutez...

Il passait le revers de la main sur son front :

— Bon Dieu ! je sue encore.

Julia se mordit les lèvres. Maintenant, c'était trop tard pour y revenir. Il eût abhorré l'hypothèse d'une concession arrachée à la pitié de sa femme.

« Peut-être même est-ce la contrariété ?... » se demanda-t-elle. Le médecin avait bien recommandé de les lui éviter.

La toux le secouait, à présent.

Julia se contraignit à ne rien dire. A mesure que la quinte se prolongeait, elle enfonçait ses ongles dans ses paumes avec un désespoir accru.

« *En septembre*. Oh ! Christ ! »

Où serait-il, en septembre ?

L'année se termina cependant. Rodolphe durait, s'affaiblissant par paliers.

Aux périodes de rémission succédaient, amenées par la moindre fatigue, des pointes de forte fièvre. Ses quintes se multipliaient.

A présent, l'on faisait quotidiennement une lessive à part pour ses mouchoirs dont l'odeur était écœurante.

Dans son lit, des sueurs profuses le tenaient éveillé jusqu'à l'aube.

Sa taille se voûtait. Sa poitrine se creusait.

Peu à peu, l'indifférence le gagnait pour tout ce qui l'avait autrefois passionné. Julia le voyait s'enfoncer dans une somnolence morne où, déjà, il paraissait hors d'atteinte.

Les chiens mendiaient en vain son attention. *Vénus* la plus caressante, qui avait été sa favorite, le contemplait tristement de ses yeux tendres.

Depuis plusieurs mois, il ne sortait plus à cheval et laissait Amélia monter *Emir* à sa place.

— Je vous le tiens en bonne condition, Papa. Le jour où vous voudrez le prendre...

— Oui, va... Va.

Même Amélia n'obtenait pas toujours un sourire en échange de ses cajoleries.

Lorsqu'au mois de janvier 74, le gouvernement désigna les membres de la commission municipale d'Avignon, certains de ses amis revinrent à l'Hôtel de Ville.

Il dit en l'apprenant :

— Il faudra que j'envoie mes félicitations à Béchet, Amic et Gabriel Verdet.

Puis, il oublia de le faire.

Il n'était plus question de chasse. Encore moins de déplacements.

Julia pensa que le moment était venu de mettre sa belle-mère et Antoine au courant de la vérité.

Tous ceux de Tourvieille étaient là, prolongeant leur séjour habituel à sa prière.

Au tapage de Frédéric, d'Hubert et d'Adrienne, les trois garçons de Lucie joignaient le leur. Et même Caroline, leur petite sœur, tenait déjà sa partie.

— Les enfants ne vous dérangent pas ? demandait souvent Lucie à son beau-frère.

Rodolphe répondait à peine.

— Non, non.

Il semblait que la sollicitude qu'on lui témoignait le dérangeât bien davantage.

Depuis que les grands froids étaient venus, il se tenait au coin du feu, la journée entière ; les pieds sur les chenets, taciturne, suivant des yeux le jeu des flammes dans le brasier où il ajoutait une bûche après l'autre.

Le spectacle de cette atonie était un crève-cœur pour Julia.

Elle attendit le dernier soir avant le départ de ses hôtes pour aborder l'entretien avec Elodie.

Invité par Constant, Antoine avait passé la journée à la chasse. Il venait de rentrer.

— J'ai les affections de tous ceux de la Sarrazine à vous transmettre. Madame votre mère m'a chargé...

Julia eût été incapable de répéter un mot de ce qu'il lui avait dit. Elle pensait sans arrêt à la révélation qu'elle allait devoir leur faire. « Tout à l'heure... tout à l'heure... » Cela sonnait sur une seule note dans sa tête, avec la lenteur et la régularité implacables d'un glas. Quand ils sauraient, eux aussi, ce serait comme si la mort avait accompli un pas de plus à la rencontre de Rodolphe.

Et comment le leur apprendre ?

Le repas se déroulait. Il se termina. Vint la veillée.

Rodolphe monta. Puis Lucie se leva pour aller voir ses enfants.

Le moment était arrivé.

— Il faut que je vous parle, ma mère.... Non, non, demeurez ! ajouta-t-elle précipitamment à l'adresse de son beau-frère qui esquissait un mouvement de retraite.

— Ah ! bon.

Il se rassit, plus étonné qu'intéressé.

Julia frotta ses paumes moites contre sa jupe. Le contact de ses cuisses sous le tissu la fit frémir. Elle avait horreur et honte, ce soir-là, de se sentir tout à coup tellement vivante.

Elodie Vernet attendait, droite sur le bord de son siège, comme toujours.

Antoine, lui, massif, alourdi, épaissi, couperosé, se prélassait dans une bergère, les jambes écartées, avec ce laisser-aller animal qui rappelait celui de Rodolphe. Julia dut se détourner de lui pour ne point perdre le reste de son courage.

— C'est au sujet de mon fils, je suppose ? entama Elodie.

Elle attendit encore un instant ; puis, devant le hochement de tête de sa bru, continua :

— Il est malade, cela se voit.

Fit une nouvelle pause, l'œil fixé sur Julia. Et dit enfin, d'une drôle de voix qui montait en s'éraillant pour se casser sur la dernière note :

— Allons, ma chère, parlez.

Les yeux d'Antoine allaient de l'une à l'autre :

— Mais... comment ?...

Sans regarder de son côté, Julia dit ce qu'elle devait dire.

Lorsqu'elle eut terminé seulement, elle l'entendit renifler et, jetant un coup d'œil vers lui, s'aperçut qu'il pleurait, derrière ses doigts écartés où roulaient les larmes.

Mme Vernet avait les yeux secs.

— C'est dur, dit-elle, simplement, après un silence.

— Oui, dit Julia.

Pour la première fois de sa vie, elle se sentait singulièrement proche de cette femme.

Sa belle-mère l'évalua d'un regard.

— Vous n'êtes pas bien drue, vous non plus. Pensez-vous pouvoir tenir ?

— Je suis plus forte que l'année dernière.

Leurs yeux se rencontrèrent. Ils étaient pleins de compréhension.

Une même impatience les fit tourner la tête au bruit d'un reniflement.

— Antoine ! Tiens-toi, je te prie.

— Je vous demande pardon, balbutia Antoine.

Il se leva, se frotta la figure dans son mouchoir et quitta la pièce.

Julia se sentit moins crispée après son départ.

— Dites-moi, ma petite...

Malgré soi, elle remarqua le terme. Sa belle-mère en usait pour la première fois à son égard.

— ... que puis-je faire ?

— Rien. Je vous remercie. Rentrez au mas comme il était convenu. Il ne faut pas que Rodolphe se doute. Je vous alerterais immédiatement, si... si quelque chose...

— Bien.

Elodie Vernet ferma les yeux une seconde. Puis, se leva à son tour.

— Votre ménage a été heureux, n'est-il pas vrai ? depuis... voyons... tantôt dix-neuf ans, il me semble.

— Oui, parvint à répondre Julia. Un oui rauque.

« Si elle se met à me jeter de l'eau bénite, je ne... »

Mais la vieille dame n'en dit pas davantage, et se contenta d'appuyer sa main, pesamment, sur l'épaule de sa bru.

Parvenue près de la porte, elle s'arrêta :

— Vous ne pouvez pas tout lui épargner, non plus. Il a droit à sa mort chrétienne. Avez-vous pensé à cela ?

— J'y ai pensé, oui. J'y veillerai. Mais je veux lui laisser le plus possible... Sa voix s'étrangla.

— Oui, oui ! dit en hâte Elodie. C'est bien, ma fille.

Et, de nouveau, avant de sortir, Julia sentit la lourde main presser son épaule.

Ce soir-là, elle fut bien près d'aimer la mère de Rodolphe.

Avec le printemps, cependant, une amélioration inespérée se produisit.

Elle s'affirma, s'accentua. Et Julia qui avait pensé perdre son mari au mois de mars en remercia la charité divine.

— Cette effroyable crise de vomissements au milieu de laquelle il a failli passer l'a beaucoup soulagé, en fin de compte, dit-elle au docteur Lapierre. Voyez : depuis, il n'a presque plus de température.

« Mon Dieu, vous pouvez tout ! » Pourquoi la prière fervente n'eût-elle pas obtenu, finalement, la grâce de Rodolphe ? Tremblante d'espoir, elle dévisageait le médecin.

Mais il se contenta de hocher la tête selon sa coutume.

— Oui. C'est toujours ainsi, la vomique vous emporte ou vous soulage. Toutes ces saletés qu'il a évacuées l'étouffaient. Maintenant, avec un peu de chance, il va durer encore un bout de temps.

Julia comprima sous ses mains convenablement

croisées ce cœur ridicule qui battait la charge pour une espérance fantôme. Et, se redressant, rejeta sa tête en arrière :

— Très bien, Docteur. Je prendrai ce que Dieu me donne.

Il la jaugea : avec quoi diantre tenait-elle debout, religion à part ! L'amour, c'est entendu. Mais qu'en reste-t-il au juste, auprès d'un mourant à l'haleine fétide qui crache du pus à pleins mouchoirs et n'a que de mauvaises paroles ?

La femme du docteur s'entendait comme personne à tenir son ménage, à tarabuster sa petite chambrière, et confectionner des carrés au crochet ; et sans doute avait-elle toute prête la méthode la plus rationnelle pour l'assister, au cas vraisemblable où il trépasserait le premier. A cette pensée, il réprima une grimace.

Et questionna :

— Puis-je vous examiner ?

— Je ne crois pas que cela en vaille la peine, dit sèchement Julia. Je me porte parfaitement, ces temps-ci.

Le mieux persistait pour Rodolphe.

A plusieurs reprises, on le vit surveiller la moisson, discuter avec les fermiers, sortir.

Il se rendit à Tarascon, à la Sarrazine, poussa même jusqu'à Tourvieille où Antoine n'en crut pas ses yeux, en le voyant descendre de voiture à l'improviste, devant l'abreuvoir où il faisait boire son cheval.

Le soleil blanc de juillet faisait craquer les pierres, la chaleur montait du sol comme une brume. Les roubines étaient à sec.

Cependant, ce temps écrasant ne semblait pas incommoder Rodolphe.

Julia, elle, était exténuée. Elle-même souffrait de brèves mais fréquentes crises de suffocations.

Elle accueillit volontiers l'occasion de se reposer un peu en envoyant les enfants à Maillane pour la Saint-Eloi.

— Maman, nous irons chez l'oncle Constant pour voir la procession ? On attelle sa mule blanche à la « carreto ramado ».

Frédéric ne cessait d'en parler depuis des semaines.

C'était l'avant-dernière année où il pourrait la voir courir, la charrette de verdure tirée par ses quarante paires de mules houssées, empanachées, brodées, surbrodées, miroitantes de mille soleils, au son du tambour et du fifre, parmi les sonnailles, les claquements de fouets, et les clameurs de joie de la foule.

— Une fois que je serai au collège, ça sera fini d'y aller, disait-il, plaintivement, anticipant sur sa nostalgie.

Son père hocha la tête à cette plaidoirie.

— C'est vrai, ça. Tu as raison, mon garçon, va la voir passer, ta charrette ramée.

Ensuite, il y eut les fêtes d'Avignon.

Le dimanche de Notre-Dame-du-Carmel, les enfants partirent pour aller voir passer la cavalcade.

Julia et Rodolphe demeurèrent seuls à Mogador.

Il s'enquit indolemment, en buvant son café :

— En quel honneur, ces fêtes ?

Sa femme lui tendit le *Méridional* et l'*Etoile de Vaucluse*.

— Lisez. Il y a tout le programme. On commémore le cinq-centième anniversaire de la mort de Pétrarque. Le cours Bonaparte va prendre son nom.

Aussitôt, elle se reprocha sa sottise.

Mais Rodolphe ne parut pas se soucier de ce changement.

— Vous auriez dû aller avec eux, continua-t-elle, très vite.

— Bah !

Il laissa tomber les journaux.

— ... Maintenant que vous voilà sorti d'affaire, enchaîna Julia, s'efforçant à la gaieté.

Il la considéra fixement, avec une expression durcie jusqu'à la haine.

— Je suis foutu. Je le sais depuis belle lurette. Et vous le savez aussi bien que moi. Parlons d'autre chose.

Elle en perdit le souffle, et dut s'accrocher au bord du guéridon.

Heureusement, Rodolphe ne la regardait pas.

Cette tentation de crier son nom, de s'abattre contre lui, de l'entourer de ses bras, était desséchante comme la soif.

Elle avala une salive qui avait le goût du sel et des larmes. Et parvint à dire, avec une dureté calquée sur celle de Rodolphe :

— Parlons d'autre chose, en effet. Vous êtes par trop stupide.

Il ricana.

Mais Julia surprit une lueur incertaine dans son regard posé sur elle à la dérobée.

Il en était donc là.

Le lendemain, elle retint à part le docteur Lapierre après sa visite.

— Lui avez-vous dit quoi que ce soit qui ait pu lui laisser deviner ?

— Non. Pourquoi ?

Elle lui répéta les paroles de Rodolphe.

Le médecin réfléchit.

— Il lui était difficile de ne pas se rendre compte, à

la longue. Je suppose bien qu'il a dû longtemps refuser l'évidence, mais...

Julia se cabra :

— Mon mari n'a jamais passé pour un lâche, Docteur !

— Non, non, Madame ! Ce n'est point ce que j'ai voulu dire.

Les gens étaient toujours prêts à interpréter de travers. Et cette femme en particulier, qui promenait perpétuellement son orgueil comme un molosse au bout d'une chaîne.

— C'était encore une façon de se battre, pour lui. Comprenez-moi, Madame : il faut une terrible volonté de vivre pour résister comme il le fait. Vous souvenez-vous ? je vous avais laissé espérer quelques mois. Il va bientôt y avoir deux ans de cela.

Etait-ce vivre ? Julia ne voulait pas se le demander.

Et si maintenant l'espoir de guérir s'éteignait en Rodolphe...

Elle songea que, l'année précédente encore, il eût peut-être alors été capable d'on ne savait quelle gribouillerie tragique.

A présent, cette force-là aussi devait l'avoir quitté. Il regardait en face l'humiliation que continuerait de lui imposer la déchéance qu'était cette interminable agonie ; et sa rancœur impuissante n'était déjà plus de la rage.

Par quel long chemin harassant était-il donc passé, seul, à son insu à elle ? Le cœur lui manquait à l'imaginer.

« Moi qui ne songe qu'à le garder. Peut-être qu'... »

Le médecin se levait pour prendre congé.

Julia s'aperçut qu'elle avait oublié sa présence.

— Et, dites-moi, Docteur... — parce que la question lui faisait honte, elle la posa en serrant les lèvres sur les syllabes — ... combien pensez-vous que cela puisse durer encore ?

Il fit un geste d'ignorance.

— Avec cette constitution de fer... Qui le sait ? Peut-être deux, trois mois. Peut-être six. Peut-être...

Et, de nouveau, revint l'hiver.

Et, de nouveau, la fièvre avec tout son cortège, pour Rodolphe.

Il n'était plus question de fêtes ni de dîners.

Vers le temps de l'Avent, Julia vit son mari si mal qu'elle fut sur le point de rappeler Henri de son collège et Amélia de Tarascon où elle séjournait chez les Marquet-Rageac.

Bien qu'il allât mieux, le matin suivant, elle hésitait à se séparer de Frédéric et d'Adrienne, invités à une réunion d'enfants dans le voisinage.

Ce fut Rodolphe qui trancha :

— Sacrédié ! laissez-les aller, qu'ils en profitent ! Pour ce que cela dure... De quoi avez-vous peur ? de me voir claquer pendant leur absence ? Et après ?... Allez, allez, fouette cocher ! à Barbegal ! Est-ce que la perspective de ma mort doit les empêcher de vivre ? C'en est fini pour nous, pas pour eux.

Il rumina une seconde, et lança à Julia un regard chargé de rancune :

— Pour nous... ? Pour moi, oui !

Elle frémit intérieurement, et ne répliqua rien.

Cette cruauté, on n'avait pas même le droit de lui en tenir rigueur. Et ses retours, ses élans de tendresse se faisaient de moins en moins fréquents. Il ne parlait plus ; recevait les baisers des siens avec indifférence. Econduits, l'un après l'autre, ses plus vieux amis renonçaient à venir le voir. Constant lui-même n'était plus guère admis auprès de lui. A peine tolérait-il les visites de son frère.

Cette semaine où il se trouva presque continuellement en tête à tête avec Julia fut la plus pénible.

Une nuit, en particulier, fut mauvaise.

Julia s'était relevée à plusieurs reprises pour le changer, pour lui chercher d'autres mouchoirs, pour le faire boire.

La pièce, où il ne supportait pas de feu, était glaciale.

A l'aube, transie, elle passa son manteau par-dessus ses vêtements de nuit.

Elle refermait la penderie lorsqu'un fracas accompagné d'un bris de verre la fit se précipiter dans la chambre.

En voulant atteindre la pile de mouchoirs propres, Rodolphe, d'un revers de main malheureux, venait de balayer le dessus de la table de nuit. Bouteilles de potion, tasse, cuillères, jonchaient le sol où s'élargissait une flaque sirupeuse parmi les débris.

Julia s'accroupit pour les ramasser et éponger la peau de chèvre.

— Laissez ça, haleta Rodolphe, au milieu d'une quinte. Philo fera le ménage.

Elle dit doucement, sans se redresser :

— Cela n'a pas d'importance. Je puis aussi bien le faire.

Ses nattes traînaient par terre. Elle les ramena contre elle, et continua :

— Arrêtez ! cria Rodolphe.

Il toussa et se remit à crier :

— Arrêtez, nom de Dieu ! quand je vous le dis !

Elle se releva, effrayée.

— Mon chéri, qu'y a-t-il ?

Il était appuyé sur ses poings, le torse à moitié hors

du lit, hoquetant, les prunelles révulsées. La toux lui arrachait des larmes.

— Assez de « mon chéri » ! Assez de prévenances ! Assez de tout ça ! exhala-t-il, syllabe par syllabe. Je ne puis plus le supporter ! Le spectacle que vous me donnez depuis des mois ! Votre patience, votre douceur. Vous qui n'êtes ni patiente ni douce. Une vraie sœur de charité. — Hachés, au hasard de la quinte, les mots s'entrecoupaient, se bousculaient, avec une violence rocailleuse. — Je vous dis que je ne peux plus le supporter. Je ferai n'importe quoi ! mais sortez de vos gonds, défendez-vous, cessez de me répondre : « Oui, mon cœur » quoi que je dise ou que je fasse. Dites-le-moi, ce que vous pensez : que je suis une brute. Et une loque, une répugnante loque. Que ma pourriture empoisonne l'air autour de moi, que je vous dégoûte, que...

— Rodolphe !

Avec un cri étranglé, elle se jeta sur lui, insoucieuse de la fétidité de son haleine.

— Rodolphe ! Tais-toi ! Tu ne...

A son tour, il l'interrompit, en la repoussant :

— Non, bon Dieu ! je ne veux pas me taire. Je ne veux pas qu'on me sucre la pilule. Assez d'hypocrisies ! S'il me faut crever, que ce soit du moins en homme, et non par surprise, au milieu d'un tas de chatteries auxquelles ni vous ni moi ne tenons. Je vous répète que...

Brusquement, il suffoqua, gémit malgré lui, puis se tordit en hurlant dans un paroxysme de souffrance. Et, soudain, un flot de pus fusa de sa bouche et de ses narines, éclaboussant Julia.

En un éclair, elle pensa, terrifiée : « C'est la fin. Oh ! mon Dieu, pas ainsi ! il n'est pas prêt. Laissez-lui le temps... » Cependant, elle empoignait la cuvette, revenait à Rodolphe, le soutenait, l'assistait de son mieux :

— Ce n'est rien. Cela vous soulage.

« Mon Dieu, Jésus, Sainte Mère... » Elle les appelait tous à l'aide. Elle réclamait leur secours, comme un dû.

Et peut-être fut-ce cette foi exigeante, finalement, qui obtint du Ciel un nouveau délai.

Rodolphe, épuisé, retrouvait peu à peu son souffle. Ses yeux ne chaviraient plus. Ses traits se recomposaient. Il revenait du côté des vivants, et l'angoisse du passage entrevu s'effaçait de son visage, bien qu'il conservât quelque chose de hagard.

Julia l'essuya, bien doucement. Essuya ensuite ses tresses, sa manche, et le devant de son manteau.

Rodolphe la regardait faire.

— Je vais réveiller Philo pour avoir de l'eau chaude, dit-elle.

Il ne répondit rien, se laissa nettoyer, changer, avec une passivité totale.

La servante quitta la chambre, emportant la chemise, les linges, les draps souillés, et la cuvette.

De nouveau, tous deux se retrouvaient seuls. Et, à présent, l'alerte passée, le son affreux des reproches de Rodolphe revenait comme un bourdon dans la tête de Julia.

Changée, nettoyée, elle aussi, elle rentra, et remonta dans le lit enjambant par-dessus son mari pour regagner sa place.

La tête à demi renversée, soutenu par les oreillers, il ne bougeait plus.

— Rodolphe ?

Elle n'obtint pas de réponse. Seul se devinait le contour du visage.

« Mon Dieu ! » Reprise par l'épouvante, elle avança

une main. La poitrine de Rodolphe était chaude. Le cœur battait.

— Vous ne toussez plus, dit-elle encore, hasardant une lente caresse timide.

Sous ses doigts, elle sentait alterner les creux et les saillies des côtes.

L'« odeur », cette odeur fade, douceâtre, nauséeuse, flottait encore, malgré l'eau de Cologne prodiguée.

Julia se rapprocha davantage, rapprocha ses lèvres du visage immobile sur lequel l'ombre anticipait.

La joue qu'elle effleura était mouillée.

Un bref soupir lui échappa.

Se redressant sur les genoux, elle enlaça Rodolphe, colla sa figure contre la sienne.

— Vous savez bien que vous êtes ce que j'ai de plus cher au monde. Mon amour, dites-moi que vous le savez.

La main droite de Rodolphe se posa sur sa nuque.

Au bout d'un silence, il dit :

— Oui, je le sais.

Et, très bas, ajouta :

— C'est bien pour ça que c'est si dur.

Ce fut à Julia de rester muette.

Elle souffrait avec lui, et, malgré tout, intérieurement, se répétait les mots qu'il venait de prononcer. Elle savait qu'elle se les rappellerait, plus tard, quand la peine serait trop lourde, quand Rodolphe redeviendrait acerbe, exigeant, haineux, frénétique. Et plus tard encore, quand elle n'aurait plus rien à faire, sinon se souvenir.

Elle serrait cette miette, plus précieuse que toutes les moissons de bonheur engrangées durant vingt années.

L'ombre de l'homme qu'il avait été. Et cependant,

rongé de fièvre, dévoré par la cachexie, brisé par la toux, Rodolphe résistait toujours.

— Je ne le trouve pas tellement plus mal en point qu'à la Noël dernière, avait dit sa mère, en arrivant à Mogador. Nous n'espérions pourtant pas, alors, être de nouveau réunis autour de lui pour ces fêtes.

Le changement qu'elle dut constater au bout de peu de temps dans le caractère de son fils l'impressionna davantage.

— En somme, à ce que je vois, six jours sur sept, il est inabordable. Il faut convenir que sa femme a un certain mérite, dit-elle à Antoine.

— Et, vous le savez, ce n'est point là un mince éloge, dans sa bouche, commenta celui-ci, en rapportant cette opinion à Julia.

Elle ne répliqua rien. Les éloges de Mme Vernet mère venaient trop tard. A présent, pour elle, les préoccupations de la vie quotidienne se centraient sur l'essentiel : les enfants et Mogador. Pour le reste, son existence n'appartenait plus qu'à Rodolphe. Elle n'avait plus rien à en distraire.

Parfois, il lui semblait que, par quelque alchimie mystérieuse, son mari s'assimilait ses forces à elle, et s'en nourrissait.

Ainsi, d'un jour à l'autre, avait-elle l'impression de le porter quelques pas plus loin au-dessus de l'abîme ouvert. C'était là qu'elle puisait son courage.

Pendant ce temps, ceux de la Sarrazine comme ceux de Tourvieille comptaient désormais avec l'événement de cette mort en perspective, au milieu de tous leurs projets d'avenir. Ils s'habituaient à cette pensée, tandis que Julia en venait à oublier d'y croire.

Et, finalement, la mort tomba ailleurs, avec une brutalité déconcertante qui les laissa tous stupéfaits avant même qu'ils eussent eu le temps d'en éprouver du chagrin.

Rodolphe était dans une période d'accalmie. Il put figurer parmi la parenté dans le cortège de cette jolie Dorothée Angellier que l'on menait en terre.

En quelques heures, une vie s'était échangée pour une autre, à la Sarrazine. Tandis qu'on dressait le lit de parade de la jeune femme, Constance avait transporté dans sa propre chambre la berce où une petite fille pleurait.

— Pauvre Dorothée, dit Rodolphe, au retour de l'enterrement. Elle a été vite pliée. Un rude coup pour votre frère. Le malheureux !...

Il rumina un moment, et soupira :

— Du diable si j'avais pensé la voir partir avant moi !

Ni l'un ni l'autre ne l'eût avoué, mais tous deux puisaient dans l'imprévu de cette disparition une sorte de réconfort.

Julia s'en voulut qui, déjà, ne se rappelait qu'avec gêne les sentiments qu'elle avait nourris envers sa belle-sœur.

« Mais, après tout, se dit-elle, Dieu décide. »

Et, malgré le respect dû aux défunts, elle ne pouvait s'empêcher de penser que la jeune morte n'avait point été une épouse sans reproche, et pas davantage une mère attentive. Elle ne ferait guère faute aux siens. Constant lui-même semblait moins accablé par le coup que par les circonstances dans lesquelles il le frappait :

— C'est ma faute. C'est moi qui ai tenu à ce qu'elle eût un autre enfant. Elle n'en voulait pas. Je le lui ai imposé. Sans moi, elle vivrait encore.

Mais qui eût pu lui en faire grief ?

— Ecoute donc, mon ami, tu n'as rien à te reprocher. Des enfants, la femme est faite pour en avoir. Ton beau-père...

Le vieux M. Eysséric le pensait aussi. Comme tout le monde. Sa Dorothée avait été la dernière de sept.

— Et d'ailleurs, elle en avait déjà eu deux, sans mal. Deux enfants, cela ne fait point nombre. Vois, ta sœur m'en a bien donné six ; Antoine en a quatre. Tu ne pouvais savoir...

A prodiguer raisonnements et consolations à Constant, Rodolphe s'était tout à coup senti vivant jusqu'à la pointe des cheveux et des ongles.

La plus atteinte, à Mogador, fut Amélia.

Non qu'elle eût jamais éprouvé de sympathie particulière pour cette tante qui sortait trop volontiers de son rôle, et ne songeait qu'à concurrencer les jeunes filles en usant déloyalement des atouts que lui conférait l'état de femme mariée.

Mais le temps de deuil à observer ouvrait devant elle, à ce moment précis, des perspectives désolantes.

Ce point de vue parut par trop égoïste à Julia ; elle s'en montra choquée.

— Tu prends l'existence trop à la légère, ma pauvre chérie. Est-ce donc une telle privation que de renoncer à quelques bals ? Songe que tu pourrais être mariée et...

Sa fille l'interrompit avec véhémence :

— Je sais. Mais comment me marierai-je, à présent ? Justement... Oh, Mérette !

Elle releva son visage qu'elle gardait enfoui dans le creux de son bras, et interrogea sa mère d'un regard suppliant.

— Je devais... aller à Arles... la semaine prochaine... vous savez bien... et... maintenant...

A travers les mots heurtés, Julia s'efforçait de saisir le sens de cette plainte.

— Tu n'y songes pas, dit-elle, doucement. Dans les premiers jours d'un deuil, l'on ne...

Un véritable cri lui coupa la parole :

— Enterrez-moi aussi, alors ! Cela revient au même.

Julia retint le sourire qui lui venait, et s'approcha de sa fille prostrée à sa table de toilette dans un pathétique désordre de brosses, de colifichets, et de flacons.

— Que non, mon petit cœur !

Il fallait avoir dix-neuf ans pour le croire.

« La mort... » Elle ressentit un frémissement intérieur. La mort n'était pas ce cavalier noir dont le cheval piaffe avec noblesse, mais une chose laide, ménagère, capable d'entrer dans le quotidien et d'y accomplir son travail avec des mains sales. La mort est sordide. La mort tousse et crache. La mort a une odeur. Dans quel rêve vivait-elle, cette enfant, depuis des mois, pour l'ignorer encore ?

« Ton père est très malade. » Mais à quoi bon le lui dire ? Rodolphe avait raison : leur tour à eux était passé. « Cela passe si vite. Qu'elle ne pleure pas à l'avance. »

Amélia sanglotait.

« Je ne pense pas assez à elle. Si maintenant même ce qui tombe sous le sens ne m'est pas tout de suite venu à l'idée... »

Elle enroula sur son doigt l'une des boucles châtaines de la jeune fille.

— Dis-moi, mon trésor, qui pensais-tu rencontrer chez les Jonquéras ?

— Bon Dieu, jura Rodolphe, sans phrases, le même soir, lorsque, la jeune fille s'étant éclipsée, Julia eut entrepris de lui raconter leur conversation de la matinée.

« Amélia ! » Son Amélia. Sa chatouno. Amoureuse d'un homme.

Julia qui l'observait vit sa figure s'étirer.

Au bout d'un silence assez long, il dit avec effort :

— Eh bien ! cela devait arriver. Et qui est ce garçon ? Un bon parti, j'espère ? Sa famille... ?

Julia dit d'un ton neutre :

— Nous le saurons par les Jonquéras. De toutes façons, puisqu'ils le reçoivent en familier, nous pouvons être tranquilles. Amélia me dit qu'ils construisent des bateaux et des dragues. Ils ont leurs chantiers à Arles même, au bord du Rhône.

Rodolphe répéta :

— Des dragues... des dragues...

Puis tomba dans une méditation morose.

Julia avait repris son ouvrage, et attendait la suite, en cousant.

— J'avais espéré mieux pour ma fille, grogna-t-il enfin.

Il se leva, fit quelques pas jusqu'à la fenêtre dont Victor avait fermé les rideaux de damas avant le dîner ; revint jusqu'à son fauteuil près de la cheminée ; lança un coup de pied au garde-feu ; cracha dans les cendres ; et se retourna brusquement vers sa femme qui n'avait pas bougé.

— Pas vous ?

La question était rogue, presque agressive.

Julia posa de nouveau son ouvrage sur ses genoux, et leva vers Rodolphe ses prunelles gris pâle où jouait tout au fond un reflet ; peut-être seulement celui des flammes.

— Oh ! moi... — Elle lui sourit : — Je me rappelle, quand vous êtes venu à la Sarrazine pour la première fois...

Sa voix avait une inflexion caressante.

— ... Tout de suite, je me suis dit que ce serait vous, ou personne d'autre. Et peu m'importait alors, je vous l'assure, que vous fussiez l'héritier de Mogador, ou bien un gueux sans sou ni maille.

Elle le surveillait.

Mais il se tenait en dehors du rond clair de la lampe ; et déceler l'expression de son visage n'était pas facile.

— Au fait, continua-t-elle, qu'a dit votre mère lorsqu'elle a su que vous me prendriez sans dot ?

— Rien, ma mie. Pas un mot. Mais...

Il s'appuya contre la tablette de la cheminée, et soudain, dans la lumière, Julia lui vit un air farceur qui la reporta aux temps heureux de l'avant-guerre.

— ... Mais, pour ne rien vous cacher (je puis aussi bien vous le dire, c'est si vieux), entre nous, elle a fait une belle paire de brègues [1].

Julia écarquilla les narines ironiquement.

— Je m'en doute.

Il lui rendit son sourire, avec la même malice.

Entre eux se tissait un accord parfait. Leur silence fut plein comme une coupe, et ils y burent ensemble, savourant encore une fois la joie grave de s'être choisis et accordés.

« Et ceux qui s'aiment assez fort », découvrit Julia dans une illumination, « il n'y a rien, jamais, qui les sépare. »

Elle n'ajouta rien à son plaidoyer, laissant à Rodolphe le soin de conclure ; et se contenta de le suivre des yeux furtivement lorsqu'il reprit sa promenade à travers la pièce.

Quelques minutes se passèrent.

Enfin, il revint se planter devant elle, et, rien qu'à sa façon de la regarder, elle sut ce qu'il allait dire.

---

1. *Faire les brègues* : faire une lippe dégoûtée, fâchée.

— Très bien, alors. Marions-les. Et rondement.

Cette hâte subite lui donna envie de rire.

Puis elle se souvint que le temps pressait Rodolphe et le poussait par les épaules.

La halte merveilleuse s'achevait. Entre eux, de nouveau, se glissait la mort.

— J'écrirai dès demain à Delphine Jonquéras. C'est la première chose à faire, dit-elle.

Pascal Ladevèze et ses parents vinrent à Mogador trois semaines plus tard pour formuler la demande.

Cet Arlésien au visage sec, front un peu bas, nez droit, œil très bleu entre les cils noirs, brun comme un campagnard, de taille moyenne mais solidement bâti, plut à Rodolphe par son air sans détour.

— Ce garçon est racé comme un taurillon de Camargue, déclara-t-il à Julia, à l'issue de cette visite.

Elle comprit ce qu'il voulait dire, mais loucha avec inquiétude du côté d'Amélia. Leurs points de vue sur le sujet ne devaient pas se traduire de la même manière.

Heureusement, Amélia n'était pas à la conversation.

Rodolphe reprit de l'entremets que l'on repassait, et, distraitement, se remit à manger, pour l'étonnement joyeux de sa femme.

— En somme, ces gens ont l'air très convenable. Ils n'ont pas soulevé la moindre chicane sur le chiffre et les modalités du paiement de la dot. Ils semblent être largement à leur aise. J'aurais plaisir à visiter leurs chantiers. Ce ne serait pas désagréable non plus de passer quelques jours sur leur bateau comme ils nous y invitent. Qu'en pensez-vous ? Descendre le Rhône jusqu'à la mer. Cet été... Il doit faire bon sur l'eau, à respirer la petite brise du fleuve. Au fond, des navigateurs, cela manquait dans la famille. Je suis curieux de connaître l'aîné. Il doit en avoir vu des choses. La Chine, hein ? ce n'est pas là, au coin. J'espère qu'il sera ici pour le mariage.

Depuis des siècles, il n'en avait pas exprimé aussi long d'affilée, et avec cet enthousiasme, remarqua Julia.

Elle-même songeait que Mme Ladevèze était une personne avec qui les rapports devaient être aisés.

— Amélia aura une belle-mère charmante, dit-elle.

Philo, qui desservait au ralenti pour suivre de près cet échange d'impressions, approuva du chef pour elle seule, et coula un regard attendri vers sa favorite.

L'intéressée, elle, ne disait rien, ne paraissait pas même entendre. Le bonheur la rendait grave et secrète, tout à coup.

Les fiançailles eurent lieu peu après, à la fin mai, avec toute la discrétion que requérait le deuil des Angellier et des Vernet.

Le repas n'en réunit pas moins une trentaine de convives à la table des grandes personnes, dans la salle à manger de Mogador.

Rodolphe s'y comporta aussi vaillamment que jamais, en maître de maison zélé, devant la famille ébahie par une telle résurrection.

En face de lui, Julia rayonnait malgré la sévérité de sa robe noire strictement conforme aux usages prescrits.

Le mariage fut fixé à l'automne.

— A quoi bon lanterner, avait dit Rodolphe. Tenons-nous-en aux délais de rigueur. Nous mettrons cela, si vous le voulez, à la fin des vendanges. Je veux danser à leurs noces.

Il eût fallu alors en avancer la date.

Quelques jours après les accordailles, en effet, la

fièvre le reprit, la toux recommença, avec les nuits blanches ; et les crachats, et les vomissements.

Il traîna encore durant tout le mois de juin, s'alimentant à peine, décharné, sombre, enfermé de plus en plus dans sa souffrance au milieu des siens. Il trouvait à présent une sorte de jouissance affreuse à évoquer la mort entre sa femme et lui.

— Ma parole ! je pue déjà le cadavre. Bouchez-vous donc le nez, si vous en avez envie. Je le ferais, à votre place.

Quant aux enfants, il les écartait le plus possible de sa présence.

— Inutile qu'ils voient leur père dans cet état.

— Cette fois, hélas ! dit le docteur Lapierre avec une grimace chagrine, il n'ira plus bien loin. Je crois qu'il vaut mieux le préparer.

Il y avait eu tant d'alertes que Julia ne pouvait s'y résoudre, malgré les signes qui se multipliaient.

— Voulez-vous que je m'en charge ? offrit le médecin.

Elle se redressa sans même en avoir conscience, avec le réflexe des vieux chevaux de parade.

— Merci, Docteur. C'est à moi de le faire. Puisqu'il le faut... Je trouverai un moyen.

Seule, elle dut appuyer son dos contre la rampe de l'escalier. « Rodolphe, oh ! Rodolphe ! »

Une démarche de plus vers ce qui, d'un moment à l'autre viendrait à bout de lui.

Elle tentait sans y parvenir d'imaginer la minute où s'éteindrait le souffle douloureux qui sortait bruyamment du corps miné ; et l'existence, ensuite, qu'elle devrait accepter de vivre, dépouillée de la joie, démembrée, incomplète.

Elle se vit de loin dans la glace du vestibule. « Je suis vieille », découvrit-elle, avec une espèce de soulagement. La mélancolie de vieillir l'avait quittée. Elle se souvint que ses cheveux grisonnaient dans l'épaisseur. Cela commençait à se voir. « Bientôt... Le repos, la tâche achevée. »

Amélia mariée et heureuse. Henri, qui venait d'atteindre ses seize ans. — « Le pauvre enfant, il a eu un triste anniversaire. » — Mais Frédéric, mais Adrienne... ? Et Hubert... ? » Le plus petit n'avait que quatre ans. « Ah ! Christ ! »

Calculer ainsi ne servait à rien, se raisonna-t-elle, avec lassitude.

Elle se dirigea vers l'office, et dit à Victor d'aller jusqu'à Fontfresque prier le curé de venir le lendemain. « Et sa mère, et Antoine... » Cette lettre aussi, qu'elle allait devoir écrire.

Ses jambes étaient de plomb.

En haut, Rodolphe commençait une quinte.

Elle se hâta péniblement.

L'espoir qu'elle s'obstinait à tirer à sa suite devenait un fardeau trop lourd pour sa fatigue. « De plomb. » Cela lui rappelait une devinette que Frédéric posait à tout le monde, triomphant avec arrogance lorsqu'on se prêtait à la mystification. « *Qu'est-ce qui pèse le plus, un kilo de plomb, ou un kilo de plume ?* » Et un kilo d'espoir, ou un kilo de plomb ?

« Dépose-le, débarrasse-toi. Puisque, aussi bien... » chuchotait une voix insidieuse.

Mais non. Rien ne le lui arracherait. Elle était prête à tout, mais non pas à donner, de soi-même, permission à Dieu d'en terminer avec leur couple.

Cette nuit-là, qui fut relativement calme, elle crut devenir folle, hantée par l'image du trou creusé à ses pieds sur lequel bientôt l'on rejetterait la terre avec un peu d'eau bénite.

L'atmosphère de la chambre était étouffante. Des draps montait une odeur aigre.

Elle essuya son cou et son front ruisselants d'une sueur d'angoisse.

Par la fenêtre grande ouverte sur le parc, laiteuse de clair de lune et toute parfumée de roses, la douce nuit de juin essayait vainement d'entrer.

Finis les mois de juin, finie la douceur, finis le parfum, le soleil, la lumière de l'existence.

Et pourtant, il devrait y avoir un cri, sûrement, eût-elle possédé assez de puissance pour l'inventer, un cri capable d'atteindre le ciel, de paralyser la main de Dieu même.

Mais toutes ces années avaient accompli en elle un lent travail d'usure et de délitement. Et c'était elle, maintenant, elle-même, qui se laissait arracher Rodolphe, c'était sa propre faiblesse, uniquement. Elle se voyait dans le noir, elle voyait une vieille femme qui disait : « Je suis lasse, lasse... » et qui s'étendait pour dormir, avec les bras allongés le long du corps, les mains ouvertes, au cœur d'une nuit très obscure. Un grand lit de nuit, de fraîcheur, et de silence, où l'on se reposait de l'espérance en oubliant jusqu'au nom de la mort.

Rodolphe commença à tousser à côté d'elle, avant même d'être sorti de ce mauvais sommeil bruyant dans lequel il tombait après une crise.

« Sa quinte de trois heures. »

La solitude tombait sur le cœur de Julia goutte à goutte. Trois heures de la nuit des vivants : le moment où l'angoisse est maîtresse pour ceux qui veillent ; où la peur rampe au pied du lit, et l'oreille perçoit les frôlements avec lesquels elle se glisse dans la ruelle de l'alcôve. « Mon amour que je n'ai pas su défendre comme je l'aurais dû. Et tout est de ma faute. Et je meurs, clouée à ta mort, déchirée, écartelée, saignante, comme Lui sur sa croix. Mon amour que j'appelle, mon amour, ne m'entends-tu pas, même à présent où tu le peux encore ? Mon amour, mon amour, mon... »

Rodolphe cria d'une voix graillonneuse de toux :

— Les mouchoirs propres ! Julia ! réveillez-vous, sacrédié ! Les mouchoirs, qu'en avez-vous fait ? Ils ne sont pas à leur place.

Ils y étaient, sous le livre qu'il avait déposé dessus par mégarde, avant d'éteindre la lampe à son chevet.

— Les voici. Voulez-vous la cuvette, ou...

— Au diable votre cuvette ! Foutez-moi la paix.

Et, un moment plus tard, dans la pénombre des courtines, il chercha sa main à tâtons, et la serra convulsivement dans la sienne qui brûlait.

— Mon amour, souffla-t-elle.

— Ma mie.

Il mourut deux jours après.

TROISIEME PARTIE

1

Quand la grille de Mogador se fut refermée sur la dernière voiture, dans le silence revenu, Julia respira, comme elle respirait jadis, à la fin d'une fête, en se retrouvant seule avec Rodolphe.

Subitement, cette réminiscence lui arracha les larmes qu'elle s'était retenue de verser jusqu'alors.

« *Que voulez-vous, ma pauvre amie ? au moins, il ne souffre plus.* » et : « *Dans l'état où il se trouvait réduit, la mort est une délivrance.* » et : « *Il a fait une bonne fin, ce doit être un réconfort pour vous.* » En fait de consolations, les gens ne lui avaient rien épargné.

Elle les avait vus défiler en foule, armés de l'une ou l'autre de ces phrases toutes prêtes qu'ils lui assenaient, dûment enveloppées de pitié.

« Leur détestable pitié. » Julia en eût vomi.

Ensuite, leur devoir de condoléances accompli, ils prenaient congé, le mari et la femme ensemble, et rentraient chez eux pour continuer d'être deux, jour après jour, devant la tâche de vivre.

Des consolations, Julia n'avait que faire. Dans sa tête tournoyaient encore, comme des mouches noires, les derniers gestes où s'était manifesté l'amour de

Rodolphe, les dernières phrases qu'il avait dites sans penser, peut-être, que la mort leur imprimerait ce caractère d'un legs ultime.

Et certes, elle savait, elle, qu'il n'était pas parti rassasié, mais le cœur lourd d'un regret que l'absolution du prêtre et la promesse d'une autre vie n'avaient pas réussi à lui ôter.

Résigné, par force ; et non point détaché : « *C'est tout de même bête, hein, ma mie ?* » Et l'amertume de ce sourire. Et cette longue pression de main silencieuse. Et le regard qu'il avait eu pour elle, quelques instants à peine avant la fin.

— Où qu'il soit, et même si Notre-Seigneur l'avait admis tout de suite à Sa droite, tant qu'il ne m'aura pas auprès de lui, jamais il ne sera comblé, j'en suis sûre. N'essayez pas de me persuader du contraire, dit-elle au curé de Fontfresque venu la voir quelques jours après.

Le vieux prêtre hocha pensivement la tête.

— Pourquoi le ferais-je, ma fille ? C'est là le mystère de l'unité du couple. Comment, en effet, une moitié d'âme ne ressentirait-elle pas la privation de son autre moitié ? Laissez à votre mari cette part ; et assumez le reste. Vous demeurez afin de mettre en ordre ses affaires, de payer les dettes qu'il a laissées en souffrance. Songez-y. Pour toutes les insuffisances passées de monsieur Vernet, ce sont vos peines et vos prières qui serviront de monnaie, désormais. A vous de gagner, pour lui comme pour vous, cette vie éternelle dont la générosité divine veut bien lui faire l'avance. Lui qui était, de vous deux, le plus exposé aux tentations et aux défaillances, le voici à l'abri. A l'abri, mais en votre dépendance ; et plus que jamais il a besoin de vous.

Julia demeurait silencieuse. La pensée qu'elle pût encore quelque chose pour Rodolphe lui était comme une veilleuse allumée soudain au bout d'un long couloir de ténèbres, comme une fenêtre éclairée dans la campagne nocturne à l'heure où l'on ne trouve plus son chemin.

A présent, lui paraissait moins redoutable le parcours qui lui restait à faire avec ses seules forces avant que l'éternité ne lui rendît Rodolphe.

Elle considéra avec gratitude le vieux prêtre et, pour répondre à son sourire grave, trouva, elle aussi, un sourire.

— Le fardeau que Dieu a mis sur vos épaules, il vous l'a imposé en connaissance de cause. Vous êtes orgueilleuse, ma chère fille, nous le savons l'un et l'autre, n'est-il pas vrai ? Et il y a beaucoup à reprendre en vous. Mais vous n'avez jamais craint la peine ni les responsabilités.

Julia acquiesça du menton.

Elle voyait sa vie à venir, et la joie était derrière elle. Mais la joie... Depuis plusieurs années, ne l'avait-elle pas déjà quittée ? Et l'on peut vivre quand même. Ce n'est point la joie qui importe, mais la paix. Cette paix qui naît mystérieusement lorsque l'on est passé par le pire, et que l'on en a fini avec l'espoir.

« Plus jamais je ne tremblerai pour lui. Plus jamais je n'aurai mal de le voir souffrir. Plus jamais sa toux ne me déchirera la poitrine. Plus jamais. »

Il s'en était allé, au milieu d'une crise atroce, convulsé, râlant, étouffé par le pus qu'il vomissait. Et, plusieurs heures après, tout à coup, Julia l'avait retrouvé rajeuni, les traits détendus, allongé dans son bel habit, avec ce visage heureux, d'avant la maladie, d'avant la guerre. Sorti de cet enfer qu'il avait mis trois ans à traverser.

— Il aimait tant la vie, si vous saviez.

— Je sais, dit le prêtre. Mais il est plus vivant que jamais.

Débarrassé d'un corps douloureux qui traînait avec soi l'odeur de pourriture du néant. « *Vous voilà chez vous, ma mie.* » Julia le revit avec intensité, tel qu'elle ne l'avait plus revu depuis bien longtemps. Le Rodolphe du matin de leurs noces.

Et les larmes qui lui montaient aux yeux étaient sans âcreté. Le présent rejoignait vite le passé.

« Patience ! un jour... » rêva-t-elle, avec le même gonflement de cœur, le même désir émerveillé et pur de naguère.

« Naguère. » Elle se souvint qu'il y avait vingt années.

— Je l'ai attendu longtemps, mon Père, dit-elle. Et maintenant, voilà que je vais recommencer.

Il la regarda : calme, redressée, presque imposante malgré sa petite taille et son aspect fragile.

— Nul ne fait jamais rien d'autre qu'attendre, ici-bas. Mais peu de gens en ont conscience.

Il était vieux et las, et se savait malade. Et cette femme encore jeune paraissait usée, elle aussi, plus qu'on ne l'est généralement à son âge. « Qui de nous sera appelé d'abord ? » se demanda-t-il.

Tout était déjà pesé, décidé, et la mort de chacun en même temps que sa naissance. Il n'y avait qu'à se laisser mener. Il devina, avant de le ressentir, qu'allait renaître cette morsure de feu tapie au fond de lui, dans ses entrailles, et bénit Dieu pour sa mort. « Notre petite sœur miséricordieuse. »

Restaient, jusque-là, les bigotes qui viennent à Vêpres et tiennent Notre-Seigneur et son église pour leur propriété privée ; et les péchés rances, les confessions dévidées à l'aune, la terne et utile besogne ménagère qui est celle de Marthe et du prêtre de paroisse. Et la fente du clocher à faire réparer.

« Pour le clocher... » Il eût fallu en parler à madame Vernet. Un gros souci, ce clocher. Mais... « Cela peut encore bien attendre une quinzaine. La prochaine fois que je la verrai... »

D'ailleurs, la douleur approchait. Il la sentait venir, et savait qu'elle allait irradier comme un soleil de pointes, jusqu'aux creux de ses vertèbres.

Le voyant se lever, Julia se leva.

— Revenez bientôt, monsieur le Curé.

Il tint à dire :

— Je ne vous ai pas encore demandé ce que font les enfants. Comment vont-ils ?

— Henri et Frédéric sont partis à cheval dans les terres. Adrienne est là ; elle s'amuse derrière les lauriers-tins avec son jeune frère. Vous allez les voir. Quant à Amélia... Je l'ai confiée pour quelques jours à la famille de son fiancé. Je sais que c'est un peu tôt pour les convenances. Mais elle a éprouvé un gros choc. Elle adorait son père, vous le savez. Et lui... Il n'aurait pas supporté de la voir malheureuse. Il haïssait les contraintes du deuil, et n'attachait aucune importance aux usages. C'est en pensant à cela que je me suis décidée. Tant pis si l'on me blâme. Et pour Henri, je ne le renverrai pas au Collège d'ici la rentrée. Lui aussi a besoin de se remettre.

Le vieux prêtre hocha de nouveau la tête, tout en s'épongeant. La douleur, à présent, le faisait suer à grosses gouttes.

— Vous avez chaud, remarqua Julia. Il est vrai que nous voici en été.

Elle-même, boutonnée jusqu'au cou dans sa robe noire, ne semblait pas s'en être encore avisée.

— Puis-je vous offrir...

— Rien du tout, je vous en prie ! refusa-t-il, vivement. Vous savez que ma santé... D'ailleurs, je m'en vais.

Julia fit un geste de regret.

— Attendez, j'appelle les petits.

Tandis qu'elle s'approchait de la fenêtre du fond, il se prit à songer de nouveau à cette mort qu'il faut mériter.

— Adrienne, Hubert ! rentrez un instant, dire bonjour à monsieur le Curé.

La voix résonnait avec netteté dans la torpeur de l'après-midi torride. C'était comme un filet d'eau froide, pensa l'abbé Tassin.

Il se dit qu'il aimait beaucoup madame Vernet.

Arriva un message de Tourvieille. Non point de Lucie ou d'Antoine, comme à l'ordinaire, mais d'Elodie Vernet.

La vieille dame annonçait son intention de venir voir sa bru au sujet des mesures à prendre pour l'administration du domaine.

Julia lut et relut cette lettre, en examina les termes, s'interrogeant sur le sens de pareille initiative.

Depuis la maladie de son mari, elle avait eu la haute main sur Mogador. Au prix d'un surcroît d'efforts, bien épaulée par Trestaillon, elle était parvenue à obtenir des résultats équivalents à ceux d'avant-guerre. Les fermages rentraient. Les vignes avaient peu à peu remplacé la garance. Les récoltes se vendaient un prix convenable.

Nulle mesure n'était à prendre que Julia n'eût déjà prise, en accord avec Me Daubenois, le notaire, sitôt après l'ouverture du testament de Rodolphe.

Au jour dit, elle prévint les garçons, à l'issue du petit déjeuner :

— Ne vous éloignez pas, ce matin. Votre grand' Vernet arrivera sans doute vers les dix heures.

La figure de Frédéric s'allongea. Il lança une œillade expressive à son frère.

Henri non plus n'avait pas l'air particulièrement ravi.

Julia le nota sans déplaisir, mais n'en insista pas moins.

— Je tiens à ce que vous soyez là pour l'accueillir. Est-ce bien entendu.

— Oui Mère, dit Henri.

Moins stoïque, son cadet quitta la table en marmonnant des réflexions qui semblaient avoir pour thème la chance de leur sœur aînée.

— Amélia se distrait, elle, pendant ce temps. Moi j'y serais bien allé voir les bateaux à sa place.

Les manières de Frédéric appelaient à coup sûr une réprimande. Henri, qui le poussait vers la porte à grand renfort de bourrades pour l'y soustraire, s'étonna de voir que leur mère ne paraissait point songer à le tancer.

Julia était trop absorbée par le problème que venaient tardivement de lui faire entrevoir les récriminations de Frédéric.

Comment n'y avait-elle pas pensé ? Il eût été facile d'envoyer chercher la jeune fille. Nul doute que cette éclipse ne provoquât des questions et des commentaires.

Elle en éprouva, d'avance, un agacement mélangé de regret sincère. Dans son esprit, l'absence de Rodolphe lui créait l'obligation de se substituer à lui, que ce fût pour gérer Mogador ou pour rendre à sa vieille mère le tribut d'égards auquel il l'avait accoutumée. Bien résolue à ne déplaire en rien à Elodie Vernet, et à supporter patiemment ses observations, elle avait simplement oublié ce malheureux séjour d'Amélia chez les Ladevèze.

« Tant pis », pensa-t-elle, lorsqu'elle fut lasse de se le reprocher. « Je m'en expliquerai de mon mieux. Et si elle se formalise, je tâcherai de supporter ses hauts cris sans rien dire. »

Le grand portrait de Rodolphe, au mur, la considérait avec une expression de tendresse pensive. Il semblait satisfait.

Julia s'absorba un moment dans sa contemplation et sentit qu'elle y puisait du courage.

Deux heures plus tard, comme elle était occupée à l'office, gardant l'oreille aux aguets, elle perçut le cri des roues sur le gravier de l'allée.

Traversant vivement le hall, elle vérifia d'un coup d'œil dans la glace la correction austère de sa mise, se saisit au passage des deux petits que Philo lui amenait, et, cuirassée de bonne volonté raisonnée, descendit les marches du perron, tenant Hubert par la main et poussant Adrienne devant elle.

Un coup d'œil circulaire la fit se mordre les lèvres : pas d'Henri ni de Frédéric. « Oh ! Christ ! Où vont-ils être passés ? Si jamais ils... Ah ! tout de même ! »

Précédés d'un martèlement de pas précipités, les garçons débouchèrent d'entre les lauriers-tins, au coin de la maison. Ils accouraient à toutes jambes, essoufflés, rouges, la cravate flottant au vent de leur course.

Henri, le premier, atteignit la voiture, comme elle s'arrêtait sur le terre-plein devant la façade. Juste à temps pour ouvrir la portière.

Julia se rasséréna. Allons, tout irait bien.

Les embrassades à peine finies :

— Je ne vois point l'aînée, dit Mme Vernet douairière, du ton exact qu'avait prévu sa bru.

— Elle n'est pas à la maison, ces jours-ci, ma mère. Je...

— Vraiment ! Vous l'avez envoyée à la Sarrazine ?

Julia fut tentée d'acquiescer. Ç'eût été si simple. « Je ne vais tout de même pas me mettre à mentir comme une gamine, » se gourmanda-t-elle. « Et d'abord... »

Le simple bon sens le déconseillait. « Tôt ou tard, elle sera renseignée. Même en Camargue, les potins circulent. N'importe quelle vieille fée de ses relations se fera un plaisir de le lui apprendre. Ainsi... »

— Non, ma mère, dit-elle. Pas à la Sarrazine. A Arles, chez les Ladevèze.

Elle vit le sang affluer au-dessus du col baleiné de sa belle-mère, et envahir les grosses joues de cire qui tremblotaient.

— Vous dites ? Chez... Quoi ! Sous le même toit que son futur ?

— Non, non, rassurez-vous. Pascal Ladevèze a pris une chambre à l'*Hôtel du Forum*.

Mme Vernet l'écoutait à peine.

— Deux semaines après la mort de mon fils. Quand on pense !...

Lentement, lourdement, elle montait les marches en s'aidant de la balustrade, et Julia, qui la suivait avec les petits, apparut par comparaison encore plus petite à ses deux fils fermant le cortège non sans une impatience mal dissimulée.

— ... Tout Arles doit en jaser. Je crois que vous êtes folle, ma bru. — Le souffle poussif faisait siffler la fin de chaque phrase. — Mais enfin, pouvez-vous m'expliquer à quel mobile... ?

« Du calme, se répéta Julia. Du calme. Quoi qu'elle dise. »

Une nouvelle escarmouche eut lieu après le repas.

— Je n'ai jamais compris que vous suiviez cette mode ridicule de servir le café au salon. Chez moi, je l'ai toujours vu prendre à table. Maintenant, il est vrai, c'est l'Angleterre qui donne le ton. Les coutumes de nos ancêtres ne sont plus assez bonnes, sans doute.

Franchi le pas périlleux des explications au sujet d'Amélia, le déjeuner s'était déroulé sans anicroches.

Julia avait repris haleine.

— Rodolphe le préférait ainsi, dit-elle, doucement.

Cette place vide, à table, en face de la sienne, et là, à présent, le fauteuil attitré du maître de maison, n'avaient-ils donc qu'à ses yeux seuls leur éloquence douloureuse ?

Les garçons discutaient dans un coin. Elle entendait vaguement qu'il s'agissait de lignes et de cannes à pêche.

Puis, Frédéric se glissa hors du salon, et sifflota sans retenue dès qu'il fut dans le vestibule.

Pourtant, il avait tendrement aimé son père.

« Quinze jours », pensa Julia. « Quinze jours pour l'enterrer. » Plus profondément dans la mémoire des siens que dans la fosse sur laquelle on avait fait couler la terre. « Mais le temps des enfants et le nôtre ne sont pas les mêmes. »

Prise d'une brusque détresse, elle vint s'asseoir auprès du canapé qu'occupait sa belle-mère.

La vieille dame tournait le sucre dans sa tasse, avant de boire par petites gorgées.

Le mouvement de la cuillère avait ce même air gourmé qui distinguait ses moindres gestes, du plus loin que pouvait se souvenir Julia.

Et cependant, les rides et les plis surajoutés sur ce masque où la vie semblait s'être figée en faisaient quelque chose de très vieux qui, fugitivement, pouvait presque devenir pitoyable.

« Votre fils... » Julia ouvrit la bouche pour lui dire un mot, n'importe lequel, qui les eût réunies.

— Mère...

— Vous trouvez le temps de lire ? dit Mme Vernet en posant sa tasse.

— Qui ? Moi ?

Julia suivit la direction de son regard.

— C'est moi, Grand'mère, dit Henri, du fond de la pièce.

— Ah ! c'est toi ?... Et que lis-tu ? — Elodie chaussa ses besicles. — Apporte-moi cela, je te prie.

Il obéit, sans trop de zèle.

La vieille dame ouvrit le premier volume au hasard.

— De la poésie ? — Elle braqua sur son petit-fils un œil de mépris grossi par les verres. — Tu ferais mieux de t'instruire des questions agricoles.

— L'un n'empêche pas l'autre, dit Henri.

Julia contempla son fils. Il tenait tête sans impudence. Elle admira sa fermeté et sa gentillesse. « Qu'il est beau ! Si Rodolphe pouvait le voir en ce moment... »

« Je suis le ténébreux, le veuf, l'inconsolé,
Le prince d'Aquitaine à la tour abolie... »

Lisait, non sans effarement, Elodie Vernet, à la page où le livre s'était ouvert de lui-même.

Elle dévisagea fixement le jeune homme, puis reporta l'éclat de ses lunettes sur sa lecture, avec la lippe que Rodolphe avait héritée d'elle :

« *Ma seule étoile est morte. Et mon luth constellé Porte le soleil noir...* »

— Le soleil noir ! Je vous demande un peu !

Parcourut encore deux ou trois lignes, referma le volume, et ouvrit l'autre.

Julia qui suivait le manège la vit sursauter :

— Ah ça ! mais... Baudelaire ? N'est-ce pas ce monsieur qui a été condamné, mis à l'Index ? Voyons je ne me trompe pas. Mais oui : *Les Fleurs du Mal*. Je me rappelle. Tous les journaux ont relaté ce scandale. Ce devait être quelques années avant la guerre.

Elle se retourna vers Henri :

— Malheureux ? Et tu oses lire des saletés pareilles ! Et les laisser traîner, encore ! Et vous, ma bru, vous tolérez...

« Oh, Christ ! Oh, Christ ! » implorait sans transition Julia, muette, après avoir voué au diable la mémoire d'éléphant de sa belle-mère.

Le jeune homme, consterné, les regardait tour à tour.

— Vertu de ma vie ! Est-ce ainsi que tout va dans cette maison depuis que le père manque ?

— Permettez... dit Julia, blême.

La vieille dame ne l'entendit même pas. Elle braquait de nouveau ses batteries contre son petit-fils.

— Toi, où as-tu pris ce... cette ordure ?

— On me l'a prêté, dit Henri, aussi pâle, aussi contracté que sa mère. Et cela n'est rien de ce que vous dites.

— Tais-toi. Comment oses-tu ? Et si ta sœur, ou Frédéric... continua Mme Vernet, picorant rageusement d'une page à l'autre de quoi nourrir son indignation.

Elle revint à Julia :

— Ecoutez-moi ce titre : « *Le Vin de l'Assassin.* » De quoi être édifiée !

Julia secoua la tête et jeta un regard chargé de reproches à son fils.

— Ta grand-mère a raison. Remporte ce livre dans ta chambre. Tu me feras le plaisir de l'y laisser.

— Et... c'est tout ce que vous trouvez à dire ! laissa tomber de haut Elodie Vernet lorsque le jeune homme eut quitté la pièce.

Julia soutint l'assaut sans broncher :

— Que voulez-vous donc ? demanda-t-elle, avec une certaine sécheresse qui commençait à percer malgré ses résolutions. Il va sur ses dix-sept ans, ne l'oubliez pas. Et qui l'empêcherait de lire les mêmes ouvrages en cachette ? J'aurai avec lui une conversation à ce sujet. Mais, croyez-moi, je connais mon Henri. Le mal que l'on porte en soi est le seul à craindre. Avec lui, il n'y a point lieu de s'inquiéter.

La vieille dame se leva tout d'une pièce :

— C'est bon. Je n'approuve pas et n'approuverai jamais la manière dont vous éduquez les enfants de mon fils. Mais, pour l'instant, mieux vaut briser sur ce chapitre. Je monte faire ma sieste. A quatre heures, je vous retrouverai ici même. Ou plutôt : dans le bureau. Pour les questions que je dois aborder avec vous, nous aurons besoin d'avoir les livres de comptes à portée.

Julia eut une crispation des mâchoires.

— Croyez-vous ? Je ne vois pas bien...

Sa belle-mère lui coupa la parole avec raideur :

— A tout à l'heure. Je vais me reposer.

Après le départ d'Elodie Vernet, Julia demeura un long moment immobile, travaillant à rassembler les bribes émiettées de son bon vouloir.

Le pas de son fils sonnait dans l'escalier.

Elle ouvrit la porte, et l'arrêta au passage.

— Entre ici. Et dis-moi : qui t'a prêté ces livres ?

— Je les ai pris dans la bibliothèque de l'oncle Constant.

— Hm... oui ? dit Julia.

Mieux valait qu'il n'eût pas servi ce supplément d'information à sa grand'.

— Ton oncle te l'avait-il permis ? ou bien... ?

— Il m'a dit que je pouvais tout lire, et que je n'avais qu'à choisir.

Les réponses d'Henri étaient toujours nettes, grâce à Dieu ! songea Julia.

Il ajouta :

— Maman chérie, vous savez, je regrette bien de les avoir laissés ici. Je ne pensais pas vous causer des ennuis.

— Des ennuis... ?

Elle le regarda ironiquement. « Pauvre agneau. Des ennuis de ce genre... » Au fond d'elle-même, maintenant, elle se sentait plutôt portée à sourire en évoquant la fureur vengeresse de la vieille Mme Vernet.

Deux heures plus tard, elle attendait sa belle-mère dans le bureau.

Elodie y pénétra sur le dernier tintement de la pendule, et Julia se demanda si elle avait guetté l'instant précis derrière la porte pour opérer son entrée.

« Avec elle, tout est possible dans cet ordre d'idées », pensa-t-elle, avant de s'apercevoir que, déjà, son esprit s'égarait du côté de la malveillance. Un instant, elle en fut confuse. « Ah ! et puis, après tout, est-ce ma faute si je n'ai jamais pu la souffrir ? »

Mais cela non plus n'était pas une excuse, lui chuchotait sa conscience. Et moins encore cette colère sourde montée en elle apparemment contre soi-même, et tout de suite déviée sur cette présence pesante qui en était l'origine véritable.

Mme Vernet mère s'installait dans le fauteuil que lui avait avancé sa bru, prenait son temps, prenait ses aises.

Julia s'efforça d'être juste :

« Un jour, peut-être, moi aussi, quand j'aurai atteint septante-huit ans comme elle... » La perspective lui fit horreur. Encore presque autant de vie qu'elle n'en avait derrière elle. Et Rodolphe qui n'était plus là... « Non, non, le Ciel me tiendra quitte avant ! Avec mon cœur malade... Non, grâce à Dieu ! pas moi. »

Subitement résolue à en terminer du moins avec quelque chose, elle contourna le bureau pour aller s'asseoir à la place qu'avait toujours occupée quiconque gouvernait Mogador.

Cela, Elodie Vernet le savait aussi bien qu'elle. En y pensant, Julia mit ses deux mains à plat devant soi, écarta les coudes, et s'appuya de toute la longueur de ses avant-bras sur le tapis vert maculé d'encre.

Beaucoup de ces taches provenaient de Rodolphe. Elle-même en avait fait quelques-unes. D'autres, d'un noir blanchi, devaient dater de l'époque du colonel. Et cette petite, là, juste dans le coin, sa belle-mère l'avait faite devant elle, vingt années auparavant, un après-midi où elle l'initiait à la tenue des livres.

Elodie demeurait silencieuse.

Peut-être, à elle aussi, ces taches suggéraient-elles des réminiscences ?

Après tout, la première, elle avait commandé à Mogador. Et si la nostalgie qui l'avait ramenée à Tourvieille n'avait été que celle de sa jeunesse révolue, peut-être, à présent, regrettait-elle aussi douloureusement cette maison où son fils aîné avait vécu la sienne, bien avant d'y amener une autre femme. A présent que c'en était fini de lui.

Vingt années. « Deux jeunes époux. Et puis, Cyprien

est venu. Et puis... » Julia sentit ce nœud qu'elle connaissait bien se resserrer dans sa gorge. « Si l'on savait, mon Dieu ! si seulement l'on savait tout de suite comme c'est court ! »

Rodolphe fût-il revenu, elle n'eût plus laissé se perdre un moment. A chacun d'eux, elle eût accordé tout son prix ; à chaque regard, à chaque mot, toute leur force, tout leur poids d'amour. « J'aurais pu m'enfuir avec lui, ce jour où il est entré dans le potager, au couvent. Et plus tard encore, à la Gloriette. » S'il s'était trouvé quelqu'un alors pour lui expliquer la vanité de toutes les barrières humaines artificiellement élevées, en face de ce peu de temps qui nous est imparti avant la mort. Mais elle ne l'eût pas voulu croire.

« *Toute la vie devant soi*. Et ce n'est rien, au bout du compte. L'on se retrouve si tôt les mains vides. Bientôt, Amélia. Et après elle, les quatre autres. »

« Il faut que ce mariage ait lieu aussitôt que possible, » résolut-elle. L'enfant, elle, aurait du moins toute sa part de bonheur.

— Ma mère...

Arrachée à ses ruminations, Elodie leva le menton.

— Ma mère, à quand pensez-vous que nous puissions fixer la date, pour Amélia ? Les noces étaient prévues pour octobre, vous le savez, mais, à présent, est-ce...

— A présent, il faut attendre au moins une année, trancha Elodie, péremptoire.

— Une année !

Julia soupira.

— Au moins. C'est le minimum de ce qu'exige la décence. L'on doit bien cela à un père. — La vieille Elodie toisa sa belle-fille : — Etes-vous donc si pressée de vous débarrasser d'elle ?

— Non, oh non ! Mais...

Julia n'en dit pas plus long. A quoi bon tenter de se faire comprendre ? Elle pensa qu'à sa manière, Constance, elle aussi, s'insurgerait contre un défi trop flagrant aux usages. Et sans doute aussi les Ladevèze.

Les paroles du curé lui revinrent à la pensée. « Ils attendent tous, et ils ne le savent pas. » Et la mort survient, et ce sont ceux qui restent qu'elle dépouille.

Elle regarda sa belle-mère en face. Celle-là n'avait jamais rien possédé, quoi qu'elle en pensât.

« Moi, j'ai eu l'amour. Moi, je... »

En était-elle moins pauvre, à présent ? Ou au contraire... ?

— Eh bien ! ma fille, dit Elodie Vernet, si nous en arrivions à nos affaires ? Comme vous le disait ma lettre, je suis venue afin de vous parler de Mogador.

— Je vous écoute.

L'esprit de Julia cessa d'errer, pour s'emplir pêle-mêle des images du paysage familier. Les champs de blé, les olivettes où chaque arbre avait sa physionomie particulière, les rangées de vignes, les tournesols pliant le col sous la chaleur de juillet et le poids de la fleur, les mûriers dont la feuille avait si bien donné, cette année ; le boqueteau de pins sur la colline, l'eau claire du barrage, les roseaux autour de l'étang tout piqueté de bulles, au coucher du soleil, sous les essaims d'arabis.

— ... Bien que je discerne mal votre propos, poursuivit-elle. Désirez-vous me poser des questions ?

Elodie Vernet s'exprima sans ambages, selon son ordinaire :

— Je désire examiner les chiffres de l'année en cours, et voir avec vous où nous en sommes.

— Vous... ?

Julia regarda sa belle-mère comme si l'hypothèse d'une plaisanterie de sa part eût été imaginable.

— Je ne vois pas en quoi cela vous... vous intéresse, acheva-t-elle, après une brève hésitation, remplaçant par un autre le terme plus catégorique qu'elle avait eu à fleur des lèvres.

Elodie fronça ses sourcils épais.

— Mogador est le bien des Vernet, il me semble.

— Qui en doute ?

Leurs regards s'affrontaient.

— Fort bien. Alors, ma chère, mettez un peu plus de bonne volonté à me comprendre. Vous avez parfaitement soigné mon fils, vous l'avez assisté jusqu'au bout avec un grand courage, je me plais à le reconnaître. Et j'ai compati à votre épreuve, davantage peut-être que vous ne le pensez. Je crois savoir aussi que vous êtes parvenue à maintenir la propriété jusqu'ici. Mais il va de soi que Mogador est un héritage de famille. D'autre part, l'importance de l'exploitation nécessite des capacités que l'on ne peut exiger d'une femme seule, surtout avec une aussi petite santé que la vôtre. Pour toutes ces raisons, j'estime de mon devoir de vous assister de mon expérience jusqu'à ce qu'Henri ait atteint l'âge de suppléer son père.

Le nez de Julia frémissait.

— Je vous remercie, parvint-elle à dire. Mais vous vous trompez. Je puis très bien suffire à la tâche. J'y suis parvenue, en effet, durant ces deux dernières années, tout en m'occupant de Rodolphe. A plus forte raison, suis-je maintenant capable de continuer.

— Ce n'est pas mon opinion, dit Elodie, minérale.

Les prunelles pâles de sa bru étincelèrent de cet éclat glacé qui, chez elle, ne promettait jamais rien de bon.

— Je le regrette.

Julia attendit une seconde, guettant une réaction de Mme Vernet, puis se résolut à préciser :

— ... Mais rien ne m'oblige à en tenir compte.

La vieille dame sursauta et, la considérant, attendit la suite, muette d'incrédulité.

Julia s'expliquait posément :

— Conformément aux volontés écrites de mon mari, j'ai été nommée tutrice de mes enfants...

— Des siens, laissa tomber Elodie.

— Des nôtres. Et, à ce titre, la gestion du domaine me revient. Vous avez pu l'entendre comme moi quand Maître Daubenois nous a donné lecture du testament. Je m'étonne qu'Antoine...

— Il s'agit de l'intérêt de mes petits-enfants, coupa encore Mme Vernet douairière, avec l'obstination d'un dogue.

Julia réprima de justesse un petit rire désagréable, mais ne put se tenir d'ironiser :

— J'ignorais qu'il vous préoccupât à ce point. Vous n'avez jamais paru faire un tel cas d'aucun d'eux. Je trouve naturel, notez-le bien, que, vivant à Tourvieille, vous réserviez pour leurs cousins le plus clair de vos gâteries, mais...

Elodie se dressa hors de son fauteuil sans la laisser achever.

— Je vous ai toujours connue pour une petite pecque vaniteuse et suffisante, mais je ne vous aurais pas crue si bassement jalouse...

— Jalouse !... — Julia se leva à son tour d'une détente. — Jalouse de qui ? de quoi ? De la part d'Antoine ? Vous voulez rire ! Mais regardez plutôt ce que nous avons fait, mon mari et moi, ensemble, de ce Mogador que vous prétendez venir m'enlever !

— Il n'est pas question... tenta de placer Elodie.

Mais sa bru n'écoutait plus rien.

— ... Qu'a-t-il de commun avec le mas que vous avez quitté ? Allez voir les terres. Savez-vous seulement qu'elles ont plus que doublé en étendue ? Que nous avons l'eau du barrage, même dans les années sèches ? Que toutes les vignes ont été replantées ? Renseignez-vous. Regardez. Il y a les fermes, aussi. Et le parc : la roseraie, les parterres, les serres, les sous-bois, remis en état. Et l'allée d'honneur. Et la grande pelouse. Et... faites donc le compte de ce qui est notre œuvre. Ce domaine, je l'ai épousé en même temps que Rodolphe. Et croyez-vous qu'à ce moment-là, je ne l'aie pas comparé amèrement à ma Sarrazine ? Tel qu'il est maintenant, j'y suis chez moi. Et je ne suis pas disposée à laisser qui que ce soit venir m'y disputer l'autorité. Je connais mes devoirs à votre égard ma mère. Peu importe l'opinion que vous avez de moi. Elle ne m'étonne ni me blesse. Vous n'aviez nul besoin de me rappeler que Mogador appartient aux Vernet. Je suis une Vernet tout autant que vous l'êtes. A ce titre, vous y serez toujours bien accueillie. Mais n'attendez pas que je suive vos directives quand je ne vous les aurai pas demandées. Encore moins que je vous soumette, comme une domestique, mon livre de comptes à éplucher.

Elle termina court. Le souffle, sinon la véhémence, lui manquait.

Sa belle-mère laissait peser sur elle un regard écrasant.

— Personne ne m'a jamais parlé sur ce ton, ma bru. Je ne vous fournirai pas l'occasion de recommencer, vous pouvez me croire.

Pareille au char de Jaggernaut, elle s'ébranla dans la direction de la porte.

Julia comprima de la main la violence des battements de son cœur, afin de pouvoir parler. Elle en souffrait, mais le sentait à peine.

— Ecoutez-moi, ma mère...

A mi-chemin, la vieille dame s'arrêta et se retourna. Aux yeux de sa bru, elle paraissait tenir toute la pièce.

— Je... je ne voudrais pour rien au monde vous avoir fâchée. Il ne me semblait pas que mes paroles eussent trahi ma pensée. Ai-je été blessante ? Ce n'était pas mon intention, croyez-moi. Je regrette de tout cœur que vous m'y ayez contrainte.

« Quand le diable y serait », pensa-t-elle, adoptant sans y prendre garde la vieille locution de Rodolphe, « je ne peux pourtant pas lui dire autre chose ! »

Elodie Vernet avança une lèvre bourbonnienne.

— Si ce sont là toutes vos excuses, vous avez une curieuse façon de les présenter.

Devant le geste d'impuissance navrée qu'esquissait Julia, elle trancha :

— Occupez-vous de faire atteler ma voiture, et envoyez-moi votre chambrière.

— Vous partez ?

— A l'instant. Dépêchez-vous, je vous prie. Il se fait tard, et le trajet est long d'ici chez moi.

Julia articula, non sans effort :

— Je ne puis que vous répéter mes regrets. Croyez bien que pour ma part, je ne saurais vouloir offenser la mère de...

— C'est bon. Nous nous sommes dit tout ce que nous avions à nous dire. Dorénavant, agissez comme vous l'entendrez, dans les limites de vos droits. Je vous avertis que j'enverrai mon fils se renseigner exactement à cet égard. Peut-être aurons-nous tout de même notre mot à dire.

Elle foudroya sa bru du regard.

Celle-ci prit le parti de se taire, et s'y appliqua avec dignité.

Henri et Frédéric, tenant leurs chevaux par la bride, palabraient avec le palefrenier devant les écuries, quand Victor survint à la recherche du cocher de la vieille Mme Vernet.

Confiant leurs montures au garçon, ils se précipitèrent, curieux d'apprendre ce qui se passait.

L'homme grommelait.

— On devait s'en aller demain matin de bonne heure. Si c'est pas malheureux ! Ça fait beaucoup, pour les bêtes, tout ce trimballo dans la même journée.

— Vous partirez tout de même à la fraîcheur, le réconforta Victor, avec la politesse légèrement empesée qui le caractérisait en toutes circonstances.

Les deux garçons s'entre-regardèrent. Puis s'esquivèrent pour tenir conseil à l'écart.

Frédéric dit, sentencieux :

— Si la grand' s'en va si vite, c'est qu'il y a eu du grabuge, pour sûr.

Henri hocha le menton.

— En tout cas, nous, ça n'est pas notre affaire, continua son cadet. On ne nous a rien dit. Filons vite.

Sans attendre, il courut vers son cheval.

Henri était demeuré immobile, pensif.

— Ecoute, lui cria-t-il. Tu n'as pas besoin de rester. Va-t-en vite, si ça te chante. Moi, je rentre. Maman aura peut-être besoin de moi.

Frédéric était déjà en selle. Il poussa son cheval vers lui.

— Es-tu fou ? Pour quoi faire ?

Il n'y avait rien qu'il aimât davantage qu'une bonne poursuite frénétiquement menée par Henri jusqu'à l'Alpille, dans la terre sèche ou la pierraille d'où montait l'odeur du thym et de l'aspic écrasés. Et pas de filles. « Les filles, cela encombre. »

Personne en tiers. Toute la campagne jusqu'à l'horizon, rien qu'à eux deux.

— Oh, dis ! Sens donc ce petit souffle d'air qui se lève. Il va faire bon galoper.

Henri fut héroïque :

— Amuse-toi bien. Allez ! à ce soir.

Il cria au valet d'écurie :

— Tu peux desseller *Athos*. Je ne sors pas.

— Ça va bien, grogna Frédéric, sautant à terre. Si c'est comme ça, moi non plus.

Il allongea le pas pour rattraper son aîné.

— Tu es bête, dit Henri. Ce n'était pas la peine.

Mais il lui passa un bras autour de l'épaule.

— Ben, et toi ?

— Moi, ce n'est pas pareil. Je suis plus âgé. Et puis...

Il laissa sa phrase en suspens. « Peut-être est-ce de ma faute. » Peut-être la grand' avait-elle recommencé à tracasser leur mère au sujet de ces poèmes. Il se sentait bourrelé d'inquiétudes touchant sa responsabilité.

Respectueux des pensées de son frère, Frédéric se contentait de passer sa propre déception sur les cailloux de l'allée qu'il chassait devant lui d'un pied rageur. En même temps, il sentait croître l'admiration que lui inspirait Henri.

Ils rencontrèrent Julia dans le vestibule.

— Votre grand-mère est forcée de repartir tout de suite.

— C'est pour ça que... commença Frédéric.

Subrepticement envoyé, un maître coup de coude dans les côtes le fit s'étrangler.

La berline vint avec opportunité se ranger devant le

perron, à point nommé pour détourner l'attention de leur mère.

Frédéric qui, les yeux larmoyants, retrouvait à grand-peine sa respiration, remarqua pour lui-même que le cocher de la grand' avait « fait vinaigre » tout en ronchonnant.

Les adieux d'Elodie Vernet à ses petits-enfants furent tels qu'à l'accoutumée.

Tandis qu'elle embrassait Adrienne et serrait le petit Hubert contre sa poitrine, aussi majestueuse que jamais, les deux plus grands échangèrent un coup d'œil perplexe.

Ils remarquèrent néanmoins que leur mère ne recevait pas sa part rituelle dans cette distribution de baisers.

Lorsque le tourbillon de poussière soulevé par l'attelage fut retombé, la berline avait déjà franchi la grille.

Julia qui était demeurée impassible rentra, mécontente d'elle-même, et cependant soulagée.

Son fils aîné la suivit timidement.

— Maman...

— Oui ?

La voyant distraite, il hésitait.

Enfin, il rassembla son audace :

— Maman chérie, je voulais vous demander : est-ce à cause de moi que... ?

— Que quoi ? s'étonna Julia, tombant de la lune.

L'expression contrite d'Henri la mit au fait.

— Oh, non ! sois tranquille. Non, mon chéri.

Penché, tellement plus grand qu'elle, avec cette gaucherie, et ce sourire tendre, comme il ressemblait à Rodolphe.

— Si l'on vous tracasse, vous savez, Maman, je suis là.

— Je sais, dit Julia, avec la même gravité.

Henri lui offrit son bras comme il l'avait souvent vu faire à son père.

Elle ressentait une douceur qui lui donnait envie de pleurer.

Le lendemain matin, vers huit heures, le galop d'un cheval attira Julia à la fenêtre.

Antoine mettait pied à terre devant la maison.

« Très bien, pensa-t-elle, au moins je vais savoir. » Depuis la veille, elle avait passé en revue toutes les suppositions sur la part revenant à Antoine dans la démarche de sa mère, et en avait perdu le sommeil de sa nuit.

— Julia, qu'est-il arrivé ? clama-t-il, en se précipitant vers elle aussitôt qu'il la vit apparaître sur le seuil. Quelle diable d'histoire est-ce là ? Ma mère est rentrée hier soir, à une heure incroyable. Nous allions nous coucher. Je n'ai pu tirer d'elle qu'une chose, c'est que vous vous êtes brouillées. Elle crachait du feu. Lucie n'en a pas dormi, ni moi non plus.

Il ne semblait pas se présenter en vengeur de la dynastie. Julia respira mieux.

Elle lui résuma brièvement la discussion, sans se permettre aucun commentaire.

Antoine parut interdit.

— Nom d'un chien ! c'est pis que je ne l'avais supposé.

Julia le vit rougir, pâlir, puis se guinder :

— Je suis désolé, Julia, ma chère. Je... je me sens honteux. Je vous en prie, n'allez surtout pas croire que Lucie et moi y soyons pour quelque chose. Vous connaissez ma mère. L'âge ne lui a pas fait perdre le goût de tout régenter. Et, en effet, il avait bien été question, l'autre jour, à table, de vous apporter, le cas échéant, toute l'aide possible. Mais qui eût pu prévoir que ma mère vous traduirait de cette manière notre bonne volonté, notre affection, notre...

Elle eut pitié, à le voir s'empêtrer dans ce flux de justifications. Attendrie, elle posa sa main sur la main velue de son beau-frère, avec une douceur inhabituelle.

— Cela suffit, mon ami. N'en parlons plus. Employez-vous seulement, si vous le pouvez, à calmer votre mère. Elle me voit plus mauvaise que je ne suis, et je ne voudrais pas qu'elle en vînt à vous faire douter de mes sentiments d'affection envers vous tous.

Il se récria :

— Quelle idée ! Du diable si jamais... !

Et la prit par les épaules :

— Allons, allons, petite sœur ! Pas d'histoires entre nous, hein ?

Julia eut un sourire tout clair.

C'en était déjà fini des tournures choisies et de l'attitude digne. Elle retrouvait avec bonheur l'Antoine de tous les jours, rond, rougeaud, entré prématurément dans l'âge mûr depuis son retour de la guerre. Un bon propriétaire de Camargue, avec son sans-façon, son parler rude, sa ceinture tintante de pièces d'or, et sa grosse chaîne de montre à breloques.

— Non, dit-elle chaleureusement. Bien sûr.

Antoine fit un « ouf ! » d'envergure.

Puis, l'ayant embrassée, remarqua en riant :

— Tout de même, vous auriez pu me faire asseoir.

Et se laissa incontinent choir dans un fauteuil.

— Il fait bougrement chaud, déjà de bon matin. Quelle lune [1] il va tomber, tout à l'heure. J'aimerais bien me rafraîchir.

Julia le considérait comme elle eût considéré un

1. Expression courante pour désigner ironiquement le soleil. Equivaut à : « Quelle chaleur il va faire ! »

objet perdu pour la récupération duquel elle eût fait brûler un gros cierge.

— Et déjeuner aussi, je pense ?

— Hé, ma foi !...

Elle l'emmena dans la salle à manger, le fit servir, lui emplit son assiette, lui versa à boire, comme elle l'avait fait matin après matin, longtemps, pour Rodolphe.

— Que deviennent les enfants ?

— Bah ! dit Antoine, sans en perdre un coup de dents, ils bayent aux corneilles, ils se chicanent, ils rendent chèvre[1] leur pauvre mère. Je présume que c'est pareil ici ? Ce matin, je me suis sauvé par-derrière, comme un voleur : s'ils avaient su que je venais, Raoul et Georges n'auraient pu se tenir de me suivre.

Nulle trace, en lui, de réticence, ou de gêne. A coup sûr, quoi qu'elle imaginât de ridicule, Elodie Vernet n'en avait rien dit à son fils.

« *Ma mère est ce qu'elle est. Mais au moins n'a-t-elle aucune mesquinerie.* » Rodolphe le répétait volontiers.

Une fois de plus, Julia ressentit la pointe d'un remords à l'égard de la vieille dame ; et se hâta de l'étouffer. « Bien sûr. Les gens ne sont jamais aussi méchants ni aussi bons qu'on les imagine. »

Antoine liquidait le dernier morceau de l'omelette :

— Fameuse ! A la maison, on ne me les fait jamais comme je voudrais.

1. « Rendre chèvre » : expression locale familière. Cf. en français : « Faire tourner en bourrique. »

2

Regarder vivre Amélia était comme boire une gorgée d'eau fraîche lorsqu'on a soif, se disait Julia. Ou bien encore comme respirer la brise qui se lève parfois au soir d'une torride journée d'août. « Et les forces reviennent, et... oui, l'allégresse même. La joie n'est donc jamais tout à fait perdue ? » La contemplation de ce visage la lui restituait un instant dans toute sa pureté. Et Rodolphe était vivant devant elle, l'espace d'un éclair, en cette fille ravissante que leur amour avait créée.

— Elle est belle, qué [1], notre demoisellette ? disait le petit peuple de Mogador, non sans fierté.

Tout le monde adorait Amélia, sur les terres, et au village.

Non qu'elle fût pourvue de toutes les perfections. Il s'en fallait de beaucoup :

— ... Têtue, autoritaire...

— Bien entendu, Mamette, comment voudriez-vous... ? glissait-elle malicieusement, au milieu de l'énumération à laquelle se livrait sa mère.

— ... Coquette, continuait Julia, imperturbable. Egoïste, ainsi que tous les enfants gâtés. D'ailleurs, c'est de notre faute.

Ç'avait été surtout de celle de Rodolphe qui n'avait jamais su dire « non » à un désir exprimé par sa fille.

— ... Romanesque comme l'on n'a pas idée de l'être...

Les longs yeux brun foncé se pailletaient de mille petites lumières de gaieté. Hypocritement, Amélia abaissait ses paupières aux cils très longs et très épais, sûre de l'effet qu'elle produisait ; sûre aussi que sa

1. *Qué ?* : n'est-ce pas ?

mère n'était dupe que dans la mesure où l'exigeait la complicité inavouable qui les unissait.

Elle avait pour elle, outre sa beauté, une grâce rieuse, qui tempérait la fierté volontiers arrogante de son allure ; et le don rayonnant d'apparaître aux yeux de chacun telle qu'il la voulait.

— Une comédienne. Au fond, voilà ce que tu es, disait Julia, lorsqu'elle éprouvait la nécessité de tempérer l'atmosphère d'encens qui montait autour de la jeune fille.

— Mais non, Maman. J'apporte aux gens ce qu'ils souhaitent, tout simplement. N'est-ce pas une charité ? Mon plaisir, c'est qu'on m'aime. Et, du reste, ne vous figurez pas que je triche. Je crois toujours aux choses quand je les fais.

— Tout juste le temps de les faire.

— Pas forcément. Et puis, quelle importance ?

Julia enveloppa sa fille d'un coup d'œil ironique :

— Toute la vie durant, tu seras Atala, Virginie, Clorinde, Marie Stuart, ou la princesse de Trébizonde, selon l'humeur du moment. Mais quand es-tu Amélia Vernet ? Je crains que monsieur Ladevèze n'en vienne un jour à se demander s'il ne s'est point trompé sur la femme qu'il épouse.

Amélia sourit d'un air secret :

— Pour cela... Soyez sans inquiétude, Maman chérie.

Elle fit quelques pas comme pour sortir. Puis, se retourna, et, regardant sa mère bien en face, lui lança :

— De ma grand'Angellier ou de Papa, lequel a su le mieux qui vous étiez ?

« Probablement personne », pensa Julia. L'amour, même celui du couple, ne possède pas toutes les clés, ne lève pas toutes les barrières. Sans doute la mort estelle le passage nécessaire. Ou sinon, que resterait-il à désirer ? Et que serait Dieu, s'il n'était la Promesse ? »

Mais Amélia ne s'en apercevrait que trop vite toute seule. Et peut-être alors ferait-il moins bon la regarder.

« Ses yeux ont la forme des miens. Mais leur couleur leur vient de Rodolphe. Cette vie chaude des prunelles. Et ce teint, sa délicatesse nuancée, son velouté : fleur et fruit à la fois. Mes cheveux étaient plus beaux. Mais ces reflets dorés dans la masse des siens... Comparée à elle, moi j'étais maigre, chétive, anguleuse, rabougrie, toute en arêtes. A côté de sa plénitude... Et ce buste, et ces jambes de Diane. Moi, je n'ai jamais eu assez de taille pour faire réellement une belle cavalière. Amélia dans son amazone noire, montée sur *Emir*... » La vision avait de quoi réjouir encore l'ombre de Rodolphe. Julia se l'imaginait, aux balcons du ciel, penché pour mieux voir, exultant et prenant le Seigneur à témoin avec sa familiarité habituelle.

Six mois après sa mort, elle découvrait enfin que seuls meurent véritablement ceux qui cessent d'habiter le cœur des vivants, ceux que la tendresse des leurs abandonne.

Les enfants l'y avaient aidée.

Ayant très tôt repoussé leur chagrin, tout le long de la journée, avec un naturel ingénu, ils disaient : « Papa rirait bien si on lui racontait ça... Si Papa voyait ses chiens aussi sales... Papa aurait sûrement fait une belle chasse, aujourd'hui : c'est un temps pour la passée au canard... Papa m'a toujours dit et répété qu'un vrai cavalier doit veiller lui-même... Papa n'aurait pas voulu que son garçon... »

En vérité, Rodolphe n'avait point quitté son domaine.

Même Hubert, le plus jeune, qui avait eu si peu de temps pour le connaître, apprenait de ses frères et sœurs qu'être né fils de Rodolphe Vernet était un honneur et un privilège.

Déjà, Frédéric parlait de mettre l'enfant en selle.

— Non. L'été prochain, quand Henri sera revenu définitivement, nous verrons cela.

— Mais Maman, en attendant, je peux bien profiter de ces trois jours pour commencer à lui apprendre.

Arrivé du collège pour passer les vacances du mardi-gras à Mogador, il bouleversait la maison habituée maintenant à plus de calme, en l'absence des garçons.

— Maman, dites... !

— Non.

Julia se méfiait. Son Frédéri n'était point la patience incarnée. Les leçons qu'il prétendait donner à Adrienne offraient déjà suffisamment prétexte à cris et disputes.

— Mais elle, c'est un vrai sac de pommes de terre.

Dans sa cruauté, l'appréciation n'en était pas moins exacte. Chaque mouvement de sa monture au trot ensachait un peu plus la pauvre Adrienne.

— Hubert, ce n'est pas pareil, insistait Frédéric, inlassable. Vous le verriez, quand Meïa le prend sur le pommeau de la selle. Il n'a pas peur, lui, c'est moi qui vous le dis.

— Je l'espère.

Il suffisait qu'il y eût dans la maison cette fillette avec laquelle Julia ne se reconnaissait rien de commun. « Une vraie Richard-Lacroix, celle-là. J'avais dû offenser le ciel, le jour où Rodolphe me l'a faite. »

Afin de se punir de ses mauvaises pensées, elle redoublait de longanimité envers Adrienne. Quitte à se décharger de l'enfant, lorsqu'elle se sentait mise à trop rude épreuve.

Vers la fin de la matinée, cela se produisait souvent. Arrêtant alors la leçon, elle fermait livres et cahiers avec brusquerie, et s'en allait réclamer à l'office :

— Philo ? Où est Philo ?

Toute la domesticité s'affairait autour de Berthe qui avait pris la succession de la vieille Allarde depuis près d'une année, devant le fourneau. Victor chargeait son plateau de la vaisselle du déjeuner. La fille de cuisine préparait la salade. Pierroune, installée à la table devant la fenêtre, mouillait le linge en vue du repassage de l'après-midi.

Mais Philo n'y était pas.

— Mademoiselle Amélia est rentrée de sa promenade ?

— Oui, Madame.

Inutile de questionner plus avant.

« Après tout, se dit Julia, mieux vaut que je m'habitue dès à présent à me passer d'elle. »

Amélia lui avait arraché la promesse que sa nourrice la suivrait après son mariage, afin de lui tenir sa maison.

— Vous comprenez, Mamette chérie, je ne veux pas avoir à me tourmenter avec ces questions-là. Les menus et le torchonnage n'ont rien à voir avec l'amour ; et...

— Crois-tu ? Peut-être ton mari ne sera-t-il pas toujours de cet avis.

Julia regarda de biais cette écervelée, puis haussa les épaules :

— Enfin, je t'en ai suffisamment appris pour que tu sois capable de te tirer d'affaire en cas de nécessité.

— Mais Philo...

— Philo peut tomber malade. Elle peut... Je ne sais pas, moi. Seigneur ! quand auras-tu les pieds par terre ?

Aux câlineries de sa fille, elle opposait une indifférence railleuse qui n'impressionnait guère Amélia, cela n'était que trop visible.

Naguère, la même tactique mettait Rodolphe mal à

l'aise. Il tournait alors autour de sa femme, penaud, empressé, maladroit : « Ma chatte ! »

Personne ne dirait plus : « Ma chatte » à Julia. De tout le temps qui lui restait à vivre, qu'il se comptât par mois, par années, ou par décennies, jamais plus elle ne sentirait à ses côtés cette force, et cette faiblesse, du compagnon perdu. Son repos, son allégement, jamais plus elle ne les trouverait ailleurs que dans la prière. Et cependant, il lui fallait continuer.

Parfois, au milieu de sa longue journée, quand le souci de Mogador lui laissait un répit, elle pénétrait dans le salon et s'asseyait un moment, seule, en face du portrait de Rodolphe qui occupait le panneau près de la cheminée.

Le jour frisant approfondissait les ombres et accentuait le relief des traits. Julia se perdait dans sa contemplation.

Cette face de moribond qu'elle avait eue devant les yeux, les dernières années, s'estompait dans sa mémoire.

Etrangement, elle remontait le cours du temps. Le Rodolphe qu'elle revoyait à présent était celui-là même que lui restituait le portrait : une carrure de lutteur, un visage lisse, plein, coloré, riant, et pétri de vie, où se lisait l'aptitude au bonheur qui reparaissait en sa fille.

Julia se plaisait à l'imaginer redevenu, dans son éternité, tel qu'à cet âge de sa belle trentaine pour lequel il semblait fait.

C'était ce Rodolphe, entre tous les Rodolphe qu'il avait été, qui se tiendrait un jour derrière la porte du sommeil le plus profond, quand se tairait enfin aux oreilles humaines le petit tapement du cœur à bout de course. Il serait là, tout joyeux, aux aguets, pour l'accueillir dans son nouveau domaine. « *Vous voici chez vous, ma mie.* » Et tout recommencerait.

Tout, mais non la vieillesse qu'ils n'avaient pas vécue. Cela, ce doux royaume de neige, sa gravité où l'on entre ensemble quand, déjà, la tâche est finie, les enfants mariés, avec la bonne fatigue salutaire qui s'appesantit, également répartie, sur les épaules d'un vieux couple achevant sa journée après l'avoir bien employée, cela, dont on les avait frustrés, rien ne le leur rendrait.

Julia voyait l'aridité du chemin qui lui restait à parcourir, et son désert. Elle l'évaluait : c'était le prix qu'elle aurait à payer ; et elle sentait sa lassitude. « Mon Dieu, donnez-moi la force. »

Tout au fond de soi, elle savait qu'elle la trouverait. Durant leur vie passée, combien de fois avait-elle dû régler des factures au nom de Rodolphe ? et calculer, et peiner, et se débattre dans les difficultés, afin d'y parvenir ?

De nouveau, elle regarda le portrait. Il avait jusqu'à ce pli léger de la lèvre qui semblait prête à se retrousser sur une malice.

« N'importe, cela aura valu la peine », se dit-elle. Heureuse, certes, elle l'avait été.

Furtivement, comme pour la fortifier, de cette manière timide qui avait toujours été celle de Constance, l'image de sa mère traversa ses pensées.

« L'existence qu'elle a menée auprès de Père. » Julia frémit à l'idée que la sienne eût pu être semblable.

D'une visite à l'autre, elle retrouvait à la Sarrazine cette vieille femme un peu plus éteinte, un peu plus voûtée des épaules, et comme ratatinée.

— Venez chez moi, Maman.

Constance hocha le menton, et eut des larmes aux yeux, quand sa fille aînée lui fit cette invite. Mais, aussitôt, elle feignit de ne pas comprendre.

— Un de ces jours, oui, je te le promets. Tu auras ma visite.

— Je veux dire : pour tout de bon. Vous y installer. Si ma sœur vous tarabuste...

— Oh ! ma chérie, ce n'est pas à ce point.

Elle se plaignait de Sophie, mais Julia savait d'avance l'inutilité de sa proposition. Jamais sa mère ne se résoudrait à quitter la Sarrazine. Cela était compréhensible. Sa maison.

— Cependant, Mère...

— Je me suis trop attachée aux petits, vois-tu. Ces trois orphelins. Pauvrets ! Et Sophie n'est pas toujours aussi désagréable. Elle a ses mauvais moments. Mais c'est qu'aussi, moi, je ne suis plus bonne à grand-chose. Elle a tous les tracas.

— Les tracas ! Allons donc ! Constant en prend sa belle part, j'imagine.

— Oui. Oh, oui... ! Bien sûr. Néanmoins...

Néanmoins, Sophie avait hérité le caractère chagrin des Angellier. C'était cela qu'il eût fallu dire. Elle aimait à faire profiter chacun de ses ennuis, songeait Julia. Et il était facile de se représenter la tyrannie maussade qu'elle devait se plaire à exercer sur son entourage.

Encore Constant avait-il assez de ressources pour se défendre, et vigoureusement. « Mais Mère ? Mais les deux petites ? »

— Elle adore Blanche, dit Mme Angellier, avec le désir évident de réparer dans l'esprit de Julia le tort qu'elle se reprochait déjà d'avoir porté à sa cadette.

— Vraiment ? C'est fort bien.

Et qui donc n'eût adoré Blanche, ce bébé délicieux ? Mais sans doute les sept ans ingrats d'Emilie qui avaient tant besoin de compréhension souffraient-ils bien davantage d'être privés de mère.

Quant à Edmond, pour être fixée, il suffisait à Julia d'évoquer l'empressement avec lequel il avait pris le chemin du collège, contrairement à ses cousins, et aux enfants d'Antoine.

— Il s'entend si bien avec eux tous, dit encore Constance. Et surtout avec Frédéric.

Julia enveloppa sa mère d'un regard qui contenait une tendresse infinie :

— C'est vrai, Maman.

Elle réfléchit rapidement, et décida :

— Il faudra qu'Emilie et lui viennent passer leurs vacances à Mogador, cet été.

Constance protesta faiblement :

— Cela te donnerait trop de peine.

Mais Julia sentait bien qu'elle était contente.

— Vous viendrez m'aider, Maman.

Cette fois, elle la vit rougir de plaisir.

Aux vacances, les noces d'Amélia seraient imminentes. Quelle que fût la simplicité imposée par le deuil, Mogador n'en serait pas moins du haut en bas dans l'effervescence et les apprêts de toutes sortes. « Deux enfants de plus au milieu de tout ce remue-ménage... »

Bah ! la joie de sa mère et celle de ces petits valaient bien un surcroît d'occupations.

« Tant que j'ai Philo, d'ailleurs... »

Julia ne se séparerait point sans chagrin de sa servante.

A peine concevait-elle la vie quotidienne sans la présence à ses côtés de ce dévouement bougon.

L'attachement qui unissait ces deux femmes, nul, à part elles deux, ne savait de quelles veilles, de quels espoirs, de quelles angoisses, de quels chagrins partagés il était fait. Durant vingt ans, elles ne s'étaient point séparées. Elles avaient tremblé et pleuré ensemble, elles savaient se taire ensemble.

Quand Philo aurait quitté Mogador, il ne resterait à Julia plus personne pour la comprendre.

Mais puisque Amélia y tenait.

— Tu es sûre que tu ne regretteras pas ?

Philo fit « non » de la tête, incapable qu'elle était, au moment même, d'articuler un mot.

— Puisque la petite a besoin de moi... finit-elle par dire, sous le regard scrutateur de sa maîtresse.

« Et Adrienne ? Et Hubert ? » Eux aussi eussent eu besoin d'elle. Julia s'abstint cependant de le lui faire remarquer.

Pour Philo, Amélia avait toujours été la prunelle de ses yeux. A sa suite, cette femme déjà vieille, qui, à présent, se hasardait rarement plus loin que l'église de Fontfresque ou le cimetière, quitterait la demeure et l'horizon familiers. Elle abandonnerait de son plein gré l'amitié de sa maîtresse, celle des murs qui avaient vu passer tant d'événements de son existence ; et le voisinage de ce petit rectangle de terre où tenaient ses trois fils rassemblés à présent, grâce à Rodolphe.

Et Philo avait raison, au bout du compte, elle montrait la voie à suivre, en se dépouillant d'un seul coup, sans marchander, pour l'enfant qu'elle avait élevée.

Julia sourit.

— Tu viendras bien me voir de temps à autre ? Elle t'amènera quand tu voudras. Avec toi auprès d'elle, je suis tranquille.

Une fille nouvelle à dresser : « Pourvu qu'elle soit dégourdie, et de bonne volonté... » Qu'importaient la précision du service, le style ? « D'ici à ce qu'il y ait de nouveau réception ou bal à Mogador... » Pour Julia, tout cela était fini. Plus tard, lorsque Henri serait devenu le maître, il ferait à son gré.

— Mamette chérie, si vous vouliez être encore plus gentille...

Amélia connaissait son affaire lorsqu'il s'agissait de quémander. Ses bras devenait des liens souples et tièdes, obstinément enveloppants. Sa voix prenait une sorte d'accent roucoulant.

Elle frotta câlinement son nez contre la joue de sa mère :

— ... Vous me laisseriez emmener *Emir*, quand je m'en irai.

— Le cheval de ton père !

— Mamette...

Et pourquoi non ? Rodolphe l'avait si peu monté, le beau cheval noir. Et quand bien même... ?

Philo lui avait-elle en vain donné l'exemple ?

— C'est bon, tu pourras le prendre.

Sous les baisers dont la couvrait la jeune fille, elle ajouta, ironique :

— Que te faut-il encore ? Veux-tu la maison ?

— Oh ! si je pouvais la transporter à Arles ! dit Amélia, ingénument.

— Et nous tous avec ? demanda Julia, la lèvre railleuse. Cela ferait vraiment beaucoup de monde autour d'une lune de miel.

Cependant, la date se rapprochait.

— Plus que cinq... Plus que quatre...

Les fiancés comptaient à présent par semaines.

Les cadeaux commencèrent à affluer, plus nombreux chaque jour.

Les enfants brassaient à cœur joie papiers, copeaux, et ficelles ; regardaient tout, touchaient à tout, malgré les protestations d'Amélia qui se fût passée de leur assistance.

Cela devenait impossible de les tenir en main, parmi

tout ce désordre. Renforcés de leurs cousins Angellier, ils se rendaient parfaitement insupportables.

Pascal Ladevèze, pour sa part, rongeait son frein pour demeurer calme, lorsque, dans un bosquet à l'écart, seul avec Amélia, à l'instant même où leurs effusions prenaient un tour particulièrement tendre, ils voyaient surgir d'entre les massifs l'infernale bande poussant des rugissements de Sioux.

— Oh ! Frédéric, pour l'amour du ciel ! Tu es odieux.

Ordinairement, l'agacement d'Amélia se fût traduit par des gestes qui se passaient de discours. Mais la présence de son fiancé la retenait de calotter son frère. Et Frédéric s'en était vite aperçu.

— Oui, ma sœurette chérie, oui, mon ange.

Assuré de l'impunité, il la narguait sans vergogne, exploitant la situation avec l'audace d'un chef-né.

Pascal et Amélia, continuellement traqués, en venaient à se demander si leurs persécuteurs n'étaient pas doués d'ubiquité.

— Ils sont diaboliques, Mère, je vous l'assure.

Julia riait.

— Allons donc ! Tu n'as aucune patience.

La jeune fille dit d'un ton piqué :

— C'est possible. En tout cas, si vous le permettez, j'aimerais aller passer quelques jours chez Vérane, la semaine prochaine. A Arles, du moins, j'aurai la paix.

— Encore ?

Elle y était sans cesse. Tantôt chez les parents de son fiancé, tantôt chez les Jonquéras dont la fille aînée était son amie la plus intime. Ainsi voyait-elle quotidiennement Pascal.

— Mais Maman...

— Soit, dit Julia.

A quoi bon retenir l'enfant contre son gré, si, d'elle-même, elle ne sentait pas que, pour ces derniers temps, sa mère eût aimé la garder un peu auprès d'elle ?

Mogador n'était pas bien gai, malgré la vie bruyante qu'y apportaient les plus jeunes.

Ivre de sa liberté nouvellement conquise, ayant enfermé dans un tiroir le diplôme frais cueilli, au retour de Nîmes où il était allé le quérir, Henri courait les terres en compagnie du baïle, trinquait avec les fermiers, participait à toutes leurs tâches pour s'initier à son futur rôle.

La rumeur publique insinuait aussi qu'il courtisait volontiers les jolies chato, dans la campagne, au hasard de rencontres plus ou moins provoquées.

Quoi qu'il en fût, la maison ne le voyait guère qu'aux repas.

Août, visqueux de chaleur, était plein de soleil et de mouches. Tout le jour, l'on cherchait en vain l'air respirable.

« C'est cette température », se disait Julia lorsqu'elle se sentait par trop oppressée.

Après les noces, quand tout serait rentré dans l'ordre, il serait temps de consulter le médecin, si cela durait encore.

Pour le moment, il y avait trop à faire.

Peu à peu, néanmoins, tout se faisait : le trousseau était prêt, les enfants habillés, l'argenterie vérifiée, le personnel d'appoint arrêté, la maison sur pied, de fond en comble.

Les meubles que Julia était allée choisir à Marseille avec sa fille venaient d'être livrés à Arles. Pascal et sa mère en surveillaient la mise en place dans la maison que le jeune couple devait habiter sur les Lices.

Le jeune homme comblait sa fiancée de fleurs et de présents. La corbeille de noces, à en juger par la bague de fiançailles, promettait d'être somptueuse.

Le frère aîné de Pascal, qui annonçait son retour, s'était fait précéder de pièces de soieries exotiques et de porcelaines chinoises dont la finesse avait arraché des exclamations à Amélia.

Mme Ladevèze n'avait rien de trop beau pour parer cette jolie fille que son Pascal traitait comme une reine. Elle ouvrait ses armoires, ses coffrets à bijoux :

— Tenez, ma chérie, si vous voulez me faire plaisir, vous porterez cette parure. Les grenats vous vont si bien. Ah ! j'ai retrouvé aussi mes malines anciennes. Je les fais remettre en état pour vous.

De leur côté, Constance et Julia se dépouillaient avec le même enthousiasme. Et la grand'Vernet, lorsque sa petite-fille était venue à Tourvieille présenter officiellement son fiancé et ses futurs beaux-parents, lui avait fait cadeau d'une épingle d'émeraude et d'une bague marquise en brillants tirées des écrins de l'héritage Richard-Lacroix.

Julia souriait au bonheur de sa fille.

Tout ce qu'elle-même n'avait pas eu, Amélia, du moins, l'aurait. Portée par la complicité attendrie de tous, l'enfant semblait ne plus fouler la terre.

La robe de mariée avait été commandée chez la première couturière d'Avignon.

Julia accompagna sa fille pour l'ultime essayage.

— Eh bien ! je crois que cela ira, dit-elle simplement, à la vue d'Amélia drapée dans ce satin blanc irisé dont la traîne que l'on avait doublée de mousseline s'ordonnait avec raideur en plis majestueux.

Son cœur éclatait d'orgueil et de tendresse.

Pendant que trois ouvrières s'affairaient autour de la jeune fille, elle fit des yeux le tour du salon et avisa sur un mannequin une robe noire gansée et boutonnée de crêpe.

— Un grand deuil ?

Cela arrivait donc à d'autres ?

La « première » leva la tête :

— Madame ?

Suivit la direction de son regard :

— Ça ? Oh ! je crois bien !

Les épingles qu'elle avait à la bouche lui donnaient une élocution curieusement chuintante.

— C'est pour madame Peyrissac.

— Madame Peyrissac ? Elle a perdu quelqu'un ?

— Dieu juste ! Madame... Vous ne lisez donc pas les journaux ?

Julia n'en avait lu aucun depuis plus d'une semaine. Ils devaient s'empiler, intacts, entourés de leurs bandes, sur le plateau de l'entrée, ou celui du salon. A moins qu'Henri n'eût fait main basse dessus pour y jeter un coup d'œil.

— Non. Mais quoi ? Dites vite.

— Vous savez bien, cette catastrophe de chemin de fer, près de Lyon ? Son fils, son petit-fils et sa bru sont parmi les victimes.

— Ils sont morts ?

Julia se laissa aller dans son fauteuil, sans souffle. « Son fils, sa... Oh, Christ ! Christ tout-puissant ! Féli... pauvre Féli ! Un fils unique, et... » Félicité dont toute l'existence, large et heureuse, semblait jadis atteindre à une sorte de perfection.

Les yeux de Julia se brouillaient.

Elle dit, pour elle-même :

— Tout perdre ainsi d'un seul coup...

Puis se souvint : « Tout perdre, non. » Félicité avait Arsène.

En un éclair, elle pensa : « Et moi, si j'avais eu le choix... ? Pour garder Rodolphe ? » La sauvage réponse qui s'esquissait lui fit peur.

Elle rouvrit les yeux, une légère sueur aux tempes,

et vit avec honte Amélia, radieuse, dans la lumière que renvoyaient sur elle tous les miroirs de la pièce.

L'essayeuse rectifiait une couture. Elle posa la dernière épingle :

— Là. Et comme ça, Mademoiselle, qu'en pensez-vous ?

Tandis qu'Amélia tournait lentement, les yeux fixés sur son reflet le plus proche, elle ajouta, s'adressant à Mme Vernet :

— Il ne reste plus qu'une petite fille. On l'avait confiée à madame Peyrissac parce qu'elle était trop jeune pour voyager. C'est elle qui va l'élever. Du côté des Romanin, la branche est éteinte, maintenant ; il n'y a plus personne. Ces vieilles familles qui disparaissent, c'est triste, pas vrai, Madame ?

Le retour fut silencieux.

— Tu te souviens d'Octave Peyrissac, certainement, avait dit Julia à sa fille.

Amélia s'en souvenait, oui :

— Les pauvres gens. C'est affreux, Maman.

Sa compassion demeurait tout impersonnelle. Au bout d'un instant, elle avait autre chose en tête.

Julia se renfonça dans le coin de la voiture et ne dit plus rien. Elle pensait à son amie d'autrefois. Au souvenir de Félicité était lié celui de la joie, des robes vaporeuses, de ce goût de fruit, de cette couleur d'été unique qu'avait eu la vie ; de cette jeunesse d'alors, si perdue, qui paraissait avoir été celle du monde, et non pas seulement celle de Julia.

« Pauvre, pauvre Féli : *Mon fils me suffit.* » Julia se rappelait le lui avoir entendu dire, un jour, à Mogador, avec cette expression de défi léger, plein de rire, qui lui allait si bien. Oui, pauvre Féli.

La vue des enfants lui fit chaud au cœur.

Ils avaient dû guetter la voiture. Dès qu'elle se fut

engagée dans la grande allée, ils surgirent de derrière les massifs, avec des clameurs.

— Haut les mains ! Faites descendre les voyageurs ! Livrez-nous l'argent fédéral ! vociférait Frédéric, menaçant d'un pistolet à amorces le paisible Victor juché sur son siège.

Ils avaient lu les bons auteurs, et attaquaient la diligence dans les règles.

Amélia avait mis la tête à la portière.

— Ciel ! les Indiens. Nous sommes perdues ! cria-t-elle, à tout hasard, entrant dans le jeu avec délices.

Le lendemain, comme elle se préparait à partir pour Arles, où elle était attendue chez les Jonquéras, la jeune fille reçut une lettre de Pascal.

— Son frère est arrivé, annonça-t-elle à Julia, après l'avoir lue. Mais madame Ladevèze est souffrante. Une insolation. Cela l'a prise hier, au retour de Marseille où elle était allée attendre le bateau.

Elle réfléchit, la lèvre mordue.

— Est-ce long à guérir, une insolation ?

Julia ne put s'empêcher de rire.

— Pas assez, certainement, pour te donner de l'inquiétude quant à la date du mariage.

Amélia rougit.

— Vous me trouvez égoïste, Maman ? Et vous aussi, Mamé, ajouta-t-elle, rencontrant le regard de Constance.

Elle n'obtint pas de réponse de sa grand-mère, et dut se contenter du sourire sarcastique de Julia.

— Dès cet après-midi, en arrivant, que Vérane veuille ou non m'accompagner, j'irai lui faire une longue visite, décida-t-elle.

— Tu feras bien, dit Julia, cependant que Constance approuvait du chef.

Amélia rentra trois jours plus tard, navrée. Mme Ladevèze n'allait pas mieux, bien au contraire.

— Elle a une très forte fièvre, et de terribles maux de tête. Je suis allée lui tenir compagnie quotidiennement. Mais, ce matin, elle n'a pu me recevoir, tant elle souffrait.

Le courrier suivant n'apporta rien de Pascal. Amélia devint nerveuse, et la journée lui parut interminable.

Enfin, elle reçut une lettre qu'elle décacheta fébrilement.

Julia qui se trouvait là cherchait à déchiffrer à mesure les nouvelles sur les traits de sa fille. Elle s'affola de la voir soudain devenir si pâle.

— Ma chérie ! Qu'y a-t-il ?

— Maman ! Oh, Maman...

Amélia paraissait osciller sur place, et la feuille tremblait au bout de ses doigts.

— ... C'est la variole. L'éruption s'est déclarée hier. Pascal dit qu'il n'ose venir de peur d'apporter la contagion. Oh, Maman... !

Elle s'abattit en larmes sur l'épaule de sa mère, si soudainement que Julia, plus petite d'une bonne tête, crut plier sous le choc.

— Maman ! s'il faut retarder encore...

— Allons, dit Julia, rudement, ne fais pas la sotte. Un délai de quelques jours n'est rien. Tu ferais mieux de penser à ta belle-mère et de prier pour une prompte guérison.

Ainsi remise sur pied, Amélia rassembla toute sa dignité pour effectuer une sortie honorable devant sa mère et sa grand-mère ; et s'en fut baigner ses yeux d'eau fraîche.

Au bout d'un moment, elles la virent redescendre vêtue de son amazone.

— Maman, je vais jusqu'à Fontfresque, mettre un cierge à l'église.

— Nous irons aussi, cet après-midi, Mamé et moi.

Rapidement, bien qu'au gré d'Amélia qui comptait chaque heure cette attente fût interminable, les nouvelles devinrent meilleures. Au bout de peu de temps, Mme Ladevèze parut hors de danger. La fièvre était presque tombée depuis le début de l'éruption, les pustules n'étaient pas très nombreuses et ne semblaient pas devoir suppurer.

La lettre de Pascal, beaucoup plus optimiste que les précédentes, criait la passion et le regret de devoir se tenir éloigné de sa fiancée.

— Tu vois bien, dit Julia.

A la fin de la semaine, Amélia s'alitait soudain à son tour.

Sans perdre un instant, avant même que le docteur Lapierre n'eût formulé son diagnostic, Julia fit emplir une malle d'effets, et expédia tous les enfants à la Sarrazine sous la garde de Constance.

Henri lui-même dut céder à la volonté de sa mère, et les suivre, quoi qu'il en eût.

A Mogador, dans la maison tout à coup silencieuse, Julia se retrouva seule avec Philo au chevet de sa fille.

Dans une chambre aux fenêtres fermées sur le mois d'août incandescent qui s'achevait, Amélia gémissait, en proie à des maux de tête violents. La sueur ruisselait de son dos douloureux parcouru de frissons.

— Qu'est-ce que j'ai, Maman, dites, au moins, ce n'est pas... ?

Elle n'osait pas prononcer le mot.

— Reste tranquille, dit Julia, presque durement.

La terreur qu'elle lisait sur cette physionomie gonflée, écarlate, l'eût fait crier comme une bête.

Elle serra les poings.

— On le verrait, n'est-ce pas, si c'était « cela » ?

On le vit, vingt-quatre heures plus tard.

L'éruption débuta par la face et se propagea avec une rapidité foudroyante par tout le corps de la jeune fille. L'intérieur de sa bouche, son nez, sa gorge, se tapissèrent de papules qui éclatèrent, formant autant de petites ulcérations.

Julia et Philo baignaient avec de l'eau bouillie et des infusions de mauve ses paupières irritées.

— Mère ! Mère ! Je ne veux pas être défigurée ! Je ne veux pas, entendez-vous ? Au secours, Maman ! faites quelque chose ! Je ne veux pas, Maman... !

Les cris se répercutaient par toute la maison. Berthe les entendait de sa cuisine, ou croyait les entendre encore, machinalement aux aguets derrière les portes qu'elle tenait closes. Ils lui vrillaient le crâne, ils lui faisaient mal.

— Quand on pense... Et Madame, la pauvre, quel carcan [1] elle passe, disait-elle à Victor.

Chaque jour, ils transmettaient les nouvelles à Henri qui venait de la Sarrazine s'informer de sa sœur.

Julia avait donné l'ordre formel qu'on ne laissât point le jeune homme passer le seuil. Elle-même se refusait à le voir. Il devait se contenter, comme ses oncles, comme Pascal Ladevèze, de parler à Victor ou à Berthe.

Eux seuls demeuraient à leur poste. Pierroune et la fille de cuisine s'étaient sauvées chez les fermiers. Julia n'avait retenu personne.

L'eût-il fallu, elle savait que Philo à ses côtés eût pu suffire à tout.

Afin de remercier Victor et Berthe, elle était descen-

1. Expression familière. Equivalent de : « Quel calvaire. »

due quelques instants, prenant garde de se tenir à bonne distance.

Mais elle n'eût pas songé à remercier Philo, non plus qu'à lui éviter les risques de la contagion.

Muettes, s'épaulant mutuellement par leur seule présence, elles tendaient ensemble toutes leurs forces, tout leur acharnement, dans la lutte engagée.

Et déjà, Julia, pour sa part, luttait sans espoir, devant cette face horriblement tuméfiée où les boutons devenaient des pustules, sachant que le temps de la vie brillante, de la beauté et de son merveilleux pouvoir, étaient révolus pour sa fille.

— Un miroir, Philo, donne-moi un miroir, te dis-je ! Je veux me voir. Philo, je t'en conjure ! apporte-m'en un.

Tremblante, désespérée, Philo essuyait ses tempes moites et regardait sa maîtresse d'un air suppliant.

Elles furent presque soulagées lorsque, la fièvre montant toujours, Amélia demeura à peu près constamment en proie au délire.

Le docteur Lapierre amena des confrères. Un médecin d'Avignon, un autre, un professeur de Montpellier, se succédèrent auprès de la jeune fille inconsciente.

Les bains froids que lui donnaient Julia et Philo sur leurs conseils, et le xylol administré à fortes doses, demeurèrent sans résultats.

Elle divaguait, tantôt avec des cris affreux, des soupirs, des plaintes, et tantôt doucement, menant de longs dialogues inintelligibles avec son fiancé qu'elle croyait voir auprès d'elle.

Quittant le chevet de Mme Ladevèze qui commençait sa convalescence, Pascal, fou d'angoisse, était accouru à Mogador aussitôt prévenu. Il implorait vainement qu'on lui permît d'approcher la malade.

Cédant aux instances de Berthe qui ne savait plus

comment repousser ces prières répétées, Julia descendit de nouveau pour lui parler.

— Par pitié, Madame, rien qu'un instant. Qu'elle me sente là, tout près. Qu'elle sache que je l'aime, malade ou non. Que...

— Non.

Comment eût-il réagi au spectacle monstrueux qu'offrait à présent Amélia, à l'odeur infecte que dégageaient ce visage et ce corps qui n'étaient plus qu'une plaie suppurante, malgré les lavages, les pulvérisations de sublimé, et les feuilles d'eucalyptus que l'on faisait bouillir constamment dans la pièce ?

— Non, Pascal, croyez-moi, pas maintenant.

Elle semblait ne plus tenir debout qu'avec peine. Aussi bien, les heures de sommeil qu'elle s'était accordées en huit jours, additionnées, n'eussent pas fait la moitié d'une nuit pleine.

Mais Pascal, la voyant se dresser devant lui comme un obstacle inébranlable, se sentait prêt à la haïr.

Julia perçut cette haine sur le point de s'extérioriser dans quelque geste de fou.

« Et c'est pourtant à cause de ces gens... » Le regard qu'elle appuya sur Pascal était lourd d'une ironie déchirante. « Qu'il souffre donc, lui aussi ! » pensa-t-elle, férocement. Puis, aussitôt, elle fut prise de remords :

— Il faut attendre l'effet du traitement. On lui donne du xylol. Patientez.

Elle lui parlait comme à un enfant. Et lui, maintenant, désarmé, mettait, comme un enfant, toute sa confiance en elle.

Il obtint la permission de rester à Mogador. Et vécut quatre jours durant dans l'attente, allant, venant, sans sortir de la maison, aux aguets, accrochant Philo, ou

Victor, ou les médecins, au passage, afin d'obtenir quelques mots encourageants.

Berthe l'avait pris en pitié. Elle lui cuisinait inutilement des repas savoureux auxquels il touchait à peine.

La nuit, lorsque Julia, ayant à faire hors de la chambre, sortait un instant, elle l'entendait marcher dans le vestibule ou encore elle le trouvait errant dans le couloir ouvrant la porte.

— Pascal..., murmura un soir Amélia, sortie du délire.

— Il est là, en bas. Il attend, depuis plusieurs jours. Veux-tu que je le fasse monter ?

Malgré sa faiblesse, Amélia eut un retrait de tout le corps. Ses yeux fibrillés, rougis, luisant de fièvre entre le suintement des paupières, s'emplirent de panique.

— Non ! Non ! Oh, Maman... !

Elle passa ses doigts avec un sanglot étranglé sur la purulence de ce qui avait été la chair lisse et veloutée de sa joue.

— Dites-lui que je l'aime. Mais... Oh, non ! je ne veux pas qu'il me voie... promettez-moi... Oh, Maman ! Oh, Maman... !

Julia se pencha sur sa fille :

— Bien sûr, mon trésor, Calme-toi. Il te retrouvera quand tu seras guérie, parvint-elle à dire.

« Guérie. » Elle avait dans la tête comme une petite chanson, sans merci ni trêve, les paroles que le grand médecin avait prononcées le jour même. « Variole confluente... forme extrêmement grave. »

Dans la nuit, Amélia eut plusieurs hémorragies.

Au matin, quand la lumière du jour remplaçant la clarté fumeuse de la grasse lampe Carcel pénétra jusqu'au fond de l'alcôve, Julia et Philo penchées sur la jeune fille s'aperçurent que ses pauvres lèvres tumescentes et sa langue devenaient noires.

Sans arrêt, sur un ton de litanie, Amélia priait qu'on lui donnât à boire. Mais elle parvenait difficilement à ingurgiter une gorgée.

Une nouvelle hémorragie nasale l'étouffa à demi durant un long moment.

Son cœur battait par à-coups, avec violence, puis semblait près de s'arrêter. Son pouls s'en allait.

— Préparez du café très fort, vite, ordonna le docteur Lapierre, dès son arrivée. Pendant ce temps, je lui ferai une injection d'éther.

Philo descendit à la cuisine, et Julia mit de l'eau à bouillir pour la seringue, tandis qu'il poursuivait son examen sans un mot.

Après la piqûre, il donna ses instructions pour la journée en quelques phrases brèves.

Julia connaissait cette figure fermée, cette voix blanche, neutre, et cette façon d'éviter son regard.

— Et le xylol, Docteur ? questionna-t-elle, une sueur à l'intérieur de ses paumes serrées.

Il eut une légère hésitation avant de répondre :

— Continuez. Si vous pouvez le lui faire prendre sans trop de difficultés.

— Sinon ?

Les prunelles glacées qui se fixaient sur lui le brûlaient. Il fit de la main un geste vague.

— Sinon... n'insistez pas.

Julia ne dit rien.

Durant quelques secondes d'un temps inévaluable, elle se laissa aller de tout son poids contre le montant de l'alcôve auquel elle s'adossait. Un tournoiement de lunes vertes et rouges vrillait vertigineusement ses yeux grands ouverts.

Puis, elle se mit en marche comme un somnambule, pour escorter le docteur.

Sur le palier, il rassembla son courage.

— Madame, il serait sage de faire demander les sacrements au plus tôt. Je...

Julia lui saisit le poignet avec la force inattendue d'une tenaille, et gronda à voix basse :

— Pas si fort, pour Dieu ! Son fiancé... !

Le médecin la dévisagea, interdit.

Pascal montait les marches quatre à quatre.

— J'ai entendu, haleta-t-il.

L'aspect de sa physionomie leur fit peur.

Julia effleura son bras.

— Mon ami...

Sans lui prêter attention, il agrippa le médecin par les revers de sa redingote.

— Alors ? Plus d'espoir ? Répondez !

Les syllabes s'accrochaient à son gosier.

— Taisez-vous, ordonna le docteur Lapierre d'un ton rauque.

« Cette petite Amélia que j'ai vu naître... » Que savait-il d'elle, de son enfance choyée, de sa grâce de fillette et d'adolescente, ce garçon qui ne pouvait supporter la pensée de sa mort imminente ?

Il dit cependant, moins brutalement :

— Il y a toujours de l'espoir.

Julia releva la tête, et, de nouveau, il sentit sur lui avec acuité la brûlure de ses yeux secs aux pupilles dilatées.

« Quel espoir ? » Elle n'imaginait plus ce que le mot pouvait vouloir dire.

Le médecin s'éloigna de Mogador, pressant son cheval. Son départ ressemblait à une fuite.

— Sacristi ! soupira-t-il, rentré chez lui, en se mettant à table pour déjeuner, quand je me représente cette petite, là-bas, en train d'agoniser, je voudrais n'avoir jamais ouvert un bouquin de médecine.

— Tâchez de songer à autre chose, mon bon ami,

soupira Mme Lapierre. Elle ajouta : — Il fait bien chaud, aujourd'hui.

Le médecin épongea son front sans répondre.

« Songer à autre chose ! » En eût-il été capable que tout se liguait pour l'en empêcher. De Fontfresque à Barbegal, et jusqu'aux mas les plus éloignés du côté de Saint-Rémy ou de Peyrolières, partout où il passait, à chaque pas, on l'arrêtait pour lui demander des nouvelles de la damisello de Mogador. Au village, l'église était illuminée comme aux jours de fête, de tous les cierges qu'avaient mis les gens. Pas un ménager, pas un fermier, pas un laboureur, si pauvre fût-il, dont la femme ne fût venue porter le sien avec une prière.

Mais à Mogador, c'était le silence, sous l'éclat blanc du ciel en fusion dont la lumière appesantie écrasait les arbres et les pierres.

Dans la demeure déserte où l'on ne faisait guère que chuchoter, vers les cinq heures de l'après-midi retentit tout à coup la sonnette. Son bruit habituel prit les proportions d'un vacarme, succédant à la torpeur de plomb de toutes ces journées.

La porte était entrouverte dans l'attente du prêtre.

Victor, indigné, parut sur le seuil pour trouver devant lui un voiturier qui lui tendait un immense carton.

— Voilà. Paraît qu'y faut le défaire tout de suite.

Là-haut, dans la chambre, Julia dit à Philo :

— Va voir ce que c'est. Et :

— Qu'est-ce que c'était ? murmura tout à coup la voix éteinte, méconnaissable d'Amélia, lorsque la servante revint, un moment après.

— C'est la robe de noces qu'on apporte, ma perle, souffla Philo. — Elle se tourna vers sa maîtresse qui paraissait changée en statue : — Berthe l'a étendue sur le canapé, dans le salon, bien comme il faut, pour que les plis ne cassent pas.

— Il faudra... retarder... articula encore Amélia.

Julia sentit monter une boule de larmes dans sa gorge, et la refoula sauvagement : « J'aurai le temps, après. »

Le curé vint, une heure plus tard, portant les Saintes Huiles, seul, sans enfants de chœur ni sonnette. Il se glissa comme un voleur jusqu'à la chambre de la mourante. Avant sa venue, déjà, Amélia était entrée dans le coma.

Dans le salon, le visage enfoui parmi la houle brillante du satin, Pascal Ladevèze priait, sanglotait, suppliait et blasphémait tour à tour.

Il n'entendit pas partir le prêtre, et pas davantage revenir le médecin.

A la fin de la nuit, il dormait, saoul de fatigue, de désespoir et d'espoir alternés, quand Philo descendit chercher la robe pour habiller sa jeune maîtresse.

Là-haut, essuyant maladroitement du doigt le coin de ses paupières, le docteur Lapierre disait à Julia :

— Il faut l'enterrer très vite. Aujourd'hui même. Et, dès ce soir, brûler du soufre dans cette pièce. Par précaution, mieux vaut brûler aussi ses vêtements, et tout ce qu'elle a pu toucher. C'est cruel, je le sais, mais vous devez maintenant songer à ceux qui vous restent. Il sera bon de tout désinfecter. Vos propres effets, ceux de votre servante...

Multiplier les conseils paraissait le raffermir dans son personnage, pensa Julia, non sans cruauté.

Elle-même se sentait à cet instant incroyablement lucide, et comme insensibilisée.

Sans répondre, elle acquiesça du menton.

Ce médecin qui pouvait encore croire à l'efficacité

de sa science. Il lui faisait pitié. « Dieu, Dieu seul décide. Et lorsqu'il referme le piège... Cyprien... Rodolphe... » La partie est toujours jouée d'avance. Toute la vie qu'il faut continuer de vivre ne sert à rien sinon à vous l'apprendre.

Mais elle devait dire quelque chose :

— Merci d'être resté jusqu'au bout, Docteur.

Ce fut lui, cette fois, qui ne répondit pas.

Le soleil se levait. Une lueur rose embrasa les interstices des persiennes.

— Il va encore faire une de ces journées, grommela le docteur, en rassemblant ses affaires. Tenez tout calfeutré ici.

Il prit son chapeau, et ajouta entre ses dents :

— De toute manière, dans quelques heures ce sera irrespirable.

Julia se répétait : « Mon enfant est morte. Morte. Morte. » Sans y trouver de signification.

Même la chambre ne se ressemblait plus. Refoulés par les pots de tisane, les cuvettes, les fioles, et tous les témoins de la maladie, les objets familiers qui matérialisaient la présence de la jeune fille avaient presque tous disparu.

Elle s'approcha de la commode et s'empara machinalement d'un flacon de cristal demeuré à demi dissimulé derrière la statuette de la Vierge ; le déboucha, sans trop savoir ce qu'elle faisait, l'approcha de ses narines... Cela sentait Amélia. « *Je t'ai déjà dit de ne pas tant te parfumer. Ce n'est pas convenable pour une jeune fille.* »

Elle regarda le médecin sans le voir, et dit, de la voix unie dont on formule une simple remarque :

— Aujourd'hui, nous sommes juste à huit jours des noces.

Plein d'inquiétude, il la dévisagea. Devenait-elle folle ? Ou quoi donc ?

— Madame...

Le tumulte venu du rez-de-chaussée lui coupa la parole.

— Pascal Ladevèze ! souffla Julia.

Elle posa le flacon d'une main tremblante et marcha vers la porte, tandis que l'escalier s'emplissait d'un bruit de pas précipités butant contre les degrés.

Le jeune homme se tenait au mur, dans le couloir. Il paraissait hébété.

— Ce n'est pas vrai ? Elle n'est pas... ? Je dormais. Dites-moi que..., balbutia-t-il.

Julia le contemplait avec angoisse.

Qu'espérait-il ? Que ce fût un rêve ? Un de ces rêves affreux que l'on fait au petit matin, une seconde avant de se réveiller. Elle aussi luttait contre la tentation d'y croire.

Il s'accrocha pesamment à son épaule :

— Je vous en supplie, dites-moi...

Puis cria brusquement :

— Je veux la voir ! Entendez-vous ? Je veux la voir !

Le médecin s'approcha.

— Voyons, Monsieur, du courage. N'ajoutez pas au fardeau de madame Vernet.

— Laissez, Docteur, dit Julia, sèchement.

Puis elle s'adressa au jeune homme, avec toute la douceur qu'elle put mettre dans sa voix :

— Pascal, croyez-moi, mieux vaut que vous n'entriez pas.

Philo arrivait, trébuchant à chaque pas, aveuglée par les larmes, la robe de noces sur les bras ; et, derrière elle, Berthe, sanglotante.

Il repoussa Julia avec une violence telle qu'elle faillit en perdre l'équilibre et, bousculant servantes et médecin groupés devant la porte se rua comme un fou à travers la chambre jusqu'à l'alcôve.

— Amél...

Son cri demeura inachevé. Il oscilla et s'affaissa à la renverse. Ni le docteur ni Julia n'arrivèrent à temps pour prévenir sa chute.

Il y eut un court instant de silence, tandis que le médecin se penchait sur le corps du jeune homme.

Puis, Julia prit le commandement :

— Docteur, pouvez-vous le soigner ailleurs ? Chez moi, si vous voulez. Berthe va vous aider à le transporter. Tous mes médicaments pour le cœur sont dans la pharmacie de mon cabinet de toilette.

— Je vais appeler Victor, dit Berthe. Il est monté voilà une heure s'allonger tout habillé pour dormir un peu.

A eux trois, ils emportèrent Pascal, tandis que Julia et Philo revêtaient la morte de la robe blanche, et cachaient sous un voile le visage épouvantable qui noircissait déjà sous le suintement des pustules.

Lorsqu'elles eurent terminé, Julia congédia sa servante.

— Laisse-moi un moment seule avec elle. Ensuite, tu reviendras, si tu veux.

Le médecin était parti après être venu lui dire que Pascal Ladevèze se remettait de sa syncope, et qu'il venait de prendre un calmant.

La matinée s'avançait. Le soleil devait brasiller, au-dehors. Dans la pièce où régnait une température de four, l'odeur devenait atroce.

Julia finit par se résoudre à quitter le chevet de la morte.

A travers les vitres closes lui parvenait le son du glas. Le curé allait arriver, sans doute.

Elle traversa le palier pour passer dans sa chambre. Pascal ne s'y trouvait plus.

« Il a dû retourner au salon », se dit-elle.

Avant de le rejoindre, elle fit sa toilette. Puis descendit.

Mais le salon était vide. Berthe y avait mis de l'ordre et tiré les volets à demi. Tout était comme de coutume.

Dans un désir inconscient de respirer un peu d'air frais, Julia s'approcha de la fenêtre.

Le parc avait son odeur de tous les matins de ce long été : verte et un peu poussiéreuse. « Juste n'a pas assez arrosé », se dit-elle.

L'existence était toute pareille. Les dahlias pourpre sombre plantés le long du mur atteignaient le rebord de la fenêtre. Elle en fit la remarque. Une journée magnifique allait s'épanouir. « Amélia devrait faire sortir un peu *Emir* », se surprit-elle à penser. Amélia... Où était Amélia ? Impossible d'identifier l'enfant folle de féerique avec l'amas de pourriture qui commençait à se liquéfier là-haut. Mais où était-elle ?

La maison avait le silence sonore du vide ; et Julia elle aussi se sentait toute creuse.

Victor entra, portant le courrier de la journée.

Sur le plateau où il le déposa, il y en avait déjà un monceau accumulé depuis une semaine.

— Monsieur Henri et monsieur Angellier sont venus, tout à l'heure.

— Vous leur avez dit... ?

Victor hocha la tête.

Julia attendit.

Il se décida à ajouter :

— Monsieur Henri voulait entrer à toute force. Monsieur Angellier l'a retenu. Il lui a dit : « Pense aux enfants, là-bas. Tu n'as pas le droit de leur faire courir ce risque. Allons, viens, mon petit. » Il pleurait, lui aussi.

— C'est bien, Victor, dit Julia, d'une voix étranglée.

Elle n'eût pu en écouter davantage.

Un moment, elle demeura silencieuse, luttant pour rassembler sa maîtrise de soi. Puis se retourna à demi pour questionner :

— Où est monsieur Ladevèze ?

Victor eut l'air surpris.

— Il n'est plus dans la chambre de Madame ? Alors ça...

— Cherchez-le, dit Julia, sans bouger de sa place près de la fenêtre.

Au bout de dix minutes, elle vit revenir Victor, effaré.

Le jardinier avait aperçu le jeune homme, nu-tête, défait, marchant dans la direction des écuries.

— Juste m'a dit : « Le jeune monsieur avait l'air de quelqu'un qui n'a plus ses idées. » C'est vrai qu'aussi, un malheur comme ça...

— Allez voir s'il a pris son cheval.

Après que Victor fut ressorti, Julia s'inquiéta un instant au sujet de Pascal.

Mais elle n'en pouvait plus. Ce que deviendrait Pascal Ladevèze était affaire de Dieu, comme le reste. Qu'il achevât son ouvrage à sa guise. « Peut-être ce garçon est-il allé se réfugier chez lui, après tout. » Il y avait eu un temps, pour elle aussi, où ce lui eût encore été possible de le faire. Ensuite vient un autre temps, où l'on ne le peut plus.

D'un geste inconscient, elle prit une enveloppe sur le plateau, et l'ouvrit.

Puis une autre. Puis, d'autres.

Félicitations et marques de sympathie émues arrivaient pêle-mêle. Pour les noces et pour la maladie.

Julia laissa les cartes glisser de ses genoux.

La douleur remuait doucement et s'annonçait, comme un enfant au ventre de sa mère.

« Rodolphe... » gémit-elle, en pensée.

« Rodolphe, parti après Cyprien. Et maintenant... »

Elle épiait le long hurlement silencieux qui allait naître au plus profond de ses entrailles.

— D'abord, c'est Henri qui l'a défendu. Alors, vous avez bien compris, hein ? Le premier qui parle d'*elle* devant Maman, c'est à moi qu'il aura affaire, conclut Frédéric.

Il promena un regard autoritaire sur sa jeune sœur et son petit frère, vêtus de noir de la tête aux pieds, comme lui-même.

— Toi, Hubert, ouvre la bouche, seulement, pour voir. Je t'écorche, entends-tu ?

Le petit hocha le menton, avala sa salive, et dit :

— Oui.

Il éprouvait envers Frédéric la même admiration que dédiait celui-ci à leur aîné.

Frédéric se tourna vers Adrienne :

— Fais attention, toi aussi. Ou sans ça, gare à tes tresses.

La fillette le considéra, l'œil craintif, la bouche entr'ouverte.

— Et à Philo, on peut en parler ?

— Jamais de la vie. C'est la même chose.

— Et à toi, dis ?

— A moi... ? oui. Si tu veux, consentit Frédéric d'un air viril, après avoir pesé les choses.

Mais il dut planter là, tout de go, les deux plus

jeunes. Des picotements significatifs lui montaient aux narines, à l'évocation de leur sœur. S'y mélangeait d'ailleurs, pour l'attendrir sur soi, le sentiment émouvant de son propre héroïsme.

Redressant ses épaules, il s'en fut jusqu'au tournant de l'allée où il tomba sur sa grand'Angellier qui lui renouvela ses recommandations sur le même thème.

— Oui, Mamé... Oui, Mamé..., disait-il poliment, non sans impatience.

Les grandes personnes ne comprenaient jamais quand vous aviez besoin qu'on vous laissât tranquille.

Finalement, il s'échappa pour s'en aller pleurer à son aise dans le secret du sous-bois.

Déjà hors de vue, il entendait encore la voix de Constance :

— Ne t'éloigne pas, Frédéric. La voiture va être là d'un moment à l'autre.

« Oui ! oui ! oui ! » pensa-t-il. Son amertume et sa peine s'exaspéraient. « La voiture... » Que ne pouvait-elle partir sans lui ? Trois semaines durant, il avait été heureux, malgré tout, à la Sarrazine, dès qu'il oubliait de penser à Amélia. Et l'oubli n'était pas tellement difficile dans cette maison et ce jardin étrangers, avec Edmond pour compagnon, et le jeu inventé qu'ils poursuivaient du réveil à la nuit, d'un jour à l'autre.

Henri, Mamé, oncle Constant, tante Sophie, avaient les yeux rouges et ne parlaient guère. Leur présence matérialisait pour un moment tout ce qui, là-bas, était advenu de terrible et d'inconcevable. Mais on ne les voyait qu'aux repas.

Et, pour les enfants de Mogador, pour Frédéric, surtout, le chagrin alternait avec la fierté de porter devant leurs cousins Angellier cette auréole dont les nimbait la mort dramatique de leur sœur.

Envieux, Edmond essayait bien de rétablir l'égalité entre eux :

— Moi aussi, quand ma mère est morte...

Mais ce n'était pas comparable.

Frédéric n'éprouvait aucun mal à le lui faire sentir.

— ... Rappelez-vous aussi que votre maman vient d'être souffrante, dit encore Constance, comme ils montaient en voiture. Elle souhaite vous avoir auprès d'elle, mais ne la fatiguez pas trop.

Ils l'écoutaient, à la fois tendus et maussades, en présence de toute la maisonnée rassemblée pour assister à leur départ.

Leur maison à eux, comme leur mère, leur apparaissaient tout à coup dans une perspective inconnue, assez inquiétante.

— Ne vous faites aucun souci, Mamé, dit Henri, cessant de controverser à l'écart avec l'oncle Constant.

Le voyant prendre la situation en main, les trois autres respirèrent et lancèrent un coup d'œil reconnaissant à leur oncle qui abondait dans le même sens :

— Mais oui, Mère, il est entendu qu'ils seront très sages. Tous me l'ont promis.

Tant de sagesse que l'on exigeait d'eux subitement leur tombait dessus comme un couvercle de fonte.

Le trajet changea le cours de leurs idées.

Cependant, à mesure qu'ils approchaient de Mogador, l'appréhension leur remontait dans la gorge.

Peu à peu, le silence s'établit dans la voiture.

L'aîné, accoté dans le coin, ne disait mot. Frédéric lançait de temps à autre sur sa figure contractée un coup d'œil anxieux.

Avec une impatience inusitée, Adrienne bouscula Hubert qui se carrait devant la portière, masquant le paysage. Le petit en demeura tout pantois jusqu'à l'arrivée.

La grille était grande ouverte à leur intention.

Jamais les cinq cents mètres de l'allée d'honneur ne leur avaient paru si courts à franchir.

Adrienne croisait et décroisait en soupirant ses doigts gantés de filoselle noire. Et Frédéric, à présent, se mordait l'intérieur des joues au spectacle d'Henri froissant nerveusement sa cravate de deuil.

Sur le perron, appuyée au bras de Philo, Julia attendait ses enfants, toute petite, toute noire.

Si petite, si noire, qu'ils ne découvrirent pas tout de suite qu'elle demeurait, à peine un peu plus maigre et un peu plus pâle, identique à elle-même, telle qu'ils l'avaient toujours vue, dès avant la disparition de leur père, depuis celle de leur tante Dorothée, dans sa robe de deuil d'une coupe stricte.

Sans attendre que la voiture se fût complètement arrêtée, Henri sauta à terre, courut à elle, et la serra contre lui.

— Mère ! Mère chérie...

— Mon grand garçon, articula-t-elle, relevant la tête pour le contempler.

Au travers des larmes qui l'aveuglaient, elle croyait reconnaître Rodolphe.

— Maman, comment vous sentez-vous ?

— Bien, très bien. Ne te tourmente pas. Je suis tout à fait rétablie, tu vois, dit-elle, en l'écartant doucement. Laisse-moi plutôt...

Elle se pencha vers Hubert qui déboulait dans ses jupes :

— Mon trésor !

L'embrassa. Embrassa Adrienne. Embrassa Frédéric.

— Mes chéris, comme vous êtes beaux. Je crois que vous avez encore grandi. Oui, même toi, mon Henri. Mon Dieu ! Adrienne, ma pauvrette, comment a-t-on pu t'affubler de la sorte ? Qu'est-ce que ce costume que l'on t'a mis ?

— C'est tante Sophie qui me l'a fait, s'écria l'enfant, sur un ton rancunier. Je suis bien contente que vous le trouviez laid. Moi aussi. Je ne voulais pas le mettre. Mais tante Sophie a dit que, quand on perd sans...

L'œil meurtrier de Frédéric la transperça. Elle demeura sur place, bouche bée, incapable de finir sa phrase, regardant sa mère avec la crainte vague de la voir tomber raide, devant elle, aussi morte qu'Amélia elle-même. Et soudain, éclatant en sanglots convulsifs, se précipita, le nez contre la robe maternelle.

— Fais donc taire cette petite dinde ! glissa Henri à Philo, tout en l'embrassant.

Il était consterné.

Julia serrait les lèvres.

C'était celle-ci qui lui restait : « pleurnicharde, molle, sans grâce... » Puis, une épouvante la saisit : « Mon Dieu ! Seigneur Jésus ! pardonnez-moi, oubliez ce que je viens de penser. Je ne sais plus ce que je... »

Et, se baissant sous le regard inquiet de son fils aîné et de sa servante, elle pressa contre elle la petite fille hoquetante :

— Là ! là ! Allons, mon bécasson, ne pleure plus. Je te ferai un autre costume.

Adrienne s'apaisa, non sans jeter des regards furtifs vers son frère. Il était clair que Frédéric ne la tiendrait point quitte. Déjà, elle croyait sentir sa poigne vigoureuse lui décoller la peau du crâne.

— Entrez vite, dit Julia, s'efforçant à l'entrain. Berthe a préparé une charlotte aux poires pour votre goûter.

Henri s'abstint de révéler que leur grand' les avait déjà bourrés avant leur départ de la Sarrazine.

— Appuyez-vous sur moi, Maman.

Les enfants les entourèrent allégrement. Le plus petit que Philo avait pris sur son bras se passait la langue sur les babines.

Aux premiers pas dans le vestibule, néanmoins, ils reniflèrent, surpris.

— Qu'est-ce que ça sent ? questionna Frédéric, le nez fureteur.

— Ce n'est rien. On a fait brûler du soufre, articula Julia.

Le regard d'Henri fit rentrer dans le néant la nouvelle question prête à éclore sur les lèvres de son cadet. Puis, il se reporta vers Julia.

De nouveau, elle avait pâli. Faudrait-il donc que, désormais, chaque parole... ?

Son cœur s'emballait. Elle vit tournoyer les murs autour d'elle. « Pas ici, Seigneur ! Pas devant les petits ! »

— Attends une seconde, souffla-t-elle, la main sur sa poitrine pour en contenir le halètement.

— Oui, Maman, murmura Henri, anxieux.

Il la sentait peser davantage à son bras.

Sur les quelques mètres qui les séparaient de la salle à manger, il éprouva la sensation de la traîner. Puis, elle se ressaisit. Il la sentit se redresser.

— Maman chérie.

Julia leva la tête vers lui, et trouva un sourire à lui offrir.

— Maman..., répéta-t-il.

Il aimait son courage. Mais ce n'était pas permis de le lui dire.

Les places étaient les mêmes, autour de la table. Victor avait seulement augmenté l'écart entre les couverts, du côté où Amélia ne s'assiérait plus.

Comme il en avait pris l'habitude après la mort de

leur père, il se tenait debout, derrière la chaise de sa maîtresse, l'air pénétré de ses fonctions ; et inspectait les enfants attablés avec, sur sa grosse figure, une expression satisfaite.

Berthe, sur le seuil de l'office, s'efforçait discrètement, elle aussi, de leur faire fête autant qu'il était possible.

— Je ne veux pas que leur retour soit triste, avait dit Julia.

Elle se tourna vers Henri, assis près d'elle :

— C'est bon de vous voir là.

— C'est bon aussi de vous retrouver, Mère.

Un courant de tendresse passait entre eux.

Elle le regarda longuement, sans mot dire.

Henri rougissait d'émotion sous la clarté de ce regard.

— As-tu faim ? questionna-t-elle.

Il se demandait comment il pourrait avaler une bouchée, mais n'en fit pas moins un signe affirmatif.

Le regard de sa mère paraissait tout comprendre. Henri eut l'impression qu'elle le remerciait.

Puis, se détournant, elle regarda ses autres enfants attaquer chacun sa part de charlotte à mesure que Victor posait leur assiette servie devant eux.

Avec une sorte d'étonnement, elle écoutait la salle à manger s'emplir de nouveau du joyeux bruit des cuillères heurtant la porcelaine.

3

Des mois, des années plus tard, lorsque Julia se remémorait l'étrange désert de soif grise et de fièvre où elle s'était égarée derrière le cercueil hâtivement refermé sur ce qui restait d'Amélia, elle entendait de nouveau monter, insolite, ce concert de vaisselle qui l'avait ramenée de si loin au milieu des vivants où l'attendaient des enfants à débarbouiller, à moucher, à tancer, à vêtir.

Il y avait toujours des raisons pour vous interdire de vous abandonner, sans que l'on sût au juste si c'était là une grâce, ou tout le contraire.

« Renoncer, se démettre, enfin. » Le vieux désir desséchant lui revenait au plus bas de sa lassitude d'être.

Quatre paires d'yeux attachées sur elle, yeux gris de Frédéric, de tous le plus à sa ressemblance, yeux marron foncé des trois autres, l'en empêchaient.

Et il fallait sans trêve s'occuper de la rentrée au collège, de la première communion pour Frédéric, du catéchisme pour Adrienne, des vêtements d'hiver ou d'été... « Si elle n'était pas allée faire ces visites à madame Ladevèze, je l'aurais encore. Le grain de sable qui perd tout, sans retour ; et celui, plus petit encore, qui vous sauve. Qui vous sauve ? Ou... ? » Que sait-on de ce qui viendra ensuite ?

— Mère, Trestaillon demande s'il peut engager une autre colle [1], même au prix fort. Il craint que les pluies ne nous gagnent avant que l'on n'ait vendangé tous les ceps.

Une grâce aussi, ce temps qui marche, bon ou mauvais ; et vole, plus rapide encore lorsque rien n'arrive, ou presque. Rien, sinon la brève exactitude des tâches qui se suivent, et la fidélité des saisons à donner leur fleur, leur fruit, leur feuillage roux, et leur neige. Tandis que les questions posées demeurent sans réponse, déjà périmées.

Un an passe vite alors. Et deux, et cinq, encore davantage. Et sept...

---

1. *Colle* : équipe de vendangeurs.

« Sept ans ? Non, ce n'est pas possible. Sept ans, déjà, depuis... » s'étonna brusquement Julia, le jour où une bronchite, la retenant alitée, loin de ses soucis habituels, lui laissa le loisir d'en faire la découverte.

« Voyons, comment se fait-il ?... Qu'y a-t-il eu ? »

Il fallait bien qu'il y eût eu quelque chose : sept ans. Peut-on remplir sept ans avec le seul déroulement d'une existence quotidienne ?

C'étaient toujours des ordres à donner, toujours les mêmes, dans les mêmes circonstances dont la ronde continuait de tourner.

Les mêmes travaux. Les mêmes difficultés. Les mêmes réprimandes à une fille de cuisine ou à une chambrière dont le nom seul avait changé ; et quelquefois Julia se trompait encore et appelait Pierroune.

Toujours des lingeries à tailler et à coudre, des notes de couturière ou de modiste à solder, un trousseau à préparer ; mais, à présent, c'était pour Adrienne, que son frère aîné escortait dans le monde depuis qu'elle était sortie du couvent.

Et une première communion à laquelle il fallait penser ; mais c'était celle d'Hubert. Frédéric était maintenant un jeune homme : à son tour, il avait fait le voyage de Nîmes pour en revenir bachelier. Bientôt, il partirait pour accomplir son volontariat. Henri, lui, au moins, en avait été dispensé, en sa qualité de « soutien de famille ».

Sept années calmes, jalonnées de peines et de satisfactions mesurées.

Parfois, Julia se disait qu'elle était quitte, désormais, et bien quitte, envers Dieu, pour la belle joie qu'Il lui avait autrefois donnée en lui permettant de vivre auprès de l'homme de son choix. A chacun, Il ne réclamait pas la même dîme. La sienne avait été lourde et cruelle entre toutes.

Ses cheveux qu'elle coiffait toujours en bandeaux tirés, à la mode de sa jeunesse, comme si l'on n'eût point inventé, depuis, ce chignon pointu juché sur le sommet de la tête, ses cheveux étaient gris. Et ils tombaient sous le peigne. Leur longueur, maintenant, ne dépassait guère sa ceinture.

Adrienne était assez vaine des siens. « Et Dieu sait, pourtant, qu'ils n'ont rien d'extraordinaire », songeait Julia.

— Ma pauvre, à ton âge, je marchais sur les miens lorsqu'il m'arrivait de descendre l'escalier sans être coiffée, le matin, à la Sarrazine. Et souvent, je me prenais le bout de la natte dans mes mules.

Adrienne la considérait de son œil doux et se contentait de dire placidement :

— Vraiment, Mère ?

« Bien entendu, elle ne me croit pas. » C'était visible. « Et, après tout, les siens sont encore ce qu'elle a de mieux. »

Henri lui reprochait parfois :

— Vous n'avez aucune indulgence pour Adrienne, Mère. Pourquoi ? De nous tous, c'est elle qui a le moins de défense.

On ne dissimulait pas grand-chose à Henri.

Non, elle n'avait pas d'indulgence. Elle le savait.

Mais la jolie belle, la piaffante, la moqueuse qui avait eu bec et ongles, la cavalière des beaux matins, l'infante de son royaume, elle l'avait perdue.

Restait cette fille aux dix-sept ans insipides, sans éclat, sans vivacité, incapable de contredire personne, toujours confinée dans la lecture et les travaux à l'aiguille ; cette endormie que même les plus mordants sarcasmes n'incitaient jamais à la révolte.

Te souviens-tu, quand elle te commandait quelque corvée, comme elle savait s'y prendre ? Ces façons câlines et autoritaires qu'elle avait... Et toi, pour n'importe quelle sottise, tu étais toujours disposée à lui prêter main-forte. Te souviens-tu du jour où...

On pouvait toujours le demander à Philo. « Ma beauté fine, mon bijou, ma merveille, ma perle, ma cardeline... » Les mêmes litanies, tour à tour chacune d'elles les avait égrenées.

Mais Philo avait affaire partout, ce matin-là, pour la remplacer. Et Julia qui eût souhaité l'avoir près de soi demeurait seule, dans son lit, étayée par deux oreillers, toussant et suffoquant alternativement, tandis que la maison, autour de la pièce close, faisait son bruit familier de grande ruche, et paraissait se passer aisément de la maîtresse.

Déjà, Henri, de plus en plus, prenait sur lui, comme autrefois son père, la direction du domaine. Et, mieux que Rodolphe, il savait restreindre la part de soucis financiers qui avait toujours incombé à Julia.

Avec lui, même dans les mauvaises années, il n'était plus question de train à réduire, d'expédients à trouver. Et l'argent était toujours prêt pour solder les marchés.

N'était-ce pas saugrenu, se demandait Julia, d'éprouver précisément ces bouffées de nostalgie en se remémorant certaines difficultés, certaines scènes furieuses qui, jadis, les avaient opposés, Rodolphe et elle ?

« Mais c'est lui qui me manque, et non pas... »

C'était lui, évidemment, mais aussi leurs batailles.

« Balivernes ! » L'on ne s'avoue point de tels enfantillages.

— Henri est si raisonnable, disait-elle à Constant.

Dans la transparence de ses prunelles luisait une tendre fierté.

— Et si affectueux, si plein d'attentions. Mon grand fils...

Constant souriait, comme souriaient Antoine et Lucie. Et, aussi bien, le curé de Fontfresque, et les quelques rares amis qu'elle continuait à voir de temps à autre.

— Chère Madame, quand vous parlez de votre aîné, vous ressemblez à une jeune fille, lui disait parfois le prêtre.

— Est-ce un reproche, monsieur le Curé ?

— Que non pas, certes !

« Un homme agréable, ce curé. Et un bon commensal. » Julia le recevait volontiers, bien qu'il ne fît pas oublier son prédécesseur, le vieil abbé Tassin, que toute la paroisse, maire républicain en tête, avait accompagné au cimetière, plusieurs années auparavant.

— A vous de jouer, monsieur le Curé.

— Voilà, Madame.

Il avançait une pièce sur l'échiquier où tous deux disputaient leur partie, les soirs où il dînait à Mogador.

— Et il est bien vrai que monsieur Henri est un beau jeune homme, des plus accomplis.

— N'est-ce pas... ? Votre reine, là ! Et maintenant, échec au roi.

Résigné, il assistait à la déroute brusquée que le fou noir de Mme Vernet opérait inopinément dans son jeu. Sa partenaire aimait gagner. Elle méditait ses coups autant qu'il le fallait pour triompher finalement, avec un petit rire.

— Le pauvre curé ! il n'est pas de force, s'égayait-elle auprès d'Henri, lorsque l'hôte avait pris congé. Qu'il joue mal ! Plus mal encore que ton père. Et Dieu sait... !

N'importe, dans son lit, à présent, elle eût volontiers entamé une partie.

Elle bâillait, désemparée de n'avoir tout à coup plus rien à faire d'autre que subir cette bronchite pas bien méchante, en vérité ; assez cependant pour l'emprisonner dans un lieu curieusement solitaire où la lumière n'éclairait que son passé.

Si j'essayais de me lever... ? Après tout, pourquoi non ? « *Il faut vous ménager, Maman chérie.* » Henri serait désolé, s'il la trouvait debout, en rentrant. Elle s'imaginait l'entendre : « *Maman, ce n'est pas bien. Vous m'aviez promis...* »

Il ne lui restait donc plus qu'à compter et recompter ses souvenirs, comme les avares font les piles et des rouleaux avec leur trésor. Et non seulement les louis, mais les sous et les centimes qui parfont la somme, pesés au trébuchet des jours disparus.

« C'est bien en 77... mais oui, je me rappelle... qu'Honoré a vendu le Grand Frigolet. Ils n'y venaient jamais, depuis la mort de tante Nancy, et sans doute, en effet, le baïle devait s'emplir les poches... » Mais qu'était devenu tout ce qui s'y rattachait ? Où avait fui le fantôme de Julia Angellier chassé des bords de la roubine par des étrangers ?

Il n'y avait plus de Julia Angellier. Mais la vieille Julia Vernet pensait désespérément à cette jolie fille que son amoureux avait un jour embrassée, là-bas, il y avait si longtemps ; et elle se rappelait encore l'odeur des foins, les fleurs de glais, la couleur de l'eau, et tout ce ciel autour du visage qu'elle avait vu penché sur elle, en rouvrant les yeux. « Rodolphe, mon amour... »

Recommencerons-nous jamais ? Existe-t-il, au bout du long chemin de larmes, l'été unique de nos vingt ans retrouvés ? Rodolphe, à présent, savait la réponse, mais, pour tout leur amour, il ne reviendrait pas la lui donner. « Mon Dieu, ce n'est pas assez que de supporter, et de croire, si la force vient à manquer pour espérer. »

Elle avala un goût amer.

« Le jour où Mère nous a quittés... » Ce jour-là, l'affreuse absurdité de la mort avait clos un autre domaine.

La Sarrazine sans Constance n'était plus peuplée désormais que des rêves vaniteux de cette morte étrangère qui l'avait transformée.

Là où se trouvait à présent une petite Julia en robe de broderie blanche, la tête protégée par son bourrelet de paille, jouant dans la vieille allée de jadis, la jeune femme au doux visage était allée la rejoindre. Et peut-être, là-bas, assise à l'ombre des lauriers-tins en berceau, souriait-elle enfin, sans cette mélancolie que ses enfants lui avaient toujours connue.

Mais la maison comme le jardin s'étaient fait une nouvelle physionomie. Julia ne s'y trouvait plus chez elle.

Son ancienne chambre était occupée par Edmond. Naturellement, il l'avait transformée en repaire de brigands, comme font tous les garçons.

Et Sophie, après les obsèques de leur mère, avait décidé :

— Je vais m'installer dans la chambre de Maman. C'est la meilleure pièce. Il serait stupide de la laisser inhabitée.

Quant au rez-de-chaussée, Constant l'avait fait aménager lorsqu'il avait hérité de son beau-père, pour recevoir les collections et les livres du vieux M. Eysséric. De la disposition des pièces qu'avait connue Julia, il ne demeurait pas grand-chose.

— Viens nous voir, disait toujours Constant.

Il avait encore insisté, quelques jours auparavant, en venant prendre des nouvelles de sa sœur, à Mogador.

Elle demeurait évasive :

— Quand je serai mieux, peut-être à la belle saison. Tu sais que je ne me déplace plus guère. En attendant,

Sophie et toi, amenez-moi donc les enfants pour les Calendes. Nous aurons aussi ceux de Tourvieille.

Immanquablement, lorsqu'elle l'invitait ainsi, à la fin de chaque année, Constant se récriait :

— Ma pauvre sœur, fatiguée comme tu l'es, que vas-tu faire de tout ce monde ?

Mais il acceptait volontiers. Julia le savait.

Elle se rappela tout d'un coup qu'elle n'avait pas encore écrit au mas. Antoine et Lucie devaient s'étonner.

« Il faudra que je dise à Adrienne de le faire. »

La perspective de toute sa parenté rassemblée autour d'elle lui fit un moment oublier cette longue matinée solitaire dans ses draps de malade.

« D'ici la Noël, du reste, j'ai mille fois le temps d'être rétablie. » Et, de toute manière, elle n'avait pas l'intention de priver les siens de cette réunion. Tous l'attendaient. Elle-même n'eût pas songé à mettre en balance la peine et le plaisir qu'elle lui procurerait.

Depuis que Mme Vernet douairière, parvenue à l'âge confortable de quatre-vingt-deux ans, avait définitivement rejoint les Richard-Lacroix dans leur caveau de famille, les visites des Camarguais à Mogador étaient plus fréquentes.

Bien que la mort d'Amélia eût rapproché Julia de sa belle-mère, l'antagonisme était désormais trop profondément ancré pour que s'établît entre elles autre chose qu'une paix méfiante.

Et certes la vieille Elodie n'avait pas été pleurée également par ses deux brus.

Les marques décentes de regret qu'avait inspirées cette disparition à Julia ne devaient rien qu'à son attachement sincère pour Antoine.

Lucie, au contraire, paraissait en avoir éprouvé un

chagrin véritable. « Dieu seul sait pourquoi », estimait sa belle-sœur.

« Cette Lucie... » C'était elle, cependant, qui naïvement, quelques mois plus tard, avait remarqué avec un soupir, comme si la coquetterie eût encore été compatible avec la tournure qu'elle avait à présent :

— Cela fait tantôt quatre ans et demi, comptez ! (depuis que nous avons perdu le pauvre Rodolphe) que nous n'avons plus quitté le grand deuil, dans la famille.

Julia, elle, ne le quitterait plus jamais. « *Le pauvre Rodolphe.* » L'expression l'avait mise hors d'elle. Rodolphe non plus n'eût point supporté cette façon geignarde de parler de lui.

Elle aimait mieux penser que la mort était venue lui apporter une grâce, le mettre à l'abri, en attendant que vînt le temps de le rejoindre, selon la promesse de l'abbé Tassin. Le penser de toute la force de sa foi. Ou comment eût-elle pu continuer d'exister, si elle cessait de le croire, ne fût-ce qu'une minute ?

Rodolphe, ce vif-argent, amoureux comme aux premiers jours. Amélia dans sa beauté retrouvée. Et Cyprien qui resterait pour l'éternité son petit garçon à elle. Telle était la justice qui, à la fin, lui serait faite.

Doucement, elle tourna autour de son doigt l'alliance de Rodolphe que retenait à peine, tout épais qu'il fût, son propre anneau passé par-dessus.

Cette bague, il l'avait portée pour l'amour d'elle, tous les jours de leur vie depuis celui où ils s'étaient épousés.

La cinquantaine approchait pour Julia, et son cœur, usé sur la dure meule des jours, faisait mal sa besogne. Artères et veines se sclérosaient. La bronchite devenait chronique. Elle l'acceptait. Tout était bien. « Quand la joie était finie... »

De nouveau, Mogador avait un maître. « Et la terre est ce qui importe. »

Bientôt, à coup sûr, Henri se marierait. « Séduisant comme il l'est, il n'aura qu'à choisir. Elles le veulent toutes. » Il prendrait une fille, et la ferait reine, à Mogador. Alors, le pouvoir que Julia détenait encore passerait en d'autres mains.

Elle essayait, ce matin-là, de pardonner d'avance à cette intruse qui la déposséderait. « L'on se croit détachée, et puis... »

Du moins persisterait, elle en avait la certitude, cette entente profonde entre son fils et elle-même. Henri, elle le connaissait aussi bien qu'elle avait autrefois connu son propre frère.

« Et c'est vrai qu'il tient aussi de Constant. » Il n'y avait qu'à voir comme tous deux s'accordaient.

« Le jour où nous avons fêté sa majorité, ce sont les livres offerts par Constant qu'il a le plus appréciés. Et leur voyage à Paris, pour l'Exposition de 78... »

Elle se rappela les récits enthousiastes du jeune homme de dix-neuf ans qu'il était alors. Elle les avait écoutés sans rien dire. « *Oncle Constant a dit... oncle Constant m'a mené voir...* » En 67, Rodolphe et moi... Leur voyage. Leur Exposition. A eux.

Mais elle était heureuse qu'Henri eût pris tant de plaisir.

Ses suffocations la reprenaient. Elle ferma les yeux, lutta, avec des halètements.

Philo survint et lui fit avaler sa potion.

La crise se passa peu à peu. Seule de nouveau, Julia retrouvait le fil de ses pensées comme celui d'une bobine qu'elle eût déposée à côté de soi. Elle se remit à le dévider.

« Ce voyage... » Après cinq ans passés, Henri en parlait encore. « Et le drame qu'il a fait quand son frère lui a pris dans son tiroir ces vues stéréoscopiques de l'Exposition... »

La malchance avait voulu qu'Hubert laissât tomber la boîte. La correction qu'il avait reçue devant toute la maisonnée était hors de proportion avec le bris de quelques plaques, de l'avis unanime. Mais Julia elle-même, cette fois-là, n'avait pu faire entendre raison à Henri, ni lui retirer des mains un Hubert aux oreilles écarlates qui poussait des hurlements de goret.

Elle sourit à cette évocation.

Les colères d'Henri étaient rares, Dieu merci. Mais, déchaînées, elles rappelaient celles de son père. Peut-être même étaient-elles pires. De vrais cyclones. De l'une d'entre elles, au moins, Hubert, à coup sûr, garderait longtemps la mémoire.

« Et lorsqu'a paru le décret sur les Congrégations... » L'interdit lancé contre l'enseignement catholique, atteignant son ancien collège, avait porté un coup brutal à la ferveur républicaine du jeune homme. Julia, qui méprisait « la politique », l'avait vu, non sans ironie, entrer dans une fureur noire et crier à la trahison.

Frédéric avait alors à faire une dernière année d'études chez les Pères. Tous deux avaient jeté feu et flammes et mis la maison en révolution durant une semaine.

Puis, par bravade, avec toute la jeunesse des environs, ils étaient allés s'enfermer dans l'abbaye de Frigolet devant laquelle les troupes du gouvernement prétendaient venir mettre le siège.

Julia n'avait pas beaucoup aimé cela. Mais le moyen de les retenir ? Une armée en grand arroi de bataille campée sous les murs du monastère. Et tant de belles chato accourues de partout à la ronde pour encourager en chantant les défenseurs de la Foi. Huit jours durant, les garçons s'étaient pris pour les chevaliers d'une nouvelle croisade.

Après quoi, ils étaient rentrés tout glorieux d'avoir ainsi « *ridiculisé la clique ministérielle et ses suppôts à gages* ».

Néanmoins, les moines étaient partis. Tout comme les Jésuites. Et Frédéric avait dû achever ses humanités avec des maîtres laïques.

Heureusement, cela n'avait pas duré. Deux ans plus tard, les bons Pères enseignaient de nouveau dans leur collège. C'était au tour d'Hubert d'y être interne, à présent. Il y était entré l'année précédente et ne donnait d'ailleurs pas plus de satisfactions à ses professeurs qu'il n'en avait donné au curé de Fontfresque. Le plus clair de son activité consistait à élever des magnans dans son pupitre, et à dévorer tous les livres qui lui tombaient sous la main, sauf, précisément, ceux qui traitaient du programme de sa classe.

— Ne vous fâchez pas, Mérette. J'en saurai toujours assez pour seconder mes frères à Mogador. Deux bacheliers dans la maison c'est déjà d'un joli rendement pour la famille.

— Et quand tu auras l'âge du service, tu cireras les bottes des officiers ou tu panseras leurs chevaux, imbécile ? lui représentait Frédéric qui, s'apprêtant à partir pour la caserne, avait tendance à considérer toutes les questions sous l'angle militaire. Cela te plaît d'en prendre pour cinq ans, à ce régime ?

— Ah bah ! on verra. D'ici là...

Hubert se souciait bien d'envisager une perspective encore si lointaine pour lui.

« Trois garçons. Qui tous trois entendent passer leur vie sur le domaine. » Une fois de plus, Julia examina le problème.

Mogador pouvait y suffire. Là n'était pas la question. Jamais l'exploitation n'avait été aussi prospère. Les difficultés viendraient plutôt des femmes qu'ils prendraient.

Elle tenta de se les représenter mariés, pères de famille. Trois femmes. « Seigneur ! ce sera difficile s'il faut arbitrer entre tous. Surtout si... »

Elle interrompit ses réflexions et prêta l'oreille. Des pas gravissaient l'escalier qu'elle eût reconnus entre mille, tout comme, jadis, elle reconnaissait ceux de Rodolphe, se trouvât-il même au milieu d'un groupe.

Les yeux fixés sur la porte, elle attendit, aux aguets.

Henri entra et vint vers elle.

— Eh bien, Maman, avez-vous été sage, ce matin ?

Les narines de Julia se retroussèrent.

— Comme les anges, dit-elle.

Il lui sourit :

— J'en doute.

— Demande à Philo. D'ailleurs, t'imagines-tu que je tienne à demeurer plus longtemps qu'il ne faut sur ce grabat ?

Henri avait pris ses mains et les embrassait.

Elle le laissa faire. La tendresse et la fierté faisaient battre plus vite son cœur incorrigible. « Mon grand garçon. Mon beau garçon à moi... » Un Rodolphe aux traits plus soigneusement dessinés, aux membres plus fins. Moins musclé, moins puissant, mais solide, pourtant. Une sorte de chaude sympathie émanait de lui à laquelle chacun, songeait Julia, devait être sensible. Et cela encore, il le tenait de son père. « Mon Rodolphe... » Dans sa pensée, elle les confondait souvent.

— Quoi de neuf ? demanda-t-elle, pour juguler cette émotion dont elle n'était plus maîtresse. Comment se comporte ton nouveau baïle ?

Le jeune homme attira une chaise à soi et s'installa à califourchon au chevet du lit.

— Fort bien, jusqu'ici. Du reste, Trestaillon me l'avait dit : « Ça n'est pas parce que c'est mon gendre, mais, croyez-moi, monsieur Henri, vous pouvez le prendre en confiance. » Et c'est vrai, je crois que nous aurons en lui un homme capable, lorsqu'il sera tout à fait au courant de ce qu'il doit faire.

Julia remarqua :

— Trestaillonne est une travailleuse. Le père ne l'aurait pas donnée au premier venu.

Elle remonta d'un coup de reins sur ses oreillers et reprit, surveillant son fils du coin de l'œil :

— La cadette est appétissante. Tu le sais d'ailleurs mieux que quiconque, m'a-t-on dit ?

Il rougit jusqu'aux cheveux, haussa les sourcils et, rageur, lança d'un trait :

— « On vous a dit ? » Qui « on » ? C'est ridicule. Le diable emporte Frédéric ! Si vous l'écoutez, Mère, vous n'avez pas fini. L'animal ! Ne peut-il s'en tenir à ses propres affaires ? Il a pourtant de quoi s'occuper.

Le début de la diatribe avait agréablement émoustillé Julia. Pour le coup, elle dressa l'oreille.

Dans son énervement, Henri faisait craquer sa chaise.

Sa mère ne songea pas à lui en faire grief.

— Lui ? Frédéric ?... Allons donc ! Tu ne vas pas me faire croire..., dit-elle, hypocritement.

Le jeune homme se montait.

— Vous faire croire ? Ah ! ça... Mère ! Mais comment le voyez-vous donc ? — Le sourire incrédule de Julia le poussa dans ses retranchements. — Voulez-vous que je vous dise : il n'avait pas treize ans, votre petit saint, quand je l'ai pincé, un jour, à la Sarrazine, en train de... de chiffonner sa cousine Emilie.

Cela fit comme un « plouf » avec des ondes de silence.

— Emilie ? Par exemple ! exhala Julia.

Au bout d'un instant de réflexion, elle ajouta :

— Quelle idée ! Emilie, ce petit pruneau...

Henri demeura bouche bée. Ce n'était pas à cette réaction qu'il s'était attendu.

— Et alors ? réclama Julia. Ensuite ?

— Ensuite ?...

— Oui, s'impatienta-t-elle. J'entends : que s'est-il passé ? Leur as-tu donné ta bénédiction, ou quoi ?...

— Oh ! Mère.

Henri était au comble de la gêne. Il revoyait la petite, guimpe défaite, chapeau de travers, et Frédéric cramoisi tout autant qu'elle, les yeux à terre, soudain fort empêtré de ses deux mains. Mais à présent, Emilie devenait une jeune fille, et... La curiosité de sa mère lui parut soudain assez déplacée. Il se maudit de l'avoir provoquée.

Son regard implorait Julia d'en rester là. Mais elle ignora cette prière muette. « Frédéric, avec Emilie... » C'était si drôle.

— Parle donc, sapristi !

Il se décida :

— Eh bien, elle s'est enfuie. Et j'ai lavé la tête à Frédéric. Il m'a promis de la laisser tranquille.

— Hum... oui, apprécia Julia, déçue. Mais à part cela ? Dis-moi un peu : actuellement ?...

Le jeune homme fit un geste vague. Visiblement, il regrettait de tout son cœur d'être allé déterrer les secrets fraternels, si vieux fussent-ils.

— Ma foi... Il va sur ses vingt ans, Mère.

— Oui.

Et les jolies filles n'étaient certes pas ce qui manquait dans les environs.

Elle adressa à Henri une grimace moqueuse :

— Peu importe, d'ailleurs. Je n'ai jamais souhaité

voir l'un de mes garçons se faire séminariste, sais-tu bien ?

Henri ne broncha pas.

— Mais tu t'es trompé, au sujet de ton frère, poursuivit-elle, d'un air innocent. C'est de Philo que je tiens ta petite histoire avec la Nore. La fille de cuisine vous a aperçus, dimanche, dans l'olivette.

« Touché, cette fois. » Elle s'amusait vraiment.

Les mâchoires du jeune homme se contractèrent. Comment n'y avait-il pas pensé ? Bon pour les femmes, ce genre de commérages, en effet. Il était taquin, Frédéric, assurément, mais incapable d'un pareil tour. Leur entente était trop parfaite. Frédéric ? Ah ! bien oui ! il se fût fait lapider, Frédéric, plutôt que de lâcher une parole de trop sur son aîné. « Et c'est moi qui lui ai manqué, moi. Et sur un faux soupçon, encore. Doublement manqué. »

Tout malheureux, il leva les yeux vers sa mère.

Triomphante au sein de ses oreillers, Julia lui dédiait son sourire de chatte.

— Maman, vous êtes un vrai démon. M'amener à vous raconter ces bêtises ! Si jamais Frédéric apprend...

— Ah bah ! Qu'est-ce que cela fait ? Tout cela reste entre nous deux, tu le sais.

— Oui, bien sûr, admit-il, à moitié rasséréné.

Et Frédéric qui, juste à ce moment, devait être dans les roseaux derrière la cabane du pêcheur, avec la Miette du fermier de Saint-Ange. Le matin même, le cadet l'avait mis dans la confidence de leur rendez-vous.

Une question de Julia le tira de ses pensées :

— Mais, au fait : il n'est pas rentré avec toi ?

« Ah ! nom d'un chien ! »

Fort mal à l'aise de nouveau, il bafouilla :

— Heu... non. C'est-à-dire. Je n'en sais rien. Nous n'étions pas ensemble.

— Tiens ? dit Julia.

« Nom d'un chien de nom d'un chien !... » Mère était infaillible, pour flairer une piste. L'admiration et la contrariété se mêlaient dans le coup d'œil de biais qu'il lui lança.

Elle attendait. En vain, dut-elle reconnaître en le regardant. De toute évidence, il n'en dirait pas davantage.

La vieille pointe familière lui vrilla brusquement le creux de la poitrine.

— Approche-toi, réclama-t-elle.

Henri se leva et obéit.

Julia lui caressa la manche.

A ce moment, elle souffrait. Son fils lui donnait à respirer sur lui, avec son odeur de sueur légère, de cuir et de cheval, l'air froid et ensoleillé, le dehors, l'espace, la vie sans frein, la jeunesse. Tout ce qu'elle n'aurait plus jamais.

Et y avait-il autre chose encore, qu'il eût pu, mais ne voulait point partager avec elle ?

— Elle n'est pas mal tournée, cette Nore, avança-t-elle, avec la fausse indifférence mal feinte dont, jeune femme, elle avait parfois usé vis-à-vis de Rodolphe.

— Je vous assure, Mère ! protesta Henri.

Sa figure s'était fermée. Un soupçon d'impatience se décelait dans sa voix.

Julia mesura sa maladresse.

— Oui, oui. Certainement. Je te crois. Et puis quelle importance, mon chéri ?

— Aucune, Maman.

Toute la défensive du jeune homme céda d'un seul coup. Il passa un bras autour des épaules de sa mère.

Dieu ! comme elle était frêle. Et maigre. Il en eut le cœur serré.

— Soyez certaine que, le jour où j'aimerai pour de bon, vous le saurez la première.

Dans les prunelles pâles de Julia s'alluma le reflet d'une lumière intérieure, sous le regard dont son fils l'enveloppait.

— Je l'espère, mon Henri.

Il lui rendait... — Ah ! savait-il bien ce qu'il lui rendait ? — ... la certitude qu'elle tenait encore sa place dans le cœur d'un homme jeune, « et si beau, si charmant... », solidement bâti, débordant de force et de vie, comme celui qu'elle avait aimé.

4

Côte à côte sur le banc, vautrés plutôt qu'assis à l'ombre du cèdre, les mains dans les poches et la tête enfoncée entre les épaules, Henri et Frédéric devisaient béatement.

Juin éclatait autour d'eux dans l'air parfaitement bleu. La lumière brillante et pure faisait luire jusqu'au moindre brin d'herbe de la pelouse. Il semblait inimaginable qu'à proximité, le choléra pût dévaster Provence et Comtat au point que l'on eût dû établir la quarantaine autour de certaines villes.

Frédéric but une gorgée d'apéritif et fit la grimace. L'absinthe à l'eau bouillie n'était pas fameuse.

— Tant de précautions ! grogna-t-il. Et pourquoi ? Il n'y a pas un seul cas au village. D'ailleurs, le choléra... ce sont ceux qui en ont peur qui l'attrapent. Le jour où l'on verra un Vernet trépasser d'une colique...

Henri laissa passer un temps. Puis, il remarqua :

— Une chance, en tout cas, que tu aies eu cette permission au bon moment. Maman n'aurait plus vécu si tu étais resté consigné là-bas, avec les autres.

Frédéric soupira de bien-être et allongea ses jambes parallèlement à celles de son frère.

— Ça, tu peux le dire.

Dans les ruelles tortueuses et sombres d'Avignon, d'Arles, de Tarascon, les gens se vidaient de leurs entrailles, chacun chez soi, en famille. Ils mouraient dru, que ce fût du choléra ou de la peur.

Mais le léger vent qui passait ce matin-là sur Mogador avait l'odeur des roses tièdes.

Et ce grand garçon de vingt ans jouissait voluptueusement du laisser-aller fort peu militaire de sa tenue et du supplément de permission imprévu que lui offraient les événements. Il se sentait aussi joyeux que son jeune frère, lâché hors du collège pour la même raison, six semaines avant la date des vacances.

— J'ai l'impression que je fais un plantié.

Henri hocha la tête, un vague sourire aux lèvres.

L'idée d'un plantié n'évoquait plus même pour lui le souvenir de Fulcran.

Des passereaux donnaient un concert dans la ramille haute du plus proche platane.

La tête renversée, Frédéric regardait le ciel libre entre les branches. Il sentait à côté de lui le silence de son frère comme une richesse en réserve. Et, tout à coup, celui du parc se décomposa en une infinité de bruits aussi vieux que son enfance. Il entendit de nouveau, avec une oreille neuve, la risée de brise entre les feuilles, le cri des paons, le « ploc » des poissons montant à la surface du miroir d'eau ; il perçut la resse incessante des cigales.

« Un midi du début de l'été, ah ! bon Dieu !... » Eût-il jamais su que c'était si précieux, sans son passage à la caserne ? « Ce soleil... Et cette terre, bon Dieu ! cette terre ! » Toute cette terre offerte aux regards qui appartenait aux Vernet.

Un chant délirant s'élevait et résonnait comme l'orgue d'une cathédrale, à l'intérieur de cette puissante cage d'os où son cœur était logé à l'aise.

Dans sa joie, il cogna des deux poings sur son torse durci, bombé, sous la chemise de fine toile à plastron plissé qu'il avait tirée de la commode, ce matin-là, pour la mettre avec sa culotte d'uniforme.

Henri tourna la tête vers lui et dit, comme si c'eût été la suite de leur conversation :

— Sais-tu que Raoul est tombé amoureux ?

— Raoul ?... — Arrêtant son manège, Frédéric demanda paresseusement : — Ah, oui ? Tiens, tiens. Alors, il a changé de maîtresse ?

— Amoureux, je te dis.

— Amoureux ? Eh bien quoi, « amoureux » ? Comment cela ?

Il fixait un œil languissant sur son frère.

Henri précisa, impatienté :

— Amoureux. Pour de vrai. D'une jeune fille.

— Non ?... Ça alors !

Frédéric remonta d'un coup de reins contre le dossier et se frappa sur les cuisses avec toute l'arrogance qu'autorisait le port de la tenue de sous-officier de hussards.

— Elle est bien bonne !... Et qui est la demoiselle ? questionna-t-il, lorsqu'il eut fini de s'esclaffer.

Cette hilarité paraissait déplaire à Henri.

— Laure Cabanis, une Arlésienne, annonça-t-il brièvement.

Frédéric plissa les paupières.

— Cabanis ?... Attends donc. Mais je la connais. Je l'ai vue chez Estelle. Une jolie rousse, avec une peau ! et des yeux !... C'est ça, hein ?

— Oui, dit Henri, encore plus laconique.

Frédéric fit claquer sa langue.

— Mon colon ! une belle pièce. Mais dis donc, cela pourrait le mener loin.

— Jusqu'au mariage, ni plus ni moins, dit Henri d'un ton froid.

— Bouh !... laissa tomber le maréchal des logis-chef Vernet.

Suivit le commentaire dûment développé :

— Quel âne, ce Raoul ! Comme s'il n'avait pas le temps de faire la bêtise irréparable ! A-t-on idée ? Caussade et moi nous donnons jusqu'à quarante ans pour...

Henri explosa :

— Oh ! écoute, la ferme, avec ton Caussade ! Tu ne t'entends pas : Caussade, et encore Caussade, du matin au soir. Et finis de poser au soudard tombeur de filles, veux-tu ?

— Bon, bon, grogna Frédéric, mortifié. Quelle humeur, mon ami ! Si ce sont les amours de Raoul qui te...

— Ça va ! jeta Henri.

Complètement désarçonné, son cadet le contempla avec de grands yeux.

— Bon, répéta-t-il enfin.

La nervosité de son frère lui paraissait totalement inexplicable. « A moins que... »

Il hasarda avec prudence :

— Et toi, comment la trouves-tu, cette Laure ?

La réponse vint sans se faire attendre, directe, franche, paisible, ne laissant place à aucun doute :

— Très bien. Mais elle n'est pas mon type.

— Non, pour ça non, dit Frédéric avec conviction.

Au fait, quel était donc le type de son frère ?

Dans le silence qui suivit, il se posa la question.

Le blé de lune qu'ils avaient l'un et l'autre glané çà et là depuis de multiples saisons, souvent de conserve, avec une ardeur qui se souciait à peine d'un choix, ne permettait point de s'en faire une idée bien définie.

Blond ou brun, potelé ou maigre, vif ou langoureux, aguichant ou timide, blanc et rose comme un flocon d'amandier ou doré comme un pain rond, tout ce qui portait coiffe de batiste et cotillons découvrant la cheville de façon suffisamment avenante leur avait paru digne de figurer à leur tableau de chasse. Il seyait mal à Henri de l'oublier vertueusement.

Une voix insidieuse en Frédéric emprunta soudain les intonations de son ami Caussade.

« *Que tu le veuilles ou non, ton Henri ne vaut pas plus cher que les autres. Tout aussi bien, il te laissera choir à l'occasion.* »

« Mais non, bon Dieu, non ! Pas Henri. »

Il guetta du coin de l'œil le profil net. Envia une fois de plus à son frère cette autorité tranquille qui n'avait nul besoin de recourir à l'insolence pour s'imposer ; et cette ressemblance que l'on retrouvait, si frappante, sur le grand portrait du salon. « *Tu as cependant bien les traits de ton père. Son nez, sa bouche, ses dents aussi. — quoique... les siennes étaient mieux rangées. — Et, malgré tout, l'expression est différente. On ne peut pas dire que tu le rappelles véritablement* », concluait toujours Mère, lorsqu'elle se mettait à détailler son fils cadet. « *Tandis qu'Henri, lui, a le même regard, en plus* », achevait-elle.

Etouffant ses regrets, il avisa son chien aplati devant lui comme une peau vide et lui repoussa le museau d'un petit coup de pied amical.

David ouvrit un œil, cligna vers son maître, remua les oreilles qu'il portait longues et coquettement pendantes ; puis se mussa plus profondément la truffe entre les pattes pour se rendormir.

Lui non plus ne ressemblait guère à *Vulcain*, son père.

« *... Pas mon type.* » Et Angèle, l'était-elle ? En tout cas, pouvoir afficher comme maîtresse en titre l'ingénue de la troupe dramatique d'Avignon, cela vous posait un homme. « Une fille adorable, avec cela » Frédéric se passa la langue sur les lèvres. « Et un fin morceau. »

— Que devient ton bel ange ?

Henri parut revenir de loin.

— Mon... ? Ah ! oui, tu veux dire... ? Ma foi ! la chère âme a quitté Avignon, la saison finie, juste avant que l'épidémie ne se déclarât. Sa représentation à bénéfice a été un triomphe. Nous nous sommes fait des adieux fort touchants. Et j'ai déjà reçu deux lettres. Il est possible qu'elle soit engagée de nouveau, l'hiver prochain.

Son manque de chaleur ne paraissait nullement affecté.

— Et la petite Catou ?

— Je la vois de temps à autre, dit Henri, sur le même ton.

— Si bien que tu vis en ermite ?

— Presque.

La grimace qu'il fit à son frère, il la tenait aussi de Rodolphe. Mais, cette fois, Frédéric était bien trop perplexe pour s'en aviser. Que pouvait bien signifier pareil détachement chez le bouillant Henri toujours prêt, généralement, à faire flèche sur n'importe quelle cible ?

Il se le demandait encore quand la cloche du déjeuner interrompit ses cogitations.

Adrienne sortit sur le perron, la main en visière sur son front et, les apercevant, s'enquit :

— Hubert n'est pas avec vous ?

— Surtout, motus au sujet de Raoul, recommanda Henri, entre haut et bas, à Frédéric qui se levait pour la rejoindre. Il ne veut à aucun prix que cela se sache.

— Il eût pu épargner ces paroles, lui fit remarquer son frère, vexé.

Le même soir, le bruit se répandit dans Fontfresque que le choléra venait de faire son apparition à Barbegal, le village voisin. Partout alentour, l'épidémie faisait rage. Les listes de décès s'allongeaient. L'on apprit que les portefaix d'Avignon avaient offert leur concours pour frictionner les cholériques. Les journaux prodiguaient les conseils de prudence. Et Julia, suivant minutieusement leurs instructions, faisait poser des grillages fins aux fenêtres ; confectionnait des moustiquaires et obligeait chacun à dormir dessous ; achetait des pilules anticholériques ; supprimait les apéritifs et les liqueurs. Fruits crus et salades, tout ce que les garçons aimaient à trouver sur la table, par ces chaleurs, disparurent des menus.

Ils maugréaient. Mais leur mère n'en persistait pas moins à mettre la maisonnée en état de siège.

Trouver dans tous les coins des soucoupes pleines de formol n'était pas non plus spécialement appétissant. Ils se vengèrent par l'ironie. La chasse aux mouches devint entre eux un thème de plaisanterie inépuisable.

Cependant, la campagne sentait la terre sèche, la résine surchauffée, le thym nouveau. Et, malgré leurs récriminations, ils goûtaient de nombreux moments de plaisir, à l'ombre précaire des buissons de kermès, ou sous un pin, avec des jeunesses qui trouvaient entre leurs bras le meilleur refuge contre la menace du choléra.

Enfin, vers la mi-juillet, la violence du fléau s'épuisa.

L'on enterra les derniers morts, les quarantaines furent levées. Frédéric rejoignit le 3e hussards.

La vie normale reprenait. Ceux qui avaient échappé à la contagion se comptèrent, se congratulèrent, et découvrirent qu'après tout, ils étaient de beaucoup le plus grand nombre, juste à temps pour éviter de se croire des héros ; ce qui, finalement, les incita à parler d'autre chose.

Quelques jours plus tard, sans qu'il fût possible de démêler avec précision par quel canal était arrivée la nouvelle, — Adrienne, peut-être, l'avait rapportée de la première réunion donnée à Tarascon ; à moins que Delphine Jonquéras venue en visite avec sa fille cadette ne l'eût d'abord glissé à Julia ; ou que... — les roseaux de l'étang, tels ceux du roi Midas, allaient murmurant : « Raoul est amoureux » aux tamaris de la roubine. Et la plus chétive pousse de gazon pouvait en fournir l'assurance aux chênes centenaires qui entouraient la montagnette.

Là-dessus, un beau dimanche où la famille au complet était réunie à la maison, Mogador vit débarquer Antoine et Lucie venus tout exprès pour informer Julia de l'événement et en conférer avec elle.

— Vous pensez bien que je n'ai point fait à votre oncle l'impolitesse de lui laisser entendre que je le savais déjà, confia-t-elle après leur départ à ses enfants avides d'entendre le récit de l'entretien.

— Pardi ! Et alors, Mère ! Ensuite ? Racontez.

Ils étaient tous autour d'elle, Adrienne dans sa robe à strapontin, — « Que cette mode est stupide ! Peut-on se vêtir de la sorte ? » — Frédéric avec sa culotte garance et ses houseaux vernis — « *Autant user les effets du gouvernement, n'est-il pas vrai, Mère, puisque, de toutes façons, c'est notre bourse qui les paye ?* » « Oui-da ! surtout quand ils servent d'appeau pour la chasse aux oiselles. » — et Henri en tenue de cheval, élégant à son ordinaire. Comme autrefois, lorsqu'ils se groupaient pour lui réclamer une histoire. Aussi pressants. Aussi passionnés. Et jusqu'à Hubert « de-quoi-je-me-mêle ? » qui, maintenant, se joignait à eux.

Elle leur rit au nez.

— La suite, vous la saurez dans quelque temps. Patientez, à moins que, d'ici-là, ajouta-t-elle, se tournant vers Henri, tu ne l'apprennes d'Estelle.

« D'Estelle ? Henri... ? Et pourquoi diable... ? » se demanda Frédéric. Il regarda son frère qui n'avait pas bronché et paraissait tout aussi intrigué que les autres. Non, sûrement il avait mal compris et Mère s'était adressée à Adrienne.

L'armée renvoya Frédéric dans ses foyers à point nommé pour qu'il pût être présent aux noces de son cousin.

Julia délégua ses quatre enfants pour l'y représenter. Elle souffrait depuis le début de l'hiver de ses maux habituels.

Prévus désormais, les accès de suffocations cardiaques, la bronchite devenue chronique, auxquels, cet hiver-là, était venu s'ajouter de l'asthme, entraient insensiblement dans le rythme régulier, normal, de son existence, aux yeux des siens. Ils disaient « les crises de Maman ». Et Julia s'accoutumait à vivre recluse durant des semaines, à l'abri du moindre courant d'air, entre son lit et son fauteuil, toussant, étouffant, en proie aux insomnies, avec, comme aux dernières années de Rodolphe, un arsenal de potions opiacées, de flacons de valériane, de tisanes, à portée de la main, et, sur sa table de nuit, des bols à demi vides et des cuillères poisseuses.

Non pas résignée, mais résolue à traiter du moins d'égal à égal avec la maladie.

— Acceptez humblement, ma chère fille, lui conseillait le curé lorsqu'il venait la voir.

Accepter, certes. Puisqu'il n'y avait point d'autre alternative. Mais humblement, c'était autre chose.

— Que voulez-vous ? je ne suis pas née humble, et ne le deviendrai jamais.

A ses yeux, avec l'humilité eût commencé la déchéance. Dieu ne réclame pas l'impossible : l'ayant mise à la tête de Mogador, ce royaume à gouverner ferme, Il devait bien savoir ce qu'Il pouvait attendre d'elle.

— ... Et il faut bien aussi faire un peu confiance au ciel. Voyons, monsieur le Curé, ne serait-ce pas le pire orgueil de croire que je puis suffire à faire mon salut, moi toute seule ?

Comme jadis le docteur Lapierre, et davantage encore, le prêtre se laissait décontenancer par les boutades de Madame Vernet.

— Il faut avouer, Docteur, qu'elle est quelquefois... comment dirais-je ?... un peu...

— ... Terrible, monsieur le Curé. Absolument terrible. J'ai mis plus de vingt ans à m'y faire. Encore n'y suis-je pas complètement parvenu.

Là-dessus, tous deux tombaient d'accord. Puis, gênés, ils passaient en revue ce qu'ils savaient de sa générosité, de sa droiture, de son courage, de... Et, tout en célébrant ses louanges, chacun d'eux revoyait ce froncement des narines, ce pli de la lèvre, qui accompagnaient les phrases dont on ne savait exactement dans quel esprit elles étaient dites ; et leur souvenir vous mettait de nouveau mal à l'aise, plusieurs heures, ou plusieurs jours après.

L'opinion du médecin était nette :

— Une dame, et une vraie.

Mais il eût été fâché qu'il s'en trouvât beaucoup du même modèle dans sa clientèle.

Et les pénitentes ordinaires que le curé confessait dans son église lui rendaient la tâche infiniment plus aisée, bien qu'il goûtât fort la libéralité de l'accueil et l'excellence de la chère que lui offrait Mogador.

— Mais mademoiselle Adrienne est une bien bonne personne.

— Et une sainte fille.

Sur Adrienne, pas une voix, de Fontfresque à Barbegal et, bien au-delà, dans toute la contrée, ne se fût élevée pour dire autre chose. L'on ajoutait généralement :

— L'homme qui la prendra ne sera pas à plaindre.

Mais les prétendants, comme eût dit autrefois son grand-père Angellier, ne faisaient pas la farandole. Le fait était que nul ne l'avait encore demandée, bien qu'elle fût sur le point d'atteindre ses dix-neuf ans.

« Pas jolie ; mais enfin... » se disait Julia, lorsqu'elle examinait les données du problème. Grande, suffisamment élancée bien qu'un peu lourde dans sa démarche. Des traits passables. Des dents saines. « Quant au teint, évidemment... Elle n'en a jamais eu. Pas plus que de piquant. Ni de vivacité dans l'œil. Et encore moins dans les manières. Mais tout de même... » De beaux cheveux, un air de santé. « Si elle savait se mettre un peu en valeur... Moi, avec cette couleur d'yeux impossible, et ma taille... Et Herminie n'a jamais été une beauté, elle non plus. Ni Delphine. » Celle-là, quel parti elle avait su tirer d'une demi-laideur ! Les garçons disaient toujours en parlant d'elle : « A vingt ans, elle devait être bigrement jolie. » « Jolie ? Allons donc ! Séduisante, oui. Mais jolie... » Pas plus que Vérane, son aînée, qui, elle aussi, avait eu, de leur aveu, « un sacré chien », avant que les maternités ne l'eussent prématurément épaissie. Et, certes, c'était du côté maternel que tirait la cadette, cette petite Estelle si ravissante...

— Dis-moi, Estelle est invitée au mariage ? Au fait, bien entendu. Suis-je sotte ?

Estelle, tout l'essaim des filles Aillaud. Les jeunes Marquet-Rageac. Cette Laure Cabanis, incontestablement fort belle... « Ma pauvre Adrienne, quelle figure va-t-elle faire, là au milieu ? »

— Montre-moi donc à quoi tu ressembles dans ta toilette neuve.

Adrienne qui brodait, assise au chevet de sa mère, leva les yeux.

— Qui ? Moi ? Vous voulez que... ?

— Que tu la passes devant moi. Va la chercher.

— Mais, Maman, elle est déjà pliée dans la malle.

— Eh bien ! sors-la.

« Oh, Christ ! » on l'eût piquée avec sa propre aiguille. L'impatience procura une quinte de toux à Julia.

— Et ne lantiverne pas ! cria-t-elle, du fond de son mouchoir, voyant la jeune fille se diriger vers la porte d'un pas trop lent à son gré.

Adrienne revint suivie de Philo qui se mit en devoir de lui servir de camériste.

— Voilà, Mère.

— Hm ! oui... Tourne un peu. Oui. Enfin... dit Julia, sans grand enthousiasme. Quelle diable de couleur es-tu allée chercher là ? Ce beigeasse, avec ces dentelles...

— Mais, Mère, c'est chamois...

— Chamois, chamois... Et après ? Est-ce qu'on met du chamois à ton âge ? Et ce décolleté d'enfant de

Marie ! Oui, oui, tu en es une, c'est entendu, et à Dieu ne plaise que... Ce n'est pas ce que j'ai voulu dire. Je l'ai été avant toi. Et prieuresse de sainte Agathe [1], même. Mais enfin, tu as tout de même une gorge convenable ! Ou alors, boutonne-toi jusqu'au menton. Mais ces demi-mesures !... Approche. Mais approche donc !

Adrienne obéit à contrecœur.

— Philo ! viens ici avec des épingles, ordonna Julia. Une ici, tiens. Une là. Et là. Bon. Tu n'as qu'à me retailler cette encolure sur deux bons centimètres tout le tour. Et reposer la dentelle avec moins de fronces. Vois-tu ?

— Oui, Madame.

Adrienne ne soufflait mot.

— Il faudrait quelque chose pour réveiller tout cela. Va me chercher mon coffret à bijoux. Du vert conviendrait. Dommage que tu ne puisses porter mes émeraudes. Tiens, essaie ce collier de tourmalines. Voyons ? Oui, il ira. Avec les pendants d'oreilles. Fais voir. Oui. Va te regarder dans la glace. C'est tout de même mieux, il me semble ?

— Oui, Mère. Puis-je me déshabiller, maintenant ?

Julia dévisagea fixement sa progéniture. Puis, renonça :

— Oui, va.

Et haussa les épaules en voyant l'empressement mal dissimulé que mettait la jeune fille à quitter la pièce.

— Bien entendu, elle la portera telle qu'elle est.

Philo qui était du même avis préféra disparaître elle aussi.

Une colère douloureuse s'emparait de Julia.

---

1. Titre que portaient les jeunes filles de Maillane dévouées à l'autel de la sainte patronne du village, durant trois ans.

— La jeunesse ! gronda-t-elle à haute voix, pour elle seule. Avoir la jeunesse et ne pas savoir s'en servir !... Oh, Christ ! si je pouvais redevenir... Une heure seulement... Oh ! Rodolphe, Rodolphe !...

Elle crispait ses doigts sur sa poitrine où le misérable souffle de vie qui lui restait se débattait à l'étroit. Et les larmes de regret et d'impuissance qui lui venaient au coin des paupières se confondirent avec celles que lui arrachait la toux.

— Et les tourmalines, au moins, les as-tu mises ? demanda-t-elle quand les jeunes gens, à leur retour, vinrent l'embrasser et lui faire le récit de la fête.

Adrienne rougit.

— Je les avais oubliées ici.

Julia ne fit aucun commentaire ; et se contenta d'offrir à Dieu la croix que lui faisait porter une fille pareille.

— T'es-tu amusée, seulement ? As-tu dansé ? Qui avais-tu pour cavalier ? Comment dis-tu ? Philippe de Barcarin ? Qui sont ces Barcarin ? Un gros mas ? Fiélouse ? Oui, cela me dit quelque chose. Et lui, comment est-il ? Agréable ? Avez-vous un peu causé ?

Mitraillée de questions, Adrienne se laissait arracher les réponses comme à regret.

Heureusement pour elle, les garçons brûlaient de placer leur mot :

— Moi, Mère, lança Hubert, le premier, j'avais Charlotte de Barcarin. Elle est jolie.

Un jeune coq de treize ans. Julia le considéra avec plaisir. Celui-là avait le sang vif. Un Vernet de bonne race.

Et Frédéric ? Et Henri ?

Henri avait eu Paméla Cabanis, une cousine de la mariée.

— Charmante, oui.

Et Edmond Angellier, la plus jeune des Aillaud. Et Léon, la petite Blanchette — et ils avaient l'air d'être rudement d'accord. Et Georges, Estelle. Et Caroline...

— Ah ? C'est Georges qui... ?

Les prunelles aiguës de Julia se posèrent un instant sur son fils aîné.

Frédéric et Hubert continuaient leur compte rendu, se coupant mutuellement la parole.

Henri menait son train de vie accoutumé. Du matin au soir à cheval, il parcourait le domaine avec Frédéric, révélant à son frère le pacte d'amour qui unit l'homme à la terre. Aussi bien le cadet se mettait-il volontiers à son école, joyeux de tout partager avec lui.

Ils arrêtaient leurs chevaux en terrain découvert, au milieu des sillons nouvellement tracés, ou des vignes que l'on avait achevé de replanter deux ans auparavant. Disséminés dans cette étendue, les bâtiments des trois fermes dépendant de Mogador se détachaient sur la mosaïque brune et verte étirée jusqu'aux confins de l'horizon que dentelaient les mourres bleuâtres de l'Alpille.

Là-bas, au levant, la ligne sombre de l'allée des pins et celle, fine et claire, des tamaris, bornaient leur héritage. Derrière eux, les frondaisons du parc moutonnaient jusqu'à rejoindre le ponant, limitées par la route qui menait à Fontfresque. Et, loin, au fond, par-delà les champs et les olivettes, ce haut panache verdoyant qui devenait presque noir dans le soleil, indiquait l'emplacement du barrage et de l'étang invisibles, tapis dans le creux d'herbe, d'où semblait monter une buée.

— Quand Maman et Père se sont épousés, elle me l'a raconté, seule dépendait du domaine la ferme qu'occupe à présent Ranguis. Le petit pont sur la roubine, c'est Père qui l'a fait construire. Quant à la maison, c'était une vilaine bâtisse humide, triste, sans aucune vue, enfermée dans une masse de vieux arbres qui ne laissaient pas entrer le jour. Représente-toi tout ce qu'ils ont fait, peu à peu. L'argent qu'il a fallu, et la peine.

Dans la bouche d'Henri, l'histoire de Mogador devenait une épopée. Frédéric l'écoutait en hochant la tête, avec une gravité qui touchait au recueillement.

— Et ils nous ont eus, tous les six.

Leur aîné à tous, Cyprien, Frédéric ne l'avait pas connu, et Henri à peine. Et sept années, estompant les détails atroces, avaient revêtu le drame d'Amélia de la couleur des légendes. Mais les deux jeunes gens avaient profondément conscience de cette entité qu'ils formaient, tous ensemble, vivants ou morts, à jamais dressés, épaule contre épaule, debout sur le fief de leur race que le vieux colonel Vernet avait choisi d'appeler Mogador. Suzerains et hommes liges à la fois, nœuds et maillons d'une chaîne forgée pour durer jusqu'à la fin des temps.

— Hubert devient un fameux cavalier, dit Frédéric, comme en écho à la pensée de son frère.

Henri sourit.

— Aux vacances, je lui donnerai à dresser le poulain nouveau-né. Nous verrons comment il s'en tire.

Le benjamin pouvait rentrer dans le cercle. Pour lui aussi, tracée d'avance, la place était prête.

De sa fenêtre, Julia voyait les deux cavaliers longer la pelouse entre les noisetiers. Les branches accrochaient leurs longues silhouettes, frôlant les feutres gris taupe, à larges bords, qu'ils portaient à la mode gardiane, comme leurs cousins de Camargue.

Une question ne la laissait pas en paix. « L'aime-t-il vraiment ? ou bien me trompé-je ? »

A voir Henri deviser ainsi, tranquillement, avec son cadet, il était difficile de le dire.

« Cette petite Estelle... » La perspective n'était pas déplaisante de l'avoir pour bru. « Qui eût dit, au temps où Delphine portait mes billets à Rodolphe, qu'un jour nos enfants... ? Mais qu'attendent-ils ? »

Connaissait-elle si mal son fils, qu'elle pût s'imaginer à tort... ? Mais peut-être, après tout, Henri ne savait-il pas lire en lui-même ?

Elle se promettait de lui en parler. Mais, devant lui, une pudeur impossible à vaincre la retenait à l'instant d'aborder le sujet ; de nouveau, louvoyant, elle se mettait à épier les signes d'une certitude qui se dérobait.

Tout le long du printemps et de l'été, elle recula ainsi devant la conversation dont elle imaginait sans cesse le dialogue, la méditant, la préparant, la fouillant dans le sens de tous les développements possibles, envisagés l'un après l'autre.

Pour deux jeunes gens épris, ce n'étaient point cependant les occasions qui manquaient, cette année-là, de se rencontrer et de s'éclaircir sur leurs sentiments. Après les noces de Raoul Vernet, il y eut la soirée des Aillaud, puis celles des Cabanis, des Jonquéras, des Sabatier. Les enfants étaient toujours sur la route vers Arles. Julia évoquait tristement le souvenir de cette saison déjà lointaine où, de même, sa dauphine, son oiseau de paradis, courait là-bas se prendre au piège du destin.

— Savez-vous avec qui j'ai longuement causé, hier soir, à ce bal, Mère ? Avec madame Ladevèze.

— Ah !

Celui de vos enfants qui vous aime et vous

comprend le mieux peut donc aussi vous infliger de telles blessures ?

— Elle accompagnait son fils aîné et sa bru. Sauveur Ladevèze s'est fixé ici, depuis son mariage. C'est Pascal qui voyage, à présent. Ils ont reçu une carte de Pondichéry, la semaine dernière.

Henri semblait attendre un commentaire. Après une pause, il se résolut à continuer :

— Madame Ladevèze a beaucoup vieilli.

Attendit encore. Et reprit :

— Elle m'a chargé de vous transmettre ses amitiés, avec ses vœux de meilleure santé. Elle serait heureuse de vous revoir et viendrait volontiers vous rendre visite si elle était certaine de ne point vous déranger.

Pour toute réponse, Julia détourna légèrement la tête. « Non ! non ! » Elle ne haïssait pas madame Ladevèze, « mon Dieu, je vous le jure. » Mais elle n'eût pu se retrouver face à face avec elle. « Ma petite, ma belle petite qui était vivante de toute une longue vie devant elle. » Et cette femme l'avait laissée descendre à sa place dans le trou noir, sous la terre.

— Maman, dit Henri, de sa voix persuasive, ce n'est pas sa faute, et la rancœur ne vous fait aucun bien.

Elle demeurait muette, rétractée jusqu'au frisson à fleur de peau ; et l'image la torturait de nouveau de ce sur quoi le menuisier avait cloué précipitamment le couvercle. Henri ne l'avait pas vu. Sans cela, il n'eût pas...

— Mère chérie... Ecoutez... Elle aussi a pleuré ma sœur. Et Pascal, le malheureux... Pensez au tourment qu'elle a enduré pendant ces quelques jours où il avait disparu, après. Vous savez qu'on a longtemps craint qu'il ne s'en remît pas.

Mais il s'en était remis. « Oh !... » gémit-elle intérieurement, « je sais que je suis injuste. J'en ai honte.

Ne m'en veuillez pas, mon Dieu ! Mais ce n'est pas possible, oh ! non. » A cette seule pensée, elle haletait. « Non, pas possible. »

Elle noua ses mains contre son cœur. Dessous, il tressautait misérablement, comme un gibier forcé au gîte se débat, aux prises avec les chiens.

— Tu ne peux pas comprendre. Je ne veux aucun mal aux Ladevèze. Simplement, je préfère ne plus entendre parler d'eux.

Avec un effort pour sourire, elle demanda :

— Raconte-moi plutôt comment s'est passé ce bal.

— Bah ! comme d'habitude.

Faute d'en apprendre davantage, Julia finit un jour par se rabattre sur Frédéric. Et prit un biais pour en venir à ses fins.

— Il me semble que vous n'êtes guère allés à Avignon, ton frère et toi, cette année. L'Opéra n'offre-t-il plus d'intérêt ?

Etonné, Frédéric lui jeta un rapide coup d'œil, et dit, impudemment :

— Ma foi, Mère... à la longue, on se lasse un peu du répertoire, vous savez.

Sa mère sourit et lui renvoya du tac au tac :

— Je sais que tes goûts personnels ne te portent point vers le théâtre.

Tous les environs, et Julia grâce aux bavardages, savaient depuis plusieurs mois que le cadet des Vernet croquait gaiement sa part du revenu familial en compagnie d'une cocodette parmi les plus huppées de Tarascon. Elle l'acceptait avec philosophie. Autant que les frasques de ses fils revêtissent un certain lustre.

— Et à ce propos, Maman, je voulais vous dire : j'ai fait quelques petites dettes au polignac, ces temps-ci...

— Au polignac ? Vraiment ?

Frédéric soutint le regard maternel avec une malice imperturbable qui faisait de Julia sa complice.

Elle ouvrit son secrétaire.

— Combien ?

Le chiffre la fit s'immobiliser.

« Avant la guerre, on eût pu acquérir un bout de terrain avec pareille somme. Et jamais Rodolphe... » Mais le monde avait changé. La valeur de l'argent n'était plus la même. Et, après tout, les garçons le gagnaient.

Avec un soupir imperceptible, elle plongea la main dans le tiroir et prit un rouleau méticuleusement enveloppé de papier de soie.

— Tu joues gros jeu, mon garçon ! Enfin...

Frédéric ramassa les louis d'un geste désinvolte. Puis, se penchant, entoura d'un bras la taille de sa mère.

— Maman, je vous adore.

Elle aimait cette familiarité tendre, un peu cavalière, avec laquelle la traitaient ses deux aînés.

— Tu m'étouffes, grand niais, protesta-t-elle pour la forme, tandis qu'il l'embrassait. Mais lâche-moi donc !

Frédéric obéit sans trop de hâte.

— Regarde plutôt comment tu m'as mise. — Tout en se rajustant, elle reprit : — Je te conseille d'espacer un peu tes visites... au cercle. Ou bien ne compte pas sur moi pour régler tes différences, le mois prochain.

Il eut un rire muet.

— Compris. Au fait, Maman, s'il vous plaît, ne parlez pas de ce petit emprunt devant Henri.

— Pourquoi cela ? Est-ce que par hasard... — ses narines frémissaient — ... tu l'aurais déjà mis à contribution ?

— Heu... émit Frédéric, en guise de réponse.

Du bout des doigts, elle lui lança une manière de petite gifle :

— Gredin, va !

Frédéric se lissa la moustache avec coquetterie.

Sa mère le contemplait, fondante d'indulgence, telle une chatte se jouant avec son petit à coups de patte.

— Ecoute-moi, dit-elle, soudain. Ton frère me donne du souci. Il faut que tu me dises où il en est au juste de cette histoire avec Estelle.

Frédéric béa.

— Avec Estelle ? répéta-t-il, avec la fidélité d'un écho, sous le coup de cette entrée en matière brusquée.

— Avec Estelle, oui, parfaitement, lui martela Julia, tout de suite impatientée. Et ne fais pas l'étonné. Tu es au courant, j'en suis certaine. Et ne louche pas ainsi sur ta fortune comme si c'étaient les trente deniers. Si je te questionne, ce n'est point par simple curiosité, mais pour le bien d'Henri, fais-moi la grâce de le croire.

Dans sa préoccupation, en effet, Frédéric considérait fixement le petit tas d'or brillant au creux de sa paume ouverte et l'éparpillait d'un pouce distrait.

— Alors, vous aussi, vous pensez vraiment qu'il y a quelque chose. Je me demandais...

Julia prit sa respiration avec force.

— Ne va pas me raconter que tu ne sais rien.

— Rien de rien, affirma Frédéric, avec un accent qui emportait la conviction. Parole, Mère ! — Il fourra les pièces dans son gousset. — Voilà plus d'un an que je me pose la question. Je pensais que, si quelqu'un était au courant, ce devait être vous.

Ils s'entre-regardèrent comme l'eussent pu faire deux augures réduits à lire la solution de leurs propres difficultés dans le sang des poulets égorgés.

— Enfin, tout de même, reprit Julia, avec humeur, tu l'accompagnes partout, tu es là quand il la rencontre, tu es son confident. Ne prétends pas le contraire.

Frédéric écarta les bras et les laissa retomber dans un grand geste d'impuissance.

— Je ne prétends rien. En général, c'est parfaitement vrai. Seulement, il se trouve qu'Henri ne m'a fait là-dessus aucune confidence ; qu'il ignore mes allusions (et Dieu sait si j'ai pu en faire, sans compter Georges qui ne met pas beaucoup de formes aux siennes ! A la fin, c'est nous qui n'avons pas l'air malin). Et du côté d'Estelle, c'est pareil. Elle danse avec lui comme avec n'importe qui, et tient sa cour au milieu de ses soupirants attitrés. Henri ne se mêle pas à eux. Il ne cherche jamais à s'isoler avec elle.

Il prit sa mère à témoin, d'un regard navré :

— Non, voyez-vous, le seul indice sérieux, outre qu'il a toujours un prétexte tout prêt pour filer dans la direction d'Arles, c'est que...

Il hésitait à poursuivre, et cherchait un moyen décent d'exprimer sa pensée.

— ... C'est qu'il ne va plus au théâtre, compléta Julia, froidement.

— Voilà !

Il réfléchit et ajouta :

— Il y a aussi qu'il détourne la conversation lorsqu'on la met sur Estelle. Et qu'il est souvent préoccupé.

Julia pianotait avec ses ongles sur le buvard posé devant elle.

Chacun se plongea dans une méditation.

Au bout d'un moment :

— Assez ! assez ! mais arrête donc ! grinça Julia, comme Frédéric faisait machinalement tinter les louis dans le fond de sa poche.

Ahuri, il la regarda.

— Pardonnez-moi, Maman, mais je...

— Oui, oui, très bien, l'interrompit-elle, l'esprit ailleurs, confuse de sa nervosité. Très bien.

Frédéric attendait.

Après un nouveau silence, elle mit fin abruptement à l'entretien :

— C'est tout ce que j'avais à te dire.

Déçu, il tourna les talons et soigna le style dégagé de sa sortie. En pure perte : sa mère n'y fit aucune attention.

Accoudée au bord de la table, le menton entre ses poings, elle retournait une fois de plus le problème. « Cela ne peut plus durer », décida-t-elle enfin. Je lui parlerai ce soir même.

Au nom d'Estelle, Henri avait tout d'abord paru surpris, et gêné. Il laissa sa mère achever son exposé ; puis demeura muet, un moment encore. Enfin, comme Julia désespérait du résultat de ses exhortations, brusquement, il convint d'une voix sourde :

— C'est vrai, Maman. Je crois bien que vous avez raison.

— Tu « crois » ? dit Julia, avec précaution. Comment cela ?

Que pouvait-il vouloir dire ? L'on aime ou l'on n'aime pas. C'est tout simple. Elle avait l'impression d'avancer en terrain mouvant.

— Eh bien... il n'y a personne qui me plaise autant. A la vérité, c'est comme si elle était la seule jeune fille. Lorsqu'elle est quelque part, je ne vois pas même les autres ; et lorsqu'elle n'y est pas, je trouve la soirée mortelle. Pourtant, nous n'avons pas un goût commun, pas une idée ; les gens avec qui elle se plaît me déplaisent ou m'ennuient. Et malgré cela, voyez-vous, la perspective seule de la rencontrer, si banale qu'en soit l'occasion, me... Ah ! Mère, comment vous expliquer cela ? Depuis des mois, je vais d'un extrême à l'autre, je ne sais que penser. J'ai beau m'interroger. Par moments, il me semble que c'est de l'aversion que j'éprouve à son égard. Et, d'autres fois, je me complais à l'imaginer auprès de moi, je rêve que je l'ai ici, à Mogador, pour toute la vie.

Il s'était assis par terre aux pieds de sa mère, la tête dans le giron de Julia, comme au temps de son enfance. Et Julia, comme alors, lui caressait le front d'un mouvement de va-et-vient lent et doux, tandis qu'il parlait à présent, intarissablement, disant tout ce qu'il n'eût jamais cru penser. Les doigts de Julia appelaient sous leur caresse, pêle-mêle avec les raisons cent fois ressassées, le flot obscur des réticences que l'on ne s'avoue pas, des sentiments auxquels l'on n'ose croire. Tout ce qui demeure enfoui au plus profond de l'amour-propre, sous la pudeur, l'orgueil, la circonspection, la défiance de soi, la crainte de l'erreur et celle du ridicule, chez un garçon qui en est à sa trente-sixième amourette et à sa première passion, montait à la surface.

De tout cela qu'elle devinait aussi, Julia, attentive, cherchait à tirer une conclusion pratique, lorsqu'Henri la lui fournit en répétant, comme honteux :

— Finalement, cela doit en effet signifier que je l'aime.

Comme sa mère gardait à son tour le silence, il questionna :

— Qu'en dites-vous, Maman ?

— Il n'y a aucun doute, assura-t-elle, avec le ton exact — grave, persuasif, apaisant — que prennent les mères pour parler à leurs tout petits.

Henri leva les yeux vers elle. La confiance et l'adoration qu'elle y lut lui ôtèrent soudain des épaules le poids de vingt années.

— Tu sais, la femme adopte les habitudes et les amitiés de l'homme qu'elle épouse, murmura-t-elle. Penses-tu que ton père et moi étions taillés sur le même patron ?

Il hocha le menton.

Un long moment, ils demeurèrent unis dans un silence qui rendait toute parole superflue.

La lampe posée à côté de Julia délimitait autour d'eux un îlot blond, laissant le reste de la vaste pièce dans la pénombre. A peine se devinaient, dans l'alcôve, les blancheurs du lit grand ouvert où Julia avait mis ses enfants au monde, où son mari était mort, où elle-même mourrait sans doute. Dans cette chambre tenait toute son existence depuis qu'elle était entrée à Mogador. Là, elle rechargeait ses forces.

La maison se taisait, glissant vers le sommeil.

Des moucherons entraient, nés des ténèbres piquetées d'or de la nuit d'été, grésillaient à l'intérieur du globe de la lampe, et tombaient en poussière sur le marbre du guéridon.

— Maman, prononça enfin le jeune homme.

— Mon petit ?

Au son de la voix d'Henri, elle comprenait qu'il avait pris sa décision.

— Vous devriez donner une soirée. En ce moment où vous êtes valide, ce serait bien, avant que les vendanges ne commencent.

Une soirée, une vraie, il n'y en avait plus eu à Mogador depuis des siècles. « La dernière... » — Julia s'attarda à l'évoquer — « C'était peu après son retour de la guerre. En 72. Oui, c'est bien cela. Mon Dieu ! en 72... » Treize ans passés. Comment était-ce possible ? « Il avait fait resserrer son frac aux coutures. *Regardez-moi, ma mie. N'ai-je pas l'air d'un jeune homme ?* » Cette voix soudain ressuscitée, avec l'intonation précise. Une fenêtre ouverte dans l'interminable muraille des jours gris. Et là, tout à coup, si proche qu'on pourrait le toucher, ce vert inimitable, et ce soleil brûlant des paradis anciens.

Henri respectait la rêverie de sa mère, attendant patiemment, malgré l'impatience qui l'avait pris, la réponse escomptée.

Elle abaissa son regard vers lui, et se troubla en rencontrant le sien, si semblable à celui de Rodolphe.

Puis, se reprit.

— Soit. Tu me donneras ta liste d'invitations.

— Maman chérie !

Il lui embrassa les mains et se leva d'un bond.

— Bien entendu, tout ceci reste entre vous et moi.

— Bien entendu.

Une jalousie légère la poussa à demander :

— Frédéric ne sait rien ?

— Rien du tout. Gardez-moi le secret, je vous en prie.

Ainsi donc, c'était vrai. « Moi seule. » Elle était heureuse, heureuse...

— Promis. Il sera temps de le mettre au courant lorsque...

Elle n'acheva pas.

De nouveau, ils se regardèrent et se sourirent.

Estelle était bien jolie, ce soir-là. En accueillant les Jonquéras, Julia examina la jeune fille à la dérobée, et le remarqua. Quel couple ils allaient faire, Henri et elle.

Peu avant minuit, elle ne put se tenir d'attirer son fils dans l'embrasure d'une porte pour lui chuchoter :

— Eh bien ? Lui as-tu parlé ?

— Pas encore. Après le souper, je l'emmènerai à l'écart, dans le parc. Oh ! Mère.

Joyeux, ému et si beau dans son habit de soirée, au regard de sa mère.

Frédéric s'approchait.

Julia glissa rapidement à Henri, avec l'émoi d'une jeune fille :

— Viens me retrouver dans ma chambre dès que tout le monde sera parti.

L'œil inquisiteur de Frédéric se braquait sur eux. Ils se séparèrent.

Depuis que cette soirée avait été décidée, Julia le sentait attaché sur elle comme un reproche permanent. « Tant pis, à présent... »

Le lendemain, il apprendrait tout, au déjeuner. Et, l'après-midi même, Victor attellerait pour mener sa maîtresse et son jeune maître à Arles. A cette perspective, Julia retrouvait en elle l'émotion du jour lointain où elle avait quitté Rodolphe à l'entrée de Maillane prêt à venir faire sa demande le lendemain.

Elle pensa à la dot et s'en voulut d'y penser. Qu'importait le chiffre ? « Les Jonquéras vivent sur un grand pied, mais Vérane n'a pas reçu grand-chose lors de son mariage, si l'on en croit les on-dit. » Malgré soi, elle y revenait. « Baste ! baste ! » se gourmanda-t-elle. Mogador pouvait suffire à nourrir une bouche de plus, « et beaucoup d'autres, s'il plaît à Dieu de nous les envoyer ». D'ailleurs, ce n'était pas le moment de se mettre martel en tête.

Elle se mordait l'intérieur des joues, dans son excitation. Et ne perdit pas même la face quand Frédéric vint la trouver, l'air à la fois inquiet et vexé.

— Je me demande où sont passés Henri et Estelle. On ne peut tout de même pas attendre la nuit entière pour commencer le cotillon.

Elle dit allégrement :

— Quelle affaire ! Commencez donc sans eux.

Et ignora la mine longue d'une aune de son fils cadet.

— Tu n'as qu'à le conduire, avec qui tu voudras.

Peu après, elle aperçut Henri et Estelle se donnant la main dans le galop.

Dieu merci, à présent, la fin n'allait pas tarder. Elle trépignait presque, malgré la dignité qu'elle conservait, assise très droite dans son fauteuil, la traîne de sa robe de soie noire ramenée sur ses pieds. Seule, la cadence rapide de son éventail pailleté de jais trahissait un soupçon d'impatience, tandis qu'elle souriait avec urbanité à ses hôtes, et inclinait la tête alternativement vers ses voisins de droite et de gauche, incapable d'écouter ce qu'ils lui disaient.

La chambre brillamment éclairée conservait encore un aspect de fête inusité, lorsqu'Henri entra chez sa mère.

— Alors ? lança-t-elle, joyeusement, accourant vers lui.

Il s'adossa contre la porte qu'il venait de repousser et ferma les yeux un instant avant de répondre.

— Voilà, c'est réglé. Elle ne veut pas de moi, Mère.

— Elle ne... Que dis-tu ?

Le visage de Julia se pétrifia. Ses prunelles dilatées fixées sur celles du jeune homme s'emplirent d'une sorte d'incompréhension. On eût dit qu'elle doutait du sens des mots qu'elle venait d'entendre.

Elle s'accrocha aux revers de l'habit de son fils :

— Mais... comment... ? Vous dansiez ensemble, tout à l'heure, bégaya-t-elle, avec l'espoir confus de le voir soudain se mettre à rire en la serrant contre lui.

Mais il n'en fit rien.

La tête levée, elle le dévisageait de tout près avec

une avidité anxieuse et, sous son regard, l'amertume, l'humiliation, le chagrin, paraissaient sourdre sur les traits d'Henri marqués d'un vieillissement subit.

Il dit d'un ton las :

— Parfait ! Si vous, Maman, n'avez rien vu, c'est que je suis parvenu à conserver un maintien honorable. Il ne m'eût plus manqué que de faire pitié.

— Mon petit ! jeta Julia, dans un sursaut douloureux.

« Faire pitié, Henri Vernet ? Mon fils ? »

A son insu, elle se mit à déchiqueter les festons de la précieuse écharpe de blonde noire que plusieurs générations s'étaient transmise intacte dans sa famille. Pas un instant elle n'avait prévu que la jeune fille choisie par son Henri pût faire fi de ce choix.

— Mais pourquoi ? Quelle raison t'a-t-elle donnée ?

Henri eut un triste petit ricanement et détourna la tête :

— La plus simple : tout bonnement, elle ne m'aime pas. Ou plutôt — et c'est bien pis parce que c'est sans remède —, elle m'aime « comme un grand frère ». C'est ainsi qu'elle s'est exprimée. Un grand frère qu'elle a toujours vu dans ce rôle. Et ce qu'elle attend de l'amour, c'est...

— Oui, murmura Julia, je vois.

Inutile qu'Henri le lui expliquât avec ces mots dont chaque syllabe s'éraillait en passant entre ses dents. Et, pour un peu, elle en eût crié.

« Une découverte éblouissante. L'inconnu que, du premier instant, l'on est prête à suivre au bout du monde. La petite péronnelle !... Mais non : toutes les jeunes filles l'attendent. Et quelquefois, cela arrive. »

Il en avait été ainsi pour Julia. Pour tout le mal qu'allait souffrir son fils, elle pourrait détester Estelle, certes ; mais quel droit eût-elle eu de la blâmer ?

Cependant, ses jambes tremblaient. Elle alla jusqu'à son fauteuil et s'y laissa tomber.

« Moi, si Rodolphe ne m'avait pas voulue... »

En même temps, elle s'entendit qui disait :

— Tu en trouveras cent pour la remplacer.

Mais laquelle saurait effacer l'empreinte de ce premier amour lentement venu à maturité, dont la puissance pouvait se mesurer, à cette heure, sur la figure ravagée d'Henri ?

— Oui, Mère, admit-il, avec effort.

Mais, comme elle l'appelait auprès d'elle d'un geste de la main, il dit brusquement, sans bouger :

— N'en parlons plus, voulez-vous ? Plus jamais. Je préfère. Et maintenant, permettez-moi de vous souhaiter le bonsoir.

« L'orgueil... » Leur terrible orgueil à tous. Julia en eût gémi.

— Bonsoir, mon Henri, articula-t-elle, s'efforçant de réprimer cette faiblesse qui la prenait.

Elle eût donné n'importe quoi pour qu'il lui fût permis de prendre son fils entre ses bras, de le bercer, le consoler, le mettre à l'abri. Mais cette peine-ci était une peine d'homme, et Julia ne pouvait plus rien pour lui. Il le lui faisait sentir, tout aimant qu'il fût. Dans la joie seulement, il eût eu besoin d'elle. « La joie se partage, et tout ce qui vous élève au-dessus de vous-même ; mais pas le chagrin, ni la honte, pareille à celle des réprouvés, qui pèse sur les malheureux. » Ou bien Henri ne fût pas né de Julia Angellier, ni de Rodolphe.

— Bonsoir, Maman, répéta-t-il.

Sa voix rauque cherchait à retrouver la tendre intonation coutumière.

Mais leur baiser de chaque soir paraissait être au-dessus de ses forces.

Cette fois, Julia ne répondit pas.

Evitant de le regarder, les mains crispées sur les accoudoirs du voltaire, elle l'aidait encore de toutes ses forces tendues, par son silence : le seul bien que son garçon voulût accepter d'elle.

Et ne se retourna vers la porte que lorsqu'elle l'eut entendue se refermer.

5

Peu après, l'on annonçait les fiançailles d'Estelle avec un cousin éloigné appartenant à la branche aixoise des Jonquéras.

« Un jeune homme de grand avenir, richement pourvu, et fort bel homme » entonna la renommée avec orchestration de cuivres.

Adrienne rentra éblouie d'Arles où l'on ne parlait que de la nouvelle.

— Ils se sont rencontrés à Aix, l'an passé, chez la grand-tante d'Estelle. Vous savez, durant ce séjour qu'elle a tant prolongé ? Et, depuis lors...

Les bruits de couverts et d'assiettes, et les va-et-vient de Philo qui servait, ce soir-là, meublaient assez congrûment l'atmosphère de ce début de repas pour que la jeune fille ne s'aperçût point, tout d'abord, du manque d'écho autour de son récit.

Frédéric, le nez dans sa cuillère, louchait désespérément à chaque gorgée vers son frère aîné qui, après être demeuré immobile quelques secondes durant, venait de se remettre à manger, un peu plus lentement que d'habitude, comme si ce potage à l'oseille lui eût laissé des fils dans la gorge.

Les yeux fixés sur son assiette, il semblait s'abstraire du bavardage inaccoutumé d'Adrienne.

— On dit que les Jonquéras vont donner un grand

bal pour fêter les fiançailles. Estelle a bien de la chance. Son futur a devant soi une carrière magnifique, paraît-il. Il vient d'être nommé consul à Alexandrie. C'est une nomination qu'il attendait pour faire sa demande. Estelle va...

— Mange, au lieu de tant parler, coupa Julia, avec sécheresse. Ta soupe sera froide et tu vas faire attendre tout le monde.

Comme Adrienne se taisait, décontenancée, Henri s'interposa :

— Pourquoi ne pas la laisser raconter, Mère ? Nous ne sommes pas pressés.

La cuillère de Frédéric resta en suspens à mi-chemin.

Un souffle froid passait au-dessus de la table.

Julia dit, sans regarder son fils :

— Fort bien. Continue, Adrienne.

L'injonction, et le ton sur lequel elle était formulée, achevèrent de démoraliser la jeune fille.

— C'est que..., balbutia-t-elle, ce sont là tous les détails que l'on m'a donnés.

Percevant la tension, elle se remémorait soudain les rumeurs vagues qui avaient couru depuis un an autour d'Henri et d'Estelle. Tout naturellement lui revinrent à l'esprit, du même coup, les arguments probants qu'elle ne manquait jamais d'opposer, dans leur cercle d'amis, à tous ceux qui, faute d'oser aborder le sujet auprès de sa mère, la harcelaient d'insinuations.

« *Eux ? Mais vous voulez rire. Voyons, Henri l'a connue toute enfant. Il était déjà presque un jeune homme que Frédéric, elle, et moi, nous amusions ensemble.* » Une fois, elle s'en souvenait, Mère avait puni Frédéric parce qu'il s'était battu avec Estelle. Et Henri, le voyant furieux, lui avait dit : « C'est bien fait. Cela t'apprendra à jouer avec cette gamine. » « *Jamais*

Henri... L'on a vite fait d'imaginer... Croyez-moi, je connais mon frère. D'ailleurs, si ce bruit avait le moindre fondement, je le saurais, vous pensez bien. »

A présent, elle n'en était plus aussi certaine.

Elle se rassura pourtant, lorsqu'elle l'entendit lancer avec entrain :

— Voilà donc des réjouissances en perspective.

Julia, elle, enfonçait ses ongles dans l'épaisseur que lui offraient la nappe et son molleton, et s'obstinait à éviter le regard d'Henri.

— N'est-ce pas, Mère ? insista-t-il. Vous allez encore avoir à payer des factures de couturières. Il faudra une nouvelle toilette à ma sœur.

Il en faisait trop. Julia était-elle seule à sentir combien cela sonnait faux ? Elle risqua un coup d'œil vers son fils cadet et le vit aux aguets. Le silence qu'il observait eût suffi, du reste, à trahir son malaise.

Et Adrienne elle-même... Il était bien temps. « La sotte ! »

Les prunelles pâles de Julia se plantèrent méchamment dans celles de la jeune fille. Leur éclat blessait.

— Une nouvelle toilette ? Mais certainement. L'occasion en vaut la peine.

Tandis que Philo changeait son assiette, elle ajouta, sarcastique :

— Que dirais-tu de la prendre beige... ou plutôt : chamois, pour changer ?

Adrienne eût souhaité disparaître à cent pieds sous terre.

— As-tu réellement l'intention d'assister à ce bal ? attaqua Julia, dès qu'Henri l'eut rejointe dans le petit bureau.

L'invitation, arrivée au courrier de ce matin-là, pour la soirée de fiançailles avait défrayé de nouveau la conversation durant tout le déjeuner. Et Henri avait évoqué la nécessité de se commander un autre gilet de soie blanche.

Cependant, Julia s'inquiétait depuis quelque temps, voyant de jour en jour s'accentuer ce cerne autour des paupières de son fils, et ce creux, sous ses pommettes.

Philo, obscurément en alerte dans l'espèce d'adoration qu'elle avait reportée sur Henri depuis la disparition d'Amélia, se faisait du mauvais sang, elle aussi.

— Il a pas bien bonne figure, en ce moment, monsieur Henri. Vous trouvez pas, Madame ?

Julia se mordait les lèvres sans répondre.

« *Nous n'en parlerons jamais plus, Maman.* » Depuis lors, elle s'était retenue ; et ce n'est pas facile de se retenir, songeait-elle, à cette minute où la question avait jailli de ses lèvres avant qu'elle ne l'eût voulu. « Non, pas facile », quand, chaque nuit, il vous faut épier : les pas dans la chambre du dessus, la porte qui crie, des frôlements sur le palier, qui descendent, se rapprochent... — « Vient-il ici ?... oui... non. » — de nouveau les marches qui craquent, l'huis qui grince. — « Il est sorti. Mon Dieu, où va-t-il ? » — .Et les heures que jette la pendule ; et le clair de lune qui se déplace insensiblement sur la pelouse. — « Le gravier... on dirait que... est-ce lui ? Non. Pas encore. » — Cette rage du temps qui feint de se traîner et tout à coup se précipite à coups pressés. Et cette humidité de l'automne qui ramène les maux physiques avec lesquels il faut aussi compter, comme si ce n'était pas assez... Cette quinte interminable, cet air qui manque à la respiration, ce... — « Ah ! cette fois... Oui, oui, c'est bien lui. Enfin. Merci, Seigneur ! Il est rentré. Il est là. » — Ce spasme douloureux du cœur qui n'en peut plus de battre. « Oh ! Christ, la fatigue que c'est de toujours aimer, de toujours craindre. » A présent, elle n'était tranquille que lorsqu'elle le savait en ville, occupé à courir les filles ou à perdre de l'argent au cercle, en compagnie de Frédéric. « Mon petit, mon fils... » Que la fille d'une autre eût ce pouvoir exorbitant de le rendre malheureux... !

— A ce bal ? Mais bien entendu, Mère. Je ne vois pas comment je pourrais y manquer.

Sans vouloir tenir compte de la froideur d'Henri, avec une sorte de timidité qui, cependant, ne lui ressemblait guère, elle suggéra :

— Tu pourrais... que sais-je ?... être en voyage ?... à Paris ?

— Non, Mère.

Jamais auparavant Henri ne lui avait parlé avec cette dureté coupante. Il avait fallu la crise qu'il traversait obstinément seul. Et sans doute n'eût-il pu se départir de ce ton, avec elle qui savait, sans que risquât de se défaire aussitôt tout l'appareil de sa blessure.

Ce n'était pas à Henri qu'elle en voulait. Dans son déchirement de le voir souffrir, elle était prête à tout admettre. Mais : « Cette petite guenippe, cette... elle est jolie, soit. Et après ? Frivole, sotte... Sinon, eût-elle jamais préféré un autre à Henri ? Tant de filles n'eussent rêvé que d'être à sa place. La petite Marquet-Rageac, s'il voulait d'elle... Cela saute aux yeux qu'elle en est coiffée. »

Henri s'était éloigné vers la fenêtre, au fond de la pièce, comme pour s'isoler de sa mère ; et regardait au-dehors où ne se passait rien.

La vue de son dos alourdi fit mal à Julia.

— Tu n'as pas beaucoup dormi, la nuit dernière.

Qui donc, en vous, prononce ainsi à votre place les mots que vous ne voudriez dire, à aucun prix ?

Il revint jusqu'au bureau en trois enjambées furieuses.

— Ecoutez, Maman...

Se planta devant elle, la considéra. Et se radoucit :

— J'ai fait tout simplement un tour dans le parc. Souvent, quand je n'ai pas sommeil, l'envie me prend de marcher. Vous ai-je réveillée ? J'en suis navré.

Julia évalua ce qu'elle devait à sa compassion, et en ressentit comme une nausée.

— Mais non. C'est par hasard que je t'ai entendu. Tu sais que je ne dors guère lorsqu'il fait lourd comme cette nuit.

La vanité de ces protestations. Pour lequel des deux la gêne était-elle pire ? Le regard d'Henri, à son insu, peut-être, contenait une adjuration éperdue. Aussi bien Julia éprouvait-elle avec acuité le remords d'avoir rompu ce silence qu'il exigeait autour de sa peine.

Elle avala, non sans effort, la boule qui persistait à lui remonter dans le gosier, ouvrit le registre à sa portée, chercha nerveusement la page et prit sa plume :

— Dis-moi, hier, j'ai établi le compte pour la paie des vendangeurs sur les indications que m'a fournies Ranguis. Veux-tu que nous les revoyions ?

Henri parut soulagé.

— Tout de suite, Maman.

Il fit le tour du bureau pour venir se pencher derrière sa mère ; et, au bout d'un instant, lui posa sa main sur l'épaule, d'un geste appuyé.

Julia se raidit pour ne rien lui manifester de sa tendresse. Ce simple contact — « Mon grand garçon » — faisait refluer le sang vers son cœur.

Mais la douceur qu'elle en éprouvait avait un triste goût d'amertume.

Au moins pouvait-on se dire malgré tout, songea-t-elle, que l'orgueil d'Henri, cet orgueil intraitable qui l'emprisonnait dans sa solitude, lui apportait aussi l'appui dont il avait tant besoin pour sauver la face.

Et, en effet, il ne manqua ni le bal des fiançailles, ni aucune des soirées qui se multiplièrent au cours de l'hiver ; et tint brillamment sa place parmi toute la jeunesse élégante des environs conviée aux noces d'Estelle, au mois d'avril suivant.

Rassuré depuis longtemps, Frédéric s'y amusa, pour sa part, sans arrière-pensée.

— Vous savez, Maman, je suis certain qu'Henri a vraiment eu un petit sentiment pour elle, l'année dernière. Rien de sérieux, heureusement.

Julia ne répliqua rien. Le défaut de perspicacité dont témoignait son fils cadet en cette matière était, au moins en ce qui le concernait, un heureux symptôme.

Quand le temps manque pour approfondir les questions, l'on croit volontiers ce que l'on a besoin de croire. Et Frédéric, pris dans un tourbillon d'amusements, avait besoin de croire que l'existence, telle qu'elle se présentait, apportait autant de satisfactions à son frère qu'à lui-même, sans quoi son plaisir en eût été gâché.

— Une sacrée chance, de si bien faire la paire, nous deux, dis, grand ?

Le « grand » accusait à présent sous la toise trois bons centimètres de moins que lui-même. Mais la vénération fraternelle qui s'exprimait ainsi ne se mesurait pas à la taille.

Une bourrade était toute la réponse d'Henri. Elle dissimulait un sentiment de honte, bien qu'elle contentât Frédéric.

Dans cette amitié où le cadet, cependant assez peu prodigue de soi, ne réservait rien, l'aîné se sentait débiteur.

Mais il y a des aveux impossibles à faire, Frédéric l'apprendrait à son tour ; à son tour il se tairait, si jamais... songeait Henri. « Mais non : cela n'arrive pas tous les jours, Dieu merci ! Il suffit d'un pour la famille ! » Que, du moins, le supplice qu'il endurait achetât pour Frédéric et ce gamin d'Hubert le droit d'en être exempts toute leur vie.

Il revoyait leur cousin Raoul épanoui dans le bonheur auprès de sa jeune femme, tel qu'il l'avait eu sous les yeux, dix jours durant, à la Noël. « Mais moi... » Revoyait Estelle, au matin de ses épousailles, plus éblouissante que jamais dans les voiles blancs, quittant l'hôtel Jonquéras au bras de son père pour aller jurer amour et fidélité à un autre. Avoir dû supporter cela. Et se taire, faire bon visage, sourire, la féliciter, serrer la main de son mari.

« Estelle ». La première et la dernière pensée quotidiennes. A chaque aube, il s'éveillait avec ce nom aux lèvres ainsi qu'un gémissement mal retenu. Et même dans son sommeil il devait l'appeler encore. C'était elle, ce rêve gris, nébuleux, oppressant, où il s'acharnait en une poursuite indéfinie toujours vaine.

Souffrir à en suffoquer d'angoisse pour une petite fille indifférente qui, là-bas, à six lieues — quarante minutes de galop — devait sourire à un autre en dormant. « Un autre ! » Et, parfois, se relever, se vêtir, talonné par la douleur, dans une folie de fuite, pour aller le crier au-dehors, ce nom, en pleins champs ; s'en délivrer dans la nuit vide. Vide, vide, inexorablement. La nuit où l'on marche seul en se répétant qu'un autre marchera à côté d'elle, qu'un autre l'aura dans ses bras. Et les mots dont elle s'est servie pour dire « non » flamboient à l'intérieur de la tête dans un bourdonnement de sang. « Estelle... »

Savait-il lui-même combien il l'aimait avant d'apprendre qu'il ne l'obtiendrait jamais ?

Durant la journée, il parvenait à tenir, à donner le

change. « Sauf à Mère. Mais Mère... » La présence des siens, celle des tiers, le stimulaient.

Mais ces nuits, où il se retrouvait sans spectateurs, seul en face de soi-même, avec cette privation à supporter, comme une fièvre de soif qui lui donnait le délire. « Ces nuits... » Il regardait le souvenir de l'une d'entre elles où il s'était laissé aller à hurler dans le désert des champs, prostré à même le sol, le visage contre la terre fraîche des sillons labourés d'où montait une légère odeur de pourriture pareille à celle de l'automne ; et tout était déjà passé, pour lui, et il entrait avant son temps dans cette arrière-saison interminable qui lui restait à vivre.

Comment eût-il pu confier cela à Frédéric ? Lui parler cette langue étrangère ?

Cependant, depuis qu'Estelle, mariée, avait quitté Arles pour l'Egypte, mystérieusement, devant l'irrémédiable accompli, sans qu'il s'en aperçût, au paroxysme de sa détresse, peu à peu succédait l'apaisement.

Désormais, il pouvait aller où que ce fût, il ne la rencontrerait plus. Elle n'entrerait plus dans un bal pour faire battre son cœur plus vite. Il n'entendrait plus son rire. Il ne se répéterait plus, dans Arles, à chaque tournant de rue : « Je vais peut-être la rencontrer. » Il pourrait retourner à Tourvieille sans calculer les possibilités de l'y trouver auprès de Laure. Nul ne lui dirait plus à l'improviste, sans y attacher d'importance : « J'ai vu Estelle. Elle portait une robe... elle était avec... elle m'a paru... » Quel repos, tout à coup, que d'en être sûr.

La réalité de cette absence pesant sur son désespoir l'avait vidé de sa violence. Il ne le savait pas encore, et, déjà, il était guéri.

Julia, elle, ne l'ignora pas longtemps. A voir son entrain forcené de la saison précédente se calmer, perdre cette frénésie ostentatoire qu'il y avait mise ; ses prévenances redevenir telles que par le passé, ses dépenses prendre une allure plus raisonnable, elle comprit qu'il retrouvait sa paix intérieure avec son rythme de vie accoutumé.

La rumeur publique attribuait pour maîtresse à Henri une jeune modiste de Tarascon. La sagesse récente que manifestait cette liaison sans prestige parut à sa mère du meilleur augure après le train tapageur qu'il avait mis son point d'honneur à mener pendant six mois.

Julia était d'ailleurs prête à accueillir favorablement toutes les diversions, quelles qu'elles fussent, pourvu qu'Henri y prît une once d'intérêt.

Elle qui écartait toujours les discussions politiques se réjouissait maintenant de l'entendre discourir à perte de vue, avec Frédéric, à propos du nouveau ministère. Bien qu'elle abhorrât la seule pensée de la guerre, elle écoutait sans sourciller leurs déclarations revanchardes qui l'eussent fait frémir d'exaspération en temps ordinaire.

Lorsque les deux apôtres, parvenus au sommet de l'excitation patriotique et guerrière, manifestèrent leur intention de « monter à Paris » pour assister à la revue du Quatorze Juillet, loin d'élever la moindre difficulté, elle encouragea leur projet, et remplit généreusement la bourse de son fils cadet, toujours à court.

Le blé s'était mal vendu. Mais qu'importait ?

— Amusez-vous, et ne vous inquiétez pas du reste.

Les garçons se le tinrent pour dit.

Partis conservateurs, ils revinrent boulangistes, et, dans l'ardeur de leur prosélytisme, ne se gênèrent pas pour le trompeter autour d'eux.

La chose s'ébruita rapidement dans Fontfresque. Le curé, aux cent coups, endossa sa soutane des dimanches et vint trouver Julia.

Elle ne fit qu'en rire.

— Allons donc ! monsieur le Curé, riez-en aussi. Quelle importance ? Cela les amusera bien six mois. Avez-vous jamais vu, sous la république, un ministère durer davantage ?

Tandis que son hôte s'épongeait le front et trempait ses lèvres dans le verre de carthagène qu'elle venait de lui servir, elle se prit à rêver un instant. Et ajouta :

— C'est, paraît-il, un cavalier magnifique, ce Boulanger.

Le prêtre s'en fut, consterné par cette façon d'envisager la question. Et remua tout le long du chemin des réflexions pessimistes, sous la voûte des platanes où l'ombre cuisait à l'étouffée entre le ciel et les champs d'alentours grésillants de chaleur.

Ces gens de Mogador... Deux jeunes messieurs éduqués chrétiennement qui, déjà, ne se faisaient point faute de mener joyeuse existence, et, à présent, se proclamaient du camp des persécuteurs de l'Eglise. Et leur mère... — une femme de devoir, pourtant, la pierre angulaire de la paroisse — s'en souciait comme d'une guigne. « *Un cavalier magnifique*. Bon Jésus, je vous demande un peu... ! » Il branla la tête et s'avoua non sans mélancolie que mener les enfants de Dieu dans les voies du salut était parfois une tâche harassante, et bien vaine. Madame Vernet, le jour prochain fût-il celui du Jugement, serait encore capable de se laisser distraire du sien pour apprécier en connaisseur la chevauchée de l'Apocalypse, lorsqu'elle la verrait monter de l'abîme.

La transpiration collait les vêtements sur son corps, et il ne rapportait qu'amertume et déception de sa visite.

Julia ne se trompait point, cependant. Il ne fallut pas six mois, mais, tout au plus, quelques semaines pour que ses fils, indignés contre le décret qui exilait le duc d'Aumale après l'avoir chassé de l'armée, revinssent sur leurs positions.

— Le duc d'Aumale, tout de même, Maman, c'est de l'histoire de France, et de la belle ! la prenait à témoin Henri, avec la même fougue qui n'avait fait que changer d'objet.

Elle approuvait du menton.

Aumale, le héros de son enfance, si blond sur cette image d'Epinal au mur de l'épicier de Maillane.

Qu'est-ce donc que le temps ? Un nom faisait se lever tout un monde de souvenirs et de perceptions. La grosse figure de Pollonie sous le bonnet blanc, le tablier en pisé de l'épicière, l'odeur de la boutique. Constance, sous son grand chapeau cabriolet à plumes, douce, jeune, jolie, élégante, tenant par la main ses deux enfants...

— Vous ne m'écoutez pas, Maman. A quoi pensez-vous ?

Elle releva la tête et contempla longuement Henri.

— Mais si, je t'écoute.

Son fils à elle avait vingt-sept ans. Et le duc d'Aumale était un vieil homme.

Les vendanges non plus ne furent pas fameuses. Par cet été pluvieux, soufrage et sulfatage répétés n'avaient pu être efficaces. Et à présent, dans toute la région, le phylloxéra se mettait de la partie. Il fallait traiter chaque plant atteint par des injections de sulfure, au pal.

— Encore, Maman, ne nous plaignons pas. Ces plants américains que Père avait fait mettre résistent remarquablement. Si vous voyiez à côté, chez les Raynal. C'est pitoyable. Heureusement qu'ils ne font pas que le vin.

— Et l'autre jour, renchérissait Frédéric, en passant à Barbegal, nous nous sommes arrêtés à la Canterelle : Alphonse du Roveret parle de tout arracher, ni plus ni moins. Il envisage d'essayer la culture maraîchère. Nous n'en sommes pas là. Il n'y a guère que la vigne des Quatre-Chemins qui soit très atteinte. Au plan Roussi, le rendement a été presque normal. Et ici, au moins, nous n'avons pas eu à souffrir des inondations. Tandis que dans le Gard... Allez, Henri a raison, nous avons encore de la chance, croyez-moi.

Les écouter, les contempler, était en tout cas d'un réconfort puissant. Quant à les en croire...

Julia, dubitative, hochait le menton. Les chiffres étaient là, sous ses yeux. Et ils n'étaient pas brillants, pour l'ensemble de la campagne. Quel que fût leur optimisme, était-ce bien le moment d'engager du personnel ? Ce Tonin... ?

— C'est toujours le moment quand l'occasion se présente d'attacher au domaine quelqu'un de capable et d'honnête qui ne rechigne jamais à la besogne. Un jour ou l'autre, vous vous féliciterez que nous l'ayons sous la main. Voyons, Maman, n'allez pas me dire que les gages que je paie à Tonin vont consommer notre ruine, lui rétorqua Henri.

Julia le dévisagea avec ironie, et s'attendrit malgré soi.

Gentil, souriant, et péremptoire. Et plus têtu que son père. De jour en jour elle voyait s'accentuer leur ressemblance. On eût dit, songea-t-elle, que l'épreuve subie récemment avait achevé de le mûrir. Ou bien était-ce elle qui le découvrait avec des yeux neufs, tout à coup ?

Son menton durci, son regard bien posé, cette carrure encore élargie, son air d'assurance... Inutile désormais de chercher cet indéfinissable reste d'adolescence qui avait longtemps persisté à transparaître sur l'homme qu'Henri était devenu.

Et la maisonnée entière subissait avec allégresse le joug de cette force masculine qui, de nouveau, régnait sur Mogador. De Philo à la fille de cuisine, tout le personnel était à sa dévotion. Victor eût-il voulu émettre le moindre commentaire touchant les ordres de monsieur Henri que la coalition des femmes, la sienne comprise, lui eût vertement imposé silence. La longue régence de Julia avait eu beau s'exercer sans défaillance, la nostalgie d'un véritable maître devait avoir couvé tout ce temps ; elle s'en apercevait à présent, en voyant l'empressement que suscitait en s'affirmant l'autorité d'Henri tourner au fanatisme.

Cependant, sur tout ce qui concernait l'administration du domaine, le pouvoir échappait aux mains de Julia.

Elle en prit brutalement conscience après qu'une rechute de bronchite, qu'était venue compliquer l'inévitable crise d'asthme, l'eut clouée dans son lit, quelques jours durant, vers le temps de l'Avent.

Le premier matin où elle put quitter sa chambre pour descendre, attirée par la voix de ses fils, elle entra dans le petit bureau, et trouva Frédéric installé à sa place.

— J'ai arrêté les comptes définitifs, Maman. Voulez-vous voir ? Ce n'est pas aussi mauvais que nous ne l'avions craint.

Il lui tendit le grand livre, mais ne parut pas songer à lui rendre la place.

La discussion, interrompue par l'entrée de leur mère et l'échange de tendresses qui s'était ensuivi, reprit entre les deux frères.

Julia écoutait sans mot dire, le cœur étreint d'une sensation de dénuement.

Ils n'avaient plus besoin d'elle, cela sautait aux yeux.

Lorsqu'elle toussa et dit :

— Quelle tabagie !

Ils éteignirent l'un son cigare, l'autre sa pipe.

Comme ils écoutèrent son avis, l'air attentif, lorsqu'elle prit la parole.

« Par pure gentillesse », pensa Julia.

Mais elle sentait bien qu'ils estimaient à présent en savoir autant qu'elle.

La pièce sentait l'homme, et le chien crotté. « *David... !* »

— Pourquoi l'a-t-on laissé entrer ?

David s'épuçait sans pudeur sur le parquet, la cuisse haut levée, fort du droit que crée la coutume.

— Qui donc ? s'étonna Henri.

Il suivit la direction du regard de sa mère.

— Ah ! oui. Il vous gêne ? Fais-le sortir, Frédéric.

Frédéric se leva, nonchalant :

— Allons, mon vieux, hors d'ici. C'est vrai que tu pues, ce matin, malheureux !

Les autres jours, sentait-il la rose ? se demanda Julia, horripilée, sans faire part à ses fils de ses doutes à ce sujet.

— Maman, si vous voulez que j'ouvre un peu la fenêtre... ? s'empressait Henri.

Eût-elle réclamé sa place qu'ils la lui eussent rendue sans barguigner, elle en était certaine. A son entrée, ils s'étaient précipités pour lui avancer le fauteuil le plus confortable. Mais...

S'imposer ? se cramponner aux basques des garçons ? Pour tenter de se persuader encore un peu de temps qu'elle était toujours indispensable ? « Bah... ! »

Toute sa fierté disait non. Cent fois, mille fois non.

Mais le renoncement était un parti amer à prendre. Elle tergiversa un moment encore, promenant ses regards autour d'elle sur cette pièce qu'elle n'avait plus songé à regarder depuis un quart de siècle. La vieille tapisserie marron que l'humidité décollait dans le coin, près de la fenêtre. L'ancien sofa du salon qu'on avait posé là, en attendant, à l'époque des embellissements, faute de savoir où le mettre. « On verra, on trouvera un autre endroit », avait dit Rodolphe. Et, trente ans après, il y était encore. Le râtelier de pipes. Les registres alignés, un par année, sur l'étagère. Et tout ce qui se trouvait sur le bureau : le classeur, l'encrier de verre, le plumier, la boule irisée sur le tas de papiers, le buvard, avec ses taches familières qu'elle voyait aujourd'hui à l'envers. Inconsciemment, elle s'attardait au jeu puéril de les reconnaître : celles qu'elle avait faites ; celles qui dataient d'avant son temps. Il y en avait une toute fraîche que Frédéric venait d'ajouter.

Un parti amer à prendre, pour Julia Vernet plus que pour quiconque.

— Et pourquoi pas l'œillette ? Moi, je serais d'avis d'essayer. Quand Père a mis de la vigne à la place des garances... exposait le cadet, d'un ton persuasif, à son frère.

En tout cas, Mogador était en bonnes mains.

Henri se retourna comme elle atteignait la porte.

— Vous nous laissez, Maman ?

Et le dernier qui grandissait, impatient de devenir lui aussi un homme, s'apprêtait à rejoindre ses aînés. Il y aurait bien juste la place pour eux trois dans cette petite pièce.

Julia affermit ses épaules, assura sa voix.

— J'ai à faire à l'office.

Elle referma la porte, lentement, doucement.

Derrière elle, les voix avaient déjà repris leur dialogue.

Adrienne surgit du fond du vestibule.

— Maman, où étiez-vous ? Je vous cherchais. Il est temps que vous preniez votre potion. Voulez-vous que je vous l'apporte dans la salle à manger ? Comment vous sentez-vous ? Pas trop lasse ? Venez vous asseoir devant le feu.

Le bras de sa fille se glissa sous le sien. Elle se laissa entraîner. Cette sollicitude qui l'agaçait le plus souvent, ce matin-là lui était douce.

Pour la première fois, elle se surprit à penser avec appréhension : « Le jour où Adrienne ne sera plus ici... » Adrienne qu'elle rabrouait, raillait, bousculait, à longueur de journée ; sur qui elle passait son humeur. Adrienne, dévouée, ponctuelle, dont l'inépuisable patience l'impatientait, quand elle eût dû la désarmer. Adrienne, jamais lasse de prodiguer son temps, ses soins, et son affection, à qui en avait besoin.

Agenouillée près de sa mère, la jeune fille s'efforçait de remettre en place une bûche tombée en dehors des chenets. Le feu allumait des éclairs de cuivre rutilants sur le chignon châtain faiblement doré.

Julia posa sa main sur ce dos courbé, sans mot dire.

— Maman, vous voulez quelque chose ?

— Non, rien.

« Ce que je voudrais, c'est un mari pour elle, et des enfants. Que celle-ci soit heureuse, mon Dieu ! » pria-t-elle, intérieurement. Elle s'évertuait à le demander de toutes ses forces, afin d'étouffer en elle ce sentiment égoïste qui, elle le découvrait à l'instant, lui faisait redouter le départ d'Adrienne. « Et c'est vrai qu'elle est faite plus que quiconque pour devenir une mère de famille. »

Parmi tous ces amis des garçons, qui fréquentaient

Mogador, n'y aurait-il personne pour s'en apercevoir ? Quelqu'un qui fût capable de passer sur un regard assez terne, un teint brouillé, un manque de goût et d'élégance, une maladresse à se mettre en valeur, une timidité décourageante, au premier abord, pour comprendre quelle compagne prévenante et sûre elle pourrait être ?

« Il existe pourtant aussi des hommes placides, dépourvus de brillant, mauvais cavaliers et mauvais danseurs. » Mais peut-être recherchaient-ils leur contraire ?

— As-tu pensé à ta robe de soirée pour cette saison ?

— Pas encore, Mère. — Adrienne se redressa posément, s'essuya les mains avec son mouchoir. Ses gestes avaient cette méticulosité qui rendait Julia nerveuse : — J'attendais que vous soyez tout à fait remise pour demander à Henri s'il veut m'accompagner à Avignon. Tante Sophie a dû y mener Emilie, et je n'ose la...

Sa mère l'interrompit avec décision.

— Je t'y accompagnerai moi-même, la semaine prochaine. Il y a une éternité que je n'ai pris l'air du dehors. Cela me fera du bien. D'ailleurs, tu n'as rien à gagner à suivre les conseils de ta tante. A voir comment elle et cette pauvre Emilie sont fagotées !... Non, non, je tiens à ce que tu sois à ton avantage, et j'y veillerai. Nous allons te transformer, tu vas voir. Cet hiver, il faut que l'on te remarque.

— Oh ! Maman... émit faiblement Adrienne.

La perspective ne semblait nullement la transporter d'enthousiasme. A l'encontre du regard de sa mère, luisant d'excitation, le sien ne reflétait qu'une inquiétude assez vive.

Quelle qu'eût été, au départ, sa bonne volonté, Julia l'épuisa vite, à tenter de la mettre en pratique.

— Autant essayer de donner forme à une cuillerée de mélasse, déclara-t-elle crûment à Henri qui, descendant de chez lui comme elle atteignait le palier, l'avait suivie dans sa chambre, et s'informait du résultat de son expédition.

— Allons, Maman, allons !... Vous êtes d'une cruauté, lorsqu'il s'agit de ma sœur, dit-il, non sans un sourire.

— D'une cruauté ! J'aurais voulu t'y voir.

Elle déposa sur le lit son bonnet de veuve garni du long voile qu'elle conservait depuis la mort de Rodolphe, et se retourna, les narines écarquillées de colère.

— Tout l'après-midi, elle m'a fait subir le carcan : « *Non, pas cela. Ni cela. Ni... Je n'oserais pas le mettre. Je ne puis porter cette façon. Le vert est trop voyant. Le bleu ne me va pas... Le blanc ne me plaît pas !...* » Ah ! quelle comédie, quand j'y pense ! Veux-tu que je te dise ? Le rêve de ta chère sœur consiste à ressembler à une institutrice de bonne maison.

Un coup d'œil de défi ponctua cette appréciation. Julia attendit une réplique qui se garda de venir. Et conclut alors :

— Fort bien, je ne m'en mêle plus. Qu'elle joue les *Jane Eyre* à son aise. Nous verrons si elle déniche un lord Rochester.

Henri siffla d'admiration :

— Phû-û ! Mère !... Je ne vous savais pas si versée dans la littérature anglaise.

— C'est elle qui m'en a fait la lecture, la quinzaine passée, quand je gardais la chambre, confessa Julia, non sans un reste de mauvaise humeur, avant d'aborder sans transition un autre sujet :

— A part cela, nous sommes allés voir Hubert au collège. Pour apprendre qu'il avait failli être renvoyé, il n'y a pas trois semaines. — Son œil perçant guettait la réaction d'Henri. — Eh bien ! mon ami, cela ne semble pas te surprendre beaucoup. — Elle planta son regard dans celui du jeune homme : — Tu le savais. Avoue.

— Heu..., fit Henri.

— Tu ferais mieux d'en convenir, lui assena-t-elle, triomphante, le Père Préfet m'a tout raconté. — Une petite lueur couvait dans ses prunelles pâles. — Ainsi, la révélation des débordements de ton frère eût pu me tuer.

Il était visible qu'Henri eût préféré de beaucoup être ailleurs. Sa mère exploita sans pudeur l'avantage qu'elle venait de prendre :

— C'est donc en exécutant des variations pathétiques sur le thème de ma santé que Frédéric et toi avez extorqué aux bons Pères la grâce de ce petit animal ?

Henri se sentait de plus en plus gêné.

— Eh bien, Mère, après tout, vous étiez réellement malade, et...

— ... Et je tiens à voir Hubert terminer correctement ses classes, nous sommes d'accord, coupa-t-elle, au grand soulagement de son fils. Mais je n'aime pas beaucoup avoir passé pour agonisante. De quoi ai-je eu l'air, cet après-midi ?

Henri ne répliqua rien devant cette mauvaise foi flagrante. Toute la maison savait qu'elle-même usait et abusait précisément du même genre de prétexte pour couper court aux corvées mondaines qui l'excédaient. Adrienne, là-dessus, en eût eu long à dire. Et Hubert, puisqu'il était question de lui, Hubert, justement, n'avait-il pas bénéficié vingt fois de ce demi-mensonge qui obtenait pour lui des sorties supplémentaires ?

« Nous autres, nous venions à la maison une fois par trimestre. Mais lui... » Le petit, le dernier-né. C'était à qui le gâterait. Mère n'était pas la seule, évidemment. Tout de même, en l'occurrence, Frédéric et lui avaient agi pour le mieux. Un peu d'exagération ne méritait pas...

Les pensées de Julia suivaient en silence un cours parallèle.

— C'est égal, maugréa-t-elle, tout à coup, j'aurais bien voulu lire ce qu'il écrivait à sa petite repasseuse.

Tiré des siennes, son fils aîné la regarda de côté :

— Comment ? vous n'êtes point parvenue à le lui arracher ?

— Comment veux-tu..., commença-t-elle.

Puis, le voyant s'esclaffer, elle se mit à rire.

L'hiver qui commençait promettait peu de grandes réunions. Par toute la Provence, il ne se trouvait guère, cette année-là, de propriétaires en mesure d'assumer la dépense qu'elles entraînaient.

Dans cette carence générale de la bonne société, les deux frères Vernet n'en firent pas moins joyeux usage de leurs loisirs.

— Vous sortez, ce soir ? s'enquérait Julia, pour la forme, lorsqu'elle les voyait se dresser en même temps, leur café à peine avalé, après s'être consultés du regard.

— ... n'heure ou deux... Tarascon... 'tit tour au cercle..., marmonnait Frédéric en la cajolant au passage. Pour rien au monde, il n'eût renoncé à cet euphémisme devenu classique, qui amenait immanquablement un retroussis de gaieté aux coins du nez de Julia.

Ils redescendaient de chez eux à grand bruit — Ecoute la cavalerie qui descend, disait Julia à sa fille

— et faisaient leur entrée au salon pour dire bonsoir à leur mère avant de partir. Astiqués de la tête aux pieds. Beaux comme des astres.

— Amusez-vous ! leur criait-elle, lorsqu'ils quittaient la pièce après avoir chatouillé Adrienne au passage, brouillé les marques de son livre, ou planté une aiguille à tricoter dans son chignon, toutes taquineries qu'elle supportait avec stoïcisme.

— Merci, Maman.

Pour inutile que fût la recommandation, ils l'enregistraient avec reconnaissance. On pouvait compter sur Mère pour la largeur d'esprit. Jamais elle ne se fût plainte de leurs absences.

L'huis retombé, tant que leurs pas s'éloignant dans la direction des écuries faisaient encore crier le gravier, Julia écoutait.

Revenant ensuite à Adrienne qui attendait, le livre ouvert posé sur ses genoux, elle ordonnait :

— Continue.

Non qu'elle prêtât véritablement attention à ce que lui lisait la jeune fille. Mais le ronron de cette voix montant sur les pétillements du feu berçait le plus souvent ses propres songeries. Et, de temps à autre, relevant la tête au bout d'un paragraphe, Adrienne s'étonnait de voir sur les traits de sa mère une expression qui ne correspondait guère aux péripéties de l'histoire.

— Cela ne vous ennuie pas, Mère ?

— Non, non... Au fait, as-tu songé à écrire à Tourvieille et à la Sarrazine ?

Question presque inutile. Adrienne songeait toujours à tout. On ne pouvait lui dénier cette qualité.

— Très bien. Continue.

Noël approchait. Julia se remit à évoquer le plaisir qu'elle prendrait à voir réuni tout son monde autour d'elle : un plaisir sans mélange. De leur séjour à tous, elle-même, désormais, n'avait plus que l'agrément. A sa fille le souci, la peine, les responsabilités. Au tour d'Adrienne de se démener de l'aurore à la nuit. Douze personnes à héberger. A elle de préparer les chambres, de veiller à ce que chacun eût bien tout ce qu'il désirait, de tenir de longs conciliabules avec Berthe. A Julia, l'on soumettait seulement les menus élaborés pour qu'elle en fît la critique.

Elle imagina les soirées à venir dans cette même pièce où elle demeurait si souvent seule avec Adrienne. Le brouhaha. Les conversations. Et les joyeuses tablées aux repas.

Hubert serait là, en vacances. Et Constant, Sophie... Et ce bon Antoine, et Lucie, la chère créature, pomponnée à la dernière mode, corsetée au dernier cran, farcie de bijoux autant que la dinde de truffes, toujours aussi bavarde, et bonne comme le pain. Et cette délicieuse peste de Caroline, sa nièce favorite. Et la petite Blanche, Et Emilie, et la femme de Raoul. Et tous les garçons.

Cette jeunesse Angellier et Vernet s'accordait si bien.

« Si Père revenait... »

Dût l'ombre d'Alfred Angellier en perdre tout repos, il n'était pas désagréable de se représenter Caroline Vernet faisant un beau jour son entrée au bras d'Edmond, à la Sarrazine. Et Julia se flattait de savoir reconnaître quel sentiment peut se dissimuler derrière les moqueries presques agressives que multiplie aux dépens d'un jeune homme une fillette sur le point de devenir une jeune fille.

— « *En effet, madame de Beauséant lorgnait la salle et semblait ne pas faire attention à madame de*

Nucingen dont elle ne perdait cependant pas un geste. »

Un arrêt dans le débit monotone d'Adrienne tira Julia de ses rêves d'avenir. Levant la tête, elle s'informa avec brusquerie :

— Eh bien ? Après ?

C'était en général sur les passages tout chauds de passion amoureuse que butait ainsi la pudique Adrienne, et cette gêne évidente procurait à Julia un mélange d'amusement et d'agacement. « Comme si, à son âge... ! »

— Pardonnez-moi : depuis un instant, je vous croyais endormie.

Julia haussa les épaules : « Endormie ! »

— Mais non. Va donc.

Ce que l'on a longuement attendu passe vite. Depuis une semaine, les hôtes de Mogador étaient rentrés chez eux. La maison se remettait au pas de l'existence quotidienne.

L'année commençait bien. Ce début de janvier, exceptionnellement doux et ensoleillé, avait un avant-goût de printemps.

Les garçons furent conviés à une battue au sanglier qui devait se dérouler sur plusieurs journées, de l'autre côté de l'Alpille.

Incapable de patienter jusqu'au retour de Frédéric que retenait à Avignon une galante partie organisée par Caussade entre anciens du 3e hussards, Henri prit le parti de s'en aller seul, le jour même, retrouver ses amis au rendez-vous.

— Dites-lui de nous rejoindre demain soir, recommanda-t-il à sa mère et à sa sœur, assises toutes deux à leurs places respectives de chaque côté de la cheminée du salon.

Il sortit. Mais rouvrit la porte et passa la tête dans l'entrebâillement pour leur lancer :

— Et prévenez Berthe, qu'elle apprête la marinade. Dommage que la battue n'ait pas eu lieu un peu plus tôt. Nous aurions régalé toute la famille. A bientôt, Maman. Je vous promets un de ces cuissots !...

De son fauteuil, Julia lui lança, dans un petit rire ironique :

— Ne vends pas la peau du sanglier, mon garçon.

La résonance que prend la phrase la plus banale, ensuite, lorsqu'on se souvient...

Frédéric rentra le lendemain, vers midi, le tour des paupières légèrement fripé. Mais ne s'en disposa pas moins à repartir.

Sitôt le déjeuner terminé, il se mit à ses préparatifs.

Après avoir vérifié son fusil, il garnissait sa cartouchière, assis devant la table de la cuisine, quand retentit la sonnette de l'entrée.

« Qui que ce soit, au diable ! » Le moment était mal choisi pour recevoir une visite.

— Je n'y suis pas. Tu m'as compris ? jeta-t-il à Victor qui se dirigeait vers le vestibule avec sa coutumière majesté déjourvue de hâte, tout en boutonnant son gilet.

Quelques instants plus tard, la porte de l'office se rouvrit.

— Monsieur...

— Bon sang ! grogna Frédéric. Je t'ai déjà dit... — Il leva les yeux. — Quoi ? Qu'y a-t-il ?

La face lunaire de Victor était décomposée. Les joues tremblantes, il bafouilla :

— C'est quelqu'un qui... Monsieur Henri... Il faut... prévenir Madame avant qu'ils arrivent...

— Quoi ? Quoi ?... — Frédéric avait bondi et

secouait à deux mains Victor qui semblait incapable d'achever. — Parle ! Mais parle, bon Dieu !

— On... on le rapporte. Il a reçu une charge de plombs.

6

Le malheur peut dormir dix années durant, comme une bête légendaire tapie dans quelque obscure caverne. On l'oublie. On cesse de compter avec lui. Et, tout à coup, il se réveille.

Il était là. Julia le reconnaissait, à le voir face à face, penchée sur le lit où délirait son fils. « Qu'on n'en meure pas, mon Dieu, est-ce possible ? »

C'était Henri qui allait mourir. Et elle savait déjà qu'aux vivants il n'est jamais fait grâce.

Cette chair devenue terreuse où se creusaient les orbites au fond d'un cerne violacé, ce nez pincé, cette subite saillie de tout le squelette, c'était déjà le masque de la mort installée dans la place, installée dans ce corps hier encore si vigoureux et si sain qu'il paraissait défier toute atteinte.

« *Une charge de chevrotines dans le ventre...* Oh ! mon Dieu ! il se faisait une telle fête de cette battue. Il était si pressé d'y courir. » Les chasseurs qui l'avaient ramené avaient dit à Julia : « *Ce pauvre Donnadieu est fou de désespoir. Il ne s'explique pas comment il a pu s'y tromper. Lui-même se traite d'assassin. Cette erreur affreuse... Le hasard a voulu...* » Quel hasard ? Il n'y a pas de hasard. Dieu fait ce qu'Il a résolu de faire. Elle remettait bien doucement la compresse de laudanum sur ce ventre ballonné, aussi dur que du bois ; et ramenait le drap.

« *On a déchiré sa chemise pour lui faire tout de*

suite un bandage, pendant qu'Amic courait d'une seule traite jusqu'à Maussane chercher du secours. Pensez que nous étions dans la montagne, à plus d'une lieue. Nous l'avons transporté avec toutes les précautions possibles, à travers les éboulis de pierraille, sur un brancard de fortune, jusqu'à la route. Il vomissait à chaque instant, et la moindre secousse lui arrachait des plaintes. » Une mère peut donc entendre cela ?... « *Ensuite, une fois qu'il a été sur la charrette, nous avons mis le cheval au pas jusqu'ici. Cela nous a pris des heures.* »

« Et ici même... » On l'avait mis au premier étage, dans une chambre proche de celle qu'occupait Julia ; et elle avait souffert avec lui son calvaire tout le temps que cela avait pris de le monter.

— Appelé plus tôt, l'eussiez-vous sauvé ? demanda-t-elle au chirurgien avignonnais que lui avait amené le docteur Lapierre.

— Non, Madame. Hélas, non.

« *Le meilleur chirurgien...* » avait dit le docteur « ... *un homme jeune, hardi, connaissant son métier à fond. Sa réputation égale celle qu'avait son père.* »

Ce n'était pas une question de temps. Ni de science, la dérisoire science des hommes. Julia était là pour voir son fils se vider de ses entrailles. Eclaboussée à chacun de ces grands jets qui fusaient jusqu'au milieu de la chambre. Clouée, poignardée par chaque cri, chaque gémissement. « Mon petit. »

— A boire. Donnez-moi à boire.

— Est-ce que... ?

— Faites ce qu'il veut, dit le docteur Lapierre, détournant la tête devant son regard.

Lorsqu'il quitta la chambre en compagnie de son confrère, Frédéric et Adrienne, aux aguets, les arrêtèrent, au bas de l'escalier.

— Comment est-il ? Y a-t-il... ?

Non, il n'y avait rien à faire. Rien à tenter.

Frédéric blêmit jusqu'aux lèvres. Il parut un instant foudroyé, puis courut d'un élan s'enfermer dans la petite pièce au bout du salon, qui servait de bibliothèque.

Plus maîtresse d'elle-même, Adrienne cssuyait les larmes silencieuses qui coulaient le long de ses joues.

Elle s'adressa au docteur Lapierre :

— Et ma mère ? Docteur, ne pouvez-vous m'aider ? Je voudrais tant aller auprès d'elle, soigner Henri, moi aussi. Elle refuse de nous laisser entrer.

— Vous, mademoiselle Adrienne ?

— Moi, mon frère... Tout le monde. Il n'y a que Philo.

Au chagrin de la jeune fille se mêlait un vague sentiment de scandale. Pourquoi Mère n'agissait-elle pas normalement ? Elle insista :

— Je vous en prie, Docteur...

Un peu à l'écart, par discrétion, le chirurgien attendait. Autrefois, ses parents avaient entretenu des relations amicales avec les maîtres de maison. Mais qui eût songé à le lui rappeler ! Lui-même n'était jamais venu dans cette famille, et n'y reviendrait probablement jamais plus. Sa passion demeurait désintéressée.

Le docteur Lapierre écarta les bras en signe d'impuissance.

— Je vous comprends. Mais que voulez-vous que je fasse ? Vous connaissez madame Vernet.

Après deux jours, les jeunes gens étaient à bout d'angoisse et d'impatience. Le médecin qu'ils harcelaient matin et soir ne savait plus ce qui lui pesait davantage, des inutiles stations qu'il faisait au chevet du blessé, ou des instances et des supplications qu'il devait essuyer en bas, à chacune de ses allées et venues.

Son cabriolet à peine arrêté, le temps qu'il mît pied à terre, ils étaient là qui l'assiégeaient.

— Mais, Docteur, elle va tomber malade. Vous savez dans quel état est son cœur. Et Berthe me dit que c'est à peine si elle touche aux plateaux qu'on lui monte.

Déjà, inconsciemment, Adrienne, pour sa part, donnait le pas à la vivante dans sa sollicitude, sur celui qui n'était pas encore un mort.

— Il faut qu'elle soit raisonnable. Dites-le-lui.

Dire quoi que ce fût à cette femme, là-haut, plus tragique d'être sans larmes... Quel espoir y avait-il de se faire entendre d'elle ?

— Elle tiendra tant qu'il le faudra. — Il le savait bien, lui qui l'avait vue, cette créature d'apparence si grêle, mener par trois fois le même combat. — Nous la soignerons ensuite.

Frédéric dit avec violence :

— J'ai droit de revoir mon frère.

Il était hagard, avec des marbrures sur les joues.

— Frédéric !... murmura douloureusement sa sœur, sur un ton de reproche.

Il lui jeta un coup d'œil, serra les mâchoires, et, de nouveau, retourna s'enfermer dans la bibliothèque.

Adrienne s'appuya contre l'épaule de son jeune frère qui assistait à la discussion, attachant alternativement sur chacun d'eux des yeux emplis d'une sorte d'horreur incrédule. Muet, assommé, depuis qu'il avait appris la nouvelle de la bouche du Père Préfet, là-bas, au collège, il semblait ne pas pouvoir reprendre pied, au milieu du cauchemar qui s'appesantissait d'heure en heure sur Mogador.

— Dites-lui qu'Hubert est là. Elle m'a fait dire ce

matin par Philo de l'envoyer chercher. Peut-être voudra-t-elle le voir ?

— Oui, dites-le-lui, articula Hubert.

Les sons avaient peine à sortir de sa gorge nouée.

Le docteur eut un bref regard apitoyé pour l'adolescent.

— Je vais tâcher... oui, je... balbutia-t-il.

Il prit l'escalier comme il se fût échappé. Mais, à mesure qu'il approchait du palier, son pas se ralentissait.

Combien de fois l'aurait-il accompli, ce parcours, en vain ? Son inutilité lui pesait aux épaules. « Monsieur Vernet, cette pauvre petite Amélia, Cyprien... Et maintenant... On ne peut rien. On ne peut jamais rien. »

— C'est monsieur le Docteur, annonça Philo, lorsqu'il entra.

Julia ne se retourna pas. Debout contre le lit, au fond de la pièce, elle était telle que le médecin l'avait laissée, la veille au soir, comme si elle n'eût pas bougé depuis.

— Il délire de nouveau, annonça-t-elle, simplement. Au cours de la nuit, plusieurs fois il a repris connaissance.

— Il souffre toujours autant ?

Julia inclina la tête.

— Cette nuit, il ne pouvait pas même supporter les couvertures.

Le médecin commença son examen, et elle l'assista en silence.

A la tête du lit, prête à toute éventualité, Philo tenait la cuvette, et les serviettes propres.

— Il a pu vous parler ? questionna-t-il, lorsqu'il eut fini.

— Oui.

Le laconisme tranchant de la réponse interdisait de poursuivre.

Le médecin rassembla son courage :

— Votre plus jeune fils est arrivé. Tous trois se désolent, en bas. Ils voudraient que vous preniez un peu de repos. Mademoiselle Adrienne pourrait très bien vous remplacer pour une heure ou deux.

— Je vous en prie, Docteur. Cela me regarde.

Les yeux froids le paralysaient. Il insista cependant, non sans effort.

— Ils demandent aussi à voir leur frère.

Une sorte de stupeur envahit brièvement le visage de Mme Vernet, sans que le médecin qui la dévisageait, inquiet, parvînt à en tirer une conclusion quelconque. Jusqu'à la fin de sa visite, il se demanda quel genre d'écho pouvaient avoir recueilli ses paroles et si même elles en avaient trouvé un.

Après son départ seulement, Julia se laissa tomber sur un siège. « *Leur frère*... Evidemment. » Dans une lumière cruelle lui apparaissait tout à coup cette monstruosité : depuis trois nuits, elle avait oublié qu'Henri n'appartenait pas à elle seule, tant ses autres enfants avaient cessé de compter.

Elle demeura assise, immobile, les mains ouvertes sur ses genoux, considérant de ses prunelles fixes le lit où Henri, tout à l'heure prostré, recommençait à s'agiter.

— Philo ! appela-t-elle enfin.

La servante fut derrière elle presque instantanément. Depuis qu'elle avait vu rapporter son jeune maître sur une civière, l'orbe de son existence tenait entre ces quatre murs. Quand Julia, n'ayant plus besoin d'elle, la congédiait, elle demeurait encore de longues minutes derrière la porte, dans le couloir, avant de pouvoir se résoudre à s'éloigner.

— Oui, Madame.
— Va leur dire qu'ils peuvent monter.

Avec eux, l'extérieur que Julia avait oublié aussi s'engouffra dans la chambre.

— Monsieur le Curé est venu prendre des nouvelles par deux fois. Monsieur Amic aussi, au nom de tous ses amis. Et les Raynal, les Marquet-Rageac, Alphonse du Roveret, Madame...

« Le curé... » pensait Julia. « Oui, il faudrait y songer. »

— ... Enfin, tout le voisinage, vous voyez. Je ne sais que leur dire. Et, Maman, ne devrais-je pas prévenir les oncles et tantes ? S'ils l'apprennent par des étrangers, il me semble que...

Julia admira et haït cette douleur pourtant sincère qui trouvait le moyen de demeurer organisée.

Les deux garçons, eux, au moins, ne disaient rien. Hubert lui serrait convulsivement le bras, et Frédéric, éperdu de détresse, caressait d'un effleurement timide la tête mouillée de sueur qui ballait de droite et de gauche sur l'oreiller.

— Emmène Hubert, dit Julia à sa fille.

Elle embrassa le jeune garçon :

— Va, mon petit. Lorsqu'il reprendra connaissance, je t'enverrai chercher.

Et, s'adressant de nouveau à Adrienne, elle ajouta :

— Toi aussi. Va, maintenant. Et occupe-toi d'alerter toute la famille. Tu as raison, nous devrions l'avoir déjà fait.

Adrienne cachetait ses lettres quand survint son cousin Raoul.

De la fenêtre, elle le vit sauter à bas de son cheval et monter quatre à quatre les degrés du perron.

— Ce n'est pas vrai, ce que l'on vient de me dire dans Arles ? Henri... ?

Il repartit une demi-heure plus tard à bride abattue pour Tourvieille, sur *Phœbus*, le pie de Frédéric, laissant le sien, hors d'état de fournir sur-le-champ une seconde course à cette allure.

Le lendemain, tous défilèrent.

Julia les vit à peine.

En bas, ils entouraient Adrienne et ses frères. Au milieu de leurs cousins, tous trois en arrivaient par moments à perdre de vue le motif affreux qui les réunissait de nouveau, si peu de temps après leur séjour de la Noël. Et, tout à coup, l'horreur et le remords les poignaient au sein de cette accalmie.

Antoine et Lucie décidèrent de rester, après avoir tenu conseil avec Constant qui pouvait plus aisément faire la navette entre Mogador et la Sarrazine.

— Il faut que votre mère dorme, au moins cette nuit. Nous veillerons, déclara Antoine aux jeunes gens, d'un ton ferme. Votre oncle Constant et moi allons lui faire entendre raison.

Adrienne soupira :

— Si vous pouviez y parvenir !

Ils n'y parvinrent pas plus qu'elle-même.

Au matin du quatrième jour, toute la famille, réunie dans la salle à manger pour un triste petit déjeuner en commun, vit Frédéric descendre transfiguré de la chambre d'Henri où il s'était glissé dès son réveil.

— Il m'a parlé ! Oui, un grand moment. Il dit qu'il se sent beaucoup mieux. La douleur se calme. Les vomissements ont cessé.

Tous, autour de la table, se regardèrent, anéantis de joie. Adrienne la première repoussa son bol et se leva :

— J'y vais.

— Attends-moi, lui cria Hubert, courant derrière elle.

En haut, Julia leur ouvrit.

— Quelques instants. Il ne faut pas le fatiguer.

— Ils ne me fatigueront pas du tout, Maman, prononça la voix d'Henri. Sa voix habituelle, moins forte, mais nette, timbrée.

Frédéric venait de le leur dire, mais en face du miracle, ils demeuraient stupéfiés.

Hubert s'avança sur la pointe des pieds.

— Henri, c'est toi ! balbutia-t-il, comme ébloui.

C'était ce même visage qui l'avait terrifié, deux jours plus tôt. Mais il ne voyait rien, n'entendait que cette voix fraternelle ressuscitée, attendrie et railleuse :

— Non, ce n'est pas moi, Nigaudet !... Et regardez-moi cette grande idiote qui pleure, ajouta Henri, en voyant s'approcher Adrienne.

— C'est... que... tu nous as... tellement inquiétés, bégaya-t-elle, en se mouchant.

Tandis qu'ils lui parlaient, le regard du blessé ne quittait pas leur mère qui s'activait à mettre de l'ordre dans la pièce.

— Maman chérie, laissez cela. Vous allez vous tuer. Quand je pense au tourment que je vous ai fait endurer, ces jours-ci !... Sans compter la fatigue.

Julia revint auprès du lit, et contempla longuement son fils, mais ne dit rien. Eût-elle même été seule avec lui que le moindre de ces mots qui lui montaient du cœur en un flot de tendresse passionnée n'eût pu franchir ses lèvres.

Le médecin arriva un peu plus tard. Il conversa un moment avec Henri, le félicita, examina rapidement son ventre, tint un bref colloque avec Julia sur le palier, et repartit.

Elle passa quelques minutes dans sa propre chambre,

en ressortit, maîtresse d'elle-même, redressée de toute sa taille, rentra chez Henri avec un visage paisible, attira un fauteuil près de lui, s'assit, et commença :

— Maintenant que tu te sens mieux, mon petit, je voudrais te demander une faveur.

— Maman, tout ce que vous voudrez...

Elle continua sans se laisser interrompre :

— Je sais bien que tu n'es pas très assidu pour accomplir tes devoirs religieux. Mais, pour me faire plais...

Une sueur glacée collait sa chemise à ses omoplates, mais sa voix et son attitude conservaient l'apparence de la sérénité. Même, elle souriait, de toutes ses forces, sans se rendre compte que, dans le contre-jour grisâtre où son fils la voyait seulement silhouettée, ce sourire était un héroïsme superflu.

Il reçut la communion au début de l'après-midi.

Et l'extrême-onction tard dans la soirée. Depuis la tombée de la nuit, il avait commencé de s'affaiblir rapidement, bien qu'il conservât toute sa lucidité.

Julia tenait la lampe haute, derrière le prêtre ; et tous ceux de Mogador, rassemblés, à genoux dans le fond de la pièce et dans le couloir, priaient en même temps qu'elle.

— Je suis certaine que tu vas t'en trouver mieux, chuchota-t-elle à Henri, quand ce fut terminé.

Il murmura :

— Bien sûr, Maman chérie.

Et lui aussi, à son tour, s'efforçait de sourire pour elle. Mais Julia voyait à ses yeux qu'il avait cessé de la croire.

Il s'éteignit, sa joue contre la main de sa mère, un peu avant l'aube.

Un cœur usé. Des bronches qui ne font plus leur travail. Et cette lassitude accumulée, cette lassitude plus lourde à traîner, chaque jour qui vient. « N'est-ce pas assez, mon Dieu, pour conclure ? Qu'attendez-vous ? N'en ai-je pas encore assez supporté ? »

Dans son lit, malgré le secours des oreillers empilés l'un sur l'autre, Julia peinait pour trouver son souffle. Peinait, peinait encore, d'une respiration à celle d'après. Le monde semblait n'avoir plus d'air respirable pour elle.

Philo se montra sur le seuil du cabinet de toilette, et, bourrue comme toujours, grogna :

— Mademoiselle Adrienne a dit que vous aviez mal dormi, cette nuit. Pourquoi vous m'avez pas sonnée ?

Sa maîtresse négligea le reproche implicite.

— Et toi, tu dors bien, peut-être ?

A voir la mine de Philo, l'on en pouvait douter.

— Moi, oui. Après l'ouvrage de la journée, c'est pas difficile. Le temps d'éteindre ma camoufle, ça y est. La balayette, la pelle à feu... maintenant, le soufflet... — En ranimant les braises, elle conclut, le dos tourné, affairée à sa besogne : — Pendant qu'on dort, au moins, on pense plus à rien.

— Oui, dit Julia.

Elle regarda ce dos robuste, avec envie. Les heures du jour remplies par la tâche domestique dont on ne voit jamais la fin, et une nuit de bon sommeil, une nuit tout entière où elle eût cessé de savoir qu'Henri l'avait quittée, lui aussi.

Elle n'avait jamais accepté l'idée que quelqu'un sur cette terre pût ressentir de la pitié à son égard. Etait-ce pour cela, se demanda-t-elle, que Dieu lui refusait la sienne lorsqu'enfin elle criait grâce ?

« Grâce ? Allons donc !... Il n'est jamais fait grâce. » C'était cette pensée qui flamboyait dans sa tête, sans répit, depuis des jours. Exactement depuis que la grande porte, en bas, s'était ouverte à deux battants pour laisser entrer la civière.

— As-tu monté l'eau chaude ? questionna-t-elle.

— Oui, Madame, elle est là.

— Alors, fais-moi passer mon peignoir, et aide-moi à me lever.

Peut-être, une fois debout, se sentirait-elle mieux.

Encore une journée. « Continuer, mon Dieu... Comment ? Pourquoi ? Je n'en puis plus. Ne voyez-vous pas que je suis à bout ? » On le croit, mais on continue.

Philo faisait son service, remuant ses pensées à elle, avec ce grignotement silencieux du nez et des lèvres qu'elle avait toujours eu. « *Ce n'est rien* », avait dit monsieur le Docteur. « ... *Le contrecoup inévitable de tout ce qu'elle a subi.* » « Rien ! Quand on voit quelqu'un à sa toilette tous les jours que le bon Dieu fait, on en sait plus dessus que tous les savantas qui laissent partir un beau drole [1] de vingt-sept ans sans rien y faire. Elle devait pas peser plus qu'un fifi de luzerne, Madame, la pauvre. Un malheureux bâton de réglisse à un sou : c'est ça qu'elle avait l'air dans sa robe. »

— J'ai laissé tomber un de mes gros crochets à cheveux en ébène. Regarde un peu, là autour.

Philo chercha.

— Je le vois pas, Madame.

— Non ? Pourtant... Mais si, tiens, là.

— Et où ?

— Mais là ! Juste au pied de la coiffeuse.

« La pauvre, sa vue baisse », songeait Julia, de son côté, tandis que sa servante, penchée, tâtonnait pour ramasser l'épingle noire sur le bariolage du tapis.

---

1. Un *drole* : un garçon.

— Tu devrais porter des lunettes, dit-elle, quand Philo la lui rendit.

— Oh ! pas plus !... protesta Philo, offensée.

Ses yeux avaient la cornée toute fibrillée de rouge. Les paupières aussi étaient enflammées. « Elle a vieilli d'un seul coup, depuis qu'Henri... Jamais fait grâce... Jamais fait grâce, en cette vie. A personne. »

— Et pourquoi pas, bêtasse ? Bientôt, il m'en faudra, à moi aussi, tu sais. Cela va bien. Tu peux disposer, à présent.

— C'est tout, Madame ?

— C'est tout, oui. Dès que je serai mieux, je t'emmènerai à Tarascon en chercher une paire.

Elle suivit du regard Philo qui s'en allait sans souffler mot, d'un pas lourd.

« Jamais fait grâce... »

« Non, » décida-t-elle, dans un sursaut d'énergie. « Non ! Ce n'est pas cela qu'il faut se dire. Mais, au contraire : rien n'est jamais fini. »

Tout au fond de soi, elle savait que c'était la même chose. La même, mais une autre façon de la voir ; et la seule honorable, pour elle.

Dans cette vie si courte, où l'on n'en finit pas de mourir, si l'espérance est à la mesure du courage, Julia savait que son parti était pris, une fois pour toutes.

Elle eut ce mouvement qui devenait comme un tic, pour redresser ses épaules maigres, et quitta son fauteuil pour aller soulever le coin du store, attirée vers la fenêtre par un bruit lointain de sabots.

Les noisetiers dépouillés par l'hiver cernaient d'une couronne de bois mort l'arrondi de la pelouse rase où germait l'herbe toute neuve.

« Rodolphe, Amélia, Henri... » Chaque allée de Mogador était peuplée pour l'éternité de leurs voix, de leurs rires, de leurs chevauchées que nul vivant n'entendrait jamais plus ; et des cris de joie d'un petit enfant dont, seules, à présent, la vieille Julia Vernet et sa servante conservaient encore la mémoire.

Le matin était tout bleu au-dessus des promesses vertes de la terre. Le soleil tiédissait la vitre contre laquelle Julia appuyait son front.

Un cavalier déboucha d'entre les massifs, au coin de la maison, sur un grand cheval pie, et traversa, dans la direction des labours. De haute taille, bien découplé. Une assiette irréprochable. Cette même silhouette des Vernet.

En bas, Frédéric se retourna pour répondre à quelqu'un qui devait être sorti sur le perron.

Sous les yeux de sa mère, son image devenait de plus en plus floue. Julia attendit encore un instant, puis, effaçant de la main la buée qui s'était épaissie, elle frappa au carreau pour lui faire signe.

"La jeunesse en héritage"

(Pocket n°2168)

À la tête d'une jolie fortune, Ludivine Peyrissac, seize ans, ne voit pas la nécessité de perdre sa précieuse liberté pour tomber dans les bras de Frédéric Vernet, le plus beau parti de Tarascon. Séduit par cette indépendance d'esprit, Frédéric va peu à peu s'intéresser à elle et réussir à conquérir son cœur. Les noces sont bientôt fixées. Julia accueille Ludivine à bras ouvert et s'attache rapidement à cette bru qui a du caractère. Il ne lui restera plus qu'à se fondre dans le moule de la famille…

Il y a toujours un Pocket à découvrir

"La guerre des souvenirs"

(Pocket n°2170)

1918. La guerre vient de s'achever, et le domaine de Mogador, que les deuils et les souffrances n'ont pas épargné, commence à reprendre vie. Pour Dominique Vernet, il ne fait pas de doute que son cousin Numa, qu'elle n'a cessé d'aimer, est sain et sauf et qu'il reviendra demander sa main. Mais les mois passent et quand il arrive enfin, c'est pour annoncer qu'il est obligé d'en épouser une autre. Mais amour et raison ne vont pas toujours de paire…

Il y a toujours un Pocket à découvrir

"Derrière les barricades, l'amour"

1 - Mariella
(Pocket n°10958)
2 - Mathilde
(Pocket n°10959)
3 - Sarah
(Pocket n°10960)

Paris, 19 septembre 1792. Alors que Louis XVI est emprisonné, la Prusse commence à envahir la France. La colère gronde dans le pays. Six familles aux destins croisés, entre ordre ancien et pulsion républicaine, héroïsme et compromission, s'apprêtent à traverser une des plus grandes pages de l'histoire. Il y a bien sûr ceux qui prennent les armes pour sauver la France, ceux qui cherchent à s'enrichir, mais au-delà des destins patriotiques et individuels, il y a l'amour, sous les traits de la divine et troublante Mariella…

Il y a toujours un Pocket à découvrir

Photocomposition Nord Compo
59650 Villeneuve-d'Ascq

Impression réalisée sur Presse Offset par

BRODARD & TAUPIN

GROUPE CPI

23770 – La Flèche (Sarthe), le 21-04-2004
Dépôt légal : mai 2004

POCKET – 12, avenue d'Italie - 75627 Paris cedex 13
Tél. : 01.44.16.05.00

Imprimé en France